JN168899

# 読んでおきたい近代日本小説選

# 目次

# はじめに

「読んでおきたい近代日本文学小説選」と題したが、読んでおきたい小説は決してここに収められたものだけではない。小説選や読本は数多くあるが、概ね一作家一作品となっている。これでは物足りないのだ。ある作家の代表的な作品を採っても、その作家の特徴は一面的にしか知りえない。もちろん読書は、読者がその作品を読んで好きに楽しめばよいのであるが、つまり面白かったとか、つまらなかったとか、この場面に感動したとか、こんな嘘くさい話があるはずないとか、こんな出会いがほしいとか。そして読んだ作品が気に入ったならば、その作品を書いた作家の他の作品を読んでみようと思ったりする。

そうして一人の作家の作品を読み進めていくうちに、どのような傾向の作品を書いているかがわかりだし、この作家はどのような人なのか知りたくなるのではあるまいか。つまり、愉しむ読書から追求する読書に転じることもあろう。

この小説選は、単に読んでおきたい近代日本の小説を挙げたのではない。一作家一作品もあるが、基本的に短編小説にし、できるだけ一作家二作品を目指した。二作品に目を通してみるとその作家の特徴を強く感じたり、作品と作品の繋がりが見え一方の作品を読んでも十分に理解出来なかったことがもう一方を読んだら理解出来たり、また、別の一面、変化、進歩、成長成熟などを意識したりすることになるかと思う。

また、近松秋江「雪の日」に樋口一葉「十三夜」のことが語られるように、別の作家同士の関係性が見て取れたりもするし、例えば島崎藤村「伸び支度」と永井荷風「雪解」のように父親と娘の関係性を考えさせるもの、樋口一葉「にごりえ」や小林多喜二「瀧子其他」に於ける女性性、そのほか家族、夫婦、父と子、社会と個人、社会の中の自分など作品間の受容や影響を垣間見ることもあろう。

さて編集にあたって近代日本文学史を少々意識した。すなわち明治二〇～二二年の二葉亭四迷「浮雲」と二三年の森鴎外「舞姫」によって確立されたとする日本近代文学を、両作品は収録しなかったが、その代わりに「浮雲」を執筆し終える途中にツルゲーネフ『猟人日記』を翻訳したものの一つである「あいびき」を入れた。これら翻訳小説が「浮雲」の前編と後編の文体変化の要因とされている。鴎外「舞姫」はあまりにも定番なので外してその延長線上にある「普請中」にした。「普請中」に見る背景には、近代日本という時代を見ることが出来よう。明治という時代を知る上で夏目漱石「三四郎」の初めの部分を入れた。ここでも明治という時代が描かれている。漱石の講演録「現代日本の開化」を合わせて読むとなお理解が深まる。さらに大正時代までにかけては永井荷風「花火」や谷崎潤一郎「幇間」から知れよう。否すべての作品にはそれぞれ背景としての時代が示されているはずである。そういった時代をも感じてほしい。

ところで、漱石「三四郎」だけが抄録でほかはすべて全文収録である。鴎外作品のもう一つはよく安楽死問題が語られるときに取り上げられる「高瀬舟」も考えたが、「舞姫」同様比較的高校の教科書に入っているので避けた。

樋口一葉、泉鏡花の社会小説、観念小説。国木田独歩、島崎藤村の自然主義文学は「春の鳥」を入れたことで多少浪漫主義も感じられるであろう。加えて藤村の詩にでも触れて頂ければ多少補えるかもしれない。そして自然主義の延長で破滅型私小説、近松秋江、葛西善蔵、嘉村礒多へと続く。白樺派の志賀直哉、有島武郎。耽美派の永井荷風、谷崎潤一郎。新思潮の芥川龍之介、菊池寛。そして大正一三年創刊の『文芸戦線』に始まるプロレタリア文学作家の葉山嘉樹、黒島傳治と小林多喜二。やはり同年創刊の『文芸時代』の新感覚派横光利一。加えて梶井基次郎と堀辰雄。堀辰雄「聖家族」を最後に置いて芥川龍之介の死で締めくくった。ということで、明治大正期の小説選である。

# あいびき（ツルゲーネフ）

二葉亭四迷

このあいびきは先年仏蘭西《フランス》で死去した、露国では有名な小説家、ツルゲーネフという人の端物《はもの》の作です。今度徳富先生の御依頼で訳してみました。私の訳文は我ながら不思議とソノ何んだが、これでも原文はきわめておもしろいです。

秋九月中旬というころ、一日自分がさる樺《かば》の林の中に座していたことがあッた。今朝から小雨が降りそそぎ、その晴れ間にはおりおり生ま煖《あたた》かな日かげも射して、まことに気まぐれな空ら合い。あわあわしい白ら雲が空ら一面に棚引くかと思うと、フトまたあちこち瞬く間雲切れがして、むりに押し分けたような雲間から澄みて怜倒《さか》し気《げ》に見える人の眼のごとくに朗《ほが》らかに晴れた蒼空《あおぞら》がのぞかれた。自分は座して、四顧して、そして耳を傾けていた。木の葉が頭上で幽《かす》かに戦《そよ》いだが、その昔を聞たばかりでも季節は知られた。それは春先する、おもしろそうな、笑うようなさざめきでもなく、夏のゆるやかなそよぎでもなく、永たらしい話し声でもなく、また末の秋のおどおどした、うそさぶそうなお饒舌《しゃべ》りでもなかッたが、ただようやく聞取れるか聞取れぬほどのしめやかな私語の声であった。そよ吹く風は忍ぶように木末を伝ッた。照ると曇るとで、雨にじめつく林の中のようすが間断なく移り変ッた。あるいはそこにありとある物すべて一時に微笑したように、隈《くま》なくあかみわたッて、さのみ繁くもない樺のほそぼそとした幹は思いがけずも白絹めく、やさしい光沢《つや》を帯び、地上に散り布《し》いた、細かな、落ち葉はにわかに日に映じてまばゆきまでに金色《こんじき》を放ち、頭《かしら》をかきむしッたような「パアポロトニク」（蕨の類い）のみごとな茎、しかも熟《つ》えすぎた葡萄めく色を帯びたのが、際限もなくもつれつからみつして、目前に透かして見られた。

あるいはまたあたり一面にわかに薄暗くなりだして、瞬く間に物のあいろも見えなくなり、樺の木立ちも、降り積ッたままでまだ日の眼に逢わぬ雪のように、白くおぼろに霞《かす》む――と小雨が忍びやかに、怪し気に、私語するようにパラパラと降ッて通ッた。樺の木の葉はいちじるしく光沢は褪《さ》めていてもさすがになお青かッた、がただそちこちに立つ稚木《わかぎ》のみはすべて赤くも黄ろくも色づいて、おりおり日の光りが今ま雨に濡れたばかりの細枝の繁味《しげみ》を漏《も》れて滑りながらに脱けてくるのをあびては、キラキラときらめいていた。鳥は一ト声も音を聞かせず、皆どこにか隠れて窃《ひそ》まりかえッていたが、ただおりふしに人をさみした白頭翁《しじゅうがら》の声のみが、故鈴《ふるすず》でも鳴らすごとくに、響きわたッた。この樺の林へ来るまえに、自分は猟犬を曳いて、さる高く茂ッた白楊《はこやなぎ》の林を過ぎたが、この樹は――白楊は――ぜんたい虫がすかぬ。幹といえば、蒼味がかッた連翹色《れんぎょういろ》で、葉といえば、鼠みともつかず緑りともつかず、下手な鉄物《かなもの》細工を見るようで、しかも長《たけ》いっぱいに頸を引き伸して、大団扇《おおうちわ》のように空中に立ちはだかッて――どうも虫が好かぬ。長たらしい茎へ無器用にヒッつけたような薄きたない円葉をうるさく振りたてて――どうも虫が好かぬ。この樹の見て快よい時といっては、ただ背びくな灌木の中央に一段高く聳《そび》えて、入り日をまともに受け、根本より木末に至るまでむらなく樺色に染まりながら、風に戦《そよ》いでいる夏の夕暮か、――さなくば空名残《なご》りなく晴れわたッて風のすさまじく吹く日、あおそらを影にして立ちながら、ザワザワざわつき、風に吹きなやまされる木の葉の今にも梢をもぎ離れて遠く吹き飛ばされそうに見える時かで。とにかく自分はこの樹を好まぬので、ソコデその白楊の林には憩わず、わざわざこの樺の林にまで辿《たど》りついて、地上わずか離れて下枝の生えた、雨凌《しの》ぎになりそうな木立を見たてて、さてその下に栖《すみか》を構え、あたりの風景を眺めながら、ただ遊猟者のみが覚えのあるという、例の穏かな、罪のない夢を結んだ。

　何ン時ばかり眠ッていたか、ハッキリしないが、とにかくしばらくして眼を覚ましてみると、林の中は日の光りが到らぬ隈《くま》もなく、うれしそうに騒ぐ木の葉を漏れて、はなやかに晴れた蒼空がまるで火花でも散らしたように、鮮かに見わたされた。雲は狂い廻わる風に吹き払われて形を潜《ひそ》め、空には繊雲《ちりくも》一ツだも留めず、大気中に含まれた一種清涼の気は人の気を爽《さわや》かにして、穏かな晴夜の来る前触れをするかと思われた。自分はまさに起ち上りてまたさらに運だめし（ただし銃猟の事で）をしようとして、フト端然と坐している人の姿を認めた。眸子《ひとみ》を定めてよく見れば、それは農夫の娘らしい少女であッた。二十歩ばかりあなたに、物思わし気に頭を垂れ、力なさそうに両の手を膝に落して、端然と坐していた。旁々《かたがた》の手を見れば、半《なかば》はむきだしで、その上に載せた草花の束ねが呼吸をするたびに縞のペチコートの上をしずかにころがッていた。清らかな白の表衣をしとやかに着なして、咽喉元と手頸のあたりでボタンをかけ、大粒な黄ろい飾り玉を二列に分ッて襟から胸へ垂らしていた。この少女なかなかの美人で、象牙をも欺むく色白の額ぎわで巾の狭い緋の抹額を締めていたが、その下から美しい鶉色で、しかも白く光る濃い頭髪を叮嚀に梳かしたのがこぼれでて、二ツの半円を描いて、左右に別れていた。顔の他の部分は日に焼けてはいたが、薄皮だけにかえって見所があった。眼ざしは分らなかッた、――始終下目のみ使っていたからで、シカシその代り秀でた細眉と長い睫毛《まつげ》とは明かに見られた。睫毛はうるんでいて、旁々《かたがた》の頰にもまた蒼《あお》さめた唇へかけて、涙の伝った痕《あと》が夕日にはえて、アリアリと見えた。総じて首つきが愛らしく、鼻がすこし大く円すぎたが、それすらさのみ眼障りにはならなかッたほどで。とり分け自分の気に入ッたはその面《おも》ざし、まことに柔和でしとやかで、とり繕ろッた気色は微塵《みじん》もなく、さも憂わしそうで、そしてまたあどけなく途方に暮れた趣きもあッた。たれをか待合わせているのとみえて、何か幽かに物音がしたかと思うと、少女はあわてて頭を擡《もた》げて、振り反ってみて、その大方の涼しい眼、牝鹿のもののようにおどおどしたのをば、薄暗い木蔭でひからせた。クワッと見ひらいた眼を物音のした方へ向けて、シゲシゲ視詰めたまま、しばらく聞きすましていたが、やがて溜息を吐いて、静にこなたを振り向いて、前よりはひときわ低く屈みながら、またおもむろに花を択《え》り分け初めた。擦《す》りあかめたまぶちに、厳しく拘攣《こうれん》する唇、またしても濃い睫毛の下よりこぼれでる涙の雫《しずく》は流れよどみて日にきらめいた。こうしてしばらく時刻を移していたが、その間少女は、かわいそうに、みじろぎをもせず、ただおりおり手で涙を拭いながら、聞きすましてのみいた、ひたすら聞きすましてのみいた……フとまたガサガサと物音がした、——少女はブルブルと震えた。物音は罷《や》まぬのみか、しだいに高まッて、近づいて、ついに思いきッた濶歩《かっぽ》の音になると——少女は起きなおッた。何となく心おくれのした気色。ヒタと視詰めた眼ざしにおどおどしたところもあッた、心の焦られて堪えかねた気味も見えた。しげみを漏れて男の姿がチラリ。少女はそなたを注視して、にわかにハッと顔を赧《あか》らめて、我も仕合《しあわせ》とおもい顔にニッコリ笑ッて、起ち上ろうとして、フトまた萎れて、蒼ざめて、どきまぎして、——先の男が傍に来て立ち留ってから、ようやくおずおず頭を擡《もた》げて、念ずるようにその顔を視詰めた。

　自分はなお物蔭に潜《ひそ》みながら、怪しと思う心にほだされて、その男の顔をツクヅク眺めたが、あからさまにいえば、あまり気には入らなかった。

　これはどう見ても弱冠の素封家の、あまやかされすぎた、給事らしい男であった。衣服を見ればことさらに風流をめかしているうちにも、またどことなくしどけないのを飾る気味もあッて、主人の着故《きふ》るしめく、茶の短い外套《がいとう》をはおり、はしばしを連翹色《れんぎょういろ》に染めた、薔薇色《ばらいろ》の頸巻をまいて、金モールの抹額《もこう》をつけた黒帽を眉深《まぶか》にかぶッていた。白襯衣《シャツ》の角のない襟は用捨もなく押しつけるように耳朶を撐《ささ》えて、また両頬を擦り、糊《のり》で固めた腕飾りはまったく手頸をかくして、赤い先の曲ッた指、Turquoise（宝石の一種）製のMyosotis（草の名）を飾りにつけた金銀の指環を幾個ともなくはめていた指にまで至ッた。世には一種の面貌がある、自分の観察したところでは、つねに男子の気にもとる代り、不幸にも女子の気に適《かな》う面貌があるが、この男のかおつきはまったくその一ツで、桃色で、清らかで、そしてきわめて傲慢《ごうまん》そうで。己があらけない貌《かお》だちに故意《わざ》と人を軽ろしめ世に倦《う》みはてた色を装おうとしていたものとみえて、絶えずただ さえ少《ち》いさな、薄白く、鼠ばみた眼を細めたり、眉をしわめたり、口角を引き下げたり、しいて欠伸《あくび》をしたり、さも気のなさそうな、やりばなしな風を装うて、あるいは勇ましく倦き上ッたもみあげを撫でてみたり、または厚い上唇の上の黄ばみた髭を引張てみたりして――ヤどうも見ていられぬほどに様子を売る男であッた。待合せていた例の少女の姿を見た時から、モウ様子を売りだして、ノソリノソリと大股にあるいて傍へ寄りて、立ち止ッて、肩をゆすッて、両手を外套のかくしへ押し入れて、気のなさそうな眼を走らしてジロリと少女の顔を見流して、そして下にいた。

「待ッたか?」ト初めて口をきいた、なおどこをか眺めたままで、欠伸をしながら、足を揺《うご》かしながら「ウー?」

少女はきゅうに返答をしえなかッた。

「どんなに待ッたでしょう」トついにかすかにいッた。

「フム」ト言ッて、先の男は帽子を脱した。さももったいらしくほとんど眉ぎわよりはえだした濃い縮れ髪を撫でて、鷹揚《おうよう》にあたりを四顧《みまわ》して、さてまたソッと帽子をかぶッて、大切な頭をかくしてしまった。「あぶなく忘れるところよ。それにこの雨だもの!」トまた欠伸。「用は多し、そうそうは仕切れるもんじゃない、そのくせややともすれば小言だ。トキニ出立は明日になッた……」

「あした!」ト少女はビックリして男の顔を視詰た。

「あした……オイオイ頼むぜ」ト男は忌々《いまいま》しそうに口早に言ッた。少女のブルブルと震えて差うつむいたのを見て。「頼むぜ『アクーリナ』泣かれちゃアあやまる。おれはそれが大嫌いだ」。ト低い鼻に皺を寄せて、「泣くならおれはすぐ帰ろう……何だばか気た――泣く!」

「アラ泣はしませんよ」、トあわてて「アクーリナ」は言ッた、せぐりくる涙をようやくのことで呑みこみながら。しばらくして、「それじゃ明日お立ちなさるの。いつまた逢われるだろうネー」

「逢われるよ、心配せんでも。さよう、来年――でなければさらいねんだ。旦那は彼得堡《ペテルブルグ》で役にでも就きたいようすだ」、トすこし鼻声で気のなさそうに言ッて「ガ事に寄ると外国へ往くかもしれん」。

「もしそうでもなッたらモウわたしの事なんざア忘れておしまいなさるだろうネー」ト言ッたが、いかにも心細そうであッた。

「なぜ? だいじょうぶ! 忘れはしない、ガ『アクーリナ』ちッとこれからは気をつけるがいいぜ、わるあがきもいい加減にして、おやじの言うこともちッとは聴くがいい。おれはだいじょうぶだ、忘れる気遣いはない、――それはなア……イ」、ト平気で伸《のび》をしながら、また欠伸をした。

「ほんとに、『ヴィクトル、アレクサンドルイチ』、忘れちゃアいやですよ」。ト少女は祈るがごとくに言ッた、「こんなにお前さんの事を思うのも、慾徳ずくじゃないから……おとっさんのいうこと聴けとおいいなさるけれど……わたしにはそんなこたアできないワ……」

「なぜ?」ト仰《あ》お向けざまにねころぶ拍子に、両手を頭に敷きながら、あたかも胸から押しだしたような声で尋ねた。

「なぜといッてお前さん――アノ始末だものオ……」

少女は口をつぐんだ。「ヴィクトル」は袂時計《たもとどけい》の鎖をいらいだした。

「オイ、『アクーリナ』、おまえだッてばかじゃあるまい」トまた話しだした、「そんなくだらんことをいうのは置いてもらおうぜ。おれはお前のためを思ッていうのだ、わかッたか? もちろんお前はばかじゃない、やッぱりお袋の性《しょう》を受けてるとみえて、それこそ徹頭徹尾《てっとうてつび》いまのソノ農婦というでもないが、シカシともかくも教育はないの――そんなら人のいうことならハイと言ッて聞てるがいいじゃないか?」

「だッてこわいようだもの」。

「ツ、こわい。何もこわいことはちッともないじゃないか? 何だそれは」、「アクーリナ」の傍へすりよッて「花か?」

「花ですよ」ト言ったが、いかにも哀れそうであッた「この清涼茶は今あたしが摘《つ》んできたの」トすこし気の乗ッたようす「これを牛の子にたべさせると薬になるッて。ホラ Bur-marigole――そばッかすの薬。チョイとごらんなさいよ、うつくしいじゃありませんか、あたし産れてからまだこんなうつくしい花ア見たことないのよ。ホラ myosotis、ホラ菫《すみれ》……ア、これはネ、お前さんにあげようと思ッて摘んできたのですよ」ト言いながら、黄ろな野草の花の下にあッた、青々としたBluebottleの、細い草で束ねたのを取りだして「入《い》りませんか?」

「ヴィクトル」はしぶしぶ手を出して、花束を取ッて、気のなさそうに匂いを嗅いで、そしてもったいをつけて物思わしそうに空を視あげながら、その花束を指頭でまわしはじめた。「アクーリナ」は「ヴィクトル」の顔をジッと視詰めた……その愁然《しゅうぜん》とした眼つきのうちになさけを含め、やさしい誠心《まごころ》を込め、吾仏とあおぎ敬う気ざしを現わしていた。男の気をかねていれば、あえて泣顔は見せなかったが、その代り名残り惜しそうにひたすらその顔をのみ眺めていた。それに「ヴィクトル」といえば史丹のごとくに臥《ね》そべッて、グッと大負けに負けて、人柄を崩して、いやながらしばらく「アクーリナ」の本尊になって、その礼拝祈念を受けつかわしておった。その顔を、あから顔を見れば、ことさらに作ッた堰蹇恣睢《えんけんしき》、無頓着な色を帯びていたうちにも、どこともなく得々としたところが見透かされて、憎かった。そして顧みて「アクーリナ」を視れば、魂が止め度なく身をうかれでて、男の方へのみ引かされて、甘えきっているようで――アアよかッた！　しばらくして「ヴィクトル」は……「ヴィクトル」は花束を草の上に取り落してしまい、青銅の框《わく》を嵌《は》めた眼鏡を外套の隠《かくし》袋から取りだして、眼へ宛《あて》がおうとしてみた、がいくら眉を皺《しか》め、頬を捻じ上げ、鼻まで仰《あ》お向かせて眼鏡を支えようとしてみても、――どうしても外れて手の中へのみ落ちた。

「なにそれは？」と「アクーリナ」がケゲンな顔をして尋ねた。

「眼鏡」と「ヴィクトル」は傲然《ごうぜん》として答えた。

「それをかけるとどうかなるの？」

「よく見えるのよ」。

「チョイと拝見な」。

「ヴィクトル」は顔をしかめたが、それでも眼鏡は渡した。

「こわしちゃいけんぜ」。

「だいじょうぶですよ」トこわどわ眼鏡を眼のそばへ持ってきて「オヤ何にも見えないよ」トあどけなくいッた。

「そ、そんな……眼を細くしなくッちゃいかない、眼を」トさながら不機嫌な教師のような声で叱ッた。「アクーリナ」は眼鏡を宛《あ》てがッていた方の眼を細めた。「チョッ、まぬけめ、そッちの眼じゃない、こッちの眼だ」トまた大声で叱ッて、仕替える間もあらせず、「アクーリナ」の持ッていた眼鏡をひッたくッてしまッた。

「アクーリナ」は顔を赤くして、気まりわるそうに笑ッて、よそをむいて、

「どうでも私たちの持つもんじゃないとみえる」。

「知れたことサ」。

かわいそうに、「アクーリナ」は太い溜息をして黙してしまッた。

「アア、『ヴィクトル、アレクサンドルイチ』、どうかして、いっしょにいられるようにはならないもんかネー」トだしぬけに言ッた。

「ヴィクトル」は衣服の裾《すそ》で眼鏡を拭い、ふたたび隠袋に納めて、

「それゃア当座四五日はちッとは淋しかろうサ」ト寛大の処置をもって、手ずから「アクーリナ」の肩を軽く叩いた。

「アクーリナ」はその手をソッと肩から外して、おずおず接吻した。「ちッとは淋しかろうサ」トまた繰返して言ッて、得々と微笑して、「だが已《やむ》を得ざる次第じゃないか？

マア積ッてもみるがいい、旦那もそうだが、おれにしてもこんなケチな所にゃいられない、けだしモウじきに冬だが、田舎の冬というやつは忍ぶべからずだ、それから思うと彼得堡《ペテルブルグ》、たいしたもんだ！　うそとおもうなら往《い》ッてみるがいい、お前たちが夢に見たこともないけっこうなもの

ばかりだ。こう立派な建家、町、カイ社、文明開化――それゃ不思議なものよ！……」(「アクーリナ」は小児のごとくに、口をあいて、一心になッて聞き惚れていた)

「ト噺《はなし》をして聞かしても」ト「ヴィクトル」は寝返りを打ッて、

「むだか。お前にゃ空々寂々だ」。

「なぜえ、『ヴィクトル、アレクサンドルイチ』、わかりますワ、よく解りますワ」。

「ホ、それはおえらいな！」

「アクーリナ」は萎れた。

「なぜこのごろはそう邪慳《じゃけん》だろう?」ト頭をうなだれたまで言ッた。

「ナニこのごろは邪慳だと……?」ト何となく不平そうで

「このごろ！　フフムこのごろ！……」

両人とも暫時無言。

「ドレ帰ろうか」ト「ヴィクトル」は臂《ひじ》を杖に起ちあがろうとした。

「アラモウちッとおいでなさいよ」ト「アクーリナ」は祈るように言ッた。

「なぜ?……暇乞いならモウこれですんでいるじゃないか?」

「モウちッとおいでなさいよ」。

「ヴィクトル」はふたたび横になッて、口笛を吹きだした。

「アクーリナ」はその顔をジッと視詰めた、しだいしだいに胸が波だッてきた様子で、唇も拘攣《こうれん》しだせば、今まで青ざめていた頬もまたほの赤くなりだした……

「ヴィクトル、アレクサンドルイチ」トにじみ声で「お前さんも……あんまり……あんまりだ」。

「何が?」ト眉を皺めて、すこし起きあがッて、キッと「アクーリナ」の方を向いた。

「あんまりだワ、『ヴィクトル、アレクサンドルイチ』、今別れたらまたいつ逢われるかしれないのだから、なんとか一ト言ぐらい言ッたッてよさそうなものだ、何とか一ト言ぐらい……」

「どういえばいいというんだ?」

「どういえばいいかしらないけれど……そんなこたア百も承知しているくせに……モウ今が別れだというのに一ト言も……あんまりだからいい！」

「おかしなことをいうやつだな！　どういえばいいというんだ?」

「何とか一ト言くらい……」

「エーくどい！」ト忌々しそうに言ッて、「ヴィクトル」は起ちあがッた。

「アラかに……かにしてちょうだいよ」ト「アクーリナ」は早やロに言ッた、かろうじて涙を呑みこみながら。

「腹も立たないが、お前のわからずやにも困る……どうすればいいというんだ？　もともと女房にされないのは得心ずくじゃないか？　得心ずくじゃないか？　そんなら何が不足だ？　何が不足だよ？」トさながら返答を催促《さいそく》するように、グッと「アクーリナ」の顔を覗きこんで、そして指の股をひろげて手をさしだした。

「何も不足……不足はないけれど」ト吃《ども》りながら、「アクーリナ」もまた震える手先をさしだして、「ただ何とか一ト言……」

涙をはらはらと流した。

「チョッ極《きま》りを始めた」、ト「ヴィクトル」は平気で言ッた、後から眉間《みけん》へ帽子を滑らしながら。

「何も不足はないけれど」ト「アクーリナ」は両手を顔へ宛てて、啜《すす》り上げて泣きながら、ふたたび言葉を続《つ》いだ、「今でさえ家にいるのがつらくッてつらくッてならないのだから、これから先はどうなることかと思うと心細くッて心細くッてなりゃアしない……きっとむりやりにお嫁にやられて……苦労するに違いないから……」

「ならべろならべろ、たんと並べろ」ト「ヴィクトル」は足を踏み替えながら、口の裏で言ッた。

「だからたッた一ト言、一ト言何とか……『アクーリナ』おれも……お、お、おれも……」

不意に込み上げてくる涙に、胸がつかえて、言いきれない――「アクーリナ」は草の上へうつぶしに倒れて苦しそうに泣きだした……総身をブルブル震わして頂門で高波を打たせた……こらえに堪えた溜め涙の関が一時に切れたので。「ヴィクトル」は泣くずおれた「アクーリナ」の背なかを眺めて、しばらく眺めて、フト首をすくめて、身を転じて、そして大股にゆうゆうと立ち去ッた。

しばらくたッた……「アクーリナ」はようやく涙をとどめて、頭を擡《もた》げて、跳《おど》り上ッて、あたりを視まわして、手を拍《う》た、跡を追ッて駈けだそうとしたが、足が利かない――バッタリ膝をついた……モウ見るに見かねた、自分は木蔭《かげ》を躍りでて、かけよろうとすると、「アクーリナ」はフト振りかえッて自分の姿を見るやいなや、たちまち忍び音にアッと叫びながら、ムックと跳《は》ね起きて、木の間へ駈け入ッた、かと思うとモウ姿は見えなくなった。草花のみは取り残されて、歴乱としてあたりに充《み》ちた。

自分はたちどまった、花束を拾い上げた、そして林を去ッてのらへ出た。日は青々とした空に低く漂ッて、射す影も蒼さめて冷かになり、照るとはなくてただジミな水色のぼかしを見るように四方に充ちわたッた。日没にはまだ半時間もあろうに、モウゆうやけがほの赤く天末を染めだした。黄ろくからびた刈科《かりかぶ》をわたッて烈しく吹きつける野分《のわき》に催されて、そりかえッた細かな落ち葉があわただしく起き上り、林に沿うた往来を横ぎって、自分の側を駈け通ッた、のらに向いて壁のようにたつ林の一面はすべてざわざわざわつき、細末の玉の屑を散らしたように、煌《きらめ》きはしないが、ちらついていた、また枯れ草、莠《はぐさ》、藁《わら》の嫌いなくそこら一面にからみついた蜘蛛の巣は風に吹き靡《なび》かされて波たッていた。

自分はたちどまった……心細くなッてきた、眼に遮《さえぎ》る物象はサッパリとはしていれど、おもしろ気もおかし気もなく、さびれはてたうちにも、どうやら間近になッた冬のすさまじさが見透かされるように思われて。小心な鴉《からす》が重そうに羽ばたきをして、烈しく風を切りながら、頭上を高く飛び過ぎたが、フト首を回らして、横目で自分をにらめて、きゅうに飛び上ッて、声をちぎるように啼《な》きわたりながら、林の向うへかくれてしまッた。鳩が幾羽ともなく群をなして勢込んで穀倉の方から飛んできたが、フト柱を建てたように舞い昇ッて、さてパッといっせいに野面に散ッた――ア、秋だ！　誰だか禿山の向うを通るとみえて、から車の音が虚空《こくう》に響きわたッた……

自分は帰宅した、が可哀そうと思ッた「アクーリナ」の姿は久しく眼前にちらついて、忘れかねた。持帰ッた花の束ねは、からびたまで、なおいまだに秘蔵してある

…………

# 外科室

泉　鏡花

## 上

じつは好奇心のゆえに、しかれども予《よ》は予が画師《えし》たるを利器《りき》としてともかくも口実《こうじつ》を設《もう》けつつ、予と兄弟もただならざる医学士高峰を強《し》いて、某《なにがし》の日東京府下のある病院において、彼が刀《とう》を下すべき、貴船伯爵夫人《きふねはくしゃくふじん》の手術をば予をして見せしむることを余儀《よぎ》なくしたり。

その日午前九時過ぐるころ家を出でて病院に腕車《わんしゃ》を飛ばしつ。ただちに外科室の方《かた》に赴《おもむ》く時、先方《むこう》より戸を排《はい》してすらすらと出来《いできた》れる華族《かぞく》の小間使《こまづかい》とも見ゆる容目《みめ》妍《よ》き婦人《おんな》二三人と、廊下の半ばに行違えり。

見れば彼らの間には、被布《ひふ》着たる一個七八歳の娘を擁《よう》しつ、見送るほどに見えずなれり。これのみならず玄関より外科室、外科室より二階なる病室に通うあいだの長き廊下には、フロックコート着たる紳士、制服着《つ》けたる武官、あるいは羽織袴《はおりはかま》の扮装《いでたち》の人物、その他、貴夫人令嬢等いずれもただならず気高きが、あなたに行違い、こなたに落合い、あるいは歩《ほ》し、あるいは停《てい》し、往復《おうふく》あたかも織るがごとし。予は今門前において見たる数台《すだい》の馬車に思い合わせて、ひそかに心に頷《うなず》けり。彼らのある者は沈痛に、ある者は憂慮《きづかわ》しげに、はたある者は慌《あわただ》しげに、いずれも顔色穏《おだやか》ならで、せわしげなる小刻《こきざみ》の靴の音、草履《ぞうり》の響、一種寂莫《せきばく》たる病院の高き天井《てんじょう》と、広き建具《たてぐ》と、長き廊下との間にて、異様の跫音《きょうおん》を響かしつつ、うたた陰惨《いんさん》の趣《おもむき》をなせり。

予はしばらくして外科室に入りぬ。

時に予と相目《あいもく》して、唇辺《しんぺん》に微笑を浮べたる医学士は、両手を組みてややあおむけに椅子に凭《もた》れり。今にはじめぬことながら、ほとんど我国の上流社会全体の喜憂《きゆう》に関すべき、このおおいなる責任を荷《にな》える身の、あたかも晩餐《ばんさん》の筵《むしろ》に望みたるごとく、平然として冷かなること、おそらく彼のごときは稀《まれ》なるべし。助手三人と、立会《たちあい》の医博士一人《いちにん》と、別に赤十字の看護婦五名あり。看護婦その者にして、胸に勲章《くんしょう》帯びたるも見受けたるが、あるやんごとなきあたりより特にくだしたまえるもありぞと思わる、他に女性《にょしょう》とてはあらざりし。なにがし公《こう》と、なにがし侯《こう》と、なにがし伯《はく》と、皆立会の親族なり。しかして一種形容すべからざる面《おも》色《もち》にて、愁然《しゅうぜん》として立ちたるこそ、病者の夫の伯爵なれ。

室内のこの人々瞻《みまも》られ、室外のかの方々《かたがた》に憂慮《きづか》われて、塵《ちり》をも数うべく、明るくして、しかも何となく凄《すさ》まじく侵すべからざるごとき観あるところの外科室の中央に据《す》えられたる、手術台なる伯爵夫人は、純潔《じゅんけつ》なる白衣《びゃくえ》を絡《まと》いて、死骸《しがい》のごとく横《よこた》われる、顔の色あくまで白く、鼻高く、頤《おとがい》細りて、手足は綾羅《りょうら》にだも堪《た》えざるべし。唇の色少しく褪《あ》せたるに、玉のごとき前歯幽《かす》かに見え、眼《まなこ》は固く閉《と》ざしたるが、眉は思いなしか顰《ひそ》みて見られつ。わずかに束《つか》ねたる頭髪は、ふさふさと枕に乱れて、台の上にこぼれたり。

そのかよわげに、かつ気高く、清く、尊く、美《うる》わしき病者の俤《おもかげ》を一目見るより予《よ》は慄然《りつぜん》として寒さを感じぬ。

医学士はと、ふと見れば、彼は露ほどの感情をも動かしおらざるもののごとく、虚心《きょしん》に平然たる状露《さまあら》われて、椅子に坐りたるは室内にただ彼のみなり。そのいたく落ちつきたる、これを頼母《たのも》しといわばいえ、伯爵夫人の爾《しか》き容態《ようだい》を見たる予が眼よりは、むしろ心憎きばかりなりしなり。

おりからしとやかに戸を排《はい》して静かにここに入来《いりき》たれるは、さきに廊下にて行逢いたりし三人の腰元の中に、ひときわ目立ちし婦人《おんな》なり。

そと貴船伯に打向《むか》いて、沈みたる音調《おんちょう》もて、

「御前《ごぜん》、姫様《ひいさま》はようようお泣き止み遊ばして、別室《あちら》におとなしゅういらっしゃいます」

伯はものいわで頷《うなず》けり。

看護婦は吾《わ》が医学士の前に進みて、

「それでは、あなた」

「よろしい」

と一言《ひとこと》答えたる医学士の声は、この時少しく震《ふるえ》を帯びてぞ予が耳には達したる、その顔色はいかにしけん、にわかに少しく変りたり。

さてはいかなる医学士も、すわという場合に望みてはさすがに懸念《けねん》のなからんやと、予は同情を表したりき。

看護婦は医学士の旨《むね》を領《りょう》して後、かの腰元に立向いて、

「もう、何ですから、あのことを、ちょいと、あなたから」

腰元はその意を得て、手術台に擦寄《すりよ》りつ。優《ゆう》に膝のあたりまで両手を下げて、しとやかに立礼《りつれい》し、

「夫人《おくさま》、ただ今、お薬をさしあげます。どうぞそれを、お聞き遊ばして、いろはでも、数字でも、お算《かぞ》え遊ばしますように」

伯爵夫人は答なし。

腰元は恐る恐る繰返《くりかえ》して、

「お聞きずみでございましょうか」

「ああ」とばかり答えたもう。

念を推《お》して、

「それではよろしゅうございますね」

「何かい、魔酔剤《ねむりぐすり》をかい」

「はい、手術のすみますまで、ちょっとの間でございますが、御寝《げし》なりませんと、いけませんそうです」

夫人は黙して考えたるが、

「いや、よそうよ」といえる声は判然《はんぜん》として聞えたり。一

同顔を見合わせぬ。

　腰元は諭《さと》すがごとく、

「それでは夫人《おくさま》、御療治《ごりようじ》ができません」

「はあ、できなくッてもいいよ」

　腰元は言葉はなくて、顧《かえり》みて伯爵の色を伺《うかが》えり。伯爵は前に進み、

「奥、そんなむりをいってはいけません。できなくッてもいいということがあるものか。我儘《わがまま》をいってはなりません」

　侯爵はまたかたわらより口を挟《はさ》めり。

「あまり、むりをおいやったら、姫《ひい》を連れてきてみせるがいいの。疾《はや》く快《よ》くならんで、どうするものか」

「はい」

「それでは御得心《とくしん》でございますか」

　腰元はその間に周旋《しゆうせん》せり。夫人は重げに頭《こうべ》を掉《ふ》りぬ。看護婦の一人《いちにん》は優しき声にて、

「なぜ、そんなにお嫌い遊ぼすの、ちっとも嫌なもんじゃございませんよ。うとうと遊ぼすと、すぐすんでしまいます」

　この時夫人の眉は動き、口は曲《ゆが》みて、瞬間苦痛に堪えざるごとくなりし。半ば目を睜《みひら》きて、

「そんなに強《し》いるならしかたがない。私はね、心に一つ秘密がある。魔酔剤《ねむりぐすり》は譫言《うわごと》をいうと申《もう》すから、それが恐《こわ》くってなりません。どうぞもう、眠らずにお療治ができないようなら、もう、もう快《なお》らんでもいい、よしてください」

　聞くがごとくんば、伯爵夫人は、意中の秘密を夢現の間に人に呟《つぶや》かんことを恐れて、死をもてこれを守ろうとするなり。良人《おつと》たる者がこれを聞ける胸中いかん。この言《こと》をしてもし平生《へいぜい》にあらしめば、かならず一条の紛紜《ふんうん》を惹起《ひきおこ》すに相違なきも、病者に対して看護の地位に立てる者は何らのこともこれを不問《ふもん》に帰せざるべからず。しかも吾《おの》が口よりして、あからさまに秘密ありて人に聞かしむることを得ずと、断乎《だんこ》としていい出《いだ》せる、夫人の胸中を推《すい》すればむしろ一段のものあらん。

　伯爵は温乎《おんこ》として、

「私にも、聞かされぬことなンか。え、奥《おく》」

「はい、誰にも聞かすことはなりません」

　夫人は決然たるものありき。

「何も魔酔剤《ますいざい》を嗅《か》いだからって、譫言《うわごと》をいうという、極ったこともなさそうじゃの」

「いいえ、このくらい思っていれば、きっといいますに違いありません」

「そんな、また、むりをいう」

「もう、ごめんくださいまし」

　投棄《なげすつる》がごとくかくいいつつ、伯爵夫人は寝返りして、横に背《そむ》かんとしたりしが、病める身のままならで、歯を鳴らす音聞えたり。

ために顔の色の動かざるものは、ただかの医学士一人《いちにん》あるのみ。彼はさきにいかにしけん、ひとたびその平生を失せしが、今やまた自若《じじゃく》となりたり。

侯爵は渋面《じゅうめん》造りて、

「貴船、こりゃなんでも姫《ひい》を連れてきて、みせることじゃの、なんぼでも児《こ》の可愛さには我《が》折れよう」

伯爵は頷《うなず》きて、

「これ、綾《あや》」

「は」と腰元は振返る。

「何を、姫をつれてこい」

夫人はたまらず遮《さえぎ》りて、

「綾、連れてこんでもいい。なぜ、眠らなけりゃ、療治《りょうじ》はできないか」

看護婦は窮《きゅう》したる微笑《えみ》を含みて、

「お胸を少し切りますので、お動き遊ばしちゃあ、危険《けんのん》でございます」

「なに、私ゃ、じっとしている、動きゃあしないから、切っておくれ」

予はそのあまりの無邪気《むじゃき》さに、覚《おぼ》えず失笑《しっしょう》を禁じえざりき。おそらく今日の切開術は、眼《まなこ》を開きてこれを見るものあらじとぞ思えるをや。

看護婦はまたいえり。

「それは夫人《おくさま》いくら何でもちっとはお痛み遊ばしましょうから、爪をお取り遊ばすとは違いますよ」

夫人はここにおいてぱっちりと眼《まなこ》を睜《ひら》けり。気もたしかなりけん、声は凛《りん》として、

「刀《とう》を取る先生は、高峰様《さん》だろうね！」

「はい、外科科長です。いくら高峰様でも痛くなくお切り申すことはできません」

「いいよ、痛かあないよ」

「夫人、あなたの御病気はそんな手軽いのではありません。肉を殺《そ》いで、骨を削《けず》るのです。ちっとの間御辛抱《ごしんぼう》なさい」

臨検の医博士はいまはじめてかくいえり。これとうてい関雲長《かんうんちょう》にあらざるよりは、堪《た》えうべきことにあらず。しかるに夫人は驚く色なし。

「そのことは存じております。でもちっともかまいません」

「あんまり大病なんで、どうかしおったと思われる」

と伯爵は愁然《しゅうぜん》たり。侯爵はかたわらより、

「ともかく、今日はまあ見合わすとしたらどうじゃの。後でゆっくりと、いい聞かすがよかろう」

伯爵は一議《いちぎ》もなく、衆皆これに同ずるを見て、かの医博士は遮《さえぎ》りぬ。

「一時《ひととき》後れては、取返しがなりません。いったい、あなた方は病を軽蔑《けいべつ》していらるるから埒《らち》あかん。感情をとやかくいうのは姑息《こそく》です。看護婦ちょっとお押え申せ」

いと厳《おごそか》なる命の下に五名の看護婦はバラバラと夫人を

囲《かこ》みて、その手と足とを押えんとせり。彼らは服従をもって責任とす。たんに、医師の命をだに奉ずればよし、あえて他の感情を顧《かえりみ》ることを要せざるなり。

「綾！　来て措くれ。あれ！」

と夫人は絶入《たえい》る呼吸にて、腰元を呼びたまえば、慌《あわ》てて看護婦を遮《さえぎ》りて、

「まあ、ちょっと待ってください。夫人《おくさま》、どうぞ、御堪忍《ごかんにん》遊《あそ》ばして」と優しき腰元はおろおろ声。

夫人の面《おもて》は蒼然《そうぜん》として、

「どうしても肯《き》きませんか。それじゃ全快《なお》っても死《しん》でしまいます。いいからこのままで手術をなさいと申すのに」

と真白く細き手を動かし、かろうじて衣紋《えもん》を少し寛《くつろ》げつつ、玉のごとき胸部を顕《あら》わし、

「さ、殺されても痛かあない。ちっとも動きゃしないから、だいじょうぶだよ。切ってもいい」

決然として言放てる、辞色《じしょく》ともに動かすべからず。さすが高位の御身とて、威厳《いげん》あたりを払うにぞ、満堂斉《ひと》しく声を呑み、高き咳《しわぶき》をも漏《も》らさずして、寂然《せきぜん》たりしその瞬間、さきよりちとの身動きだもせで、死灰《しかい》のごとくに見えたる高峰、軽く身を起して椅子《いす》を離れ、

「看護婦、刀《メス》を」

「ええ」と看護婦の一人《いちにん》は、眼《まなこ》を瞬《みは》りて猶予《ためら》えり。一同斉《いちどうひと》しく愕然《がくぜん》として、医学士の面《おもて》を瞻《みまも》る時、他の一人の看護婦は少しく漂えながら、消毒したる刀《メス》を取りてこれを高峰に渡したり。

医学士は取るとそのまま、靴音軽く歩《ほ》を移して、つと手術台に近接せり。

看護婦はおどおどしながら、

「先生、このままでいいですか」

「ああ、いいだろう」

「じゃあ、お押え申しましょう」

医学士はちょいと手を挙げて、軽く押留め、

「なに、それにも及ぶまい」

いう時疾《はや》くその手はすでに病者の胸をかき開《あ》けたり。夫人は両手を肩に組みて身動きだもせず。

かかりし時医学士は、誓《ちか》うがごとく、深重厳粛《しんちょうげんしゅく》なる音調《おんちょう》もて、

「夫人、責任を負って手術します」

時に高峰の風采《ふうさい》は一種神聖《しんせい》にして、犯すべからざる異様のものにてありしなり。

「どうぞ」と一言答《ひとことこた》えたる、夫人が蒼白なる両の頬《ほお》に刷《は》けるがごとき紅《こう》を潮《ちょう》しつ。じっと高峰を見詰めたるまま、胸に望める鋭刀《ナイフ》にも眼《まなこ》を塞《ふさ》がんとはなさざりき。

と見れば雪の寒紅梅《かんこうばい》、血汐《ちしお》は胸よりつと流れて、さと白衣《びゃくえ》を染むるとともに、夫人の顔は旧《もと》のごとく、いと蒼白くなりけるが、はたせるかな自若《じじゃく》として、足の指をも動かさざ

りき。

　ことのここに及べるまで、医学士の挙動脱兎《きょうどだっと》のごとく神《しん》速《そく》にしていささか間《かん》なく、伯爵夫人の胸を割《さ》くや、一同はもとよりかの医博士に到《いた》るまで、言《ことば》を挟《さしはさ》むべき寸隙《すんげき》とてもなかりしなるが、ここにおいてか、わななくあり、面《おもて》を蔽《お》うあり、背向《そがい》になるあり、あるは首《こうべ》を低《た》るるあり、予のごときも我を忘れて、ほとんど心臓まで寒くなりぬ。

　三秒《さんセコンド》にして彼が手術は、ハヤその佳境《かきょう》に進みつつ、刀骨に達すと覚しき時、

「あ」と深刻なる声を絞《しぼ》りて二十日《はつか》以来《いらい》寝返りさえも得せずと聞きたる、夫人は俄然《がぜん》器械のごとく、その半身を刎起《はねお》きつつ、刀取れる高峰が右手《めて》の腕《かいな》に、両手を確《しか》と取縋《とりすが》りぬ。

「痛みますか」

「いいえ、あなただから、あなただから」

　かく言いかけて伯爵夫人は、がっくりと仰向《あおむけ》きつつ、凄《せい》冷極《れいきわま》りなき最後の眼《まなこ》に、国手《こくしゅ》をじっと瞻《みまも》りて、

「でも、あなたは、あなたは、私を知りますまい！」

　いう時晩し、高峰が手にせる刀に片手を添えて、乳の下深くかき切りぬ。

　医学士は真蒼になりて戦きつつ、

「忘れません」

　その声、その呼吸《いき》、その姿、その声、その呼吸、その姿。伯爵夫人嬉《うれ》しげに、いとあどけなき微笑《えみ》を含みて、高峰の手より手をはなし、ばったり、枕に伏すとぞ見えし、唇の色変りたり。

　その時の二人が状《さま》、あだかも二人の身辺には、天なく、地なく、社会なく、まったく人なきがごとくなりし。

## 下

　数うれば、はや九年前《くねんぜん》なり。高峰がそのころはいまだ医科大学に学生なりし砌《みぎり》なりき。一日《あるひ》予は彼とともに、小石川なる植物園に散策《さんさく》しつ。五月五日躑躅《つつじ》の花盛《さかん》なりし。彼とともに手を携《たずさ》え、芳草《ほうそう》の間を出つ、入りつ。園内の公園なる池を繞《めぐ》りて、咲揃《さきそろ》いたる藤をも見つ。

　歩《ほ》を転じてかしこなる躑躅《つつじ》の丘に上《のぼ》らんとて、池に添いつつ歩める時、かなたより来りたる、一群《ひとむれ》の観客《かんかく》あり。

　一個洋服の扮装《いでたち》に煙突帽《えんとつぼう》を戴《いただ》きたる蓄髯《ちくぜん》の漢先衛《おとこせんえい》して、中に三人の婦人を囲《かこ》みて、後よりもまた同一《おなじ》様なる漢来《おとこきた》れり。彼らは貴族の御者《ぎょしゃ》なりし。中なる三人の婦人《おんな》たちは、いちように深張の蝙蝠傘《こうもりがさ》を指翳《さしかざ》して、裾捌《すそさばき》の音いと冴《さや》かに、するすると練《ねり》きたれる、ト行違《ゆきちが》いざま高峰は、思わず後を見返りたり。

「見たか」

　高峰は頷《うなず》きぬ。「むむ」

　かくて丘に上りて躑躅《つつじ》を見たり。躑躅は美なりしなり。されどただ赤かりしのみ。

かたわらのベンチに腰懸けたる、商人体《あきゅうどてい》の壮佼《わかもの》あり。

「吉《きっ》さん、今日いいことをしたぜなあ」

「そうさね、たまにゃお前のいうことを聞くもいいかな。浅草へ行ってここへ来なかったろうもんなら、拝《おが》まれるんじゃなかったっけ」

「何しろ、三人とも揃《そろ》ってらあ、どれが桃やら桜やらだ」

「一人は丸髷《まるまげ》じゃあないか」

「どの道はや御相談になるンじゃあなし、丸髷でも、束髪《そくはつ》でも、ないししゃぐまでも何でもいい」

「そりやそうと、あの風じゃあ、ぜひ、高島田とくるところを、銀杏《いちょう》と出たなあどういう気だろう」

「銀杏、合点がいかぬかい」

「ええ、わりい洒落《しゃれ》だ」

「何でも貴姑方《あなた》がお忍びで、目立たぬようにという肚《はら》だ。ね、それ、真中のに水ぎわが立ってたろう。いま一人が影武者というのだ」

「そこでお召物《めしもの》は何と踏《ふん》だ」

「藤色と踏んだよ」「え、藤色とばかりじゃ、本読《ほんよみ》が納《おさ》まらねえの。足下《そこ》のようでもないじゃあないか」

「眩《まばゆ》くってうなだれたね、おのずと天窓《あたま》があがらなかった」

「そこで帯から下へ目をつけたろう」

「ばかをいわっし、もったいない。見しやそれとも分《わ》かぬ間だったよ。ああ、残惜《のこりおし》い」

「あのまた、歩行《あるき》ぶりといったらなかったよ。ただもう、すうッとこう霞《かすみ》に乗って行くようだっけ。裾捌《すそさばき》、褄《つま》はずれなんということを、なるほどと見たは今日が最初《はじめ》てよ。どうもお育柄《そだちがら》はまた格別違ったもんだ。ありゃもう自然、天然と雲上《うんじょう》になったんだな。どうして下界の奴ばらが真似《まね》ようたってできるものか」

「ひどくいうな」

「ほんのこったが私《わっし》ゃそれ御存じのとおり、北廓《なか》を三年が間、金比羅様《こんぴらさま》に断《た》ったというもんだ。ところが、何のことあない、肌守《はだまもり》を懸けて、夜中に土堤《どて》を通ろうじゃあないか、罰《ばち》のあたらないのが不思議さね。もうもう今日という今日は発心《ほっしんき》切った。あの醜婦《すべった》どもどうするものか、見なさい、アレアレちらほらとこうそこいらに、赤いものがちらつくが、どうだ。まるでそら、芥塵《ごみ》か、蛆《うじ》が、蠢《うご》いているように見えるじゃあないか。ばかばかしい」

「これはきびしいね」

「じょうだんじゃあない。あれ見な、やっぱりそれ手があって、足で立って、着物も羽織もぞろりとお召で、おんなじような蝙蝠傘《こうもりがさ》で立ってるところは、憚《はばか》りながらこれ人間の女だ、しかも女の新造だ。女の新造《しんぞ》に違いはないが、今拝んだのと。較べてどうだい。まるでもって、くすぶって、何といっていいか汚れきっていらあ。あれでもおなじい女だっさ、へん、聞いて呆《あき》れらい」

「おや、おやどうした大変なことをいいだしたぜ。しかしまったくだよ。私《わし》もさ、今まではこう、ちょいとした女を見ると、ついそのなんだ。いっしょに歩く貴公《きこう》にも、ずいぶん迷惑を懸けたっけが、今のを見てからもうもう胸がすっきりした。何だかせいせいとする、以来女はふっつりだ」

「それじゃあ生涯《しょうがい》ありつけまいぜ、源吾とやら、みずからは、とあの姫様《ひいさま》が、いいそうもないからね」

「罰《ばち》があたらあ、あてこともない」

「でも、あなたやあ、と来たらどうする」

「正直なところ、私《わっし》は遁《に》げるよ」

「足下《そこ》もか」「え、君は」

「私も遁げるよ」と目を合わせつ。しばらく言途絶《ことばとだ》えたり。

「高峰、ちっと歩こうか」

予は高峰とともに立上りて、遠くかの壮佼《わこうど》を離れし時、高峰はさも感じたる面色《おももち》にて、

「ああ、真の美の人を動かすことあのとおりさ、君はお手のもだ、勉強したまえ」

予は画師《えし》たるがゆえに動かされぬ。行くこと数百歩《すひゃくほ》、かの樟《くす》の大樹《たいじゅ》の鬱蓊《うつおう》たる木の下蔭の、やや薄暗きあたりを行く藤色の衣《きぬ》の端を遠くよりちらとぞ見たる。

園を出ずれば丈高く肥《こ》えたる馬二頭立ちて、磨硝子入《すりガラスい》りたる馬車に、三個の馬丁《べっとう》休らいたりき。その後九年を経て病院のかのことありしまで、高峰はかの婦人のことにつきて、予にすら一言《ひとこと》をも語らざりしかど、年齢においても、地位においても、高峰は室《しつ》なからざるべからざる身なるにもかかわらず、家を納《おさ》むる夫人なく、しかも彼は学生たりし時代より品行いっそう謹厳《きんげん》にてありしなり。予は多くをいわざるべし。青山の墓地と、谷中の墓地と、所こそは変りたれ、同一日に前後して相逝《あいゆ》けり。

語を寄す天下の宗教家、彼ら二人は罪悪ありて、天に行くことを得ざるべきか。

# にごりえ

樋口一葉

## 一

おい木村さん信《しん》さん寄ってお出《いで》よ、お寄りといったら寄っても宜《い》いではないか、又素通りで二葉《ふたば》やへ行く気だらう、押かけて行って引ずって来るからさう思ひな、ほんとにお湯《ぶう》なら帰りに屹度《きつと》よってお呉《く》れよ、嘘っ吐《つ》きだから何を言ふか知れやしないと店先に立って馴染《なじみ》らしき突かけ下駄の男をとらへて小言をいふやうな物の言ひぶり、腹も立たずか言訳しながら後刻《のち》に後刻にと行過るあとを、一寸《ちよつと》舌打しながら見送って後にも無いもんだ来る気もない癖に、本当に女房もちに成っては仕方がないねと店に向って閾《しきゐ》をまたぎながら一人言をいへば、高ちゃん大分御述懐だね、何もそんなに案じるにも及ぶまい焼棒杭《やけぼつくひ》と何とやら、又よりの戻る事もあるよ、心配しないで呪《まじなひ》でもして待つが宜いさと慰めるやうな朋輩《ほうばい》の口振、力《りき》ちゃんと違って私しには技倆《うで》が無いからね、一人でも逃しては残念さ、私しのやうな運の悪るい者には呪も何も聞きはしない、今夜も又木戸番か何たら事だ面白くもないと肝癪《かんしやく》まぎれに店前《みせさき》へ腰をかけて駒下駄のうしろでとん〳〵と土間を蹴るは二十の上を七つか十か引眉毛《ひきまゆげ》に作り生際《はえぎは》、白粉《おしろい》べったりとつけて唇は人喰ふ犬の如く、かくては紅も厭やらしき物なり、お力と呼ばれたるは中肉の背恰好すらりっとして洗ひ髪の大嶋田《おほしまだ》に新わらのさわやかさ、頸《えり》もと計《ばかり》の白粉も栄えなく見ゆる天然の色白をこれみよがしに乳《ち》のあたりまで胸くつろげて、烟草《たばこ》すぱ〳〵長烟管《ながきせる》に立膝の無作法さも咎《とが》める人のなきこそよけれ、思ひ切ったる大形《おほがた》の裕衣《ゆかた》に引かけ帯は黒繻子《くろじゆす》と何やらのまがひ物、緋《ひ》の平ぐけが背の処に見えて言はずと知れし此あたりの姉さま風なり、お高といへるは洋銀の簪《かんざし》で天神がへしの髷の下を掻きながら思ひ出したやうに力ちゃん先刻《さつき》の手紙お出しかといふ、はあと気のない返事をして、どうで来るのでは無いけれど、あれもお愛想さと笑って居るに、大底におしよ巻紙二尋《ふたひろ》も書いて二枚切手の大封じがお愛想で出来る物かな、そして彼の人は赤坂以来《から》の馴染ではないか、少しやそっとの紛雑《いざ》があろうとも縁切れになって溜《たま》る物か、お前の出かた一つで何《ど》うでもなるに、ちっとは精を出して取止めるやうに心がけたら宜《よ》かろ、あんまり冥利《みやうり》がよくあるまいと言へば御親切に有がたう、御異見は承り置まして私はどうも彼《あ》んな奴は虫が好かないから、無き縁とあきらめて下さいと人事《ひとごと》のやうにいへば、あきれたものだのと笑ってお前なぞは其我まゝが通るから豪勢《がうせい》さ、此身になっては仕方がないと団扇《うちは》を取って足元をあふぎながら、昔しは花よの言ひなし可笑《をか》しく、表を通る男を見かけて寄ってお出でと夕ぐれの店先にぎはひぬ。

店は二間間口の二階作り、軒には御神燈《ごじんとう》さげて盛り塩景気よく、空壜か何か知らず、銘酒《めいしゆ》あまた棚の上にならべて帳場めきたる処も見ゆ、勝手元には七輪を煽《あふ》ぐ音折折に騒がしく、女主《あるじ》が手づから寄せ鍋茶碗むし位はなるも道理《ことわり》、表にかゝげし看板を見れば子細《しさい》らしく御料理とぞしたゝめける、さりとて仕出し頼みに行たらば何とかいふらん、俄《にはか》に今日《こんにち》品切れもをかしかるべく、女ならぬお客様は手前店へお出かけを願ひますると言ふにかたからん、世は御方便や商売がらを心得て口取り焼肴《やきざかな》とあつらへに来る田舎ものもあらざりき、お力といふは此家の一枚看板、年は随一若けれども客を呼ぶに妙ありて、さのみは愛想の嬉しがらせを言ふやうにもなく我まゝ至極《しごく》の身の振舞、少し容貌《きりやう》の自慢かと思へば小面《こづら》が憎くいと蔭口いふ朋輩もありけれど、交際《つきあつ》ては存《ぞん》の外《ほか》やさしい処があって女ながらも離れともない心持がする、あゝ心とて仕方のないもの面ざしが何処《どこ》となく冴《さ》へて見へるは彼の子の本性が現はれるのであらう、誰しも新開へ這入《はい》るほどの者で菊の井のお力を知らぬはあるまじ、菊の井のお力か、お力の菊の井か、さても近来まれの拾ひもの、あの娘《こ》のお蔭で新開の光りが添はった、抱へ主は神棚へさゝげて置いても宜《よ》いとて軒並びの羨み種《ぐさ》になりぬ。

お高は往来《ゆきゝ》の人のなきを見て、力ちゃんお前の事だから何があったからとて気にしても居まいけれど、私は身につまされて源さんの事が思はれる、夫《それ》は今の身分に落ぶれては根っから宜いお客ではないけれども思ひ合ふたからには仕方がない、年が違《ちが》をが子があろがさ、ねへ左様《さう》ではないか、お内儀《かみ》さんがあるといって別れられる物かね、構ふ事はない呼出してお遣《や》り、私しのなぞといったら野郎が根から心替《こゝろがは》りがして顔を見てさへ逃げ出すのだから仕方がない、どうで諦《あきら》め物で別口《べつくち》へかゝるのだがお前のは其れと違ふ、了簡《れうけん》一つでは今のお内儀さんに三下《みくだ》り半《はん》をも遣られるのだけれど、お前は気位が高いから源さんと一処《ひとつ》にならうとは思ふまい、夫だもの猶《なほ》の事呼ぶ分に子細があるものか、手紙をお書き今に三河やの御用聞きが来るだらうから彼の子《こ》僧《ぞう》に使ひやさんを為《さ》せるが宜い、何の人お嬢様ではあるまいし御遠慮計申《ばかりまをし》てなる物かな、お前は思ひ切りが宜すぎるからいけない兎も角《かく》手紙をやって御覧、源さんも可愛さうだわなと言ひながらお力《りき》を見れば烟管《きせる》掃除に余念のなきか俯向たるまゝ物いはず。

やがて雁首《がんくび》を奇麗に拭いて一服《いつぷく》すってポンとはたき、又すいつけてお高に渡しながら気をつけてお呉れ店先で言はれると人聞きが悪いではないか、菊の井のお力は土方の手伝ひを情夫《まぶ》に持つなど、考違《かんちが》へをされてもならない、夫は昔しの夢がたりさ、何の今は忘れて仕舞て源とも七とも思ひ出されぬ、もう其話しは止め〳〵といひながら立あがる時表を通る兵児帯《へこおび》の一むれ、これ石川さん村岡さんお力の店をお忘れなされたかと呼べば、いや相変らず豪傑《がうけつ》の声かゝり、素通りもなるまいとてずっと這入るに、忽《たちま》ち廊下にばた〳〵といふ足おと、姉さんお銚子と声をかければ、お肴《さかな》は何をと答ふ、三味《さみ》の音《ね》景気よく聞えて乱舞の足音これよりぞ聞え初《そめ》ぬ。

二

さる雨の日のつれ〴〵に表を通る山高帽子の三十男、あれなりと捉《と》らずんば此降りに客の足とまるまじとお力かけ出して袂にすがり、何《ど》うでも遣《や》りませぬと駄々《だゞ》をこねれば、容貌よき身の一徳、例になき子細らしきお客を呼入れて二階の六畳に三味線なしのしめやかなる物語、年を問はれて名を問はれて其次《そのつぎ》は親もとの調べ、士族かといへば夫《そ》れは言はれませぬといふ、平民かと問えば何うござんしょうかと答ふ、そんなら華族と笑ひながら聞くに、まあ左様おもふて居て下され、お華族の姫様《ひいさま》が手づからのお酌《しやく》、かたじけなくお受けなされとて波々とつぐに、さりとは無作法な置つぎといふが有る物か、夫れは小笠原か、何流ぞといふに、お力流とて菊の井一家の左法《さはふ》、畳に酒のまする流気《りうぎ》もあれば、大平《おほひら》の蓋《ふた》であほらする流気もあり、いやなお人にはお酌をせぬといふが大詰めの極《きま》りでござんすとて臆《おく》したるさまもなきに、客はいよ〳〵面白がりて履歴《りれき》をはなして聞かせよ定めて凄《すさ》まじい物語があるに相違なし、たゞの娘あがりとは思はれぬ何うだとあるに、御覧なさりませ未だ鬢《びん》の間に角も生へませず、其やうに甲羅《かふら》は経ませぬとてころ〳〵と笑ふを、左様ぬけてはいけぬ、真実の処を話して聞かせよ、素性が言へずば目的でもいへとて責める、むづかしうござんすね、いふたら貴君《あなた》びっくりなさりましょ天下を望む大伴《おほとも》の黒主《くろぬし》とは私が事とていよ〳〵笑ふに、これは何うもならぬ其やうに茶利《ちやり》ばかり言はで少し真実《しん》の処を聞かしてくれ、いかに朝夕を嘘の中に送るからとてちっとは誠も交る筈、良人はあったか、それとも親故かと真に成って聞かれるにお力かなしく成りて私だとて人間でござんすほどに少しは心にしみる事もありまする、親は早くになくなって今は真実《ほん》の手と足ばかり、此様な者なれど女房に持たうといふて下さるも無いではなけれど未だ良人をば持ませぬ、何うで下品に育ちました身なれば此様な事して終るのでござんしょと投出したやうな詞《ことば》に無量の感が溢《あふ》れてあだなる姿の浮気らしきに似ず一節《ひとふし》さむろう様子のみゆるに、何も下品に育ったからとて良人の持てぬ事はあるまい、殊にお前のやうな別品さむではあり、一足とびに玉の輿《こし》にも乗れさうなもの、夫《そ》れとも其《その》やうな奥様あつかひ虫が好かで矢張伝法肌《でんぽふはだ》の三尺帯が気に入るかなと問へぼ、どうで其処《そこ》らが落でござりましよ、此方で思ふやうなは先様《さきさま》が嫌なり、来いといって下さるお人の気に入るもなし、浮気のやうに思召《おぼしめし》ましょうが其日送りでござんすといふ、いや左様は言はさぬ相手のない事はあるまい、今店先で誰れやらがよろしく言ふたと他《ほか》の女が言伝《ことづて》たでは無いか、いづれ面白い事があらう何とだといふに、あゝ貴君《あなた》もいたり穿索《せんさく》なさります、馴染《なじみ》はざら一面、手紙のやりとりは反古《ほご》の取かへッこ、書けと仰《おつ》しゃれば起証《きしよう》でも誓紙《せいし》でもお好み次第さし上ませう、女夫《めをと》やくそくなどと言っても此方《こち》で破るよりは先方様の性根なし、主人もちなら主人が怕《こは》く親もちなら親の言ひなり、振向ひて見てくれねば此方も追ひかけて袖を捉らへるに及ばず、夫《それ》なら廃《よ》せとて夫《そ》れ限りに成りまする、相手はいくらもあれども一生を頼む人が無いのでござんすとて寄る辺なげなる風情《ふぜい》、もう此様な話しは廃《よ》しにして陽気にお遊びなさりまし、私は何も沈んだ事は大嫌ひ、さわいでさわいで騒ぎぬかうと思ひますとて手を扣《たゝ》いて朋輩を呼べば力ちゃん大分おしめやかだねと三十女の厚化粧が来るに、おい此娘の可愛い人は何といふ名だと突然《だしぬけ》に問はれて、はあ私はまだお名前を承りませんでしたといふ、嘘をいふと盆が来るに焔魔様《ゑんまさま》へお参りが出来まいぞと笑へば、夫れだとって貴君《あなた》今日お目にかかったばかりでは御坐りませんか、今改めて伺ひに出やうとして居ましたといふ、夫れは何の事だ、貴君のお名をさと揚げられて、馬鹿〳〵お力が怒るぞと大景気、無駄ばなしの取りやりに調子づいて旦那のお商売を当て見ませうかとお高がいふ、何分願ひますと手のひらを差出せば、いゑ夫《それ》には及びませぬ人相で見まするとて如何《いか》にも落つきたる顔つき、よせ〳〵じっと眺められて棚《たな》おろしでも始まっては溜《たま》らぬ、斯う見えても僕は官員だといふ、嘘を仰《おつ》しゃれ日曜のほかに遊んであるく官員様があります物か、力ちゃんまあ何でいらっしゃらうといふ、化物ではいらっしゃらないよと鼻の先で言って分った人に御褒賞《ごはうび》だと懐中《ふところ》から紙入れを出せば、お力笑ひながら高ちゃん失礼をいってはならない此お方は御大身《ごたいしん》の御華族様おしのびあるきの御遊興さ、何の商売などがおありなさらう、そんなのでは無いと言ひながら蒲団《ふとん》の上に乗せて置きし紙入れを取あげて、お相方《あひかた》の高尾にこれをばお預けなされまし、みなの者に祝義でも遣《つか》はしませうとて答へも聞かずずん〳〵と引出すを、客は柱に寄かゝって眺めながら小言もいはず、諸事おまかせ申すと寛大の人なり。

お高はあきれて力ちゃん大底《たいてい》におしよといへども、何《なに》宜《い》いのさ、これはお前にこれは姉さんに、大きいので帳場の払ひを取って残りは一同《みんな》にやっても宜いと仰《おつ》しゃる、お礼を申て頂いてお出でと蒔散《まきち》らせば、これを此娘《このこ》の十八番に馴れたる事とて左《さ》のみは遠慮もいふては居ず、旦那よろしいのでございますかと駄目を押して、有《あり》がたうございますと掻《か》きさらって行くうしろ姿、十九にしては更《ふ》けてるねと旦那どの笑ひ出すに、人の悪るい事を仰しゃるとてお力は起って障子を明け、手摺《てす》りに寄って頭痛をたゝくに、お前はどうする金は欲しくないかと問はれて、私は別にほしい物がござんした、此品《これ》さへ頂けば何よりと帯の間から客の名刺をとり出して頂くまねをすれば、何時の間に引出した、お取かへには写真をくれとねだる、此次の土曜日に来て下されば御一処にうつしませうとて帰りかゝる客を左のみは止めもせず、うしろに廻りて羽織を着せながら、今日は失礼を致しました、亦《また》のお出を待ますといふ、おい程の宜い事をいふまいぞ、空誓文《からせいもん》は御免《ごめん》だと笑ひながらさっ〳〵と立って階段《はしご》を下りるに、お力帽子を手にして後から追ひすがり、嘘か誠か九十九夜の辛棒《しんぼう》をなさりませ、菊の井のお力は鋳型《いがた》に入った女でござんせぬ、又形《なり》のかはる事もありまするといふ、旦那お帰りと聞て朋輩の女、帳場の女主《あるじ》もかけ出して唯今《たゞいま》は有がたうと同音の御礼、頼んで置いた車が来しとて此処からして乗り出せば、家中表へ送り出してお出を待まするの愛想、御祝義の余光《ひかり》としられて、後には力ちゃん大明神様これにも有がたうの御礼山々。

三

客は結城朝之助《ゆふきとものすけ》とて、自ら道楽ものとは名のれども実体《じってい》なる処折々に見えて身は無職業妻子なし、遊ぶに屈強なる年頃なればにや是れを初めに一週には二三度の通ひ路、お力も何処《どこ》となく懐かしく思ふかして三日見えねば文をやるほどの様子を、朋輩の女子ども岡焼《をかやき》ながら弄《から》かひては、力ちゃんお楽しみであらうね、男振はよし気前はよし、今にあの方は出世をなさるに相違ない、其時はお前の事を奥様とでもいふのであらうに今っから少し気をつけて足を出したり湯呑みであほるだけは廃《や》めにおし人がらが悪いやねと言ふもあり、源さんが聞たら何うだらう気違ひになるかも知れないとて冷評《ひやかす》もあり、あゝ馬車にのって来る時都合が悪るいから道普請からして貰いたいね、こんな溝板《どぶいた》のがたつく様な店先へ夫《それ》こそ人がらが悪《わろ》くて横づけにもされないではないか、お前方も最《も》う少しお行義《ぎやうぎ》を直してお給仕に出られるやう心がけてお呉れとずば〳〵といふに、ヱゝ憎くらしい其もののいひを少し直さずば奥様らしく聞へまい、結城さんが来たら思ふさまいふて、小言をいはせて見せようとて朝之助の顔を見るより此様な事を申て居まする、何うしても私共の手にのらぬやんちゃなれば貴君から叱って下され、第一湯呑みで呑むは毒でござりましょと告口《つげぐち》するに、結城は真面目《まじめ》になりてお力酒だけは少しひかへろとの厳命、あゝ貴君のやうにもないお力が無理にも商売して居られるは此力と思し召さぬか、私に酒気が離れたら坐敷は三昧堂《さんまいだう》のやうに成りませう、ちっと察して下されといふに成程成程とて結城は二言といはざりき。

或る夜の月に下坐敷へは何処やらの工場の一連《むれ》、丼《どんぶり》たゝいて甚九《じんく》かっぽれの大騒ぎに大方の女子は寄集まって、例の二階の小坐敷には結城とお力の二人限りなり、朝之助は寝ころんで愉快らしく話しを仕かけるを、お力はうるさゝうに生返事をして何やらん考へて居る様子、何《ど》うかしたか、又頭痛でもはじまったかと聞かれて、何頭痛も何もしませぬけれど頻に持病が起ったのですといふ、お前の持病も肝癪《かんしやく》か、いゝゑ、血の道か、いいゑ、夫《それ》では何だと聞かれて、何《ど》うも言ふ事は出来ませぬ、でも他の人ではなし僕ではないか何《ど》んな事でも言ふて宜《よ》さそうなもの、まあ何の病気だといふに、病気ではござんせぬ、唯こんな風になって此様な事を思ふのですといふ、困った人だな種々《いろ〳〵》秘密があると見える、お父《とつ》さんはと聞けば言はれませぬといふ、お母《つか》さんはと問へば夫れも同じく、これまでの履歴《りれき》はといふに貴君には言はれぬといふ、まあ嘘でも宜いさよしんばば作り言にしろ、かういふ身の不幸《ふしあはせ》だとか大底の女《ひと》は言はねばならぬ、しかも一度や二度あふのではなし其位の事を発表しても子細はなからう、よし口に出して言はなからうともお前に思ふ事がある位めくら按摩《あんま》に探《さ》ぐらせても知れた事、聞かずとも知れて居るが、夫れをば聞くのだ、どっち道同じ事だから持病といふのを先きに聞きたいといふ、およしなさいまし、お聞きになっても詰《つま》らぬ事でござんすとてお力は更に取あはず。

折から下坐敷より杯盤《はいばん》を運びきし女の何やらお力に耳打して兎《と》も角《かく》も下までお出よといふ、いや行き度《たく》ないからよしてお呉《く》れ、今夜はお客が大変に酔ひましたからお目にかゝったとてお話しも出来ませせぬと断ってお呉れ、あゝ困った人だねと眉を寄せるに、お前それでも宜いのかへ、はあ宜いのさとて膝の上で撥《ばち》を弄《もてあそ》べば、女は不思議さうに立ってゆくを客は聞すまして笑ひながら御遠慮には及ばない、逢って来たら宜からう、何もそんなに体裁には及ばぬではないか、可愛い人を素戻しもひどからう、追ひかけて逢ふが宜い、何なら此処へでも呼び給《たま》へ、片隅へ寄って話しの邪魔はすまいからといふに、串談《じようだん》はぬきにして結城さん貴君に隠くしたとて仕方がないから申ますが町内で少しは巾もあった蒲団《ふとん》やの源七といふ人、久しい馴染でござんしたけれど今は見るかげもなく貧乏して八百屋の裏の小さな家にまい〳〵つぶろの様になって居まする、女房もあり子供もあり、私がやうな者に逢ひに来る歳ではなけれど、縁があるか未だに折ふし何の彼のといって、今も下坐敷へ来たのでござんせう、何も今さら突出すといふ訳ではないけれど逢っては色々面倒な事もあり、寄らず障《さは》らず帰した方が好いのでござんす、恨《うら》まれるは覚悟の前、鬼だとも蛇だとも思ふがようござりますとて、撥《ばち》を畳に少し延びあがりて表を見おろせば、何と姿が見えるかと嬲《なぶ》る、あゝ最《も》う帰ったと見えますとて茫然《ぼん》として居るに、持病といふのは夫れかと切込まれて、まあ其様な処でござんせう、お医者様でも草津の湯でも薄淋しく笑って居るに、御本尊を拝みたいな俳優《やくしや》で行ったら誰れの処だといへば、見たら吃驚《びつくり》でござりませう色の黒い背の高い不動さまの名代《みやうだい》といふ、では心意気かと問はれて、此様な店で身上《しんしやう》はたくほどの人、人の好いばかり取得《とりえ》とては皆無でござんす、面白くも可笑しくも何ともない人といふに、夫れにお前は何うして逆上《のぼ》せた、これは聞き処と答は起かへる、大方逆上性《のぼせしやう》なのでござんせう、貴君の事をも此頃は夢に見ない夜はござんせぬ、奥様のお出来なされた処を見たり、ぴったりと御出のとまった処を見たり、まだ〳〵一層《もつと》かなしい夢を見て枕紙がびっしょりに成った事もござんす、高ちゃんなどは夜る寐るからとても枕を取るよりはやく鼾《いびき》の声たかく、好い心持らしいが何《ど》んなに浦山《うらやま》しうござんせう、私はどんな疲れた時でも床へ這入《はい》ると目が冴《さ》へて夫《それ》は夫は色々の事を思ひます、貴君は私に思ふ事があるだらうと察して居て下さるから嬉しいけれど、よもや私が何をおもふか夫れこそはお分りに成りますまい、考へたとて仕方がない故《ゆゑ》人前ばかりの大陽気、菊の井のお力は行《ゆき》ぬけの締りなしだ、苦労といふ事はしるまいと言ふお客様もござります、ほんに因果とでもいふものか私が身位かなしい者はあるまいと思ひますとて潸然《さめ〴〵》とするに、珍らしい事陰気のはなしを聞かせられる、慰めたいにも本末《もとすゑ》をしらぬから方がつかぬ、夢に見てくれるほど実があらば奥様にしてくれろ位いひそうな物だに根っからお声がかりも無いは何ういふ物だ、古風に出るが袖ふり合ふもさ、こんな商売を嫌だと思ふなら遠慮なく打明けばなしを為《す》るが宜《い》い、僕は又お前のやうな気では寧《いつそ》気楽だとかいふ考へで浮いて渡る事かと思ったに、夫れでは何か理屈があって止むを得ずといふ次第か、苦しからずは承りたい物だといふに、貴君には聞いて頂かうと此間から思ひました、だけれども今夜はいけませぬ、何故《なぜ》〳〵、何故でもいけませぬ、私が我まゝ故、申まいと思ふ時は何《ど》うしても嫌やでござんすとて、ついと立って椽がはへ出るに、雲なき空の月かげ涼しく、見おろす町にからころと駒下駄のお音さして行かふ人のかげ分明《あきらか》なり、結城さんと呼ぶに、何だとて傍へゆけば、まあ此処へお座りなさいと手を取りて、あの水菓子屋で桃を買ふ子がござんしょ、可愛らしき四つ計《ばかり》の、彼子《あれ》が先刻《さつき》の人でござんす、あの小さな子心にもよく〳〵憎くいと思ふと見えて私の事をば鬼々といひまする、まあ其様な悪者に見えまするかとて、空を見あげてホッと息をつくさま、堪《た》へかねたる様子は五音《ごいん》の調子にあらはれぬ。

## 四

同じ新開の町はづれに八百屋と髪結床が庇合《ひあはひ》のやうな細露路、雨が降る日は傘もさゝれぬ窮屈さに、足もとゝては処々に溝板の落し穴あやふげなるを中にして、両側に立てたる棟割長屋《むねわりながや》、突当りの芥溜《ごみため》わきに九尺二間の上り框《かまち》朽ちて、雨戸はいつも不用心のたてつけ、流石《さすが》に一方口にはあらで山の手の仕合《しあはせ》は三尺斗《ばかり》の椽の先に草ぼうぼうの空地面それが端を少し囲って青紫蘇《あをじそ》、ゑぞ菊、隠元豆《いんげん》の蔓《つる》などを竹のあら垣に搦《から》ませたるがお力が処縁《しよえん》の源七が家なり、女房はお初といひて二十八か九にもなるべし、貧にやつれたれば七つも年の多く見えて、お歯黒《はぐろ》はまだらに生へ次第の眉毛《まゆげ》みるかげもなく、洗ひざらしの鳴海《なるみ》の裕衣を前と後を切りかへて膝のあたりは目立ぬやうに小針のつぎ当、狭帯《せまおび》きりゝと締めて蟬表《せみおもて》の内職、盆前よりかけて暑さの時分をこれが時よと大汗になりての勉強せはしなく、揃《そろ》へたる籐を天井から釣下げて、しばしの手数も省《はぶ》かんとて数のあがるを楽しみに脇目もふらぬ様あはれなり。もう日が暮れたに太吉は何故かへって来ぬ、源さんも又何処《どこ》を歩いて居るかしらんとて仕事を片づけて一服吸つけ、苦労らしく目をぱちつかせて、更に土瓶の下を穿《ほじ》くり、蚊いぶし火鉢に火を取分けて三尺の椽に持出し、拾ひ集めの杉の葉を被せてふう〳〵と吹立れば、ふす〳〵と烟たちのぼりて軒場にのがれる蚊の声凄まじゝ、太吉はがた〳〵と溝板の音をさせて母さん今戻った、お父さんも連れて来たよと門口《かどぐち》から呼立るに、大層おそいではないかお寺の山へでも行はしないかと何《ど》の位案じたらう、早くお這入《はいり》といふに太吉を先に立て、源七は元気なくぬっと上る、おやお前さんお帰りか、今日は何《ど》んなに暑かったでせう、定めて帰りが早からうと思うで行水《ぎやうずゐ》を沸かして置ました、ざっと汗を流したら何《ど》うでござんす、太吉もお湯《ぶう》に這入なといへば、あいと言って帯を解く、お待お待、今加減を見てやるとて流しもとに盥《たらひ》を据《す》へて釜の湯を汲出し、かき廻して手拭を入れて、さあお前さん此子をもいれて遣って下され、何をぐたりと為《し》てお出なさる、暑さにでも障《さは》りはしませぬか、さうでなければ一杯あびて、さっぱりに成って御膳あがれ、太吉が待って居ますからといふに、おゝ左様だと思ひ出したやうに帯を解いて流しへ下りれば、そゞろに昔しの我身が思はれて九尺二間の台処《だいどころ》で行水つかふとは夢にも思はぬもの、ましてや土方の手伝ひして車の跡押にと親は生つけても下さるまじ、あゝ詰らぬ夢を見たばかりにと、ぢっと身にしみて湯もつかはねば、父ちゃん脊中を洗ってお呉れと太吉は無心に催促する、お前さん蚊が喰ひますから早々《さつ〳〵》とお上りなされと妻も気をつくるに、おいおいと返事しながら太吉にも遣《つか》はせ我れも浴びて、上にあがれば洗ひ晒《ざら》せしさば〳〵の裕衣《ゆかた》を出して、お着かへなさいましと言ふ、帯まきつけて風の透く処へゆけば、妻は能代《のしろ》の膳のはげかゝりて足はよろめく古物に、お前の好きな冷奴《ひやゝつこ》にしましたとて小丼に豆腐《とうふ》を浮かせて青紫蘇《あをじそ》の香たかく持出せば、太吉は何時《いつ》しか台より飯櫃《めしびつ》取おろして、よっちょいよっちょいと担《かつ》ぎ出す、坊主は我れが傍に来いとて頭《つむり》を撫でつゝ箸を取るに、心は何を思ふとなけれど舌に覚えの無くて咽《のど》の穴はれたる如く、もう止めにするとて茶碗を置けば、其様な事があります物か、力業《ちからわざ》をする人が三膳の御飯のたべられぬと言ふ事はなし、気合ひでも悪うござんすか、夫れとも酷《ひど》く疲れてかと問ふ、いや何処《どこ》も何とも無いやうなれど唯たべる気にならぬといふに、妻は悲しさうな眼をしてお前さん又例のが起りましたらう、夫は菊の井の鉢肴《はちざかな》は甘《うま》くもありましたらうけれど、今の身分で思ひ出した処が何となりまする、先は売物買物お金さへ出来たら昔しのやうに可愛がっても呉れませう、表を通って見ても知れる、白粉つけて美《い》い衣類《きもの》きて迷ふて来る人を誰れかれなしに丸めるが彼の人達が商売、ああ我《お》れが貧乏に成ったから構いつけて呉れぬなと思へば何の事なく済ましょう、恨《うら》みにでも思ふだけがお前さんが未練でござんす、裏町の酒屋の若い者知ってお出なさらう、二葉やのお角に心から落込んで、かけ先を残らず使ひ込み、それを埋めやうとて雷神虎《らいじんとら》が盆蓙《ぼんござ》の端についたが身の詰り、次第に悪るい事が染みて終《つ》ひには土蔵やぶりまでしたさうな、当時《いま》男は監獄入りしてもっそう飯たべて居やうけれど、相手のお角は平気なもの、おもしろ可笑《をか》しく世を渡るに咎《とが》める人なく美事繁昌《みごとはんじやう》して居まする、あれを思ふに商売人の一徳、だまされたは此方の罪、考へたとて始まる事ではござんせぬ、夫よりは気を取直して稼業に精を出して少しの元手も拵《こしら》へるやうに心がけて下され、お前に弱られては私も此子も何《ど》うする事もならで、夫こそ路頭に迷はねばなりませぬ、男らしく思ひ切る時あきらめてお金さへ出来ようなら、お力はおろか小紫でも揚巻《あげまき》でも別荘こしらへて囲《かこ》ふたら宜《よ》うござりましょう、最《も》うそんな考へ事は止めにして機嫌よく御膳あがって下され、坊主までが陰気らしう沈んで仕舞ましたといふに、みれば茶碗と箸《はし》を其処《そこ》に置いて父と母との顔をば見くらべて何とは知らず気になる様子、こんな可愛い者さへあるに、あのやうな狸《たぬき》の忘れられぬは何の因果かと胸の中かき廻されるやうなるに、我れながら未練ものめと叱りつけて、いや我れだとて其様に何時までも馬鹿では居ぬ、お力など、名計《なばかり》もいって呉れるな、いはれると以前の不出来《ふでか》しを考へ出していよ〳〵顔があげられぬ、何の此身になって今更何をおもふものか、飯がくへぬとてもそれは身体の加減であらう、何も格別案じてくれるには及ばぬ故小僧も十分にやって呉れとて、ころりと横になって胸のあたりをはた〳〵と打あふぐ、蚊遣《かやり》の烟にむせばぬまでも思ひにもえて身の熱げなり。

五

誰れ白鬼とは名をつけし、無間地獄《むげんぢごく》のそこはかとなく景色づくり、何処にからくりのあるとも見えねど、逆《さか》さ落して血の池、借金の針の山に追ひのぼすも手の物ときくに、寄ってお出でよと甘へる声も蛇くふ雉子《きゞす》と恐ろしくなりぬ、さりとも胎内十月の同じ事して、母の乳房にすがりし頃は手打《てうち》〳〵あわゝの可愛げに、紙幣《さつ》と菓子との二つ取りにはおこしをお呉れと手を出したる物なれば、今の稼業に誠はなくとも百人の中の一人に真からの涙をこぼして、聞いておくれ染物やの辰さんが事を、昨日も川田やが店でおちゃっぴいのお六めと悪戯《ふざけ》まわして、見たくもない往来へまで担ぎ出して打ちつ打たれつ、あんな浮いた了簡《れうけん》で末が遂げられやうか、まあ幾歳《いくつ》だとおもふ三十は一昨年、宜《い》い加減に家でも拵《こしら》へる仕覚をしてお呉れと逢ふ度に異見をするが、其時限りおいおいと空返事して根っから気にも止めては呉れぬ、父さんは年をとって、母さんと言ふは眼の悪るい人だから心配をさせないやうに早く締ってくれゝば宜いが、私はこれでも彼の人の半纏《はんてん》をば洗濯して、股引《もゝひき》のほころびでも縫って見たいと思って居るに、彼んな浮いた心では何時引取って呉れるだらう、考へるとつく〴〵奉公が厭になってお客を呼ぶに張合もない、あゝくさ〳〵するとて常は人をも欺《だま》す口で人の愁《つ》らきを恨みの言葉、頭痛を押へて思案に暮れるもあり、あゝ今日は盆の十六日だ、お焔魔様へのお参りに連れ立って通る子供達の奇麗な着物きて小遣ひもらって嬉しさうな顔してゆくは、定めて定めて二人揃って甲斐性《かひしやう》のある親をば持って居るのであろ、私が息子の与太郎は今日の休みに御主人から暇が出て何処へ行って何《ど》んな事して遊ばうとも定めし人が羨《うらや》しかろ、父《とゝ》さんは呑ぬけ、いまだに宿とても定まるまじく、母は此様な身になって恥かしい紅白粉、よし居処が分ったとて彼の子は逢ひに来ても呉れまじ、去年向島《むかふじま》の花見の時女房づくりして丸髷に結って朋輩《ほうばい》と共に遊びあるきしに土手の茶屋であの子に逢って、これ〳〵と声をかけしにさへ私の若く成しに呆れて、お母さんでござりますかと驚きし様子、ましてや此大島田に折ふしは時好の花簪《はなかんざし》さしひらめかしてお客を捉らへて串戯《じようだん》いふ処を聞かば子心には悲しくも思ふべし、去年あひたる時今は駒形《こまがた》の蠟燭《らふそく》やに奉公して居まする、私は何《ど》んな愁《つ》らき事ありとも必らず辛抱しとげて一人前の男になり、父さんをもお前をも今に楽をばお為《さ》せ申ます、何《ど》うぞ夫《そ》れまで何なりと堅気《かたぎ》の事をして一人で世渡りをして居て下され、人の女房にだけはならずに居て下されと異見を言はれしが、悲しきは女子の身の寸燐《まつち》の箱はりして一人口過《すぐ》しがたく、さりとて人の台処を這《は》ふも柔弱《にうじやく》の身体なれば勤めがたくて、同じ憂《う》き中にも身の楽なれば、此様な事して日を送る、夢さら浮いた心では無けれど言甲斐《いひがひ》のないお袋と彼の子は定めし爪はじきするであらう、常は何とも思はぬ島田が今日斗《ばかり》は恥かしいと夕ぐれの鏡の前に涕《なみだ》ぐむもあるべし、菊の井のお力とても悪魔の生れ替りにはあるまじ、さる子細あればこそ此処の流れに落こんで嘘のありたけ串戯《じようだん》に其日を送って、情は吉野紙《よしのがみ》の薄物に、螢の光ぴっかりとする斗《ばかり》、人の涕《なみだ》は百年も我まんして、我ゆゑ死ぬる人のありとも御《ご》愁傷《しうしやう》さまと脇を向くつらさ他処目《よそめ》も養ひつらめ、さりとも折ふしは悲しき事恐ろしき事胸にたゝまって、泣くにも人目を恥れば二階座敷の床の間に身を投ふして忍び音の憂《う》き涕《なみだ》、これをば友朋輩にも洩《も》らさじと包むに根性のしっかりした、気のつよい子といふ者はあれど、障《さは》れば絶ゆる蜘《くも》の糸のはかない処を知る人はなかりき、七月十六日の夜は何《ど》処《こ》の店にも客人入込みて都々一《どゝいつ》端歌《はうた》の景気よく菊の井の下座敷にはお店者《たなもの》五六人寄集まりて調子の外れし紀伊の国、自まんも恐ろしき胴間声《どうまごゑ》に霞の衣衣紋坂《ころもえもんざか》と気取るもあり、力ちゃんは何うした心意気を聞かせないか、やった〳〵と責められるに、お名はさゝねど此坐の中にと普通《ついツとほり》の嬉しがらせを言って、やんや〳〵と喜ばれる中から、我恋は細谷川《ほそたにがは》の丸木橋わたるにゃ怕《こは》し渡らねばと謳《うた》ひかけしが、何をか思ひ出したやうにあゝ私は一寸失礼をします、御免《ごめん》なさいよとて三味線を置いて立つに、何処《どこ》へゆく何処へゆく、逃げてはならないと坐中の騒ぐに照《てー》ちゃん高さん少し頼むよ、直き帰るからとてずっと廊下へ急ぎ足に出《いで》しが、何をも見かへらず店口から下駄を履《は》いて筋向ふの横町の闇へ姿をかくしぬ。

　お力は一散に家を出て、行かれる物なら此まゝに唐天竺《からてんぢく》の果までも行って仕舞たい、あゝ嫌だ嫌だ嫌だ、何《ど》うしたなら人の声も聞えない物の音もしない、静かな、静かな、自分の心も何もぼうっとして物思ひのない処へ行かれるであらう、つまらぬ、くだらぬ、面白くない、情ない悲しい心細い中に、何時《いつ》まで私は止められて居るのかしら、これが一生か、一生がこれか、あゝ嫌だ嫌だと道端の立木へ夢中に寄かゝって暫時《しばらく》そこに立どまれば、渡るにゃ怕《こは》し渡らねばと自分の謳《うた》ひし声を其まゝ何処ともなく響いて来るに、仕方がない矢張り私も丸木橋をば渡らずばなるまい、父さんも踏かへして落てお仕舞なされ、祖父さんも同じ事であったといふ、何《ど》うで幾代もの恨《うら》みを背負て出た私なれば為《す》る丈《だけ》の事はしなければ死んでも死なれぬのであらう、情ないとても誰れも哀れと思ふてくれる人はあるまじく、悲しいと言へば商売がらを嫌ふかと一ト口に言はれて仕舞《しまう》、ゑゝ何《ど》うなりとも勝手になれ、勝手になれ、私には以上考へたとて私の身の行き方は分らぬなれば、分らぬなりに菊の井のお力を通してゆかう、人情しらず義理しらずか其様な事も思ふまい、思ふたとて何《ど》うなる物ぞ、此様な身で此様な業体《げふてい》で、此様な宿世《すくせ》で、何《ど》うしたからとて人並みでは無いに相違なければ、人並の事を考へて苦労する丈間違ひであろ、あゝ陰気らしい何だとて此様な処に立って居るのか、何しに此《こん》様な処へ出て来たのか、馬鹿らしい気違じみた、我身ながら分らぬ、もう〳〵皈《かへ》りませうとて横町の闇をば出はなれて夜店の並ぶにぎやかなる小路を気まぎらしにとぶら〳〵歩るけば、行かよふ人の顔小さく小さく摺《す》れ違ふ人の顔さへも遙《はるか》とほくに見るやう思はれて、我が踏む土のみ一丈も上にあがり居る如く、がやがやといふ声は聞ゆれど井の底に物を落したる如き響きに聞なされて、人の声は、人の声、我が考へは考へと別々に成りて、更に何事にも気のまぎれる物なく、人立《ひとだち》おびたゞしき夫婦あらそひの軒先などを過ぐるとも、唯我れのみは広野の原の冬枯れを行くやうに、心に止まる物もなく、気にかゝる景色にも覚えぬは、我れながら酷《ひど》く逆上《のぼせ》て人心のないのにと覚束《おぼつか》なく、気が狂ひはせぬかと立どまる途端、お力何処へ行くとて肩を打つ人あり。

## 六

十六日は必らず待まする来て下されと言ひしをも何も忘れて、今まで思ひ出しもせざりし結城《ゆふき》の朝之助《とものすけ》に不図《ふと》出合て、あれと驚きし顔つきの例に似合ぬ狼狽《あわて》かたがをかしきとて、から〳〵と男の笑ふに少し恥かしく、考へ事をして歩いて居たれば不意のやうに惶《あわ》てゝ仕舞ました、よく今夜は来て下さりましたと言へば、あれほど約束をして待てくれぬは不心中とせめられるに、何なりと仰《おつ》しゃれ、言訳は後にしまするとて手を取りて引けば弥次馬《やじうま》がうるさいと気をつける、何《ど》うなり勝手に言はせませう、此方《こちら》は此方と人中を分けて伴ひぬ。

　下座敷はいまだに客の騒ぎはげしく、お力の中座したるに不興して喧《やかま》しかりし折から、店口にておやお皈《かへ》りかの声を聞くより、客を置ぎりに中座するといふ法があるか、皈ったらば此処《こゝ》へ来い、顔を見ねば承知せぬぞと威張《ゐばり》たてるを聞流しに二階の座敷へ結城を連れあげて、今夜も頭痛がするので御酒の相手は出来ませぬ、大勢の中に居れば御酒の香に酔ふて夢中になるも知れませぬから、少し休んで其後は知らず、今は御免なさりませと断りを言ふてやるに、夫《そ》れで宜いのか、怒りはしないか、やかましくなれば面倒であらうと結城が心づけるを、何のお店《たな》もの、白瓜《しろうり》が何《ど》んな事を仕出しませう、怒るなら怒れでござんすとて小女に言ひつけてお銚子の支度、来るをば待かねて結城さん今夜は私に少し面白くない事があって気が変って居ますほどに其気で附合て居て下され、御酒を思ひ切って呑みまするから止めて下さるな、酔ふたらば介抱《かいはう》して下されといふに、君が酔ったを未だに見た事がない、気が晴れるほど呑むは宜いが、又《また》頭痛がはじまりはせぬか、何が其様なに逆鱗《げきりん》にふれた事がある、僕らに言っては悪るい事かと問はれるに、いゑ貴君《あなた》には聞て頂《いたゞ》きたいのでござんす、酔ふと申ますから驚いてはいけませせぬと嫣然《きつこり》として、大湯呑を取よせて二三杯は息をもつかざりき。

　常には左《さ》のみに心も留まらざりし結城の風采《やうす》の今宵は何となく尋常《なみ》ならず思はれて、肩巾のありて脊のいかにも高き処より、落ついて物をいふ重やかなる口振り、目つきの凄くて人を射るやうなるも威厳《ゐげん》の備《そな》はれるかと嬉しく、濃き髪の毛を短かく刈あげて頸足《ありあし》のくっきりとせしなど今更のやうに眺られ、何をうっとりして居ると問はれて、貴君のお顔を見て居ますのさと言へば、此奴《こやつ》めがと睨《にら》みつけられて、おゝ怕《こは》いお方と笑って居るに、串戯《じょうだん》はのけ、今夜は様子が唯《たゞ》でない聞たら怒るか知らぬが何か事件があったかととふ、何しに降って沸いた事もなければ、人との紛雑《いざ》などはよし有ったにしろ夫れは常の事、気にもかゝらねば何しに物を思ひませう、私の時より気まぐれを起すは人のするのでは無くて皆心がらの浅ましい訳がござんす、私は此様な賤《いや》しい身の上、貴君は立派なお方様、思ふ事は反対《うらはら》にお聞きになっても汲《く》んで下さるか下さらぬか其処《そこ》ほどは知らねど、よし笑ひ物になっても私は貴君に笑ふて頂《いたゞ》き度《たく》、今夜は残らず言ひまする、まあ何から申さう胸がもめて口が利かれぬとて又もや大湯呑に呑む事さかんなり。

　何より先に私が身の自堕落《じだらく》を承知して居て下され、もとより箱入りの生娘ならねば少しは察しても居て下さろうが、口奇麗な事はいひますとも此あたりの人に泥の中の蓮《はす》とやら、悪業《わるさ》に染まらぬ女子《をなご》があらば、繁昌《はんじやう》どころか見に来る人もあるまじ、貴君は別物、私が処へ来る人とて大底はそれと思しめせ、これでも折ふしは世間さま並の事を思ふて耻かしい事つらい事情ない事とも思はれるも寧《いつそ》九尺二間でも極まった良人といふに添うて身を固めようと考へる事もござんすけれど、夫《そ》れが私は出来ませぬ、夫れかと言って来るほどのお人に無愛想もなりがたく、可愛いの、いとしいの、見初《みそめ》ましたのと出鱈目《でたらめ》のお世辞をも言はねばならず、数の中には真にうけて此様な厄種《やくざ》を女房にと言ふて下さる方もある、持たれたら嬉しいか、添うたら本望か、夫れが私は分りませぬ、そもそもの最初《はじめ》から私は貴君が好きで好きで、一日お目にかゝらねば恋しいほどなれど、奥様にと言ふて下されたら何《ど》うでござんしょうか、持たれるは嫌なり他処《よそ》ながらは慕はしゝ、一ト口に言はれたら浮気者でござんせう、あゝ此様な浮気者には誰れがしたと思召《おぼしめす》、三代伝はっての出来そこね、親父が一生もかなしい事でござんしたとてほろりとするに、其親父さむはと問ひかけられて、親父は職人、祖父は四角な字をば読んだ人でござんす、つまりは私のやうな気違ひで、世に益のない反古《ほご》紙をこしらへしに、版をばお上から止められたとやら、ゆるされぬとかに断食して死んださうに御座んす、十六の年から思ふ事があって、生れも賤《いや》しい身であったれど一念に修業して六十にあまるまで仕出来《しでか》したる事なく、終は人の物笑ひに今では名を知る人もなしとて父が常住《じやうぢゅう》歎いたを子供の頃より聞知って居りました、私の父といふは三つの歳に椽から落て片足あやしき風になりたれば人中に立まじるも嫌やとて居職に飾の金物をこしらへましたれど、気位たかくて人愛のなければ贔負《ひいき》にしてくれる人もなく、あゝ私が覚えて七つの年の冬でござんした、寒中親子三人ながら古裕衣《ふるゆかた》で、父は寒いも知らぬか柱に寄って細工物に工夫をこらすに、母は欠けた竈《べッつひ》に破れ鍋かけて私に去る物を買ひに行けといふ、味噌《みそ》こし下げて端《は》たのお銭《あし》を手に握って米屋の門までは嬉しく駆けつけたれど、帰りには寒さの身にしみて手も足も亀《かじ》かみたれば五六軒隔てし溝板の上の氷にすべり、足溜りなく転《こ》ける機会《はずみ》に手の物を取落して、一枚はづれし溝板のひまよりざら〳〵と翻《こぼ》れ入れば、下は行水きたなき溝泥なり、幾度も覗いては見たれど是《こ》れをば何として拾はれませう、其時私は七つであったれど家の内の様子、父母の心をも知れてあるにお米は途中で落しましたと空の味噌こしさげて家には帰られず、立てしばらく泣いて居たれど何うしたと問ふて呉れる人もなく、聞いたからとて買てやらうと言ふ人は猶更《なほさら》なし、あの時近処に川なり池なりあらうなら私は定《さだめ》し身を投げて仕舞ひましたろ、話しは誠の百分一、私は其頃から気が狂ったのでござんす、皈《かへ》りの遅きを母の親案じて尋ねに来てくれたをば時機《しほ》に家へは戻ったれど、母も物いはず父親も無言に、誰れ一人私をば叱る物もなく、家の内森《しん》として折々溜息《ためいき》の声のもれるに私は身を切られるより情なく、今日は一日断食にせうと父の一言いひ出すまでは忍《しの》んで息をつくやうで御座《ござ》んした。

いひさしてお力は溢《あふ》れ出る涙の止め難ければ紅《くれな》ひの手巾かほに押当て其端を喰ひしめつゝ、物いはぬ事小半時《こはんとき》、坐には物の音もなく酒の香したひて寄りくる蚊のうなり声のみ高く聞えぬ。

顔をあげし時は頼に涙の痕《あと》は見ゆれども淋しげの笑みをさへ寄せて、私は其様な貧乏人の娘、気違ひは親ゆづりで折ふし起るのでござります、今夜も此様な分らぬ事いひ出して嘸《ぞ》貴君御迷惑で御座んしてしょ、もう話しはやめまする、御機嫌に障《さは》ったらばゆるして下され、誰れか呼んで陽気にしませうかと問へば、いや遠慮は無沙汰、その父親《てゝ》は早くに死《な》くなってか、はあ母さんが肺結核といふを煩《わづら》って死なりましてから一週忌の来ぬほどに跡を追ひました、今居りましても未だ五十、親なれば褒《ほ》めるでは無けれど細工は誠に名人と言ふても宜《よ》い人で御座んした、なれども名人だとて上手だとて私等が家のやうに生れついたは何にもなる事は出来ないので御座んせう、我身の上にも知れまするとて物思はしき風情、お前は出世を望むなと突然《だしぬけ》に朝之助に言はれて、ゑッと驚きし様子に見えしが、私等が身にて望んだ処が味噌こしが落、何の玉《たま》の輿《こし》までは思ひがけませぬといふ、嘘をいふは人に依《よ》る始めから何も見知って居るに隠すは野暮《やぼ》の沙汰ではないか、思ひ切ってやれ〳〵とあるに、あれ其やうなけしかけ詞《ことば》はよして下され、何うで此様な身でござんするにと打しをれて又もの言はず。

今宵もいたく更けぬ、下坐敷の人はいつか帰りて表の雨戸をたてると言ふに、朝之助おどろきて帰り支度するを、お力は何《ど》うでも泊らするといふ、いつしか下駄をも蔵《かく》させたれば、足を取られて幽霊ならぬ身の戸のすき間より出る事もなるまじとて今宵は此処《こゝ》に泊る事となりぬ、雨戸を鎖《とざ》す音一しきり賑はしく、後には透きもる燈火のかげも消えて、唯軒下を行かよふ夜行の巡査の靴音のみ高かりき。

## 七

思ひ出したとて今更に何《ど》うなる物ぞ、忘れて仕舞へ諦めて仕舞へと思案は極めながら、去年の盆には揃《そろ》ひの浴衣《ゆかた》をこしらへて二人一処に蔵前《くらまへ》へ参詣《さんけい》したる事なんど思ふともなく胸へうかびて、盆に入りては仕事に出る張もなく、お前さん夫《そ》れではならぬぞへと諫《いさ》め立てる女房の詞《ことば》も耳うるさく、エヽ何も言ふな黙って居ろとて横になるを、黙って居ては此日が過されませぬ、身体がわるくば薬も呑むがよし、御医者にかゝるも仕方がなけれど、お前の病ひは夫《そ》れではなしに気さへ持直せば何処《どこ》に悪い処があろう、少しは正気になって勉強をして下されといふ、いつでも同じ事は耳にたこが出来て気の薬にはならぬ、酒でも買て来てくれ気まぎれに呑んで見やうと言ふ、お前さん其お酒が買へるほどなら嫌やとお言ひなさるを無理に仕事に出て下されとは頼みませぬ、私が内職とて朝から夜にかけて十五銭が関の山、親子三人口おも湯も満足には呑まれぬ中で酒を買へとは能《よ》く能くお前無茶助《むちやすけ》になりなさんした、お盆だといふに昨日らも小僧には白玉《しらたま》一つこしらへても喰べさせず、お精霊《しやうりやう》さまのお店かざりも拵《こしら》へくれねば御燈明《おとうみやう》一つで御先祖様へお詫びを申て居るも誰れが仕業《しわざ》だとお思ひなさる、お前も阿房《あはう》を尽してお力づらめに釣られたから起った事、いふては悪るけれどお前は親不孝子不孝、少しは彼《あ》の子の行末をも思ふて真人間になって下され、御酒を呑で気を晴らすは一時、真から改心して下さらねば心元なく思はれますとて女房打なげくに、返事はなくて吐息《といき》折々に太く身動きもせず仰向《あふのき》ふしたる心根の愁《つら》さ、其身になってもお力が事の忘れられぬか、十年つれそふて子供まで儲《まう》けし我れに心かぎりの辛苦をさせて、子には襤褸《ぼろ》を下げさせ家とては二畳一間の此様な犬小屋、世間一体から馬鹿にされて別物にされて、よしや春秋の彼岸が来ればとて、隣近処に牡丹《ぼた》もち団子《だんご》と配《くば》り歩く中を源七が家へは遣《や》らぬが能《よ》い、返礼が気の毒なとて、心切《しんせつ》かは知らねど十軒長屋の一軒は除け物、男は外出《そとで》がちなればいさゝか心に懸るまじけれど女心には遣《や》る瀬《せ》のなきほど切《せつ》なく悲しく、おのづと肩身せばまりて朝夕《てうせき》の挨拶も人の目色を見るやうなる情なき思ひもするを、其れをば思はで我が情婦《こひ》の上ばかりを思ひつゞけ、無情《つれな》き人の心の底が夫れほどまでに恋しいか、昼も夢に見て独言にいふ情なさ、女房の事も子の事も忘れはてゝお力一人に命をも遣る心か、あさましい口惜しい愁《つ》らい人と思ふに中々言葉は出ずして恨みの露を眼の中にふくみぬ。

物いはねば狭き家の内も何となくうら淋しく、くれゆく空のたど〳〵しきに裏屋はまして薄暗く、燈火《あかり》をつけて蚊遣《かや》りふすべて、お初は心細く戸の外をながむれば、いそ〳〵と帰り来る太吉郎の姿、何やらん大袋を両手に抱へて母さん母さんこれを貰って来たと莞爾《にっこ》として駆《か》け込むに、見れば新開の日の出やがかすていら、おや此様《こん》な好いお菓子を誰れに貰って来た、よく宙礼を言ったかと問へば、あゝ能《よ》くお辞儀をして貰って来た、これは菊の井の鬼姉さんが呉れたのと言ふ、母は顔色かへて図太い奴めが是《こ》れほどの淵に投げ込んで未だいぢめ方が足りぬと思ふか、現在の子を使ひに父さんの心を動かしに遣《よこ》し居る、何といふて遣したと言へば、表通りの賑やかな処に遊んで居たらば何処のか伯父さんと一処《いっしょ》に来て、菓子を買ってやるから一処にお出といって、我《おい》らは入らぬと言ったけれど抱いて行って買って呉れた、喰べては悪いかへと流石《さすが》に母の心を斗《はか》りかね、顔をのぞいて猶予《いうよ》するに、あゝ年がゆかぬとて何たら訳の分らぬ子ぞ、あの姉さんは鬼ではないか、父さんを怠惰者《なまけもの》にした鬼ではないか、お前の衣類《べゞ》のなくなったも、お前の家のなくなったも皆あの鬼めがした仕事、喰《くら》ひついても飽き足らぬ悪魔にお菓子を貰った喰べても能《い》いかと聞くだけが情ない、汚い穢《むさ》い此様な菓子、家へ置くのも腹がたつ、捨て仕舞な、捨てお仕舞、お前は惜しくて捨てられないか、馬鹿野郎めと罵《のゝし》りながら袋をつかんで裏の空地へ投出せば、紙は破れて転び出る菓子の、竹のあら垣打こえて溝の中にも落込むめり、源七はむくりと起きてお初と一声大きくいふに何か御用かよ、尻目にかけて振むかふともせぬ横顔を睨んで、能い加減に人を馬鹿にしろ、黙って居れば能い事にして悪口雑言《あくこうざふごん》は何の事だ、知人《しったひと》なら菓子位子供にくれるに不思議もなく、貨《お》ふたとて何が悪い、馬鹿野郎呼《よば》はりは太吉をかこつけに我《お》れへの当こすり、子に向って父親の讒《ざん》訴《そ》をいふ女房気質《かたぎ》を誰れが教へた、お力が鬼なら手前は魔王、商売人のだましは知れて居れど、妻たる身の不貞腐《ふてくさ》れをいふて済むと思ふか、土方をせうが車を引かうが亭主は亭主の権がある、気に入らぬ奴を家には置かぬ、何処《どこ》へなりとも出てゆけ、出てゆけ、面白くもない女郎《めらう》めと叱りつけられて、夫れはお前無理だ、邪推が過る、何しにお前に当つけよう、この子が余り分らぬと、お力の仕方が憎くらしさに思ひあまって言った事を、とッこに取って出てゆけとまでは惨《むご》う御座んす、家の為をおもへぼこそ気に入らぬ事を言ひもする、家を出るほどなら此様な貧乏世帯の苦労をば忍んでは居ませぬと泣くに貧乏世帯に飽きがきたなら勝手に何処《どこ》なり行って貰はう、手前が居ぬからとて乞食にもなるまじく太吉が手足の延ばされぬ事はなし、明けても暮れても我《お》れが店《たな》おろしかお力への妬《ねた》み、つくづく聞き飽きてもう厭やに成った、貴様が出ずば何《どち》ら道同じ事をしくもない九尺二間、我れが小僧を連れて出やう、さうならば十分に我鳴《がな》り立る都合もよからう、さあ貴様が行くか、我れが出ようかと烈しく言はれて、お前はそんなら真実《ほんたう》に私を離縁する心かへ、知れた事よと例《いつも》の源七にはあらざりき。

お初は口惜しく悲しく情なく、口も利かれぬほど込上る涕《なみだ》を呑込んで、これは私が悪う御座《ござ》んした、堪忍をして下され、お力が親切で志《こゝろざ》して呉れたものを捨て仕舞ったは重々悪う御座いました、成程お力を鬼といふたから私は魔王で御座んせう、モウいひませぬ、モウいひませぬ、決してお力の事につきて此後とやかく言ひませず、陰の噂しますまい故《ゆゑ》離縁だけは堪忍して下され、改めて言ふまでは無けれど私には親もなし兄弟もなし、差配《さはい》の伯父さんを仲人なり里なりに立てゝ来た者なれば、離縁されての行き処とてはありませぬ、何《ど》うぞ堪忍して置いて下され、私は憎くかろうと此子に免じて置いて下され、謝《あやま》りますとて手を突いて泣けども、イヤ何《ど》うしても置かれぬとて其後は物言はず壁に向ひてお初が言葉は耳に入らぬ体《てい》、これほど邪慳《じやけん》の人ではなかりしをと女房あきれて、女に魂を奪はるれば是《こ》れほどまでも浅ましくなる物か、女房が歎きは更なり、遂ひには可愛き子をも餓《う》へ死させるかも知れぬ人、今詫《わ》びたからとて甲斐《かひ》はなしと覚悟して、太吉、太吉と傍へ呼んで、お前は父さんの傍と母さんと何処《どちら》が好い、言ふて見ろと言はれて、我らはお父さんは嫌い、何にも買って呉れない物と真正直をいふに、そんなら母さんの行く処へ何処《どこ》へも一処に行く気かへ、あゝ行くともとて何とも思はぬ様子に、お前さんお聞きか、太吉は私につくといひまする男の子なればお前も欲しからうけれど此子はお前の手には置かれぬ、何処《どこ》までも私が貰って連れて行きます、よう御座んすか貰ひまするといふに、勝手にしろ、子も何も入らぬ、連れて行きたくば何処《どこ》へでも連れて行け、家も道具も何も入らぬ、何うなりともしろとて寐転《ねころ》びしまゝ振向んともせぬに、何の家も道具も無い癖に勝手にしろもないもの、これから身一つになって仕たいまゝの道楽なり何なりお尽しなされ、最《も》ういくら此子を欲しいと言っても返す事では御座んせぬぞ、返しはしませぬぞと念を押して、押入れ探ぐって何やらの小風呂敷取出し、これは此子の寐間着の袷《あはせ》、はらがけと三尺だけ貰って行まする、御酒の上といふでもなければ、醒《さ》めての思案もありますまいけれど、よく考へて見て下され、たとへ何のやうな貧苦の中でも二人双《そろ》って育てる子は長者の暮しといひまする、別れゝば片親、何につけても不《ふ》憫《びん》なは此子とお思ひなさらぬか、あゝ腸《はらわた》が腐た人は子の可愛さも分りはすまい、もうお別れ申ますと風呂敷き下げて表へ出れば早くゆけ〳〵とて呼かへしては呉れざりし。

## 八

魂祭《たままつ》り過ぎて幾日、まだ盆提燈《ちやうちん》のかげ薄淋しき頃、新開の町を出し棺二つあり、一つは駕《かご》にて一つはさし担ぎにて、駕は菊の井の隠居処よりしのびやかに出ぬ、大路に見る人のひそめくを聞けば、彼の子もとんだ運のわるい詰らぬ奴に見込れて可愛さうな事をしたといへば、イヤあれは得心づくだと言ひまする、あの日の夕暮、お寺の山で二人立ばなしをして居たといふ確かな証人もござります、女も逆上《のぼせ》て居た男の事なれば義理にせまって遣ったので御坐《ござ》ろといふもあり、何のあの阿魔《あま》が義理はりを知らうぞ湯屋の帰りに男に逢ふたれば、流石《さすが》に振はなして逃る事もならず、一処《いっしょ》に歩いて話しはしても居たらうなれど、切られたは後袈裟《うしろげさ》、頬先《ほゝさき》のかすり疵《きず》、頸筋《くびすぢ》の突疵など色々あれども、たしかに逃げる処を遣られたに相違ない、引かへて男は美事な切腹、蒲団《ふとん》やの時代から左《さ》のみの男と思はなんだがあれこそは死《しに》花《ばな》、ゑらさうに見えたといふ、何にしろ菊の井は大損であらう、彼の子には結構な旦那がついた筈、取にがしては残念であらう人の愁《うれ》ひを串談《じょうだん》に思ふものもあり、諸説みだれて取止めたる事なけれど、恨は長し人魂《ひとだま》か何かしらず筋を引く光り物のお寺の山といふ小高き処より、折ふし飛べるを見し者ありと伝へぬ。

# 十三夜

樋口一葉

## 上

例《いつも》は威勢《ゐせい》よき黒ぬり車の、それ門に音が止まつた娘ではないかと両親《ふたおや》に出迎はれつる物を、今宵は辻より飛のりの車さへ帰して悄然《しよんぼり》と格子戸の外に立てば、家内《うち》には父親が相かはらずの高声、いはゞ私《わし》も福人《ふくじん》の一人、いづれも柔順《おとな》しい子供を持つて育てるに手は懸《か》らず人には褒《ほ》められる、分外の慾さへ渇かねば此上に望みもなし、やれ〳〵有難《ありがた》い事と物がたられる、あの相手は定めし母様《はゝさん》、あゝ何も御存じなしに彼《あ》のやうに喜んでお出遊ばす物を、何の顔さげて離縁状もらふて下されと言はれた物か、叱かられるは必定《ひつぢやう》、太郎といふ子もある身にて置いて駆け出して来るまでには種々《いろ〳〵》思案もし尽しての後なれど、今更にお老人《としより》を驚かして是《こ》れまでの喜びを水の泡にさせまする事つらや、寧《いつ》そ話さずに戻ろうか、戻れば太郎の母と言はれ何時《いつ》〳〵までも原田の奥様、御両親に奏任《そうにん》の聟《むこ》がある身と自慢させ、私さへ身を節《つめ》倹れば時たまはお口に合ふ者お小遣ひも差あげられるに、思ふまゝを通して離縁とならば太郎には継母の憂き目を見せ、御両親には今までの自慢の鼻にはかに低くさせまして、人の思はく、弟の行末、あゝ此身一つの心から出世の真も止めずはならず、戻らうか、戻らうか、あの鬼のやうな我良人《つま》のもとに戻らうか、彼の鬼の、鬼の良人のもとへ、ゑゝ厭や厭やと身をふるはす途端、よろ〳〵として思はず格子にがたりと音さすれば、誰れだと大きく父親の声、道ゆく悪太郎の悪戯《いたづら》とまがへてなるべし。

外なるはおほゝと笑ふて、お父様《とつさん》私で御座んすといかにも可愛き声、や、誰れだ、誰れであつたと障子を引明けて、ほうお関《せき》か、何だな其《そ》様な処に立つて居て、何《ど》うして又此おそくに出かけて来た、車もなし、女中も連れずか、やれ〳〵ま早く中へ這《は》入れ、さあ這入れ、何《ど》うも不意に驚かされたやうでまご〳〵するわな、格子《かうし》は閉めずとも宜《よ》い、私《わ》しが閉める、兎《と》も角《かく》も奥が好い、ずつとお月様のさす方へ、さ、蒲団《ふとん》へ乗れ、蒲団へ、何《ど》うも畳が汚ないので大屋《おほや》に言つては置いたが職人の都合があると言ふてな、遠慮も何も入らない着物がたまらぬから夫《そ》れを敷ひて呉れ、やれ〳〵何《ど》うして此遅くに出て来たお宅《うち》では皆お変りもなしかと例《いつ》に替らずもてはやさるれば、針の席《むしろ》にのる様にて奥さま扱かひ情なくじつと涕《なみだ》を呑込んで、はい誰れも時候の障《さは》りも御座りませぬ、私は申訳のない御無沙汰して居りましたが貴君《あなた》もお母様《つかさん》も機嫌よくいらつしやりますかと問へば、いや最《も》う私は嚏《くさみ》一つせぬ位、お袋は時たま例の血の道と言ふ奴を始めるがの、夫れも蒲団かぶつて半日も居ればけろ〳〵とする病だから子細《しさい》はなしさと元気よく呵々《からから》と笑ふに、亥《ゐ》之《の》さんが見えませぬが今暁は何処《どこ》へか参りましたか、彼の子も替らず勉強で御座んすかと問へば、母親はほた〳〵として茶を進めながら、亥之は今しがた夜学に出て行きました、あれもお前お蔭さまで此間は昇給させて頂いたし、課長様が可愛がつて下さるので何《ど》れ位心丈夫《こゝろぢやうぶ》であらう、是《こ》れと言ふも矢張原田さんの縁《えん》引が有るからだとて宅では毎日いひ暮して居ます、お前に如才《じよさい》は有るまいけれど此後とも原田さんの御機嫌の好いやうに、亥之は彼《あ》の通り口の重い質《たち》だし何時《いつ》お目に懸つてもあつけない御挨拶よりほか出来まいと思はれるから、何分ともお前が中に立つて私どもの心が通じるやう、亥之が行末をもお頼み申て置てお呉れ、ほんに替り目で陽気が悪いけれど太郎さんは何時《いつ》も悪戯《おいた》をして居ますか、何故に今夜は連れてお出でない、お祖父《ぢい》さんも恋しがつてお出なされた物をと言はれて、又今更にうら悲しく、連れて来やうと思ひましたけれど彼の子は宵まどひで最《も》う疾《と》うに寐ましたから其まゝ置いて参りました、本当に悪戯《いたづら》ばかりつのりまして聞わけとては少しもなく、外へ出れば跡を追ひまするし、家内《うち》に居れば私の傍《そば》つかり覘《ねら》ふて、ほんに〳〵手が懸つて成ませせぬ、何故彼様《あんな》で御座りませうと言ひかけて思ひ出しの涙むねの中に漲《みなぎ》るやうに、思ひ切つて置いては来たれど今頃は目を覚して母さん母さんと婢女《をんな》どもを迷惑がらせ、煎餅《おせん》やおこしの哆《たら》しも利《き》かで、皆々手を引いて鬼に喰はすと威《おど》かしてゞも居やう、あゝ可愛さうな事をと声たてゝも泣きたきを、さしも両親《ふたおや》の機嫌よげなるに言ひ出かねて、烟《けむり》にまぎらす烟草《たばこ》二三服、空咳《からせき》こん〳〵として涙を襦袢《じゆばん》の袖にかくしぬ。

今宵は旧暦の十三夜、旧弊《きうへい》なれどお月見の真似事《まねごと》に団子《いしいし》をこしらへてお月様にお備《そな》へ申せし、これはお前も好物なれば少々なりとも亥之助《ゐのすけ》に持たせて上やうと思ふたけれど、亥之助も何か極《きま》りを悪がつて其様な物はお止《よ》しなされと言ふし、十五夜にあげなんだから片月見に成つても悪るし、喰べさせたいと思ひながら思ふばかりで上る事が出来なんだに、今夜来て呉れるとは夢の様な、ほんに心が届いたのであらう、自宅《うち》で甘い物はいくらも喰べやうけれど親のこしらいたは又別物、奥様気を取すてゝ今夜は昔しのお関になつて、外見《みえ》を構はず豆なり栗なり気に入つたを喰べて見せてお呉れ、いつでも父様と噂すること、出世は出世に相違なく、人の見る目も立派なほど、お位の宜《よ》い方々や御身分のある奥様がたとの御交際《おつきあひ》もして、兎《と》も角《かく》も原田の妻と名告《なのつ》て通るには気骨の折れる事もあらう、女子《をんな》どもの使ひやう出入りの者の行渡り、人の上に立つものは夫《そ》れ丈《だけ》に苦労が多く、里方が此様な身柄では猶更《なほさら》のこと人に侮《あなど》られぬやうの心懸けもしなければ成るまじ、夫《そ》れを種々《さま〴〵》に思ふて見ると父さんだとて私だとて孫なり子なりの顔の見たいは当然《あたりまへ》なれど、余りうるさく出入りをしてはと控《ひか》へられて、ほんに御門の前を通る事はありとも木綿着物に毛繻子《けじゆす》の洋傘《かうもり》さした時には見す〳〵お二階の簾《すだれ》を見ながら、吁《あゝ》お関は何をして居る事かと思ひやるばかり行過ぎて仕舞《しまひ》まする、実家でも少し何とか成つて居たならばお前の肩身も広からうし、同じくでも少しは息のつけやう物を、何を云ふにも此通り、お月見の団子をあげやうにも重箱《おぢう》からしてお恥かしいでは無からうか、ほんにお前の心遣ひが思はれると嬉しき中にも思ふまゝの通路が叶《かな》はねば、愚痴《ぐち》の一トつかみ賤《いや》しき身分を情なげに言はれて、本当に私は親不孝だと思ひまする、それは成程和《やは》らかひ衣服《きもの》きて手車に乗りあるく時は立派らしくも見えませうけれど、父さんや母さんに斯《か》うして上《あげ》やうと思ふ事も出来ず、いはゞ自分の皮一重、寧《いつ》そ賃仕事してもお傍で暮した方が余つぽど快《こゝろ》よう御座いますと言ひ出すに、馬鹿、馬鹿、其様《そんな》な事を仮にも言ふてはならぬ、嫁に行つた身が実家《さと》の親の貢《みつぎ》をするなど、思ひも寄らぬこと、家に居る時は斎藤の娘、嫁入つては原田の奥方ではないか、勇さんの気に入る様にして家の内を納めてさへ行けば何の子細は無い、骨が折れるからとて夫《そ》れ丈《だけ》の運のある身ならば堪《た》へられぬ事は無い筈、女などゝ言ふ者は何《ど》うも愚痴で、お袋などが詰らぬ事を言ひ出すから困り切る、いや何《ど》うも団子《だんご》を喰べさせる事が出来ぬとて一日大立腹であつた、大分熱心で調製《こしらへ》たものと見えるから十分に喰べて安心させて遣つて呉れ、余程甘《うま》からうぞと父親の滑稽《おどけ》を入れるに、再び言ひそびれて御馳走の栗枝豆ありがたく頂戴をなしぬ。

　嫁入りてより七年の間、いまだに夜に入りて客に来しこともなく、土産《みやげ》もなしに一人歩行《あるき》して来るなど悉皆《しつかい》ためしのなき事なるに、思ひなしか衣類も例《いつも》ほど燦《きらびや》かならず、稀《まれ》に逢ひたる嬉しさに左《さ》のみは心も付かざりしが、聟《むこ》よりの言伝《ことづて》とて何一言の口上《こうじやう》もなく、無理に笑顔は作りながら底に萎《しを》れし処のあるは何か子細のなくては叶《かな》はず、父親は机の上の置時計を眺めて、こりやモウ程なく十時になるが関は泊つて行つて宜《い》いのかの、帰るならば最《も》う帰らねば成るまいぞと気を引いて見る親の顔、娘は今更のやうに見上げて御父様私は御願ひがあつて出たので御座ります、何《ど》うぞ御聞遊ばしてと屹《きつ》となつて畳に手を突く時、はじめて一トしづく幾層《いくそ》の憂《う》きを洩《も》らしそめぬ。

　父は穏かならぬ色を動かして、改まつて何かのと膝を進めれば、私は今宵限り原田へ帰らぬ決心で出て参つたので御座ります、勇が許しで参つたのではなく、彼の子を寐かして、太郎を寐かしつけて、最早あの顔を見ぬ決心で出て参りました、まだ私の手より外誰れの守りでも承諾《しようち》せぬほどの彼の子を、欺《だま》して寐かして夢の中に、私は鬼に成つて出て参りました、御父様、御母様、察して下さりませ私は今日まで遂《つ》ひに原田の身に就《つ》いて御耳に入れました事もなく、勇と私との中を人に言ふた事は御座りませぬけれど、千度《ちたび》も百度《もゝたび》も考へ直して、二年も三年も泣尽して今日といふ今日どうでも離縁を貰ふて頂かうと決心の臍《ほぞ》をかためました、何《ど》うぞ御願ひで御座ります離縁の状を取つて下され、私はこれから内職なり何なりして亥之助が片腕にもなられるやう心がけますほどに、一生一人で置いて下さりませとわつと声たてるを嚙《かみ》しめる襦袢《じゆばん》の袖、墨絵の竹も紫竹の色にや出ると哀れなり。

　夫《そ》れは何《ど》ういふ子細《しさい》でと父も母も詰寄つて問かゝるに今までは黙つて居ましたれど私の家の夫婦《めをと》さし向ひを半日見て下さつたら大底御解りに成ませう、物言ふは用事のある時慳貪《けんどん》に申つけられるばかり、朝起まして機嫌をきけば不《ふ》図《と》脇を向ひて庭の草花を態《わざ》とらしき褒《ほ》め詞《ことば》、是にも腹はたてども良人の遊ばす事なればと我慢して私は何も言葉あらそひした事も御座んせぬけれど、朝飯あがる時から小言は絶えず、召使の前にて散々と私が身の不器用不作法を御並べなされ、夫《そ》れはまだ／＼辛棒もしませうけれど、二言《ふたこと》目には教育のない身、教育のない身と御蔑《おさげす》みなさる、それは素《もと》より華族女学校の椅子にかゝつて育つた物ではないに相違なく、御同僚の奥様がたの様にお花のお茶の、歌の画のと習ひ立てた事もなければ其御話しの御相手は出来ませぬけれど、出来ずは人知れず習はせて下さつても済むべき筈、何も表向き実家の悪《わ》るいを風聴《ふうちやう》なされて、召使ひの婢女《をんな》どもに顔の見られるやうな事なさらずとも宜《よ》かりさうなもの、嫁入つて丁度半年ばかりの間は関や関やと下へも置かぬやうにして下さつたけれど、あの子が出来てからと言ふ物は丸で御人が変りまして、思ひ出しても恐ろしう御座ります、私はくら闇の谷へ突落されたやうに暖かい日の影といふを見た事が御座りませぬ、はじめの中は何か串談《じようだん》に態《わざ》とらしく邪慳《じやけん》に遊ばすのと思ふて居りましたけれど、全くは私に御飽きなされたので此様《かう》もしたら出てゆくか、彼様《あゝ》もしたら離縁をと言ひ出すかと苦めて苦めて苦め抜くので御座りましよ、御父様も御母様も私の性分は御存じ、よしや良人が芸者狂ひなさらうとも、囲《かこ》い者して御置きなさらうとも其様な事に悋気《りんき》する私でもなく、侍婢《をんな》どもから其様な噂も聞えまするけれど彼《あ》れほど働きのある御方なり、男の身のそれ位はありうちと他処行《よそゆき》には衣類《めしもの》にも気をつけて気に逆《さか》らはぬやう心がけて居りまするに、唯《たゞ》もう私の為《す》る事とて一から十まで面白くなく覚しめし、箸の上げ下しに家の内の楽しくないは妻が仕方が悪いからだと仰《おつ》しやる、夫《そ》れも何《ど》ういふ事が悪い、此処《こゝ》が面白くないと言ひ聞かして下さる様ならば宜けれど、一筋に詰らぬくだらぬ、解らぬ奴、とても相談の相手にはならぬの、いはゞ太郎の乳母として置いて遣《つか》はすのと嘲《あざけ》つて仰《おつ》しやる斗《ばかり》、ほんに良人といふではなく彼の御方は鬼で御座りまする、御自分の口から出てゆけとは仰しやりませぬけれど私が此様な意久地《いくぢ》なしで太郎の可愛さに気が引かれ、何《ど》うでも御詞に異背《いはい》せず唯々《はい〳〵》と御小言を聞いて居りますれば、張も意気地《いきぢ》もない愚《ぐ》うたらの奴、それからして気に入らぬと仰しやりまする、左《さ》うかと言つて少しなりとも私の言条を立てて負けぬ気に御返事をしましたら夫《それ》を取《とつ》こに出てゆけと言はれるは必定《ひつぢやう》、私は御母様出て来るのは何でも御座んせぬ、名のみ立派の原田勇に離縁されたからとて夢さら残りをしいとは思ひませぬけれど、何にも知らぬ彼の太郎が、片親に成るかと思ひますると意地もなく我慢もなく、詫《わび》て機嫌を取つて、何でも無い事に恐れ入つて、今日までも物言はず辛棒して居りました、御父様《おとつさん》、御母様《おつかさん》、私は不運で御座りますとて口惜しさ悲しさ打出し、思ひも寄らぬ事を談《かた》れば両親は顔を見合せて、さては其様の憂《う》き中かと呆れて暫時《しばし》いふ言《こと》もなし。

母《はゝおや》様は子に甘きならひ、聞く毎々《こと〴〵》に身にしみて口惜しく、父《とゝさん》様は何と思し召すか知らぬが元来《もと〳〵》此方《こち》から貰ふて下されと願ふて遣つた子ではなし、身分が悪いの学校が何《ど》うしたのと宜《よ》くも宜くも勝手な事が言はれた物、先方《さき》は忘れたかも知らぬが此方はたしかに日まで覚えて居る、阿関《おせき》が十七の御正月、まだ門松を取もせぬ七日の朝の事であつた、旧《もと》の猿楽町《さるがくちやう》の彼《あ》の家の前で、御隣の小娘《ちひさいの》と追羽根して、彼の娘《こ》の突いた白い羽根が通り掛つた原田さんの車の中へ落たとつて、夫《そ》れを阿関《おせき》が貰ひに行きしに其時はじめて見たとか言つて人橋《ひとはし》かけてやい〳〵と貰いたがる、御身分がらにも釣合ひませぬし、此方はまだ根つからの子供で何も稽古事も仕込んでは置ませず、支度とても唯今の有様で御座いますからとて幾度断つたか知れはせぬけれど、何も舅姑《しゆうとしゆとめ》のやかましいが有るでは無し、我《わし》が欲しくて我が貰ふに身分も何も言ふ事はない、稽古は引取つてからでも充分きせられるから其心配も要らぬ事、兎角《とかく》くれさへすれば大事にして置かうからと夫《それ》は夫は火のつく様に催促して、此方から強請《ねだつ》た訳ではなけれど支度まで先方《さき》で調《とゝの》へて謂《い》はゞ御前は恋女房、私や父様が遠慮して左《さ》のみは出入りをせぬといふも勇さんの身分を恐れてゞは無い、これが妾手《めかけて》かけに出したのではなし正当《しやうたう》にも正当にも百まんだら頼みによこして貰つて行つた嫁の親、大威張に出這入しても差つかへは無けれど、彼方が立派にやつて居るに、此方が此通りつまらぬ活計《くらし》をして居れば、お前の縁にすがつて聟《むこ》の助力《たすけ》を受けもするかと他人様の処思《おもはく》が口惜しく、痩《や》せ我慢では無けれど交際《つきあひ》だけは御身分相応に尽して、平常は逢いたい娘の顔も見ずに居まする、夫《そ》れをば何の馬鹿々々しい親なし子でも拾つて行つたやうに大層らしい、物が出来るの出来ぬのと宜《よ》く其様な口が利けた物、黙つて居ては際限もなく募《つの》つて夫《そ》れは夫れは癖に成つて仕舞ひます、第一は婢女《をんな》どもの手前奥様の威光《ゐくわう》が削《そ》げて、末には御前の言ふ事を聞く者もなく、太郎を仕立るにも母様を馬鹿にする気になられたら何としまする、言ふだけの事は屹度《きつと》言ふて、それが悪るいと小言をいふたら何の私にも家が有ますとて出て来るが宜《よ》からうでは無いか、実《ほん》に馬鹿々々しいとつては夫《そ》れほどの事を今日が日まで黙つて居るといふ事が有ります物か、余り御前が温順《おとな》し過るから我儘がつのられたのであろ、聞いた計《ばかり》でも腹が立つ、もう〳〵退けて居るには及びません、身分が何であらうが父もある母もある、年はゆかねど亥之助といふ弟もあればその様な火の中にじつとして居るには及ばぬこと、なあ父様一遍勇さんに逢ふて十分油を取つたら宜《よ》う御座りましよと母は猛《たけ》つて前後もかへり見ず。

　父親《てゝ》は先刻《さきほど》より腕ぐみして目を閉ぢて有けるが、あゝ御袋、無茶の事を言ふてはならぬ、我《わ》しさへ初めて聞いて何《ど》うした物かと思案にくれる、阿関《おせき》の事なれば並大底で此様《こん》な事を言ひ出しさうにもなく、よく〳〵愁《つ》らさに出て来たと見えるが、して今夜は聟《むこ》どのは不在《るす》か、何か改たまつての事件でも参つてか、いよ〳〵離縁するとでも言はれて来たのかと落ついて問ふに、良人は一昨日より家へとては帰られませぬ、五日六日と家を明けるは平常《つね》の事、左《さ》のみ珍らしいとは思ひませぬけれど出際に召物《めしもの》の揃へかたが悪いとて如何《いか》ほど詫《わ》びても聞入れがなく、其品《それ》をば脱いで擲《たゝ》きつけて、御自身洋服にめしかへて、吁《あゝ》、私《わし》位不仕合の人間はあるまい、御前のやうな妻を持つたのはと言ひ捨てに出て御出で遊ばしました、何といふ事で御座りませう一年三百六十五日物いふ事も無く、稀々《たま〳〵》言はれるは此様な情ない詞《ことば》をかけられて、夫《そ》れでも原田の妻と言はれたいか、太郎の母で候《さふらふ》と顔おし拭つて居る心か、我身ながら我身の辛棒がわかりませぬ、もう〳〵もう私は良人《つま》も子も御座んせぬ嫁入せぬ昔しと思へば夫《そ》れまで、あの頑是《ぐわんぜ》ない太郎の寝顔を眺めながら置いて来るほどの心になりましたからは、最《も》う何《ど》うでも勇の傍に居る事は出来ませぬ、親はなくとも子は育つと言ひまするし、私の様な不運の母の手で育つより継母御《まゝはゝご》なり御手かけなり気に適《かな》ふた人に育てゝ貰ふたら、少しは父御《てゝご》も可愛がつて後々あの子の為にも成ませう、私はもう今宵《こよひ》かぎり何《ど》うしても帰る事は致《いた》しませぬとて、断《た》つても断てぬ子の可憐《かわゆ》さに、奇麗に言へども詞《ことば》はふるへぬ。

　父は歎息して、無理は無い、居愁《ゐづ》らくもあらう、困つた中に成つたものよと暫時《しばし》阿関《おせき》の顔を眺めしが、大丸髷に金輪の根を巻きて黒縮緬《くろちりめん》の羽織何の惜しげもなく、我が娘ながらもいつしか調ふ奥様風、これをば結び髪に結ひかへさせて綿銘仙《めんめいせん》の半天《はんてん》に襷《たすき》がけの水仕業さする事いかにして忍ばるべき、太郎といふ子もあるものなり、一端の怒りに百年の運を取はづして、人には笑はれものとなり、身はいにしへの斎藤主計《さいとうかずへ》が娘に戻らば、泣くとも笑ふとも再度原田太郎が母とは呼ばるゝ事成るべきにもあらず、良人に未練は残さずとも我が子の愛の断ちがたくば離れていよ〳〵物をも思ふべく、今の苦労を恋しがる心も出づべし、斯《か》く形よく生れたる身の不幸《ふしやはせ》、不相応の縁につながれて幾らの苦労をさする事と哀れさの増れども、いや阿関こう言ふと父が無慈悲で汲取《くみと》つて呉れぬのと思ふか知らぬが決して御前を叱るではない、身分が釣合はねば思ふ事も自然違ふて、此方は真から尽す気でも取りやうに寄つては面白くなく見える事もあらう、勇さんだからとて彼《あ》の通り物の道理を心得た、利発《りはつ》の人ではあり随分《ずゐぶん》学者でもある、無茶苦茶にいぢめ立る訳ではあるまいが、得て世間に褒《ほ》め物の敏腕家《はたらきて》などと言はれるは極めて恐ろしい我まゝ物、外では知らぬ顔に切つて廻せど勤め向きの不平などまで家内へ帰つて当りちらされる、的《まと》に成つては随分つらい事もあらう、なれども彼れほどの良人を持つ身のつとめ、区役所がよひの腰弁当が釜の下を焚《た》きつけて呉るのとは格が違ふ、随《したが》つてやかましくもあらう六づかしくもあらう夫を機嫌の好い様にとゝのへて行くが妻の役、表面《うはべ》には見えねど世間の奥様といふ人達の何《ど》れも面白くをかしき中ばかりは有《あ》るまじ、身一つと思へば恨みも出る、何の是《こ》れが世の勤めなり、殊には是《こ》れほど身がらの相違もある事なればぽ人一倍の苦もある道理、お袋などが口広い事は言へど亥之《ゐの》が昨今の月給に有ついたも必竟《ひつきやう》は原田さんの口入れではなからうか、七光《なゝひかり》どころか十光《とひかり》もして間接《よそ》ながらの恩を着ぬとは言はれぬに愁《つ》らからうとも一つは親の為弟の為、太郎といふ子もあるものを今日までの辛棒がなるほどならば、是《こ》れから後とて出来ぬ事はあるまじ、離縁を取つて出たが宜《よ》いか、太郎は原田のもの、其方は斎藤の娘、一度縁が切れては二度と顔見にゆく事もなるまじ、同じく不運に泣くほどならば原田の妻で大泣きに泣け、なあ関さうでは無いか、合点がいつたら何事も胸に納めて知らぬ顔に今夜は帰つて、今まで通りつゝしんで世を送つて呉れ、お前が口に出さんとても親も察しる弟《おとゝ》も察しる、涙は各自《てんで》に分て泣かうぞと因果を含めてこれも目を拭ふに、阿関はわつと泣いて夫《そ》れでは離縁をといふたも我まゝで御座りました、成程太郎に別れて顔も見られぬ様にならば此世に居たとて甲斐もないものを、唯《たゞ》目の前の苦をのがれたとて何《ど》うなる物で御座んせう、ほんに私さへ死んだ気にならば三方四方波風たゝず、兎《と》もあれ彼《あ》の子も両親の手で育てられまするに、つまらぬ事を思ひ寄まして、貴君《あなた》にまで嫌やな事をお聞かせ申しました、今宵限り関はなくなつて魂一つが彼の子の身を守るのと思ひますれば良人のつらく当る位百年も辛棒出来さうな事、よく御言葉も合点が行きました、もう此様な事は御聞かせ申しませぬはどに心配をして下さりますなとて拭ふあとから又涙、母親は声たてゝ何といふ此娘は不仕合と又一しきり大泣きの雨、くもらぬ月も折から淋しくて、うしろの土手の自然生を弟の亥之が折て来て、瓶《びん》にさしたる薄《すゝき》の穂の招く手振りも哀れなる夜なり。

　実家は上野の新坂下《しんざかした》、駿河台への路なれば茂れる森の木の下暗《したやみ》侘しけれど、今宵は月もさやかなり、広小路へ出づれば昼も同様、雇ひつけの車宿とて無き家なれば路ゆく車を窓から呼んで、合点が行つたら兎も角も帰れ、主人《あるじ》の留《る》守《す》に断なしの外出、これを咎《とが》められるとも申訳の詞《ことば》は有るまじ、少し時刻は遅れたれど車ならばつひ一ト飛、話しは重ねて聞きに行かう、先づ今夜は帰つて呉れとて手を取つて引出すやうなるも事あら立てじの親の慈悲《じひ》、阿関はこれまでの身と覚悟してお父様、お母様、今夜の事はこれ限り、帰りますからは私は原田の妻なり、良人を誹《そし》るは済みませぬほどに最う何も言ひませぬ、関は立派な良人を持つたので弟の為にも好い片腕、あゝ安心なと喜んで居て下されば私は何も思ふ事は御座んせぬ、決して〳〵不了簡《ふれうけん》など出すやうな事はしませぬほどに夫《そ》れも案じて下さりますな、私の身体は今夜をはじめに勇のものだと思ひまして、彼《あ》の人の思ふまゝに何となりして貰ひましよ、夫《それ》では最う私ほ戻ります、亥之さんが帰つたらば宜《よろ》しくいふて置いて下され、お父様もお母様も御機嫌よう、此次には笑ふて参りますするとて是非《ぜひ》なさゝうに立あがれば、母親は無けなしの巾着《きんちやく》さげて出て駿河台まで何程《いくら》でゆくと門なる車夫に声をかくるを、あ、お母様それは私がやりまする、有がたう御座んしたと温順《おとな》しく挨拶して、格子戸くゞれば顔に袖、涙をかくして乗り移る哀れさ、家には父が咳払ひの是《こ》れもうるめる声成《なり》し。

## 下

さやけき月に風のおと添ひて、虫の音たえ〴〵に物がなしき上野へ入りてよりまだ一町もやう〳〵と思ふに、いかにしたるか車夫はぴつたりと轅《かぢ》を止めて、誠に申かねましたが私はこれで御免《ごめん》を願ひます、代は入りませぬからお下りなすつてと突然《だしぬけ》にいはれて、思ひもかけぬ事なれば阿関は胸をどつきりとさせて、あれお前そんな事を言つては困るではないか、少し急ぎの事でもあり増しは上げやうほどに骨を折つてお呉れ、こんな淋しい処では代りの車も有るまいではないか、それはお前人困らせといふ物、愚図《ぐづ》らずに行つてお呉れと少しふるへて頼むやうに言へば、増しが欲しいと言ふのでは有ませぬ、私からお願ひです何《ど》うぞお下りなすつて、最う引くのが厭やに成つたので御座りますと言ふに、夫《それ》ではお前加減でも悪るいか、まあ何うしたといふ訳、此処《こゝ》まで挽《ひ》いて来て厭やに成つたでは済むまいがねと声に力を入れて車夫を叱れば、御免なさいまし、もう何《ど》うでも厭やに成つたのですからとて提燈《ちやうちん》を持しまゝ不図《ふと》脇へのかれて、お前は我まゝの車夫《くるまや》さんだね、夫《それ》ならば約定《きめ》の処までとは言ひませぬ、代りのある処まで行つて呉れゝば夫《それ》でよし、代はやるほどに何処《どこ》か开辺《そこ》らまで、切《せ》めて広小路までは行つてお呉れと優しい声にすかす様にいへば、成るほど若いお方ではあり此淋しい処へおろされては定めしお困りなさりませう、これは私が悪う御座りました、ではお乗せ申ませう、お供を致しませう、嘸《さぞ》お驚きなさりましたろうとて悪者《わる》らしくもなく提燈を持かゆるに、お関もはじめて胸をなで、心丈夫《こゝろぢやうぶ》に車夫の顔を見れば二十五六の色黒く、小男の痩《や》せぎす、あ、月に背《そむ》けたあの顔が誰れやらで有つた、誰れやらに似て居ると人の名も咽元《のどもと》まで転がりながら、もしやお前さんはと我知らず声をかけるに、ゑ、と驚いて振あふぐ男、あれお前さんは彼《あ》のお方では無いか、私をよもやお忘れはなさるまいと車より滑《すべ》るやうに下りてつく〴〵と打まもれば、貴嬢《あなた》は斎藤の阿関さん、面目も無い此様《こん》な姿《なり》で、背後《うしろ》に目が無ければ何の気もつかずに居ました、夫《そ》れでも音声《ものごゑ》にも心づくべき筈なるに、私は余程の鈍《どん》に成りましたと下を向いて身を恥れば、阿関は頭《つむり》の先より爪先まで眺めていゑ〳〵私だとて往来で行逢ふた位ではよもや貴君《あなた》と気は付きますまい、唯《たつ》今の先まで知らぬ他人の車夫さんとのみ思ふて居ましたに御存じないは当然《あたりまへ》、勿体《もつたい》ない事であつたれど知らぬ事なればゆるして下され、まあ何時《いつ》から此様な業《こと》して、よく其《その》か弱い身に障《さは》りもしませぬか、伯母さんが田舎へ引取られてお出なされて、小川町《をがはまち》のお店をお廃《や》めなされたといふ噂は他処《よそ》ながら聞いても居ましたれど、私も昔しの身でなければ種々《いろ〳〵》と障る事があつてな、お尋ね申すは更なること手紙あげる事も成ませんかつた、今は何処《どこ》に家を持つて、お内儀さんも御健勝《おまめ》か、小児《ちッさい》のも出来てか、今も私は折ふし小川町の勧工場《くわんこうば》見《み》物に行まする度々、旧のお店がそつくり其儘同じ烟草店の能登《のと》やといふに成つて居まするを、何時《いつ》通つても覗かれて、あゝ高坂《かうさか》の録《ろく》さんが子供であつたころ、学校の行返《ゆきもど》りに寄つては巻掴草のこぼれを貰ふて、生意気《なまいき》らしう吸立てた物なれど今は何処《どこ》に何をして、気の優しい方なれば此様な六づかしい世に何のやうの世渡りをしてお出ならうか、夫《そ》れも心にかゝりまして、実家へ行く度《たび》に御様子を、もし知つても居るかと聞いては見まするけれど、猿楽町を離れたのは今で五年の前、根つからお便りを聞く縁がなく、何《ど》んなにお懐《なつか》しう御座んしたらうと我身のほどをも忘れて問ひかくれば、男は流れる汗を手拭にぬぐふて、お恥かしい身に落まして今は家と言ふ物も御座りませぬ、寝処は浅草町の安宿、村田といふが二階に転がつて、気に向《い》ひた時は今夜のやうに遅くまで挽《ひ》く事もありまするし、厭やと思へば日がな一日ごろ〳〵として烟《けむり》のやうに暮して居まする、貴嬢《あなと》は相変らずの美くしさ、奥様にお成りなされたと聞いた時から夫《それ》でも一度は拝む事が出来るか、一生の内に又お言葉を交はす事が出来るかと夢のやうに願ふて居ました、今日までは入用のない命と捨て物に取あつかふて居ましたけれど命があればこその御対面、あゝ宜《よ》く私を高坂の録之助と覚えて居て下さりました、辱《かたじけ》なう御座りますと下を向くに、阿関《おせき》はさめざめとして誰れも憂《う》き世に一人と思ふて下さるな。

してお内儀さんはと阿関《おせき》の問へば、御存じで御座りましよ筋向ふの杉田やが娘、色が白いとか恰好《かつかう》が何《ど》うだとか言ふて世間の人は暗雲《やみくも》に褒《ほ》めたてた女《もの》で御座ります、私が如何《いか》にも放蕩《のら》をつくして家へとては寄りつかぬやうに成つたを、貰ふべき頃に貰はぬからだと親類の中の解らずやが勘違ひして、彼《あ》れならばと母親が眼鏡にかけ、是非《ぜひ》もらへ、やれ貰へと無茶苦茶に進めたてる五月蝿《うるさ》さ、何《ど》うなりと成れ、成れ、勝手に成れとて彼れを家へ迎へたは丁度貴嬢《あなた》が御懐妊《ごくわいにん》だと聞ました時分の事、一年目には私が処にもお目出たうを他人からは言はれて、犬張子《いぬはりこ》や風車を並べたてる様に成りましたれど、何のそんな事で私が放蕩《のら》のやむ事か、人は顔の好い女房を持たせたら足が止まるか、子が生れたら気が改まるかとも思ふて居たのであらうなれど、たとへ小町と西施《せいし》と手を引いて来て、衣通姫《そとほりひめ》が舞を舞つて見せて呉れても私の放蕩は直らぬ事に極めて置いたを、何で乳くさい子供の顔見て発心《ほつしん》が出来ませう、遊んで遊んで遊び抜いて、呑んで呑んで呑み尽して、家も稼業もそつち除けに箸一本もたぬやうに成つたは一昨々年《さきをとゝし》、お袋は田舎《ゐなか》へ嫁入つた姉の処に引取つて貰ひまするし、女房は子をつけて実家《さと》へ戻したまゝ、音信《いんしん》不通、女の子ではあり惜しいとも何とも思ひはしませぬけれど、其子《そのこ》も昨年の暮チブスに懸つて死んださうに聞きました、女はませな物ではあり、死ぬ際には定めし父様とか何とか言ふたので御座りましよう、今年居れば五つになるので御座りました、何のつまらぬ身の上、お話しにも成りませぬ。

男はうす淋しき顔に笑みを浮べて貴嬢《あなた》といふ事も知りませぬので、飛《と》んだ我まゝの不調法、さ、お乗りなされ、お供しまする、嘸《さぞ》不意でお驚きなさりましたろう、車を挽《ひ》くと言ふも名ばかり、何が楽しみに轅棒《かぢぼう》をにぎつて、何が望みに牛馬の真似をする、銭が貰へたら嬉しいか、酒が呑まれたら愉快なか、考へれば何も彼も悉皆《しつかい》厭やで、お客様を乗せやうが空車《から》の時だらうが嫌やとなると用捨なく嫌やに成まする、呆《あき》れはてる我まゝ男、愛想が尽きるでは有りませぬか、さ、お乗りなされ、お供《とも》をしますと進められて、あれ知らぬ中は仕方もなし、知つて其車《それ》に乗れます物か、夫《そ》れでも此様な淋しい処を一人ゆくは心細いほどに、広小路へ出るまで唯道づれに成つて下され、話しながら行きませうとてお関は小褄《こづま》少し引あげて、ぬり下駄のおと是《こ》れも淋しげなり。

昔の友といふ中にもこれは忘られぬ由縁《ゆかり》のある人、小川町の高坂とて小奇麗な烟草屋の一人息子、今は此様に色も黒く見られぬ男になつては居れども、世にある頃の唐桟《たうざん》ぞろひに小気《こき》の利いた前だれがけ、お世辞も上手、愛敬《あいぎやう》もありて、年の行かぬやうにも無い、父親の居た時よりは却《かへ》つて店が賑やかなと評判された利口らしい人の、さても〳〵

の替り様、我身が嫁入りの噂聞え初《そめ》た頃から、やけ遊びの底ぬけ騒ぎ、高坂の息子は丸で人間が変つたやうな、魔でもさしたか、祟《たゝ》りでもあるか、よもや只事《たゞごと》では無いと其頃に聞きしが、今宵見れば如何《いか》にも浅ましい身の有様、木賃《きちん》泊りに居なさんすやうに成らうとは思ひも寄らぬ、私は此人に思はれて、十二の年より十七まで明暮れ顔を合せる毎《たび》に行々《ゆく〳〵》は彼の店の彼処《あすこ》へ座つて新聞見ながら商ひするのと思ふても居たれど、量《はか》らぬ人に縁の定まり、親々の言ふ事なれば何の異存を入れられやう、烟草《たばこ》やの録さんにはと思へどそれはほんの子供ごゝろ、先方《さき》からも口へ出して言ふた事はなし、此方《こちら》は猶《なほ》さら、これは取とまらぬ夢の様な恋なるを、思ひ切つて仕舞へ、思ひ切つて仕舞へ、あきらめて仕舞うと心を定めて、今の原田へ嫁入りの事には成つたれど、其際までも涙がこぼれて忘れかねた人、私が思ふほどは此人も思ふて、夫れ故の身の破滅かも知れぬ物を、我が此様な丸髷《まるまげ》などに、取済《とりすま》したる様な姿をいかばかり面《つら》にくゝ思はれるであらう、夢さらさうした楽しらしい身ではなけれどもと阿関《おせき》は振かへつて録之助を見やるに、何を思ふか茫然とせし顔つき、時たま逢ひし阿関に向つて左のみは嬉しき様子も見えざりき。

広小路に出れば車もあり、阿関は紙入れより紙幣《しへい》いくらか取出して小菊《こぎく》の紙にしほらしく包みて、録さんこれは誠に失礼なれど鼻紙なりとも買つて下され、久し振でお目にかゝつて何か申たい事は沢山《たんと》あるやうなれど口へ出ませぬは察して下され、では私は御別れに致《いた》します、随分《ずゐぶん》からだを厭《いと》ふて煩《わづ》らはぬ様に、伯母さんをも早く安心させておあげなさりまし、蔭ながら私も祈ります、何《ど》うぞ以前の録さんにお成りなされて、お立派にお店をお開きに成ります処を見せて下され、左様ならばと挨拶すれば録之助は紙づゝみを頂いて、お辞儀申す筈なれど貴嬢《あなた》のお手より下されたのなれば、あり難く頂戴《ちやうだい》して思ひ出にしまする、お別れ申すが惜しいと言つても是《こ》れが夢ならば仕方のない事、さ、お出なされ、私も帰ります、更けては路が淋しう御座りますぞとて空車《からぐるま》引いてうしろ向く、其人《それ》は東へ、此人《これ》は南へ、大路の柳月のかげに靡《なび》いて力なささうの塗り下駄のおと、村田の二階も原田の奥も憂《う》きはお互ひの世におもふ事多し。

# 春の鳥

国木田独歩

## 一

今より六七年前、私《わたくし》はある地方に英語と数学の教師をしていたことがございます。その町に城山《しろやま》というのがあって大木暗く繁った山で、あまり高くはないがはなはだ風景に富んでいましたゆえ私は散歩がてらいつもこの山に登りました。

頂上には城址《しろあと》が残っています。高い石垣に蔦葛《つたかずら》からみついてそれが真紅に染まっている安排《あんばい》など得《え》もいわれぬ趣《おもむき》でした。昔は天主閣の建っていた処が平地になって、いつしか姫小松疎《まば》らに生《お》いたち夏草隙間《すきま》なく茂り、見るからに昔を偲《しの》ばす哀れな様となっています。

私は草を敷《し》いて身を横たえ、数百年斧《おの》を入れたことのない鬱《うつ》たる深林の上を見越しに近郊《きんこう》の田園を望んで楽しんだことも幾度であるか解《わか》りませんほどでした。

ある日曜の午後と覚えています、時は秋の末で大空は水のごとく澄んでいながら野分《のわけ》吹きすさんで城山の林は烈《はげ》しく鳴っていました。私は例のごとく頂上に登って、やや西に傾いた日影の遠村近郊を明《あか》く染めているのを見ながら、持ってきた書籍《しょもつ》を読んでいますと、突然人の話声が聞こえましたから石垣の端《はし》に出て下を見下しました。べつに怪しい者でなく三人の小娘が枯枝を拾っているのでした。風が烈しいので得物も多いかしてたくさん背《せなか》に負《しょっ》ったままなおもあたりをあさっている様子です。むつまじげに話しながら楽しげに歌いながら拾っています、それがいずれも十二三、たぶん何村あたりの農家の子供でしょう。

私はしばらく見下していましたが、またもや書籍《しょもつ》のほうに眼を移していつか小娘のことは忘れてしまいました。するとキャッという女の声、驚いて下を見ますと、三人の子供は何に懼《おそ》れたのか枯木を背負《しょっ》たままアタフタと逃げだしてたちまち石垣のかなたにその姿を隠してしまいました。

おかしなことと私はその近処を注意して見下していると、薄暗い森の奥から下草を分けながら道もない処をこなたへやってくる者があります。初めは何物とも知れませんでしたが、森を出て石垣の下に現われたところを見ると十一か十二歳と思わるる男の児です。紺《こん》の筒袖《つつそで》を着て白木綿《しろもめん》の兵《へ》児帯《こおび》をしめている様子は農家《ひやくしょう》の児でも町家の者でもなさそうでした。

手に太い棒切《ぼうきれ》を持ってあたりをきょろきょろ見廻していましたが、フト石垣の上を見上げた時思わず二人は顔を見あわしました。子供はじっと私の顔を見つめていましたが、やがてニヤリと笑いました。その笑いが尋常《じんじょう》でないのです。生白い丸顔の、眼のぎょろりとした様子までがただの子供でないと私はすぐ見て取りました。

「先生。何をしているの?」と私を呼びかけましたので私もちょっと驚きましたが、元来私の当時教師を務《つと》めていた町はごく小さな城下ですから、私のほうでは自分の教え児のほかの人をあまり知らないでも土地の者は都から来た年若い先生をたいがい知っているので、今この子供が私を呼びかけたもじつは不思議はなかったのです。そこへ気がつくや私も声を優《やさ》しゅうして

「書籍《ほん》を読んでいるのだよ。ここへ来ませんか」というや、児童《こども》はイキなり石垣に手をかけて猿のように登りはじめました。高《たか》さ五間以上もある壁のような石垣ですから私は驚いて止めようと思っているうちに早くも中ほどまで来て、手近の葛《かつら》に手が届くとすらすらとこれを手繰《たぐ》ってたちまち私のそばに突立ちました。そしてニヤニヤと笑っています。

「名前は何と呼《い》うの?」と私は問いました。「六《ろく》」「六?六さんというのかね」と問いますと、児童《こども》はうなずいたまま例の怪しい笑いを洩《も》らして口をすこし開けたまま私の顔を気味の悪いほどみつめているのです。

「いくつかね、歳は?」と私が問いますと、怪訝《けげん》な顔をしていますから、今一度問返しました。すると妙な口つきをして唇《くちびる》を動かしていましたがきゅうに両手を開いて指を屈《お》って一、二《ふ》、三《み》と読んで十《とお》、十一と飛ばし、顔をあげてまじめに

「十一だ」という様子はやっと五歳《いつつ》ぐらいの児の、ようよう数を覚えたのとすこしも変わらないのです。そこで私も思わず「よく知っていますね」「母上《おっか》さんに教《おそ》わったのだ」

「学校へゆきますか」「往《い》かない」「なぜ往かないの?」と私は思って待っていました。児童《こども》は頭を傾《かし》げて向うを見ていますから考えているのだと唖《おし》のような声を出して駈《か》けだしました。すると突然児童はワァワァと驚いて私が呼止めますと

「烏《からす》々」と叫びながら後も振りむかないで天主台を駈下りてたちまちその姿を隠くしてしまいました。

二

私はそのころ下宿屋住《やどやずま》いでしたが何分不自由で困りますからいろいろ人に頼んで、ついに田口という人の二階二間を借り、衣食いっさいのことを任《まか》すことにしました。

田口というは昔の家老職、城山の下にりっぱな屋敷を昔のままに構えて有福《ゆうふく》に暮らしていましたのでこの二階を貸し私を世話してくれたのはすくなからぬ好意であったのです。

ところで驚いたのは田口に移った日の翌日、朝早く起き

て散歩に出ようとすると城山で逢った児童《こども》が庭を掃《は》いていたことです。私は「六さん、お早う」と声をかけましたが、児童は私の顔を見てニヤリ笑ったまま草箒《くさぼうき》で落葉を掃《は》き、言葉を出しませんでした。

日の経《た》つうちにこの怪しい児童の身の上がしだいに解《わ》かってきました、というのは畢竟《ひっきょう》私が気をつけて見たり聞いたりしたからでしょう。

児童は名を六蔵《ろくぞう》と呼びまして田口の主人《あるじ》には甥《おい》にあたり、生まれついての白痴《はくち》であったのです。母親というは四十五六、早く夫《おっと》に分れまして実家《さと》に帰り、二人の児をつれて兄の世話になっていたのであります。六蔵の姉はおしげと呼びその時十七歳、私の見るところではこれもまた白痴といってよいほど哀れな女でした。

田口の主人も初めのほどは白痴のことを隠《かく》しているようでしたが、何にをいうにも隠しうることでないのですからついにある夜のこと私の室《へや》に来て教育の話の末に甥《おい》と姪《めい》の白痴であることを話しだし、どうにかしてこれに幾分の教育を加えることはできないものかと私に相談をしました。

主人の語るところによるとこの哀れなきょうだいの父親というは非常な大酒家《たいしゅうか》で、そのために生命《いのち》をも縮め、家産をも蕩尽《とうじん》したのだそうです。そして姉も弟も初めのうちは小学校に出していたのが、二人とも何一つ学びえずいくら教師が骨を折ってもむだで、とうていほかの生徒といっしょに教えることはできず、いたずらに他の腕白生徒《わんぱくせいと》の嘲弄《ちょうろう》の道具になるばかりですから、かえって気の毒に思って退学をさしたのだそうです。

なるほど詳しく聞いてみると姉も弟もまったくの白痴であることがいよいよあきらかになりました。

しかるに主人《あるじ》の口からはいいませんが、主人の妹、すなわちきょうだいの母親というも普通から見るとよほど抜けている人で、二人の子供の白痴の源因は父の大酒にもよるでしょうが、母の遺伝にもよることは私はすぐ看破《かんぱ》しました。

白痴教育というがあることは私も知っていますが、これは特別の知識の必要であることですから私も田口の主人の相談にはうかと乗りませんでした。ただその容易でないことを話しただけで止しました。

けれどもその後だんだんおしげと六蔵の様子を見ると、いかにも気の毒でたまりません。不具《ふぐ》のうちにもこれほど哀れなものはないと思いました。唖《おし》、聾《つんぼ》、盲《めしい》などは不幸には相違ありません。いう能《あた》わざるもの、聞く能わざる者、見る能わざる者も、なお思うことはできます。思うて感ずることはできます。白痴となると、心の唖、聾、盲《めくら》ですからほとんど禽獣《きんじゅう》に類しているのです。ともかく、人の形《かたち》をしているのですからまったく感じがないわけではないが普通の人と比べては十の一にも及びません。また不完全ながらも心の調子が整《ととの》うていればまだしもですが、さらに歪《いびつ》になってできているのですから、様子がよほど変です、泣くも笑うも喜ぶも悲しむも皆な普通の人から見ると調子が狂っているのだからなお哀れです。

おしげはともかく、六蔵のほうは児童《こども》だけに無邪気なところがありますから、私は一倍哀れに感じ、人の力でできることならばどうにかしてすこしでもその智能の働きを増してやりたいと思うようになりました。

すると田口の主人《あるじ》と話してから二週間も経った後《のち》のこと、夜の十時ごろでした、もう床につこうかと思っているところへ、

「先生、お寝《やすみ》ですか」といいながら私の室《へや》に入ってきたのは六蔵の母親です。背の低い、痩形《やせがた》の、頭の小さい、凸《なかだか》の顔、いつも歯を染めている昔風の婦人《おんな》。口をすこし開けて人のよさそうな、たわいのない笑いをいつもその眼尻《めじり》と口元に現わしているのがこの人の癖でした。

「そろそろ寝ようかと思っているところです」と私がいううち、婦人は火鉢のそばに坐って

「先生私はすこしお願いがあるのですが」といっていいだしにくい様子。「何ですか」「六蔵のことでございます。あのようなばかですから将来《ゆくさき》のことも案じられて、それを思う私は自分のばかを棚《たな》に上げて、六蔵のことが気にかかってならないのでございます」

「ごもっともです。けれどもそうお案じなさるほどのこともありますまい」とツイ私も慰《なぐさ》めの文句をいうのはやはり人情でしょう。

# 三

私はその夜だんだんと母親のいうところを聞きましたが何よりも感じたのは親子の情《じょう》ということでした。前にもいったとおりこの婦人とてもよほど抜けていることは一見して解るほどですが、それが我子の白痴を心配することは普通の親とすこしも変わらないのです。

そして母親もまた白痴に近いだけ、私はますます憐れを催《もよ》おしました。思わず私も貰い泣きをしたくらいでした。

そこで私は六蔵の教育に骨を折ってみる約束をして気の毒な婦人を帰えし、その夜は遅くまで、いろいろと工夫を凝《こ》らしました。さてその翌日からは散歩ごとに六蔵を伴うことにして、機《き》に応じていくらかずつ智能の働きを加えることにいたしました。

第一に感じたのは六蔵に数の観念が欠《か》けていることです。一から十までの数がどうしても読めません。幾度も繰返して教えれば、二、三と十まで口で読み上げるだけのことはしますが、路ばたの石塊《いしころ》を拾うて三個《みっつ》並べて、いくつだときききますと考がえてばかりいて返事をしないのです。むり

にくと初めは例の怪しげな笑い方をしていますが後《のち》には泣きだしそうになるのです。

　私も苦心に苦心を積み、根気よく務《つと》めていました。ある時は八幡宮の石段を数えて昇り、一《ひ》、二《ふ》、三《み》と進んで七《なな》つと止《と》まり、七だよといい聞かして、さて今の石段はいくつだとききますと、大きな声で十《とお》と答える始末です。松の並木を数えても、菓子を褒美《ほうび》にその数を教えても、結果は同じことです。一《ひ》、二《ふ》、三《み》という言葉と、その言葉が示す数の観念とは、この児童《こども》の頭に何の関係をももっていないのです。

　白痴に数の観念の欠けていることは聞いてはいましたが、これほどまでとは思いもよらず、私もある時は泣きたいほどに思い、児童の顔を見つめたまま涙がひとりでに落ちたこともありました。

　しかるに六蔵はなかなかの腕白者《わんぱくもの》で、悪戯《いたずら》をするときはずいぶん人を驚かすことがあるのです。山登りが上手《じょうず》で城山を駈廻るなどまるで平地を歩くように、道のあるところないところ、サッサと飛ぶのです。ですからこれまでも田口の者が六蔵はどこへ行ったかと心配していると昼飯《ひるめし》を食ったまま出て日の暮れ方になって城山の崕《がけ》から田口の奥庭にひょっくり飛び下りて帰ってくるのだそうです。木拾いの娘が六蔵の姿を見て逃げだしたのはきっとこれまで幾度となくこの白痴の腕白者に嚇《おど》されたものと私も思いあたったのであります。

　けれどもまた六蔵はじきに泣きます。母親が兄の手前をかねておりおり痛《ひど》く叱《しか》ることがあり、手の平で打つこともあります、その時は頭をかかえ身を縮めて泣き叫びます。しかしすぐと笑っている様《さま》は打たれたことをすっかり忘れてしまったらしく、これを見て私はなおさらこの白痴の痛ましいことを感じました。

　かかるありさまですから六蔵が歌など知っているはずもなさそうですが知っています。木拾いの歌うような俗歌《ぞくか》を暗《そら》んじて、おりおり低い声でやっています。

　ある日私は一人で城山に登りました、六蔵を伴《つ》れてと思いましたが姿が見えなかったのです。

　冬ながら九州は暖国ゆえ天気さえよければごく暖かで、空気は澄んでいるし、山のぼりにはかえって冬がよいのです。

　落葉《らくよう》を踏んで頂《いただき》に達し例の天主台の下までゆくと、寂々《せきせき》として満山声なきうちに、何者か優《やさ》しい声で歌うのが聞こえます、見ると天主台の石垣の角《かど》に六蔵が馬乗りに跨《また》がって、両足をふらふら動かしながら、眼を遠く放って俗歌を歌っているのでした。

　空の色、日の光、古い城趾《しろあと》、そして少年、まるで画《え》です。少年は天使です。この時私の眼には六蔵が白痴とはどうしても見えませんでした。白痴と天使、何という哀れな対照でしょう。しかし私はこの時、白痴ながらも少年はやはり自然の児であるかと、つくづく感じました。

今一ツ六蔵の妙な癖《くせ》をいいますと、この児童《こども》は鳥が好きで、鳥さえ見れば眼の色を変えて騒ぐことです。けれども何を見ても烏《からす》といい、いくら名を教えても憶《おぼ》えません。「もず」を見ても「ひよどり」を見ても烏といいます。おかしいのはある時白鷺《しらさぎ》を見て烏といッたことで、鷺《さぎ》を烏にいい黒《くろ》めるという俗諺《ぞくげん》がこの児だけには普通《あたりまえ》なのです。

高い木の頂辺《てっぺん》で百舌鳥《もず》が鳴いているのを見ると六蔵は口をあんぐり開けてじっと眺めています。そして百舌鳥の飛びたってゆく後を茫然と見送る様は、すこぶる妙で、この児童には空を自由に飛ぶ鳥がよほど不思議らしく思われました。

四

さて私もこの憐《あわ》れな児のためにはずいぶん骨を折ってみましたが眼に見えるほどの効能はすこしもありませんでした。

かれこれするうちに翌年の春になり、六蔵の身の上に不《ふ》慮《りょ》の災難が起こりました。三月の末でございました、ある日朝から六蔵の姿が見えません、昼過ぎになっても帰りません。ついに日暮になっても帰ってきませんから田口の家では非常に心配し、ことに母親はいても起《た》ってもいられん様子です。

そこで私はまず城山を探すがよかろうと、田口の僕《ぼく》を一人連れて、提灯《ちょうちん》の用意をして、心に怪しい痛《いた》い想いを懐《いだ》きながらいつもの慣れた径《こみち》を登って城趾に達しました。

俗に虫が知らすというような心持で天主台の下に来て「六さん！　六さん！」と呼びました。そして私と僕と、申しあわしたように耳を聳《そばだ》てました。場所が城趾であるだけ、また索《さが》す人が普通《なみ》の児童《こども》でないだけ、何ともしれないものすごさを感じました。

天主台の上に出て、石垣の端から下をのぞいてゆくうちに北の最も高い角《かど》の真下《ました》に六蔵の死骸《しがい》が墜《お》ちているのを発見しました。

怪談でも話すようですが実際私は六蔵の帰りのあまり遅いと知ってからは、どうもこの高い石垣の上から六蔵の墜《つい》落《らく》して死んだように感じたのであります。

あまり空想だと笑われるかもしれませんが、白状しますと、六蔵は鳥のように空を翔《か》け廻るつもりで石垣の角から身を躍《おど》らしたものと、私には思われるのです。木の枝に来て、六蔵の眼のまえで、枝から枝へと自在《じざい》に飛んでみせたら、六蔵はきっと、自分もその枝に飛びつこうとしたに相違ありません。

死骸《なきがら》を葬った翌々日、私は独《ひと》り天主台に登りました。そして六蔵のことを思うと、いろいろと人生不思議の思いに堪えなかったのです。人類と他の動物との相違。人類と自然との関係。生命と死、などいう問題が年若い私の心に深い深い哀しみを起こしました。

イギリスの有名な詩人の詩に「童《わらべ》なりけり」というがあります。それは一人の児童《こども》が夕《ゆうべ》ごとに淋しい湖水の畔《ほとり》に立って、両手の指を組みあわして、梟《ふくろ》の啼《な》くまねをすると、湖水の向うの山の梟がこれに返事をする、これをその童は楽しみにしていましたがついに死にまして、静かな墓に葬られ、その霊《たま》は自然の懐《ふところ》に返ったという意《こころ》を詠《えい》じたものであります。

私はこの詩が嗜《す》きでつねに読んでいましたが、六蔵の死を見て、その生涯を思うて、その白痴を思う時は、この詩よりも六蔵のことはさらに意味あるように私は感じました。石垣の上に立って見ていると、春の鳥は自在に飛んでいます。そのひとつは六蔵ではありますまいか。よし六蔵でないにせよ。六蔵はその鳥とどれだけ異《ちが》っていましたろう。


憐れな母親はその児の死をかえって、児のために幸福《しやわせ》だといいながらも泣いていました。

ある日のことでした、私は六蔵の新しい墓にお詣《まい》りするつもりで城山の北にある墓地にゆきますと、母親が先に来ていてしきりと墓のまわりをぐるぐる廻りながら、何か独語《ひとりごと》をいっている様子です。私の近づくのをすこしも知らないとみえて
「何だってお前は鳥の真似《まね》なんぞした、え、何だって石垣から飛んだの？……だって先生がそういったよ、六さんは空を飛ぶつもりで天主台の上から飛んだのだって。いくらばかでも鳥の真似をする人がありますかね」といってすこし考えて「けれどもね、お前は死んだほうがいいよ。死んだほうが幸福《しやわせ》だよ……」

私に気がつくや、

「ね、先生。六は死んだほうが幸福でございますよ」といって涙をハラハラとこぼしました。

「そういうこともありませんが、何しろ不慮《ふりよ》の災難だからあきらめるよりいたしかたがありませんよ。……」

「けれどなぜ鳥の真似《まね》なんぞしたのでございましょう」

「それは私の想像ですよ。六さんがきっと鳥の真似をして死んだのだか解《わか》るものじゃありません」

「だって先生はそういったじゃありませんか」と母親は眼をすえて私の顔を見つめました。

「六さんはたいへん鳥が嗜《す》きであったから、そうかもしれないと私が思っただけですよ」

「ハイ、六は鳥が嗜好《すき》でしたよ。鳥を見ると自分の両手をこう広げて、こうして」と母親は鳥の搏翼《はばたき》の真似をして「こうしてそこらを飛び歩きましたよ。ハイ、そうして烏《からす》の啼《な》く真似が上手でした」と眼の色を変えて話す様子を見てい

て私は思わず眼をふさぎました。

　城山の森から一羽の烏が翼《はね》をゆるやかに、二声三声鳴きながら飛んで、浜のほうへゆくや、白痴の親はきゅうに話を止《や》めて、茫然《ぼうぜん》と我をも忘れて見送っていました。

　この一羽の烏を六蔵の母親が何と見たでしょう。

# 竹の木戸

国木田独歩

上

大庭《おおば》真蔵という会社員は東京郊外に住んで京橋区辺の事務所に通っていたが、電車の停留所まで半里《はんみち》以上もあるのを、毎朝欠かさずテクテク歩いて運動にはちょうどいいといっていた。おとなしい性質だから会社でも受けがよかった。

家族は六十七八になるごく丈夫《じょうぶ》な老母、二十九になる細君、細君の妹のお清《きよ》、七歳《ななつ》になる娘の礼《れい》ちゃんこれに五六年前からいるお徳という女中、以上五人に主人《あるじ》の真蔵を加えて都合《つごう》六人であった。

細君は病身であるからあまり家事に関係しない。台所元の事はおもにお清とお徳がやっていて、それを小まめな老母が手伝っていたのである。わけても女中のお徳は年こそまだ二十三であるが私はお宅《うち》に一生奉公をしますという意気込みで権力がなかなか強い、老母すら時々この女中のいうことを聞かなければならぬこともあった。我儘《わがまま》過ぎるとお清から苦情の出る場合もあったが、何しろお徳はお家大事と一生懸命なのだからつまりはお徳の勝利《かち》に帰するのであった。

生垣《いけがき》一つ隔てて物置同然の小屋があった。それに植木屋夫婦が暮らしている。亭主が二十七八で、女房はお徳と同年輩くらい、そしてこの隣交際《となりづきあい》の女性《にょしょう》二人は互いに負けず劣らず喋舌《しゃべ》りあっていた。

初め植木屋夫婦が引越してきた時、井戸がないのでどうか水を汲《く》ましてくれと大庭家に依頼《たの》みに来た。大庭の家ではそれはもっともなことだと承諾《ゆる》してやった。それからかれこれ二月ばかり経つと、今度は生垣を三尺ばかり開放《あけ》さしてくれろ、そうすればいちいちご門へ迂廻《まわ》らんでもすむからと頼みに来た。これには大庭家でもだいぶん苦情があった、ことにお徳は盗棒《どろぼう》の入口を造《こしら》えるようなものだと主張した。が、しかし主人《あるじ》真蔵のかねての優《やさ》しい心からついにこれを許すことになった。そちらで木戸を丈夫に造り、開閉《あけたて》を厳重にするという条件であったが、植木屋はそこらの藪《やぶ》から青竹を切ってきて、これに杉の葉などを交ぜ加えて無細工《ぶさいく》の木戸を造《つ》くってしまった。でき上がったのを見てお徳は

「これが木戸だろうか、掛金《かけがね》はどこにあるの。こんな木戸なんかあるもないも同じことだ」と大声でいった。植木屋の女房のお源《げん》は、これを聞きつけ

「それでたくさんだ、どうせ私どもの力で大工さんの作るようなりっぱな木戸ができるものか」

と井戸辺《いどばた》で釜《かま》の底を洗いながらいった。

「それじゃア大工さんを頼めばいい」とお徳はお源の言葉が癪《しやく》に触《さわ》り、植木屋の貧乏なことを知りながらいった。

「頼まれるくらいなら頼むサ」とお源は軽くいった。

「頼むと来るよ」とお徳はも一つ皮肉をいった。

お源は負けぬ気性だから、これにはむっとしたが、大庭家におけるお徳の勢力を知っているから、逆《さか》らっては損と虫を圧《おさ》えて

「まアそれで勘弁しておくれよ。出入りするものはおもに私《あたし》ばかりだから私さえ開閉《あけたて》に気をつけりゃアだいじょうぶだよ。どうせ本式の盗棒《どろぼう》なら垣根だってご門だって越すから木戸なんか何にもなりゃアしないからね」と半分折れてでたのでお徳

「そういえばそうさ。だからお前さんさえ開閉《あけたて》を厳重にしておくれならまア安心だが、お前さんも知ってるだろうここはコソコソ泥棒や屑屋《くずや》の悪い奴がうろうろするから油断も間際《すき》もなりゃしない。そらこのごろできたパン屋の隣に河井様《さん》て軍人さんがあるだろう。あそこじゃア二三日前に買立ての銅《あか》の大きな金盥《かなだらい》をちょろりと盗《や》られたそうだからねえ」

「まアどうして」とお源は水を汲む手をちょっと休めて振り向いた。

「井戸辺に出ていたのを、女中が屋後《うら》に干物《ほしもの》に往《い》ったぽっちりの間に盗《や》られたのだとサ。やっぱり木戸がすこしばかし開いていたのだとサ」

「まア、ほんとに油断がならないね。だいじょうぶ私は気をつけるが、お徳さんも盗られそうなものはちょっとでも戸外《そと》に放棄《うっちゃ》っておかんようになさいよ」

「私はまアそんなことはしないつもりだが、それでも、ツイ忘れることがあるからね、お前さんも屑屋なんかに気をつけておくれよ。木戸から入るにゃぜひお前さん宅《うち》の前を通るのだからね」

「ええ気をつけるともね。盗《と》られる日にゃ薪《まき》一本だって炭《すみ》一片《ひときれ》だってばかばかしいからね」

「そうだとも。炭一片とおいいだけれど、どうだろうこのごろの炭の高価《たか》いことは。一俵八十五銭の佐倉《さくら》があれだよ」とお徳は井戸から台所口へ続く軒下に並べてある炭俵の一つを指して、「いくら入ってるものかね。ほんとに一片何銭につくだろう。まるでお銭《かね》を涼炉《しちりん》で燃やしているようなものサ。土竈《どがま》だって堅炭《かたずみ》だってみんな去年の倍といってもいいくらいだからね」とお徳は嘆息《ためいき》まじりに「ほんとにやりきれやしない」

「それにお宅はご人数も多いんだから入用《いる》ことも入用サね。私《あたし》のとこなんか二人きりだからいくらも入用《いりや》アしない。そ

れでも三銭五銭と計量炭《はかりずみ》を毎日のように買うんだからね、まったくやりきれやしない」

「まったく骨だね」とお徳は優しくいった。

　以上炭の噂《うわさ》まで来ると二人ほ最初の木戸の事はもう口に出さないでいつしか元のお徳お源に立還《たちかえ》りぺちゃくちゃと仲よく喋舌《しゃべ》りあっていたところは埒《らち》もない。

　十一月の末だから日は短かい盛りで、主人真蔵が会社から帰ったのはもう暮れがかりであった。木戸ができたと聞いて洋服のまま下駄を突《つ》っかけ勝手元の庭へ廻わり、しばらくは木戸を見てただ微笑していたが、お徳がそばから
「旦那様《だんなさま》たいへんな木戸で、ございましょう」といったので
「これは植木屋さんが作《こし》らえたのか」

「そうでございます」

「ずいぶん妙な木戸だが、しかし植木屋さんにしちゃアよくできてる」と手を掛けて揺振《ゆすぶ》ってみて
「案外丈夫《じょうぶ》そうだ。まアこれでもいい、ないよりかましだろう。そのうち大工を頼んでほんとうに作らすことにしよう」といって「竹で作《こしら》えても木戸は木戸だ、ハ、ハハハハ」と笑いながら屋内《うち》へ入った。

　お源はこれを自分の宅《うち》で聞いていて、くすくすと独りで笑いながら、「ほんとによく物の解る旦那だよ。第一あんな心持の優しい人ったらめったにありゃしない。あそこじゃ奥様《おくさん》もいい方だしご隠居様も小まめにちょこまかなさるが人柄《ひと》はごくいい方だし、お清様《きよさん》は出戻りだけにどこか執拗《ひねく》れてるが、しかし気質《きだて》は優しい方だし」と思いつづけてきてハタとお徳の今日昼間の皮肉を回想《おもいだ》して「水の世話にきえならなきゃあんな奴に口なんか利《き》かしやしないんだけど、房州の田舎者奴《いなかものめ》が、可愛がっていただきゃいい気になりやアがってどうだろうあのずうずうしいあんばいは」とお徳のさっきの言葉を思いだし、「たいへんな木戸でしょうだって、あれで難癖《なんくせ》をつけるつもりがあいにくと旦那がお取上げに相《あい》ならんからいい気味だ。ざまアみやアがれだ」とまたつと気を変えて「だけど感心といえば感心だよ。容色《きりょう》も悪くはなし年だって私と同じならまだいくらだって嫁にいかれるのに、ああやって一生懸命に奉公しているんだからね。まったく普通《なみ》の女《もの》にゃ真似《まね》ができないよ。それに恐しい正直者《しょうじきもん》だから大庭様《さん》でもあれに任かしておきゃ間違はないサ……」

　こんなことを思いながらお源は洋燈《らんぷ》を点火《つけ》て、火鉢に炭を注《つ》ごうとして炭が一片《ひときれ》もないのに気がつき、舌鼓《したうち》をして古ぼけた薬罐《やかん》に手を触ってみたが湯は冷《さ》めていないので安心して「お湯の熱いうちに早く帰ってくればいい。しかし今日もしか前借りしてきてくれないと今夜も明日も火なしだ。火ぐらい木葉《こっぱ》を拾ってきても間にあうが、明日食うお米がありゃしない」と今度は舌鼓の代りに力のない嘆息を洩らした。頭髪《かみ》を乱して、血《ち》の色のない顔をして、薄暗い

洋燈《らんぷ》の陰にしょんぼり坐っているこの時のお源の婆はずいぶん憐れな様であった。

　そこへのっそり帰ってきたのが亭主の磯吉《いそきち》である。お源はいきなり前借りの金のことを訊《き》いた。磯は黙って腹掛《はらがけ》けから財布を出してお源に渡した。お源は中を査《あらた》めて
「たった二円」

「ああ」

「二円ばかししかたがないじゃアないか。どうせ前借りするんだもの五円も借りてくればいいのに」

「だって貸さなきゃしかたがない」

「それやそうだけどよく頼めぼ親方だって五円ぐらい貸してくれそうなものだ。これをごらん」とお源は空虚《からっぽ》の炭籠《すみとり》を見せて「炭だってこれだろう。今夜お米を買ったらいくらも残りゃしない。……」

　磯は黙って煙草《たばこ》をふかしていたが、煙管《きせる》をポンと強く打《はた》いて、膳《ぜん》を引寄せ手盛りで飯を食い初めた。ただ白湯《さゆ》を打《ぶっ》かけてザクザク流しこむのだが、それがいかにもうまそうであった。

　お源は亭主のこの所為《しょさ》に気を呑《の》まれて黙って見ていたが山盛り五六杯食って、まだ止めそうもないので呆《あき》れもし、おかしくもなり
「お前さんそんなにお腹が空いたの」

　磯はさらに一椀《いっぱい》盛けながら「俺《おれ》は今日半食《おやつ》を食わないのだ」

「どうして」

「今日あれから往《い》ったら親方が厭《いや》な顔をしてこの多忙《いそが》しい中を何で遅く来ると小言をいったから、じつはこれこれだって木戸の一件を話すと、そんなことは手前《てめえ》の勝手だっていやアがる、くそ忌々《いまいま》しいからそれからグングン仕事にかかって二時過ぎになるとお茶《ちゃ》飯が出たが、俺は見向きもしないんだ。お女中が来て今日はおいしい海苔巻《のりまき》だから早やく来て食べろといったがとうとう俺ほ往かないで仕事をし続けてやったのだ。そんなこんなで前借りのこと親方にいいだすのはまったく厭だったけど、いわないじゃおられんから帰りがけに五円貸してくれろというと、へん仕事は怠けて前借りか、俺も手前のずうずうしいのには敵《かな》わんよ、そらこれでよかろうって二円出して与《よ》こしたのだ。しかたがないじゃアないか」と磯は腹の空いたわけと二円ほか前借りができなかった理由《わけ》を一遍《いっぺん》に話してしまった。そして話しおわったころやっと箸《はし》を置いた。

　全体磯吉は無口の男でまた口の利《き》きようも下手だがどうかすると啖火《たんか》交じりで今のように威勢のいい物のいいぶりをすることもある、お源にはこれがすこぶる嬉しかったのである。しかしお源には連添《つれそ》ってから足掛け三年にもなるがまだ磯吉は怠惰者《なまけもの》だか働人《はたらきにん》だか判断がつかんのである。東京女の気まぐれ者にはそれですんでゆくので、三日も四

日も仕事を休む、どうかすると十日も休む、けれどサアとなれば人三倍も働くのが宅《うち》の磯様《いそさん》だと心得ている、だからサアとなれば困りゃしないと信じている。しかしどこまで行ったらその「サア」だかそんなことはお源も考えたことはない。またお源は磯さんはイザとなればずいぶん人のできない思いきった大胆《だいたん》なことをする男だと頼母《たのもし》がっている。けれどそうばかし思えんこともある。そのじつ案外意久地《いくじ》のない男かしらと思う場合もあるが、それは一文《もん》なしになって困り抜いた時などで、そう思うと情けなくなるからなるべくそれは自分でうち消していたのである。

実際磯吉はいわゆる「解《わか》らん男」で、大庭の女連《おんなれん》は何となく薄気味《うすきび》悪く思っていた。だからお徳までが磯には憚《はばか》る風がある。これがお源にはいうにいわれない得意なので、お徳がこの風を見せた時、お清が磯に丁寧《ていねい》な言葉を使った時など嬉しさが込上げてくるのであった。

それで結極のべつ貧乏のし飽《あ》きをして、働き盛りでありながら世帯《しょたい》らしい世帯も持たず、いつも物置か古倉《ふるぐら》の隅《すみこ》のような所ばかりに住んでいる、したがってお源もいつしか植木屋の女房連《かかあれん》から解らん女だ、つまりばかだとせられていたのだ。

磯吉の食事《めし》がすむとお源は笊《ざる》を持って駈けだして出たが、やがて量り炭《はかりずみ》を買ってきて、火を起こしながら今日お徳と木戸のことでいいあったこと、旦那が木戸を見ていった言葉などべらべら喋舌《しゃべ》って聞かしたが、磯は「そうか」ともいわなかった。

そのうち磯が眠そうに大欠伸《おおあくび》をしたので、お源は垢《あか》じみた煎餅布団《せんべいぶとん》を一枚敷いて一枚被《か》けて二人いっしょに一個身体《ひとつからだ》のようになって首を縮めて寝てしまった。壁の隙間や床下から寒い夜風が吹きこむので二人は手足も縮められるだけ縮めているが、それでも磯の背部《せなか》は半分外にはみだしていた。

## 中

十二月に入《い》るときゅうに寒気が増して霜柱は立つ、氷は張る、東京の郊外はだしぬけに冬の特色を発揮して、流行の郊外生活にかぶれて初めて郊外に住んだ連中をびっくりさした。しかし大庭真蔵は慣れたもので、長靴を穿《は》いて厚い外套《がいとう》を着て平気で通勤していたが、最初の日曜日は空青々と晴れ、日が煌々《きらきら》と輝やいて、そよ吹く風もなく、小春《こはる》日和《びより》がまた立返《たちもど》ったようなので、真蔵とお清は留守居番、老母と細君は礼ちゃんとお徳を連れて下町に買物に出かけた。

郊外から下町へ出るのは東京へ行くと称して出慣《でな》れぬ女《おんな》連《れん》は外出《そとで》の仕度《したく》に一騒ぎするのである。それで老母を初め細君娘、お徳までの着変えやら何かにひとしきり騒がしかったのが、出ていった後は一時にしんとなって家内《やうち》は人気が絶えたようになった。

　真蔵は銘仙《めいせん》の褞袍《どてら》の上へ兵古帯《へこおび》を巻きつけたまま日射《ひあたり》のいい自分の書斎に寝転《ねころ》んで新聞を読んでいたがお午《ひる》時前になると退屈になり、書斎を出て縁辺《えんがわ》をぶらぶら歩いていると
「兄様」と障子越《しょうじご》しにお清が声をかけた。

「何です」

「おホホホホ『何です』だって。お午食《ひる》は何にもありませんよ」

「かしこ参《まい》りました」

「おホホホホ『かしこ参りました』だってほんとに何にもないんですよ」

　そこで真蔵はお清のいる部室《へや》の障子を開けると、内《なか》ではお清がせっせと針仕事をしている。

「たいへん勉強だね」

「礼ちゃんの被布《ひふ》ですよ、いい柄でしょう」

　真蔵はそれには応《こた》えず、そこらを見廻わしていたが。

「もすこし日射《ひあたり》のいい部室で縫《ぬ》ったらよさそうなものだな。そして火鉢もないじゃないか」

「まだ手が凍結《かじけ》るほどでもありませんよ。それにこの節はご倹約ということにきめたのですから」

「何のご倹約だろう」

「炭です」

「炭はなるほど高価《たかく》なったに違いないが宅《うち》できゅうにそれを節約するほどのことはなかろう」

　真蔵は衣食台所元のことなど一切《いっせつ》関係しないから何も知らないのである。

「どうして兄様《にいさん》、十一月でさえ一月の炭の代がお米の代よりかよっぽど上なんですもの。これから十二、一、二とまず三月《みつき》が炭の要《い》る盛りですから倹約できるだけしないとたいへんですよ。お徳が朝から晩まで炭が要る炭が高価《たか》いて泣き言ばかりいうのもむりはありませんわ」

「だって炭を倹約して風邪《かぜ》でも引いちゃ何もなりゃしない」

「まさかそんなことはありませんわ」

「しかし今日はいいあんばいに暖かいね。母上《おっかさん》でも今日はだいじょうぶだろう」と両手を伸ばして大欠伸《おおあくび》をして
「何時《なんじ》かしらん」

「もうすぐ十二時でしょうよ。お午食《ひる》にしましょうか」

「イヤまだ腹がいっこう空《す》かん。会社だと午食の弁当が待遠いようだけどなア」といいながらそこを出て勝手の座敷から女中部屋まで覗《なぞ》きこんだ。女中部屋などこれまで入ったこともなかったのであるが、見ると高窓が二尺ばかり開け放しになってるので、何心なくそこから首をひょいと出すと、すぐ眼下に隣のお源がいて、お源が我知らず見上げた顔とぴたりと出あった。お源はサと顔を真赤にして狼狽《うろたえ》

きった声をやっと出して

「お宅ではこういう上等の炭をお使いなさるんですもの、たまりませんわね」と佐倉の切炭を手に持っていたが、それを手玉に取りだした。窓の下は炭俵が口を開けたまま並べてある場処で、お源が木戸から井戸辺《ばた》にゆくにはぜひこのそばを通るのである。

真蔵もちょっと狼狽《まごつ》いて答に窮したが

「炭のことは私どもに解らんで……」とにっこり微笑《わらっ》てそのまま首を引っこめてしまった。

真蔵はすぐ書斎に返ってお源の所為《しょさ》について考がえたが判断が容易につかない。お源は炭を盗んでいるところであったとはまず最初に来る判断だけれど、真蔵はそれをそのまま確信することができないのである。実際ただ炭を見ていたのかもしれない、通りがかりだからツイ手に取ってみているところを不意に他人《ひと》から瞰下《みおろ》されて理由《わけ》もなく顔を赤らめたのかもしれない。まして自分が見たのだから狼狽《うろた》えたのかもしれない。と考えれば考えられんこともないのである。真蔵はなるべく後《のち》のほうに判断したいので、ついにそう心できめてともかく何人《だれ》にもこの事はいわんことにした。

しかしひょっともし盗んでいたとすると放下《うっちゃ》っておいては後が悪かろうとも思ったが、一度見られたら、とても悪事を続《つづけ》行ることは得《え》すまいと考えたからなおさらこの事は口外しないほうがほんとうだと信じた。

どちらにしてもお徳がいったとおり、あそこへ竹の木戸を植木屋に作らしたのは策《さく》の得たるものでなかったと思った。

午後三時過ぎて下町行きの一行はぞろぞろ帰宅《かえ》ってきた。一同が茶の間に集まってがやがやと今日の見聞を今一度繰返して話しあうのであった。お清はもちろん、真蔵も引きだされて相槌《あいづち》を打って聞かなければならない。礼ちゃんが新橋の勧工場で大きな人形を強請《ねだ》って困らしたの、電車の中に泥酔者《よっぱらい》がいて衆人《みんな》を苦しめたの、真蔵に向かって細君が、あなたは寒むがり坊だから大徳《だいとく》で上等飛切りの舶来《はくらい》のシャツを買ってきたの、下町へ出るとどうしても思ったよりかよけいにお金を使うだの。それからそれと留度《とめど》がない、そして聞く者よりか喋舌《しゃべっ》ている連中のほうがよっぽどおもしろそうであった。

まずこのがやがやがひとしきりすむとお徳はきゅうに何か思いだしたように起《た》って勝手口を出たがしばらくして返ってきて、妙にまじめな顔をして眼を円《まる》くして、

「まア驚いた！」と低い声でいって、人々《みんな》の顔をきょろきょろ見廻わした。人々も何事が起こったかとお徳の顔を見る。

「まア驚いた！」と今一度いって、「お清様は今日屋外《そと》の炭をお出しになりゃしませんね？」と訊《き》いた。

「いいえ、私は炭籠《すみかご》の炭ほか使わないよ」

「そうら解った、私は去日《このあいだ》からどうも炭のなくなりかたが変だ、いくら炭屋が巧計《ずる》をして底ばかし厚くするからってこうもきゅうになくなるはずがないと思っていたのでございますよ。それで私は想《おも》いあたってることがあるから昨日《きのう》お源さんの留守に障子の破れ目から内《なか》をちょいと覗いてみたのでございますよ。そうするとどうでしょう」と、一段声を低めて「あの破れ火鉢に佐倉が二片《ふたつ》ちゃんと埋《い》って灰が被《か》けてあるじゃアございませんか。それを見て私はもうきっとそうだときめてど隠居様にまず申しあげてみようかと思いましたが、ひとつ係蹄《わな》をかけてこっちで験《た》めした上と考がえましたから今日やってみたのでございますよ」とお徳はにやり笑った。

「どんな係蹄《わな》をかけたの?」とお清が心配そうに訊《き》いた。

「今日出る前に上に並んだ炭にいちいち符号《しるし》をつけておいたのでございます。それがどうでしょう、今見ると符号をつけた佐倉が四個《よっつ》そっくりなくなっているのでございます。そして土竈《どがま》は大きなのを二個《ふたつ》上に出して符号をつけておいたらそれもないのです」

「まアどうしたというのだろう」お清は呆れてしまった。

老母と細君は顔見あわして黙っている。真蔵はさてはいよいよと思ったが今日見たことをうち明けるだけはやはり見あわした。つまり真蔵にはそうまでするに忍びなかったのである。

「でございますから炭泥棒は何人《だれ》だかもう解ってます。どういたしましょう」とお徳は人々《みんな》がこの大事件をびっくりしてごうごうと論評を初めてくれるだろうと予期していたのが、お清が声を出してくれたほか、旦那を初め後の人は黙っているのですこし張合いが抜けた調子でこう問うた。

しばらく誰も黙っていたが
「どうするッて、どうするの?」とお清が問い返した、お徳は少々焦急《じれっ》たくなり。

「炭をですよ。炭をあのままにしておけばこれからいくらでも取られます」

「台所の縁の下はどうだ」と真蔵は放擲《うっちゃ》っておいてもお源が今後容易に盗みえぬことを知っているけれど、その理由《わか》をうち明けないときめてるから、しようことなしにこういった。

「いっぱいでございます」とお徳は一言で拒絶した。

「そうか」真蔵は黙ってしまう。

「それじゃこうしたらどうだろう。お徳の部屋の戸棚《とだな》の下を明けて当分ともかくあそこへ炭を入れることにしたら。そしてお徳の所有品《もの》は中の部屋の戸棚を整理《かたづ》けて入れたら」と細君が一案を出した。

「それじゃアそういたしましょう」とお徳はすぐ賛成した。

「お徳にはすこし気の毒だけれど」と細君はつけ加《た》した。

「いいえ、私は『中の部屋』のお戸棚へ衣類《きもの》を入れさしていただければなおけっこうでございます」

「それじゃまあそうきめるとして、全体物置を早く作れというのに真蔵がぐずぐずしているからこういうことになるのです。物置さえあれば何のこともないのに」と老母がやっと口を利《き》いたと思ったら物置の愚痴《ぐち》。真蔵は頭を掻《か》いて笑った。

「いいえ、こういうことになったのも、竹の木戸のお蔭《かげ》でございますよ、ですから私はあそこを開けさすのは泥棒の入口を作《こしら》えるようなものだと申したのでございます。今となれや泥棒が泥棒の出入口を作《こしら》えたようなものだ」とお徳が思わず地声の高い調子でいったので老母はきゅうに
「静かに、静かに、そんな大きな声をして聴かれたらどうします。私《わし》もあそこを開けさすのは厭《いや》じゃッたが開けてしまった今きゅうにどうもならん。今きゅうにあそこを塞《ふさ》げば角が立っておもしろくない。植木屋さんもいつまであんな物置小屋みたような所にもいられんで移転《ひっこす》なりどうなりするだろう。そしたらあそこを塞ぐことにして今はただ何にもいわんで知らん顔をしてる、お徳もけっしてお源さんに炭の話などしちゃなりませんぞ。現に盗んだところを見たのではなしまたたかがすこしばかしの炭を盗《と》られたからってそれを荒立《あらだ》ててあんな者だちに怨恨《うらま》れたらなお損になりますぞ。ほんとに」と老母は老母だけの心配を諄々《じゅんじゅん》と説いた。

「ほんとにそうよ。お徳はどうかすると讒謗《あてこすり》をいいかねないがお源さんにそんなことでもするとたいへんよ、反対《あべこべ》に物言《ものい》いをつけられてどんな目に遇うかもしれんよ、私はあの亭主の磯が気味が悪くってならんのよ。変妙来《へんみょうらい》な男ねえ。あんな奴にかぎって向《むこ》う不見《みず》に人に喰ってかかるよ」とお清も老母と同じ心配。老母も磯吉のことは口には出さなかったが心にはむろんそれがあったのである。

「何にあの男だってただの男サ」と真蔵は起上がりながら
「けれどもまア関係《かかりあ》わんがいい」

真蔵は自分の書斎に引っこみ、炭問題も一段落ついたので、お徳とお清は大急ぎで夕御飯の仕度に取りかかった。

お徳はお源がどんな顔をして現われるかと内々《ないない》待っていたが、いつも夕方にはきっと水を汲《く》みに来るのが姿も見せないので不思議に思っていた。

日が暮れて一時間も経ってから磯吉が水を汲みに来た。

## 下

お源は真蔵に見られてもうまくごまかしえたと思った。ちょうど真蔵が窓から見下した時は土竈《どがま》炭を袂《たもと》に入れ佐倉《さくら》炭を前掛けに包んで左の手で圧《おさ》え、さらに一個《ひとつ》取ろうとするところであったが、元来性質《ひと》のいい邪推などのない旦那だからたぶん気がつかなかっただろうと信じた。けれど夕方

になってどうしても水を汲みにゆく気になれない。
そこで磯吉が仕事から帰る前に布団《ふとん》を被《かぶ》って寝てしまった。寝たって眠むられはしない。垢《あか》じみた煎餅《せんべい》布団でも夜は磯吉と二人で寝るから互いの体温で寒気も凌《しの》げるが一人では板のようにしゃちっ張って身につかないで起きているよりも一倍寒く感ずる。ぶるぶる慄《ふる》えそうになるので手足を縮められるだけ縮めて丸くなったところを見ると人が寝てるとは承《うけ》とれんくらいだ。

いろいろ考えると厭悪《いや》な心地《きもち》がしてきた。貧乏には慣れてるがお源もまだ泥棒には慣れない。先達《せんだっ》てからちょくちょく盗んだ炭の高こそ多くないが確的《あきらか》に人目を忍んで他《ひと》の物を取ったのは今度が最初であるから一念《いちねん》そこへゆくと今までにない不安を覚えてくる。この不安の内《なか》には恐怖《おそれ》も羞《は》恥《じ》も籠《こも》っていた。

眼前《めのさき》にまざまざと今日の事が浮かんでくる、見下した旦那の顔がはっきり出てくる、そしてテレ隠しに炭を手玉に取った時のことを思うと顔から火が出るように感じた。
「ほんとうにどうしたんだろう」とお源は思わず叫んだ。そしてそろそろ逆上気味になってきた。「もしか知れたらどうする」。「知れるものかあの旦那は性質《ひと》がいいもの」。「性質のいいは当《あて》にならない」。「性質のいいのは魯鈍《のろま》だ」。とせきこんで独り問答をしていたが
「魯鈍だ、魯鈍だ、大魯鈍だ」と思わずまた叫んで「フン何が知れるものか」とつけ足した。そして布団から首を出してみると日が暮れて入口の障子戸に月が射している。けれども起きて洋燈《らんぷ》を点《つ》けようともしないで、すぐ首を引きこめてまた丸くなってしまった。そこへ磯吉が帰ってきた。

頭が割れるように痛むので寝たのだと聞いて磯はべつに怒りもせず驚きもせず自分で燈《ひ》を点《つ》け、薬罐《やかん》が微温湯《ぬるまゆ》だから火鉢に炭を足し、水も汲みに行った。湯の沸騰《たぎ》るを待つ間は煙草をパクパク吹かしていたが
「どう痛むんだ」

返事がないので、磯は丸く凸起《もちあ》がった布団をしばらくじっと視《み》ていたが
「オイどう痛むんだイ」

相変わらず返事がないので磯は黙ってしまった。そのうち湯が沸騰《わい》てきたから例のとおり氷のように冷《ひ》えた飯へ白《さ》湯《ゆ》を注《か》けて沢庵《たくあん》をバリバリ、待ちかねた風に食い初めた。

布団の中でお源が啜泣《すすりな》きする声が聞こえたが磯には香物を噛《か》む音と飯を流しこむ音と、うまいので夢中になっているのとで聞こえなかった、そして飯を食いおわったころには啜泣きの声も止んだのである。

磯が火鉢の縁をこつこつ叩《たた》き初めるや布団がむくむく動いていたが、やがてお源が半分布団に巻纏《くるま》ってそこへ坐った。前が開《あ》いて膝頭《ひざがしら》がすこし出ていても合わそうともしない、見ると逆上《のぼ》せて顔を赤くして眼は涙に潤《うる》み、しきりに

啜泣きをしている。

「どうしたというのだ、え？」と磯は問うたが、この男の持前《もちまえ》として驚いて狼狽《うろた》えた様子はすこしも見えない。

「磯さん私はもうつくづく厭になった」といいだしてお源は涙声になり
「お前さんと同棲《いっしょ》になってから三年になるが、その間ほんとうに食うや食わずで今日はと思った日は一日だってありゃしないよ。私だって何も楽をしようとは思わんけれど、これじゃあんまりだと思うわ。お前さんこれじゃ乞食《こじき》も同然じゃないか。お前さんそうは思わないの？」

磯は黙っている。

「これじゃただ食って生きてるだけじゃないか。饑死する者は世間にめったにありゃしないから、食って生きてるだけなら誰だってするよ。それじゃあんまり情けないと私は思うわ」涙を袖《そで》で拭いて「お前さんだってりっぱな職人じゃないか、それにたった二人きりの生活《くらし》だよ。それがどうだろう、のべつ貧乏のし通しでその貧乏もただの貧乏じゃないよ。満足な家には一度だって住まないでいつでもこんな物置か――」

「何をいつまでべらべら喋舌《しゃべっ》てるんだい」と磯はやはりお源のほうは向かないで、手荒く煙管《きせる》を撃《はた》いていった。

「お前さん怒るならいくらでもお怒り。今夜という今夜は私はどうあってもいうだけいうよ」とお源はせきこんでいった。

「貧乏が好きな者はないよ」

「そんならなぜお前さん月のうち十日はきっと休むの？お前さんはお酒は呑まないしほかに道楽はなし満足に仕事に出てさえおくれならこんな貧乏はしないんだよ。――」

磯は火鉢の灰を見つめて黙っている。

「だからお前さんがもすこし精出《せいだ》しておくれならこの節のように計量炭《はかりずみ》もろくに買えないような情けない……」

お源は布団へ打伏して泣きだした。磯吉はふいと起《た》って土間に下りて麻裏《あさうら》を突《つ》ッかけるや戸外《そと》へ飛びだした。戸外《そと》は月冴《さ》えて風はないが、骨身に徹《こた》える寒さに磯は大急ぎで新開の通りへ出て、七八丁もゆくと金次という仲間がいる、そこを訪ねて、十時過ぎまで金次と将棊《しょうぎ》を指《さ》して遊んだが帰りがけにちょっと一円貸せと頼んだ。明日ならできるが今夜は一文もないと謝絶《ことわ》られた。

帰《かえ》り路《みち》に炭屋がある。この店は酒も薪《まき》も量炭《はかりずみ》も売り、大庭《おおば》もこの店から炭薪を取り、お源もここへ炭を買いに来るのである。新開地は店を早くしまうのでこの店ももう閉っていた。磯はしばらくここの前をうろうろしていたがきゅうに店の軒下に積んである炭俵の一個《ひとつ》をひょいと肩に乗せてすぐ横の田甫道《たんぼみち》に外《そ》れてしまった。

大急ぎで帰宅《かえ》って土間にどしりと俵を下した音に、泣き寝入りに寝入っていたお源は眼を覚したが声を出さなかった。そして今のは何の響とも気に留めなかった。磯もそのままお源の後ろから布団の中に潜《もぐ》りこんだ。

　翌朝になってお源は炭俵に気がつき、びっくりして
「磯さんこれはどうしたの、この炭俵は？」

「買ってきたのサ」と磯は布団を被《かぶ》ってるまま答えた。朝《め》飯《し》ができるまでは磯は床を出ないのである。

「どこで買ったの？」

「どこだっていいじゃないか」

「聞いたっていいじゃないか」

「初公《はつこう》の近所の店だよ」

「まアどうしてそんな遠くで買ったの。……オヤお前さん今日お米を買うお銭《あし》を費《つか》ってしまやアしまいね」

　磯は起上がって「お前がやれ量炭《はかりずみ》も買えんだのッてやかましくいうから昨夜《ゆうべ》金公の家へ往って借りようとしてないってやがる。それからすぐ初公の家《とこ》へ往ったのだ。炭を買うからすこしばかり貸せといったら一俵くらいなら俺家《おれんとこ》の酒屋で取ってゆけと大きなことというからすぐそこ家《うち》で初公の名前で持ってきたのだ。それだけあれば四五日はあるだろう」

「まアそう」といってお源はよろこんだ。すぐ口を明けてみたかったけれど、まア後の事と、せっせと朝飯の仕度をしながら「え、四五日どころか自宅《うち》なら十日もあるよ」

　昨夜磯吉が飛びだした後でお源はいろいろに思い難《なや》んだ末が、亭主に精出《せいだ》せと勧《すす》める以上、自分も気を腐《くさ》らして寝ていちゃ何もならない、またお隣へも顔を出さんとかえって疑がわれるとこう考えたのである。

　そこでいつものとおり弁当持たせて磯吉を出してやり、自分も飯を食べてひととおり片づいたところでバケツを持って木戸を開けた。

　お清とお徳が外に出ていた。お清はお源を見て
「お源さんたいへん顔色が悪いね、どうかしたの」

「昨日《きのう》からすこし風邪《かぜ》を引いたもんですから……」

「用心なさいよ、それはいけない」

　お徳は「お早う」と口早に挨拶したきり何もいわない、そしてお源が炭俵の並べてないのに気がつき顔色を変えて眼をぎょろぎょろさしているのを見て、にやり笑った。お源はまた早くもこれを看てとりお徳の顔を睨《にら》みつけた。お徳はこう睨みつけられたとなるともう喧嘩《けんか》だ、何かひどい皮肉をいいたいがお清がそばにいるので辛棒していると十八九になる増屋《ますや》の御用聞が木戸のほうから入ってきた。増屋とは昨夜《ゆうべ》磯吉が炭を盗んだ店である。

「皆様《みなさん》お早うございます」と挨拶《あいさつ》するや、昨日まで戸外《そと》に並べてあった炭俵が一個《ひとつ》見えないので「オヤ炭はどっかへ片づけたのですか」

　お徳は待ってたという調子で
「あアみんな内《うち》へ入れちゃったよ。外へ置くとどうも物騒《ぶっそう》

だからね。今の高価《たか》い炭を一片《ひときれ》だって盗られちゃばかばかしいやね」とお源を見る、お清はお徳を睨む、お源は水を汲《く》んで二歩三歩《ふたあしみあし》歩るきだしたところであった。

「まったく物騒ですよ、私の店《ところ》では昨夜とうとう一俵盗すまれました」

「どうして」とお清が問うた。

「戸外《そと》に積んだまま、いつも放下《うっちゃ》っておくからです」

「何《なに》炭を盗られたの」とお徳は執着くお源を見ながら聞いた。

「上等の佐倉《さくら》炭です」

お源はこれらの問答を聞きながら、歯を喰いしばって、踉蹌《よろめ》いて木戸の外に出た。

土間に入るやバケツを投《ほう》るように置いて大急ぎで炭俵の口を開けてみた。

「まア佐倉《さくら》炭だよ！」と思わず叫んだ。

お徳は老母からも細君からも、みっしり叱られた。お清は日の暮れになってもお源の姿が見えないので心配してご機嫌取《きげんと》りと風邪《かぜ》見舞いとを兼《か》ねてお源を訪ねた。内があまりひっそりしておるので「お源さん、お源さん」と呼んでみた。返事がないのでこわごわながら障子戸《しょうじど》を開けるとお源は炭俵を脚継《あしつ》ぎにしたらしく土間の真中の梁《はり》へ細帯をかけて死んでいた。

二日経って竹の木戸が破壊《こわ》された。そして生垣が以前《もと》の様《さま》に復帰《かえ》った。

それから二月経過《たっ》と磯吉はお源と同じ年輩《としごろ》の女を女房に持って、渋谷村に住んでいたが、やはり豚小屋同然の住宅《すまい》であった。

# 伸び支度

島崎藤村

十四五になるたいがいの家の娘がそうであるように、袖《そで》子《こ》もその年ごろになってみたら、人形のことなどはしだいに忘れたようになった。

人形に着せる着物だ襦袢《じゅばん》だといって大騒ぎしたころの袖子は、いくつそのために小さな着物を造り、いくつ小さな頭巾《ずきん》なぞを造って、それを幼い日の楽みとして来たかしれない。町の玩具屋《おもちゃや》から安物を買って来てすぐに首のとれたもの、顔が汚れ鼻が欠けするうちにオバケのように気味悪くなって捨ててしまったもの――袖子の古い人形にもいろいろあった。その中でも、父《とう》さんに連れられて震災前《しんさいまえ》の丸《まる》善《ぜん》へ行った時に買ってもらって来た人形は、一番長くあった。あれは独逸《ドイツ》のほうから新荷が着いたばかりだというい ろいろな玩具といっしょに、あの丸善の二階に並べてあったもので、異国の子供の風俗ながらに愛らしく、格安で、しかもじょうぶにできていた。茶色な髪をかぶったような男の児の人形で、それを寝かせば眼をつぶり、起せばぱっちりと可愛《かわい》い眼を見開いた。袖子があの人形に話しかけるのは、生きている子供に話しかけるのとほとんど変りがないくらいであった。それほどに好きで、抱き、擁《かか》え、撫《な》で、持ち歩き、毎日のように着物を着せ直しなどして、あの人形のためには小さな蒲団《ふとん》や小さな枕《まくら》までも造った。袖子が風邪《かぜ》でも引いて学校を休むような日には、彼女の枕もとに足を投げ出し、いつでも笑ったような顔をしながらお伽話《とぎばなし》の相手になっていたのも、あの人形だった。

「袖子さん、お遊びなさいな」

と言って、ひところはよく彼女のところへ遊びに通《かよ》って来た近所の小娘もある。光子《みつこ》さんといって、幼稚園へでもあがろうという年ごろの小娘のように、額《ひたい》のところへ髪を切りさげている児だ。袖子のほうでもよくその光子さんを見に行って、暇さえあればいっしょに折紙を畳《たた》んだり、お手玉をついたりして遊んだものだ。そういう時の二人の相手は、いつでもあの人形だった。そんなに抱愛《ほうあい》の的《まと》であったものが、しだいに袖子から忘れられたようになって行った。そればかりでなく、袖子が人形のことなぞを以前のように大騒ぎしなくなったころには、光子さんともそう遊ばなくなった。

しかし、袖子はまだようやく高等小学の一学年を終るか終らないぐらいの年ごろであった。彼女とても何かなしにはいられなかった。子供の好きな袖子は、いつの間にか近所の家から別の子供を抱いて来て、自分の部屋《へや》で遊ばせるようになった。数《かぞ》え歳《どし》の二つにしかならない男の児であるが、あのきかない気の光子さんに比べたら、これはまた何というおとなしいものだろう。金之助《きんのすけ》さんという名前からして男の子らしく、下《しも》ぶくれのしたその顔に笑《え》みの浮ぶ時は、小さな靨《えくぼ》があらわれて、愛らしかった。それに、この子の好いことには、袖子の言うなりになった。どうしてあの少しもじっとしていないで、どうかすると袖子の手におえないことが多かった光子さんを遊ばせるとは大違いだ。袖子は人形を抱くように金之助さんを抱いて、どこへでも好きなところへ連れて行くことができた。自分の側に置いて遊ばせたければ、それもできた。

　この金之助さんは正月生れの二つでも、まだいくらも人の言葉を知らない。蕾《つぼみ》のようなその唇《くちびる》からは「うまうま」ぐらいしか泄《も》れて来ない。母親以外の親しいものを呼ぶにも、「ちゃあちゃん」としかまだ言い得なかった。こんな幼い子供が袖子の家へ連れられて来てみると、袖子の父さんがいる、二人ある兄さんたちもいる。しかし金之助さんはそういう人たちまでも「ちゃあちゃん」と言って呼ぶわけではなかった。やはりこの幼い子供の呼びかける言葉は親しいものに限られていた。もともと金之助さんを袖子の家へ、初めて抱いて来て見せたのは下女のお初《はつ》で、お初の子煩悩《こぼんのう》と来たら、袖子に劣らなかった。

「ちゃあちゃん」

それが茶の間へ袖子を探《さが》しに行く時の子供の声だ。

「ちゃあちゃん」

それがまた台所で働いているお初を探す時の子供の声でもあるのだ。金之助さんは、まだよちよちしたおぼつかない足もとで、茶の間と台所の間を往《い》ったり来たりして、袖子やお初の肩につかまったり、二人の裾《すそ》にまといついたりして戯《たわむ》れた。

　三月の雪が綿のように町へ来て、一晩のうちに見事《みごと》に溶けて行くころには、袖子の家ではもう光子さんを呼ぶ声が起らなかった。それが「金之助さん、金之助さん」に変った。

「袖子さん、どうしてお遊びにならないんですか。わたしをお忘れになったんですか」

　近所の家の二階の窓から、光子さんの声が聞えていた。そのませた、小娘らしい声は、春先の町の空気に高く響けて聞えていた。ちょうど袖子《そでこ》はある高等女学校への受験の準備にいそがしいころで、遅《おそ》くなって今までの学校から帰って来た時に、その光子さんの声を聞いた。彼女は別に悪い顔もせず、ただそれを聞き流したままで家へ戻ってみると、茶の間の障子のわきにはお初《はつ》が針仕事しながら金之助さんを遊ばせていた。

　どうしたはずみからか、その日、袖子は金之助さんを怒らしてしまった。子供は袖子のほうへ来ないで、お初のほうへばかり行った。

「ちゃあちゃん」

「はあい——金之助さん」

お初と子供は、袖子の前で、こんな言葉をかわしていた。子供から呼びかけられるたびに、お初は「まあ、可愛い」という様子をして、同じことを何度も何度も繰り返した。

「ちゃあちゃん」

「はあい——金之助さん」

「ちゃあちゃん」

「はあい——金之助さん」

あまりお初の声が高かったので、そこへ袖子の父さんが笑顔《えがお》を見せた。

「えらい騒ぎだなあ。俺《おれ》は自分の部屋で聞いていたが、まるで、お前たちのは掛け合いじゃないか」

「旦那《だんな》さん」と、お初は自分でもおかしいように笑って、やがて袖子と金之助さんの顔を見くらべながら、

「こんなに金之助さんは私にばかりついてしまって……袖子さんと金之助さんとは、今日《きょう》は喧嘩《けんか》です」

この「喧嘩」が父さんを笑わせた。

袖子は手持無沙汰《てもちぶさた》で、お初の側を離れないでいる子供の顔を見まもった。女にもしてみたいほど色の白い児で、優《やさ》しい眉、すこし開いた唇、短いうぶ毛のままの髪、子供らしいおでこ——すべて愛らしかった。何となく袖子にむかってすねているような無邪気《むじゃき》さは、いっそうその子供らしい様子を愛らしく見せた。こんないじらしさは、あの生命のない人形にはなかったものだ。

「何といっても、金之助さんは袖ちゃんのお人形さんだね」

と言って、父さんは笑った。

そういう袖子の父さんは鰥《やもめ》で、中年で連合《つれあい》に死に別れた人にあるように、男の手一つでどうにかこうにか袖子たちを大きくして来た。この父さんは、金之助さんを人形扱いにする袖子のことを笑えなかった。なぜかなら、そういう袖子が、実は父さんの人形娘であったからで。父さんは袖子のために人形までも自分で見立て、同じ丸善の二階にあった独逸出来《ドイツでき》の人形の中でも自分の気に入ったようなものを求めて、それを袖子にあてがった。ちょうど袖子があの人形のためにいくつかの小さな着物を造って着せたように、父さんはまた袖子のために自分の好みによったものを選んで着せていた。

「袖子さんは可哀《かわい》そうです。今のうちに紅《あか》い派手なものでも着せなかったら、いつ着せる時があるんです」

こんなことを言って袖子を庇護《かば》うようにする婦人の客なぞがないでもなかったが、しかし父さんは聞き入れなかった。娘の風俗《なり》はなるべく清楚《せいそ》に。その自分の好みから父さんは割り出して、袖子の着る物でも、持ち物でも、すべて自分で見立ててやった。そして、いつまでも自分の人形娘

にしておきたかった。いつまでも子供で、自分の言うなりに、自由になるもののように……

ある朝、お初は台所の流しもとに働いていた。そこへ袖子が来て立った。袖子は敷布をかかえたまま物も言わないで、蒼《あお》ざめた顔をしていた。

「袖子さん、どうしたの」

最初のうちこそお初も不思議そうにしていたが、袖子から敷布を受け取って見て、すぐにその意味を読んだ。お初は体格も大きく、力もある女であったから、袖子の震《ふる》えるからだへうしろから手をかけて、半分抱きかかえるようにして茶の間のほうへ連れて行った。その部屋の片隅《かたすみ》に袖子を寝かした。

「そんなに心配しないでもいいんですよ。私が好いようにしてあげるから——誰でもあることなんだから——今日は学校をお休みなさいね」

と、お初は袖子の枕もとで言った。

祖母《おばあ》さんもなく、母《かあ》さんもなく、誰も言って聞かせるもののないような家庭で、生れて初めて袖子の経験するようなことが、思いがけない時にやって来た。めったに学校を休んだことのない娘が、しかも受験前でいそがしがっている時であった。三月らしい春の朝日が茶の間の障子に射《さ》して来るころには、父さんは袖子を見に来た。その様子をお初に問いたずねた。

「ええ、すこし……」

と、お初は曖昧《あいまい》な返事ばかりした。

袖子は物も言わずに寝苦しがっていた。そこへ父さんが心配して覗《のぞ》きに来るたびに、しまいにはお初のほうでも隠しきれなかった。

「旦那さん、袖子さんのは病気ではありません」

それを聞くと、父さんは半信半疑のままで、娘の側を離れた。日ごろ母さんの役まで兼ねて着物の世話から何から一切を引受けている父さんでも、その日ばかりはまったく父さんの畠《はたけ》にないことであった。男親の悲しさには、父さんはそれ以上のことをお初に尋ねることもできなかった。

「もう何時だろう」

と言って、父さんが茶の間に掛っている柱時計を見に来たころは、その時計の針が十時を指していた。

「お昼には兄さんたちも帰って来るな」と、父さんは茶の間のなかを見廻して言った。「お初、お前に頼んでおくがね、みんな学校から帰って来て聞いたら、そう言っておくれ——きょうは父さんが袖《そで》ちゃんを休ませたからッて——もしかしたら、すこし頭が痛いからッて」

父さんは袖子の兄さんたちが学校から帰って来る場合を予想して、娘のためにいろいろ口実を考えた。

昼すこし前にはもう二人の兄さんが前後して威勢よく帰って来た。一人の兄さんのほうは袖子の寝ているのを見ると黙っていなかった。

「オイ、どうしたんだい」

その権幕《けんまく》に恐れて、袖子は泣きだしたいばかりになった。そこへお初が飛んで来て、いろいろ言訳をしたが、何も知らない兄さんは訳の分らないという顔付で、しきりに袖子を責めた。

「頭が痛いぐらいで学校を休むなんて、そんな奴《やつ》があるかい。弱虫め」

「まあ、そんなひどいことを言って」と、お初は兄さんをなだめるようにした。「袖子さんは私が休ませたんですよ――きょうは私が休ませたんですよ」

不思議な沈黙が続いた。父さんでさえそれを説き明すことができなかった。ただただ父きんは黙って、袖子の寝ている部屋の外の廊下を往ったり来たりした。あだかも袖子の子供の日がもう終りを告げたかのように――いつまでもそう父さんの人形娘ではいないような、ある待ち受けた日が、とうとう父さんの眼の前へやって来たかのように。

「お初、袖ちゃんのことはお前によく頼んだぜ」

父さんはそれだけのことを言いにくそうに言って、また自分の部屋のほうへ戻って行った。こんな悩ましい、言うに言われぬ一日を袖子は床《とこ》の上に送った。夕方には多勢のちいさな子供の声にまじって例の光子さんの甲高《かんだか》い声も家の外に響いたが、袖子はそれを寝ながら聞いていた。庭の若草の芽も一晩のうちに伸びるような暖い春の宵《よい》ながらに悲しい思いは、ちょうどそのままのように袖子の小さな胸をなやましくした。

翌日から袖子はお初に教えられたとおりにして、例のように学校へ出かけようとした。その年の三月に受け損なったらまた一年待たねばならないような、だいじな受験の準備が彼女を待っていた。その時、お初は自分が女になった時のことを言いだして、

「私は十七の時でしたよ。そんなに自分が遅かったものですからね。もっと早くあなたに話してあげると好かった。そのくせ私は話そう話そうと思いながら、まだ袖子さんには早かろうと思って、今まで言わずにあったんですよ……つい、自分が遅かったものですからね……学校の体操やなんかは、その間、休んだほうがいいんですよ」

こんな話を袖子にして聞かせた。

不安やら、心配やら、思出したばかりでもきまりのわるく、顔の紅《あか》くなるような思いで、袖子は学校への道を辿《たど》った。この急激な変化――それを知ってしまえば、心配もなにもなく、ありふれたことだというこの変化を、何の故であるのか、何のためであるのか、それを袖子は知りたかった。事実上の細《こま》かい注意を残りなくお初から教えられたにしても、こんな時に母さんでも生きていて、その膝に抱かれたら、としきりに恋しく思った。いつものように学校へ行

ってみると、袖子はもう以前の自分ではなかった。事ごとに自由を失ったようで、あたりが狭かった。昨日までの遊びの友だちからはにわかに遠のいて、多勢の友だちが先生たちと縄飛びに鞠投《まりな》げに嬉戯《きぎ》するさまを運動場の隅《すみ》にさびしく眺めつくした。

それから一週間ばかり後になって、ようやく袖子はあたりまえのからだに帰ることができた。溢《あふ》れて来るものは、すべて清い。あだかも春の雪に濡《ぬ》れてかえって伸びる力を増す若草のように生長《しとなり》ざかりの袖子はいっそういきいきとした健康を恢復《かいふく》した。

「まあ、よかった」

と言って、あたりを見廻した時の袖子は何がなしに悲しい思いに打たれた。その悲しみは幼い日に別れを告げて行く悲しみであった。彼女はもう今までのような眼でもって、近所の子供たちを見ることもできなかった。あの光子さんなぞが黒いふさふさした髪の毛を振って、さも無邪気に、家のまわりを駆け廻っているのを見ると、袖子は自分でも、もう一度何も知らずに眠ってみたいと思った。

男と女の相違が、今は明らかに袖子に見えて来た。さものんきそうな兄さんたちとちがって、彼女は自分を護《まも》らねばならなかった。大人の世界のことはすっかり分ってしまったとは言えないまでも、すくなくもそれを覗《のぞ》いて見た。その心から、袖子は言いあらわしがたい驚きをも誘われた。

袖子の母さんは、彼女が生れると間もなく激しい産後の出血で亡《な》くなった人だ。その母さんが亡くなる時には、人のからだに差したり引いたりする潮が三枚も四枚もの母さんの単衣《ひとえ》を雫《しずく》のようにした。それほど恐ろしい勢で母さんから引いて行った潮が——十五年の後になって——あの母さんと生命の取りかえっこをしたような人形娘に差して来た。空にある月が満ちたり欠けたりするたびに、それと呼吸を合わせるような、奇蹟《きせき》でない奇蹟は、まだ袖子にはよく呑みこめなかった。それが人の言うように規則的に溢《あふ》れて来ようとは、信じられもしなかった。故《ゆえ》もない不安はまだ続いていて、絶えず彼女を脅《おびやか》した。袖子は、その心配から、子供と大人の二つの世界の途中の道端《みちばた》に息づき震えていた。

子供の好きなお初は相変らず近所の家から金之助さんを抱いて来た。頑是《がんぜ》ない子供は、以前にもまさる可愛《かわ》いげな表情を見せて、袖子の肩にすがったり、その後を追ったりした。

「ちゃあちゃん」

親しげに呼ぶ金之助さんの声に変りはなかった。しかし袖子はもう以前と同じようにはこの男の児を抱けなかった。

# 三四郎

夏目漱石

一

うとうととして眼が覚《さ》めると女はいつの間《ま》にか、隣の爺《じい》さんと話を始めている。この爺さんはたしかに前の前の駅から乗った田舎者《いなかもの》である。発車間《ま》ぎわに頓狂《とんきょう》な声を出して、馳《か》け込んで来て、いきなり肌《はだ》を脱いだと思ったら背中《せなか》にお灸《おきゅう》の痕《あと》がいっぱいあったので、三四郎《さんしろう》の記憶に残っている。爺さんが汗を拭《ふ》いて、肌を入れて、女の隣りに腰を懸《か》けたまでよく注意して見ていたくらいである。

女とは京都からの相乗《あいのり》である。乗った時から三四郎の眼に着いた。第一色が黒い。三四郎は九州から山陽線に移って、だんだん京大阪へ近づいてくるうちに、女の色がしだいに白くなるのでいつの間にか故郷を遠《とお》退くような憐《あわ》れを感じていた。それでこの女が車室にはいって来た時は、何となく異性の味方を得た心持がした。この女は実際九州色《きゅうしゅういろ》であった。

三輪田《みわた》のお光《みつ》さんと同じ色である。国を立つ間ぎわまでは、お光さんは、うるさい女であった。そばを離れるのがおおいにありがたかった。けれども、こうしてみると、お光さんのようなのも決して悪くはない。

ただ顔立から言うと、この女のほうがよほど上等である。口に締りがある。眼が判明《はっきり》している。額《ひたい》がお光さんのようにだだっ広《ぴろ》くない。何となく好《い》い心持にでき上っている。それで三四郎は五分に一度ぐらいは眼を上げて女のほうを見ていた。ときどきは女と自分の眼が行き中《あた》ることもあった。爺さんが女の隣へ腰を掛けた時などは、もっとも注意して、できるだけ長い間、女の様子《ようす》を見ていた。その時女はにこりと笑って、さあお掛けと言って爺さんに席を譲《ゆず》っていた。それからしばらくして、三四郎は眠くなって寝《ね》てしまったのである。

その寝ている間に女と爺さんは懇意になって話を始めたものとみえる。眼を開《あ》けた三四郎は黙って二人《ふたり》の話を聞いていた。女はこんなことを言う。——

小供《こども》の玩具《おもちゃ》はやっぱり広島より京都のほうが安くって善《い》いものがある。京都でちょっと用があって下《お》りたついでに、蛸薬師《たこやくし》のそばで玩具を買って来た。久しぶりで国へ帰って小供に逢《あ》うのは嬉《うれ》しい。しかし夫《おっと》の仕送りが途切れて、仕方なしに親の里へ帰るのだから心配だ。夫は呉《くれ》にいて長らく海軍の職工をしていたが戦争中は旅順《りょじゅん》のほうに行っていた。戦争が済んでからいったん帰って来た。間《ま》もなくあっちのほうが金《かね》が儲《もう》かると言って、また大連《たいれん》へ出稼《でかせぎ》に行った。始めのうちは音信《たより》もあり、月々のものも几帳面《ちゃんちゃん》と送って来たから好かったが、この半歳《はんとし》ばかり前から手紙も金もまるで来なくなってしまった。不実な性質《たち》ではないから、だいじょうぶだけれども、いつまでも遊んで食《た》べている訳には行かないので、安否のわかるまでは仕方がないから、里へ帰って待っているつもりだ。

爺さんは蛸薬師も知らず、玩具にも興味がないとみえて、始めのうちはただはいはいと返事だけしていたが、旅順以後急に同情を催《もよお》して、それはおおいに気の毒だと言いだした。自分の子も戦争中兵隊にとられて、とうとうあっちで死んでしまった。いったい戦争は何のためにするものだか解《わか》らない。後《あと》で景気でも好くなればだが、だいじな子は殺される。物価《しょしき》は高くなる。こんなばか気《げ》たものはない。世の好《い》い時分に出稼《でかせ》ぎなどというものはなかった。みんな戦争のお蔭だ。何《なに》しろ信心が大切だ。生きて働いているに違《ちがい》ない。もう少し待っていればきっと帰って来る。――爺さんはこんなことを言って、しきりに女を慰めていた。やがて汽車が留《とま》ったら、ではおだいじにと、女に挨拶《あいさつ》をして元気よく出て行った。

爺さんに続いて下《お》りたものが四人ほどあったが、入れ易《かわ》って、乗ったのはたった一人《ひとり》しかない。もとから込み合った客車でもなかったのが、急に淋《さび》しくなった。日の暮れたせいかもしれない。駅夫が屋根をどしどし踏んで、上から灯《ひ》の点《つ》いた洋燈《ランプ》を插《さ》し込んで行く。三四郎は思い出したように前の停車場《ステーション》で買った弁当《べんとう》を食いだした。

車が動きだして二分もたったろうと思うころ例の女はすうと立って三四郎の横を通り越して車室の外《そと》へ出て行った。この時女の帯の色が始めて三四郎の眼にはいった。三四郎は鮎《あゆ》の煮浸《にびた》しの頭を啣《くわ》えたまま女の後姿《うしろすがた》を見送っていた。便所に行ったんだなと思いながらしきりに食っている。

女はやがて帰って来た。今度は正面が見えた。三四郎の弁当はもうしまいがけである。下を向いて一生懸命に箸《はし》を突ッ込んで二口三口《ふたくちみくち》頬張《ほおば》ったが、女は、どうもまだ元の席へ帰らないらしい。もしやと思って、ひょいと眼を挙《あ》げて見るとやっぱり正面に立っていた。しかし三四郎が眼を挙げると同時に女は動きだした。ただ三四郎の横を通って、自分の席へ帰るべきところを、すぐと前へ来て、身体《からだ》を横へ向けて、窓から首を出して、静に外を眺めだした。風が強くあたって、鬢《びん》がふわふわするところが三四郎の眼にはいった。この時三四郎は空《から》になった弁当の折《おり》を力いっぱいに窓から放《ほう》り出した。女の窓と三四郎の窓は一軒おきの隣であった。風に逆《さか》らって抛《な》げた折の蓋《ふた》が白く舞戻《まいもど》ったように見えた時、三四郎はとんだことをしたのかと気が付いて、ふと女の顔を見た。顔はあいにく列事の外に出ていた。けれども女は静かに首を引っ込めて更紗《さらさ》の手帛《ハンケチ》で額《ひたぃ》の所を丁《てぃ》寧《ねい》に拭き始めた。三四郎はともかくも謝《あや》まるはうが安全だと考えた。

「ごめんなさい」と言った。

女は「いいえ」と答えた。まだ顔を拭いている。三四郎は仕方なしに黙ってしまった。女も黙ってしまった。そうしてまた首を窓から出した。三四人の乗客は暗い洋燈《ランプ》の下で、みんな寝ぼけた顔をしている。口を利《き》いているものは誰もない。汽車だけが凄《すさま》じい音を立てて行く。三四郎は眼を眠った。

しばらくすると「名古屋はもうじきでしょうか」と言う女の声がした。見るといつの間《ま》にか向き直って、及《およ》び腰《こし》になって、顔を三四郎のそばまで持って来ている。三四郎は驚いた。

「そうですね」と言ったが、始めて東京へ行くんだからいっこう要領を得ない。

「この分《ぶん》では後《おく》れますでしょうか」

「後れるでしょう」

「あんたも名古屋へお下《おり》で……」

「はあ、下ります」

この汽車は名古屋留《どま》りであった。会話はすこぶる平凡であった。ただ女が三四郎の筋向うに腰を掛けたばかりである。それで、しばらくの間はまた汽車の音だけになってしまう。

次の駅で汽車が留まった時、女はようやく三四郎に名古屋へ着いたら迷惑でも宿屋へ案内してくれと言いだした。一人では気味が悪いからと言って、しきりに頼む。三四郎はもっともだと思った。けれども、そう快《こころよ》く引き受ける気にもならなかった。何しろ知らない女なんだから、すこぶる躊躇《ちゅうちょ》したにはしたが、断然断《ことわ》る勇気も出なかったので、まあ好《い》い加減な生返事《なまへんじ》をしていた。そのうち汽車は名古屋へ着いた。

大きな行李《こり》は新橋まで預けてあるから心配はない。三四郎は手頃なズックの革鞄《かばん》と傘《かさ》だけ持って改札場《かいさつば》を出た。頭には高等学校の夏帽を被《かぶ》っている。しかし卒業したしるしに徽章《きしょう》だけは捥《も》ぎ取ってしまった。昼間見るとそこだけ色が新しい。後《うしろ》から女が尾《つ》いて来る。三四郎はこの帽子に対して少々極《きま》りが悪かった。けれども尾いて来るのだから仕方がない。女のほうでは、この帽子をむろんただの汚《きた》ない帽子と思っている。

九時半に着くべき汽車が四十分ほど後《おく》れたのだから、もう十時は過《まわ》っている。けれども暑い時分だから町はまだ宵《よい》の口《くち》のように賑《にぎ》やかだ。宿屋も駅の前に二三軒ある。ただ三四郎にはちと立派過ぎるように思われた。そこで電気燈の点《つ》いている三階作りの前を澄《すま》して通り越して、ぶらぶら歩《あ》行いて行った。むろん不案内の土地だからどこへ出るか分らない。ただ暗いほうへ行った。女は何ともいわずに尾いて来る。すると比較的淋しい横町《よこちょう》の角《かど》から二軒目に御宿《おんやど》という看板《かんばん》が見えた。これは三四郎にも女にも相応な汚《きた》ない看板であった。三四郎はちょっと振返って、一口《ひとくち》女にどうですと相談したが、女はけっこうだというんで、思い切ってずっとはいった。上《あが》り口《くち》で二人連《ふたりづれ》ではないと断《ことわ》るはずのところを、いらっしゃい、――どうぞお上り――ご案内――梅の四番などとのべつに喋舌《しゃべ》られたので、やむを得ず無言のまま二人とも梅の四番へ通されてしまった。

　下女が茶を持ってくる間二人はぼんやり向い合って坐《すわ》っていた。下女が茶を持って来て、お風呂《ふろ》をと言った時は、もうこの婦人は自分の連《つれ》ではないと断るだけの勇気が出なかった。そこで手拭《てぬぐい》をぶら下げて、お先へと挨拶をして、風呂場へ出て行った。風呂場は廊下の突き当りで便所の隣にあった。薄暗くって、だいぶ不潔のようである。三四郎は着物を脱《ぬ》いで、風呂桶《おけ》の中へ飛び込んで、少し考えた。こいつは厄介《やっかい》だとじゃぶじゃぶやっていると、廊下に足音がする。誰か便所へはいった様子である。やがて出て来た。手を洗う。それが済んだら、ぎいと風呂場の戸を半分開けた。例の女が入口から、「ちいと流しましょうか」と聞いた。三四郎は大きな声で、「いえたくさんです」と断った。しかし女は出て行かない。かえってはいって来た。そうして帯を解き出した。三四郎といっしょに湯を使う気とみえる。別に恥かしい様子も見えない。三四郎はたちまち湯槽《ゆぶね》を飛び出した。そこそこに身体《からだ》を拭いて座敷へ帰って、座蒲団《ざぶとん》の上に坐って、少《すく》なからず驚いていると、下女が宿帳を持って来た。

　三四郎は宿帳を取り上げて、福岡県《ふくおかけん》京都郡《みやこぐん》真崎村《まさきむら》小川《おがわ》三《さん》四郎《しろう》二十三年学生と正直に書いたが、女のところへ行ってまったく困ってしまった。湯から出るまで待っていれば好かったと思ったが、仕方がない。下女がちゃんと控えている。やむを得ず同県同郡同村同姓花《はな》二十三年とでたらめを書いて渡した。そうしてしきりに団扇《うちわ》を使っていた。

　やがて女は帰って来た。「どうも、失礼いたしました」と言っている。三四郎は「いいや」と答えた。

　三四郎は革鞄《かばん》の中《なか》から帳面を取り出して日記をつけだした。書くことも何もない。女がいなければ書くことがたくさんあるように思われた。すると女は「ちょいと出て参《まい》ります」と言って部屋《へや》を出て行った。三四郎はますます日記が書けなくなった。どこへ行ったんだろうと考えだした。

　そこへ下女が床《とこ》を延べに来る。広い蒲団を一枚しか持って来ないから、床は二つ敷かなくてはいけないと言うと、部屋が狭いとか、蚊帳《かや》が狭いとか言って埒《らち》が明かない。面倒がるようにもみえる。しまいにはただ今番頭がちょっと出ましたから、帰ったら聞いて持って参りましょうと言って、頑固に一枚の蒲団を蚊帳いっぱいに敷いて出て行った。

　それから、しばらくすると女が帰って来た。どうも遅《おそ》くなりましてと言う。蚊帳の影で何かしているうちに、がらんがらんという音がした。小供に見舞《みやげ》の玩具《おもちゃ》が鳴ったに違ない。女はやがて風呂敷包を元のとおりに結んだとみえる。蚊帳の向うで「お先《さき》へ」と言う声がした。三四郎はただ「はあ」と答えたままで、敷居に尻《しり》を乗せて、団扇を使っていた。いっそこのままで夜を明かしてしまおうかとも思った。けれども蚊がぶんぶん来る。外《そと》ではとても凌《しの》ぎ切れない。三四郎はついと立って、革鞄の中から、キャラコの襯衣《シャツ》と洋袴下《ズボンした》を出して、それを素肌《すはだ》へ着けて、その上から紺《こん》の兵《へ》児帯《こおび》を締めた。それから西洋手拭《タウエル》を二筋持ったまま蚊帳の中へはいった。女は蒲団の向《むこう》の隅《すみ》でまだ団扇を動かしている。

「失礼ですが、私《わたし》は疳性《かんしょう》で他人《ひと》の蒲団に寝るのが嫌《いや》だから……少し蚤除《のみよけ》の工夫をやるからごめんなさい」

三四郎はこんなことを言って、あらかじめ、敷いてある敷布《シート》の余っている端《はじ》を女の寝ているほうへ向けてぐるぐる捲《ま》きだした。そうして蒲団の真中に白い長い仕切を拵《こしら》えた。女は向《むこう》へ寝返りを打った。三四郎は西洋手拭を広げて、これを自分の領分に二枚続きに長く敷いて、その上に細長く寝た。その晩は三四郎の手も足もこの幅の狭い西洋手拭の外《そと》には一寸《いっすん》も出なかった。女とは一言《ひとこと》も口を利かなかった。女も壁を向いたままじっとして動かなかった。

夜はようよう明けた。顔を洗って膳《ぜん》に向った時、女はにこりと笑って、「昨夜《ゆうべ》は蚤《のみ》は出ませんでしたか」と聞いた。三四郎は「ええ、ありがとう、お蔭さまで」というようなことをまじめに答えながら、下を向いて、お猪口《ちょく》の葡萄豆《ぶどうまめ》をしきりに突《つッ》つきだした。

勘定をして宿を出て、停車場《ステーション》へ着いた時、女は始めて関西線で四日市《よっかいち》のほうへ行くのだということを三四郎に話した。三四郎の汽車は間もなく来た。時間の都合で女は少し待合わせることとなった。改札場のきわまで送って来た女は、

「いろいろご厄介になりまして、……ではご機嫌《きげん》よう」と丁寧にお辞儀をした。三四郎は革鞄と傘を片手に持ったまま、空《あ》いた手で例の古帽子を取って、ただ一言《ひとこと》、「さよなら」と言った。女はその顔をじっと眺めていた、が、やがて落付いた調子で、

「あなたはよっぽど度胸《どきょう》のない方《かた》ですね」と言って、にやりと笑った。三四郎はプラット、フォームの上へ弾《はじ》き出されたような心持がした。車の中へはいったら両方の耳がいっそう熱《ほて》りだした。しばらくはじっと小さくなっていた。やがて車掌の鳴らす口笛が長い列車の果《はて》から果まで響き渡った。列車は動きだす。三四郎はそっと窓から首を出した。女はとくの昔にどこかへ行ってしまった。大きな時計ばかりが眼に着いた。三四郎はまたそっと自分の席に帰った。乗合《のりあい》はだいぶいる。けれども三四郎の挙動に注意するようなものは一人もない。ただ筋向うに坐った男が、自分の席に帰る三四郎をちょっと見た。

三四郎はこの男に見られた時、何となく極《きま》りが悪かった。

本でも読んで気を紛《まぎ》らかそうと思って、革鞄を開けて見ると、昨夜《ゆうべ》の西洋手拭《タウエル》が、上の所にぎっしり詰っている。そいつをわきへ掻《か》き寄せて、底のほうから、手に障《さわ》ったやつを何でもかまわず引出すと、読んでも解らないベーコンの論文集が出た。ベーコンには気の毒なくらい薄っぺらな粗末な仮綴《かりとじ》である。元来汽車の中で読む了見《りようけん》もないものを、大きな行李《こり》に入れ損《そく》なったから、片付けるついでに提革鞄《さげかばん》の底へ、外《ほか》の二三冊といっしょに放《ほう》り込んでおいたのが、運悪く当選したのである。三四郎はベーコンの二十三頁《ページ》を開いた。他の本でも読めそうにはない。ましてベーコンなどはむろん読む気にならない。けれども三四郎は恭《うやうや》しく二十三頁を開いて、まんべんなく頁全体を見廻していた。三四郎は二十三頁の前でいちおう昨夜《ゆうべ》のお浚《さらい》をする気である。

元来あの女は何だろう。あんな女が世の中にいるものだろうか。女というものは、ああ落付いて平気でいられるものだろうか。無教育なのだろうか、大胆なのだろうか。それとも無邪気なのだろうか。要するに行けるところまで行ってみなかったから、見当が付かない。思い切ってもう少し行ってみるとよかった。けれども恐ろしい。別れぎわにあなたは度胸のない方《かた》だと言われた時には、びっくりした。二十三年の弱点が一度に露見したような心持であった。親でもああ旨《うま》く言《い》い中《あ》てるものではない。……

三四郎はここまで来て、さらに悄然《しょげ》てしまった。どこの馬の骨だか分らないものに、頭の上がらないくらい打《ど》やされたような気がした。ベーコンの二十三頁《ページ》に対してもはなはだ申訳がないくらいに感じた。

どうも、ああ狼狽《ろうばい》しちゃだめだ。学問も大学生もあったものじゃない。はなはだ人格に関係してくる。もう少しはしようがあったろう。けれども相手がいつでもああ出るとすると、教育を受けた自分には、あれより外に受けようがないとも思われる。すると無暗《むやみ》に女に近づいていてはならないという訳になる。何だか意気地《いくじ》がない。非常に窮屈だ。まるで不具《かたわ》にでも生れたようなものである。けれども……

三四郎は急に気を易《か》えて、別の世界のことを思い出した。——これから東京に行く。大学にはいる。有名な学者に接触する。趣味品性の具《そなわ》った学生と交際する。図書館で研究をする。著作をやる。世間で喝采《かっさい》する。母が嬉しがる。というような未来をだらしなく考えて、おおいに元気を回復してみると、別に二十三頁の中に顔を埋《うず》めている必要がなくなった。そこでひょいと頭を上げた。すると筋向うにいたさっきの男がまた三四郎のほうを見ていた。今度は三四郎のほうでもこの男を見返した。

髭《ひげ》を濃く生《は》している。面長《おもなが》の瘠《やせ》ぎすの、どことなく神主《かんぬし》じみた男であった。ただ鼻筋が真直《まっすぐ》に通っているところだけが西洋らしい。学校教育を受けつつある三四郎は、こんな男を見るときっと教師にしてしまう。男は白地の絣《かすり》の下に、丁重《ていちょう》に白い襦袢《じゅばん》を重ねて、紺足袋《こんたび》を穿《は》いていた。この服装から推《お》して、三四郎は先方を中学校の教師と鑑定した。大きな未来を控えている自分から見ると、何だか下《くだ》らなく感ぜられる。男はもう四十だろう。これより先もう発展しそうにもない。

男はしきりに煙草《たばこ》をふかしている。長い烟《けむり》を鼻の穴から吹き出して、腕組をしたところはたいへん悠長《ゆうちょう》に見える。そうかと思うと無暗に便所か何かに立つ。立つ時にうんと伸《のび》をすることがある。さも退屈そうである。隣に乗合せた人が、新聞の読み殻《がら》をそばに置くのに借りて看《み》る気も出さない。三四郎は自《おのずか》ら妙《みょう》になって、ベーコンの論文集を伏せてしまった。外《ほか》の小説でも出して、本気に読んでみようとも考えたが面倒だから、已《や》めにした。それよりは前にいる人の新聞を借りたくなった。あいにく前の人はぐうぐう寝ている。三四郎は手を延ばして新聞に手を掛けながら、わざと「お明《あ》きですか」と髭《ひげ》のある男に聞いた。男は平気な顔で「明いてるでしょう。お読みなさい」と言った。新聞を手に取った三四郎のほうはかえって平気でなかった。

開けてみると新聞には別に見るほどのことも載《の》っていない。一二分で通読してしまった。律義《りちぎ》に畳《たた》んで元の場所へ返しながら、ちょっと会釈《えしゃく》すると、向《むこう》でも軽く挨拶《あいさつ》をして、

「君は高等学校の生徒ですか」と聞いた。

三四郎は、被《かぶ》っている古帽子の徽章《きしょう》の痕《あと》が、この男の眼に映《うつ》ったのを嬉しく感じた。

「ええ」と答えた。

「東京の？」と聞返した時、始めて、

「いえ、能本《くまもと》です。……しかし……」と言ったなり黙ってしまった。大学生だと言いたかったけれども、言うほどの必要がないからと思って遠慮した。相手も「はあ、そう」と言ったなり煙草を吹かしている。なぜ熊本の生徒が今ごろ東京へ行くんだとも何とも聞いてくれない。熊本の生徒には興味がないらしい。この時三四郎の前に寝《ね》ていた男が「うん、なるほど」と言った。それでいてたしかに寝ている。独言《ひとりごと》でも何でもない。髭のある人は三四郎を見てにやにやと笑った。三四郎はそれを機会《しお》に、

「あなたはどちらへ」と聞いた。

「東京」とゆっくり言ったぎりである。何だか中学校の先生らしくなくなって来た。けれども三等へ乗っているくらいだからたいしたものでないことは明らかである。三四郎はそれで談話を切り上げた。髭のある男は腕組をしたまま、ときどき下駄《げた》の前歯で、拍子《ひょうし》を取って、床《ゆか》を鳴らしたりしている。よほど退屈に見える。しかしこの男の退屈は話したがらない退屈である。

汽車が豊橋《とよはし》へ着いた時、寝ていた男がむっくり起きて眼を擦《こす》りながら下りて行った。よくあんなに都合よく眼を覚ますことができるものだと思った。ことによると寝ぼけて

停車場《ステーション》を間違えたんだろうと気遣《きづかい》ながら、窓から眺めていると、決してそうでない。無事に改札場を通過して、正気《しょうき》の人間のように出て行った。三四郎は安心して席を向う側へ移した。これで髭のある人と隣り合せになった。髭のある人は入れ換《かわ》って、窓から首を出して、水蜜桃《すいみつとう》を買っている。

やがて二人の間に果物《くだもの》を置いて、

「食べませんか」と言った。

三四郎は礼をいって、一つ食《た》べた。髭のある人は好きとみえて、無暗に食べた。三四郎にもっと食べろと言う。三四郎はまた一つ食べた。二人が水蜜桃を食べているうちにだいぶ親密になっていろいろな話を始めた。

その男の説によると、桃は果物《くだもの》のうちで一番仙人《せんにん》めいている。何だかばかみたような味がする。第一核子《たね》の恰好《かっこう》が無器用だ。かつ穴だらけでたいへんおもしろくでき上っていると言う。三四郎は始めて聞く説だが、ずいぶんつまらないことを言う人だと思った。

次にその男がこんなことを言いだした。子規《しき》は果物がたいへん好きだった。かついくらでも食える男だった。ある時大きな樽柿《たるがき》を十六食ったことがある。それで何ともなかった。自分などはとても子規の真似《まね》はできない――三四郎は笑って聞いていた。けれども子規の話だけには興味があるような気がした。もう少し子規のことでも話そうかと思っていると、

「どうも好《すき》なものには自然と手が出るものでね。仕方がない。豚《ぶた》などは手が出ない代りに鼻が出る。豚をね、縛って動けないようにしておいて、その鼻の先へ、ご馳走を並べて置くと、動けないものだから、鼻の先がだんだん延びて来るそうだ。ご馳走に届くまでは延びるそうです。どうも一念ほど恐ろしいものはない」と言って、にやにや笑っている。まじめだか冗談《じょうだん》だか、判然と区別しにくいような話し方である。

「まあお互《たがい》に豚でなくって仕合せだ。そう欲しいもののほうへ無暗《むやみ》に鼻が延びて行ったら、今ごろは汽車にも乗れないくらい長くなって困るに違ない」

三四郎は吹き出した。けれども相手は存外静かである。

「実際危険《あぶな》い。レオナルド、ダ、ヴィンチという人は桃の幹に砒石《ひせき》を注射してね、その実《み》へも毒が回るものだろうか、どうだろうかという試験をしたことがある。ところがその桃を食って死んだ人がある。危険《あぶな》い。気を付けないと危険い」と言いながら、散々食い散らした水蜜桃の核子《たね》やら皮やらを、一纏《ひとまと》めに新聞に包《くる》んで、窓の外へ抛《な》げ出した。

今度は三四郎も笑う気が起らなかった。レオナルド、ダ、ヴィンチという名を聞いて少しく辟易《へきえき》した上に、何だか昨夕《ゆうべ》の女のことを考えだして、妙に不愉快になったから、謹《つつし》んでだまってしまった。けれども相手はそんなことにいっこう気が付かないらしい。やがて、

「東京はどこへ」と聞きだした。

「実は始めてで様子が善く分らんのですが……差し当り国の寄宿舎へでも行こうかと思っています」と言う。

「じゃ熊本はもう……」

「今度卒業したのです」

「はあ、そりゃ」と言ったがおめでたいともけっこうだとも付けなかった。ただ「するとこれから大学へはいるのですね」といかにも平凡であるかのごとくに聞いた。

三四郎はいささか物足りなかった。その代り、

「ええ」という二字で挨拶を片付けた。

「科は？」とまた聞かれる。

「一部です」

「法科ですか」

「いいえ文科です」

「はあ、そりゃ」とまた言った。三四郎はこのはあ、そりゃを聞くたびに妙になる。向うがおおいに偉いか、おおいに人を踏み倒しているか、そうでなければ大学にまったく縁故も同情もない男に違いない。しかしそのうちのどっちだか見当が付かないのでこの男に対する態度もきわめて不《ふ》明瞭《めいりよう》であった。

浜松《はままつ》で二人とも申し合せたように弁当を食った。食ってしまっても汽車は容易に出ない。窓から見ると、西洋人が四五人列車の前を往《い》ったり来たりしている。そのうちの一組は夫婦とみえて、暑いのに手を組み合せている。女は上《うえ》下《した》とも真白な着物で、たいへん美しい。三四郎は生れてから今日《こんにち》に至るまで西洋人というものを五六人しか見たことがない。そのうちの二人は熊本の高等学校の教師で、その二人のうちの一人は運悪く背虫《せむし》であった。女では宣教師を一人知っている。ずいぶん尖《とん》がった顔で、鱚《きす》または魳《かます》に類していた。だから、こういう派手《はで》な奇麗《きれい》な西洋人は珍らしいばかりではない。すこぶる上等に見える。三四郎は一生懸命に見惚《みと》れていた。これでは威張《いば》るのももっともだと思った。自分が西洋へ行って、こんな人の中にはいったらさだめし肩身の狭いことだろうとまで考えた。窓の前を通る時二人の話を熱心に聞いてみたがちっとも分らない。熊本の教師とはまるで発音が違うようだ。

ところへ例の男が首を後《うしろ》から出して、

「まだ出そうもないのですかね」と言いながら、今行き過ぎた、西洋の夫婦をちょいと見て、

「ああ美しい」と小声に言って、すぐに生欠伸《なまあくび》をした。三四郎は自分がいかにも田舎《いなか》ものらしいのに気が着いて、さっそく首を引き込めて、着座した。男もつづいて席に返った。そうして、

「どうも西洋人は美しいですね」と言った。

三四郎は別段の答も出ないのでただはあと受けて笑っていた。すると髭の男は、

「お互は憐《あわ》れだなあ」と言いだした。「こんな顔をして、こんなに弱っていては、いくら日露戦争に勝って、一等国になってもだめですね。もっとも建物を見ても、庭園を見ても、いずれも顔相応のところだが、――あなたは東京が始めてなら、まだ富士山を見たことがないでしょう。今に見えるからご覧なさい。あれが日本一の名物だ。あれより外《ほか》に自慢するものは何もない。ところがその富士山は天然自然に昔からあったものなんだから仕方がない。我々が拵《こしら》えたものじゃない」と言ってまたにやにや笑っている。三四郎は日露戦争以後こんな人間に出逢うとは思いも寄らなかった。どうも日本人じゃないような気がする。

「しかしこれからは日本もだんだん発展するでしょう」と弁護した。すると、かの男は、すましたもので、

「亡《ほろ》びるな」と言った。――熊本でこんなことを口に出せば、すぐ擲《な》ぐられる。わるくすると国賊取扱にされる。三四郎は頭の中《なか》のどこの隅《すみ》にもこういう思想を入れる余裕はないような空気の裡《うち》で生長した。だからことによると自分の年《と》齢《し》の若いのに乗じて、他《ひと》を愚弄《ぐろう》するのではなかろうかとも考えた。男は例のごとくにやにや笑っている。その癖言葉つきはどこまでも落付いている。どうも見当が付かないから、相手になるのを已《や》めて黙ってしまった。すると男が、こう言った。

「熊本より東京は広い。東京より日本は広い。日本より……」でちょっと切ったが、三四郎の顔を見ると耳を傾けている。

「日本より頭の中のほうが広いでしょう」と言った。「囚《とら》われちゃだめだ。いくら日本のためを思ったって贔《ひい》屓《き》の引《ひき》倒《だお》しになるばかりだ」

この言葉を聞いた時、三四郎は真実に熊本を出たような心持がした。同時に熊本にいた時の自分は非常に卑怯《ひきょう》であったと悟った。

その晩三四郎は東京に着いた。髭の男は分れる時まで名前を明かさなかった。三四郎は東京へ着きさえすれば、このくらいの男は到るところにいるものと信じて、別に姓名を尋ねようともしなかった。

## 二

三四郎が東京で驚いたものはたくさんある。第一電車のちんちん鳴るので驚いた。それからそのちんちん鳴る間に、非常に多くの人間が乗ったり降りたりするので驚いた。次に丸の内で驚いた。もっとも驚いたのは、どこまで行っても東京がなくならないということであった。しかもどこをどう歩いても、材木が放《ほう》り出してある、石が積んである、新しい家が往来から二三間引込んでいる、古い蔵《くら》が半分取《とり》崩《くず》されて心細く前のほうに残っている。すべての物が破壊されつつあるようにみえる。そうしてすべての物がまた同

時に建設されつつあるようにみえる。たいへんな動き方である。

三四郎はまったく驚いた。要するに普通の田舎者が始めて都の真中《まんなか》に立って驚くと同じ程度に、また同じ性質においておおいに驚いてしまった。今までの学問はこの驚きを予防する上において、売薬ほどの効能もなかった。三四郎の自信はこの驚きとともに四割方《がた》蹴却した。不愉快でたまらない。

この劇烈な活動そのものが取りも直さず現実世界だとすると、自分が今日《こんにち》までの生活は現実世界にどうも接触していないことになる。洞《ほら》が峠《とうげ》で昼寝をしたと同然である。それでは今日《きょう》限り昼寝をやめて、活動の割前が払えるかというと、それは困難である。自分は今活動の中心に立っている。けれども自分はただ自分の左右前後に起る活動を見なければならない地位に置き易《か》えられたというまでで、学生としての生活は以前と変る訳はない。世界はかように動揺する。自分はこの動揺を見ている。けれどもそれに加わることはできない。自分の世界と、現実の世界は一つ平面に並んでおりながら、どこも接触していない。そうして現実の世界は、かように動揺して、自分を置き去りにして行ってしまう。はなはだ不安である。

三四郎は東京の真中に立って電車と、汽車と、白い着物を着た人と、黒い着物を着た人との活動を見て、こう感じた。けれども学生生活の裏面に横《よこ》たわる思想界の活動にはごうも気が付かなかった。——明治の思想は西洋の歴史にあらわれた三百年の活動を四十年で繰返している。

三四郎が動く東京の真中に閉じ込められて、一人で欝《ふさ》ぎ込んでいるうちに、国元の母から手紙が来た。東京で受取った最初のものである。見るといろいろ書いてある。まず今年は豊作でめでたいというところから始まって、身体《からだ》をだいじにしなくってはいけないという注意があって、東京のものはみんな利口で人が悪いから用心しろと書いて、学資は毎月《まいげつ》月末に届くようにするから安心しろとあって、勝田《かつた》の政さんの従弟《いとこ》に当る人が大学校を卒業して、理科大学とかに出ているそうだから、尋ねて行って、万事よろしく頼むがいいで結んである。肝心の名前を忘れたとみえて、欄外というような処に野々宮宗八《ののみやそうはち》どのとかいてあった。この欄外にはその外《ほか》二三件ある。作《さく》の青馬《あお》が急病で死んだんで、作は大弱りでいる。三輪田《みわた》のお光《みつ》さんが鮎《あゆ》をくれたけれども東京へ送ると途中で腐ってしまうから、家内《うち》で食べてしまった。等である。

三四郎はこの手紙を見て、何だか古ぼけた昔から届いたような気がした。母にはすまないが、こんなものを読んでいる暇《ひま》はないとまで考えた。それにもかかわらず繰返して二返読んだ。要するに自分がもし現実世界と接触しているならば、今のところ母より外《ほか》にないのだろう。その母は古い人で古い田舎におる。その外には汽車の中で乗合した女がいる。あれは現実世界の稲妻である。接触したというには、あまりに短くってかつあまりに鋭過《するど》ぎた。――三四郎は母の言い付けどおり野々宮宗八を尋ねることにした。

あくる日は平生《へいぜい》よりも暑い日であった。休暇中だから理科大学を尋ねても野々宮君はおるまいと思ったが、母が宿所を知らせて来ないから、聞き合せかたがた行ってみようという気になって、午後四時ごろ、高等学校の横を通って弥生町《やよいちょう》の門からはいった。往来は埃《ほこり》が二寸も積《つも》っていて、その上に下駄の歯や、靴の底や、草鞋《わらじ》の裏が奇麗にでき上ってる。車の輪と自転車の痕《あと》は幾筋だか分らない。むっとするほど堪《たま》らない路《みち》だったが、構内へはいるとさすがに樹の多いだけに気分が晴々《せいせい》した。取付《とっつき》の戸をあたってみたら錠《じょう》が下りている。裏へ廻ってもだめであった。しまいに横へ出た。念のためと思って推《お》してみたら、旨《うま》い具合《ぐあい》に開《あ》いた。廊下の四つ角に小使が一人居眠りをしていた。来意を通じると、しばらくの間は、正気を回復するために、上野の森を眺めていたが、突然「おいでかもしれません」と言って奥へはいって行った。すこぶる閑静である。やがてまた出て来た。

「おいでやす。おはいんなさい」と友だちみたように言う。小使に食《く》っ付《つ》いて行くと四つ角を曲って和土《たたき》の廊下を下へ降りた。世界が急に暗くなる。炎天で眼が眩《くら》んだ時のようであったがしばらくすると瞳《ひとみ》がようやく落付いて、四辺《あたり》が見えるようになった。穴倉だから比較的涼しい。左のほうに戸があって、その戸が明け放してある。そこから顔が出た。額《ひたい》の広い眼の大きな仏教に縁のある相《そう》である。縮《ちぢみ》の襯衣《シャツ》の上へ背広《せびろ》を着ているが、背広はところどころに染《しみ》がある。背《せい》はすこぶる高い。瘠《や》せているところが暑さに釣り合っている。頭と背中を一直線に前のほうへ延ばしてお辞儀をした。

「こっちへ」と言ったまま、顔を室の中へ入れてしまった。三四郎は戸の前まで来て室の中を覗《のぞ》いた。すると野々宮君はもう椅子《いす》へ腰を掛けている。もう一遍《ぺん》「こっちへ」と言った。こっちへという所に台がある。四角な棒を四本立てて、その上を板で張ったものである。三四郎は台の上へ腰を掛けて初対面の挨拶をする。それから何分《なにぶん》よろしく願いますと言った。野々宮君はただはあ、はあと言って聞いている。その様子がいくぶんか汽車の中で水蜜桃を食った男に似ている。一とおり口上を述べた三四郎はもう何も言うことがなくなってしまった。野々宮君もはあ、はあ言わなくなった。

部屋《へや》の中を見廻すと真中に大きな長い樫《かし》の机《テーブル》が置いてある。その上には何だか込入った、太い針線《はりがね》だらけの器械が乗っかって、そのわきに大きな硝子《ガラス》の鉢に水が入れてある。その外《ほか》にやすりと小刀《ナイフ》と襟飾《えりかざり》が一つ落ちている。最後に向《むこう》の隅を見ると、三尺ぐらいの花崗石《みかげいし》の台の上に、福神漬《ふくじんづけ》の罐《かん》ほどな複雑な器械が乗せてある。三四郎はこの罐の横腹《よこっぱら》に開《あ》いている二つの穴に眼をつけた。穴が蟒蛇《うわばみ》の眼玉のように光っている。野々宮君は笑いながら光るでしょうと言った。そうして、こういう説明をしてくれた。

「昼間のうちに、あんな準備《したく》をしておいて、夜になって、交通その他の活動が鈍《にぶ》くなるころに、この静な暗い穴倉で、望遠鏡の中から、あの眼玉のようなものを覗くのです。そうして光線の圧力を試験する。ことしの正月ごろから取りかかったが、装置がなかなか面倒《めんどう》なのでまだ思うような結果が出て来ません。夏は比較的堪《こら》え易《やす》いが、寒夜になると、たいへん凌《しの》ぎにくい。外套《がいとう》を着て襟巻《えりまき》をしても冷《つめ》たくてやり切れない。……」

三四郎はおおいに驚いた。驚くとともに光線にどんな圧力があって、その圧力がどんな役に立つんだか、まったく要領を得るに苦しんだ。

その時野々宮君は三四郎に、「覗いてご覧なさい」と勧めた。三四郎はおもしろ半分、石の台の二三間手前にある望遠鏡のそばへ行って右の限をあてがったが、何にも見えない。野々宮君は「どうです、見えますか」と聞く。「いっこう見えません」と答えると、「うんまだ蓋《ふた》が取らずにあった」と言いながら、椅子を立って望遠鏡の先に被《かぶ》せてあるものを除《の》けてくれた。

見ると、ただ輪廓のぼんやりした明るいなかに、物差《ものさし》の度盛《どもり》がある。下に2の字が出た。野々宮君がまた「どうです」と聞いた。「2の字が見えます」と言うと、「今に動きます」と言いながら向《むこう》へ廻って何かしているようであった。

やがて度盛が明るい中《なか》で動きだした。2が消えた。あとから3が出る。そのあとから4が出る。5が出る。とうとう10まで出た。すると度盛がまた逆に動きだした。10が消え、9が消え、8から7、7から6と順々に1まで来て留った。野々宮君はまた「どうです」と言う。三四郎は驚いて、望遠鏡から眼を放してしまった。度盛の意味を聞く気にもならない。

丁寧に礼を述べて穴倉を上って、人の通る所へ出てみると世の中はまだかんかんしている。暑いけれども深い呼息《いき》をした。西のほうへ傾いた日が斜めに広い坂を照して、坂の上の両側にある工科の建築の硝子窓が燃えるように輝いている。空は深く澄んで、澄んだなかに、西の果《はて》から焼ける火の焔《ほのお》が、薄赤く吹き返して来て、三四郎の頭の上まで熱《ほて》っているように思われた。横に照り付ける日を半分背中に受けて、三四郎は左《ひだ》りの森の中へはいった。その森も同じ夕日を半分背中に受けている。黒ずんだ蒼《あお》い葉と葉の間は染めたように赤い。太い欅《けやき》の幹で日暮《ひぐら》しが鳴いている。三四郎は池のそばへ来てしゃがんだ。

非常に静かである。電車の音もしない。赤門《あかもん》の前を通るはずの電車は、大学の抗議で小石川を廻ることになったと国にいる時分新聞で見たことがある。三四郎は池の端《はた》にしゃがみながら、ふとこの事件を思い出した。電車さえ通さないという大学はよほど社会と離れている。

たまたまその中にはいってみると、穴倉の下で半年余りも光線の圧力の試験をしている野々宮君のような人もいる。野々宮君はすこぶる質素な服装《なり》をして、外で逢えば電燈会社の技手ぐらいな格である。それで穴倉の底を根拠地として欣然とたゆまずに研究を専念にやっているから偉い。しかし望遠鏡のなかの度盛がいくら動いたって現実世界と交渉のないのは明《あきら》かである。野々宮君は生涯現実世界と接触する気がないのかもしれない。要するにこの静かな空気を呼吸するから、自《おのずか》らああいう気分にもなれるのだろう。自分もいっそのこと気を散らさずに、活《い》きた世の中と関係のない生涯を送ってみようかしらん。

三四郎がじっとして池の面《おもて》を見詰めていると、大きな木が、幾本となく水の底に映って、そのまた底に青い空が見える。三四郎はこの時電車よりも、東京よりも、日本よりも、遠くかつはるかな心持がした。しかししばらくすると、その心持のうちに薄雲のような淋《さび》しさが一面に広がって来た。そうして、野々宮君の穴倉にはいって、たった一人《ひとり》で坐っているかと思われるほどな寂寞《せきばく》を覚えた。熊本の高等学校にいる時分もこれより静な龍田山《たつたやま》に上ったり、月見草ばかり生えている運動場に寝たりして、まったく世の中を忘れた気になったことは幾度となくある、けれどもこの孤独の感じは今始めて起《おこ》った。

活動の劇《はげ》しい東京を見たためだろうか。あるいは――三四郎はこの時赤くなった。汽車で乗り合わした女のことを思い出したからである。――現実世界はどうも自分に必要らしい。けれども現実世界は危《あぶ》なくて近寄れない気がする。三四郎は早く下宿に帰って母に手紙を書いてやろうと思った。

ふと眼を上げると、左手の岡の上に女が二人《ふたり》立っている。女のすぐ下が池で、池の向う側が高い崖の木立《こだち》で、その後《うしろ》が派手《はで》な赤煉瓦のゴシック風の建築である。そうして落ちかかった日が、すべての向うから横に光を透《とお》してくる。女はこの夕日に向いて立っていた。三四郎のしゃがんでいる低い陰から見ると岡の上はたいへん明るい。女の一人はまぼしいとみえて、団扇《うちわ》を額《ひたい》の所に翳《かざ》している。顔はよく分らない。けれども着物の色、帯の色は鮮《あざや》かに分った。白い足袋《たび》の色も眼についた。鼻緒の色はとにかく草履《ぞうり》を穿《は》いていることも分った。もう一人は真白である。これは団扇も何も持っていない。ただ額に少し皺を寄せて、対岸《むこうぎし》から生《お》い被《かぶ》りそうに、高く池の面《おもて》に枝を伸《の》ばした古木《こぼく》の奥を眺めていた。団扇を持った女は少し前へ出ている。白い方は一歩土堤《ひとあしどて》の縁《ふち》から退《さ》がっている。三四郎が見ると、二人の姿が筋違《すじかい》に見える。

　この時三四郎の受けた感じはただ奇麗な色彩だということであった。けれども田舎者だから、この色彩がどういうふうに奇麗なのだか、口にも言えず、筆にも書けない。ただ白いほうが看護婦だと思ったばかりである。

　三四郎はまた見惚《みと》れていた。すると白いほうが動きだした。用事のあるような動き方ではなかった。自分の足がいつの間《ま》にか動いたというふうであった。見ると団扇を持った女もいつの間にかまた動いている。二人は申し合せたように用のない歩き方をして、坂を下りて来る。三四郎はやっぱり見ていた。

　坂の下に石橋がある。渡らなければ真直に理科大学のほうへ出る。渡れば水ぎわを伝《つた》ってこっちへ来る。二人は石橋を渡った。

　団扇はもう翳《かざ》していない。左の手に白い小さな花を持って、それを嗅《か》ぎながら来る。嗅ぎながら、鼻の下に宛《あ》てがった花を見ながら、歩くので、眼は伏せている。それで三四郎から一間ばかりの所へ来てひょいと留った。

「これは何でしょう」と言って、仰向《あおむ》いた。頭の上には大きな椎《しい》の木が、日の目の洩《も》らないほど厚い葉を茂らして、丸い形に、水ぎわまで張り出していた。

「これは椎」と看護婦が言った。まるで子供に物を教えるようであった。

「そう。実《み》は生《な》っていないの」と言いながら、仰向いた顔を元へ戻す、その拍子《ひょうし》に三四郎を一目見た。三四郎はたしかに女の黒眼の動く刹那を意識した。その時色彩の感じはことごとく消えて、何ともいえぬある物に出違った。そのある物は汽車の女に「あなたは度胸のない方《かた》ですね」と言われた時の感じとどこか似通っている。三四郎は恐ろしくなった。

　二人の女は三四郎の前を通り過ぎる。若いほうが今まで嗅いでいた白い花を三四郎の前へ落して行った。三四郎は二人の後姿《うしろすがた》をじっと見詰めていた。看護婦は先へ行く。若いほうが後《あと》から行く。華やかな色の中に、白い薄《すすき》を染抜いた帯が見える。頭にも真白な薔薇《ばら》を一つ挿《さ》している。その薔薇が椎の木蔭《こかげ》の下の、黒い髪の中できわだって光っていた。

　三四郎は茫然《ぼんやり》していた。やがて、小さな声で「矛盾《むじゅん》だ」と言った。大学の空気とあの女が矛盾なのだか、あの色彩とあの眼付が矛盾なのだか、あの女を見て、汽車の女を思い出したのが矛盾なのだか、それとも未来に対する自分の方針が二途《ふたみち》に矛盾しているのか、または非常に嬉しいものに対して恐《おそれ》を抱くところが矛盾しているのか、――この田舎出の青年には、すべて解《わか》らなかった。ただ何だか矛盾であった。

　三四郎は女の落して行った花を拾った。そうして嗅いでみた。けれども別段の香《におい》もなかった。三四郎はこの花を池の中へ投げ込んだ。花は浮いている。すると突然向うで自分の名を呼んだものがある。

三四郎は花から眼を放《はな》した。見ると野々宮君が石橋の向うに長く立っている。

「君まだいたんですか」と言う。三四郎は答をする前に、立ってのそのそ歩いて行った。石橋の上まで来て、「ええ」と言った。何となく間《ま》が抜けている。けれども野々宮君は、少しも驚かない。

「涼しいですか」と聞いた。三四郎はまた

「ええ」と言った。

野々宮君はしばらく池の水を眺めていたが、右の手を隠袋《ポッケット》へ入れて何か探しだした。隠袋から半分封筒が食《は》み出している。その上に書いてある字が女の手蹟《しゅせき》らしい。野々宮君は思う物を探し宛《あ》てなかったとみえて、元のとおり手を出してぶらりと下げた。そうして、こう言った。

「今日は少し装置が狂ったので晩の実験は已《や》めだ。これから本郷のほうを散歩して帰ろうと思うが、君どうですいっしょにあるきませんか」

三四郎は快く応じた。二人で坂を上がって、岡の上へ出た。野々宮君はさっき女の立っていた辺《あた》りでちょっと留って、向うの青い木立の間から見える赤い建物と、崖の高い割に、水の落ちた池を一面に見渡して、

「ちょっと好い景色でしょう。あの建築《ビルヂング》の角度《アングル》の所だけが少し出ている。木の間から。ね。好いでしょう。君気が付いていますか。あの建物はなかなか旨《うま》くできていますよ。工科もよくできてるがこのほうが旨いですね」

三四郎は野々宮君の鑑賞力に少々驚いた。実をいうと自分にはどっちが好いかまるで分らないのである。そこで今度は三四郎のほうが、はあ、はあと言いだした。

「それから、この木と水の感じ《エッフェクト》がね。——たいしたものじゃないが、何しろ東京の真中にあるんだから——静かでしょう。こういう所でないと学問をやるにはいけませんね。近ごろは東京があまりやかましくなり過ぎて困る。これが御殿《ごてん》」とあるきだしながら、左手《ゆんで》の建物を指して見せる。「教授会をやる所です。うむなに、僕なんか出ないで好いのです。僕は穴倉生活をやっていれば済むのです。近ごろの学問は非常な勢いで動いているので、少し油断すると、すぐ取残されてしまう。人が見ると穴倉のなかで冗談《じょうだん》をしているようだが、これでもやっている当人の頭の中は劇烈に働いているんですよ。電車よりよっぽど烈しく働いているかもしれない。だから夏でも旅行をするのが惜しくってね」と言いながら仰向《あおむ》いて大きな空を見た。空にはもう日の光が乏《とぼ》しい。

青い空の静まり返った、上皮に、白い薄雲が刷毛先《はけさき》で掻き払った痕のように、筋違《すじかい》に長く浮いている。

「あれを知ってますか」と言う。三四郎は仰いで半透明の

雲を見た。

「あれは、みんな雪の粉《こ》ですよ。こうやって下から見ると、ちっとも動いていない。しかしあれで地上に起る颶風《ぐふう》以上の速力で動いているんですよ。――君ラスキンを読みましたか」

三四郎は憮然《ぶぜん》として読まないと答えた。野々宮君はただ
「そうですか」と言ったばかりである。しばらくしてから、

「この空を写生したらおもしろいですね。――原口《はらぐち》にでも話してやろうかしら」と言った。三四郎はむろん原口という画工の名前を知らなかった。

二人はベルツの銅像の前から枳殻寺《からたちでら》の横を電車の通りへ出た。銅像の前で、この銅像はどうですかと聞かれて三四郎はまた弱った。表はたいへん賑《にぎや》かである。電車がしきりなしに通る。

「君電車は煩《うる》さくはないですか」とまた聞かれた。三四郎は煩さいより凄《すさま》じいくらいである。しかしただ「ええ」と答えておいた。すると野々宮君は「僕もうるさい」と言った。しかしいっこう煩さいようにも見えなかった。

「僕は車掌に教わらないと、一人で乗換が自由にできない。この二三年来無暗《むやみ》に殖《ふ》えたのでね。便利になってかえって困る。僕の学問と同じことだ」と言って笑った。

学期の始まりぎわなので新しい高等学校の帽子を被《かぶ》った生徒がだいぶ通る。野々宮君は愉快そうに、この連中を見ている。

「だいぶ新しいのが来ましたね」と言う。「若い人は活気があって好い。時に君は幾歳《いくつ》ですか」と聞いた。三四郎は宿帳へ書いたとおりを答えた。すると、

「それじゃ僕より七つばかり若い。七年もあると、人間はたいていのことができる。しかし月日《つきひ》は立易《たちやす》いものでね。七年くらいじきですよ」と言う。どっちが本当なんだか、三四郎には解らなかった。

四角近《よつかどぢか》くへ来ると左右に本屋と雑誌屋がたくさんある。そのうちの二三軒には人が黒山のようにたかっている、そうして雑誌を読んでいる。そうして買わずに行ってしまう。野々宮君は、

「みんな狡猾《ずる》いなあ」と言って笑っている。もっとも当人もちょいと太陽《たいよう》を開けてみた。

四角へ出ると、左手のこちら側に西洋小間物屋があって、向側《むこうがわ》に日本小間物屋がある。その間を電車がぐるっと曲って、非常な勢《いきおい》で通る。ベルがちんちんちんちん言う。渡りにくいほど雑沓《さっとう》する。野々宮君は、向うの小間物屋を指して、

「あすこでちょいと買物をしますからね」と言って、ちりんちりんと鳴る間を駆抜けた。三四郎も食っ付いて、向うへ渡った。野々宮君はさっそく店へはいった。表に待っていた三四郎が、気が付いてみると、店先の硝子《ガラス》張《ばり》の棚に櫛《くし》だの花簪《はなかんざし》だのが列《なら》べてある。三四郎は妙に思った。野々宮

君が何を買っているのかしらと、不審を起して、店の中へはいってみると、蟬《せみ》の羽根のようなリボンをぶら下げて、「どうですか」と聞かれた。三四郎はこの時自分も何か買って、鮎《あゆ》のお礼に三輪田《みわた》のお光《みつ》さんに送ってやろうかと思った。けれどもお光《みつ》さんが、それを貰《もら》って、鮎のお礼と思わずに、きっと何だかんだと手前勝手の理屈《りくつ》を附けるに違いないと考えたからやめにした。

それから真砂町《まさごちょう》で野々宮君に西洋料理のご馳走になった。野々宮君の話では本郷で一番旨《うま》い家《うち》だそうだ。けれども三四郎にはただ西洋料理の味がするだけであった。しかし食べることはみんな食べた。

西洋料理屋の前で野々宮君に別れて、追分《おいわけ》に帰るところを丁寧にもとの四角まで出て、左へ折れた。下駄《げた》を買おうと思って、下駄屋を覗《のぞ》き込んだら、白熱瓦斯《ガス》の下に、真白に塗り立てた娘が、石膏《せっこう》の化物《ばけもの》のように坐っていたので、急に厭《いや》になって已《や》めた。それからうちへ帰る間、大学の池の縁《ふち》で逢った女の、顔の色ばかり考えていた。――その色は薄く餅《もち》を焦《こが》したような狐色《きつねいろ》であった。そうして肌理《きめ》が非常に細《こま》かであった。三四郎は、女の色は、どうしてもあれでなくってはだめだと断定した。

## 三

学年は九月十一日に始まった。三四郎は正直に午前十時半ごろ学校へ行ってみたが、玄関前の掲示場に講義の時間割があるばかりで学生は一人もいない。自分の聴くべき分だけを手帳に書き留めて、それから事務室へ寄ったら、さすがに事務員だけは出ていた。講義はいつから始まりますかと聞くと、九月十一日から始まると言っている。澄ましたものである。でも、どの部屋を見ても講義がないようですがと尋ねると、それは先生がいないからだと答えた。三四郎はなるほどと思って事務室を出た。裏へ廻って、大きな欅《けやき》が下から高い空を覗いたら、普通の空よりも明《あきら》かに見えた。熊笹《くまざさ》の中を水ぎわへ下りて、例の椎《しい》の木の所まで来て、またしゃがんだ。あの女がもう一遍通ればいいくらいに考えて、たびたび岡の上を眺めたが、岡の上には人影もしなかった。三四郎はそれが当然だと考えた。けれどもやはりしゃがんでいた。すると午砲《どん》が鳴ったんで驚いて下宿へ帰った。

# 普請中

森　鷗外

渡辺参事官は歌舞伎座の前で電車を降りた。

雨あがりの道の、ところどころに残っている水たまりを避けて、木挽町《こびきちょう》の河岸《かし》を、逓信省の方へ行きながら、たしかこの辺の曲がり角に看板のあるのを見たはずだがと思いながら行く。

人通りはあまりない。役所帰りらしい洋服の男五六人のがやがや話しながら行くのにあった。それから半衿《はんえり》のかかった着物を着た、お茶屋のねえさんらしいのが、なにか近所へ用たしにでも出たのか、小走りにすれ違った。まだ幌《ほろ》をかけたままの人力車が一台あとから駈け抜けて行った。

果して精養軒ホテルと横に書いた、わりに小さい看板が見つかった。

河岸通りに向いた方は板囲いになっていて、横町に向いた寂しい側面に、左右から横に登るようにできている階段がある。階段はさきを切った三角形になっていて、そのさきを切ったところに戸口が二つある。渡辺はどれからはいるのかと迷いながら、階段を登ってみると、左の方の戸口に入口と書いてある。

靴《くつ》がだいぶ泥になっているので、丁寧に掃除をして、硝子《ガラス》戸をあけてはいった。中は広い廊下のような板敷で、ここには外にあるのと同じような、棕櫚《しゅろ》の靴《くつ》ぬぐいのそばに雑巾《ぞうきん》がひろげておいてある。渡辺は、おれのようなきたない靴をはいて来る人がほかにもあるとみえると思いながら、また靴を掃除した。

あたりはひっそりとして人気《ひとけ》がない。ただ少しへだたったところから騒がしい物音がするばかりである。大工がはいっているらしい物音である。外に板囲いのしてあるのを思い合せて、普請《ふしん》最中だなと思う。

誰《たれ》も出迎える者がないので、真直《まっす》ぐに歩いて、つき当って、右へ行こうか左へ行こうかと考えていると、やっとのことで、給仕らしい男のうろついているのに、出合った。

「きのう電話で頼んでおいたのだがね」

「は。お二人さんですか。どうぞお二階へ」

右の方へ登る梯子《はしご》を教えてくれた。すぐに二人前の注文をした客とわかったのは普請中ほとんど休業同様にしているからであろう。この辺まで入り込んでみれば、ますます釘《くぎ》を打つ音や手斧《ちょうな》をかける音が聞えてくるのである。

梯子を登るあとから給仕がついて来た。どの室かと迷って、うしろをふりかえりながら、渡辺はこういった。

「だいぶにぎやかな音がするね」

「いえ。五時には職人が帰ってしまいますから、お食事中騒々しいようなことはございません。しばらくこちらで」

さきへ駈け抜けて、東向きの室の戸をあけた。はいってみると、二人の客を通すには、ちと大きすぎるサロンである。三所に小さな卓がおいてあって、どれをも四つ五つずつ椅子《いす》が取り巻いている。東の右の窓の下にソファもある。そのそばには、高さ三尺ばかりの葡萄《ぶどう》に、暖窒で大きい実をならせた盆栽がすえてある。

渡辺があちこち見廻していると、戸口に立ちどまっていた給仕が、「お食事はこちらで」といって、左側の戸をあけた。これはちょうどよい室である。もうちゃんと食卓がこしらえて、アザレエやロドダンドロンを美しく組み合せた盛花《もりばな》の籠《かご》を真中にして、クウウェエルが二つ向き合せておいてある。いま二人くらいはいられよう、六人になったら少し窮屈だろうと思われる、ちょうどよい室である。

渡辺はやや満足してサロンへ帰った。給仕が食事の室からすぐに勝手の方へ行ったので、渡辺ははじめてひとりになったのである。

金槌《かなづち》や手斧の音がぱったりやんだ、時計を出して見れば、なるほど五時になっている。約束の時刻までには、まだ三十分あると思いながら、小さい卓の上に封を切って出してある箱の葉巻を一本取って、さきを切って火をつけた。

不思議なことには、渡辺は人を待っているという心持が少しもしない。その待っている人が誰であろうと、ほとんどかまわないくらいである。あの花籠の向うにどんな顔が現れて来ようとも、ほとんどかまわないくらいである。渡辺はなぜこんな冷澹《れいたん》な心特になっていられるかと、みずから疑うのである。

渡辺は葉巻の煙をゆるく吹きながら、ソファの角のところの窓をあけて、外を眺めた。窓のすぐ下には材木がたくさん立てならべてある。ここが表口になるらしい。動くとも見えない水をたたえたカナルをへだてて、向う側の人家が見える。多分待合かなにかであろう。往来はほとんど絶えていて、その家の門に子を負うた女が一人ぼんやりたたずんでいる。右のはずれの方には幅広く視野をさえぎって、海軍参考館の赤煉瓦《あかれんが》がいかめしく立ちはだかっている。

渡辺はソファに腰をかけて、サロンの中を見廻した。壁のところどころには、偶然ここで落ち合ったというような掛け物が幾つもかけてある。梅に鶯《うぐいす》やら、浦島が子やら、鷹《たか》やら、どれもどれも小さい丈《たけ》の短い幅《ふく》なので、天井の高い壁にかけられたのが、尻《しり》を端折《はしょ》ったように見える。食卓のこしらえてある室の入口を挟んで、聯《れん》のような物のかけてあるのを見れば、某大教正の書いた神代文字《じんだいもじ》というものである。日本は芸術の国ではない。

渡辺はしばらくなにを思うともなく、なにを見聞くともなく、ただ煙草《たばこ》をのんで、体の快感を覚えていた。

廊下に足音と話し声とがする。戸が開く。渡辺の待っていた人が来たのである。麦藁《むぎわら》の大きいアンヌマリイ帽に、珠数《じゅず》飾りをしたのをかぶっている。鼠色《ねずみいろ》の長い着物式の上衣の胸から、刺繍《ししゅう》をした白いバチストが見えている。ジュポンも同じ鼠色である。手にはウォランのついた、おもちゃのような蝙蝠傘《こうもりがさ》を持っている。渡辺は無意識に微笑をよそおってソファから起きあがって、葉巻を灰皿に投げた。女は、附いて来て戸口に立ちどまっている給仕をちょっと見返って、その目を渡辺に移した。ブリュネットの女の、褐色《かっしょく》の、大きい目である。この目は昔たびたび見たことのある目である。しかしそのふちにある、指の幅ほどな紫がかった濃い暈《かさ》は、昔なかったのである。

「長く待たせて」

ドイツ語である。ぞんざいなことばと不吊合《ふつりあ》いに、傘を左の手に持ちかえて、おうように手袋に包んだ右の手の指さきをさしのべた。渡辺は、女が給仕の前で芝居をするなと思いながら、丁寧にその指さきをつまんだ。そして給仕にこういった。

「食事のいいときはそういってくれ」

給仕は引っ込んだ。

女は傘を無造作にソファの上に投げて、さも疲れたようにソファへ腰を落して、卓に両肘《りょうひじ》をついて、だまって渡辺の顔を見ている。渡辺は卓のそばへ椅子を引き寄せてすわった。しばらくして女がいった。

「たいそう寂しいうちね」

「普請中なのだ。さっきまで恐ろしい音をさせていたのだ」

「そう。なんだか気が落ち着かないようなところね。どうせいつだって気の落ち着くような身の上ではないのだけど」

「いったいいつどうして来たのだ」

「おとつい来て、きのうあなたにお目にかかったのだわ」

「どうして来たのだ」

「去年の暮れからウラヂオストックにいたの」

「それじゃあ、あのホテルの中にある舞台でやっていたのか」

「そうなの」

「まさか一人じゃああるまい。組合か」

「組合じゃないが、一人でもないの。あなたもご承知の人が一しょなの」少しためらって。「コジンスキイが一しょなの」

「あのポラックかい。それじゃあお前はコジンスカアなのだな」

「いやだわ。わたしが歌って、コジンスキイが伴奏をするだけだわ」

「それだけではあるまい」

「そりゃあ、二人きりで旅をするのですもの。まるっきりなしというわけにはいきませんわ」

「知れたことさ。そこで東京へも連れて来ているのかい」

「ええ。一しょに愛宕山《あたごやま》に泊まっているの」

「よく放して出すなあ」

「伴奏させるのは歌だけなの」Begleiten《ベグライテン》ということばを使ったのである。伴奏ともなれば同行ともなる。「銀座であなたにお目にかかったといったら、是非お目にかかりたいというの」

「まっぴらだ」

「大丈夫よ。まだお金はたくさんあるのだから」

「たくさんあったって、使えばなくなるだろう。これからどうするのだ」

「アメリカへ行くの。日本は駄目《だめ》だって、ウラヂオで聞いて来たのだから、あてにはしなくってよ」

「それがいい。ロシアの次はアメリカがよかろう。日本はまだそんなに進んでいないからなあ。日本はまだ普請中だ」

「あら。そんなことをおっしゃると、日本の紳士がこういったと、アメリカで話してよ。日本の官吏がといいましょうか。あなた官吏でしょう」

「うむ。官吏だ」

「お行儀がよくって」

「おそろしくいい。本当のフィリステルになりすましている。きょうの晩飯だけが破格なのだ」

「ありがたいわ」さっきから幾つかのボタンをはずしていた手袋をぬいで、卓越しに右の平手を出すのである。渡辺は真面目《まじめ》にその手をしっかり握った。手は冷たい。そしてその冷たい手が離れずにいて、暈《くま》のできたために一倍大きくなったような目が、じっと渡辺の顔に注がれた。

「キスをして上げてもよくつて」

渡辺はわざとらしく顔をしかめた。「ここは日本だ」

たたかずに戸をあけて、給仕が出て来た。

「お食事がよろしゅうございます」

「ここは日本だ」と繰り返しながら渡辺はたって、女を食卓のある室へ案内した。ちょうど電燈がぱっとついた。

女はあたりを見廻して、食卓の向う側にすわりながら、「シャンブル・セパレエ」と笑談《じょうだん》のような調子でいって、渡辺がどんな顔をするかと思うらしく、背伸びをしてのぞいてみた。盛花《もりばな》の籠が邪魔になるのである。

「偶然似ているのだ」渡辺は平気で答えた。

シェリイを注ぐ。メロンが出る。二人の客に三人の給仕が附きっきりである。渡辺は「給仕のにぎやかなのをご覧」と附け加えた。

「あまり気がきかないようね。愛宕山もやっぱりそうだわ」肘《ひじ》を張るようにして、メロンの肉をはがして食べながらいう。

「愛宕山では邪魔だろう」

「まるで見当違いだわ。それはそうと、メロンはおいしいことね」

「いまにアメリカへ行くと、毎朝きまって食べさせられるのだ」

　二人はなんの意味もない話をして食事をしている。とうとうサラドの附いたものが出て、杯にはシャンパニエが注がれた。

　女が突然「あなた少しも妬《ねた》んではくださらないのね」といった。チェントラアルテアアテルがはねて、ブリュウル石階の上の料理屋の卓に、ちょうどこんなふうに向き合ってすわっていて、おこったり、なかなおりをしたりした昔のことを、意味のない話をしていながらも、女は想い浮かべずにはいられなかったのである。女は笑談のようにいおうと心に思ったのが、はからずも真面目に声に出たので、くやしいような心持がした。

　渡辺はすわったままに、シャンパニエの杯を盛花より高くあげて、はっきりした声でいった。

〝Kosinski《コジンスキイ》 soll《ゾル》 leben!《レエベン》〟

　凝り固まったような微笑を顔に見せて、黙ってシャンパニエの杯をあげた女の手は、人には知れぬほど顫っていた。

×　　×　　×

　まだ八時半ごろであった。燈火の海のような銀座通りを横切って、ヴェエルに深く面《おもて》を包んだ女をのせた、一輛の寂しい車が芝の方へ駈けて行った。

明治四十三年六月

# 最後の一句

森　鷗外

元文三年十一月二十三日のことである。大阪で、船乗業桂屋《かつらや》太郎兵衛《たろべえ》というものを、木津川口《きづがわぐち》で三日間曝《さら》した上、斬罪《ざんざい》に処すると、高札《こうさつ》に書いて立てられた。市中到《いた》るところ太郎兵衛の噂《うわさ》ばかりしている中に、それを最も痛切に感ぜなくてはならぬ太郎兵衛の家族は、南組堀江橋ぎわの家で、もうまる二年ほど、ほとんど全く世間との交通を絶って暮しているのである。

この予期すべき出来事を、桂屋《かつらや》へ知らせに来たのは、ほど遠からぬ平野町に住んでいる太郎兵衛が女房《にょうぼう》の母であった。この白髪頭《しらがあたま》の媼《おうな》のことを桂屋では平野町のおばあさまと言っている。おばあさまとは、桂屋にいる五人の子供がいつもいい物をお土産《みやげ》に持って来てくれる祖母に名づけた名で、それを主人も呼び、女房も呼ぶようになったのである。

おばあさまを慕って、おばあさまにあまえ、おばあさまにねだる孫が、桂屋に五人いる。その四人は、おばあさまが十七になった娘を桂屋へよめによこしてから、今年十六年目になるまでの間に生まれたのである。長女いちが十六歳、二女まつが十四歳になる。そのつぎに、太郎兵衛が娘をよめに出す覚悟で、平野町の女房の里方から、赤子のうちにもらい受けた、長太郎という十二歳の男子がある。そのつぎにまた生まれた太郎兵衛の娘は、とくといって八歳になる。最後に太郎兵衛のはじめて設けた男子の初五郎がいて、これが六歳になる。

平野町の里方は有福なので、おばあさまのお土産はいつも孫たちに満足を与えていた。それが一昨年太郎兵衛の入牢《にゅうろう》してからは、とかく孫たちに失望を起させるようになった。おばあさまが暮し向きの用に立つ物をおもに持って来るので、おもちゃやお菓子は少くなったからである。

しかしこれから生《お》い立って行く子供の元気は盛んなもので、ただおばあさまのお土産が乏しくなったばかりでなく、おっ母さまの不機嫌になったのにも、ほどなく馴れて、格別しおれた様子もなく、相変らず小さい争闘と小さい和睦との刻々に交代する、賑《にぎ》やかな生活を続けている。そして「遠い遠い所へ往って帰らぬ」と言い聞かされた父の代りに、このおばあさまの来るのを歓迎している。

これに反して、厄難に逢《あ》ってからこのかた、いつも同じような悔恨と悲痛とのほかに、何物をも心に受け入れることの出来なくなった太郎兵衛の女房は、手厚くみついでくれ、親切に慰めてくれる母に対しても、ろくろく感謝の意をも表することがない。母がいつ来ても、同じような繰言《くりごと》を聞かせて帰すのである。

厄難に逢った初めには、女房はただ茫然《ぼうぜん》と目をみはっていて、食事も子供のために、器械的に世話をするだけで、自分はほとんど何も食わずに、しきりに咽《のど》が乾くと言っては、湯を少しずつ呑んでいた。夜は疲れてぐっすり寝たかと思うと、たびたび目をさまして溜息《ためいき》をつく。それから起きて、夜なかに裁縫などをすることがある。そんなときは、そばに母の寝ていぬのに気がついて、最初に四歳になる初五郎が目をさます。ついで六歳になるとくが目をさます。女房は子供に呼ばれて床にはいって、子供が安心して寝つくと、また大きく目をあいて溜息をついているのであった。それから二三日立って、ようよう泊りがけに来ている母に繰言を言って泣くことが出来るようになった。それからまる二年ほどの間、女房は器械的に立ち働いては、同じように繰言を言い、同じように泣いているのである。

高札の立った日には、午過《ひるす》ぎに母が来て、女房に太郎兵衛の運命のきまったことを話した。しかし女房は、母の恐れたほど驚きもせず、聞いてしまって、またいつもと同じ繰言を言って泣いた。母はあまり手ごたえのないのを物足らなく思うくらいであった。このとき長女のいちは、襖《ふすま》の蔭に立って、おばあさまの話を聞いていた。

桂屋にかぶさって来た厄難というのはこうである。主人太郎兵衛は船乗りとはいっても、自分が船に乗るのではない。北国通いの船を持っていて、それに新七という男を乗せて、運送の業を営んでいる。大阪でほこの太郎兵衛のような男を居船頭《いせんどう》と言っていた。居船頭の太郎兵衛が沖船頭《おきせんどう》の新七を使っているのである。

元文元年の秋、新七の船は、出羽国秋田から米を積んで出帆した。その船が不幸にも航海中に風波の難に逢って、半難船《はんなんせん》の姿になって、積荷《つみに》の半分以上を流失した。新七は残った米を売って金にして、大阪へ持って帰った。

さて新七が太郎兵衛に言うには、難船をしたことは港港で知っている。残った積荷を売ったこの金は、もう米主《こめぬし》に返すにはおよぶまい。これはあとの船をしたてる費用に当てようじゃないかと言った。

太郎兵衛はそれまで正直に営業していたのだが、営業上に大きい損失を見た直後に、現金を目の前に並べられたので、ふと良心の鏡が曇って、その金を受け取ってしまった。

すると、秋田の米主の方では、難船の知らせを得たのちに、残り荷のあったことやら、それを買った人のあったことやらを、人伝《ひとづて》に聞いて、わざわざ人を調べに出した。そして新七の手から太郎兵衛に渡った金高までを探り出してしまった。

米主は大阪へ出て訴えた。新七ほ逃走した。そこで太郎兵衛が入牢してとうとう死罪に行われることになったのである。

平野町のおばあさまが来て、恐ろしい話をするのを姉娘のいちが立聞きをした晩のことである。桂屋の女房はいつも繰言を言って泣いたあとで出る疲れが出て、ぐっすり寝入った。女房の両脇には、初五郎と、とくとが寝ている。初五郎の隣には長太郎が寝ている。とくの隣にまつ、それに並んでいちが寝ている。

しばらく立って、いちが何やら布団の中で独言《ひとりごと》を言った。「ああ、そうしよう。きっと出来るわ」と、言ったようである。

まつがそれを聞きつけた。そして「姉えさん、まだ寝ないの」と言った。

「大きい声をおしでない。わたしいいことを考えたから」いちはまずこう言って妹を制しておいて、それから小声でこういうことをささやいた。お父っさんはあさって殺されるのである。自分はそれを殺させぬようにすることが出来ると思う。どうするかというと、願書《ねがいしょ》というものを書いてお奉行様《ぶぎょうさま》に出すのである。しかしただ殺さないでおいて下さいと言ったって、それでは聴かれない。お父っさんを助けて、その代りにわたくしども子供を殺して下さいと言って頼むのである。それをお奉行様が聴いて下すって、お父っさんが助かれば、それでいい。子供は本当に皆殺されるやら、わたしが殺されて、小さいものは助かるやら、それはわからない。ただお願いをするとき、長太郎だけは一しょに殺して下さらないように書いておく。あれはお父っさんの本当の子でないから、死ななくてもいい。それにお父っさんがこの家のあとを取らせようと言っていらっしゃったのだから、殺されない方がいいのである。いちは妹にそれだけのことを話した。

「でもこわいわねえ」と、まつが言った。

「そんなら、お父っさんが助けてもらいたくないの」

「それは助けてもらいたいわ」

「それごらん。まつさんはただわたしについて来て同じようにさえしていればいいのだよ。わたしが今夜願書を書いておいて、あしたの朝早く持って行きましょうね」

いちは起きて、手習の清書をする半紙に、平仮名で願書を書いた。父の命を助けて、その代りに自分と妹のまつ、とく、弟の初五郎をおしおきにしていただきたい、実子でない長太郎だけはお許し下さるようにというだけのことではあるが、どう書き綴《つづ》っていいかわからぬので、幾度も書き損《そこな》って、清書のためにもらってあった白紙が残り少なになった。しかしとうとう一番鶏《ばんどり》の啼《な》くころに願書が出来た。

願書を書いているうちに、まつが寝入ったので、いちは小声で呼び起して、床の傍《わき》に畳んであったふだん着に着更えさせた。そして自分も支度をした。

女房と初五郎とは知らずに寝ていたが、長太郎が目をさまして、「ねえさん、もう夜が明けたの」と言った。

いちは長太郎の床のそばへ往ってささやいた。「まだ早いから、お前ほ寝ておいで。ねえさんたちは、お父っさんの大事なご用で、そっと往って来る所があるのだからね」

「そんならおいらも往く」と言って、長太郎はむっくり起き上がった。

いちは言った。「じゃあ、お起き、着物を着せて上げよう。長さんは小さくても男だから、一しょに往ってくれれば、その方がいいのよ」と言った。

女房は夢のようにあたりの騒がしいのを聞いて、少し不安になって寝がえりをしたが、目はさめなかった。

三人の子供がそっと家を抜け出したのは、二番鶏の啼くころであった。戸の外ほ霜の暁であった。提灯を持って、拍子木をたたいて来る夜廻りの爺いさんに、お奉行様のところへはどう往ったら往かれようと、いちがたずねた。爺いさんは親切な、物分りのいい人で、子供の話を真面目に聞いて、月番の西奉行所のある所を、丁寧に教えてくれた。当時の町奉行は、東が稲垣淡路守種信《いながきあわじのかみたねのぶ》で、西が佐佐又四郎成意《なりむね》である。そして十一月には西の佐佐が月番に当っていたのである。

爺いさんが教えているうちに、それを聞いていた長太郎が、「そんなら、おいらの知った町だ」と言った。そこで姉妹《きょうだい》は長太郎を先に立てて歩き出した。

ようよう西奉行所にたどりついてみれは、門がまだ締まっていた。門番所の窓の下に往って、いちが「もしもし」とたびたび繰り返して呼んだ。

しばらくして窓の戸があいて、そこへ四十恰好《がっこう》の男の顔がのぞいた。「やかましい。なんだ」

「お奉行様にお願いがあってまいりました」と、いちが丁寧に腰をかがめて言った。

「ええ」と言ったが、男は容易に詞の意味を解しかねる様子であった。

いちはまた同じことを言った。

男はようようわかったらしく、「お奉行様には子供が物を申し上げることは出来ない、親が出て来るがいい」と言った。

「いいえ、父はあしたおしおきになりますので、それについてお願いがございます」

「なんだ。あしたおしおきになる。それじゃあ、お前は桂屋太郎兵衛の子か」

「はい」といちが答えた。

「ふん」と言って、男は少し考えた。そして言った。「けしからん。子供までが上《かみ》を恐れんと見える。お奉行様はお前たちにお逢いはない。帰れ帰れ」こう言って、窓を締めてしまった。

まつが姉に言った。「ねえさん、あんなに叱るから帰りましょう」

いちは言った。「黙っておいで。叱られたって帰るのじゃありません。ねえさんのする通りにしておいで」こう言って、いちは門の前にしゃがんだ。まつと長太郎とはついてしゃがんだ。

三人の子供は門のあくのを大ぶ久しく待った。ようよう貫木《かんのき》をはずす音がして、門があいた。あけたのは、さきに窓から顔を出した男である。

いちが先に立って門内に進み入ると、まつと長太郎とが背後《うしろ》に続いた。

いちの態度があまり平気なので、門番の男は急に支《ささ》え留《とど》めようともせずにいた。そしてしばらく三人の子供の玄関の方へ進むのを、目をみはって見送っていたが、ようよう我に帰って、「これこれ」と声をかけた。

「はい」と言って、いちはおとなしく立ち留まって振り返った。

「どこへ往くのだ。さっき帰れと言ったじゃないか」

「そうおっしゃいましたが、わたくしどもはお願いを聞いていただくまでは、どうしても帰らないつもりでございます」

「ふん。しぶとい奴《やつ》だな。とにかくそんな所へ往ってはいかん。こっちへ来い」

子供たちは引き返して、門番の詰所へ来た。それと同時に玄関脇から、「なんだ、なんだ」と言って、二三人の詰《つめ》衆《しゅう》が出て来て、子供たちを取り巻いた。いちはほとんどこうなるのを待ち構えていたように、そこにうずくまって、懐中から書附けを出して、真先にいる与力《よりき》の前に差しつけた。まつと長太郎とも一しょにうずくまって礼をした。

書附けを前へ出された与力は、それを受け取ったものか、どうしたものかと迷うらしく、黙っていちの顔を見おろしていた。

「お願いでございます」と、いちが言った。

「こいつらは木津川口で曝《さら》し物になっている桂屋太郎兵衛の子供でございます。親の命乞いをするのだと言っています」と、門番がかたわらから説明した。

与力は同役の人たちを顧みて、「ではとにかく書附けを預かっておいて、伺ってみることにしましょうかな」と言った。それには誰《たれ》も異議がなかった。

与力は願書をいちの手から受け取って、玄関にはいった。


---

西町奉行の佐佐は、両奉行のうちの新参で、大阪に来てから、まだ一年立っていない。役向きのことはすべて同役

の稲垣に相談して、城代に伺って処置するのであった。それであるから、桂屋太郎兵衛の公事《くじ》について、前役の申継ぎを受けてから、それを重要事件として気にかけていて、ようよう処刑の手続きが済んだのを重荷をおろしたように思っていた。

そこへ今朝になって、宿直の与力が出て、命乞いの願いに出たものがあると言ったので、佐佐はまずせっかく運ばせたことに邪魔がはいったように感じた。

「参ったのはどんなものか」佐佐の声は不機嫌であった。

「太郎兵衛の娘両人と倅《せがれ》とがまいりまして、年上の娘が願書を差し上げたいと申しますので、これに預っております。ごらんになりましょうか」

「それは目安箱をもお設けになっておる御趣意から、次第によっては受け取ってもよろしいが、一応はそれぞれ手続きのあることを申し聞かせんではなるまい。とにかく預かっておるなら、内見しよう」

与力は願書を佐佐の前に出した。それを披《ひら》いて見て佐佐は不審らしい顔をした。「いちというのがその年上の娘であろうが、何歳になる」

「取り調べはいたしませんが、十四五歳ぐらいに見受けまする」

「そうか」佐佐はしばらく書附けを見ていた。ふつつかな仮名文字で書いてはあるが、条理がよく整っていて、大人でもこれだけの短文に、これだけの事柄を書くのは、容易であるまいと思われるほどである。大人が書かせたのではあるまいかという念が、ふと萌《きざ》した。続いて、上《かみ》を偽《いつわ》る横着物《おうちゃくもの》の所為ではないかと思議した。それから一応の処置を考えた。太郎兵衛は明日の夕方まで曝すことになっている。刑を執行するまでには、まだ時がある。それまでに願書を受理しようとも、すまいとも、同役に相談し、上役に伺うことも出来る。またよしやその間に情偽《じょうぎ》があるとしても、相当の手続きをさせるうちには、それを探ることも出来よう。とにかく子供を帰そうと、佐佐は考えた。

そこで与力にはこう言った。この願書は内見したが、これは奉行に出されぬから、持って帰って町年寄《まちどしより》に出せと言えと言った。

与力は、門番が帰そうとしたが、どうしても帰らなかったということを、佐佐に言った。佐佐は、そんなら菓子でもやって、すかして帰せ、それでも聴かぬなら引き立てて帰せと命じた。

与力の座を起ったあとへ、城代太田備中守資晴《おおたびっちゅうのかみすけはる》が訪ねて来た。正式の見廻りではなく、私の用事があって来たのである。太田の用事が済むと、佐佐は只今かようのことがあったと告げて、自分の考えを述べ、指図《さしず》を請うた。

太田は別に思案もないので、佐佐に同意して、午《ひる》過ぎに東町奉行稲垣をも出席させて、町年寄五人に桂屋太郎兵衛が子供を召し連れて出させることにした。情偽があろうかという、佐佐の懸念《けねん》ももっともだというので、白洲《しらす》へは責め道具を並べさせることにした。これは子供を嚇《おど》して実を吐かせようという手段である。

　ちょうどこの相談が済んだところへ、前の与力が出て、入口に控えて気色《けしき》を伺った。

「どうじゃ、子供は帰ったか」と、佐佐が声をかけた。

「御意《ぎょい》でござります。お菓子をつかわしまして帰そうといたしましたが、いちと申す娘がどうしても聴きませぬ。とうとう願書を懐《ふところ》へ押し込みまして、引き立てて帰しました。妹娘はしくしく泣きましたが、いちは泣かずに帰りました」

「よほど情の剛《こわ》い娘と見えますな」と、太田が佐佐を顧みて言った。

---

　十一月二十四日の未《ひつじ》の下刻《げこく》である。西町奉行所の白洲ははればれしい光景を呈している。書院には両奉行が列座する。奥まった所には別席を設けて、表向きの出座ではないが、城代が取調べの模様をよそながら見に来ている。縁側には取調べを命ぜられた与力が、書役をしたがえて着座する。

　同心らが三道具をつき立てて、いかめしく警固している庭に、拷問に用いる、あらゆる道具が並べられた。そこへ桂屋太郎兵衛の女房と五人の子供とを連れて、町年寄五人が来た。

　尋問は女房から始められた。しかし名を問われ、年を問われたときに、かつがつ返事をしたばかりで、そのほかのことを問われても、「一向に存じませぬ」、「恐れ入りました」と言うよりほか、何一つ申し立てない。

　つぎに長女いちが調べられた。当年十六歳にしては、少しおさなく見える、痩肉《やせじし》の小娘である。しかしこれは些《ちと》の臆《おく》する気色もなしに、一部始終の陳述をした。祖母の話を物蔭から聞いたこと、夜になって床に入ってから、出願を思い立ったこと、妹まつに打ち明けて勧誘したこと、自分で願書を書いたこと、長太郎が目をさましたので同行を許し、奉行所の町名を聞いてから、案内をさせたこと、奉行所に来て門番と応対し、ついで詰衆の与力に願書の取次を頼んだこと、与力らに強要せられて帰ったこと、およそ前日来経歴したことを問われるままに、はっきり答えた。

「それではまつのほかには誰にも相談はいたさぬのじゃな」と、取調役が問うた。

「誰にも申しません。長太郎にもくわしいことは申しません。お父っさんを助けていただくように、お願いしに往くと申しただけでございます。お役所から帰りまして、年寄衆のお目にかかりましたとき、わたくしども四人の命を差し上げて、父をお助け下さるように願うのだと申しましたら、長太郎が、それでは自分も命が差し上げたいと申して、とうとうわたくしに自分だけのお願書を書かせて、持ってまいりました」

いちがこう申し立てると、長太郎が懐から書附けを出した。

取調役の指図で、同心が一人長太郎の手から書附けを受け取って、縁側に出した。

取詞役はそれを披《ひら》いて、いちの願書と引き比べた。いちの願書は町年寄の手から、取調べの始まる前に、出させてあったのである。

長太郎の願書には、自分も姉や姉弟《きょうだい》と一しょに、父の身代りになって死にたいと、前の願書と同じ手跡で書いてあった。

取調役は「まつ」と呼びかけた。しかしまつは呼ばれたのに気がつかなかった。いちが「お呼びになったのだよ」と言ったとき、まつははじめておそるおそる項垂《うなだ》れていた頭《こうべ》を挙げて、縁側の上の役人を見た。

「お前は姉と一しょに死にたいのだな」と、取調役が問うた。

まつは「はい」と言ってうなずいた。

つぎに取調役は「長太郎」と呼びかけた。

長太郎はすぐに「はい」と言った。

「お前は書附けに書いてある通りに、兄弟一しょに死にたいのじゃな」

「みんな死にますのに、わたしが一人生きていたくはありません」と、長太郎ははっきり答えた。

「とく」と取調役が呼んだ。とくは姉や兄が順序に呼ばれたので、こん度は自分が呼ばれたのだと気がついた。そしてただ目をみはって役人の顔を仰ぎ見た。

「お前も死んでもいいのか」

とくは黙って顔を見ているうちに、唇に血色がなくなって、目に涙が一ぱい溜《た》まって来た。

「初五郎」と取調役が呼んだ。

ようよう六歳になる末子《ばっし》の初五郎は、これも黙って役人の顔を見たが、「お前はどうじゃ、死ぬるのか」と問われて、活潑《かっぱつ》にかぶりを振った。書院の人々は覚えず、それを見て微笑《ほほえ》んだ。

このとき佐佐が書院の敷居ぎわまで進み出て、「いち」と呼んだ。

「はい」

「お前の申立てには嘘《うそ》はあるまいな。もし少しでも申したことに間違いがあって、人に教えられたり、相談をしたりしたのなら、今すぐに申せ。隠して申さぬと、そこに並べてある道具で、誠のことを申すまで責めさせるぞ」佐佐は責め道具のある方角を指さした。

いちは指《さ》された方角を一目見て、少しもたゆたわずに、「いえ、申したことに間違いはございません」と言い放った。その目は冷ややかで、その詞はしずかであった。

「そんな今一つお前に聞くが、身代りをお聞き届けになると、お前たちはすぐに殺されるぞよ。父の顔を見ることは出来ぬが、それでもいいか」

「よろしゅうございます」と、同じような、冷ややかな調子で答えたが、少し間をおいて、何か心に浮んだらしく、「お上《かみ》のことには間違いはございますまいから」と言い足した。

佐佐の顔には、不意打ちに逢ったような、驚愕《きょうがく》の色が見えたが、それはすぐに消えて、険《けわ》しくなった目が、いちの面《おもて》に注がれた。憎悪《ぞうお》を帯びた驚異の目とでも言おうか。しかし佐佐は何も言わなかった。

ついで佐佐は何やら取調役にささやいたが、まもなく取調役が町年寄に、「御用が済んだから、引き取れ」と言い渡した。

白洲を下がる子供らを見送って、佐佐は太田と稲垣とに向いて、「生先《おいさき》の恐ろしいものでござりますな」と言った。心のうちには、哀れな孝行娘の影も残らず、人に教唆《きょうさ》せられた、おろかな子供の影も残らず、ただ氷のように冷ややかに、刃《やいば》のように鋭い、いちの最後の詞の最後の一句が反響しているのである。元文ごろの徳川家の役人は、もとより「マルチリウム」という洋語も知らず、また当時の辞書には献身という訳語もなかったので、人間の精神に、老若男女の別なく、罪人太郎兵衛の娘に現われたような作用があることを、知らなかったのは無理もない。しかし献身のうちにひそむ反抗の鋒《ほこさき》は、いちと語《ことば》を交えた佐佐のみではなく、書院にいた役人一同の胸をも刺した。

---

城代も両奉行もいちを「変な小娘だ」と感じて、その感じには物でも憑《つ》いているのではないかという迷信さえ加わったので、孝女に対する同情は薄かったが、当時の行政司法の、元始的な機関が自然に活動して、いちの願意は期せずして貫徹した。桂屋太郎兵衛の刑の執行は、「江戸へ伺い中《ちゅう》日延べ」ということになった。これは取調べのあった翌日、十一月二十五日町年寄に達せられた。ついで元文四年三月二日に、「京都において大嘗会《だいじょうえ》御執行相成り候てより日限も相立たざる儀につき、太郎兵衛こと、死罪御赦免《ごしゃめん》仰せ出だされ、大阪北、南組、天満《てんま》の三口御構いの上追放」ということになった。桂屋の家族は、再び西奉行所に呼び出されて、父に別れを告げることが出来た。大嘗会というのは、貞享《じょうきょう》四年に東山天皇の盛儀があってから、桂屋太郎兵衛のことを書いた高札の立った元文三年十一月二十三日の直前、同じ月の十九日に、五十一年目に、桜町天皇が挙行し給うまで、中絶していたのである。

大正四年十月

# 花火

永井荷風

午飯《ひるめし》の箸を取ろうとした時ポンと何処かで花火の音がした。梅雨も漸《ようや》く明けぢかい曇った日である。涼しい風が絶えず窓の簾《すだれ》を動かしている。見れば狭い路地裏の家々には軒並に国旗が出してあった。国旗のないのはわが家の格子戸ばかりである。わたしは始めて今日は東京市欧洲戦争講和記念祭の当日であることを思出した。

　午飯をすますとわたしは昨日から張りかけた押入の壁を張ってしまおうと、手拭で斜に片袖を結び上げて刷毛を取った。

　去年の暮押詰って、然も雪のちらほら降り出した日であった。この路地裏に引越した其日から押入の壁土のざらざら落ちるのが気になってならなかったが、いつか其の儘半年たってしまったのだ。

　過ぐる年まだ家には母もすこやかに妻もあった頃、広い二階の縁側で穏かな小春の日を浴びながら蔵書の裏打をした事があった。それから何時ともなくわたしは用のない退屈な折々糊仕事をするようになった。年をとると段々妙な癖が出る。

　わたしは日頃手習した紙片やいつ書捨てたとも知れぬ草稿のきれはし、また友達の文反古なぞ、一枚々々何が書いてあるかと熱心に読み返しながら押入の壁を張って行った。花火はつゞいて上る。

　然し路地の内は不思議なほど静かである。表通りに何か事あれば忽《たちま》ちあっちこっちの格子戸の明く音と共に駆け出す下駄の音のするのに、今日に限って子供の騒ぐ声もせず近所の女房の話声も聞えない。路地の突当りにある鍍金《メッキ》屋の鑢《やすり》の響もしない。みんな日比谷か上野へでも出掛けたにちがいない。花火の音につれて耳をすますとかすかに人の叫ぶ声も聞える。わたしは壁に張った草稿を読みながら、ふと自分の身の上がいかに世間から掛離れているかを感じた。われながら可笑しい。又悲しいような淋しいような気もする。何故というにわたしは鞏固《きょうこ》な意志があって殊更《ことさら》世間から掛離れようと思った訳でもない。いつとなく知らず〳〵斯ういう孤独の身になってしまったからである。世間と自分との間には今何一つ直接の連絡もない。

　涼しい風は絶えず汚れた簾を動かしている。曇った空は簾越しに一際夢見るが如くどんよりとしている。花火の響はだん〳〵景気がよくなった。わたしは学校や工場が休になって、町の角々に杉の葉を結びつけた緑門が立ち、表通りの商店に紅白の幔幕《まんまく》が引かれ、国旗と提灯がかゝげられ、新聞の第一面に読みにくい漢文調の祝辞が載せられ、人がぞろ〳〵日比谷か上野へ出掛ける。どうかすると芸者が行列する。夜になると提灯行列がある。そして子供や婆さんが踏殺される……そう云う祭日のさまを思い浮べた。これは明治の新時代が西洋から模倣して新に作り出した現象の一である。東京市民が無邪気に江戸時代から伝承して来た氏神の祭礼や仏寺の開帳とは全く其の外形と精神とを異にしたものである。氏神の祭礼には町内の若者がたらふく酒に酔い小僧や奉公人が赤飯の馳走にありつく。新しい形式の祭には屢《しばしば》政治的策略が潜んでいる。

わたしは子供の時から見覚えている新しい祭日の事を思い返すともなく思い返した。

明治二十三年の二月に憲法発布の祝賀祭があった。おそらく此れがわたしの記憶する社会的祭日の最初のものであろう。数えて見ると十二歳の春、小石川の家にいた時である。寒いので何処へも外へは出なかったが然し提灯行列というもの丶始まりは此の祭日からであることをわたしは知っている。又国民が国家に対して「万歳」と呼ぶ言葉を覚えたのも確か此の時から始ったように記憶している。何故というに、その頃わたしの父親は帝国大学に勤めて居られたが、その日の夕方草鞋《わらじ》ばきで赤い襷を洋服の肩に結び赤い提灯を持って出て行かれ夜晩く帰って来られた。父は其の時今夜は大学の書生を大勢引連れ二重橋へ練り出して万歳を三呼した話をされた。万歳と云うのは英語の何とやらいう語を取ったもので、学者や書生が行列して何かするのは西洋にはよくある事だと遠い国の話をされた。然しわたしには何となく可笑しいような気がしてよく其の意味がわからなかった。

尤も其の日の朝わたしは高台の崖の上に立っている小石川の家の縁側から、いろ〳〵な旗や幟が塀外の往来を通って行くのを見た。そして旗や幟にかいてある文字によって、わたしは其頃見馴れた富士講や大山参なぞと某日の行列とは全く性質の異ったものである事だけは、どうやら分っていたらしい。

大津の町で露西亜の皇太子が巡査に斬られた。この騒には一国を挙げて朝野共に震駭したのは事実らしい。子供ながらわたしは何とも知らぬ恐怖を感じた事を記憶している。その頃加藤清正がまだ朝鮮に生きているとか、西郷隆盛が北海道にかくれていて日本を助けに来るとかいう噂があった。しかも斯くの如き流言蜚語《ひご》が何とも知れず空恐しく矢張わたし達子供の心を動かした。今から回想すると其の頃の東京は、黒船の噂をした江戸時代と同じように、ひっそりして薄暗く、路行く人の雪駄の音静に犬の声さびしく、西風の樹を動かす音ばかりしていたような気がする。

祭と騒動とは世間のがや〳〵する事に於いて似通っている。

十六の年の夏大川端の水練場に通っていた。或日の夕方河の中からわたしは号外売が河岸通をば大声に呼びながら馳けて行くのを見た。これが日清戦争の開始であった。翌年小田原の大西病院というに転地療養していた時馬関条約が成立った。然し首都を離れた病院の内部にはかの遼東還附に対する悲憤の声も更に反響を伝えなかった。わたしは唯薬局の書生が或朝大きな声で新聞の社説を朗読しているのを聞いたばかりである。わたしは其の頃から博文館が出版し出した帝国文庫をば第一巻の太閤記から引続いて熱心に読み耽っていた。夏は梅の実熟し冬は蜜柑の色づく彼の小田原の古駅はわたしには一生の中最も平和幸福なる記憶を残すばかりである。

明治三十一年に奠都《てんと》三十年祭が上野に開かれた。桜のさいていた事を覚えているので四月初めにちがいない。式場外の広小路で人が大勢踏み殺されたといふ噂があった。

明治三十七年日露の開戦を知ったのは米国タコマに居た時である。わたしは号外を手にした時無論非常に感激した。然しそれは甚幸福なる感激であった。私は元寇の時のように外敵が故郷の野を荒し同胞を屠《なぶ》りに来るものとは思わなかった。万々一非常に不幸な場合になったとしても近世文明の精神と世界国際の関係とは独り一国をして斯の如き悲境に立至らしめる事はあるまいと云うような気がした。基督教の信仰と羅馬以降の法律の精神にはまだ〳〵憑拠《ひょうきょ》するに足るべき力があるもの、ように思いなしていたのだ。いかに戦争だとて人と生れたからには此の度独逸《ドイツ》人が白耳義《ベルギー》に於てなしたような罪悪を敢てし得るものではないと思っていたのだ。つまりわたしは号外を見て感激したけれど、然し直に父母の身の上を憂うる程切迫した感情を抱かなかったのである。ましてや報道は悉く勝利である。戦捷《せんしょう》の余栄はわたしの身を長く安らかに異郷の天地に遊ばせてくれたので、わたしは三十八年の真夏東京市の市民がいかにして市内の警察署と基督教の教会を焼いたか、又巡査がいかにして市民を斬ったか其等の事は全く知らずに年を過した。

明治四十四年慶応義塾に通勤する頃、わたしはその道すがら折々市ヶ谷の通で囚人馬車が五六台も引続いて日比谷の裁判所の方へ走って行くのを見た。わたしはこれ迄見聞した世上の事件の中で、この折程云うに云われない厭な心持のした事はなかった。わたしは文学者たる以上この思想問題について黙していてはならない。小説家ゾラはドレフュー事件について正義を叫んだ為め国外に亡命したではないか。然しわたしは世の文学者と共に何も言わなかった。私は何となく良心の苦痛に堪えられぬような気がした。わたしは自ら文学者たる事について甚しき羞恥を感じた。以来わたしは自分の芸術の品位を江戸戯作者のなした程度まで引下げるに如くはないと思案した。その頃からわたしは煙草入をさげ浮世絵を集め三味線をひきはじめた。わたしは江戸末代の戯作者や浮世絵師が浦賀へ黒船が来ようが桜田御門で大老が暗殺されようがそんな事は下民の与り知った事ではない――否とやかく申すのは却て畏多い事だと、すまして春本や春画をかいていた其の瞬間の胸中をば呆れるよりは寧ろ尊敬しょうと思立ったのである。

かくて大正二年三月の或日、わたしは山城河岸の路地にいた或女の家で三味線を稽古していた。（路地の内ながらさゝやかな潜門《くぐりもん》があり、小庭があり、手水鉢のほとりには思いがけない椿の古木があって四十雀《しじゅうから》や藪鶯が来る。建込んだ市中の路地裏には折々思いがけない処に人知れぬ静かな隠宅と稲荷の祠がある。）その時俄に路地の内が騒しくなった。溝板の上を駈け抜ける人の跫音につゞいて巡査の佩剣《はいけん》の音も聞えた。それが為めか中央新聞社の印刷機械の響も一しきり打消されたように聞えなくなった。わたしは潜門をあけてそっと首を出して見た。牛乳配達夫のような足袋跣足にメリヤスの襯衣《シャツ》を着て手拭で鉢巻をした男が四五人堀端の方へと路地をかけ抜けて行った。其後から近所の出前持が筋向の家の勝手口で国民新聞焼打の噂を伝えていた。わたしは背伸をして見た。然し烟も見えぬので内へ入ると其の儘ごろりと昼寝をしてしまった。置炬燵が誠に工合よく暖かであったからである。夕飯をすまして夜も八時過あまり寒くならぬ中家へ帰ろうと数寄屋橋へ出た時巡査派出所の燃えているのを見た。電車は無い。弥次馬で銀座通は年の市よりも賑かである。辻々の交番が盛に燃えている最中である。道路の真中には石油の罐《かん》が投出されてあった。

日比谷へ来ると巡査が黒塀を建てたように往来を遮《さえぎ》っている。暴徒が今しがた警視庁へ石を投げたとか云う事である。わたしは桜田本郷町の方へ道を転じた。三十八年の騒ぎの時巡査に斬られたものが沢山あったという話を思出したからである。虎の門外でやっと車を見付けて乗った。真暗な霞ヶ関から永田町へ出ようとすると各省の大臣官舎を警護する軍隊でこゝも亦往来止めである。三宅坂へ戻って麹町の大通りへ廻り牛込のはずれの家へついたのは夜半過であった。

世の中はその後静であった。

大正四年になって十一月も半頃と覚えている。都下の新聞紙は東京各地の芸者が即位式祝賀祭の当日思い〳〵の仮装をして二重橋へ練出し万歳を連呼する由を伝えていた。かゝる国家的並に社会的祭日に際して小学校の生徒が必ず二重橋へ行列する様になったのも思えばわたし等が既に中学校へ進んでから後の事である。区役所が命令して路地の裏店にも国旗を掲げさせる様にしたのも亦《また》二十年を出でまい。此の官僚的指導の成功は遂に紅粉売色の婦女をも駆って白日大道を練行かせるに至った。現代社会の趨勢は唯只不可思議と云うの外はない。この日芸者の行列はこれを見んが為めに集り来る弥次馬に押返され警護の巡査仕事師も役に立たず遂に滅茶々々になった。その夜わたしは其場に臨んだ人から色々な話を聞いた。最初見物の群集は静に道の両側に立って芸者の行列の来るのを待っていたが、一刻々々集り来る人出に段々前の方に押出され、軈て行列の進んで来た頃には、群衆は路の両側から押され〳〵て一度にどっと行列の芸者に肉迫した。行列と見物人とが滅茶々々に入り乱れるや、日頃芸者の栄華を羨む民衆の義憤は又野蛮なる劣情と混じてこゝに奇怪醜劣なる暴行が白日雑沓の中に遠慮なく行われた。芸者は悲鳴をあげて帝国劇場其他附近の会社に生命から〴〵逃げ込んだのを群衆は狼のように追掛け押寄せて建物の戸を壊し窓に石を投げた。其の日芸者の行衛不明になったものや凌辱《りょうじょく》の結果発狂失心したものも数名に及んだとやら。然し芸者組合は堅くこの事を秘し竊に仲間から義捐金を徴集して其等の犠牲者を慰めたとか云う話であった。

昔のお祭には博徒の喧嘩がある。現代の祭には女が踏殺される。

大正七年八月半、節は立秋を過ぎて四五日たった。年中炎暑の最も烈しい時である。井上唖々君と其頃発行していた雑誌花月の編輯を終り同君の帰りを送りながら神楽坂まで涼みに出た。肴町《さかなまち》で電車を下ると大通りはいつものように涼みの人出で賑っていたが夜店の商人は何やら狼狽えた様子で今がた並べたばかりの店をしまいかけている。夕立が来そうだというのでもない。心付けば巡査が頻に往ったり来たりしている。横町へ曲って見ると軒を並べた芸者家は悉《ことごと》く戸をしめ灯を消しひっそりと鳴を静めている。再び表通りへ出てビーヤホールに休むと書生風の男が銀座の商店や新橋辺の芸者家の打壊された話をしていた。

わたしは始めて米価騰貴の騒動を知ったのである。然し次の日新聞の記事は差止めになった。後になって話を聞くと騒動はいつも夕方涼しくなってから始まる。其の頃は毎夜月がよかった。わたしは暴徒が夕方涼しくなって月が出てから富豪の家を脅かすと聞いた時何となく其処に或余裕があるような気がしてならなかった。騒動は五六日つゞいて平定した。丁度雨が降った。わたしは住古《すみふる》した牛込の家をばまだ去らずにいたので、久しぶりの雨と共に庭には虫の音が一度に繁くなり植込に吹き入る風の響にいよ〳〵其の年の秋も深くなった事を知った。

やがて十一月も末近くわたしは既に家を失い、此から先何処に病軀《びょうく》をかくそうかと目当もなく貸家をさがしに出掛けた。日比谷の公園外を通る時一隊の職工が浅葱《あさぎ》の仕事着をつけ組合の旗を先に立て丶隊伍整然と練り行くのを見た。その日は欧洲休戦記念の祝日であったのだ。病来久しく世間を見なかったわたしは、此の日突然東京の街頭に曾て仏蘭西で見馴れたような浅葱の労働服をつけた職工の行列を目にして、世の中はかくまで変ったのかと云うような気がした。目のさめたような気がした。

米騒動の噂は珍らしからぬ政党の教唆によったもの丶ような気がしてならなかったが、洋装した職工の団体の静に練り行く姿には動しがたい時代の力と生活の悲哀とが現われていたように思われた。わたしは既に一昔も前久し振に故郷の天地を見た頃考えるともなく考えたいろいろな問題をば、こゝに再び思い出すともなく思い出すようになった。目に見る現実の事象は此年月耽りに耽った江戸回顧の夢から遂にわたしを呼覚す時が来たのであろうか。もし然りとすればわたしは自らその不幸なるを嘆じなければならぬ。

花火は頻に上っている。わたしは刷毛を下に置いて煙草を一服しながら外を見た。夏の日は曇りながら午のまゝに明るい。梅雨晴の静な午後と秋の末の薄く曇った夕方ほど物思うによい時はあるまい………。

（大正八年七月稿）

# 雪解

永井荷風

兼太郎《かねたろう》は点滴の音に目をさました。そして油じみた坊主枕から半白の頭を擡《もた》げて不思議そうに鳥渡《ちよつと》耳を澄した。

　枕元に一間の出窓がある。その雨戸の割目から日の光が磨硝子《すりがらす》の障子に幾筋も細く糸のようにさし込んで居る。兼太郎は雨だれの響は雨が降っているのではない。昨日午後《ひるすぎ》から、夜も深《ふ》けるに従ってますます烈しくなった吹雪《ふぶき》が夜明と共にいつかガラリと晴れたのだという事を知った。それと共にもう彼れこれ午《ひる》近くだろうと思った。正月も未、大寒の盛《さかり》にこの貸二階の半分西を向いた窓に日がさせば、そろ〳〵近所の家から鮭《さけ》か干物《ひもの》を焼く匂のして来る時分だという事は、丁度去年の今時分《じぶん》初めてこゝの二階を借りた当時、何もせずにぼんやりと短い冬の日脚を見てくらしたので、時計を見るまでもなく察しる事が出来るのであった。それにつけても月日のたつのは早い。又一年過ぎたのかなと思うと、兼太郎は例の如く数えて見ればもう五年前株式の大崩落に家倉をなくなし妻には別れ妾の家からは追出されて、今年丁度五十歳の暁《あかつき》とう〳〵人の家の二階を借りるまでになった失敗の歴史を回想するより外はない。以前は浅草瓦町の電車通に商店を構えた玩具雑貨輸出問屋の主人であった身が、現在は事もあろうに電話と家屋の売買を周旋する所謂千三屋《いはゆるせんみつや》の手先とまで成りさがってしまったのだ。昨日も一日吹雪の中をあっちこっちと駈け廻って歩く中一足しかない足駄の歯を折ってしまった事やら、ズブ濡《ぬれ》にした足袋《たび》のまだ乾いていよう筈もない事なぞを考え出して、兼太郎はエヽまゝよ今日はいっそ寝坊ついでに寝て暮らせと自暴《やけ》な気にもなるのであった。もと〳〵家屋電話の周旋屋というのは以前瓦町の店で使っていた男がやっているので、一日や二日怠けた処で昔の主人に対して小言の云えよう筈もなく解雇される虞《おそれ》もない……。

　窓の下を豆腐屋が笛を吹いて通って行った。草鞋《わらじ》の足音がぴちゃぴちゃと聞えるので雪解のひどい事が想像せられる。兼太郎は寝過して却ていゝ事をしたとも思った。突然ドシーンとすさまじい響に家屋を震動させて、隣の屋根の雪が兼太郎の借りている二階の庇《ひさし》へ滑り落ちた。つゞいて裏屋根の方で物干竿《ものほしざお》の落ちる音。どうやら寝ても居られないような気がして兼太郎ほ水洟《みずばな》を啜《すゝ》りながら起上った。すぐに窓の雨戸を明けかけたが、建込んだ路地の家の屋根一面降積った雪の上に日影と青空とがきら〳〵照輝くので暫く目をつぶって立ちすくむと、下の方から女の声で、

「田島さん。家《うち》の物干竿じゃありませんか。」

兼太郎のあけた窓の明りで二階中は勿論の事、梯子段の下までぱっと明くなった処から此の家の女房は兼太郎の起きた事を知ったのである。

「どうだか家じゃあるまいよ。」と兼太郎はそんな事よりもまず自分の座敷の火鉢に火種《ひだね》が残って居るか否かを調べた。

「田島さんもうじきお午《ひる》ですよ。」

襖《ふすま》の外で言いながら、おかみは梯子段を上り切って突当《つきあた》りに一間ばかり廊下のようになった板の間から、すぐと裏屋根の物干へ出る硝子戸をばビリ〳〵音させながら無理に明けようとしている。いつも建付けの悪いのが今朝は殊更雪にしめって動かなくなったのであろう。

此の硝子戸から物干台へ出る間の軒下には兼太郎の使料になっている炭と炭団《たどん》を入れた箱にバケツが一個と洗面器が置いてある。

「あら、まア田島さん。炭も炭団もびしょぬれだよ。昨夜《ゆうべ》の中にどうにかしてお置きなされアいゝのにさ。」

物干竿を掛直したかみさんは有合う雑巾で赤ぎれのした足の裏を拭き拭き此度は遠慮なくがらりと襖を明けて顔を出した。眉毛の薄い目尻の下った平顔《ひらがお》の年は三十二三。肩のいかった身体付《からだつき》のがっしりした女であるが、長年新富町の何とやらいう待合の女中をしていたとかいうので襟付の紡績縞に双子《ふたこ》の鯉口半纏《こいぐちはんてん》を重ねた襟元に新しい沢瀉屋《おもだかや》の手拭を掛け、藤色の手柄をかけた丸髷《まるまげ》も綺麗に撫付《なでつ》けている様子。まんざら路地裏の嚊《かゝあ》とも見えない。以前奉公先なる待合の亭主の世話で新富座の長吉と贔屓《ひいき》の客には知られている出方《でかた》の女房になって、この築地二丁目本願寺横手の路地に世帯を持ってからもう五年ほどになるがまだ子供はない。

「おかみさん。湯に行って暖たまって来よう。今日は一日楽休みだ。」と兼太郎は夜具を踏んで柱の釘に引掛けた手拭を取り、「大将はもう芝居かへ。一幕のぞいて来ようかな。」

「播磨屋《はりまや》さんの大蔵卿、大変にいゝんですとさ。」

「おかみさんまだ見ないのか。」

「お正月は御年始廻りや何かで家の人がいそがしいもんだから。」と女房は襟にかけた手拭を姉さまかぶりにして兼太郎の夜具を上げ、

「ゆっくり行ってお出なさい。綺麗に掃除して置きますよ。田島さん、そう〳〵持って来るのを忘れてしまった。牛乳が火鉢の処に置いてありますよ。」

「今朝はもう牛乳はぬきだ。日が当っていてもやっぱり寒い。」と兼太郎は楊枝をくわえて寝衣《ねまき》のまゝ格子戸を明けて出た。

路地の雪はもう大抵両側の溝板の上に掻き寄せられていたが人力車のやっと一台通れる程の狭さに、雪解の雫《しずく》は両

側に並んだ同じような二階家の軒からその下を通行する人の襟頸へ余沫《しぶき》を飛《とば》している。それを避けようと思って何方《どちら》かの軒下へ立寄ればいきなり屋根の上から積った雪が滑り落ちて来ないともわからぬので、兼太郎は手拭を頭の上に載せ、昨日歯を割った足駄を曳摺《ひきず》りながら表通へ出た。向側は一町ほども引続いた練塀《ねりへい》に、目かくしの椎の老木が繁茂した富豪の空屋敷。此方《こなた》はいろ〳〵な小売店のつゞいた中に兼太郎が知ってから後自動車屋が二軒も出来た。銭湯も此間にある。蕎麦屋《そばや》もある。仕出屋《しだしや》もある。待合もある。ごみ〳〵した其等の町家《まちや》の尽る処、備前橋の方へ出る通との四辻に遠く本願寺の高い土塀と消防の火見櫓が見えるが、然し本堂の屋根は建込んだ町家の屋根に遮られて却って日に這入らない。区役所の人夫が掻き寄せた雪を川へ捨てにと車に積んでいるのを、近処の犬が見て遠くから吠えて居る。太い電燈の柱の立って居るあたりにはいつの間に誰がこしらえたのか大きな雪達磨《ゆきだるま》が二つも出来ていた。自動車の運転手と鍛冶屋《かぢや》の職人が野球の身構《みがまへ》で雪投げをしている。

兼太郎は狭い路地口から一足外へ踏み出すと、別にこれと見処もない此の通をばいつもながらいかにも明く広々した処のように感じるのであった。そして折々自分はどうしても路地に生れて路地に育った人間ではない、死ぬまでにいつか一度元のように表通に住んで見たいものだと思う事もあるのであった。兼太郎がこの感慨は湯屋の硝子戸を明けて番台のものに湯銭を払う時殊更深くなる事がある。

築地《つきぢ》の此の界隈《かいわい》にはお妾新道《めかけしんみち》という処もある位で妾が大勢住んでいる。堅気の女房も赤い手柄をかける位の年頃のものはお妾に見まがうような身なりをして居る。兼太郎は番台越しに女湯で着物をぬぎかける女の中に、小作りのぽっちゃりした年増盛《としまざかり》のお妾らしいものを見ると、以前代地《だいち》河岸《がし》に囲《かこ》って置いた自分のお妾の事を思い出すのである。名はお沢といった。大正三年の夏欧洲戦争が始まってから玩具雑貨の輸出を業とした兼太郎の店は大打撃を受けたので、其の取返しをする目算で株に手を出した。とん〳〵拍子に儲かったのが却って破滅の本であった。四五年成金熱に浮かされて居る中、講和条約が締結され一時下った相場は又暫く途拍子《とつぴやうし》もなく絶頂に達したかと思うと忽《たちまち》にして又崩落した。兼太郎は親から譲られた不動産までも人手に渡して本妻の実家へ子供をつれて同居するという始末、代地河岸に囲ってあったお妾のお沢は元の芸者の沢次になった。幸い妾宅の家屋はお沢の名儀にしてあったので、両人話合の末それを売って新《あらた》に芸者家沢《さは》の家《や》の看板を買う資本にした訳である。兼太郎は本妻との間に其の時八つになる男と十三になる娘があったにも係らず、いつか沢の家に入りびたりとなった。本妻の実家は資産のある金物問屋の事とて兼太郎の身持に呆《あき》れ果《は》て子供を引取って養育する代り本妻お静の籍を抜きやがて他へ再縁させたという話である。

丁度そんな話のあった頃から兼太郎は沢次の家にもどうやら居辛いようになって来た。初めの中は旦那の落目に寝返りをした抔《など》と言われては以前の朋輩にも合す顔がない。今までお世話になった御恩返しをするのはこれからだと沢次は立派な口をきいていたが、一年二年とたつ中いつか公然と待合にも泊る。箱根へ遠出にも行く。兼太郎は我慢をしていたが、遂には抱への女供にまで厄介者扱にされ出したのでとうとう一昨年《をとゝし》の秋しょんぼりと沢の家を出た。流石《さすが》に気の毒と思ったのか沢次は其の時三千円といふ妾宅を売った折の金を兼太郎に渡した。以後兼太郎はあっちこっちと貸間を借り歩いた末、今の築地二丁目の出方の二階へ引っ越して来た時には、女から貰った手切の三千円はとうに米屋町で大半《あらかた》なくしてしまい、残の金は一年近くの居《い》食《ぐい》にもう数えるほどしかなかった。

雪は止んだ。裸虫《はだかむし》の甲羅を干すという日和《ひより》も日曜ではないので、男湯には唯一人生花の師匠とでもいうような白髭の隠居が帯を解いて居るばかり。番台の上にはいつも見る婆も小娘もいない。流しの木札の積んである側に銅貨がばら〳〵に投出した儘になって居るのは大方隠居の払った湯銭であろう。兼太郎も湯銭を投出して下駄をぬごうとした時、ガラ〳〵と女湯の戸をあけて入って来た一人の女がある。

色糸の入った荒い絣《かすり》の銘仙に同じような羽織を重ねた身なりと云い、頤《おとがい》の出た中低《なかびく》な顔立と言い、別に人の目を引くほどの女ではないが、十七八と覚《おぼ》しいその年頃とこの辺では余り見かけない七三に割った女優髷とに、兼太郎は何の気もなく其の顔を見た。娘の方でも番台を間に兼太郎の顔を見るといかにも不審そうに、手にした湯銭をそのまゝ、暫く土間の上に突立っていたが、やがて肩で呼吸《いき》をするように、

「まあお父《とっ》さんしばらくねえ。」と云ったなり後は言葉が出ぬらしい。

「お照。すっかり見ちがえてしまったよ。」

兼太郎は人の居ないのを幸い番台へ寄りかゝって顔を差伸した。

「お父さんいつお引越しになったの。」

「去年の今時分だ。」

「じや、もう柳橋じゃないのね。」

「お照、お前は今どこにいるのだ。御徒町《おかちまち》のお爺さんの処に居るんじゃないのか。」

お照は俄《にわか》に当惑したらしい様子で、「今日はアノ何なの――鳥渡《ちよつと》そこのお友達の内へ遊びに来ているんですよ。」

「何しろこゝでお前に逢おうとは思わなかった。お照、すぐそこだから帰りに鳥渡寄っておくれ。お父さんはすぐそこの炭屋と自転車屋の角を曲ると三軒目だ。木村ッていう

家にいるんだよ。曲って右側の三軒目だよ。い、か。」

その時戸を明けて貸自動車星の運転手らしい洋服に下駄をはいた男が二人、口笛でオペラの流行唄《はやりうた》をやりながら入って来たので兼太郎はたゞ「い、かね〳〵。」と念を押しながら本意なくも下駄をぬいで上った。お照は気まりわる気に軽く首肯《うなづ》いて見せるや否や男湯の方からは見えないズット奥の方へ行ってしまった。


茶の間の長火鉢で惣菜を煮ていた貸間のかみさんは湯から帰って来た兼太郎の様子に襖の中から、

「田島さん。御飯をあがるんなら蒸《む》して上げますよ。煮くたれて、よければお汁《つけ》もあります。どうします。」

「お汁は沢山だ。」と兼太郎は境の襖を明けて立ちながら、

「おかみさん、不思議な事もあるもんだ。まるで人情ばなしにでも有りそうな話さ。女房の実家《さと》へ置き去りにして来た娘に逢ったんだ。女湯もたまにゃア覗いて見るものさ。」

「へえ。まア――。」

「その時分女房は三十越してい、年をしていやがったが、よく〳〵おれに愛想をつかしやァがったと見えて他《よそ》へ片付いてしまやァがったんで、つい娘や子供の事もそれきり放《うっ》捨《ちゃ》って置いたんだがね、数えて見るともう十八だ。」

「この辺においでなさるんですか。まアこっちへお入んなさい。」

「湯ざめがしそうだから着物を着て来よう。おかみさん娘が尋ねて来る筈なんだ。あんまりじ、むさい風も見せたくないよ。」

兼太郎は二階へ上り着物を着換えてお照の来るのを待った。午飯《ひるめし》を食べてしまったが一向格子戸の明く音もしない。兼太郎は窓を明けて腰をかけ口に啣《くは》へた敷島に火をつける事も忘れて、路地から表通の方ばかり見つめていたが娘の姿は見えなかった。お照は矢張おれの事をよく思っていないと見える。人情のない親だと思うのも無理はない。尋ねて来ないのも尤《もっと》もだ。手の甲で水洟《みずばな》をふきながら首をすっ込めて窓をしめると、何処かの家の時計が二時を打ち、斜に傾きかけた日脚はもう路地の中には届かず二階中は急に薄暗くなった。長い間窓に腰をかけていたので湯冷《ゆざめ》もする、火鉢の火を掻立て、裏の物干へ炭団を取りに行くとブン〳〵鳥鍋の匂がしている。隣家は木挽町《こびきちやう》の花柳病院の助手だとかいう事で、つい去年の暮看護婦を女房に貰ったのである。二階から此方の家の勝手口へ遠慮なく塵を掃き落すというので出方のかみさんは田舎者は仕様がないとわるく言切っている。兼太郎は雪に濡れた炭団をつまんで独り火を起す其身に引くらべると、貰って間もない女房と定めし休暇と覚しい今日の半日を楽しく暮す助手の身の上が訳もなく羨ましく思われたので、聞くともなく物干一つ隔てた隣の話声に耳をすました。するとと物干の下なる内の勝手口で、

「おかみさん、留守かい。おかみさん。」と言う男の声。物干の間から覗いて見ると紺の股引《もゝひき》に唐桟縞《とうざんじま》の双子《ふたこ》の尻を端折《はしよ》り、上に鉄無地の半合羽《はんがつぱ》を着て帽子も冠《かぶ》らぬ四十年輩の薄い痘痕《あばた》のある男である。

「伊三《いさ》どん、大変な道だろう。さアお上り。」水口《みずぐち》の障子を明けたかみさんは男の肩へ手をやって、

「今日は二階にいるんだからね。」と小声に言った。

「そうか。貸間の爺かい。じゃ又来ようや。」

「何、いゝんだよ。さア伊三どん。お、寒い。」

男を内へ上げた後、かみさんは男の足駄を手早く隠してぴったり水口の障子をしめた。男は伊三郎という新富町見番《けんばん》の箱屋で、何でもここの家のおかみさんが待合の女中をしている時分から好い仲であったらしい。兼太郎は去年の今頃は毎日二階にごろ〳〵していので様子は委《くは》しく知っているのであった。その時分には二人は折々二階へ気を兼ねて別々に外へ出て行った事もあった。

兼太郎は炬燵《こたつ》に火を入れて寝てしまおうかと思ったが今朝は正午《ひる》近くまで寝飽きた瞼《まぶた》の閉じられよう筈もないので、古ぼけた二重廻を引掛けてぷいと外へ出てしまった。本《もと》より行くべき処もない。以前ぶらぶらしてゐた時分行き馴れた八丁堀の講釈場の事を思付いて、其処で時間をつぶした後地蔵橋の天麩羅屋《てんぷらや》で一杯やり、新富町の裏河岸《うらがし》づたいに帰って来ると、冬の日は全く暮果て雪解の泥濘《ぬかるみ》は寒風に吹かれてもう凍っている。

格子戸をあけると、わざとらしく境の襖が明け放しになっていて、長火鉢や箪笥や縁起棚などのある八畳から手水場《ば》の関戸まで見通される台処で、おかみさんはたった一人後向になって米を磨いでいた。

「おかみさん。とう〳〵来なかったか。」

「えゝ。お出になりませんよ。」とかみさんは何故か見返りもしない。

兼太郎はわけもなく再びがっかりして二階へ上るや否や二重廻を炬燵の上へぬぎすて其の儘ごろりと横になった。向う側の吉川といふ待合で芸者がお客と一所に三千歳《みちとせ》を語っている。聞くともなしに聞いている中、兼太郎はいつかうと〳〵としたかと思うと、「田島さん、田島さん。」と呼ぶ声。

階下《した》のかみさんは梯子段の下の上框《あがりがまち》へ出て取次をしている様子で「お上んなさいましよ。きっと転寝《うたゝね》でもしておいでなさるんだよ。まだ聞えないのか知ら。田島さん。田島さん。」

兼太郎は刎起《はねお》きて、「お照か。まアお上り。お上り。」と云いながら梯子段を駈下りた。

お照は毛織の襟巻を長々とコートの肩先から膝まで下げ手には買物の紙包を抱えて土間に立っていた。兼太郎は手を取らぬばかり。

「お照。よく来てくれたな。実はもう来やしまいと思っていたんだ。おれも今方《いまかた》帰って来た処だ。さア二階へお上り。」

「じや御免なさいまし。」とかみさんの方へ何とつかず挨拶をしてお照は兼太郎につゞいて梯子段を上つた。

「お照、こゝがお父《とつ》さんのいる処だ。お父さんも随分変ったろう。」と兼太郎は火鉢の火を掻き立てながら、「ぬがないでもいゝよ。寒いから着ておいで。」

けれどもお照は後向になってコートと肩掛とを取乱された六畳の間の出入口に近い襖の方に片寄せながら、

「さっき昼間の中《うち》来ようと思ったんですよ。だけれどお友達と浅草へ行く約束をしたもんだから。」

「そうか、活動か。」と兼太郎は小形の長火鉢をお照の方へと押出した。

「お父さん、これはつまらないものですけれど、お土産《みやげ》なの。」

「何、お土産だ。それは有難い。」と兼太郎は真実嬉しくてならなかったので、お照が火鉢の傍へ置いた土産物をば膝の上に取って包紙を開きかける。土産物は何かの罐詰であった。

「お父さん、やっぱり御酒《おさけ》を上るんでしょう。浅草にゃ何も無いのよ。」

「ナニ此アお父さんの大好きなものだ。」

兼太郎は嬉涙に目をぱち〳〵させていたがお照は始終頓着なくあたりを見廻す床の間に二合罎《びん》が置いてあるのを見ると自分の言った事が当っているので急に笑い乍《なが》ら、

「お父さん、やっぱり寝る時に上るんですか。」

「何だ。はゝゝ。とんだものを目付かつたな。何、これア昨夜《ゆうべ》雪が降ったから途中で一杯やったら、もういゝと云うのに間違えて又一本持って来やがったから其儘懐中《ふところ》へ入れて来たんだ。」

「お父さん、今夜はまだなの。お上んなさいよ。わたしがつけて上げましょう。」

丁度手の届くところに二合罎があったのでお照はそれをば長火鉢の銅壺《どうこ》の中に入れようとして、

「この中へ入れてもいゝんでしょう。」

兼太郎は唯首肯《うなづ》くばかり、いよ〳〵嬉しくて返事も出来ず涙ぐんだ目にじっとお照の様子を見詰るばかりである。お照が二合罎を銅壺の中に入れる手付きにはどうやら扱い馴れた処が見えた。

兼太郎は昼間湯屋の番台で出違ったその時から娘の身の上が聞きたくてならなかった。然し以前瓦町に店があった時分から子供の事は一切母親のお静にまかしたなり、ろく〳〵顔を見た事もなかった位。朝起きる時分には娘はもう学校に行っている。娘が帰って来る時分には兼太郎は外へ出て晩飯は妾宅で食べ十二時過ぎでなければ帰っては来なかったので、今日突然こんなに成長した娘の様子を見ると、父親としてはいかにも済まないような心持もするし又何となく恨んで居はせまいかと恐ろしいような気もして、兼太郎はきゝたい事も遠慮して聞きかねるのであった。

実際その時分には兼太郎は女房の顔を見るのがいやで〱ならなかったのだ。気がきかなくてデブ〱肥っている位ならまだしもの事生れ付きひどい腋臭《わきが》があったので嫌い抜いたあまり自然その間に出来た子供にまでよそ〱しくする様になった訳である。兼太郎がその頃目をつける芸者は岡目には貧相だと言われる位な痩立《やせだち》な小作《こづく》りの女ばかり。旅籠町《はたごちょう》へ遂に妾宅まで買ってやった沢次の外に、日本橋にも浅草にも月々きまって世話をした女があったが、いずれも着痩のする小作な女であった。大柄な女はいかほど容貌《きりょう》がよく押し出しが立派でも兼太郎はさして見返りもせず、あゝいう女は昔なら大籬《おおまがき》の華魁《おいらん》にするといゝ、当世なら女優向きだ、大柄な女は大きなメジ鮪《まぐろ》をぶっころがしたようで大味だと冗談をいっていたのも其の筈、兼太郎は骨格はしっかりしてはいたが見だての無い小男なので、自分よりも丈の高い女房のお静が大一番《おおいちばん》の丸髷姿を見ると、何となく圧服されるような気がしてならないのであった。

それこれと当時の事を思い出すにつけて兼太郎は娘のお照が顔立は母に似ているが身体付は自分に似たものかそれ程デク〱もしていないのを見ると共に、あの母親の腋臭《わきが》はどうなっただろうと妙な処へ気を廻した。然しそれは折から階下のかみさんが焼き初めた寒餅の匂にまぎらされて確かめる事が出来なかった。

お照は火鉢へ差《さし》かざす手先に始終お燗《かん》を注意していたが寒餅の匂に気がついたものと見え、「お父さん御飯はどうしているの。下でおまかないするの。」

「家《うち》にいる時はそうするがね。毎日桶町まで勤めに行くからね、昼は弁当だし帰りにゃ花村かどこかで一杯やらァな。」

「お父さん。それじゃ今は勤め人なの。」

「碌《ろく》なものじゃないよ。お前は子供だったから知るまいが、瓦町の店へ来た桑崎という色の黒い太った男だ。それが今成功して立派な店を張っているんだ。そこへ働きに行くのさ。」

「桑崎さん、覚えているわ。どこだかお国の人でしょう。此の頃はどこへ行ってもお国の人ばかりねえ。お国の人が皆成功するのねえ。」

「お父さん見たようになっちゃ駄目だ。御徒町《おかちまち》のおじいさんも江戸ッ児じゃないよ。」

兼太郎は話が自然にこゝへ巡って来たのを機会に其後の様子を聞こうと、「お照。お前母《おっか》さんがお嫁に行く時なぜ一所について行かなかったんだ。連れ児はいけないと云うはなしでもあったのか。」

「そうでもないけれど……。」とお照は兼太郎の見詰める

視線を避けようとでもするらしく始終伏目になっていたが、

「お父さん、もうお燗がよさゝうよ。どうしましょう。」

指先で二合罎を摘《つま》み出して灰の中へそっと雫を落している。

「お照、お前どこでお燗のつけ方なんぞ覚えたんだ。」

「もう子供じゃないんですもの。誰だって知ってるわ。」

と猫板の上に載せながら、「お父さんお盃はどこにあるの。」

兼太郎は肝腎な話をよそにして夜店で買った茶棚の盃を出し、

「どうだお前も一杯やるさ。お燗の具合がわかる処を見ると一杯位はいけるだろう。」

「わたしは沢山。」とお照は罎を取上げて父の盃へついだ。

「お照、お前にめぐり遇《あ》った縁起のいゝ日だからな。」とぐっと一杯干して、「お父さんがお酌をしよう。飲めなければ飲むまねでもいゝよ。」

「そう。じゃついで頂戴。」

お照は兼太郎が遠慮して七分目ほどついだ盃をすぐに干したばかりか火鉢の縁《ふち》で盃の雫を拭って返す手つき、いよ〳〵馴れたものだと兼太郎は茫然とその顔を見詰めた。

「お父さん。いやねえ。先刻《さつき》から人の顔ばかり見て。わたしだっていつまでも子供じゃないわ。」

「お照、お前、お母さんがお嫁に行ってから会ったか。」

「いゝえ、東京にゃ居ないんですって、大阪にお店があるんですとさ。」

「角太郎はどうしている。お前が十八だと角太郎は十三だな。」

「角ちゃんは今だってちゃんと御徒町にいるでしょう。男ですもの。」

「女だと居られないのか。」

「居られないって云うわけもないけれど、わたしが悪かったのよ。おじいさんの言う事をきかなかったから。」

「そんなら謝罪《あやま》ればいゝじゃないか。謝罪ってもいけないのか。」

「外の事と違うから、今更帰れやしませんよ。こうしている方が呑気《のんき》だわ。」

「外の事とちがう。どんな事なんだ。」

「どんな事ツて、その中《うち》に言わなくっても分りますよ。お父さんも道楽した人に似合わないのね。」

「わかったよ。だが、どうも未だよくわからない処があるな。お照、何も気まりをわるがる事はねえや。そんな事をいった日にゃお父さんこそ、お前に合す顔がありゃしない。お前がちゃんとおとなしく御徒町の家にいた日にゃア途中で逢ったって話も出来ない訳なんだ。そうだらう。乃公《おいち》は女房や子供をすてた罰で芸者家からもとう〳〵お履物にされちまった。それだから、斯《か》うしてお前と話もしていられるんだ。」

「それァそうねえ。わたしが御徒町の家を出たからってお父さんが先《せん》のように柳橋にいたら、やっぱり何だか行きにくいわね。お父さん、何故柳橋と別れたの。」

「別れたんじゃない。追出されたんだ。もうそんな過ぎ去った話はどうでもい丶や。それよりか、お照、お前の話を聞こう。表のお湯屋で逢ったんだからこの近所じゃ違いなかろうが、何処にいるんだえ。お嫁にでも行ったのか。」

「ほ丶、ほ。お父さん。わたしまだやっと十八になったばかりよ。」

「十八なら一人前の女じゃないか。お嫁にだって何だって行けるぜ。自分でもさっきもう子供じゃ無いって言ってたじゃないか。」

「それァいろんな心配もしたし苦労もしたんですもの。」

「お燗はつけるしお酌はできるし、隅にゃ置けなそうだな。お父さんに似ていろんな事を覚えたんだろう。は丶、丶、丶は。当《あて》て見ようか。お茶屋の姐《ねえ》さんにしちゃ髪や風俗《なり》がハイカラだ。まずカッフェーかバーという処だが、どうだ。お照、笑ってばかりいないで教えたってい丶じゃないか。」

「てっきりお手の筋ですよ。」

「やっぱりカッフェーか。どうもそうだろうと思った。この近所にゃ然し気のきいたカッフェーはねえようだが、何処だい。」

「この間まで人形町の都バーにいたんですよ。だけれどももうよしたの。先《せん》に日比谷にいた時お友達になった姐さんがこの先の一丁日に世帯を持っているから二三日泊りながら遊びに来ているのよ。もう随分遊んだからそろ〳〵また働かなくちゃならないわ。」

「カッフェーは随分貰いがあるという話だがほんとかい。月にいくら位になるもんだね。」

「そうねえ、一番初めまだ馴れない時分でも三四十円にはなってよ。銀座にいた時には矢ッ張場所だわね。百円はか丶さなかったわ。だけれども急がしい処は着物にか丶るからつまり同じなのよ。」

「ふーむ偉いもんだな。どうしても女でなくちゃ駄目だ。お父さんなんか毎日足を棒にして歩いたっていくらになると思う。やっと八十円だぜ。その中で二十円は貸間の代に、それから毎日食べて行かなくちゃならないからな。そこへ行くと三十円でもくらしが出なけれア楽だ。」

「だから残そうと思えば随分残るわけなのよ。中にほ五百円も六百円も貯金している人もあるけれど、何《なん》の彼《か》のって蓄《たま》ったかと思うとやっぱり駄目になるんですとさ。だからわたしなんぞ貯金なんかした事はないわ。有る時勝負で芝居へ行ったり活動へ行ったりして使っちまうのよ。」

「お客様に連れて行って貰うような事はないのかい。カッフェーだって同じだろう。お茶屋や待合の姐さんと同じように好いお客や旦那があるんだろう。」

「ある人はあるし無い人はないわ。お父さんもう此でおつもりよ。」

お照は二合壜を倒《さかさ》にして盃につぎ、「何時でしょう。わたしもうそろそろお暇《いとま》しなくちゃ成らないわ。二三日中に行くところがきまったら知らせるわ」

「まだい〻やな。あの夜廻は九時打つと廻るんだ。」

「今夜これから襦袢《じゅばん》の襟をかけたりいろ〳〵仕度しなくちゃならないのよ。明日《あした》の晩にでもまた来ますよ。お酒と何かおいしそうなものを持って来ますよ。」とお照は立ちかけて、「お父さん、こ〻のお家、厠《はゞかり》はどこなの。」

お照は約束たがえず翌日の晩、表通の酒屋の小僧に四合壜の銀釜正宗を持たせ、自身は銀座の甘栗一包を白木屋《しろきや》の記号《しるし》のついた風呂敷に包んで、再び兼太郎をたずねて来た。甘栗は下のおかみさんへの進物にしたのである。この進物《しんもつ》でかみさんはすっかり懇意になり、お照が鉄瓶の水を汲みにと、下へ降りて行った時袖を引かぬばかりに、

「お照さん、あなた、お燗をなさるんならこの火鉢をお使なさいましよ。銅壺に一杯沸いていますよ。何い〻んですよ。家じゃ十一時でなくっちゃ帰って来ませんからね。いっその事今夜はこ〻でお話しなさいましよ。田島さん、ねえ、田島さん。」と後からつゞいて手水場へと降りて来た兼太郎にも勧めたので、二人はそのま〻長火鉢の側へ坐った。

かみさんとお照はかき餅と甘栗をぼり〳〵やりながら酌をする。兼太郎はいつになく酔払って、

「お照、お前がおいらの娘でなくって、もしかこれが色女だったら生命《いのち》も何もいらないな。昔だったら丹さんという役廻りだぜ。は〻〻は。」

「丹さんて何のこと。」

「丹さんは唐琴屋《からことや》の丹次郎さ。わからねえのか。今時の娘はだから野暮《やぼ》で仕様がねえ。おかみさんに聞いて御覧。おかみさんは知らなくってどうするものか。」

「あら、わたしも知りませんよ。御酒の好きな人の事を丹次郎ツていうんですか。アヽわかりましたよ。赤くなるからそれで丹印《たんじるし》だっていう酒落《しゃれ》なんですね。」

「こいつは恐れ入つた。は〻〻は。恐入谷《おそれいりや》の鬼子母神《きしぼじん》か、は〻〻は。」

「のん気ねえ。ほんとにお父さんは。」

「酒は飲んでも飲まいでもさ。いぎ鎌倉という時はだろう、は〻〻は。然し大分今夜は酔ったようだな。」

「お酒のむ人は徳ねえ。苦労も何も忘れてしまうんだから。」

「だから昔から酒は憂の玉箒《たまばうき》というじゃないか。酒なくて何のおのれが桜かなだろう。お酒さえ飲んで居れアお父さんはもう何もいらない、お金もいらない。おかみさんもい

らない。」

「そんな事いったって、お父さん、一人じゃ不自由よ。いつまで斯うして居られるもんじゃない事よ。」

「居ても居られなくっても最《も》う仕様がないやな。まアお照そんな話はよしにしようよ。折角今夜はお正月らしくなって来たところだ。お照、お父さんのお箱を聞かせてやろうか。蓄音機で稽古したんじゃねえよ。」

やがて亭主が帰って来た。役者の紋をつけた双子縞の羽織は着ているが、どこか近在の者でゝもあるらしい身体付から顔立まで芝居者らしい所は少しもない。どうやら植木屋か何かのようにも見れば見られる男で、年は女房とさして違ってもいないらしいが、しょぼ〳〵した左の目尻に大きな黒子《ほくろ》があり、狭い額には二筋深い皺が寄っている。かみさんは弟にでも物言うような調子で、

「お前さん。田島さんのお嬢さんだよ。頂戴物をしてさ。」

「そうかい。それァどうも。」と言ったきり亭主は隅の方へ坐って耳朶《みみたぶ》へはさんだヱヤシツプの吸残りを手に取ったが、火鉢へは手がとゞかないのか、そのまゝ指先で火を消した煙草の先を摘《つま》んでいる。

「どうです。芝居は毎日大入りのようですね。」と兼太郎は酔った揚句の相手ほしさに、

「一杯献じましょう。今年の寒は又別だね。」

「ありがとう御在ます。お酒はどうも……。」と出方は再びヱヤシツプを耳にはさんでもじ〳〵している。

「田島さん。駄目なんですよ。奈良漬もいけない位なんですよ。」

「そうかい。ちっとも知らなかった。酒なんざ呑まないに越した事アないよ。呑みやァつい間違いのもとだからね。おかみさん、いゝ御亭主を持ちなすってどんなに仕合せだか知れないよ。」

かみさんは何とも言わずに台所へと立って膳拵《ぜんこしら》えをしはじめた。

路地の内は寂《しん》としているので、向側の待合吉川で掛ける電話の鈴の音のみならず、仕出しを注文する声までがよく聞える。

「お父さん、それじゃわたし明日から又先にいた日比谷のカッフェーへ行きますからね。通りかゝったらお寄んなさいよ。御馳走しますよ。」とお照は髪のピンをさし直してハンケチを袂《たもと》に入れた。

兼太郎は酔つていながら俄《にわか》に淋しいような気がして、「寒いから気をつけて行くがいゝぜ。今夜はやっぱり一丁目の友達のところか。」

「どうしようかと思っているのよ。今夜はこれからすぐ日比谷へ行こうかと思っているのよ。今日お午過ぎ鳥渡《ちよつと》行って話はして来たんだし、それに様子はもうわかって居るんだから。」

「今夜はもう晩《おそ》いじゃないか。」

「まだ十二時ですもの。電車もあるし、日比谷のバーは随分おそくまでやってるわ。夏の中はどうかすると夜があけてよ。」

お照は出方の夫婦と兼太郎に送り出されて格子戸を明けながら、

「まアい丶、お月夜。」

建込んだ家の屋根には一昨日の雪がその儘残っているので路地へさし込む寒月の光は眩《まぶ》しいほどに明るく思われたのである。

「成程い丶お月夜だ。風もないようだな。」と上《あが》り框《がまち》から外をのぞいた兼太郎は何という事もなくつゞいて外へ出た。兼太郎は台処の側にある手水場へ行くよりも格子戸を明けて路地で用を足す方が便利だと思ってゐるので寝しなにはよく外へ出る。

お照は二三歩先に佇《たゝず》んで兼太郎を待っていたが、やがて思出したように、「お父さんあの人が芝居の出方なの。どうしてもそうは見えないわね。」

「むッつりした妙な男だ。もう一年越し同じ家にいるんだが、ろくぞっぽ話をしたこともないよ。」

「何だか御亭主さん見たようじゃないわね。わたし気の毒になっちまったわ。」

路地を出ると支那蕎麦屋が向側の塀の外に荷をおろしている。芸者の乗っているらしい車が往来《ゆきき》するばかりで人通は全く絶え、表の戸を明けているのは自動車屋に待合ぐらいのものである。銭湯は今方湯を抜いたと見えて、雨のような水音と共に溝から湧く湯気が寒月の光に真白く人家の軒下まで漂っている。

「今夜は馬鹿に酔ったぜ。そこまで送って行こう。」

「お父さんソラあぶない事よ。」

「大丈夫、自分で酔ったと思ってれァ大丈夫だ。」

「ねえ、お父さん。あのおかみさんは、わたし御亭主さんに惚れていないんだと思うのよ。」

「何だ。また家のはなしか。」

「惚れていない人と一緒になると皆あ丶なんでしょうか。いやなものなら思切って別れちまった方がよさ丶うなものにねえ。」

「色と夫婦とは別なものだよ。惚れた同士は我儘になるからいけないそうだ。お前なんぞはこれからが修行だ。気をつけるがい丶ぜ。」

「お父さん。わたしが銀座にいた時分から今だに毎日々々きっと手紙を寄越《よこ》す人があるのよ。わたしの頼むことなら何でもしてくれるわ。随分いろんなものを買って貰ったわ。」

「そうか。若い人かね。」

「二十五よ慶応の方なのよ。この間一緒に占《うらな》いを見てもらいに行ったのよ。そうしたらね。一度は別れるような事があるッて言うのよ。だけれど末へ行けばきっと望通りになれるんですッて。」

「い丶家の坊ちゃんかね。」

「え丶お父さんは銀行の頭取《とうどり》よ。」

「それじゃ大したものだ。あんまり好すぎるから親御さんが承知しまいぜ。」

「だから占を見て貰いに行ったのよ。だけれどね、お父さん。もしどうしても向《むかう》のお家でいけないッて言ったら、その時は一所に逃げようッていうのよ。お父さん、もしそうなったら、お父さんどうかしてくれて。二階へかくまって下さいな。」

兼太郎は返事に困って出もせぬ咳嗽《せき》にまぎらした。いつか酒屋の四つ角をまがって電車通へ出ようとする真直な広い往来を歩いている。

「大丈夫よ。お父さん、わたしだって其様《そんな》向見ずな事はしやしないから大丈夫よ。カッフェーに働いて居さえすれば誰の世話にならなくっても、毎日会って居られるんだから。いっそ一生涯そうしている方がい丶かも知れないのよ。」

「お照、お前怒ったのか。」と兼太郎は心配してお照の顔色を窺《うかゞ》おうとした時電車通の方から急いで来かゝった洋服の男が摺れちがいにお照の顔を見て、

「照ちゃんか。日比谷だっていうから行ったんだよ。」

「これから行く処なの。」とお照は男の方へ駈寄って歩きながら此方を見返り、「お父さんそれじゃ左様なら、もうい丶わ。左様なら、おかみさんによろしく。」

取残された兼太郎は呆気《あっけ》に取られて、寒月の光に若い男女が互に手を取り肩を摺れ合して行く其の後姿と地に曳《ひ》く其の影とを見送った。

見送っている中に兼太郎はふと何の聯絡もなく、柳橋の沢次を他の男に取られた時の事を思出した。沢次と他の男とが寄添いながら柳橋を渡って行く後姿を月の夜に見送ってもういけないと諦《あきらめ》をつけた時の事を思出した。思出してから兼太郎はどうして今時分そんな事を思出したのだろうと其理由を考へようとした。

お照と沢次とは同じものではない。同じものであるべき筈がない。お照は不屈至極な親爺の量見違いから置去りにされて唯一人世の中へほうり出された娘である。沢次は家倉はおろか女房児までも振捨て丶打込んだ自分をば無造作に突き出してしまった女である。事情も人間も全然ちがっている。然し夜もふけ渡った町の角に自分は唯一人取残されて月の光に二人連を見送る淋しい心持だけはどうやら似ているといえば言われない事もない。

お照はそれにしても不人情なこの親爺にどういうわけで酒を飲ませてくれたのであろう。不思議なこともあればあるものだ。それが不思議なら、あれほど恩になった沢次が

自分を路頭に迷わすような事をしたのも矢張不思議だといわなければならない。

帽子もかぶらずに出て来たので娘が飲ませてくれた酒も忽《たちまち》醒めかかって来た。赤電車が表通を走り過ぎた。兼太郎は路地へ戻って椅子戸を明けると内ではもう亭主がいびきの声に女房が明ける箪笥の音。表の戸をしめて兼太郎は二階へ上り冷切つた鉄瓶の水を飲みながら夜具を引卸《ひきおろ》した。

路地の外で自動車が発動機の響を立て始めたのは、大方向側の待合からお客が帰る処なのであろう。

大正十一年一月ー二月稿

# 刺青

谷崎潤一郎

それはまだ人々が「愚《おろか》」と云《い》う貴《とうと》い徳を持っていて、世の中が今のように激しく軋《きし》み合わない時分であった。殿様や若旦那《わかだんな》の長閑《のどか》な顔が曇らぬように、御殿女中や華魁《おいらん》の笑いの種が尽きぬようにと、饒舌《じょうぜつ》を売るお茶坊主だの幇間《ほうかん》だのと云う職業が、立派に存在して行けたほど、世間がのんびりしていた時分であった。女定九郎《さだくろう》、女自雷也《じらいや》、女鳴《なる》神《かみ》、――当時の芝居でも草雙紙《くさぞうし》でも、すべて美しい者は強者であり、醜い者は弱者であった。誰も彼も挙《こぞ》って美しからんと努めた揚句《あげく》は、天稟《てんぴん》の体《からだ》へ絵の具を注《つ》ぎ込むまでになった。芳烈な、或は絢爛《けんらん》な、線と色とがその頃の人々の肌《はだ》に躍《おど》った。

馬道《うまみち》を通うお客は、見事な刺青《ほりもの》のある駕籠舁《かごかき》を選んで乗った。吉原《よしわら》、辰巳《たつみ》の女も美しい刺青の男に惚《ほ》れた。博徒《ばくと》、鳶《とび》の者はもとより、町人から稀には侍なども入墨《いれずみ》をした。時々両国で催される刺青会では参会者おの〳〵肌を叩《たゝ》いて、互に奇抜な意匠を誇り合い、評しあった。

清吉と云う若い刺青師《ほりものし》の腕きゝがあった。浅草のちゃり文、松島町の奴平《やっへい》、こんこん次郎などにも劣らぬ名手であると持て囃《はや》されて、何十人の人の肌は、彼の絵筆の下に絖地《ぬめじ》となって拡《ひろ》げられた。刺青会で好評を博す刺青の多くは彼の手になったものであった。達磨金《だるまきん》はぼかし刺《ぼり》が得意と云われ、唐草権太《からくさごんた》は朱刺《しゅぼり》の名手と讃えられ、清吉はまた奇警な構図と妖艶《ようえん》な線とで名を知られた。

もと豊国国貞《とよくにくにさだ》の風を慕って、浮世絵師の渡世《とせい》をしていたゞけに、刺青師に堕落してからの清吉にもさすが画工《えかき》らしい良心と、鋭感とが残っていた。彼の心を惹《ひ》きつけるほどの皮膚《ひふ》と骨組みとを持つ人でなければ、彼の刺青を購《あがな》う訳には行かなかった。たま〳〵描いて貰《もら》えるとしても、一切の構図と費用とを彼の望むがまゝにして、その上堪え難い針先の苦痛を、一と月も二た月もこらえねばならなかった。

この若い刺青師の心には、人知らぬ快楽と宿願とが潜《ひそ》んでいた。彼が人々の肌を針で突き刺す時、真紅《まっか》に血を含んで脹《は》れ上る肉の疼《うず》きに堪えかねて、大抵《たいてい》の男は苦しき呻《うめ》き声を発したが、その呻きごえが激しければ激しいほど、彼は不思議に云い難き愉快を感じるのであった。刺青のうちでもことに痛いと云われる朱刺、ぼかしぼり、――それを用うることを彼はことさら喜んだ。一日平均五六百本の針に刺されて、色上げを良くするため湯へ浴《つか》って出て来る人は、皆半死半生の体《てい》で清吉の足下に打ち倒れたまゝ、暫《しばら》くは身動きさえもできなかった。その無残な姿をいつも清吉

は冷《ひや》やかに眺《なが》めて、

「嘸《さぞ》お痛みでがしょうなあ」

と云いながら、快《こゝろよ》さそうに笑っている。

意気地《いくじ》のない男などが、まるで知死期《ちしご》の苦しみのように口を歪《ゆが》め歯を喰《く》いしばり、ひい〳〵と悲鳴をあげることがあると、彼は、

「お前さんも江戸っ児《こ》だ。辛抱しなさい。――この清吉の針は飛び切りに痛《いて》えのだから」

こう云って、涙にうるむ男の顔を横目で見ながら、かまわず刺《ほ》って行った。また我慢づよい者がグッと胆《きも》を据《す》えて、眉《まゆ》一つしかめず怺《こら》えていると、

「ふむ、お前さんは見掛けによらねえ突《つ》っ張者《ぱりもの》だ。――だが見なさい、今にそろ〳〵疼《うず》き出して、どうにもこうにもたまらないようになろうから」

と、白い歯を見せて笑った。


彼の年来の宿願は、光輝ある美女の肌を得て、それへ己《おの》れの魂を刺《ほ》り込むことであった。その女の素質と容貌《ようぼう》とに就《つ》いては、いろ〳〵の注文があった。啻《たゞ》に美しい顔、美しい肌とのみでは、彼はなか〳〵満足することができなかった。江戸中の色町《いろまち》に名を響かせた女と云う女を調べても、彼の気分に適《かな》った味わいと調子とは容易に見つからなかった。まだ見ぬ人の姿かたちを心に描いて、三年四年は空《むな》しく憧《あこが》れながらも、彼はなおその願いを捨てずにいた。

ちょうど四年目の夏のとあるゆうべ、深川の料理屋平清《ひらせい》の前を通りかゝった時、彼はふと門口に待っている駕籠《かご》の簾《すだれ》のかげから真っ白な女の素足のこぼれているのに気がついた。鋭い彼の眼《め》には、人間の足はその顔と同じように複雑な表情を持って映った。その女の足は、彼に取っては貴き肉の宝玉であった。拇指《おやゆび》から起って小指に終る繊細な五本の指の整い方、絵の島の海辺で獲《と》れるうすべに色の貝にも劣らぬ爪《つめ》の色合い、珠《たま》のような踵《きびす》のまる味《み》、清冽《せいれつ》な岩間の水が絶えず足下を洗うかと疑われる皮膚の潤沢《じゅんたく》。この足こそは、やがて男の生血《いきち》に肥え太り、男のむくろを蹈《ふ》みつける足であった。この足を持つ女こそは、彼が永年《ながねん》たずねあぐんだ、女の中の女であろうと思われた。清吉は躍《おど》りたつ胸をおさえて、その人の顔が見たさに駕籠の後《あと》を追いかけたが、二三町行くと、もうその影は見えなかった。

清吉の憧れごゝちが、激しき恋に変ってその年も暮れ、五年目の春も半ば老い込んだ或《あ》る日の朝であった。彼は深川佐賀町の寓居《ぐうきょ》で、房楊枝《ふさようじ》をくわえながら、錆竹《さびたけ》の濡《ぬ》れ縁《えん》に万年青《おもと》の鉢《はち》を眺めていると、庭の裏木戸を訪《おとな》うけはいがして、袖垣《そでがき》のかげから、ついぞ見馴《みな》れぬ小娘がはいって来た。

それは清吉が馴染《なじみ》の辰巳の藝妓《はおり》から寄こされた使の者であった。

「姐《ねえ》さんからこの羽織を親方へお手渡しゝて、何か裏地へ絵模様を画《か》いてくださるようにお頼み申せって……」

と、娘は鬱金《うこん》の風呂敷《ふろしき》をほどいて、中から岩井杜若《いわいとじゃく》の似顔《にがお》画《え》のたとうに包まれた女羽織と、一通の手紙とを取り出した。

その手紙には羽織のことをくれぐ＼／＼も頼んだ末に、使の娘は近々に私の妹分として御座敷へ出るはず故、私のことも忘れずにこの娘も引き立てゝやってくださいと認《したた》めてあった。

「どうも見覚えのない顔だと思ったが、それじゃお前はこの頃《ごろ》こっちへ来なすったのか」

こう云って清吉は、しげ＼／＼と娘の姿を見守った。年頃は漸《ようよ》う十六か七かと思われたが、その娘の顔は、不思議《ふしぎ》にも、長い月日を色里《いろざと》に暮らして、幾十人の男の魂を弄《もてあそ》んだ年増《としま》のように物凄《ものすご》く整っていた。それは国中の罪《つみ》と財《たから》との流れ込む都の中で、何十年の昔から生き代り死に代ったみゝめ麗《うるわ》しい多くの男女の、夢の数々から生れ出《い》ずべき器量であった。

「お前は去年の六月ごろ、平清《ひらせい》から駕籠《かご》で帰ったことがあろうがな」

こう訊《たず》ねながら、清吉は娘を縁へかけさせて、備後表《びんごおもて》の台に乗った巧緻《こうち》な素足を仔細《しさい》に眺《なが》めた。

「えゝ、あの時分なら、まだお父さんが生きていたから、平清へもたび＼／＼まいりましたのさ」

と、娘は奇妙な質問に笑って答えた。

「ちょうどこれで足かけ五年、己《おれ》はお前を待っていた。顔を見るのは始めてだが、お前の足にはおぼえがある。——お前に見せてやりたいものがあるから、上ってゆっくり遊んで行くがいゝ」

と、清吉は暇《いとま》を告げて帰ろうとする娘の手を取って、大川の水に臨む二階座敷へ案内した後、巻物《まきもの》を二本とり出して、まずその一つを娘の前に繰り展《ひろ》げた。

それは古《いにしえ》の暴君紂王《ちゅうおう》の寵妃《ちょうひ》、末喜《ばっき》を描いた絵であった。瑠璃珊瑚《るりさんご》を鏤《ちりば》めた金冠の重さに得堪《えた》えぬなよやかな体《からだ》を、ぐったり勾欄《こうらん》に靠《もた》れて、羅綾《らりょう》の裳裾《もすそ》を階《きざはし》の中段にひるがえし、右手に大杯を傾けながら、今もし庭前に刑せられんとする犠牲《いけにえ》の男を眺めている妃の風情《ふぜい》と云い、鉄の鎖で四肢《しし》を銅柱へ縛《ゆ》いつけられ、最後の運命を待ち構えつゝ、妃の前に頭をうなだれ、眼を閉じた男の顔色と云い、物凄《ものすご》いまでに巧《たく》みに描かれていた。

娘は暫《しばら》くこの奇怪な絵の面《おもて》を見入っていたが、知らず識《し》らずその瞳《ひとみ》は輝きその唇《くちびる》は顫《ふる》えた。怪しくもその顔はだん＼／＼と妃の顔に似通《にかよ》って来た。娘はそこに隠れたる真の「己《おのれ》」を見出《みいだ》した。

「この絵にはお前の心が映っているぞ」

こう云って、清吉は快《こゝろよ》げに笑いながら、娘の顔をのぞき込んだ。

「どうしてこんな恐ろしいものを、私にお見せなさるのです」

と、娘は青褪《あおざ》めた額《ひたい》を擡《もた》げて云った。

「この絵の女はお前なのだ。この女の血がお前の体に交っているはずだ」

と、彼はさらに他の一本の画幅を展《ひろ》げた。

それは「肥料《こやし》」と云う画題であった。画面の中央に、若い女が桜の幹へ身を倚《よ》せて、足下に累々《るい〳〵》と斃《たお》れている多くの男たちの屍骸《むくろ》を見つめている。女の身辺を舞いつつ凱歌《かちどき》をうたう小鳥の群《むれ》、女の瞳《ひとみ》に溢《あふ》れたる抑《おさ》え難き誇りと歓《よろこ》びの色。それは戦《たゝかい》の跡の景色《けしき》か、花園の春の景色か。それを見せられた娘は、われとわが心の底に潜んでいた何物かを、探りあてたる心地《こゝち》であった。

「これはお前の未来を絵に現わしたのだ。こゝに斃《たお》れている人達は、皆これからお前のために命を捨てるのだ」

こう云って、清吉は娘の顔と寸分違《すんぶんたが》わぬ画面の女を指さした。

「後生《ごしょう》だから、早くその絵をしまってください」

と、娘は誘惑を避けるが如く、画面に背《そむ》いて畳の上へ突俯《つっぷ》したが、やがて再び唇をわなゝかした。

「親方、白状します。私はお前さんのお察し通り、その絵の女のような性分を持っていますのさ。――だからもう堪忍して、それを引っ込めておくんなさい」

「そんな卑怯《ひきょう》なことを云わずと、もっとよくこの絵を見るがいゝ。それを恐ろしがるのも、まあ今のうちだろうよ」

こう云った清吉の顔には、いつもの意地の悪い笑いが漂っていた。

しかし娘の頭《つむり》は容易に上らなかった。襦袢《じゅばん》の袖《そで》に顔を蔽《おゝ》うていつまでも突俯したまゝ

「親方、どうか私を帰しておくれ。お前さんのそばにいるのは恐ろしいから」

と、幾度か繰り返した。

「まあ待ちなさい。己がお前を立派な器量の女にしてやるから」

と云いながら清吉は何気《なにげ》なく娘のそばに近寄った。彼の懐には嘗て和蘭医から貰った麻睡剤の壜が忍ばせてあった。

日はうらゝかに川面を射て、八畳の座敷は燃えるように照った。水面から反射する光線が、無心に眠る娘の顔や、障子の紙に金色《こんじき》の波紋を描いてふるえていた。部屋《へや》のしきりを閉《た》て切って刺青の道具を手にした清吉は、暫《しばら》くは唯恍《たゞうっ》惚《とり》としてすわっているばかりであった。彼は今始めて女の妙相《みょうそう》をしみ〴〵味わうことができた。その動かぬ顔に相対して、十年百年この一室に静坐《せいざ》するともなお飽くことを知

るまいと思われた。古《いにしえ》のメムフィスの民が、荘厳《そうごん》なる埃及《エジプト》の天地を、ピラミッドとスフィンクスとで飾ったように、清吉は清浄な人間の皮膚を、自分の恋で彩《いろど》ろうとするのであった。

やがて彼は左手の小指と無名指《くすりゆび》と拇指《おやゆび》の間に挿《はさ》んだ絵筆の穂を、娘の背にねかせ、その上から右手で針を刺して行った。若い刺青師《ほりものし》の霊《こころ》は墨汁の中に溶けて、皮膚に滲《にじ》んだ。焼酎《しょうちゅう》に交ぜて刺《ほ》り込む琉球朱《りゅうきゅうしゅ》の一滴々々は、彼の命のしたゝりであった。彼はそこに我《わ》が魂の色を見た。

いつしか午《ひる》も過ぎて、のどかな春の日は漸《ようや》く暮れかゝったが、清吉の手は少しも休まず、女の眠りも破れなかった。娘の帰りの遅きを案じて迎いに出た箱屋までが、

「あの娘《こ》ならもう疾《と》うに帰って行きましたよ」

と云われて追い返された。月が対岸の土州《としゅう》屋敷の上にかかって、夢のような光が沿岸一帯の家々の座敷に流れ込む頃には、刺青はまだ半分もでき上らず、清吉は一心に蠟燭《ろうそく》の心《しん》を掻《か》き立てゝいた。

一点の色を注ぎ込むのも、彼に取っては容易な業《わざ》でなかった。さす針、ぬく針の度毎《たびごと》に深い吐息をついて、自分の心が刺されるように感じた。針の痕《あと》は次第々々に巨大な女郎蜘蛛《じょろうぐも》の形象《かたち》を具《そな》え始めて、再び夜がしら〳〵と白み初《そ》めた時分には、この不思議な魔性の動物は、八本の肢《あし》を伸ばしつゝ、背一面に蟠《わだかま》った。

春の夜は、上り下りの河船《かわふね》の櫓声《うごえ》に明け放れて、朝風を孕《はら》んで下る白帆の頂《いただき》から薄らぎ初《そ》める霞《かすみ》の中に、中洲《なかず》、箱崎《はこざき》、霊岸島《れいがんじま》の家々の甍《いらか》がきらめく頃、清吉は漸《ようや》く絵筆を擱《お》いて、娘の背に刺り込まれた蜘蛛のかたちを眺《なが》めていた。その刺青こそは彼が生命のすべてゞあった。その仕事をなし終えた後《あと》の彼の心は空虚《うつろ》であった。

二つの人影はそのまゝ稍《やや》暫《しばら》く動かなかった。そうして、低く、かすれた声が部屋《へや》の四壁にふるえて聞えた。

「己《おれ》はお前をほんとうの美しい女にするために、刺青の中へ己の魂をうち込んだのだ、もう今からは日本国中に、お前に優《まさ》る女はいない。お前はもう今までのような臆病《おくびょう》な心は持っていないのだ。男と云う男は、皆なお前の肥料《こやし》になるのだ。……」

その言葉が通じたか、かすかに、糸のような呻《うめ》き声が女の唇《くちびる》にのぼった。娘は次第々々に知覚を恢復《かいふく》して来た。重く引き入れては、重く引き出す肩息に、蜘蛛の肢《あし》は生ける如《ごと》く蠕動《ぜんどう》した。

「苦しかろう。体《からだ》を蜘蛛が抱きしめているのだから」

こう云われて娘は細く無意味な眼を開いた。その瞳《ひとみ》は夕月の光を増すように、だん〳〵と輝いて男の顔に照った。

「親方、早く私に背の刺青《ほりもの》を見せておくれ、お前さんの命を貰った代りに、私は嘸《さぞ》美しくなったろうねえ」

娘の言葉は夢のようではあったが、しかしその調子には

どこか鋭い力がこもっていた。

「まあ、これから湯殿へ行って色上げをするのだ。苦しかろうがちッと我慢をしな」

と、清吉は耳元へ口を寄せて、労《いた》わるように囁《さゝや》いた。

「美しくさえなるのなら、どんなにでも辛抱して見せましょうよ」

と、娘は身内《みうち》の痛みを抑《おさ》えて、強《し》いて微笑《ほゝえ》んだ。


「あゝ、湯が滲《し》みて苦しいこと。……親方、後生だから私を打《う》っ捨《ちゃ》って、二階へ行って待っていておくれ、私はこんな悲惨《みじめ》な態《ざま》を男に見られるのが口惜《くや》しいから」

娘は湯上りの体を拭《ぬぐ》いもあえず、いたわる清吉の手をつきのけて、激しい苦痛に流しの板の間へ身を投げたまゝ、魘《うな》される如くに呻いた。気狂《きちがい》じみた髪が悩ましげにその頬《ほお》へ乱れた。女の背後には鏡台が立てかけてあった。真っ白な足の裏が二つ、その面へ映っていた。

昨日《きのう》とは打って変った女の態度に、清吉は一《ひ》と方《かた》ならず驚いたが、云われるまゝに独《ひと》り二階に待っていると、凡《およ》そ半時ばかり経《た》って、女は洗い髪を両肩へすべらせ、身じまいを整えて上って来た。そうして苦痛《くるしみ》のかげもとまらぬ晴れやかな眉を張って、欄干に靠《もた》れながらおぼろにかすむ大空を仰いだ。

「この絵は刺青《ほりもの》といっしょにお前にやるから、それを持ってもう帰るがいゝ」

こう云って清吉は巻物《まきもの》を女の前にさし置いた。

「親方、私はもう今までのような臆病な心を、さらりと捨てゝしまいました。――お前さんは真先《まっさき》に私の肥料《こやし》になったんだねえ」

と、女は剣《つるぎ》のような瞳を輝かした。その耳には凱歌《かちどき》の声がひゞいていた。

「帰る前にもう一遍、その刺青を見せてくれ」

女は黙って頷《うなず》いて肌《はだ》を脱いだ。折から朝日が刺青の面《おとて》にさして、女の背《せな》は燦爛《さんらん》とした。

# 幇《ほう》間《かん》

谷崎潤一郎

明治三十七年の春から、三十八年の秋へかけて、世界中を騒がせた日露戦争が漸くポウツマス条約に終りを告げ、国力発展の名の下に、いろいろの企業が続々と勃興して、新華族も出来れば成り金も出来るし、世間一帯が何となくお祭りのように景気附いて居た四十年の四月の半ば頃の事でした。

丁度向島の土手は、桜が満開で、青々と晴れ渡った麗らかな日曜日の午前中から、浅草行きの電車も蒸汽船も一杯の人を乗せ、群衆が蟻のようにぞろぞろ渡って行く吾妻橋の向うは、八百松から言問《こととい》の艇庫《ていこ》の辺へ暖かそうな霞がかゝり、対岸の小松宮御別邸を始め、橋場、今戸、花川戸の街々まで、もや〳〵とした藍色の光りの中に眠って、其の後には公園の十二階が、水蒸気の多い、咽《む》せ返るような紺青の空に、朦朧《もうろう》と立って居ます。

千住の方から深い霞の底をくゞって来る隅田川は、小松島の角で一とうねりうねってまん〳〵たる大河の形を備へ、両岸の春に酔ったような慵《ものう》げなぬるま水を、きら〳〵日に光らせながら、吾妻橋の下へ出て行きます。川の面は、如何にもふっくらとした鷹揚《おうよう》な波が、のたり〳〵とだるそうに打ち、蒲団のような手触りがするかと思われる柔かい水の上に、幾艘《いくそう》のボートや花見船が浮かんで、時々山谷堀の口を離れる渡し船は、上り下りの船列を横ぎりつゝ、舷に溢れる程の人数を、土手の上へ運んで居ます。

其の日の朝十時頃の事です。神田川の口元を出て、亀清楼の石垣の蔭から、大川の真ん中へ漕ぎ出した一艘の花見船がありました。紅白だんだらの幔幕に美々しく飾った大伝馬へ、代地の幇間芸者を乗せて、船の中央には其の当時兜町で成り金の名を響かせた榊原と云う旦那が、五六人の末社を従へ、船中の男女を見廻しながら、ぐびりぐびりと大杯を傾けて、其の太った赭ら顔には、すでに三分の酔いが循って居ます。中流に浮かんだ船が、藤堂伯の邸の塀と並んで進む頃、幔幕の中から絃歌の声が湧然と起こり、陰気な響きは大川の水を揺がせて、百本杭と代地の河岸を襲って来ます。両国橋の上や、本所浅草の河岸通りの人々は、孰れも首を伸ばして、此の太陽気に見惚れぬ者はありません。船中の様子は手に取るように陸から窺はれ、時々なまめかしい女の言葉さえ、川面を吹き渡るそよ風に伝わって洩れて来ます。

船が横網河岸へかゝったと思う時分に、忽《たちま》ち舳《とも》へ異形なろくろ首の変装人物が現れ、三味線に連れて滑稽極まる道化踊りを始めました。女の目鼻を描いた大きい風船玉へ、恐ろしく細長い紙袋の頸をつけて、其れを頭からすっぽり被ったものと思われます。本人の顔は皆目袋の中へ隠れて、身にはけば〳〵しい友禅の振袖を着、足に白足袋を穿いては居るものゝ、折り〳〵かざす踊りの手振りに、緋の袖口から男らしい頑丈な手頸が露われて、節くれ立った褐色の五本の指が殊に目立ちます。風船玉の女の首は、風のまにまにふわ〳〵と飛んで、岸近い家の軒を窺ったり、擦れ違いさまに向うの船の船頭を掠《かす》めたり、その度毎に陸上では目を欹《そばた》て、見物人は手を打って笑いどよめきます。

あれ〳〵と云ううちに、船は廐橋の方へ進んで来ました。橋の上には真っ黒に人がたかり、黄色い顔がずらりと列んで、眼下に迫って来る船中の模様を眺めて居ります。だん〳〵近づくに随い、ろくろ首の目鼻はあり〳〵と空中に描き出され、泣いて居るような、笑って居るような、眠って居るような、何とも云えぬ飄逸な表情に、見物人は又可笑しさに誘われます。兎角《とかく》するうち、舳が橋の蔭へ這入ると、首は水嵩《かさ》の増した水面から、見物人の顔近くする〳〵と欄干に軽く擦れて、其のまゝ船に曳かれて折れかゞまり、橋桁の底をなよ〳〵と這って、今度は向う側の青空へ、ふわり、と浮かび上がりました。

駒形堂の前まで来ると、もう吾妻橋の通行人が遥かに此れを認めて、さながら凱旋の軍隊を歓迎するように待ち構えて居る様子が、船の中からもよく見えます。

其処でも厩橋《うまやばし》と同じような滑稽を演じて人を笑わせ、いよ〳〵向島にかゝりました。一丁ふえた三味線の音は益々景気づき、丁度牛が馬鹿囃《ばや》しの響きに促されて、花車を挽くように、船も陽気な音曲の力に押されて、徐々と水上を進むように思われます。大川狭しと漕ぎ出した幾艘の花見船や、赤や青の小旗を振ってボートの声援をして居る学生達を始め、両岸の群衆は唯あっけに取られて、此の奇態な道化船の進路を見送ります。ろくろ首の踊りはます〳〵宛転滑脱となり、風船玉は川風に煽られつゝ、忽ち蒸汽船の白煙りを潜り抜け、忽ち高く舞い上って待乳山を眼下に見、見物人に媚《こ》ぶるが如き痴態を作って、河上の人気を一身に集めて居ます。言問の近所で土手に遠ざかって、更に川上へ上って行くのですが、それでも中の植半から大倉氏の別荘のあたりを徘徊する土手の人々は、遙かに川筋の空に方り、人魂のようなろくろ首の頭を望んで、「何だろう」「何だろう」と云いながら、一様に其の行くえを見守るのです。傍若無人の振舞いに散々土手を騒がせた船は、やがて花月華壇の桟橋《さんばし》に纜《ともづな》を結んで、どや〳〵と一隊が庭の芝生へ押し上がりました。

「よう御苦労、御苦労。」

と、一行の旦那や芸者連に取り巻かれ、拍手喝采のうちに、ろくろ首の男は、すっぽり紙袋を脱いで、燃え立つような紅い半襟の隙から、浅黒い坊主頭の愛嬌たっぷりの顔を始めて現わしました。

河岸を換えて又一と遊びと、其処でも再び酒宴が始まり、旦那を始め大勢の男女は芝生の上を入り乱れて、踊り廻り跳ね廻り、眼隠しやら、鬼ごッこやら、きゃッきゃッと云う騒ぎです。

例の男は振袖姿のまゝ白足袋に紅緒の麻裏をつッかけ、しどろもどろの千鳥足で、芸者のあとを追いかけたり、追いかけられたりして居ます。殊に其の男が鬼になった時の騒々しさ賑やかさは一入《ひとしお》で、もう眼隠しの手拭いを顔へあてられる時分から、旦那も芸者も腹を抱えて手を叩き、肩をゆす振って踊り上ります。紅い蹴出しの蔭から毛脛《けずね》を露わに、

「菊ちゃん〳〵。さあつかまえた。」

など、、何処かに錆を含んだ、芸人らしい甲声を絞って、女の袂を掠めたり、立ち木に頭を打ちつけたり、無茶苦茶に彼方此方へ駈け廻るのですが、挙動の激しく迅速なのにも似ず、何処かにおどけた頓間な処があって、容易に人を掴まえることが出来ません。

皆は可笑しがって、くす〳〵と息を殺しながら、忍び足に男の背後へ近づき、

「ほら、此処に居てよ。」

と、急に耳元でなまめかしい声を立て、背中をぽんと打って逃げ出します。

「そら、どうだ〳〵。」

と、旦那が耳朶《みみたぶ》を引っ張って、こづき廻すと、

「あいた、あいた。」

と、悲鳴を挙げながら、眉を顰《ひそ》め、わざと仰山な哀れっぽい表情をして、身を悶えます。其の顔つきがまた何とも云えぬ可愛気があって、誰でも其の男の頭を撲つとか、鼻の頭をつまむとか、一寸からかって見たい気にならない者はありません。

今度は十五六のお転婆な雛妓《おしゃく》が、後へ廻って両手で足を掬い上げたので、見事ころ〳〵と芝生の上を転がりましたが、どッ云う笑い声のうちに、再びのッそり起き上り、

「誰だい、此の年寄をいじめるのは。」

と、眼を塞がれた儘大口を開いて怒鳴り立て、「由良さん」のように両手を拡げて歩み出します。

此の男は幇間の三平と云って、もとは兜町の相場師ですが、其の時分から今の商売がやって見たくて耐らず、とう〳〵四五年前に柳橋の太鼓持ちの弟子入りをして、一と風変ったコツのある気象から、めき〳〵贔屓《ひいき》を拵《こしら》え、今では仲間のうちでも相応な好い株になって居ます。

「桜井（と云うのは此の男の姓です。）の奴も呑気な者だ。なあに相場なんぞをやって居るより、あの方が性に合って、

いくら好いか知れやしない。今じゃ大分身入りもあるようだし、結局奴さんは仕合わせさ。」

など、、昔の彼を知って居るものは、時々こんな取り沙汰をします。日清戦争の時分には、海運橋の近所に可なりの仲買店を構へ、事務員の四五人も使って、榊原の旦那などとは朋輩《ほうばい》でしたが、其の頃から、

「彼の男と遊ぶと、座敷が賑やかで面白い。」

と、遊び仲間の連中に喜ばれ、洒の席にはなくてならない人物でした。唄が上手で、話が上手で、よしや自分がどんなに羽振りの好い時でも、勿体ぶるなどゝ去う事は毛頭なく、立派な旦那株であると云う身分を忘れ、どうかすると立派な男子であると云う品位をさえ忘れて、ひたすら友達や芸者達にやんやと褒められたり、可笑しがられたりするのが、愉快でたまらないのです。華やかな電燈の下に、酔いの循《まわ》った夷顔《えびす》をてか〳〵させて、「えへゝゝゝ」と相好を崩しながら、べら〳〵と奇警な冗談を止め度なく喋り出す時が彼の生命で、滅法嬉しくてたまらぬと云うように愛嬌のある瞳を光らせ、ぐにゃりぐにゃりとだらしなく肩を揺す振る態度の罪のなさ。まさに道楽の真髄に徹したものので、さながら歓楽の権化かと思われます。芸者などにも、どっちがお客だか判らないほど、御機嫌を伺って、お取り持ちをするので、始めのうちは「でれ助野郎め」と腹の中で薄気味悪がったり、嫌がったりしますが、だん〳〵気心が知れて見れば、別にどうしようと云う腹があるのではなく、唯人に可笑しがられるのを楽しみにするお人好しなのですから、「桜井さん」「桜井さん」と親しんで来ます。然し一方では重宝がられると同時に、いくらお金があっても、羽振りがよくっても、誰一人彼に媚びを呈したり、惚れたりする者はありません。「旦那」とも、「あなた」とも云わず、「桜井さん」「桜井さん」と呼び掛けて、自然と伴れのお客より一段低い人間のように取り扱いながら、其れを失礼だとも思わないのです。実際彼は尊敬の念とか、恋慕の情とかを、決して人に起させるような人間ではありませんでした。先天的に人から一種温かい軽蔑の心を以て、若しくは憐愍の情を以て、親しまれ可愛がられる性分なのです。恐らくは乞食と雖、彼にお時儀をする気にはならないでしょう。彼も亦どんなに馬鹿にされようと、腹を立てるではなく、却って其れを嬉しく感じるのです。金さえあれば、必ず友達を誘って散財に出かけてはお座敷を勤める。宴会とか仲間の者に呼ばれるとかすれば、どんな商用を控えて居ても、我慢がし切れず、すっかりだらしなくなって、いそ〳〵と出かけて行きます。

「や、どうも御苦労様。」

など、、お開きの時に、よく友達に揶揄《からか》われると、彼は開き直って両手をつき、

「え、、どうか手前へも御祝儀をおつかわし下さいまし。」

屹度こう云います。芸者が冗談にお客の声色を遣って、

「あア、よし〳〵、此れを持って行け。」

と紙を丸めて投げてやると、

「へい、これはどうも有難うございます。」

とピョコピョコ二三度お時儀をして、紙包を扇の上に載せ、

「へい、此れは有難うございます。どうか皆さんもすこし投げてやっておくんなさい。もうたった二銭がところで宣しうございます。親子の者が助かります。兎角東京のお客様方は、弱きを扶け、強きを挫き……」

と、縁日の手品師の口調でべら〳〵弁じ立てます。

こんな呑気な男でも、恋をする事はあると見え、時々黒人上りの者を女房とも附かず引き擦り込む事がありますが、惚れたとなったら、彼のだらし無さは又一入で、女の歓心を買うためには一生懸命お太鼓を叩き、亭主らしい権威などは少しもありません。何でも欲しいと云うものは買い放題、「お前さん、こうして下さい。あゝして下さい。」と、頤でこき使われて、ハイハイ云う事を聞いて居る意気地のなさ。どうかすると酒癖の悪い女に、馬鹿野郎呼ばわりをされて、頭を擲られて居ることもあります。女の居る当座は、茶屋の附合いも大概断って了い、毎晩のように友達や店員を二階座敷に集めて、女房の三味線で飲めや唄えの大騒ぎをやります。一度彼は自分の女を友達に寝取られたことがありましたが、其れでも別れるのが惜しくって、いろ〳〵と女の機嫌気褄を取り、色男に反物を買ってやったり、二人を伴れて芝居に出かけたり、或る時は其の女と其の男を上座へ据えて、例の如く自分がお太鼓を叩き、すっかり二人の道具に使われて喜んで居ます。しまいには、時々金を与えて役者買いをさせると云う条件の下に、内へ引き込んだ芸者なぞもありました。男同士の意地張りとか、嫉妬の為の立腹とか云うような気持は此の男には毛程もないのです。

其の代り、また非常に飽きっぽい質で、惚れて〳〵惚れ抜いて、執拗《しつこ》い程ちやほやするかと思えば、直きに余熱がさめて了い、何人となく女房を取り換えます。元より彼に惚れている女はありませんから、脈のある間に精々搾って置いて、好い時分に向うから出て行きます。こう云う塩梅《あんばい》で、店員などにも一向威信がなく、時々大穴も明けられるし、商売の方も疎かになって、間もなく店は潰れて了いました。其の後、彼は直屋になったり、客引きになったりして、人の顔さへ見れば、

「今に御覧なさい。一番盛り返して見せますから。」

など〻放言して居ました。一寸おあいそもよし、相応に目先の利く所もあって、たまには儲け口もありましたが、いつも女にしてやられ、年中ぴい〳〵して居ます。其のうちにとう〳〵借金で首が廻らなくなり、

「当分私を使って見てくれ。」

と、昔の友達の榊原の店へ転げ込みました。

一介の店員とまで零落しても、身に泌み込んだ芸者遊びの味は、しみ〴〵忘れる事が出来ません。時々彼は帳場の机に向いながら、なまめかしい女の声や陽気な三味線の音色を想い出して口の中で端唄を歌い、昼間から浮かれて居ることがあります。しまいには辛抱が仕切れなくなり、何とか彼とか体の好い口を利いては其れから其れへとちび〳〵した金を借り倒し、主人の眼を掠めて遊びに行きます。

「彼奴もあれで可愛い奴さ。」

と、始めの二三度は清く金を出してやった連中も、あまり度重なるので遂には腹を立て丶、

「桜井にも呆れたものだ。あ丶ずぼらじゃあ手が附けられない。あんな質の悪い奴じゃなかったんだが、今度無心に来やがったら、うんと怒り附けてやろう。」

こう思っては見るもの丶、さて本人に顔を合わせると、何処となく哀れっぽい処があって、とても強いことは云えなくなり、

「また此の次に埋め合わせをするから、今日は見逃して貰いたいね。」

ぐらいな所で追い払おうとするのですが、

「まあ頼むからそう云わないで、借してくれ給へ。ナニ直き返すから好いじゃないか。後生お願い！　全く後生御願いなんだ。」

と、うるさく附き纏《まと》って頼むので、大概の者は根負けをして了います。

主人の榊原も見るに見かね、

「時々己が伴れて行ってやるから、あんまり人に迷惑を掛けないようにしたらどうだ。」

こう云って、三度に一度は馴染《なじみ》の待合へ供をさせると、其の時ばかりは別人の様にイソイソ立働いて、忠勤を抽《ぬき》んでます。商売上の心配事で気がくさ〳〵する時は、此の男と酒でも飲みながら、罪のない顔を見て居るのが、何より薬なので、主人もしげ〳〵供に伴れて行きます。しまいには店員としてよりも其の方の勤めが主になって、昼間は一日店にごろ〳〵しながら、

「僕は榊原商店の内芸者さね。」

など丶、冗談《かたぎ》を云って、彼は得々たるものです。

榊原は堅気の家から貰った細君もあれば、十五六の娘を頭に二三人の子供もありましたが、上さん始め、女中達まで皆桜井を可愛がって、「桜井さん、御馳走がありますから、台所で一杯おやんなさいな。」と奥へ呼び寄せては、面白い洒落でも聞こうとします。

「お前さんのように呑気だったら、貧乏しても苦にはなるまいね。一生笑って暮らせれば、其れが一番仕合わせだとも。」

上さんにこう云われると、彼は得意になって、

「全くです。だから私なんざあ、昔からついぞ腹と云うものを立てたことがありません。それと云うのが矢張道楽をしたお蔭でございますね。………」

などゝ、其れから一時間ぐらいは、のべつに喋ります。時には又小声で、錆《さび》のある喉を聞かせます。端唄《はうた》、常磐津《ときわず》、清元、なんでも一通りは心得て居て自分で自分の美音に酔いながら、口三味線でさも嬉しそうに歌い出す時は、誰もしみ〴〵と聞かされます。いつも流行唄を真っ先に覚えて来ては、

「お嬢さん、面白い唄を教えましょうか。」

と、早速奥へ披露します。歌舞伎座の狂言なども、出し物の変る度びに二三度立ち見に出かけ、直きに芝翫《しかん》や八百蔵の声色を覚えて来ます。どうかすると、便所の中や、往来のまんなかで、眼をむき出したり、首を振ったり、一生懸命声色の稽古に浮き身を窶《やつ》して居ることもありますが、手持無沙汰の時は、始終口の先で小唄を歌うとか、物真似をやるとか、何かしら一人で浮かれて居なければ、気が済まないのです。

子供の折から、彼は音曲や落語に非常な趣味を持って居ました。何でも生れは芝の愛宕下辺で、小学時代には神童と云われた程学問も出来れば、物覚えも良かったのですが、幇間的の気質は既に其の頃備わって居たものと見え、級中の首席を占めて居るにも拘わらず、まるで家来のように友達から扱われて喜んで居ました。そうして親父にせびっては毎晩のように寄席へ伴れて行って貰います。彼は落語家に対して、一種の同情、寧ろ憧憬の念をさえ抱いて居ました。先ずぞろりとした風采《ふうさい》で高座へ上り、ぴたりとお客様へお時儀をして、さて、

「えゝ毎度伺いますが、兎角此の殿方のお失策は酒と女でげして、取り分け御婦人の勢力と申したら大したものでげす。我が国は天の窟戸《いわと》の始まりから『女ならでは夜の明けぬ国』などと申しまする。………」

と喋《しゃべ》り出す舌の旨味《うまみ》、何となく情愛のある話し振りは、喋って居る当人も、嘸《さぞ》好い気持だろうと思われます。そうして、一言一句に女子供を可笑しがらせ、時々愛嬌たっぷりの眼つきで、お客の方を一循見廻して居る。其処に何とも云われない人懐ッこい所があって、「人間社会の温か味」と云うようなものを、彼はこう云う時に最も強く感じます。

「あ、こりや、こりや。」

と、陽気な三味線に乗って、都々逸《どどいつ》、三下り、大津絵などを、粋な節廻しで歌われると、子供ながらも体内に漠然と潜んで居る放蕩の血が湧き上って、人生の楽しさ、歓ばしさを暗示されたような気になります。学校の往き復りには、よく清元の師匠の家の窓下に彳んで、うっとりと聞き惚れて居ました。夜机に向って居る時でも、新内の流しが聞えると勉強が手に附かず、忽ち本を伏せて酔ったようになっ

て了います。二十の時、始めて人に誘われて芸者を揚げましたが、女連がずらりと眼の前に並んで、平生憧れていたお座附の三味線を引き出すと、彼は杯を手にしながら、感極まって涙を眼に一杯溜めていました。そう云う風ですから、芸事の上手なのも無理はありません。

彼を本職の幇間にさせたのは、全く榊原の旦那の思い附きでした。

「お前もいつまで家にごろ〳〵して居ても仕方があるめえ。一つ己が世話をしてやるから、幇間になったらどうだ。只で茶屋酒を飲んで其の上祝儀が貰えりゃあ、此れ程結構な商売はなかろうぜ。お前のような怠け者の掃け場には持って来いだ。」

こう云われて、彼も早速其の気になり、旦那の肝煎りで到頭柳橋の太鼓持ちに弟子入りをしました。三平と云う名は、其の時師匠から貰ったのです。

「桜井が太鼓持ちになったって?成程人間に廃りはないもんだ。」

と、鬼町の連中も、噂を聞き伝えて肩を入れてやります。新参とは云いながら、芸は出来るしお座敷は巧し、何しろ幇間にならぬ前から頓狂者の噂の高い男の事故、また丶く間に売り出して了いました。

或る時の事でした。榊原の旦那が、待合の二階で五六人の芸者をつかまえ、催眠術の稽古だと云って、片っ端からかけて見ましたが、一人の雛妓《ひなやっこ》が少しばかりか丶っただけで、他の者はどうしてもうまく眠りません。すると其の席に居た三平が急に恐気を慄い出し、

「旦那、私ゃあ催眠術が大嫌いなんだから、もうお止しなさい。何だか人のかけられるのを見てさえ、頭が変になるんです。」

こう云った様子が、恐ろしがって居るようなもの丶、如何にもかけて貰いたそうなのです。

「い丶事を聞いた。そんならお前を一つかけてやろう。そら、もうか丶ったたぞ。そうら、だん〳〵眠くなって来たぞ。」

こう云って、旦那が睨み附けると、

「ああ、真っ平、真っ平。そいつばかりはいけません。」

と、顔色を変えて、逃げ出そうとするのを、旦那が後ろから追いかけて、三平の顔を掌で二三度撫で廻し、

「そら、もう今度こそか丶った。もう駄目だ。逃げたってどうしたって助からない。」

そう云って居るうちに、三平の頸はぐたりとなり、其処へたおれてしまいました。

面白半分にいろ〳〵の暗示を与えると、どんな事でもやります。「悲しいだろう。」と云えば、顔をしかめてさめざめと泣く。「口惜しかろう。」と云えぼ、真っ赤になって怒り出す。お酒だと云って、水を飲ませたり、三味線だと云っ

て、箒を抱かせたり、其の度毎に女達はきゃッきゃッと笑い転げます。やがて旦那は三平の鼻先でぬッと自分の臀をまくり、

「三平、此の麝香《じゃこう》はいゝ匂いがするだろう。」

こう云って、素晴らしい音を放ちました。

「成る程、これは結構な香でげすな。おゝ好い匂いだ、胸がすっとします。」

と、三平はさも気持が好さそうに、小鼻をひく〳〵させます。

「さあ、もう好い加減で堪忍してやろう。」

旦那が耳元でぴたッと手を叩くと、彼は眼を丸くして、きょろ〳〵とあたりを見廻し、

「到頭かけられちゃった。どうもあんな恐ろしいものはごわせんよ。何か私ゃあ可笑しな事でもやりましたかね。」

こう云って、漸《よう》く我れに復《かえ》った様子です。

すると、いたずら好きの梅吉と云う芸者がにじり出して、

「三平さんなら、妾《あたい》にだつてかけられるわ。そら、もうかゝった！　ほうら、だん〳〵眠くなって来てよ。」

と、座敷中を逃げて歩く三平を追い廻して、襟首へ飛び附くや否や、

「ほら、もう駄目々々。さあ、もうすっかりかゝっちまった。」

こう云いながら、顔を撫でると、再びぐたりとなって、あんぐり口を開いたまゝ、女の肩へだらしなく靠れて了います。

今度は梅吉が、観音様だと云って自分を拝ませたり、大地震だと云って恐がらせたり、其の度毎に表情の盛んな三平の顔が、千変万化する可笑しさと云ったらありません。

それからと云うものは、榊原の旦那と梅吉に一と睨《にら》みされゝば、直ぐにかけられて、ぐたりと倒れます。ある晩、梅吉がお座敷の帰りに柳橋の上で擦れちがいざま、

「三平さん、そら！」

と云って睨みつけると、

「ウム」

と云ったがり、往来のまん中へ仰け反って了いました。

彼は此れ程までにしても、人に可笑しがられたいのが病なんです。然しなか〳〵加減がうまいのと、あまか図々しいのとで、人は狂言にやって居るのだとは思いませんでした。

誰云うとなく、三平さんは梅ちゃんに惚れて居るのだと云う噂が立ちました。其れでなければあゝ易々と催眠術にかけられる筈はないと云うのです。全くのところ三平は梅吉のようなお転婆な、男を男とも思わぬような勝気な女が好きなのでした。始めて催眠術にかけられて、散々な目に会わされた晩から、彼はすっかり梅吉の気象に惚れ込んで了い、機があったらどうかしてと、ちょい〳〵ほのめかして見るのですが、先方ではまるで馬鹿にし切って、てんで相

手にしてくれません。機嫌の好い時を窺って、二た言三言からかいかけると、直ぐに梅吉は腕白盛りの子供のような眼つきをして、

「そんな事を云うと、又かけて上げるよ。」

と、睨みつけます。睨まれゝば、大事な口説きは其方除けにして早速ぐにゃりと打ち倒れます。

遂に彼はたまらなくなって、榊原の旦那に思いのたけを打ち明け、

「まことに商売柄にも似合わない、いやはや意気地のない次第ですが、たった一と晩でようがすから、どうか一つ旦那の威光でうんと云わせておくんなさい。」

と、頼みました。

「よし来た、万事己が呑み込んだから、親船に乗った気で居るがいゝ。」

と、旦那は又三平を玩具にしてやろうと云う魂胆があるものですから、直ぐに引き受け、其の日の夕方早速行きつけの待合へ梅吉を呼んで三平の話をした末に、

「ちつと罪なようだが、今夜お前から彼奴を此処へ呼んで、精々口先の嬉しがらせを聞かせた上、肝腎の所は催眠術で欺してやるがいゝ。己は蔭で様子を見て居るから、奴を素裸にさせて勝手な芸当をやらせて御覧。」

こんな相談を始めました。

「なんぼ何でも、それじゃあんまり可哀相だわ。」

と、流石の梅吉も一応躊躇《ちゅうちょ》したものゝ、後で露見したところで、腹を立てるような男ではなし、面白いからやって見ろ、と云う気になりました。

さて、夜になると、梅吉の手紙を持って、車夫が三平の処へ迎えに行きました。「今夜はあたし一人だから、是非遊びに来てくれろ。」と云う文面に、三平はぞく〳〵喜び、てっきり旦那が口を利いていくらか摑《つか》ましたに相違ないと、平生よりは大いに身じまいを整え、ぞろりとした色男気取りで待合へ出かけました。

「さあさあ、もっとずッと此方へ。ほんとに三平さん、今夜は妾だけなんだから、ゆっくりくつろいでおくんなさいな。」

と、梅吉は、座布団をすゝめるやら、お酌をするやら下にも置かないようにします。三平は少し煙に巻かれて、柄にもなくおど〳〵して居ましたが、だん〳〵酔いが循って来ると、胆が落ち着き、

「だが梅ちゃんのような男勝りの女は、私ゃ大好きサ。」

などゝ、そろ〳〵水を向け始めます。旦那を始め二三人の芸者が、中二階の掃き出しから欄間《らんかん》を通して、見て居ようとは、夢にも知りません。梅吉は吹き出したくなるのをじっと堪えて、散々出放題のお上手を列べ立てます。

「ねえ、三平さん。そんなに妾に惚れて居るのなら、何か証拠を見せて貰いたいわ。」

「証拠と云って、どうも困りますね。全く胸の中を断ち割って御覧に入れたいくらいさ。」

「それじゃ、催眠術にかけて、正直な所を白状させてよ。まあ、妾を安心させる為めだと思ってかゝって見て下さいよ。」

こんなことを、梅吉は云い出しました。

「いや、もうあればかりは真っ平です。」

と、三平も今夜こそは、そんな事で胡麻化されてはならないと云う決心で、場合によったら、

「実はあの催眠術も、お前さんに惚れた弱味の狂言ですよ。」

と打ち明けるつもりでしたが、

「そら！　もうかゝっちまった。そうら。」

と、忽ち梅吉の凛《りん》とした、涼しい目元で睨められると、又女に馬鹿にされたいと云う欲望の方が先へ立って、此の大事の瀬戸際に又々ぐたりとうなだれて了いました。

「梅ちゃんの為めならば、命でも投げ出します。」とか、「梅ちゃんが死ねと云えば、今でも死にます。」とか、尋ねられる儘に、彼はいろ〳〵と口走ります。

もう眠って居るから大丈夫と、隙見《のぞきみ》をして居た旦那も芸者も座敷へ這入って来て、ずらりと三平の周囲を取り巻き、梅吉のいたずらを横腹を叩いて、袂を噛《か》んで、見て居ます。

三平は此の様子を見て、吃驚しましたが、今更止める訳にも行きません。寧《むし》ろ彼に取っては、惚れた女にこんな真似をさせられるのが愉快なのですから、どんな恥ずかしい事でも、云い附け通りにやります。

「此処はお前さんと私と二人限りだから、遠慮しないでもいゝわ。さあ、羽織をお脱ぎなさい。」

こう云われると、裏地に夜桜の模様のある、黒縮緬《ちりめん》の無双羽織をする〳〵と脱ぎます。それから藍色の牡丹くづしの繻珍の帯を解かれ、赤大名のお召を脱がされ、背中へ雷神を描いて裾へ赤く稲妻を染め出した白縮緬の長襦袢一つになり、折角めかし込んで来た衣裳を一枚々々剥がされて、到頭裸にされて了いました。それでも三平には、梅吉の酷い言葉が嬉しくって嬉しくって堪まりません。果ては女の与える暗示のまゝに、云うに忍びないような事をします。散々弄んだ末に、梅吉は十分三平を睡らせて、皆と一緒に其処を引き上げて了いました。

明くる日の朝、梅吉に呼び醒まされると、三平はふと眼を開いて、枕許に坐っている寝間着姿の女の顔を惚れ〳〵と見上げました。三平を欺すように、わざと女の枕や衣類が其の辺に散らばって居ました。

「妾は今起きて顔を洗って来た所なの。ほんとにお前さんはよく寝て居るのね。だからきっと後生がいゝんだわ。」

と、梅吉は何喰わぬ顔をして居ます。

「梅ちゃんにこんなに可愛がって貰えりゃあ、後生よしに違いありやせん。日頃の念が届いて、私ゃあ全く嬉しうがす。」

こう云って、三平はピョコピョコお時儀をしましたが、俄かにそは〱と起き上って着物を着換へ、

「世間の口がうるそうがすから、今日の所はちっとも失礼しやす。何卒《なのとぞ》末長くね。ヘッ、此の色男め！」

と、自分の頭を軽く叩いて、出て行きました。


「三平、此の間の首尾はどうだったい。」

と、それから二三日過ぎて、榊原の旦那が尋ねました。

「や、どうもお蔭様で有難うがす。なあにぶつかって見りゃあまるでたわいはありませんや。気丈だの、勝気だのと云ったって、女はやっぱり女でげす。からッきし、だらしも何もあった話じゃありません。」

と、恐悦至極の体たらくに、

「お前もなか〱色男だな。」

こう云って冷やかすと、

「えへヽヽヽ」

と、三平は卑しい professional な笑い方をして、扇子でぽんと額を打ちました。

# 正義派

志賀直哉

上

或る夕方、日本橋の方から永代《えいたい》を渡って来た電車が橋を渡ると直ぐの処で、湯の帰りらしい二十一二の母親に連れられた五つばかりの女の児を轢《ひ》き殺した。

その時、其処《そこ》から七八間先で三人の線路工夫が凸凹《でこぼこ》になった御影《みかげ》の敷石を金テコで起しては下の砂をかきならして敷きかえていた。これらが母親の上げた悲鳴で一度に顔を挙げた時には、お河童《かつぱ》にした女の児が電車を背にして線路の中を此方《こつち》へ向って浮いた如何《いか》にも軽い足どりで馳けているところだった。運転手は狼狽《あわ》て一生懸命にブレーキを巻いている……と、女の児がコロリと丁度張子《はりこ》の人形でも倒すように軽く転がった。女の児は仰向けになったまま、何の表情もない顔をしてすくんで了《しま》った。

橋からは幾らか下りになっているから巻くブレーキでは容易に止まらなかった。工夫の一人が何か怒鳴ったが、その時は女の児はもう一番前に附いている救助網の下に入っていた。然し工夫は思った。運転台の下についている第二の救助網は鼠落しのような仕掛けで直ぐ落ちる筈だからまさか殺しはしまいと。――ガッチャンと烈しい音と共に車体が大きく波を打って止った。漸く気が附いて電気ブレーキを掛けたのだ。ところが、どうしたことか落ちねばならぬ筈の第二の救助網が落ちずに小さな女の児の体はいつかその下を通って、もう轢き殺されていた。

直ぐ人だかりがして、橋詰の交番からは巡査が走って来た。若い母親は青くなって、眼がつるし上って、物が云えなくなって了った。一度女の児の側《そば》へ寄ったが、それっきりで後《あと》は少し離れた処から、立ったまま只ボンヤリとそれを見ていた。巡査が車の間から小さな血に染《そ》んだその死骸を曳《ひ》き出す時でも、母親は自身とは急に遠くなった物でも見るような一種凄惨《せいさん》な冷淡さを顔に表わして見ていた。そして母親は時々光を失った空虚な眼を物悲しげに細めては落着きなく人だかりを越して遠く自家《うち》の方を見ようとしていた。

何処《どこ》からともなく巡査とか電車の監督などが集まって来て、人だかりを押し分けて入って来た。巡査は大きな声をして頻《しき》りに人だかりの輪を大きくした。

やはりその人だかりの輪の内で或る監督がその運転手にこんな事を訊《き》いていた。

「電気ブレーキを掛けたには掛けたんだな？」

「掛けました」その声には妙に響きがなかった。運転手は咳《せき》をして「突然線路内に飛び込んで参りましたんで……」声がしゃがれて、自身で自身の声のような気がしなかった。其所で運転手は二三度続け様に咳をしてから何か云おうとすると、監督はさえぎるように、

「よろしい。――ともかくもナ、警察へ行ったら落着いてハッキリと事実を云うんだ。いいか？　電気ブレーキで間に合わず、救助網が落ちなかったと云えば、まあ云わば過失より災難だからナ。仕方がない」と云った。

「はア」運転手は只堅くなって下を向いていた。

「どうせ、僕か山本さんが一緒に行くが……」と其所から急に声を落して「其所のところはハッキリ申し立てんと、示談の場合大変関係して来るからナ」と云った。

「はア」運転手は只頭を下げた。監督は又普通の声になって云った。

「もう一度確かめて置くが、女の児が前を突っ切ろうとして転がる、直ぐ電気ブレーキを掛けたが間に合わない。こうだナ？……」

この時不意に人だかりの中から、

「そら使ってやがらあ！」と云う高い声がした。人々は皆《みな》その方を向いた。それを云ったのは眉間《みけん》に小さな瘤《こぶ》のある先刻《さつき》の線路工夫の一人であった。工夫は或る興奮と努力とを以て、人だかりの視線から来る圧迫に堪えて、却って寧《むし》ろ悪意のある微笑をさえ浮べてその顔を高く人前にさらしていた。

女の児を轢いた車は客を後ろの車に移すと、満員の札を下げて監督の一人が人だかりの中を烈しくベルを踏みながらそのまま本所の車庫の方へ運転して行った。その側《かわ》だけ六七台止っていた電車が順々に或る間隔を取ってそれに従って動き出した。

失神したようになった、若い母親は巡査と監督とに送られて帰って行った。

警部、巡査、警察医などが間もなく俥《くるま》を連ねて来て、形式だけの取調べをした。ともかく、その運転手は引致される事になって、尚《なお》それと一緒に車掌とその他《ほか》目撃していた二三人を証人として連れて行きたいといった。四十恰好の商人で、その車に乗り合せていた男がその一人になった。あと誰かと云う時に少し離れた処で興奮した調子で何か相談していた前の三人の工夫が、年かさの丸い顔をした男を先にして自ら証人に立ちたいと申し出て来た。

下

警察での審問は割に長くかかった。運転手は女の児が車の直ぐ前に飛び込んで来たので、電気ブレーキでも間に合わなかった、と申し立てた。工夫等はそれを否定した。狼《ろう》

狽《ばい》して運転手は電気ブレーキを忘れていたのだ、最初は車と女の児との間にはカナリの距離があったのだから直ぐ電気ブレーキを掛けさえすれば、決して殺す筈はなかったのだ、といった。監督はその間で色々とりなそうとしたが、三人はそれには一切耳を貸さなかった。そして時々運転手の方を向いては「全体手前《てめえ》がドジなんだ」と、こんな事をいって、けわしい眼つきをした。

　三人が警察署の門を出た時にはもう夜も九時に近かった。明るい夜の町へ出ると彼等は何がなし、晴れ晴れした心持になって、これという目的もなく自然急ぎ足で歩いた。そして彼等は何か知れぬ一種の愉快な興奮が互いの心に通い合っているのを感じた。彼等は何故《なぜ》かいつもより巻舌で物を云いたかった。擦《す》れ違いの人にも「俺達を知らねえか！」こんな事でも云ってやりたいような気がした。

「ベラ棒め、いつまでいったって、悪い方は悪いんだ」

　年かさの丸い顔をした男が大声でこんな事を云った。

「監督の野郎途々寄って来て云いやがる――『ナア君、出来た事は仕方がない。君等も会社の仕事で飯を食ってる人間だ』エエ？　俺《おら》、余っ程警部の前で素《す》っ破《ぱ》ぬいてやろうかと思ったっけ」

「それを素っ破抜かねえって事があるもんかなあ……」と口惜しそうに瘤のある若者が云った。――然し夜の町は常と少しも変った所はなかった。それが彼等には何となく物足らない感じがした。背後《うしろ》から来た俥が突然叱声《しっせい》を残して行き過ぎる。そんな事でもその時の彼等には不当な侮辱ででもある様に感ぜられたのである。歩いている内に彼等は段々に愉快な興奮の褪《さ》めて行く不快を感じた。そしてそのかわりに報わるべきものの報われない不満を感じ始めた。彼等はしっきりなしに何かしゃべらずにはいられなかった。その内にいつか彼等は昼間仕事をしていた辺へ差しかかった。丁度女の児の轢き殺された場所へ来ると、其処が常と全く変らない、只のその場所にいつか還っていた。それには彼等は寧ろ異様な感じをしたのである。「あんまり空々しいじゃないか」三人は立留ると互いにこう云う情けないような、腹立たしいような、不平を禁じられなかった。

　彼等は橋詰の交番の前へ来て、其処の赤い電球の下にもう先刻《さっき》のではない、イヤに生若い新米らしい巡査がツンと済まして立っているのを見た。「オイオイあの後はどうなったか警官に伺って見ようじゃねえか？」

「よせよせそんな事を訊いたって今更仕様があるもんか」

　年かさの男がそれについて、

「串戯《じょうだん》じゃねえぜ、それより俺《おら》、腹が空いて堪《たま》らねいやい」

こう云いながら通り過ぎて一寸巡査の方を振りかえって見た。その時若い巡査は怒ったような眼で此方《こっち》を見送っていた。

「ハハハハ」年かさの男は不快から殊更に甲高《かんだか》く笑って、

「悪くすりゃ明日《あした》ッから暫くは食いはぐれもんだぜ」と云

った。

「悪くすりゃどころか、それに決ってらあ」と瘤のある男でない若者が云った。こう云いながら若者は暗い家《うち》で自分を待っている年寄った母を想い浮べていた。

「なんせえ一杯やろうぜ」こう年かさの男が云った。

　彼等は何かしら落着きのとれてない心のままで茅場町《かやばちょう》まで来ると、其処の大きい牛肉屋に登《あが》った。二階には未だ四五組の客が鍋の肉をつつきながら思い思いの話をしていた。中には二人で互いに酒をつぎ合いながら、真赤になった額を合わすようにして、仔細《しさい》らしく小声で話合ってる客もあった。三人は席をきめると直ぐ酒と肉とを命じて其処に安坐《あぐら》をかいた。そして幾らか落ちついたような心持を味わった。然し彼等はまだその話を止めるワケには行《や》かなかった。彼等は途々散々しゃべって来た事を傍《そば》に客や女中共を意識しながら一ト調子高い声で此処《ここ》でも又繰り返さずにはいられなかった。

　女中共はもうその騒ぎを知っていた。そして直ぐ四五人が彼等をとりまいて坐った。

「何しろお前《めえ》、頭と手とがちぎれちまったんだ。それを見るとその場で母親の気はふれちまうし……」話はいつの間にか大変大袈裟《おおげさ》になっていた。然し三人はそれを少しも不思議とは感じなかった。女中共は首を振り振り痛ましいというように眼を細めて聴いていた。

　年かさの男と瘤のある若者とはカナリ飲んだ。二人は代る代る警察での問答まで精《くわ》しく繰り返した。そして所々に、「ここらは明日《あした》の新聞にどう出るかネ」と、こんな事を入れたりした。

　二階中の客は大方彼等自身の話をやめて三人の話に耳を傾けだした。三人は警察署を出てから何かしら不満で不満でならなかったものが初めて幾らか満たされたような心持がした。――が、それは決して長い事ではなかった。彼等に話すべき事の尽きる前にもう女中共は一人去り二人去りして、帰った客の後片附けに、やがて、皆起《た》って行って了った。彼等は又三人だけになった。その時はもう十二時に近かったが、年かさの男と瘤のある若者とは中々飲む事を止めなかった。そしてその頃は彼等は依然元の不満な腹立たしい堪えられない心持に還っていたのである。最初はそれ程でもなかったが酔うにつれて年かさの男は一番興奮して来た。会社の仕事で食ってるには違いない。然し悪い方は悪いのだ。追い出される事なんか何だ。そんな事でおどかされる自分達ではないぞ。たわいもなく独りこんな事を大声で罵《ののし》っていた。

　暫くして、瘤のない方の若者が、

「俺はもう帰るぜ」と云い出した。

「馬鹿野郎！」と年かさの男がぶつけるようにいった。

「こんな胸くその悪い時に自家《うち》で眠れるかい！」

「そうとも」と瘤のある若者が直ぐ応じた。

烈しく酔った二人がいつの間にか、も一人の若者に逃げられて、小言をいいながら怪しい足取りでその牛肉屋の大戸のくぐりを出た時にはもう余程晩《おそ》かった。何方《どっち》にも電車は通らなくなっていた。

二人は直ぐ側《そば》の帳場から俥に乗ると其処から余り遠くない遊廓《ゆうかく》へ向った。

「親方。大層いい機嫌ですね」一人が曳《ひ》きながらこういった。

「いい機嫌どころか……」と瘤のある若者が答えた。これが直ぐ台になって、彼は又話し出した。出来事は車夫もよく知っていた。

「へえ、何か線路の方のかたが証人に立ったと聞きましたが、それが親方でしたかい」

掃いたような大通りは静まりかえって、昼間よりも広々と見えた。大声に話す声は通りに響き渡った。

年かさの男は前の俥で、グッタリと泥よけへ突伏《つっぷ》したまま、死んだようになって揺られて行った。後ろの若者は「眠ったな」と思っていた。

永代を渡った。

「オオ此処だぜ、——丁度此処だ」後ろの若者が車夫にこう云った。

その声を聴くと、死んだようになっていた年かさの男は身を起した。

「オイ此処だな……一寸降ろしてくれ……エエ、一寸降ろしてくれ」いつの間にか啜《すす》り泣《な》いている。

「もういいやい！　もういいやい！」と瘤のある若者は大声で制した。

「エエ。一寸降ろしてくんな」こういって泣きながら、ケコミに立上りそうにした。

「いけねえいけねえ」と、若者は叱るようにいった。「若い衆《しゅ》かまわねえからドンドンやってくれ！」

俥はそのまま走った。

年かさの男も、もう降りようとはしなかった。そして又泥よけに突伏すと声を出して泣き出した。

# 清兵衛と瓢箪

志賀直哉

これは清兵衛と云う子供と瓢箪《ひょうたん》との話である。この出来事以来清兵衛と瓢箪とは縁が断《き》れて了《しま》ったが、間もなく清兵衛には瓢箪に代わる物が出来た。それは絵を描く事で、彼は嘗《かつ》て瓢箪に熱中したように今はそれに熱中している……

清兵衛が時々瓢箪を買って来る事は両親も知っていた。三四銭から十五銭位までの皮つきの瓢箪を十程も持っていたろう。彼はその口を切る事も種を出す事も独りで上手にやった。栓《せん》も自分で作った。最初茶渋《ちゃしぶ》で臭味《くさみ》をぬくと、それから父の飲みあました酒を貯えて置いて、それで頻りに磨いていた。

全く清兵衛の凝りようは烈しかった。或る日彼はやはり瓢箪の事を考え考え浜通りを歩いていると、不図、眼に入った物がある。彼ははッとした。それは路端に浜を背にしてズラリと並んだ屋台店の一つから飛び出して来た爺さんの禿頭《はげあたま》であった。清兵衛はそれを瓢箪だと思ったのである。

「立派な瓢じゃ」こう思いながら彼は暫く気がつかずにいた。――気がついて、さすがに自分で驚いた。その爺さんはいい色をした禿頭を振り立てて彼方《むこう》の横町へ入って行った。清兵衛は急に可笑《おか》しくなって一人大きな声を出して笑った。堪《たま》らなくなって笑いながら彼は半町程馳けた。それでもまだ笑いは止まらなかった。

これ程の凝りようだったから、彼は町を歩いていれば骨董《こっとう》屋でも八百屋でも荒物屋でも駄菓子屋でも又専門にそれを売る家《うち》でも、凡《およ》そ瓢箪を下げた店と云えば必ずその前に立って凝《じっ》と見た。

清兵衛は十二歳で未だ小学校に通っている。彼は学校から帰って来ると他《ほか》の子供とも遊ばずに、一人よく町へ瓢箪を見に出かけた。そして、夜は茶の間の隅に胡坐《あぐら》をかいて瓢箪の手入れをしていた。手入れが済むと酒を入れて、手拭で巻いて、罐《かん》に仕舞って、それごと炬燵《こたつ》へ入れて、そして寝た。翌朝《よくあさ》は起きると直ぐ彼は罐を開けて見る。瓢箪の肌はすっかり汗をかいている。彼は厭《あ》かずそれを眺めた。それから叮嚀《ていねい》に糸をかけて陽のあたる軒へ下げ、そして学校へ出かけて行った。

清兵衛のいる町は商業地で船つき場で、市《し》にはなっていたが、割に小さな土地で二十分歩けば細長い市のその長い方が通りぬけられる位であった。だから仮令《たとえ》瓢箪を売る家《うち》はかなり多くあったにしろ、殆ど毎日それらを見歩いている清兵衛には、恐らく総ての瓢簞は眼を通されていたろう。

　彼は古瓢《こひょう》には余り興味を持たなかった。未だ口も切ってないような皮つきに興味を持っていた。しかも彼の持っているのは大方所謂《いわゆる》瓢簞形の、割に平凡な恰好をした物ばかりであった。

「子供じゃけえ、瓢いうたら、こう云うんでなかにゃあ気に入らんもんと見えるけのう」大工をしている彼の父を訪ねて来た客が、傍《そば》で精兵衛が熱心にそれを磨いているのを見ながら、こう云った。彼の父は、

「子供の癖に瓢いじりなぞをしおって……」とにがにがしそうに、その方を顧みた。

「清公。そんな面白うないのばかり、えっと持っとってもあかんぜ。もちっと奇抜なんを買わんかいな」と客がいった。清兵衛は、

「こういうがええんじゃ」と答えて澄ましていた。

　清兵衛の父と客との話は瓢簞の事になって行った。

「この春の品評会に参考品で出ちょった馬琴《ばきん》の瓢簞と云う奴は素晴らしいもんじゃったのう」と清兵衛の父が云った。

「えらい大《で》けえ瓢じゃったけのう」

「大けえし、大分長かった」

　こんな話を聞きながら清兵衛は心で笑っていた。馬琴の瓢と云うのはその時の評判な物ではあったが、彼は一寸《ちょっと》見ると、――馬琴という人間も何者だか知らなかったし――直ぐ下らない物だと思ってその場を去って了った。

「あの瓢はわしには面白うなかった。かさ張っとるだけじゃ」彼はこう口を入れた。

　それを聴くと彼の父は眼を丸くして怒った。

「何じゃ。わかりもせん癖して、黙っとれ！」

　清兵衛は黙ってしまった。

　或る日清兵衛が裏通りを歩いていて、いつも見なれない場所に、仕舞屋《しもたや》の格子先に婆さんが干柿や蜜柑の店を出して、その背後《うしろ》の格子に二十ばかりの瓢簞を下げて置くのを発見した。彼は直ぐ、

「ちょっと、見せてつかあせえな」と寄って一つ一つ見た。中に一つ五寸ばかりで一見極く普通な形をしたので、彼には震いつきたい程にいいのがあった。

　彼は胸をどきどきさせて、

「これ何ぼかいな」と訊《き》いて見た。婆さんは、

「ぼうさんじゃけえ、十銭にまけときやんしょう」と答えた。彼は息をはずませながら、

「そしたら、きっと誰にも売らんといて、つかあせえのう。直ぐ銭持って来やんすけえ」くどく、これを云って走って帰って行った。

　間もなく、赤い顔をしてハアハアいいながら還って来ると、それを受け取って又走って帰って行った。

　彼はそれから、その瓢が離せなくなった。学校へも持っ

て行くようになった。仕舞いには時間中でも机の下でそれを磨いている事があった。それを受持の教員が見つけた。修身の時間だっただけに教員は一層怒った。

他所《よそ》から来ている教員にはこの土地の人間が瓢箪などに興味を持つ事が全体気に食わなかったのである。この教員は武士道を云う事の好きな男で、雲石衛門《くもえもん》が来れば、いつもは通りぬけるさえ恐れている新地の芝居小屋に四日の興行を三日聴きに行く位だから、生徒が運動場《うんどうば》でそれを唄う事にはそれ程怒らなかったが、清兵衛の瓢箪では声を震わして怒ったのである。「到底将来見込のある人間ではない」こんな事まで云った。そしてそのたんせいを凝らした瓢箪はその場で取り上げられて了った。清兵衛は泣けもしなかった。

彼は青い顔をして家《うち》へ帰ると炬燵に入って只ぼんやりとしていた。

そこに本包みを抱えた教員が彼の父を訪ねてやって来た。清兵衛の父は仕事へ出て留守だった。

「こう云う事は全体家庭で取り締って頂くべきで……」教員はこんな事をいって清兵衛の母に食ってかかった。母は只々恐縮していた。

清兵衛はその教員の執念深さが急に恐ろしくなって、唇を震わしながら部屋の隅で小さくなっていた。教員の直ぐ後ろの柱には手入れの出来た瓢箪が沢山下げてあった。今気がつくか今気がつくかと清兵衛はヒヤヒヤしていた。

散々叱言《こごと》を並べた後《あと》、教員はとうとうその瓢箪には気がつかずに帰って行った。清兵衛はほッと息をついた。清兵衛の母は泣き出した。そしてダラダラと愚痴っぽい叱言を云いだした。

間もなく清兵衛の父は仕事場から帰って来た。で、その話を聞くと、急に側《そば》にいた清兵衛を捕えて散々に撲りつけた。清兵衛はここでも「将来とても見込のない奴だ」と云われた。「もう貴様のような奴は出て行け」と云われた。清兵衛の父は不図柱の瓢箪に気がつくと、玄能を持って来てそれを一つ一つ割って了った。清兵衛は只青くなって黙っていた。

さて、教員は清兵衛から取り上げた瓢箪を穢《けが》れた物ででもあるかのように、捨てるように、年寄った学校の小使にやって了った。小使はそれを持って帰って、くすぶった小さな自分の部屋の柱へ下げて置いた。

二カ月程して小使は僅かの金に困った時に不図その瓢箪をいくらでもいいから売ってやろうと思い立って、近所の骨董屋へ持って行って見せた。

骨董屋はためつ、すがめつ、それを見ていたが、急に冷淡な顔をして小使の前へ押しやると、

「五円やったら貰うとこう」と云った。

小使は驚いた。が、賢い男だった。何食わぬ顔をして、「五

円じゃとても離し得やしえんのう」と答えた。骨董屋は急に十円に上げた。小使はそれでも承知しなかった。

結局五十円で漸く骨董屋はそれを手に入れた。――小使は教員からその人の四カ月分の月給を只貰ったような幸福を心ひそかに喜んだ。が、彼はその事は教員には勿論《もちろん》、清兵衛にも仕舞いまで全く知らん顔をしていた。だからその瓢箪の行方《ゆくえ》に就いては誰も知る者がなかったのである。

然しその賢い小使も骨董屋がその瓢箪を地方の豪家に六百円で売りつけた事までは想像も出来なかった。

……清兵衛は今、絵を描く事に熱中している。これが出来た時に彼にはもう教員を怨《うら》む心も、十あまりの愛瓢を玄能で破《わ》って了った父を怨む心もなくなっていた。

然し彼の父はもうそろそろ彼の絵を描く事にも叱言を云い出して来た。

# An Incident《アン インシデント》

有島武郎

彼はとうとう始末に困《こう》じて、傍に寝ている妻をゆり起した。妻は夢心地に先ほどから子供のやんちゃとそれをなだめあぐんだ良人の声とを意識していたが、夜着に彼の手を感ずると、警鐘を聞いた消防夫の敏捷《びんしょう》さをもって飛び起きた。しかし意識がぼんやりして何をするでもなくそのまましばらくじっとして坐っていた。

彼のいらいらした声はしかしすぐ妻を正気に返らした。妻はきゅうに瞼の重味が取り除けられたのを感じながら、立上って小さな寝床の側に行った。布団から半分身を乗りだして、子供を寝かしつけていた彼は、妻でなければ子供が承知しないのだということを簡単に告げて、床の中にもぐりこんだ。冬の真夜中の寒さは両方の肩を氷のようにしていた。

妻がなだめたならばという期待は裏切られて、彼は失望せねばならなかった。妻がやさしい声で、真夜中だからおとなしくして寝入るようにと言えば言うほど、子供は鼻にかかった甘ったれ声でだだをこねだした。枕を裏返せとか、裏返した枕が冷たいとか、袖《そで》で涙をふいてはいけないとか、夜着が重いけれども、取り除けてはいけないとか、妻がすること、言うことの一つ一つにあまのじゃくを言いつのるので、初めの間はなるべく逆らわぬようにと、いろいろ言いなだめていた妻も、我慢がしきれないという風に、寒さに身を慄《ふる》わしながら、一言二言叱ってみたりした。それを聞くと子供はつけこむようにことさら声を曇らしながら身《み》悶《もだ》えした。

彼は鼻の処まで夜着に埋まって、眼を大きく開いて薄ぼんやりと見える高い天井を見守ったまま黙っていた。晩《おそ》くまで仕事をしてから床にはいったので、重々しい睡気《ねむけ》が頭の奥の方へ追いこめられて、一つのとげとげした塊《かたまり》的となって彼の気分を不愉快にした。

彼は物を言おうと思ったが面倒なので口には出さずに黙っていた。

十分。

十五分。

二十分。

何んの甲斐《かい》もない。子供は半睡の状態からだんだんと覚めてきて、彼を不愉快にしているその同じ睡気にさいなまれながら、自分を忘れたように疳《かん》を高めた。

こうしていてはだめだ、彼はそう思ってまたむっくり起き上って、妻の傍にひきそって子供に近づいてみた。子供はそれを見ると、一種の嫉妬《しっと》でも感じたように気狂いじみた暴れ方をして彼の顔を手でかきむしりながら押し退けた。数え年の四つにしかならない子供の腕にも、こんな時には癪《しゃく》にさわるほど意地悪い力が籠《こも》っていた。

「ママちゃんの傍に来ちゃいけない」

そう言って子供は彼を睨めた。

彼は少し厳格に早く寝つくように言ってみたが、だめだと思ってまた床にはいった。妻はその間黙ったままで坐っていた。しかしてこれほど苦心して寝かしつけようとしているのに、その永い間、寒さの中に自分一人だけ起しておいて、知らぬげに臥ている彼を冷やかな心になつて考えながら、子供の仕打ちを胸の奥底ではJustify《ジャスティファイ》しているらしく彼には考えられた。

彼は子供の方に背を向けて、そっちには耳を仮さずに寝入ってしまおうと身構えた。

子供の口小言はしかし耳からばかりでなく、喉《のど》からも、胸からも、沁みこんでくるように思われた。彼は少しずついらいらしだした。しまったと思ったけれども、もうどうすることもできない。これが彼の癖である。普段めったに怒ることのない彼には、自分で怒りたいと思ったさまざまの場合を、胸の中の棚のような所に畳んでおいたが、どうかすると、それがくだらない機会に乗じて一度に激発した。そうなると彼は、紋自身をどうすることもできなかった。はらはらしているうちに、その場合場合に応じて、一番危険な、一番破壊的な、一番ばからしい仕打ちを夢中でして退《の》けて、後になってから本当に臍《ほぞ》を噛みたいようなたまらない後悔に襲われるのだ。

妻は、相かわらず煮えきらない小言を、言うでもなし言わぬでもなしという風で、そのくせなかなかしつっこく、子供を相手にしていた。いらいらしている彼には、子供がいらいらしているわけが胸に徹《こた》えるようだった。あんなにしんねりむっつりと首も尻尾もなく、小言を聞かされてはたまるものか、何んだってもっとはっきりしないんだ、と思うと彼の歯はひとりでに堅く噛み合った。彼はそう堅く歯を噛み合わして、瞼を堅く閉じて、もう一遍寝入ろうと努めてみた。塊《かたまり》的になった睡気はしかし後頭の隅に引っこんで、眼の奥が冴《さ》えて痛むだけだった。

「早く寝ないとママちゃんはまたあなたを穴に入れますからね」

始めはかなり力の籠った言葉だと思って聞いているとしまいには平凡な調子になってしまう。子供はそんな言葉には頓着《とんちゃく》する様子もなく、人をいらだたせるようにできた泣き声を張り上げて、夜着を踏みにじりながら泣き続けた。彼はとうとうたまらなくなってできるだけ声の調子を穏当にしたつもりで、

「そんなに泣かせないだって、もう少しやりようがありそ

うなものだがな」

と言った。がそれがかなり自分の耳にもつけつけと聞こえた。妻は彼の言葉で注意されても子供を取扱う態度を改める様子もなく、黙ったままで、無益にも踏みはぐ夜着を子供に着せようとしてばかりいた。

「おい、どうかしないか」

彼の調子はますます尖ってきた。彼はもう驀地《まっしぐら》に自分の癇癪《かんしゃく》に引き入れられて、胸の中で憤怒《ふんど》の情がぐんぐん生長していくのが気持がよかった。彼は少し慄《ふる》えを帯びた声を張り上げて怒鳴《どな》りだした。

「光《みつ》！　まだ泣いてるか――黙って寝なさい」

子供は気を呑まれてちょっと静かになったが、すぐ低い啜《すす》り泣きから出なおして、前にも増したおおげさな泣き声になった。

「泣くとパパが本当に怒るよ」

まだ泣いている。

その瞬間かっと身体じゅうの血が頭に衝《つ》き上ったと思うと、彼は前後の弁《わきま》えもなく立上った。はっと驚く間もあらせず、妻の傍をすり抜けて、両手を子供の頭と膝との下にあてがうが早いか、小さい体を丸めるように抱きすくめた。不意の驚きに気息《いき》を引いた子供が懸命になって火のつくように「ママ……ママ……パパ……もうしません……もうしないよう……」と泣きだした時には、彼はもう寝室の唐戸を足で蹴明けて廊下に出ていた。冷たい板敷が彼の熱しきった足の裏にひやりと触れるのだけを彼は感じて快く思った。そのほかに彼は何事をも意識していなかった。張りきった残酷《ざんこく》な大きな力が、何らの省慮もなく、張りきった小さな力を抱えていた。彼はわななく手を暗《やみ》の中に延ばしながら、階子段の下にある外套かけの袋戸の把手《ハンドル》をさぐった。子供は腰から下が自由になったので、思いきりばたばたと両脚でもがいている。戸が開いた。子供はその音を聞くと狂気のごとく彼の頸《くび》にすがりついた。しかし無益だ。彼は蔓《つる》のようにからみつくその手足を没義道《もぎどう》にもたわいなく引き放して、いきなり外套と帽子と屑物《はきもの》と掃除道具とでごっちゃになった真暗な中に子供を放りこんだ。その時の気組なら彼は殺人罪でも犯しえたであろう。感情の激昂《げっこう》から彼の胸は大波のように高低して、喉《のど》は笛のように鳴るかと思うほど燥《かわ》きはて、耳を聾返《つんぼが》らすばかりな内部の噪音《そうおん》に阻《はば》まれて、子供の声などは一語も聞こえはしなかった。外套のすそか、箒《ほうき》の柄《え》かそれとも子供のかよわい手か、戸をしめる時弱い抵抗をしたのを、彼は見境《みさかい》もなく力まかせに押しつけて、把手《ハンドル》を廻しきった。

その時彼は満足を感じた、跳《おど》り上りたいほどの満足をその短い瞬間において思う存分に感じた。そして始めて外界に対して耳が開けた。

戸を隔てて子供の泣く声は憐《あわ》れにも痛ましいものであっ

た。彼と妻とに嘗《な》めるようにいつくしまれたこの子供は今まで真夜中にかかるめには一度も遇《あ》ったことがなかったのだ。

彼は何かに酔いしれた男のように、衣紋《えもん》もしだらなく、ひょろひょろと蹣《よろ》けながら寝室に帰って、疲れはてて自分の寝床に臥《ふ》し倒れた。そっと頭を動かして妻を見ると、次の子供の枕許にしょんぼりとあちら向きになって、頭の毛を乱してうつ向いたまま坐っていた。

それを見ると彼の怒りはまた乱潮のように寄せ返した。

「あなたは子供の育て方を何んだと思ってるんだ」

気息《いき》がはずんで二の句がつげない。彼は芝居で腹を切った俳優が科白《せりふ》の間にやるように、深い呼吸をしばらくの間苦しそうについていた。

「あまやかしていればそれですむんじゃないんだ――」

彼はまた気息《いき》をついた。彼はまだ何か言うつもりであったがすべてがばからしいので、そのまま口をつぐんでしまった。そうして深い呼吸をせわしく続けていた。

外套かけからは命を搾《しぼ》りだすような子供の詫《わ》びる声が聞こえていた。彼はもう一度妻を見て、妻が先っきからその声に気を取られているということに気がついた。苦い敵愾《てきがい》心《しん》がまた胸につきあげてきた――嫉妬《しっと》という言葉ででも現わすべき敵愾心が――

「それでなくてもパパは怖いものなんだよ、……それ……それに」

パパだけが折檻《せっかん》をやっては、なおさら怖がらせるばかりで、しまいにはどう始末をしていいか判らなくなる。男の児は七つ八つになれば、もう腕力では母から独立する。女でも手がけることのできる間に、しっかり母の強さも感じさせておかなければだめなんだ。それは前からたびたび言ってることではないか。それを一時の愛着に牽《ひ》かされて姑息《そく》にしておく法はない。これだけの事を言うつもりであったのだけれども、とても言えないと気がついて黙ってしまったのだ。妻は寒い中に端坐して身もふるわさずに子供の声に聞き入ってるらしかった。

「もう寝ろ」

彼はしばらくたってからこんな乱暴な言いようで妻を強いた。

「出してやらなくてもよろしいでしょうか」

彼の言葉には答えもせずに、妻は平べったい調子で後ろを向いたまままこう言っている。その落着き払ったような、ちっとも情味の籠《こも》らないような、冷静な妻の態度がかえって怒りを募《つの》らして、彼は妻の眼の前で子供をつるし切りにしてみせてやりたいほど荒んだ気分になった。憤《ふん》怒《ど》の小魔が、体の内からともなく外からともなく、彼の眼をはだけ、歯を噛み合わさせ、喉《のど》をしめつけ、握った手に油汗をにじみださした。彼は焔《ほのお》に包まれて、宙に浮いているような、目まぐるしい心の軽さを覚えて、すべての羈絆《きはん》を絶ち切って、どこまでも羽をのすことができるようにも思った。彼はその虚無的《つきよむてき》な気分に浸りたいがために、狂言をかいて憤怒の酒に酔いしれようと勉《つと》めるらしくもあった。

とにかく彼は心ゆくばかり激情の弄《もてあそ》ぶままに自分の心を弄ばした。生全体の細かい強い震動が、大奏楽のFinaleの楽声のように、雄々しく狂おしく互に打ち合って、もう一歩で回復のできない破滅を招くかとも思われるその境を、彼の心は痛ましくも泣き笑いをしながら小躍りして駈けまわっていた。

しかしそうこうするうちに癇癪《かんしゃく》の潮はその頂上を通り越して、やや引潮になってきた。どんな猛烈なことを頭に浮べてみても、それには前ほどな充実した真実味が漂っていなくなった。考えただけでも厭やな後悔の前兆《ぜんちょう》が心の隅《すみ》に頭を擡《もた》げ始めた。

「出したけりゃ出したらいいじゃないか」

この言葉を聞くと妻ほ釣りこまれて、立上ろうとした様子であったが、思い返したらしくまた坐りなおして始めて彼の方を振りかえりながら、

「でもあなたがお入れになって私が出してやったのでは、私がいい子にばかりなるわけですから」

と答えた。それが彼には、彼を怖れて言った言葉とはどうしても聞こえないで、たんに復讐的な皮肉とのみ響いた。

何が起るか解らないような沈黙がしばらくの間二人の間に続いた。

その間彼は自分の呼吸がだんだん静まっていくのを、何んだか心淋しいような気持で注意した――表面的な自己に還っていくようなー―インスピレーションが離れ去っていくような――何物かの世界から何物でもない世界にはいっていくような――

呼吸が静まるのと正比例して、子供の泣き声はひしひしと彼の胸に徹《こた》えだした。慈愛《じあい》の懐《ふところ》から思いも寄らぬ孤独の境界に投げだされた子供は、力の限り戸を敲《たた》いて、女中の名や、家にはいない親しい人の名までかわるがわる呼びたてながら、救いを求めていた。その訴えの声の中には、人の子の親の胸を劈《つんざ》くような何物かが潜んでいた。妻は始《はじ》めから今までじっと我慢してこの声に鞭《むち》うたれていたのかと甫めて気がついてみると、彼には妻の仕打ちがいかにも正当な仕打ちに考えなされた。

それでも彼は動かなかった。

火のつくように子供が地だんだ踏んで泣き叫ぶ間に、寝室では二人の間にまたいまわしい沈黙が続いた。

彼はじっとこらえられるだけこらえてみた。しかしこうなると彼の我慢はみじめなほど弱いものであった。一分ごとに彼の胸には重さが十倍百倍千倍と加わっていって、五分も経たないうちに彼はおめおめと立ち上った。そして子

供を連れだしてきた。

彼は妻の前に子供をすえて、

「さ、ママに悪うございましたとあやまりなさい」

と言い渡した。日ごろならばこうなると頑固《がんこ》を言い張る質《たち》であるのに、この夜はよほど懲《こ》りたとみえて、子供は泣きじゃくりをしながら、なよなよと頭を下げた。それ見ると突然彼の胸はぎゅっと引きしめられるようになった。

冷えきった小さい寝床の中に子供を臥《ね》かして、彼は小声で半ば嚇《おど》かすように半ば教えるように、これからはけっして夜中などにやんちゃを言うものでないと言い聞かせた。子供は今までの恐怖になおおびえているように、彼の言うことなどは耳にも入れないで、上の空で彼の胸にすり寄った。

後ろを振返ってみると、妻は横になっていた。人に泣き顔を見せるのを嫌い、またよし泣くのを見せても声などをけっして立てたことのない妻が、床の中でどうしているかは彼にはほぼ想像ができた。子供は泣き疲れに疲れきって、時々夢でおびえながらほどもなく眠りに落ちてしまった。

彼は石ころのようにこちんとした体と心とになって自分の床に帰った。あたりは死に絶えたように静まり返ってしまった。寝がえりを打つのさえ憚《はばか》られるような静かさになった。

彼はそうしたままでまんじりともせずに思いふけった。ひそみきってはいるが、妻が心の中で泣きながら口惜しがっているのが彼にははっきりと感ぜられた。

こうしてやや半時間も過ぎたと思うころ、かすかに妻の寝息が聞こえ始めた。妻の思いとちぐはぐになった彼の思いはこれでとうとうまったくの孤独に取り残された。

妻と子供とを持った彼の生活も、ただ一つの眠りがめいめいをこんなにばらばらに引き離してしまう。彼はどこからともなく押し逼《せま》ってくる氷のような淋しさのために存分にひしがれていた。水色の風呂敷で包んだ電球は部屋の中を陰鬱《いんうつ》に照らしていた。彼は妻の寝息を聞くのがたまらないで、そっちに背を向けて、丸っこく身をかがめて耳もとまで夜着を被《かむ》った。憤怒め苦い後味が頭の奥でいつまでもいつまでも彼を虐《しいた》げようとした。

後悔しない心、それが欲しいのだ。いろいろと思いまわした末にここまで来ると、彼はそこに生き甲斐《がい》のない自分を見出《みい》だした。敗亡の苦い淋しさが、彼を石の枕でもしているように思わせた。彼の心は本当に石ころのように冷たく、冷えこむ冬の夜寒の中にこちんとしていた。

# 小さき者へ

有島武郎

お前たちが大きくなって、一人前の人間に育ち上った時、——その時までお前たちのパパは生きているかいないか、それは分らないことだが——父の書き残したものを繰拡《くりひろ》げてみる機会があるだろうと思う。その時この小さな書き物もお前たちの眼の前に現われでるだろう。時はどんどん移っていく。お前たちの父なる私がその時お前たちにどう映《うつ》るか、それは想像もできないことだ。おそらく私が今ここで、過ぎ去ろうとする時代を嗤《わら》い憐《あわ》れんでいるように、お前たちも私の古臭い心持を嗤い憐れむのかもしれない。私はお前たちのためにそうあらんことを祈っている。お前たちは遠慮なく私を踏台にして、高い遠いところに私を乗り越えて進まなければ間違っているのだ。しかしながらお前たちをどんなに深く愛したものがこの世にいるか、あるいはいたかという事実は、永久にお前たちに必要なものだと私は思うのだ。お前たちがこの書き物を読んで、私の思想の未熟で頑固《がんこ》なのを嗤《わら》う間にも、私たちの愛はお前たちを暖め、慰め、励まし、人生の可能性をお前たちの心に味覚させずにおかないと私は思っている。だからこの書き物を私はお前たちにあてて書く。

お前たちは去年一人の、立った一人のママを永久に失ってしまった。お前たちは生れると間もなく、生命に一番大事な養分を奪われてしまったのだ。お前たちの人生はそこですでに暗い。この間ある雑誌社が「私の母」という小さな感想をかけといってきた時、私は何んの気もなく、「自分の幸福は母が始めから一人で今も生きていることだ」と書いてのけた。そして私の万年筆がそれを書き終えるか終えないに、私はすぐお前たちの事を思った。私の心は悪事でも働いたように痛かった。しかも事実は事実だ。私はその点で幸福だった。お前たちは不幸だ。恢復《かいふく》の途《みち》なく不幸だ。不幸なものたちよ。

暁方の三時からゆるい陣痛《じんつう》が起りだして不安が家じゅうに拡がったのは今から思うと七年前の事だ。それは吹雪も吹雪、北海道ですら、めったにはないひどい吹雪の日だった。市街を離れた川沿いの一つ家はけし飛ぶほど揺れ動いて、窓硝子に吹きつけられた粉雪は、さらぬだに綿雲《わたぐも》に閉じられた陽の光を二重に遮《さえぎ》って、夜の暗さがいつまでも部屋から退《ど》かなかった。電燈の消えた薄暗い中で、白いものに包まれたお前たちの母上は、夢心地に呻《うめ》き苦しんだ。私は一人の学生と一人の女中とに手伝われながら、火を起したり、湯を沸かしたり、使を走らせたりした。産婆が雪で真白になってころげこんできた時は、家じゅうのものが思わずほっと気息《いき》をついて安堵《あんど》したが、昼になっても昼過ぎになっても出産の模様が見えないで、産婆や看護婦の顔に、私だけに見える気遣いの色が見えだすと、私はまったく慌《あわ》ててしまっていた。書斎に閉じ籠って結果を待っていられなくなった。私は産室に降りていって、産婦の両手をしっかり握る役目をした。陣痛が起るたびごとに産婆は叱るように産婦を励まして、一分も早く産を終らせようとした。しかししばらくの苦痛の後に、産婦はすぐまた深い眠りに落ちてしまった。鼾《いびき》さえかいてやすやすと何事も忘れたように見えた。産婆も、後から駈けつけてくれた医者も、顔を見合わして吐息《といき》をつくばかりだった。医師は昏睡《こんすい》が来るたびごとに何か非常の手段を用いようかと案じているらしかった。

　昼過ぎになると戸外の吹雪はだんだん鎮《しず》まっていって、濃い雪雲から漏《も》れる薄日の光が、窓にたまった雪に来てそっと戯《たわむ》れるまでになった。しかし産室の中の人々にはますます重い不安の雲が蔽《おお》い被《かぶ》さった。医師は医師で、産婆は産婆で、私は私で、めいめいの不安に捕われてしまった。その中で何らの危害をも感ぜぬらしく見えるのは、一番恐ろしい運命の淵《ふち》に臨《のぞ》んでいる産婦と胎児《たいじ》だけだった。二つの生命は昏々《こんこん》として死の方へ眠っていった。

　ちょうど三時と思わしい時に――産気がついてから十二時間目に――夕を催《もよお》す光の中で、最後と思わしい激しい陣痛が起った。肉の眼で恐ろしい夢でも見るように、産婦はかっと瞼を開いて、あてどもなく一所を睨《にら》みながら、苦しげというより、恐ろしげに顔をゆがめた。そして私の上体を自分の胸の上にたくしこんで、背中を羽がいに抱きすくめた。もし私が産婦と同じ程度にいきんでいなかったら、産婦の腕は私の胸を押しつぶすだろうと思うほどだった。そこにいる人々の心は思わず総立ちになった。医師と産婆は場所を忘れたように大きな声で産婦を励ました。

　ふと産婦の握力がゆるんだのを感じて私は顔を挙げてみた。産婆の膝許には血の気のない嬰児《えいじ》が仰向けに横たえられていた。産婆は毬《まり》でもつくようにその胸をはげしく敲《たた》きながら、葡萄酒葡萄酒といっていた。看護婦がそれを持ってきた。産婆は顔と言葉とでその酒を盥《たらい》の中にあけろと命じた。激しい芳芬《ほうふん》と同時に盥の湯は血のような色に変った。嬰児はその中に浸された。しばらくしてかすかな産声《うぶごえ》が気《い》息《き》もつけない緊張の沈黙を破って細く響いた。

　大きな天と地との間に一人の母と一人の子とがその刹那《せつな》に忽如として現われでたのだ。

　その時新たな母は私を見て弱々しくほほえんだ。私はそれを見ると何んということなしに涙が眼がしらに滲《にじ》みでてきた。それを私はお前たちに何んといっていい現わすべきかを知らない。私の生命全体が涙を私の眼から搾《しぼ》りだしたとでもいえばいいのかしらん。その時から生活の諸相がすべて眼の前で変ってしまった。

お前たちのうち最初にこの世の光を見たものは、このようにして世の光を見た。二番目も三番目も、生れように難易の差こそあれ、父と母とに与えた不思議な印象に変りはない。

こうして若い夫婦はつぎつぎにお前たち三人の親となった。

私はそのころ心の中にいろいろな問題をあり余るほど持っていた。そして始終齷齪《あくせく》しながら何一つ自分を「満足」に近づけるような仕事をしていなかった。何事も独りで噛みしめてみる私の性質として、表面《うわべ》には十人並みな生活を生活していながら、私の心はややともすると突き上げてくる不安にいらいらさせられた。ある時は結婚を悔《く》いた。ある時はお前たちの誕生を悪《にく》んだ。なぜ自分の生活の旗色をもっと鮮明にしないうちに結婚なぞをしたか。妻のあるために後ろに引きずっていかれねばならぬ重みのいくつかを、なぜ好んで腰につけたのか。なぜ二人の肉慾の結果を天からの賜物のように思わねばならぬのか。家庭の建立《こんりゅう》に費《ついや》す労力と精力とを自分はほかに用うべきではなかったのか。

私は自分の心の乱れからお前たちの母上をしばしば泣かせたり淋しがらせたりした。またお前たちを没義道《もぎどう》に取りあつかった。お前たちが少し執念《しゅうね》く泣いたりいがんだりする声を聞くと、私ほ何か残虐《ざんぎゃく》なことをしないではいられなかった。原稿紙にでも向っていた時に、お前達の母上が、小さな家事上の相談を持ってきたり、お前たちが泣き騒いだりしたりすると、私は思わず机をたたいて立上ったりした。そして後ではたまらない淋しさに襲われるのを知りぬいていながら、激しい言葉を遣ったり、厳しい折檻《せっかん》をお前たちに加えたりした。

しかし運命が私の我儘《わがまま》と無理解とを罰する時が来た。どうしてもお前たちを子守に任せておけないで、毎晩お前たち三人を自分の枕許や、左右に臥《ふせ》らして、夜通し一人を寝かしつけたり、一人に牛乳を温めてあてがったり、一人に小用をさせたりして、ろくろく熟睡する暇もなく愛の限りを尽したお前たちの母上が、四十一度という恐ろしい熱を出してどっと床についた時の驚きもさることではあるが、診察に来てくれた二人の医師が口を揃えて、結核の微候《ちょうこう》があるといった時には、私はただ訳もなく青くなってしまった。検痰《けんたん》の結果は医師たちの鑑定を裏書きしてしまった。そして四つと三つと二つとになるお前たちを残して、十月末の淋しい秋の日に、母上は入院せねばならぬ体となってしまった。

私は日中の仕事を終ると飛んで家に帰った。そしてお前たちの一人か二人を連れて病院に急いだ。私がその町に住まい始めたころ働いていた克明な門徒の婆さんが病室の世話をしていた。その婆さんはお前たちの姿を見ると隠し隠し涙を拭いた。お前たちは母上を寝台の上に見つけると飛んでいってかじりつこうとした。結核症であるのをまだあかされていないお前たちの母上は、宝を抱きかかえるようにお前たちをその胸に集めようとした。私はいい加減にあしらってお前たちを寝台に近づけないようにしなければならなかった。忠義をしようとしながら、周囲の人から極端な誤解を受けて、それを弁解してならない事情に置かれた人の味いそうな心持を幾度も味った。それでも私はもう怒る勇気はなかった。引きはなすようにしてお前たちを母上から遠ざけて帰路につく時には、たいてい街燈の光が淡く道路を照らしていた。玄関をはいると雇人だけが留守していた。彼らは二三人もいるくせに、残しておいた赤坊のおしめを代えようともしなかった。気持ち悪げに泣き叫ぶ赤坊の股《また》の下はよくぐしょ濡れになっていた。

　お前たちは不思議に他人になつかない子供たちだった。ようようお前たちを寝かしつけてから私はそっと書斎にはいって調べ物をした。体は疲れて頭は興奮していた。仕事をすまして寝つこうとする十一時前後になると、神経の過敏になったお前たちは、夢などを見ておびえながら眼をさますのだった。暁方になるとお前たちの一人は乳を求めて泣きだした。それにおこされると私の眼はもう朝まで閉じなかった。朝飯を食うと私は赤い眼をしながら、堅い心《しん》のようなもののできた頭を抱えて仕事をする所に出かけた。

　北国には冬がみるみる逼《せま》ってきた。ある時病院を訪れると、お前たちの母上は寝台の上に起きかえって窓の外を眺めていたが、私の顔を見ると、早く退院がしたいといいだした。窓の外の楓《かえで》があんなになったのを見ると心細いというのだ。なるほど入院したてには燃えるように枝を飾っていたその葉が一枚も残らず散りつくして、花壇の菊も霜に傷められて、萎《しお》れる時でもないのに萎れていた。私はこの寂しさを毎日見せておくだけでもいけないと思った。しかし母上の本当の心持はそんなところにはなくって、お前たちから一刻も離れてはいられなくなっていたのだ。

　今日はいよいよ退院するという日は、霰《あられ》の降る、寒い風のびゅうびゅうと吹く悪い日だったから、私は思い止らせようとして、仕事をすますとすぐ病院に行ってみた。しかし病室はからっぽで、例の婆さんが、貰ったものやら、座蒲団やら、茶器やらを部屋の隅でごそごそと始末していた。急いで家に帰ってみると、お前たちはもう母上のまわりに集まって嬉しそうに騒いでいた。私はそれを見ると涙がこぼれた。

　知らない間に私たちは離れられないものになってしまっていたのだ。五人の親子はどんどん押寄せてくる寒さの前に、小さく固まって身を護ろうとする雑草の株のように、互により添って暖みを分ち合おうとしていたのだ。しかし北国の寒さは私たち五人の暖みでは間に合わないほど寒かった。私は一人の病人と頑是《がんぜ》ないお前たちとを労《いた》わりながら旅雁《りょうがん》のように南を指して遁《のが》れなければならなくなった。

　それは初雪のどんどん降りしきる夜の事だった、お前たち三人を生んで育ててくれた土地を後にして旅に上ったのは。忘れることのできないいくつかの顔は、暗い停車場のプラットフォームから私たちに名残りを惜しんだ。陰鬱《いんうつ》な津軽海峡の海の色も後ろになった。東京までついてきてくれた一人の学生は、お前たちの中の一番小さい者を、母のように終夜抱き通していてくれた。そんなことを書けば限りがない。ともかく私たちは幸に怪我もなく、二日のもの憂い旅の後に晩秋の東京に着いた。

今までいた処とちがって、東京にはたくさんの親類や兄弟がいて、私たちのために深い同情を寄せてくれた。それは私にどれほどの力だったろう。お前たちの母上はほどなくK海岸にささやかな貸別荘を借りて住むことになり、私たちは近所の旅館に宿を取って、そこから見舞いに通った。一時は病勢が非常に衰えたように見えた。お前たちと母上と私とは海岸の砂丘に行って日向《ひなた》ぼっこをして楽しく二三時間を過ごすまでになった。

どういうつもりで運命がそんな小康《しょうこう》を私たちに与えたのかそれは分らない。しかし彼はどんなことがあっても仕遂《しと》ぐべきことを仕遂げずにはおかなかった。その年が暮れに迫ったころお前たちの母上はかりそめの風邪からぐんぐん悪い方へ向いていった。そしてお前たちの中の一人も突然原因の解らない高熱に侵された。その病気の事を私は母上に知らせるのに忍びなかった。病児は病児で私をしばらくも手放そうとはしなかった。お前たちの母上からは私の無沙汰を責めてきた。私はついに倒れた。病児と枕を並べて、今まで経験したことのない高熱のために呻《うめ》き苦しまねばならなかった。私の仕事？　私の仕事は私から千里も遠くに離れてしまった。それでも私はもう私を悔《くや》もうとはしなかった。お前たちのために最後まで戦おうとする熱意が病熱よりも高く私の胸の中で燃えているのみだった。

正月早々悲劇の絶頂が到来した。お前たちの母上は自分の病気の真相を明かされねばならぬ羽目になった。そのむずかしい役目を勤めてくれた医師が帰って後の、お前たちの母上の顔を見た私の記憶は一生涯私を駆りたてるだろう。真蒼な清々《すがすが》しい顔をして枕についたまま母上には冷たい覚悟を微笑に言わして静かに私を見た。そこには死に対するResignation《レジグネイション》とともにお前たちに対する根強い執着がまざまざと刻まれていた。それはもの凄くさえあった。私は凄惨《せいさん》な感じに打たれて思わず眼を伏せてしまった。

いよいよH海岸の病院に入院する日が来た。お前たちの母上は全快しない限りは死ぬともお前たちに逢わない覚悟の臍《ほぞ》を堅めていた。二度とは着ないと思われる――そして実際着なかった――晴着を着て座を立った母上は内外の母親の眼の前でさめざめと泣き崩れた。女ながらに気性の勝れて強いお前たちの母上は、私と二人だけいる場合でも泣顔などは見せたことがないといってもいいくらいだったのに、その時の涙は拭くあとからあとから流れ落ちた。その熱い涙はお前たちだけの尊《とうと》い所有物だ。それは今は乾いてしまった。大空をわたる雲の一片となっているか、谷河の水の一滴となっているか、太洋の泡の一つとなっているか、または思いがけない人の涙堂に貯えられているか、それは知らない。しかしその熱い涙はともかくもお前たちだけの尊い所有物なのだ。

自動車のいる所に来ると、お前たちのうち熱病の予後にある一人は、足の立たないために下女に背負われて、――一人はよちよちと歩いて、――一番末の子は母上を苦しめすぎるだろうという祖父母たちの心遣いから連れてこられなかった――母上を見送りに出てきていた。お前たちの頑《がん》是《ぜ》ない驚きの眼は、大きな自動車にばかり向けられていた。お前たちの母上は淋しくそれを見やっていた。自動車が動きだすとお前たちは女中に勧められて兵隊のように挙手の礼をした。母上は笑って軽く頭を下げていた。お前たちは母上がその瞬間から永久にお前たちを離れてしまうとは思わなかったろう。不幸なものたちよ。

それからお前たちの母上が最後の気息《いき》を引きとるまでの一年と七箇月の間、私たちの間には烈しい戦が闘われた。母上は死に対して最上の態度を取るために、お前たちに最大の愛を遺《のこ》すために、私を加減なしに理解するために、私は母上を病魔から救うために、自分に迫る運命を男らしく肩に担い上げるために、お前たちは不思議な運命から自分を解放するために、身にふさわない境遇の中に自分をはめこむために、闘った。血まぶれになって闘ったといっていい。私も母上もお前たちも幾度弾丸を受け、刀創《かたなきず》を受け、倒れ、起き上り、また倒れたろう。

お前たちが六つと五つと四つになった年の八月の二日に死が殺到《さっとう》した。死がすべてを圧倒した。そして死がすべてを救った。

お前たちの母上の遺言書《ゆいごんしょ》の中で一番崇高《すうこう》な部分はお前たちに与えられた一節だった。もしこの書き物を読む時があったら、同時に母上の遺言も読んでみるがいい。母上は血の涙を泣きながら、死んでもお前たちに会わない決心を翻《ひるがえ》さなかった。それは病菌をお前たちに伝えるのを恐れたばかりではない。またお前たちを見ることによって自分の心の破れるのを恐れたばかりではない。お前たちの清い心に残《ざん》酷《こく》な死の姿を見せて、お前たちの一生をいやが上に暗くすることを恐れ、お前たちの伸び伸びていかなければならぬ霊魂に少しでも大きな傷を残すことを恐れたのだ。幼児に死を知らせることは無益であるばかりでなく有害だ。葬式の時は女中をお前たちにつけて楽しく一日を過ごさしてもらいたい。そうお前たちの母上は書いている。

「子を思う親の心は日の光世より世を照る大きさに似て」

とも詠じている。

母上が亡くなった時、お前たちはちょうど信州の山の上にいた。もしお前たちの母上の臨終《りんじゅう》にあわせなかったら一生恨《うら》みに思うだろうとさえ書いてよこしてくれたお前たちの叔父上にしいて頼んで、お前たちを山から帰らせなかった私をお前たちが残酷《ざんこく》だと思う時があるかもしれない。今十一時半だ。この書き物を草している部屋の隣りにお前たちは枕を列べて寝ているのだ。お前たちはまだ小さい。お前たちが私の齢になったら私のしたことを、すなわち母上のさせようとしたことを価高く見る時が来るだろう。

私はこの間にどんな道を通ってきたろう。お前たちの母上の死によって、私は自分の生きていくべき大道にさまよいでた。私は自分を愛護してその道を踏み迷わずに通っていけばいいのを知るようになった。私はかつて一つの創作の中に妻を犠牲にする決心をした一人の男の事を書いた。事実においてお前たちの母上は私のために犠牲になってくれた。私のように持ち合わした力の使いようを知らなかった人間はない。私の周囲のものは私を一個の小心な、魯鈍《ろどん》な、仕事のできない、憐れむべき男とみるほかを知らなかった。私の小心と魯鈍《ろどん》と無能力とを徹底さしてみようとしてくれるものはなかった。それをお前たちの母上は成就《じょうじゅ》してくれた。私は自分の弱さに力を感じ始めた。私は仕事のできないところに仕事を見出した。大胆になれないところに大胆を見出した。鋭敏でないところに鋭敏を見出した。言葉を換えていえば、私は鋭敏に自分の魯鈍を見貫《みぬ》き、大胆に自分の小心を認め、労役して自分の無能力を体験した。私はこの力をもって己れを鞭《むち》ち他を生きることができるように思う。お前たちが私の過去を眺めてみるようなことがあったら、私もむだには生きなかったのを知って喜んでくれるだろう。

雨などが降りくらして悒鬱《ゆううつ》な気分が家の中に漲《みなぎ》る日などに、どうかするとお前たちの一人が黙って私の書斎にはいってくる。そして一言パパといったぎりで、私の膝によりかかったままましくしくと泣きだしてしまう。ああ何がお前たちの頑是《がんぜ》ない眼に涙を要求するのだ。不幸なものたちよ。お前たちが謂《いわ》れもない悲しみにくずれるを見るに増して、この世を淋しく思わせるものはない。またお前たちが元気よく私に朝の挨拶をしてから、母上の写真の前に駈けていって、「ママちゃん御機嫌よう」と快活に叫ぶ瞬間ほど、私の心の底までぐざと刳《えぐ》り通す瞬間はない。私はその時、ぎょっとして無劫の世界を眼前に見る。

世の中の人は私の述懐《じゅっかい》をばかばかしいと思うに違いない。なぜなら妻の死とはそこにもここにも倦《あ》きはてるほどおびただしくある事柄の一つにすぎないからだ。そんなことを重大視するほど世の中の人は閑散《かんさん》でない。それはたしかにそうだ。しかしそれにもかかわらず、私といわず、お前たちもゆくゆくは母上の死を何物にも代えがたく悲しく口惜しいものに思う時が来るのだ。世の中の人が無頓着《むとんちゃく》だといってそれを恥じてはならない。それは恥ずべきことじゃない。私たちはそのありがちの事柄の中からも人生の淋しさに深くぶつかってみることができる。小さなことが小さなことでない。大きなことが大きなことでない。それは心一つだ。

何しろお前たちは見るに痛ましい人生の芽生えだ。泣くにつけ、笑うにつけ、おもしろがるにつけ、淋しがるにつけ、お前たちを見守る父の心は痛ましく傷つく。

しかしこの悲しみがお前たちと私とにどれほどの強みであるかをお前たちはまだ知るまい。私たちはこの損失のお蔭で生活に一段と深入りしたのだ。私どもの根はいくらかでも大地に延びたのだ。人生を生きる以上人生に深入りしないものは災《わざわ》いである。

同時に私たちは自分の悲しみにばかり浸っていてはならない。お前たちの母上は亡くなるまで、金銭の累《わずら》いからは自由だった。飲みたい薬は何んでも飲むことができた。食いたい食物は何んでも食うことができた。私たちは偶然な社会組織の結果からこんな特権ならざる特権を享楽《きょうらく》した。お前たちのあるものはかすかながらU氏一家の模様を覚えているだろう。死んだ細君から結核を伝えられたU氏があの理智的な性情を有《も》ちながら、天理教を信じて、その御祈禱《ごきとう》で病気を癒《なお》そうとしたその心持を考えると、私はたまらなくなる。薬がきくものか祈禱がきくものかそれは知らない。しかしU氏は医者の薬が飲みたかったのだ。しかしそれができなかったのだ。U氏は毎日下血しながら役所に通った。ハンケチを巻きとおした喉《のど》からは皺嗄《しわが》れた声しか出なかった。働けば病気が重ることは知れきっていた。それを知りながらU氏は御祈禱を頼みにして、老母と二人の子供との生活を続けるために勇ましくあくまで働いた。そして病気が重ってから、なけなしの金を出してしてもらった古賀液《こがえき》の注射は、田舎の医師の不注意から静脈を外《はず》れて、激烈な熱を引起した。そしてU氏は無資産の老母と幼児とを後に残してそのために斃《たお》れてしまった。その人たちは私たちの隣に住んでいたのだ。何んという運命の皮肉だ。お前たちは母上の死を思いだすとともに、U氏を思いだすことを忘れてはならない。そしてこの恐ろしい溝を埋める工夫をしなければならない。お前たちの母上の死はお前たちの愛をそこまで拡げさすに十分だと思うから私はいうのだ。

十分人世は淋しい。私たちはただそういってすましていることができるだろうか。お前たちと私とは、血を味った獣のように、愛を味った。行こう、そしてできるだけ私たちの周囲を淋しさから救うために働こう。私はお前たちを愛した。そして永遠に愛する。それはお前たちから親としての報酬《ほうしゅう》を受けるためにいうのではない。お前たちを愛することを教えてくれたお前たちに私の要求するものは、ただ私の感謝を受取ってもらいたいということだけだ。お前たちが一人前に育ち上った時、私は死んでいるかもしれない。一生懸命に働いているかもしれない。老衰して物の役に立たないようになっているかもしれない。しかしいずれの場合にしろ、お前たちの助けなければならないものは私ではない。お前たちの若々しい力はすでに下り坂に向おうとする私などに煩わされていてはならない。斃《たお》れた親を喰いつくして力を貯える獅子の子のように、力強く勇ましく私を振り捨てて人生に乗りだしていくがいい。

今時計は夜中を過ぎて一時十五分を指している。しんと静まった夜の沈黙の中にお前たちの平和な寝息だけが幽《かす》かにこの部屋に聞こえてくる。私の眼の前にはお前たちの叔母が母上にとて贈られた薔薇《ばら》の花が写真の前に置かれている。それにつけて思いだすのは私があの写真を撮《と》ってやった時だ。その時お前たちの中に一番年たけたものが母上の胎《はら》に宿っていた。母上は自分でも分らない不思議な望みと恐れとで始終心をなやましていた。そのころの母上はことに美しかった。希臘《ギリシャ》の母の責似だといって、部屋の中にい い肖像を飾っていた。その中にはミネルバの像や、ゲーテや、クロムウエルや、ナイティンゲール女史やの肖像があった。その少女じみた野心をその時の私は軽い皮肉の心で観ていたが、今から思うとただ笑い捨ててしまうことはどうしてもできない。私がお前たちの母上の写真を撮ってやろうといったら、思う存分化粧をして一番の晴着を着て、私の二階の書斎にはいってきた。私はむしろ驚いてその姿を眺めた。母上は淋しく笑って私にいった。産は女の出陣だ。いい子を生むか死ぬか、そのどっちかだ。だから死にぎわの装いをしたのだ。——その時も私は心なく笑ってしまった。しかし、今はそれも笑ってはいられない。

深夜の沈黙は私を厳粛《げんしゅく》にする。私の前には机を隔てておお前たちの母上が坐っているようにさえ思う。その母上の愛は遺書にあるようにお前たちを護《まも》らずにはいないだろう。よく眠れ。不可思議な時というものの作用にお前たちを打任してよく眠れ。そうして明日は昨日よりも大きく賢くなって、寝床の中から跳りだしてこい。私は私の役目をなし遂《と》げることに全力を尽すだろう。私の一生がいかに失敗であろうとも、また私がいかなる誘惑に打負けようとも、お前たちは私の足跡に不純な何物をも見出しえないだけの事はする。きっとする。お前たちは私の斃《たお》れたところから新しく歩みださねばならないのだ。しかしどちらの方向にどう歩まねばならぬかは、かすかながらにもお前たちは私の足跡から探しだすことができるだろう。

小さき者よ。不幸なそして同時に幸福なお前たちの父と母との祝福を胸にしめて人の世の旅に登れ。前途は遠い。そして暗い。しかし恐れてはならぬ。恐れない者の前に道は開ける。

行け。勇んで。小さき者よ。

# 雪の日

近松秋江

あまり暖いので、翌日は雨かと思って寝たが、朝になってみると、珍らしくも一面の銀世界である。鵞鳥《がちょう》の羽毛を千切《ちぎ》って落すかと思うようなのが静かに音をも立てず落ちている。

私はこういう日には心がいつになく落着く。そうして勤めのない者も仕合せだなと思うことがある。私たちは門を閉めて今日は打寛《うちくつろ》いで、置炬燵《おきごたつ》に差向かった。そうしてこういう話をした。

「お前は何かね、私とこうしていっしょになる前に、本当に自分の方から思っていたというような男があったかね」

「ええそれはないことはありませんでした。本当に私がお嫁に行くんなら、あんな人の処に行きたいと思ったのが一人ありました。それがしばしば小説なんかに言ってある初恋というんでしょう。それは一人ありましたよ。あったといってどうもしやしない。それこそただ腹の中で思っていただけですが、あんな罪もなく思ってたようなことは、あれっきりありませんね。ちょうどあの、それ一葉女史の書いた『十三夜』という小説の中に、お関という女が録之助という車夫《くるまや》になっている、幼馴染《おさななじ》みの煙草屋《たばこや》の息子と出会すところがあるでしょう、ちょっとあれみたようなものです。

私の家、その時分はまだ米屋をしていたころです、ですからもう十年にもなります、すると問屋から二十ばかりの手代が三日置きくらいに廻ってくるんです。それがいかにもシャンとした、普通な口数しか聞かない、おとなしい男で、私は『ああ嫁にゆくならこういう人の処に行っていっしょに稼《かせ》ぎたい』と思って――その時分は、米屋の娘だからやっぱし米屋か酒屋かへ嫁に行くものとただ、普通のことしか思っていなかったのです。何でもあの時分が大事なんですねえ。

そりゃ縁不縁ということもあり、運不運ということもありますが、やっぱしそれ相応な処へ、いい加減な時分に、サッサと嫁いてしまわねばとんだことになってしまう。どうしたって私とあなたとは相応な縁じゃないんですものねえ。――そうして私、その手代が三日置きに廻ってくるような気がしましたよ。すると、米搗《こめつ》きの男なんかが、もう私の心持を知っていて、その男が来ると、姉さん来ましたよと言ってからかうんです。からかわれてもこっちは何だか嬉《うれ》しいような気がしました」

「フウ。それからどうなったの」

「別にどうもなりゃしません。ただそれだけのことで、――そうしているうちに兄さんにあの嫁が来て、それから、私は自家《うち》を飛びだすようになったのが失敗の初りになったんです。

それから先の連合《つれあい》に嫁いでさんざん苦労もするし、そりゃおもしろいことも最初《はじめ》のうちはありましたさ。けれど罪もなく、どうしようなんという、そんなにはしたない考えもなく、『あんな人がいい』と、本当に私が思ったのは、その時ばかりです。先の連合《つれあい》に嫁いたのだって、傍の者や、向うがヤイヤイ言ってくるし、そこへもってきて、自分は、もう、あんな女房を取るとすぐ女房に巻れて、妹を袖《そで》にするような、あんな兄の世話には一生ならぬ。自分は自分で早く身を固めようと思っていた矢先だったから、それほどにいうものならと、ついあんな処へ嫁《ゆ》くようになったんです。けれどもその時は、何もこっちから思ったんじゃない。私の思ったのはその手代きりです。――どうしましたか、私は自家《うち》を飛びだしてから妙な方に外れてしまったから、ただそれだけのことです」

「フウ、……そうだろう、お前にはそんなだらしのないこともなかったろう。他人の腹の中は割ってみなければ何とも言えないというけれど、――そりゃそうだろう。お前が本当に男の肌を知っているのは、私と先の亭主とだけだろう。こうして長くいればたいてい察しられるものだよ。……私には男だけにだいぶあるよ」

「ああ、そうそうそれからこんなことがまだありました」

女はだんだん往昔《むかし》の追憶が起ってくるというように、自分の心の底に想い沈んでいるというようであったが、自分の話に興を感ずるといったようにこう言った。

「私は別に縹致《きりょう》といっては、そりゃよくないけれど、十七八から二十ごろまでは皮膚の細かい――お湯などに行って鏡の処に行って自分でもどうしてこう色が白いだろうと、鏡に向いて自分でも嬉しいようで、ツト振返ってお湯に来ている人を見廻すと、皆な自分より色は黒い。そう思うと――若い女というものはおかしなものですねえ。――そう思うと自惚《うぬぼ》れるんです。その時分は、私はそりゃお洒落《しゃれ》でしたから。――皆なしばしばスマちゃんくらいお洒落はないと言い言いしたくらいです。

すると、――あれはいつでしたか、何でもお母さんと私と神楽坂の傍の軽子坂の処に隠居していた時分です。

あれはちょうど私が二十歳の時分でした。春の宵の口に、私独《ひと》りでお湯から帰ってくると、街の角の処で、どこの男か、若い男が突立っている。こっちは誰か知らないのに、先は私の名を知ってて『おスマさんおスマさん』と言って呼び留める。

私はギョッとして、こんな時、なまなか逃げたり走ったりするのはよくないと思ったから、じっと立ち止って、『何か御用ですか』って落着いて、そう言った。落着いているようでも、こっちはもう一生懸命で、足がブルブルして動悸《どうき》がして、何を言ったか自分の声が分らない。……そりゃ私、幼い時分からちょっとしたことにも吃驚《びっくり》する性質《たち》でしたから。……一遍十六七の時分に、お勝手をしていたら、内庭の米俵の蔭に、大きな蛙がいるのを知らずに踏み蹴って、私その時くらい吃驚したことはなかった。『キャッ』と言って飛び上って、胸がドキドキしていつまでも止まない、私あんまり吃驚させられて悔しかったから、いじいじして大きな火箸《ひばし》を持って行って、遠くの方から火箸の尖《さき》で打ってやった。さんざんぱら打ったらようやくのことで俵の奥の方に、ノソノソ逃げて入った。そうすると、夜になってあんなにひどく蛙を打った。怨《うら》んで出やしないだろうか、火箸で焼傷《やけど》をして困っていやしないだろうか、枕の所にあの何とも言えない色をした蛙が来ているようで、私蒲団《ふとん》を頭からすっぽり被《かぶ》って明朝は早く起きて、米搗《つ》きの男を頼んで、積み俵を取り除けてもらってみよう。そうしようと思って、一晩寝られなかったことがありました」

　私は「ウムウム」と言って聞きながら、十年も経ってから、十六七の時分に蛙を火箸で打ったことをよく覚えていたり、それよりも蛙を踏み蹴ったくらいを、さも大事のように思ったり、それを火箸で打ったのを、夜じゅう苦に病《や》んだりする性情をじっと黙って解釈しながら、気楽な、落着いた淡い興味を感じて、そんな女の性質が気に入った。

そうして、

「それからその男の話はどうした」と前の話の続きを促《うなが》した。

「別にどうと言うことはない。それだけの話ですが、『何か御用ですか』と言うと、男の方でも何でだか極りの悪るそうに先方だって声が顫《ふる》えていました。

『あなたは私を知らないでしょうけれど、私はよくあなたを知っています。どうぞ私の言うことを聞いてくれないでしょうか』って言うんです。私は『そうですか、どういう御用か知りませんが、御用があるなら、私にはお母さんがあるから、お母さんにそう言ってください』

って、そう言ってやったんです。そうすると、男は何とも言いえませんでした。

　けれども私はどうなるかと思って恐かった。そうしているところへちょうど都合よく道を通る者が来合わしたから、私はそれからいっさんに駆《か》けて戻りました」

「フウ、そんなことがあったのか」

　私はこう簡単に言った。

　私が女といっしょになったのは、言うまでもなく、普通の手続きでこうなったのではない。妙な仲から今のようになったのである。女はその時、もうさんざん苦労を仕抜いて所帯《しょたい》崩しであった。私とこうなったについても、それからいっしょになってからも、四年越の今日になるまでには、一口にも二口にも言うことのできない——つまり主として私の性格境遇から由来《ゆらい》した種々雑多な悲しい思い、味気ない思いもした。もとよりおもしろい思いもした。また不思議な嫉妬《しっと》もした。それがためには私は身体が痩《や》せるまでに悲み悶《もだ》えた。しかしながら、それがどういうことであったか、ここではそれを言うまい。——あるいは一生言わない方がいいかもしれない。いや、言うべきことでないかもしれぬ。断じて断じて言うべきことでない。何となれば自己の私生活を衆人環視の前に暴露して、それで飯を食うということが、どうして堪えられよう！

私は、まだこの口を糊《のり》するがために貴重なる自己を売り物にせねばならぬまでにあさましくなりはてたとは、自分でも信じられない。

この創痍《きず》多き胸は、それを想うてだに堪えられない。この焼け爛《ただ》れた感情は、微かに指先を触れただけでも飛び上るように痛ましい。

で、私は前もって言ったようにただ「フム、そんなことがあったのか」と言った。

こう言って、私は、その自分の言葉をふと想ってみた。

私は、女が、淡い、無邪気《むじゃき》な恋をしたこともあったかと思ったが、私は、それを嫉《ねた》ましいとは想えなかった。

私は、女といっしょになってから今では何でもない先の夫との仲をひどく嫉んだ。現在不義せられているもののごとく嫉んだ。私はそれがために嫉妬の焔に全身を燃した。それがために絶えず喧嘩《けんか》をした、そうして喧嘩をしながらも熱く愛していた。愛しながら喧嘩をした、反感と熱愛と互に相表裏して長くつづいた。その時分、女はしばしばこういうことを言った。「あなたくらいおかしな人はない。自分で出戻りだってかまわない、と言っていっしょになっていながら、いっしょになれば、出戻りは厭だというんですもの。これが仲に立つ人でもあっていっしょになったのならば話の持って行き場もあるが、二人で勝手にいっしょになっていて、あなたにそんなことを言われて、私は——立つ瀬がない」

私はこの道理にむりはないと思った。そう思ったけれどもいっしょになる前には邪魔にならなかった先の夫の幻影が、今は盛《さかん》に私をして嫉妬の焔に悶えしめたのであった。

「フム、そんなことがあったか」

と言う私の言葉は、どうしてもう、たいした感興から発せられたものとは思えなかった。そうして私は女に向ってこう言った。

「お前とはよく喧嘩をしたり、嫉妬《やきもち》を焼いたりしたもんだなア。あれっきりだんだんあんなことはなくなったねえ」

「ええ、あのころは、あなたが先の連合《つれあい》と私との事についてよくいろんなことをほじって聞いた、前の事を気味悪がり悪がり聞いた」

「ウム。いろんなことを執固《しつこ》く聞いては、それを焼き焼きしたねえ。それでもあの年三月家《うち》を持って、半歳《はんとし》ばかりそうであった、が秋になって、蒲生《がもう》さんの借家《うち》に行った時分から止んだねえ」

「ええ、あの時分はあなたがもうどうせ、私とは分れるものと思って、前のことなんぞはどうでもいいと諦《あきら》めてしまったから」

「だって、またこうしていっしょになっているじゃないか」

「………」女は不思議のように、またこの先きどうなるのであろう？　と思っているもののようにしばらく黙っていた。

　すると、そんなことは考えていたくないというように、

「私、あの時分のように、もう一遍あなたの泣くのが見たい」

「俺はよく泣いたねえ。一度お前を横抱きにして、お前の顔の上にハラハラ涙を落して泣いたことがあったねえ、別れなければならない、と思ったから……」

「ええ」

　こう言って、二人はいくらかその時分のことの追憶の興に促《うなが》されたように、じっと互に顔を見合わした。

「俺はもう、あんなに泣けないよ」

「そうですとも、もう私をどうでもいいと思っているから」

「そうじゃない。もう何もそんなにしいて泣く必要がなくなったからじゃないか」

　と、言ったが、私は女の言うとおりに、はたして女に対して熱愛が薄くなったために、二人のこれから先の関係について泣けそうになくなったのか、それとも歳月を経ている間に知らず識らず二人の仲がもうどうしても離すことのできない、たとえばランプとか飯茶碗とかいったような日常必須《ひつす》の所帯道具のように馴れっこになってしまったのかもしれぬ。私はそれがいずれとも分らなかった。

「お前先の人と別れた時には泣いたと言ったねえ」

「ええ、それゃ泣きましたさ」

「私ともし別れたって泣いてはくれまい」

「そりゃそうですとも。あなたと私とはもしそんなことがあればあなたが私を棄てるんだもの。……私はもうたいした慾はありません。一生どうかこうかその日に困らぬようになりさえすればいい。あなたも本当に、早くも少し気楽にならなけりゃいけません。仕事を精出してくださいよ」

「まあ、そんなことは、今言わなくったっていい。……先の別れる時に泣いた。……お前いったん戻ってからも、後になって、お前が患《わずら》っているのを聞いたとかいって、見舞に来て、今までのとおりになってくれって、向うでまたそう言って頼んだんだろう」

　私はこれまでにもう何度も聞き古したことを聞いた。

「ええ、そう言って、たって頼みましたけれど、私どうしても聞かなかった。そりゃあなたと違って親切にゃあった。つまり親切に引かれて辛抱したようなものの、最初嫁いで行き早々『ああこれはよくない処へ来た』と自分で思ったくらいだから、何と言ったって、もう帰りゃしません」

「私も、もういつかのように、お前の先《せん》の連合《つれあい》のことを、私とお前とがするように、『ああもしたろう、こうもしたろう』と思い沈んで嫉くようなことはしない、……けれどもお前だって少しは思いだすこともあるだろう」

「不断は、そりゃ忘れていますさ。けれどもこんな話をすると、思いださないことはないけれど、七年にも八年にもなることだから忘れてしまった。もうそんなおさらい話を廃《よ》しにしましょう」

「まあまあ。いいじゃないか。して聞かしてくれ。……たまには、それでも会ってみたいという好奇心は起らないものかねえ」

女は黙ってじっと考えていたが、少し感興を生じたような顔をして、

「ああ、そうそう、一度こういうことがありました。あれは何でもあなたが函根《はこね》に行っていた時分か、それとも国に行ってらしった時分か、たしか去年の春だったろうと思う。私、買い物に×町の通りに行って、姉といっしょに歩いていたんです。


そうして呉服屋であったか、八百屋であったかの店前《みせさき》に、街の方を背にして立っていると、傍に立っていた姉が、『あれあれ』って不意に私の横腹の処を突くから私、何かと思って『えッ、何ッ』って背後《うしろ》を向くと、姉がそっちじゃない。あっちあっちってまだ一間か一間半ばかしも行ってない方を頤《あご》で指し『間抜けだねえ。お前、あれが分らないか』と言うんです、それが先の連合《つれあい》なの。——ですから姉が初め私の横腹を突いた時分に、ちょうど背後のところを通っていたくらいでしょう。それでもまだ先方《さき》の横顔だけは見えました。——それが自分の兄さんの嫁と二人連れなの。——私より兄さんの嫁は遅く来て私が戻ってくる時分には、以前は商売人であったとかいって病身でひどく瘦《やつ》れていたが顔立ちはいい女だから、病気も直ったとみえて、私の知っている時分より若くなって綺麗《きれい》になっているの。お召《めし》かなんかのいい着物を着て、私の連合の方はやっぱし結城《ゆうき》かなんか渋いものを着ていました。そうして二人連れだって行くんでしょう。——牛込の奥に菩提寺《ぼだいじ》があるんですから、きっとお寺詣《てらまい》りにでも行ったんでしょうが、変なものですねえ。そうして二人並んで歩いて行くのを見ると、もう、縁もゆかりもないんだが、ああして二人でいっしょに歩いたりなんかするようではどうかなっているのじゃないかと思われてそれが何だか腹が立つような、こう憎いような気がしましたよ」

別れて戻る時だって、『私は牛込には先祖の寺があるから時々寺詣《てらまい》りには行く。そのほかどこで出会わぬとも言わぬ。会ったら悪い顔をしないで、普通に挨拶くらいは互にしよう。けれどお前が今度持つ夫といっしょであったら、会ってもその人に気の毒だから見ても見ぬ振りをしておろう。私の方でもしこんどいつか持つ家内といっしょであっても、そのつもりでいてくれ』と言っていたんでしょう。それが、ああして兄さんの神さんといっしょに私のすぐ傍を通りながら黙って行くなんてことがあるものか。人を三年も四年も苦労をさしておきながら、……と思って、姉にどうだった？　私を見たようであった？　と聞くと、『姉は、ああ知っていたようであったよ。二人でお前の方を見い見い何かひそひそ話しながら行ったから』と言うし、私は悔しくって悔しくってじっと向の方に行くのをいつまでも見送っている。と、よほど行ってから二人で私の方を振返ってみていました。

「私はそれから気分が変になって、すぐ近処の姉の家に寄って――姉が餅菓子か何か買って行って茶を入れたりなどしたけれど――私は茶も菓子も欲しくない。少し心持が悪いからと言うと、姉もそれを察して、『じゃ少し横になって休んだらいいだろう』と言って枕を出したりなどしてくれました」

「フム、それからどうした？」私も何だか古い焼疵《やけど》を触られるような心持がして、少し呼吸《いき》が詰るようになった。

「ナニ、それからどうということはない。少し休んでいるとだんだん落着いてきたから『も少し休んで行ったらいいだろう』と姉が言うのを、ナニもういいよと言って自家《うち》に戻ってきたけれど、私その日、一日あなたは留守だし、お母さんに、私今日少し心持が悪いから寝るよと言って寝ました。……私、このことはけっしてあなたには言うまいと思っていたけれど、まあこういういろんな話が出たからと言うんです。それは変な何とも言えない気分になりましたよ」

女はこう言って、罪深いような、私にすまないというような顔をして私の顔を見た。

私も、それを聞いていくらか身体が固く縛《しば》られたような感じがしてきた。そうして、

「いつの事だえ？　それは」と聞いてもつまらないことを聞きなおした。

「ですからさ、去年ですよ。――去年の春ですよ。――それからこれはその後でしたが、あなたが国から帰ってきてから、一度姉の処に行くと、姉の処の新さんが『どうです、おスマさん。雪岡さん今度国に帰って、おスマさんの話しでも定《き》めてきたのですか』って聞いたから、『いえそんな話は少しもなかったようでした』って言うと、新さんのことだから『雪岡という人は恐ろしい薄情の人だ。あんな薄

情な人はない。私はまたおスマさんといっしょになって、始めて国に行ったんだからそんな話でもあったかと思っていた。どうですおスマさん、いっそまた初めの人に戻ってはどうです。あの人の方が雪岡さんよりどれくらい親切だったかしれやしない』って、新さんも、姉から、先達《せんだ》ってその先の連合が通った時の私の様子を後で聞いていたもんだから、……それに引き更えてあなたがいつまでも、他人の娘を蛇の生殺しのようにしているという腹で、ついそう言ってみたんでしょう。新さんだって本当にそんなことができるものじゃないと知っていますが」

私は、女が、情に脆《もろ》いが、堅いしっかりした気質だということを信じている、そうしてこう言ってみた。

「姦通《かんつう》なんてできるものかね？」

「そうそう、それから一遍こういうことがありました。先の時分に、もうどうしても花牌《はな》の道楽が止まないから、いよいよ出て戻ろうかどうしようかとさんざん思いあぐんで、頭髪も何も脱けてしまって、私は自家《うち》で肩で呼吸《いき》をしている。それでも五日も十日も自家へ寄りつかない。それを知っているある男があって、私が一人で裁縫をしているところへ入ってきて、

『私は前からあなたのことは思っている。どうしてお宅ではあんなにいつまでも道楽が止まないんでしょう。あなたがお気の毒だ』というようなこと言ってうまく持ちかけてくるから、『私にはいくら道楽をしても何をしても亭主があるのですから、たってそうおっしゃれば、宿にも話しましょう』とそう言ってやったら、その男は、それっきり顔を見せませんでしたよ」

私は、女のいわゆる、気味を悪がり悪がりほじっては嫉いていた時分に、聞き洩《も》らしたことやまた自分といっしょになってからの女の心持の――その一部分をこうして聞いた。けれども私はもう以前のように胸のわくわくすることはなかった。それはどういう理由であろう？　愛が薄くなったのであろうか。それともまた愛のためにそんなやくざな思いがいつしか二人の仲に融《と》けて流れてしまったのでもあろうか。分らない。

戸外《そと》の雪は、まだハタハタと静かに降って、積っていた。

「やあ、だいぶいろんな話を聞いたね」

と、言って一つ大きな欠伸《あくび》をした。そうして、

「今日はひとつ鰻《うなぎ》でも食おうか」

「ええ、食べましょう」

「じゃ私がそう言ってくるよ」と、私は出て行った。

# 哀しき父

葛西善蔵

## 一

彼はまたいつとなくだんだんと場末へ追いこまれていた。四月の末であった。空にはもやもやと靄《もや》のような雲がつまって、日光がチカチカ桜の青葉に降りそそいで、雀の子がジュクジュク啼きくさっていた。どこかで朝から晩まで地形《じぎょう》ならしのヤートコセが始まっていた……。

　彼は疲れて、青い顔をして、眼色は病んだ獣のように鈍く光っている。不眠の夜が続く。じっとしていても動悸《どうき》がひどく感じられて鎮《しず》めようとすると、なお襲われたように激しくなって行くのであった。

　今度の下宿は、小官吏の後家さんでもあろうと思われる四十五六の上《かみ》さんが、いなか者の女中相手につましくやっているのであった。樹木の多い場末の、軒《のき》の低い平家建の薄暗くじめじめした小さな家であった。彼の所有物といっては、夜具と、机と、何にもはいってない桐の小箪笥《こだんす》だけである。桐の小箪笥だけが、彼の永い貧乏な生活の間に売残された、たったひとつの哀しい思い出の物なのであった。

　彼は剥《は》げた一閑張《いっかんばり》の小机を、竹垣ごしに狭い通りに向いた窓ぎわに据《す》えた。その低い、朽《く》って白く黴《かび》の生えた窓庇《まどひさし》とすれすれに、育ちのわるい梧桐《あおぎり》がひょろひょろと植っている。そして黒い毛虫がひとつ、毎日その幹をはい下りたり、まだ延びきらない葉裏を歩いたりしているのであったが、孤独な引っこみがちな彼はいつかその毛虫に注意させられるようになっていた。そしてつねにこまかい物事に対しても、ある宿命的な暗示をおもうことに慣《な》らされている彼には、その毛虫の動静で自然と天候の変化が予想されるようにも思われて行くのであった。

　孤独な彼の生活はどこへ行っても変りなく、淋しく、なやましくあった。そしてまた彼はひとりの哀《かな》しき父なのであった。哀しき父——彼はこう自分を呼んでいる。

　彼にはこれから入梅へかけての間が、一年じゅうでの一番堪《た》えがたい季節になっていた。彼はこのごろの気候の圧迫を軽くしようために、例年のように、午後からそこらを出歩くことにしようと思った。けれども、それを続けることはつらいことでもある。カーキ色の兵隊を載《の》せた板橋火薬庫の汚ない自動車がガタガタと乱暴な音を立てて続いてくるのに会うこともあった。吊台の中の病人の延びた頭髪が眼に入ることもあった。欅《けやき》の若葉をそよがす軟い風、輝く空気の波、ほしいままな小鳥の啼声……しかし彼は、それらのものに慄《ふる》えあがり、めまいを感じ、身うちをうずかせられる苦しさよりも、なお堪えがたく思われることは町で金魚を見ねばならぬことであった。

　金魚と子供とは、いつか彼には離して考えることのできないものになっていた。

二

　彼はまだ若いのであった。けれども彼の子供は四つになっているのである。そして遠い彼の郷里に、彼の年よったひとりの母に護《まも》られて成長しているのであった。

　彼らは――彼と、子と、子の母との三人で――昨年の夏前までは郊外に小さな家を持っていっしょに棲《す》んでいたのである。世の中からまったく隠遁《いんとん》したような、貧しい、しかし静かな生活であった。子供はちょうどラシャの靴をはいてチョコチョコと駈け歩くようになっていたが、孤独な詩人のためには唯一《ゆいいゆ》の友であり兄弟であった。

　彼らは縁日で買ってきた粗末《そまつ》な胡弓《こきゅう》をひいたり、鉛筆で絵を描いたり、鬼ごっこなぞして遊んだ。棄てられた小犬と、数匹の金魚と亀の子も飼っていた。そして彼らの楽しい日課のひとつとして、晴れた日の午後には子供の手をひいて、小犬をつれて、そこらの田圃《たんぼ》の溝《みぞ》に餌をとりに行くことになっていた。けれどもちょうど彼らのそうした生活も、迫りに迫ってきていたのであった。従順な細君の溜息がだんだんと力なく、深くなって行った。ながく掃除を怠《おこた》っていた庭には草が延び放題に延びていた。

　金魚は亀の子といっしょに、白い洗面器に入れられて縁側に出されてあった。彼らの運命は一日一日と迫ってきているのであったが、子供のための日課はやはり続けられていた。それがたまたま訪ねてきたいたずらな酒飲みの友だちが、彼らの知らぬ間に亀の子を庭の草なかに放してなくなしてしまった。彼は言いようのない憂鬱《ゆううつ》な溜息を感じた。「はア、カメない、カメノコない……」子供も幾日もそれを忘れなかった。それからして彼らの日課も自然と廃せられることになり、間もなく、彼らの哀しき離散の日が来ていたのであった。――

三

　彼は気の進まない自分を強《し》いて、午後の散歩を続けている。そしていつか、彼は彼の散歩する範囲内では、どこのランプ屋では金魚を置いてる、置いてないかがたいがいわかるようになっていた。彼は都会から、生活から、朋友から、あらゆる色彩、あらゆる音楽、その種のすべてから執《しつ》拗《よう》に自己を封じて、じっと自分の小さな世界に黙想してるような冷たい暗い詩人なのであった。

それが、金魚を見ることは、彼の小さな世界へ焼鏝《やきごて》をさし入れるものであらねばならない。彼は金魚を見ることを恐れた。そして彼はなるべく金魚の見えない通りを通りをと避けて歩くのであったが、うっかりして、立止って、ガラスの箱なんかにしなしなと泳いでいるのに見入っていることがあった。そして気がついて、日のカンカン照った往来を、涙を呑んで歩いているのであった。けれども、彼もだんだんとそれに慣れては行った。が、彼は今年になってはじめて、どこかの場末の町の木蔭に荷を下し休んでいた金魚売を見た時の、その最初の感傷を忘れることができない。

……

## 四

いつか、梅雨《つゆ》前のじめじめした、そして窒息《ちっそく》させるように気まぐれに照りつけるような、日が来ていた。

彼はこのごろ午後からきまったように出る不快な熱のために、終日閉じこもって、堪えがたい気分の腐蝕《ふしょく》と不安とになやまされている。寝たり起きたりして、喘ぐような一日一日を送っているのであった。

陰気な、昼も夜も笑声ひとつ聞えないような家である。が、湿っぽい匂いの沁《し》みこんだ同じように汚ならしい六つ七つの室は、みんなふさがっていた。おとなしい貧乏な学生たちと、彼の隣室には、若い夫婦者とむかい合った室には無職の予備士官がはいっていた。そしていつも執拗《しつよう》に子供のことや、暗い瞑想《めいそう》に耽《ふけ》ってぐずぐずと日を送っている彼には、最初この家の陰気で静かなのがかえって気安く感じられたのであったが、それもだんだんと暗い、なやましい圧迫に変っているのであった。

予備士官は三十二三の、北国から出てきたばかりの人であった。終日まったく日のささない暗い室にとじこもっていて、何をしてるのとも想像がつかなかった。大きな不恰好な髪の薄い頭をして、訛音《なまり》のひどい言葉でブツブツと女中に何か言ってることもあった。時々汚ない服装の、ひとのおかみさんとも見える若い女が訪ねてくることがあったが、それが近所の安淫売《いんばい》だったということが、後になって無口の女中から漏《も》らされていた。

それがつい……まだ幾日も経っていないのであった。ある朝女中が声をひそめて「腸がねじれたんだそうですよ……」と軍人の三四日床につききりであることを話していた。それから一両日も経った夕方、吊台が玄関前につけられて、そして病院にかつぎこまれて、手術をして、ちょうど八日目に死んだのである。腸の閉鎖《へいさ》と、悪性の梅毒に脊《せき》髄《ずい》をもおかされていたのであった。

また隣室の若い細君は、力なく見ひらいた眼の美しい、透き通るような青白い顔をして、彼がこの家へ来てからほとんど起きていた日がないようであった。細君孝行な若い勤め人の夫は、朝早く出て晩遅く帰るのであったが、朝晩に何かといたわっているのが手に取るように聞えるのであった。細君の軽い咳音もまじって、コソコソと一晩じゅう語りあかしているようなこともあった。

彼はこのごろの自分の健康と思い合わして、払い退けようのない不吉な不安なかんがえになやまされている。病人の絶えない家のようにも思われるのであった。裏は低い崖になって、その上が墓地の藪《やぶ》になっているが、この家の地所もやはり寺の所有なのであった。ワクの朽《く》った赤土の崖下の蓋《ふた》のない掘井戸から、ガタガタとボンプで汲《く》み揚げられるようになっていて、その上が寺の湯殿になっていた。若い女の笑い声なども漏れていることがあった。そして崖上の暗い藪におっかぶされているこの家では、もう、いやに目まぐるしい手足を動かして襲ってくる斑《まだ》らの黒い大きな藪蚊が、朝夕にふえて行くのであった。

彼は飲みつけない強い酒を呷《あお》って、それでようよう不定な睡眠をとることにしている。そして病的に過敏になった彼の神経は、そこらを嗅ぎ廻るように閃《ひら》めき動いて、女中をとおして、自分のこの室にも病人がいて、それが彼のはいる少し前に不治の身体になって帰郷したのだということや、ここの主人もちょうど昨年の今ごろ亡くなったのだということなど、断片的にききだしえたのであった。

彼は毎晩いやな重苦しい夢になやまされた。

……彼の子供は裸体《はだか》になっていた。ムクムクと堅く肥え太って、腹部が健康そうにゆるやかな線に波打っている。そして彼にはいつか二三人の弟妹ができているのであった。室は広くあけ放してあって、青々とした畳は涼しそうに見える。そこには子供の祖父も、祖母も弟妹もいるのだが、みんなはゴロゴロ寝ころんでいる。ただ彼ひとりが、ムクムクと堅く肥え太って、ゆるやかに張ったお腹を突きだして、非常に威張った姿勢をして、手を振って大股に室の中を歩いているのであった。

ふと、ペラペラな黒紋附を着た若い男がはいってきて、坐って何か言ってるようであった。すると子供は歩くのを止めて、ちょっと突立って、

「そうか。それではお前はおれの抱え医者になるか――」こう、万事を呑みこんでいるような鷹揚《おうよう》な態度で言うのであった。それを傍から見ていた父は、わが子のその態度やものの言いぶりに、覚えず微笑させられたのである。……

それが夢なのである。彼には幾日かその夢の場の印象がはっきりと浮かべられていた。それは非常に大きなユーモアのようにも考えられるのである。また子供というもののいかにさかんなる矜《ほこ》りに生きているかということを思わしめるのである。それからまた、かろうじて医薬によって支えられていた彼の父の三十幾年という短い生涯から彼自身の健康状態から考えて、子供の未来に、暗い運命の陰影を

予想しないわけに行かないのであった。

五

久しぶりで郷里の母から手紙があった。母は彼女の孫をつれて、ひと月あまり山の湿泉に行ってて、帰ってきたばかりのところなのである。

彼女は彼女の一粒の子と、一粒の孫とを保護するためにこの世に生れてき、活《い》きているような女であった。そして月に幾度となく彼女の不幸な孫の消息について、こまごまと書き送りもし、またわが子の我ままな手紙を読むことに、慰籍《いしゃ》を感じていた。

彼らの行っていた温泉は、汽車から下りて、谷あいの川に沿うて五六里も馬車に揺られて山にはいるのであった。温泉の近くには、彼女の信仰している古い山寺があって、そこの蓴菜《じゅんさい》の生える池の渚《なぎさ》に端銭をうかべて、その沈み具合《ぐあい》によって今年の作柄や運勢が占《うらな》われるということが、その地方では一般に信じられていた。彼女もまた何十年となく、毎年今ごろに参詣することにしていて、その占いを信じているのであった。

母の手紙では今年の占いが思わしくないのが気がかりだということ、互いに気をつけるようにせねばならぬということ、孫のたいへん元気であること、そして都合がついたら孫の洋服をひとつ送るようにというのであった。孫は洋服を着たいと言ってきかない。そしてお父さんはいやだ、何にも送ってくれないからいやだと言うのであった。彼女はそんなことは言うものでないと孫を叱っている。そして靴と靴下だけは買ってやったが、洋服ほ都合して送るようにというのであった。

それは朝からのひどい雨の日であった。彼は寝衣《ねまき》の乾しようのないのに困って、ぼんやりと窓外を眺めていた。梧桐の毛虫はもうよほど大きくなっているのだが、こんな日にはどこかに隠れていて姿を見せない、彼は早くこの不吉な家を出て海岸へでも行って静養しようと、金の工面を考えていたのであった。

疲れた彼の胸には、母の手紙は重い響であった。彼はとにかく小箪笥を売って、洋服を送ってやることにした。そして、

「……どうか、そんなことを言わさないようにしてください。私はあれをたいへんえらい人間にしようと思っているのです。私はいろいろだめなのです……。どうか卑しいことは言わさないようにしてください。卑しい心を起させないようにしてください。身体さえ丈夫であれば、今のうちは何もいらないのです……」

彼は子供がいつの間にそんなことを言うまでになったかを信じられないような、また怖ろしいような気持で母への返事を書いた。そして彼がこの正月に苦しい間から書物な

ど売払って送ってやった、毛糸の足袋《たび》や、マントや、玩具《おもちゃ》の自動車や、絵本や、霜やけの薬などを子供はどんなに悦《よろこ》んで「これもお父さんから、これもお父さんから」と言って近所の人たちに並べてみせたということや、彼の手紙をお父さんからの手紙と言って持ち歩くということなどを思い合して、別れてわずか一年足らずにすぎない子供の現在を想像することの困難を感ずるのであった。

霧のような小雨が都会をかなしく降りこめている。彼は夜遅くなって、疲れて、草の衾《ふすま》にも安息をおもう旅人のやる瀬ない気持になって、電車を下りて暗い場末の下宿へ帰るのであった。

彼は海岸行きの金をつくるために、図書館通いを始めている。……

彼の胸にも霧のような冷たい悲哀が満ち溢れている。執着ということの際限もないということ、世の中にはいかに気に入らぬことの多いかということ、暗い宿命の影のようにどこまで避けてもつき纒《まと》うてくる生活ということ、また大きな黴菌《ばいきん》のように彼の心に喰い入ろうとし、もう喰い入っている子供ということ、そういうことどもが、流れる霧のように、冷たい悲哀を彼の疲れた胸に吹きこむのであった。彼は幾度か子供の許に帰ろうと、心が動いた。彼は最も高い貴族の心を持って、最も元始の生活を送って、真実なる子供の友となり、兄弟となり、教育者となりたいとも思うのであった。

けれども偉大なる子は、けっして直接の父を要しないであろう。彼はむしろどこまでも自分の道を求めて、追うて、やがて甦《たお》るるべきである。そしてまた彼の子供もやがては彼の年代に達するであろう、そうして彼の死からたくさんの真実を学びうるであろう――

六

苦しい図書館通いが四五日も続いた、その朝であった。彼はいつものように、暁方《あけがな》過ぎからうとうとと重苦しい眠りにはいって、十時少し前に気色《きしょく》のわるい寝床を出たのであった。

日が、燻《くす》べられたような色の雨戸の隙間から流れ入って、室の中はむしむししていた。彼は雨戸を開けて、ビショビショの寝衣を窓庇《まどびさし》の釘《くぎ》に下げて、それから洗面器を出そうとして押入れの唐紙を開けた。見なれた洗面器の中のうがいのコップや、石鹸箱や、歯磨の袋が目に入った。

と、彼は軽く咳《せ》き入った、フラフラとなった、しまった！　こう思った時には、もうそれが彼の咽喉まで押し寄せていた――。

熱は三十七八度のあたりを昇降している。堪えがたいことではない。彼の精神はかえって安静を感じている。

「自分もこれでライフの洗礼もすんだ、これからはすこしおとなになるだろう……」

孤独な彼は、気ままに寝たり起きたりしている。そしていつか、育ちのわるい梧桐の葉も延びきって、黒い毛虫も見えなくなっている。彼の使った氷嚢《ひょうのう》はカラカラになって壁にかかっている。窓ぎわの小机の上には、数疋の金魚がガラスの鉢にしなしな泳いでいる。

彼は静かに詩作を続けようとしている。


（大正元年八月）

# 椎の若葉

葛西善蔵

六月半ば、梅雨《つゆ》晴れの午前の光りを浴びている椎《しい》の若葉の趣《おもむき》を、ありがたくしみじみと眺めやった。鎌倉行き、売る、売り物——三題話しみたようなこのごろの生活ぶりの間に、ふと、下宿の二階の窓から、他家のお屋敷の庭の椎の木なんだがじつに美しく生々した感じの、光りを求め、光りを浴び、光りに戯《たわむ》れているような若葉のおもむきは、自分の身の、ことにこのごろの弱りかけ間違いだらけの生き方と較べて何という相違だろう。人間というものは、人間生活というものは、もっと美しくある道理なんだと自分は信じているし、それには違いないんだから、今さらに、草木の美しさを羨《うらや》むなんて、よほど自分の生活に、自分の心持ちに不自然な醜さがあるのだと、この朝つくづくと身に沁《し》みて考えられた。

おせいの親父と義兄《にい》さんが見えて、おせいを引張って帰って行ったのは、たしか五月の三十日だと思う。その時も、大変なんでしたよ。僕にはもともと掠奪《りゃくだつ》の心はないんだ。人情としての不憫《ふびん》さはあるつもりなんだが、おせいをどうしてみたところで僕の誇りとなるはずはない。それくらいのことは、自分ももはや四十近い年だ、いくらか世の中の塩をなめてきているつもりだから、それほど間違った考えは持っておらないつもりである。

本能というものの前には、ひとたまりもないのだと言われれば、それまでのことなんだが、どうにかなりはしないものだろうか。本能が人間を間違わすものなら、また人間を救ってくれるはずだと思う。椎の若葉に光りあれ、我が心にも光りあらしめよ。

十二日に鎌倉へ行ってきました。十三日は父の命日、来月の十三日は三周忌、鎌倉行きのことが新聞に出たのは十三日なのです。十二日の晩たしか九時いくらの汽車で鎌倉駅を発《た》ってきたらしいのですが、鎌倉署の部長さんだと思う、名刺には巡査飯田栄安氏とありますが、この方に発車まで見送られ、どうしたか往復の切符の復《かえ》りをなくし、またお金もなくし、飯田さんに汽車賃を借りて乗ってきたようなわけなんだが、本郷の下宿へ帰ったのはたぶん十一時過ぎになっていたろうと思う。すると、電話が掛ってきた。下宿の女中さんなどはむろん寝ていたんだが、電話に出て、読売からだと取次いでくれた。めったに読売新聞社なんかから電話があることはないんだが、どうしたのかと思って電話に出てみると、僕が鎌倉のおせいの家でさんざん乱暴を働き、仲裁《ちゅうさい》に入った男の睾丸を蹴上げて気絶さしたとか、云々の通信なんだがそれに間違いはありませんか、いちおうお訊ねする次第です――といったような話を聞き、ひどく狼狽《ろうばい》したわけです。こうなっては弁解したところでしかたがないのだ。何分穏便のお取計らいを願いたい、こう言って電話を切ったようなわけでしたが、その翌朝の十三日は親父の命日の日だ。とにかくよほど親父には気に入らないと見えて、とかく親父の日にお灸《きゅう》を据《す》えられる。僕はどこまでも小説のつもりで話しているのだから、いろいろ本当の名前を挙げては悪いのだが、僕は自己小説家だから言いますが、読売新聞社がその晩に電話を掛けてくれて、翌朝の新聞に何行かの僕の釈明を載せてくれたことは非常にありがたく思う。何年か前、やはり鎌倉で、僕の総領の失策から、新聞に書かれたことがあって弱ったことがあるが、あの時の鎌倉の署長さんは、たしか吉田さんといったと思うが、僕としては精いっぱいお詫びをしたはずであり、子供は尋常六年生だったが、もうあと半月そこそこで卒業になる場合だから、鎌倉へ置いて悪いと言うならば、あしたにも郷里へ帰す、どんな責任でも帯びるから、いろいろな書類の手続きだけは勘弁してくださいと、男泣きに泣いて涙を流してお願いしたはずだったのだが、どうもお役所というものは、我々の考えているようなわけにはゆかないものらしく、何もわけの分らない十三歳の男の子に、拇印《ぼいん》を押させ――そんな子の拇印なぞが、それほど役所には大事なものかしら。が、それは余談だが、それで雑誌「改造」に「不良児」という、それこそは事実の記録なんですが、それを書き、その上に神奈川県の警務部長さんか、そういった方に対して新聞で公開状を書き、県の取締方針についてお伺《うかが》いしたいと考えたのだったが、それでどうしても諒解を得られないのなら自分らとしての立場はない。現代の生活苦ばかしを救ってくれ、またその方針で保護されることはありがたくもあり、我々が安んじて君国の人民であり……それと同時に人間の本能として避けがたい親子夫婦、いろいろな場合の人情苦に対しても、やはり親切な保護者でありたいと思うのは、我々としてのあまりに虫のよすぎた註文だろうか。その後すぐ、吉田署長さんは、たしか県の刑事部長か何かに栄転なされたので、吉田さんに僕が公開状を書く機会を逸してしまって、いまだに残念に思っている。僕もその当時は逆上《のぼ》せましたから、吉田署長さんの返事次第では、自分も何とか自分の身を処決したいと思ったくらいだが、人に恨みがあるはずがない。皆、皆我が身の至らぬのに違いないのだ。

　十二日朝七時いくらの汽車で鎌倉行きの往復切符を買って乗りこんだ。前の晩じつは、全然の責任を負ってくれて僕とおせいの一族との中にはいってくれてる中村氏を駒込に夜遅く訪ねたのだが、奥さんだけにお目にかかり、それとなく事情の切迫していることを訴え、その翌朝なんです。お金も八九円しかなかったことであり、どうしょうかと躊躇《ちゅうちょ》はしたんだが、だんだんと事情が迫ってはくる、いちおう——三四日しておせいはまた下宿に逃げてきたのだ——で彼女の言い分も確めたいと思い、震災以来一度も行ったこともないんだから、ひととおりの様子を見てきたいと思って行ったわけなんだが、それがとんでもないことになった。小説というものにするんだとこんな程度のものではおもしろくもおかしくもないんだが、自伝小説の一節としては僕はやはり記録しておきたい。

　名刺をどうかしてなくしてしまったのは残念だ。着なれない洋服なんか着て行ったので、どこのポケットへ入れてなくしてしまったのか、そんなことで復《かえ》りの切符もなくしたんだ。が、たしか新潟県の方の小学校の先生だったと思う。あちらさんも洋服を着て、いくらか旧式な昔流の鞄《かばん》をお持ちになっていたが、学術視察にお出でになられたんだそうで、それで鎌倉見物のことを車中で相談をかけられ、鎌倉駅を下りて、僕は僕の名刺の裏に、八幡宮、大塔宮、引返して駅前から電車で大仏、観音、それだけで三時間ぐらいはかかるだろうと思うから、江の島へ廻ってはよほど急いでも夕方になるでしょうと思いますから、そういう順序になさってはいかがですかと、簡単な地図を書き、将軍道の並木の前の所で別れ、それから、おせいの家で震災後駅前に始めた飲食店をそれとなく見たいと思い、路地を曲ったところ、悪いことはできないもので、建長寺におった時分、酒を続けていてくれた内田屋の御大《おんたい》に会い、では、おせいのお袋さんだけに会いたいと思ったんだ。つまりおせいは、そのバラック飲食店で姉といっしょに、ゴロツキのような客相手に酌婦《しゃくふ》めいたことをするのは厭だと言って逃げてきたようなわけなんだ。それにまた、じつは、鎌倉行きは単純な鎌倉行きではなかったんです。辻堂の中村さんをお訪ねして、本の方のことで御相談を得たいと思い、鎌倉駅で下りると同時に辻堂行きの切符を買ったわけなんである。久しぶりで、本当に震災後初めて十カ月ぶりで鎌倉の駅を見、あの松、あの将軍道の桜並木を見て、じつに愉快でもあり、やはり都会の空気とは違った新しさ、海からの風、六年間居馴染《いなじ》んだ空気、風情《ふぜい》の懐しさに、酒を飲まなくったって酔ったような気分にならずにいられなかった。何ともしようがないことじゃないか。僕は喧嘩《けんか》するつもりはないんだし、また喧嘩を吹かけられるほどの弱味のない人間なんだから喧嘩がはじまるわけはないんだ。ところでね、やはりそのおせいのお袋さんや姉さんのおとめさんのやってるバラック飲食店へ寄ることになったんだ。なかなかよくできてるバラックだ。僕の思っていたより立派なバラック飲食店で、硝子《ガラス》の戸を開けてはいると、カフェーらしく椅子、テーブルの土間もあり、座敷には茶湯台《ちゃぶだい》も備わっており、居間というか茶の間というか、そちらには長火鉢も置いてあり、浅見と朱で書いた葛籠《つづら》も備わっているようなわけで、いろいろよくできていると思って感心したくらいなんだから、乱暴なぞ働こうなんかの心持ちはないんだ。お袋さんと話しておるうちに、おせいの家の本家の若旦那の喜平さんが見え、そうしているうちに、向うを代表して中へはいってくれている小池さん――「蠢《うごめ》くもの」――の中に出てきている人事相談のお方なんだ。僕には大事な人だ。だから、お袋さんと話し、喜平さんと一二杯お酒も飲み合い、喜平さんの仙台二高時代の話なぞもきいた、それからなんだ。ひととおりの話がすんだもんだから、小池さんにちょっと外へ出てもらって、駅前の葭簾《よしず》張りの下のベンチで、よくよく懇談《こんだん》をしたはずだ。そこですんだもんだから、僕は朝飯も食ってないんだ、前の洋食屋へはいって御飯を食べたいから、サイダーでも飲んでおつき合いくださらんかと言ったところ、やはりおせいのお母さんの家の方がいいでしょうと言われたんで、それもそうかと思い、ものの話しがすみ、道理のわけが分りさえすれば曇りかかりのあるお互いじゃないんだから、そこで僕もいくらか安心ができたのです。

　だが、まだまだ酔払っている時刻ではないのです。それから駅のちょっと顔馴染の車屋さんの俥《くるま》に乗って建長寺の方へ出かけたんだ。久しぶりで八幡さまの横を通り、あの小袋坂を登り、越え、下った時の気持は僕としては悪い気持ではなかった。勘当《かんどう》を受けた男がそれとなく内々で勘当を許され、久しぶりで我家の門をはいるような気持でもあったんだ。やはりあの辺の景色はいい。いつも変らぬ杉並木の風情も立派だ。震災で崩れなかった山門を見たとき、これは崩れる山門じゃない――そんなような気さえされて、建長興国の思いにとざされました。

　僕が足掛六年もいた宝珠院、震災時分命からがらで飛びだした宝珠院も、本堂一つ残ったきり、何もかもなくなっている。崖《がけ》の崩れ、埋れた池――何という侘《わ》びしさかな。本堂の仏殿の前に立って、礼拝をしたが、腹の底から瞼《まぶた》の熱くなる気がした。天源院の渡辺さんを訪ねたところ、お互いにやれやれといった気持で、自分は寺の妙高院に案内され、先住老僧のお写真を拝み、おばさんともお会いして、何という嬉しい日だったでしょう、そう言って渡辺さんのバラック妙高で大変愉快に御馳走になっていたところへどういった拍子でおせいの親父がはいってきたもんでしょう。おせいの親父には借金も残っておるし、おせいの姉のおとめさんからも金を借りて、それがみんな証書になっておるわけなんだが、さりとて、僕としてはそれほど弱く出なければならない理由もないように思っているんだ。いろいろと両方に言い分もあり、事件というものはこんがらかってくると、結ぼれた糸をほぐすような根気と誠実さがなければだめなんだ。彼らの言い分は重々もっともであると思うが、また我輩善蔵君としても、震災以来のナンについてはやはり遺憾《いかん》に思っているんだ。つまりおせい君はその間に挟まってどう身動きもできないような状態なんじゃないかな。僕はおせいを悪い性質のおなごだとは考えていない。しかし何分にも周囲が悪いというような気がされてしかたがない。こんなことを言うと、向うの一族でも憤慨《ふんがい》する人がたくさんありそうには思うが、僕の感じだからしかたがないんだ。

　おせいの親父さんとそこで何んのことを言い合ったのか、ちょっと僕にははっきりしたことは言えないのだが、渡辺さんが呼びに行ってくれたのかな、そんなはずがないと思うんだが、それならばおせいのじいさんが話を聞いて押しかけてきたのだろうと思う。僕には愉快な道理はない。その前に朝のうちにおせいの義兄の小池さんという人と会って、ひととおりのことは話を決めていたわけなのですから。だいたいおせいの親父招寿軒浅見安太郎さんは、渡辺さんの先住老僧があの老年で、あの震災当時おばさんといっしょに潰《つぶ》され、幸にお怪我もなくて出て、僕もそうだったんだが、どこを頼ることもできず、僕の厄介になっておる招寿軒だからと思って、老僧おばさんのことをお願いしたとき招寿軒主人、またおばあさん——おせいのお母さんなぞも、それだけの義理を尽してくれたとはどうにも考えられない。そういういろいろの心持で招寿軒のじじい、宝珠のばあさん、現住謙栄師——いろいろな思いで酒を飲んだのではおもしろくない。渡辺さんに対してずいぶん迷惑したと思ってそんなことまで考えると味気ない気がしてくる。僕はお金も欲しくはなかったのだが、そんないろいろな気分から渡辺さんに汽車賃十円貸してくれと言って申しこんで、たしかに一時自分の財布に入れたと思うが、そんな法があるべきじゃないんだからやはりお返ししたように思う。それからだ。かなり酔払ってきたんだろうから、帰りにまたそのバラック飲食店に寄りたくなったのか、寄るというばかはないんだ。それほど信用してないものならば、信用しない人間のところへ寄るなんていうことは間違いのもとであることで褒《ほ》めた話ではない。そこをのんべという奴はしかたがないもんでして、酔ったと見えるんですな。僕はどの程度の乱暴をしたか、それは知らないんだが、だいたいとしては私は、手をもって人を打ち、人の器物を破壊し、人の体に怪我をさせるということは大変好かない。いかなる場合においてもそれは好かない。そんなことを言うとずいぶん笑う人もあるだろうけれど、我輩の手は呪《のろ》われた手なんだ。「呪われた手」という小品を書いたこともあるが、我輩の娘、いまは十四になるが、七八年前僕らがもっと貧乏な時代、郷里で親父どもの世話になっておった時分だったものだから義理ある母の手前、不憫《ふびん》ではあったが、娘の頬ぺたを打った。打って親父の家を出て、往来の白日の前に立ってみて、涙を止めることができなかった。打つまじきものを打った、この手に呪いあれ、呪われた手であるという心持から「呪われた手」というのを書いて二度三度これを繰返してはならない、そう思ってきているわけなのですが、いつも酔払っては喧嘩《けんか》ばかししておるということになってておって、それもこれも皆心の至らぬゆえに違いない。

世間のことはいろいろとむつかしくできているものらしく、僕たちには分らないことが多い。自分を本当に信じていてくれるおんな、男なんて、この世間に幾人いるんだろうか。せい公もどれくらいまでに僕を信じていてくれて、僕のところにおりたいと言っておるのか、僕にはどうにも分りかねる。おんなというものの正体が、僕にはかなり分っていないらしい。そこやこれやとは話しがとんちんかんになるようで、ひどく気がひけるんだが、いろいろのことから、女房子供の所へ帰って行くほか道がないような状態になった。この下宿西城館の厚意というものは大変なんだけれど、いつまでもその厚意を受けていられないほど、わたしの与太《よた》は過ぎたらしい。われわれは自分の過失についてどの程度までに責任を背負っていいか、人間の過失というものは、やはりむつかしい入組んだ事情から醸《かも》されてきておることが多いんじゃないか。妻子縁類のこと、おんなのこと、思いつめて行くとどうにもならないところにいつでも打突かって行く。昔ならば坊主になって、何にもかにも三十八年間の罪業過失の懺悔《ざんげ》をしたいところであるんだが、――この間演伎座で中車の錨知盛《いかりとももり》を見たが、弁慶が出てきて知盛の首に数珠《じゅず》を投げかけたところ、知盛憤然《ふんぜん》として、四姓始まって以来、討てば討ち、討たるればまた討ち返す、これが源氏平家の家憲であった。だから坊主になれなぞとは失敬な！　というような意味のことを言って錨綱《いかりづな》を体に巻いて海にはいったようなところは、やはり僕は日本人の伝習感情として、どうにもしようがないものらしい。それと僕の心持などは、較べているようなことはむろん思いはしないんだが、まじめに考えたところで、どうしたらばいいんだろう。すべては、人生は、生活は、こういうものだと思い諦《あきら》めて、頭のよくなることを考え、悧巧《りこう》になることの工夫をし、それで気がすめば大変いいことだとは思うが、僕にはどうにもまだそこまで悟りができていない。二三の友人は持っておるつもりだが、僕にはやはり何よりも女房は親密であり、また女房の方でも僕のことを心配していてくれてるような気もするんだが、それもやはり世の中のうつけた考えなのかもしれない。しかし、そう言ってはおいさんは可哀そうだな。おさんは不憫《ふびん》だとかいうような文句を大阪の文楽座できいてどうにも涙が出てしかたがなかったことがあるが――

　ぽつねんと机の前に坐り、あれやこれやと考えて、思いのふさぐ時、自分を慰めてくれ、思いを引きたててくれるものは、ザラな顔見知合いの人間よりか、窓の外の樹木――ことにこのごろの椎の木の日を浴び、光りに戯れているような若葉ほど、自分の胸に安らかさと力を与えてくれるものはない。鎌倉行き、売る、売り物、三題話のようなおのおのの生活――土地を売った以上は郷里の妻子のところに帰るほかない。人間墳墓の地を忘れてはならない。椎の若葉に光りあれ、僕はどこに光りと熱とを求めてさまようべきなんだろうか。我輩の葉はもはや朽《く》ちかけているのだが、親愛なる椎の若葉よ、君の光りの幾部分かを僕に恵め。

（大正十三年六月）

# 業苦

嘉村礒多

ただ、かりそめの風邪《かぜ》だと思ってなおざりにしたのがいけなかった。とうとう三十九度余りも熱を出し、圭一郎は、勤め先である浜町の酒新聞社を休まねばならなかった。床に臥《ふ》せって熱に魘《うな》される間も、主人の機嫌を損じはしまいかと、それが譫言《うわごと》にまで出るほど絶えず惧《おそ》れられた。三日目の朝、呼び出しの速達が来た。熱さえ降ればすぐに出社するからとあれだけ哀願しておいたものを、そう思うと他人の心の情なさに思わず不覚の涙が零《こぼ》れるのであった。

「僕出て行こう」

　圭一郎は蒲団《ふとん》から匍いでたが、足がふらふらして眩暈《めまい》を感じ昏倒《こんとう》しそうだった。

　千登世ははらはらし、彼の体軀《からだ》につかまって「およしなさい。そんなむりなことなすっちゃ取返しがつかなくなりますよ」と言って、圭一郎をふたたび寝かせようとした。

「だけど、馘首《くび》になるといけないから」

　千登世は両手を彼の肩にかけたまま、乱れ髪に蔽《おお》われた蒼白い瓜実顔《うりざねがお》を胸のあたりに押当てて、噦《しゃく》りあげた。「ほんとうに苦労させるわね。すまない……」

「泣いちゃだめ。これくらいの苦労が何んです！」

　こう言って、圭一郎は即座に千登世を抱き締め、あやすようにゆすぶりまた背中を撫《な》でてやった。彼女はいっそう深く彼の胸に顔を埋め、しがみつくようにして肩で息をしながらなおしばらく歔欷《すすりなき》をつづけた。

　冷《ひや》の牛乳を一合飲み、褞袍《どてら》の上にマントを羽織り、間借している森川町新坂上の煎餅屋《せんべいや》の屋根裏を出て、大学正門前から電車に乗った。そして電柱に靠《もた》れてこちらを見送っている千登世と、圭一郎も車掌台の窓から互いに視線をじっと喰い合していたが、やがて、風もなく麗《うらら》かな晩秋の日光をいっぱいに浴びた静かな線路の上を足早に横切る項低《うなだ》れた彼女の小さな姿が幽《かす》かに見えた。

　永代橋近くの社に着くと、待構えていた主人と、十一月二十日発行の一面の社説についてあれこれ相談した。逞《たくま》しい鍾馗髯《しょうきひげ》を生やした主人は色の褪《あ》せた旧式のフロックを着ていた。これから大阪で開かれる全国清酒品評会への出席を兼ねて伊勢参宮をするとのことだった。なおそれから白鷹、正宗、月桂冠壜詰《びんづめ》の各問屋主人を訪い業界の霜枯時《しもがれどき》に対する感想談話を筆記してくるようにとのことをも吩《いい》つけておいてそしてあたふたと夫婦連《づれ》で出て行った。

　主人夫婦を玄関に送りだした圭一郎は、急いで二階の編輯室に戻った。仕事は放擲《うっちゃ》らかして、机の上に肘《ひじ》を突き両掌でじくりじくりと鈍痛を覚える頭を揉《も》んでいると、女中がみしりみしり梯子段《はしごだん》を昇ってきた。

「大江さん、お手紙」

「切抜通信？」

「いいえ。春子より、としてあるの、大江さんのいい方でしょう。ヒッヒッヒヒ」

圭一郎は立って行って、それを女中の手から奪うようにして捥《も》ぎ取った。痘瘡《もがき》の跡のある横太りの女中はふざけてなおからかおうとしたが、彼の不愛嬌な顰《しか》め面《つら》を見るときまりわるげに階下へ降りた。そして、も一人の女中と何か囁《ささや》き合い哄然《どっ》と笑う声が聞えてきた。

圭一郎は胸の動悸《どうき》を堪え、故郷の妹からの便りの封筒の上書を、充血した眼でじっと視《み》つめた。

圭一郎は遠いＹ県の田舎に妻子を残して千登世と駈落《かけお》ちしてから四カ月の月日が経った。最初のころ、妹はほとんど三日にあげず手紙を寄越し、その中には文字のあまり達者でない父の代筆も再三ならずあった。彼はそれを見るたび見るたびに針を呑むような苛責《かしゃく》の哀しみを繰返すばかりであった。身を切られるような思いから、時には見ないで反古《ほご》にした。返事もめったに出さなかったので、近ごろ妹の音信《たより》もずいぶん遠退《とおの》いていた。圭一郎は今も衝動的に腫《はれ》物《もの》に触《さわ》るような気持に襲われて開《ひら》封くことを躊躇《ちゅうちょ》したが、といって見ないではすまされない。彼は入口のところまで行ってしばらく階下の様子を窺《うかが》い、それから障子を閉めて手紙をひらいた。


なつかしい東京のお兄さま。朝夕はめっきり寒さが加わりましたが恙《つつが》もなくご起居あそばしますか。いつぞや頂いたお手紙で、お兄さまを苦しめるような便りを差し上げてはいけないとあんなにまでおっしゃいましたけれども、お兄さまのお心を痛めるとは十分存じながらもどうしても書かずにはすまされません。それかと申して何から書きましょうか。書くことがあまりに多い。……

お父さまは一週間前から感冒に罹《かか》られてお寝《よ》っていられます。それに持病の喘息《ぜんそく》も加って昨今の衰弱は眼《み》に立って見えます。ここのとこ毎日安藤先生がお来診《みえ》になってカルシウムの注射をしてくださいます。何んといってもお年がお年ですからそれだけに不安でなりません。お父さまの苦しそうな咳声《せきごえ》を聞くたびにわたくし生命の縮まる思いがされます。「俺が生きとるうちに何んとか圭一郎の始末をつけておいてやらにゃならん」と昨日も病床でおっしゃいました。腹這いになってお粥《かゆ》を召しあがりながらふと思いだしたように「圭一郎はなんとしとるじゃろ」と言われると、ひとり手《で》にお父さまの指から箸が辷《すべ》り落ちます。夜は十二時、一時になっても奥のお座敷からお父さまお母さまのひそひそ話の声が洩れ聞えます。お兄さまも時にはお父さまに優しい慰めのお玉章《てがみ》さしあげてください。切《せつ》なわたくしのお願いです。お父さまがどんなにお兄さまのお便りを待っていらっしゃるかということは、お兄さまには想像もつきますまい。川下からのぼってくる配達夫をお父さまはあの高い丘の果樹園からどこに行くかをじっと視おろしていられます。配達夫が自家《うち》に来てわたくし手招きでお兄さまのお便りだと知らすと、お父さまは狂気のようになって、ほんとにこけつまろびつ帰ってこられます。とてもとてもお兄さまなぞに親心が解ってたまるものですか。

およそお兄さまが自家を逃亡《でら》れてからというものは、家の中はまったく灯の消えた暗さです。裏の欅山《けやきやま》もすっかり黄葉して秋もいよいよ更《ふ》けましたが、ものの哀れはひとしお吾が家にのみあつまっているように感じられます。早稲《わせ》はとっくに刈られて今ごろは晩稲《おくて》の収穫時で田圃《たんぼ》は賑《にぎわ》っています。古くからの小作たちはそうでもありませんけども、時二とか与作などはまだ臼挽《うすひき》もすまさないうちから強硬に加調米を値切っています。要求に応じないなら断じて小作はしないという剣幕《けんまく》です。それというのも女や年寄ばかりだと思って見縊《みくび》っているのです。「田を見ても山を見ても俺はなさけのうて涙がこぼれるぞよ」とお父さまは言い言いなさいます。先日もお父さまは、鳶《とび》が舞わにゃ影もない――と唄にも歌われる片田の上田を買われた時の先代のひとかたならぬ艱難辛苦《かんなんしんく》の話をなすって「先代さまのお墓に申訳ないぞよ」と言ってその時は文字どおり暗涙に咽《むせ》ばれました。お父さまはご養子であるだけに祖先に対する責任感が強いのです。田地山林を譲るべきはずのお兄さまのいられないお父さまの歎きのお言葉を聞くたびに、わたくしお兄さまを恨《うら》まずにはいられません。

先日もお父さまが、あの鍛治屋の向うの杉山に行ってみられますと、意地のきたない田沢の主人が境界石を自家の所有の方に二間もずらしていたそうです。お父さまは歯軋《はぎし》りして口惜しがられました。「圭一郎がおらんからこないなことになるんじゃ。不孝者の餓鬼《がき》め。今に罰が当って眼がつぶれようぞ」とお父さまはさもさも憎しげにお兄さまを罵《ののし》られました。しかし昂奮《こうふん》が去ると「ああ、なんにもかも因縁因果《いんねんいんが》というもんじゃろ。お母ア諦めよう。……しかたがない。敏雄の成長を待とう。それまでに俺が死んだら何んとしょうもんぞい」こうもおっしゃいました。

咲子嫂《ねえ》さまを離縁してお兄さまと千登世さまとに帰っていただけば万事解決します。しかし、それでは大江の家として親族への義理、世間の手前がゆるしません。咲子嫂さまは相変らず一万円くれとか、でなかったら裁判沙汰にするとか息巻《いきま》いて、質《たち》の悪い仲人とぐるになってお父さまをくるしめています。なんといってもお兄さまがいけないのです。どうして厭なら厭嫌いなら嫌いで嫂さまと正式に別れた上で千登世さまといっしょにならなかったのです。あんなむちゃなことをなさるから問題がいよいよ複雑になって、相互の感情がこじれてきたのです。今では縺《もつれ》を解こうにも緒《いとぐち》さえ見つからない始末じゃありませんか。

けれどもわたくしお兄さまのお心も理解してあげます。お兄さまとお嫂さまとの過ぎる幾年間の生活に思い及ぶ時、今度のことがお兄さまの一時の気まぐれな出来ごころとは思われません。あるいは当然すぎるほど当然であったかもしれません。いつかの親族会議では咲子嫂さまを離縁したらいいとの提議が多かったのです。それを嫂さまはいちはやく嗅知《かぎし》って、一文も金は要らぬから敏雄だけは貰って行くと言って敏雄を連れていきなり実家に帰ってしまったのです。しかも敏雄はお父さまにとっては眼に入れても痛くないたった一粒の孫ですもの。敏雄なしにはお父さまは夜の眼も睡れないのです。お父さまはお母さまといっしょに、Y町のお実家に詫《わ》びに行らして嫂さまと敏雄とを連れ戻したのです。とても敏雄とお嫂さまを離すことはできません。離すことは惨酷《ざんこく》です。いじらしいのは敏ちゃんじゃありませんか。

敏ちゃんは性来の臆病から、それに隣りがあまり隔《へだ》っているので一人で遊びによう出ません。同じ年配の子供たちが向うの田圃や磧《かわら》で遊んでいるのを見ると、堪えきれなくなって涙を流します。時たま仲間が遣《や》ってくると小踊して歓び、仲間に帰られてはと、ご飯も食べないのです。帰ると言われると、ではお菓子をくれてあげるから、どれ絵本をくれてあげるからと手を替え品を替えて機嫌をとります。いよいよかなわなくなると、わたくしや嫂さまに引留方を哀願に来ます。それにしても夕方になればいたし方がない。高い屋敷の庭先から黄昏《たそがれ》に消えて行く友だちのうしろ姿を見送ると、しくりしくり泣いて家の中に駈《か》けこみます。そしてお父さまの膝に乗っかると、そのまま夕飯も食べないで先に眠ってしまいます。台所の囲炉裡《いろり》に榾柮《ほだ》を燻《く》べて家じゅうの者は夜を更かします。お父さまは敏ちゃんの寝顔を打戍《うちまも》りながらおっしゃいます「圭一郎に瓜二つじゃのう」とか「焼野の雉子《きぎす》、夜の鶴――圭一郎は子供の可愛いということを知らんのじゃろうか」とか。

先月の二十一日は御大師様の命日でした。村の老若は丘を越え橋を渡り三々五々にうち伴れてお菓子やお赤飯のお接待を貰って歩きます。わたくしも敏雄をつれてお接待を頂戴して歩きました。明神下の畦径《あぜみち》を提籃《かご》さげた敏雄の手を扶《ひ》いて歩いていると、お隣の金さん夫婦がよちよち歩む子供を中にして川辺《べ》りの往還《おうかん》を通っているのが見えました。とたんわたくし敏雄を抱きあげて袂《たもと》で顔を掩《おお》いました、不憫《ふびん》じゃありませぬか。お兄さまもよくよく罪の深い方じゃありませんか。それでも人間と言えますか。――わたくしのお胎内《なか》の子供も良人《おっと》が遠洋航海から帰ってくるまでには産まれるはずです。わたくし敏ちゃんの暗い運命を思う時慄然《ぞっ》として我が子を産みたくありません。

お兄さまのいられない今日このごろ、敏雄はどんなにさびしがっているでしょう。「父ちゃんどこ?」と訊けば「トウキョウ」と何も知らずに答えるじゃありませんか。「父ちゃん、いつもどってくる?」って思いだしては嫂さまやわたくしにせがむように訊くじゃありませんか。敏ちゃんはこのごろコマまわしをおぼえました。はじめてまわった時の喜びったらなかったのです。夜も枕先に紐《ひも》とコマとを揃《そろ》えて寝につきます。そして眼醒めると朝まだきから一人でまわして遊んでいます。「父ちゃん戻ったらコマをまわして見せる」って言うじゃありませんか。家のためにともお父さまお母さまのためにとも申しますまい。たったひとりの敏雄のためにお兄さま、帰ってはくださいませんでしょうか。頼みます。

春子

　はじめの一章二章は丹念に読めた圭一郎の眼瞼《もぶた》は火照《ほて》り、終りのほうは便箋をめくって駈け足で卒読した。そして読んだことが限りもなく後悔された。圭一郎は現在自分の心を痛めることをこの上なく惧《おそ》れている。といっても彼は自分の行為をあたまから是認《ぜにん》し、安価に肯定しているのではなかった。それは時には我ながら必然の歩みであり自然の計らいであったとは思わなくもないが、しかし、そういう風に自分というものをしいて客観視してみたところで、寝醒めのわるく後髪《うしろがみ》を引かれるような自責の念はとうてい消滅するものではなかった。それなら甘んじて審判の笞《しもと》を受けてもいいわけであるが、千登世との生活に血みどろになって喘《あえ》いでいる最中、とやこう責任を問われることは二重の苦しさであってとても遣《や》りきれなかった。

　圭一郎はすまない気持で手紙をくしゃくしゃに丸め、火鉢の中に抛《ほう》りこんだ。焼け残りはマッチを摺《す》って痕形《あとかた》もなく燃やしてしまった。彼の心は冷たく痲痺《しび》れ石のようになった。

　室内が煙でいっぱいになったので南側の玻璃窓《ガラスまど》を開けた。いつしか夕暮が迫って大川の上を烏が唖々《ああ》と啼《な》いて飛んでいた。こんな都会の空で烏の鳴き声を聞くことが何んだか不思議なような、異様な哀しさを覚えた。

　南新川、北新川は大江戸の昔からの酒の街と称《い》ってるそうだ。その南北新川街の間を流れる新川の河岸には今しがた数艘の酒舟が着いた。満潮にふくれた河水がぺちゃぺちゃと石垣を舐《な》める川縁から倉庫までの間に莚《むしろ》を敷き詰めて、その上を問屋の若い衆たちが麻の前垂に捩鉢巻《ねじりはちまき》で菰冠《こもかぶ》りの四斗樽をころがしながら倉庫の中に運んでいるのが、編輯室の窓から見下された。威勢のいい若い衆たちの拍子揃えた端唄《はうた》に聴くとはなしにしばらく耳傾けていた圭一郎はやがて我に返って振向くと、窓下の狭い路地で二三人の子供が三輪車に乗って遊んでいた。一人の子供が泣顔《べそ》をかいてそれを見ていた。とたちまち、圭一郎の胸は張裂けるような激しい痛みを覚えた。

その年の五月の上旬だった。圭一郎は長い間の醜く荒んだ悪生活から遁《のが》れるために妻子を村に残してY町で孤独の生活を送っているうち千登世と深い恋仲になりいよいよ東京に駈け落ちしなければならなくなったその日、彼は金策のために山の家に帰って行った。むしの知らせか妻はいつにもなく彼につき纒《まと》うのであったが圭一郎は胸騒ぎを抑え巧に父の預金帳を持ちだして家を出ようとした。ちょうど姉の子供が来合せていて三輪車に乗りまわして遊んでいた。軒下に立って指を銜《くわ》えながらさも羨《うらや》ましそうにそれを見ていた敏雄は、圭一郎の姿を見るなり今にも泣きだしそうな暗い顔して走ってきた。

「父ちゃん、僕んにも三輪車買《こ》うとくれ」

「うん」

「こん度戻る時ゃ持って戻っとくれよう。のう？」

「うん」

「いつもどるの、今度あ？　のう父ちゃん」

「………」

家の下で円太郎馬車に乗る圭一郎を妻は敏雄をつれて送ってきた。馬丁が喇叭《らっぱ》をプープー鳴らし馬が四肢を揃えて駈けだした時、妻は「また帰ってちょうだいね。ご機嫌よう」と言い、子供は「父ちゃん、三輪車を忘れちゃ厭よう」と言った。同じ馬車の中に彼の家の小作爺の三平が向い合せに乗っていた。「若さま。奥さんも坊ちゃんも、あんたといっしょにY町でお暮しなさんせよ。お可哀相じゃごわせんかい」と詰《なじ》るように三平は言った。圭一郎の頭は膝にくっつくまで降った。村境の土橋の畦で圭一郎が窓から顔を出すと、敏雄は門前の石段を老人のように小腰を曲げ、亀の子のように首を縮こめて、石段の数でもかぞえるかのように一つ一つ悄々《しょうしょう》と上って行くのが涙で曇った圭一郎の眼鏡に映った。おそらくこれがこの世の見納めだろう？そう思うと胸元が絞木《しめぎ》にかけられたように苦しくなり、大粒の涙が留め度もなく雨のようにポロポロ落ちた。

その日の終列車で圭一郎は千登世を連れてY町を後にしたのである。

千登世は停留所まで圭一郎を迎えに出て仄暗《ほのぐら》い街路樹の下にしょんぼりと佇《たたず》んでいた。そして圭一郎の姿を降車口に見つけるなり彼女はつかつかと歩み寄って「お帰り遊ばせ。お具合はどんなでしたの？」と潤《うる》んだ眼で視入《みい》り、眉を高く上げて言った。

「気遣《きづか》ったほどでもなかった」

「そう、そんじゃようかったわ」もちろん国鄙語《くになまり》が挾まれた。「わたしどんなに心配したかしれなかったの」

外出先から帰ってきた親を出迎える邪気《あどけ》ない子供のように千登世はいくらか嬌垂《あまえ》ながら圭一郎の手を引っ張るようにして、そして二人は電車通りからほど遠くない隠れ家の二階に帰った。行火《あんか》で温めてあった褥《しとね》の中にいちはやく圭一郎をはいらしてから千登世は古新聞紙を枕元に敷き、いそいそとその上に貧しい晩餐を運んだ。二人は箸を執った。

「気になって気になってしようがなかったの。よっぽど電話でご容態を訊こうかと思ったんですけれど」

　千登世は口籠《こちごも》った。

　そう言われると圭一郎は棘《いばら》にでもかき毟《むし》られるような気持がした。彼は勤め先では独身者らしく振る舞っていた。自分の行為はどこに行こうと暗い陰影を曳《ひ》いていたから、それで電話をかけるにしても階下の内儀《かみ》さんを装《よそお》って欲しいと千登世にその意を仄《ほの》めかした時の惨酷さ辛さが新にひしと胸に痞《つか》えて、食物が咽喉《のど》を通らなかった。

「今日ね、お隣りの奥さんがお縫物を持ってきてくだすったのよ」と千登世は言って茶碗を置き片手で後の戸棚を開けて行李《こうり》の上にうずだかく積んである大島や結城《ゆうき》の反物を見せた。「こんなにどっさりあってよ。わたし今夜から徹夜の決心で縫おうと思うの。みんな仕上げたら十四五円いただけるでしょう。お医者さまのお礼ぐらいおくにに頼まなくたってわたししてみせるわ」

「すまないね」圭一郎は病気のせいでひどく感傷的になっていた。

「そんな水臭いことおっしゃっちゃ厭」千登世は怒りを含んだ声で言った。

　食事が終ると圭一郎は服薬して蒲団を被《かぶ》り、千登世は箆《へら》台《だい》をひろげて裁縫にかかった。

「あなた、わたしの方を向いててちょうだい」

　千登世は顔をあげて糸をこきながら言った。彼の顔が夜着の襟《えり》にかくれて見えないことを彼女はもの足りなく思った。

「それから何かお話してちょうだい、ね。わたしさびしいんですもの」

　圭一郎は「ああ」と頷《うなず》いて顔を出し二言三言お座なりに主人夫婦が旅に出かけたことなど話柄にしたが、すぐあとが次げずに口を噤《つぐ》んだ。おりしも、妹の長い手紙の文句がそれからそれへと思い返されて腸を抉《え》ぐられるようなもの狂わしさを感じた。深い愁《うれ》いにつつまれた故郷の家のありさまが眼に見えるようで、圭一郎は何んとしとるじゃろ、と言って箸を投げて悲歎に暮るる老父の姿が、そして、父ちゃんいつ戻ってくる？　とか、父ちゃん戻ったらコマをまわして見せるとか言う眉の憂鬱な子供の面差《おもざし》が、また怨《うら》めしげに遣《や》る瀬《せ》ない悲味《かなしみ》を愬《うった》えた妻の顔までが、圭一郎の眼前に瀝々《さまざま》と浮ぶのであった。しかも同じ自分の眼は千登世を打成っていなければならなかった。愛の分裂――というほどではなくとも、なんだか千登世を瀆《けが》すようなたとえようのないすまなさを覚えた。

圭一郎はものごころついてこの方、母の愛らしい愛というものを感じたことがない。母子の間には不可思議な呪詛《じゅそ》があった。人一倍求愛心の強い圭一郎がいつもいつも求める心を冷たく裏切られたことは、性格の相異以上の呪いと言いたかった。圭一郎は廃嫡《はいちゃく》して姉に相続させたいと母は言い言いした。中学の半途退学も母への叛逆と悲哀とからであった。もうそのころ相当の年配に達していた圭一郎に小作爺の倅《せがれ》ほどの身支度を母はさしてくれなかった。悶々《もんもん》とした彼がM郡の山中の修道院で石工《いしく》をしたのもその当時であった。だから一般家庭の青年の誰もが享楽《たの》しむことのできる青年期の誇《ほこ》りに充ちた自由な輝かしい幸福は圭一郎には恵まれなかった。そうした彼が十九歳の時、それは伝統的な方法で咲子との縁談が持ちだされた。咲子は母方の遠縁に当っている未知の女であったにかかわらず、二歳年上であることが母性愛を知らない圭一郎にはまったく天の賜物《たまもの》とまで考えられた。そして眼隠《めかくし》された奔馬《ほんば》のような無智さで、前後も考えず有無《うむ》なく結婚してしまった。

結婚生活の当初咲子は予期どおり圭一郎を嬰児《あかご》のように愛し劬《いたわ》ってくれた。それなら彼は満ち足りた幸福に陶酔しただろうか。すくなくとも形の上だけは琴《きん》と瑟《しつ》と相和したが、けれども十九ではじめて知った悦《よろこ》びに、この張りきった音に、彼女の絃は妙にずった音を出してぴったり来ない。蕾《つぼみ》を開いたばかりの匂の高い薔薇《ばら》の亢奮《こうふん》が感じられないのは年齢の差異とばかりも考えられない。いったいどうしたことだろう？　彼は疑ぐりだした。疑ぐりの心が頭を擡《もた》げるともう自制できる圭一郎ではなかった。

「咲子、お前は処女だったろうな？」

「何を出抜けにそんなことを……失敬な」

咲子は怒ったようでもあるし、怒り方の足りない不安もあった。彼の疑念は深まるばかりであった。そして蛇のような執拗《しつよう》さで間《ま》がな隙《ひま》がな追究しずにはいられなかった。

火のような激しい怒りを圭一郎はもちろん冀《ねご》うたのだが、

「ほんとうに処女だった？」

「女が違いますよ」

「よし、それなら僕のこの眼を見ろ。ごまかしたってだめだぞ！」

圭一郎はきっと歯を喰いしばり羅漢《らかん》のような怒恚《いか》れる眼を見張った。

「いくらでも見ててあげるわ」と言って妻は眸子《ひとみ》を彼の眼にじっと据えたが、すぐへんに苦笑し、目叩《まばたき》し、

「そんなに疑ぐり深い人わたし嫌い……」

「だめ、だめだ！」

何んといっても妻の暗い翳《かげ》を圭一郎は直感した。その後幾百回幾千回こうした詰問《きつもん》を、敏雄が産まれてからも依然《いぜん》

として繰返すことを止めはしなかった。圭一郎はY町の妻の実家の近所の床屋にでも行って髪を刈りながらたわいのない他人の噂話のごとく装ってそれとなく事実を突き留めようかと何遍《なんべん》決心したかしれなかった。が、いざとなると果しかねた。子供の時父の用箪笥《ようだんす》から六連発のピストルを持ちだし、妹を目蒐《めが》けて撃つぞと言って筒口を向け引金に指をかけた時、はっと思って弾倉《だんそう》を覗くと六個の弾丸が底気味悪く光っておるではないか！　彼はあっと叫んで危なく失神しようとした。ちょうどそれに似た気持だった。もし引金を引いていたらどうであったろう。この場合もし圭一郎が髪床屋にでも行って「それだ」と怖い事実を知った暁を想像すると身の毛はよだちがたがたと戦慄《せんりつ》を覚えるのだった。

　しかしついにはその日が来た。

　圭一郎は中学二年の時柔道の選手であることから二級上の同じく選手である山本という男を知った。眼のつった、唇の厚い、鉤鼻《かぎばな》の山本を圭一郎は本能的に厭がった。上級対下級の試合のおり、彼は山本をみごと投げつけて以来、山本はそれをひどく根にもっていた。ある日寄宿舎の窓から同室の一人が校庭で遊ぶ誰彼の顔を戯れにレンズで照していると、光線が山本の顔を射たのであった。翌日山本はその悪戯《いたずら》した友が誰であるかを打明けろと圭一郎に迫ったが彼が頑《かたく》なに押黙《おしだま》っていると山本は圭一郎の頬を平手で殴《なぐ》りつけた。――その山本と咲子は二年の間も醜関係を結んでいたのだということを菩提寺《ぼだいじ》の若い和尚《おしょう》から聞かされた。憤《いきどお》りも、恨みも、口惜しさも通り越して圭一郎は運命の悪戯に呆《あき》れ返った。しかもこの結婚は父母が勧めたというよりも自分の方がむしろ強請《せが》んだ形にもいくらかなっていたので、誰にぶつかって行く術《すべ》もなく自分が自身の手負いで蹣跚《よろけ》なれけばならなかった。そして一日一日の激昂《げっこう》の苦しさはただ惘然《ぼうぜん》と銷沈《しょうちん》のくるしさに移って行った。

　圭一郎はその後の三四年間を上京して傷いた心を宗教に持って行こうとしたり慰めのための芸術に縋《すが》ろうとしたり、咲子への執着、子供への煩悩《ぼんのう》を起して村へ帰ったり、また厭気《いやけ》がさして上京したり、激しい精神の動揺から生活ははてしもなく不聡明《ふそうめい》に頽廃的《たいはいてき》になるばかりであった。こうしたあげく圭一郎はY町の県庁に県史編纂員《へんさんいん》として勤めることになり、閑寂《かんじゃく》な郊外に間借して郷土史の研究に心をまぎらしていたのだが、そして同じ家の離れを借りてある私立の女学校に勤めていた千登世といつしか人目を忍んで言葉を交えるようになった。

　千登世の故郷は中国山脈の西端を背負って北の海に瀕《ひん》した雪の深いS県のH町であった。彼女は産みの両親の顔も知らぬ薄命の孤児であって、伯父や伯母の家に転々と引き取られて育てられたが、身内の人たちは皆な揃いも揃って貪婪《ぢんらん》で邪慳《じゃけん》であった。十四歳の時伯父の知辺である相場師の養女になってY町に来たのであった。相場師夫婦は真の親も及ぼないほど千登世を慈《いつく》しんで、彼女の望むままに土地の女学校を卒業さした上さらに臨時教員養成所にまで進学さしてくれたのだが、業半《なかば》でその家が経済的にまったく崩壊してしまい、やがて養父母も相次いで世を去ってしまったので、彼女は独立しなければならなかった。

　そうして薄倖の千登世と圭一郎とが互いに身の上を打明けた時、二人は一刻も猶予《ゆうよ》していられずたちまち東京に世を憚《はばか》らねばならぬ仲となった。

　千登世はさすがに養父母の恩恵を忘れかねた。わけても彼女に優しかった相場師の臨終を物語ってはさめざめと涙をこぼした。寒い霰《あられ》がばらばらと板戸や廂《ひさし》を叩き、半里ばかり距離の隔《へだた》っている海の潮鳴《しおなり》がはるかにもの哀《がな》しげに音ずれるその夜、千登世は死人の体に抱きついて一夜を泣き明したことを繰返しては、人間の浮生《ふしょう》の相を哀しみ、生死のことわりを諦めかねた。彼女はY町の偏辺《かたほとり》の荒れるに委せた墳墓《ふんぼ》のことを圭一郎が厭がるほどしばしば口にした。まだ新しい石塔を建ててなかったこと、二三本の卒塔婆《そとうば》が乱暴に突きさされた形ばかりの土饅頭《まんじゅう》にさぞ雑草が生《お》い茂っているだろうことを気にして、そっと墓守《はかもり》に若干のお鳥《ちょう》目《もく》を送ってお墓の掃除を頼んだりした。

　千登世の無常観――は過去の閲歴《えつれき》から育《はぐ》まれたのだった。時おりその感情が潮流のように一時に彼女に帰ってきては彼女をくるしめた。校正でよんどころなく帰りの遅くなった夜など、電車の送迎に忙しいひけ時から青電車の時刻も迫って絶間《たえま》絶間にやってくる電車を、一台送っては次かと思い、また一台空しく送っては次かと思い、夜更けの本郷通は鎮《しず》まって、鋪道の上の人影も絶えてしまうそのころまでなおも一轍《いってつ》に圭一郎の帰りを今か今かと待ちつづけずにはいられない千登世の無常観はとうてい圭一郎などの想像もゆるさない計り知れない深刻なものであった。

　次の日の午前中に圭一郎は主人に命じられただけの仕事は一気に片づけて午後は父と妹とに宛て長い手紙を書きだした。

「僕はいくら非人間呼ばわりをされようと不孝者の誹《そし》りを受けようとさらに頭はあがらないのです。けれども千登世さんだけはわるく思ってくださいますな。何が辛いといっても一番辛いことはお父さんや春子に彼女が悪者のごとく思われることです。そう思われては僕のこの身に罰が当ります。僕の身に立《たた》つ瀬がないのですから」こうした意味のことを畳みかけ畳みかけ書こうとした。

　圭一郎はこれまで幾回も同じ意味のことを、千登世に不《ふ》憫《びん》をかけて欲しいということを父にも妹にも書き送ったが、どうにも抽象的にしか書けないほど自分自身が疚《やま》しかった。生活の革命――そういう文字が齎《もたら》す高尚な内容が圭一郎の今度の行為の中に全然皆無だというのではなく、むしろそうしたものが多量に含まれてあると思いたかった。が、静かに顧《かえり》みて自問自答する時彼は我ながら唾棄《だき》の思いがされ冷汗のおのずと流れるのを覚えた。

妻の過去を知ってからこの方、圭一郎の頭にこびりついて須臾《しゆゆ》も離れないものは「処女」を知らないということであった。村にいても東京にいても束《つか》の間もそれが忘れられなかった。往来で、電車の中で異性を見るたびにまず心に映るものは容貌のいかんではなくて、処女だろうか？　処女であるまいか？　ということであった。あわよくば、それは奇蹟的にでも闇に咲く女の中にそうした者を探し当てようとあちこちの魔窟《まくつ》を毎夜のようにほっつき歩いたこともあった。たとい、乞丐《こじき》の子であってもかまうまい。たとい獄衣を身に纒《まと》うような恥ずかしめを受けようと、レエイプしてもとまでしばしば思い詰めるのだった。

根津の下宿にいたある年の夏の夜、圭一郎は茶の間に招かれて宿のおばさんと娘の芳ちゃんと二人でよもやまの話をした。キャッキャッ燥《はしや》いでいた芳ちゃんは間もなく長火鉢の傍に寝床をのべて寝てしまった。暑中休暇のことで階上も階下もがら空きであたりはしんと鎮まっていた。たちまち足をばたばたさせて蒲団を蹴とばした芳ちゃんは真っ白な両方の股を弓のように蹈張《ふんば》った。と、つ……みたいなものが瞥《ちら》と圭一郎の眼にはいった。

「あら、芳ちゃん厭だわ」

おばさんは急いで蒲団をかけた。圭一郎は赧《あか》らむ顔を俯《うつ》向《む》いて異様に沸騰《たぎ》る心を抑えようとした。おばさんさえいなかったらと彼は歯をがたがた顫《ふる》わした。彼の頭に蜘蛛《くも》が餌食を巻き締めておいて咽喉《のど》を食い破るような残忍的な考が閃《ひら》めいたのだ。

こうした獣的なあさましい願望の延長——が千登世の身体にはじめて実現されたのであった。彼は多年の願いがかなえられた時、もはや前後を顧慮する遑《いとま》とてもなく千登世を拉《らっ》し去ったのであるが、それは合意の上だと言えば言えこそすれ、ゴリラが女を引渫《ひっさえ》えるような惨虐《ざんぎやく》な、ずいぶん兇暴《きようぼう》なものであった。もちろん圭一郎は千登世に対して無上の恩と大きな責任とを感じていた。飛んで灯に入る愚な夏の虫にも似て、彼は父の財産も必要としないで石に齧《かじ》りついても千登世を養う決心だった。が、自分ひとりは覚悟の前である生活の苦闘の中に羸弱《ひよわ》い彼女までその渦の中に巻きこんで苦労させることは堪えがたいことであった。

圭一郎は、父にも、妹にも、誰に対しても告白のできぬ多くの懺悔《ざんげ》を、痛みを忍んで我と我が心の底に迫って行った。

結局、故郷への手紙は思わせぶりな空疎な文字の羅列《られつ》にすぎなかった。けれども一国《いっこく》な我儘者の圭一郎に傅《かしず》いてさぞさぞ気苦労の多いことであろうとの慰めの言葉を一言千登世宛に書き送ってもらいたいということだけはいつものように冗《くど》く、二伸としてまで書き加えた。

圭一郎が父に要求する千登世への劬《いたわ》りの手紙は彼が請い求めるまでもなくこれまで一度ならず二度も三度も父は寄越したのであった。父は最初から二人を別れさせようとする意志は微塵《みじん》も見せなかった。別れさしたところで今さらおめおめ村に帰って自家の閾《しきい》が跨《また》がれる圭一郎でもあるまいし、同時にまた千登世に対して犯した我子の罪を父は十分感じていることも否《いな》めなかった。鼎《かなえ》の湯のように沸きたつ喧《かしま》しい近郷近在の評判や取々の沙汰に父は面目ながってしばらくは一室に幽閉《ゆうへい》していたらしいがその間もしばしば便りを送ってきた。さまざまの愚痴もならべられてあるにしても、どうか二人が仲よく暮らしてくれとかお互に身体《からだ》さえ大切にして長生していればいつか再会が叶《かな》うだろうとか、その時はつもる話をしようとか書いてあった。そして定ったように「何もインネン、インガとあきらめおり候」として終りが結んであった。時には思いがけなく隣村の郵便局の消印で為替が封入してあることもたびたびだった。村の郵便局からでは顔馴染《なじみ》の局員の手前を恥じて、杖《つえ》に縋《すが》りながら二里の峻坂《しゅんはん》を攀《よ》じて汗を拭き拭き峠を越えた父の姿が髣髴《ほうふつ》して、圭一郎は極度の昂奮から自殺してしまいたいほどみずから責めた。

圭一郎はどこに向かおうと八方塞《ふさ》がりの気持を感じた。心にあるものはただ身動きのできない呪縛《じゅばく》のみである。

圭一郎は社を早目に出て蠣殻《かきがら》町の酒問屋事務所に立寄って相場を手帳に記し、それから大川端の白鷹正宗の問屋を訪うてそこの主人の額に瘤《こぶ》のある大入道から新聞の種を引きだそうとあせっているうちに電気が来た。屋外へ出るともうあたりは真っ暗だった。川口を通う船の青い灯、赤い灯が暗い水の面に美しく乱れていた。

彼はさらに上野山下に広告係の家を訪ねたが不在であった。広小路の夜店でバナナを買い、徒歩で切通坂を通って帰つた。

食後、千登世はバナナの皮を取りながら、

「でも、楽になりましたね」と、しみじみした調子で言った。

「そうね……」

圭一郎も無量の感に迫られた。

「あの時、わたし……」彼女は言いかけて口を噤《つぐ》んだ。

あの時――と言っただけで二人の間には、その言葉が言わず語らずのうちに互の胸に伝わった。圭一郎は父の預金帳から四百円ほど盗んできたのであったが、それは一二ヵ月の間になくしてしまった。そして一日一日と生活に迫られていたのであった。食事の時香のものの一片にも二人は顔見合わせて箸をつけるという風だった。彼は血眼になって職業を探したけれどだめだった。

「わたし、三越の裁縫部へ出ましょうか？　あそこならいつでも雇ってくれるそうですから」

千登世は健気《けなげ》に言ったが、圭一郎は情なかった。

ちょうどその時、酒新聞社の編輯者募集を職業案内で見つけて、指定の日時に遣って行った。彼が二十幾人もの応募者の先着だった。中にはほんのちょっとした応対であっけなく断られる奴もあって、残る半数の人たちに、主人は、めいめいに文章を書かせてそれをいちいち手に取上げて読んではまた片っ端からむごく断り、後に圭一郎と、口髭《くちひげ》を立派に刈りこんだ金縁眼鏡の男と二人ほど残った。主人は圭一郎に、

「とにかく、君は、明日九時に来てみたまえ」と、言った。

「まじめにやりますから、どうぞ使ってください。どうぞよろしくお願いいたします」

圭一郎は丁寧にお叩頭《じぎ》して座を退《さが》り歯のすり減った日和《ひより》をつっかけると、もう一度お叩頭をしようと振り返ったが、衝立《ついたて》に隠れて主人の顔は見えなかった。圭一郎は、いかにも世智にたけたてきぱきした口調で、さも自信ありそうに主人に話しこんでいる金縁眼鏡の男の横面を、はりつけてやりたいほど憎らしかった。

屋外に出るとざっと大粒の驟雨《しゅうう》に襲われた。家々の軒下を潜《くぐ》るようにして走ったり、またしばらく銀行の石段で雨宿りしたりしていたが、思いきって鈴なりに混《こん》だ電車に乗った時は圭一郎は濡れ鼠のようになっていた。停留所には千登世が迎えに出て土砂降《どしゃぶり》の中を片手で傘を翳《かざ》し片手で裾《すそ》を高くかきあげて待っていた。そして、降車口に圭一郎のずぶ濡れ姿を見つけるなり、千登世は急ぎ歩み寄って、

「まあ、お濡れになったのね」と眉根に深い皺を刻んで傷々しげに言った。

圭一郎は千登世の傘の中に飛びこむと、二人は相合傘《あいあいがさ》で大学の正門前の水菓子屋の横町から暗い路次にはいって行った。歩きながら圭一郎は酒新聞社での様子をこまごま千登世に話して聴かせた。

「とにかく、明日も一度来てみろと言ったんですよ」

「じゃ、きっと雇う考えですよ」

と彼女は言ったが、これまでしばしば繰り返されたと同じような空頼《そらだの》みになるのではあるまいかという予感の方が先に立って千登世はそれ以上ものを言うのが辛かった。

「雇ってくれるかもしれん……」

圭一郎は口の中で呟《つぶや》いた。けれども、頼みがたいことを頼みにし独り決めしておいて、後でまたしても千登世を失望させてはと考えた。そう思えば思うほど、金縁眼鏡の男がうらめしかった。

「ほんとうに雇ってくれるといいが……」

圭一郎は思わず深い溜息《ためいき》を洩らした。

「悄気《しょげ》ちゃだめですよ、しっかりなさいな」

こう千登世は気の張りを見せて圭一郎に元気を鼓舞《つけ》ようとした。が、濡れしおれた衣服の裾《すそ》がべったり脚に纏ってて歩きにくそうであり、長く伸びた頭髪からポトリポトリと雫《しずく》の滴《したた》る圭一郎のみじめな姿を見た千登世の眼には、夜目にも熱い涙の玉が煌《きら》めいた。

運よく採用されたのだったが、千登世はその夜のことをいつまでも忘れなかった。「わたし泣いてはいけないと思ったんですけれど、あの時――だけは悲しくて……」彼女は思いだしては時々それを口にした。

千登世は食後の後片づけをすますと、寛《くつろ》いだ話もそこそこに切り上げ暗い電灯を眼近く引き下して針仕事を始めた。圭一郎は検温器を腋下に挟んでみたが、まだ平熱に帰らないのですぐ寝床にはいった。

壁一重の隣家の中学生が頓狂な発音で英語の復習をはじめた。

What a funy bear !

「ああ煩《うる》さい。もっと小さな声でやれよ」兄の大学生らしいのがこう窘《たしな》める。

中学生はいっこう平気なものだ。

Is he strong ?

「煩さいったら！」兄は悍《たけ》りたった金切声《かなきりごえ》で叱りつけた。

圭一郎と千登世とは思わず顔を合せて、クスクス笑いだした。が、すぐ笑えなくなった。その兄弟たちの希望に富む輝かしい将来に較べて、自分たちの未来というものの何んとさびしい目当てのないものではないかという気がして。

やがて、夜番の拍子木《ひょうしぎ》の音がカチカチ聞えてくる時分には、中学生の寝言が手に取るように聞える。夢にまで英語の復習をやってるらしい。階下でも内儀さんが店を閉めた。あたりはしんしんと更けて行く。筋向うの大学の御用商人とかいう男が酔払って細君を呶鳴《どな》る声、器物を投げつける烈しい物音がひとしきり高かった。しばらくすると支那蕎《そ》麦《ば》屋の笛が聞えてきた。

「あら、また遣ってきた！」

千登世は感に迫られて針持つ手を置いた。

千登世は、今後、この都を去ってどこかの山奥に二人が佗住《わびすま》いするようになっても、支那蕎麦屋の笛の音だけは忘れえないだろうと言った。――駈落ち当時、高徳の誉《ほまれ》高い浄土教のG師が極力二人を別れさせようとした。そのG師の禅房にかつて圭一郎は二年も寄宿し、G師に常随してその教化を蒙《こうむ》っていた関係上、上京すると何より真っ先にG師に身を寄せていっさいをぶちまけなければ措《お》けない心の立場にあったのだ。G師の人間的な同情は十分持ちながらも、しかし、G師自身の信仰の上から圭一郎の行為を是《ぜ》認《にん》して見遁《のが》すことはゆるされなかった。G師は毎夜のように圭一郎を呼び寄せて「無明煩悩《むみょうぼんのう》シゲクシテ、妄想顛倒《もうそうてんとう》ノナセルナリ」……今は水の出ばなで思慮分別に事欠くけれど、すぐに迷いの目がさめるぞ、こうした不自然な同棲生活のついになりたたざること、心の負担に堪えざること、幻滅の日、破滅の日はけっしてそう遠くはないぞ、一旦の妄念を棄て別れなければならぬ。――こう諄々《じゅんじゅん》と説法した。圭一郎は生木を裂かれるような反感を覚えながらも、しかし、故郷の肉親に対する断ちがたき愛染は感じているのだから、そして心の苛責《かしゃく》は渦を巻いているのだから、そこの虞《おそれ》を衝かれた日には良心的に実際適《かな》わない感じのものだった。圭一郎がG師からとやこうきつい説法を喰っている間、千登世は二階で一人わびしく圭一郎の帰りを待ちながら、人通りの杜《と》絶えた路地に彼の下駄の音を今か今かと耳をすましている時、この支那蕎麦屋の笛を聞いて、われを忘れて慟哭《どうこく》したというのである。千登世にしてみれば、別れろ別れろと攻めたてられてG師の前に弱ってうなだれている圭一郎がいじらしくもあり、恨めしくもあり、否、それにもまして、暗い過去ではあったがどうにか弱い身体と弱い心とを二十三歳の年まで潔《いさぎよ》く支えてきた彼女が、選《え》りも選《えら》んで妻子ある男と駈落ちまでしなければならなくなった呪《のろ》うても足りない宿命が、彼女にはどんなにか悲しく、身を引き裂きたいほど切なかったことであろう……。

　支那蕎麦屋は家の前のだらだら坂をガタリガタリ車を挽《ひ》いて坂下の方へ下りて行ったが、笛の音だけは鎮まった空気を擘《つんざ》いてもの哀しげにはるかの遠くから聞えてきた。一瞬間、何んだか北京とか南京とかそうした異都の夜に、罪《ざい》業《ごう》の、さすらいの身を隠して憂念愁怖《ゆうねんしゅうふ》の思いに沈んでいる自分たちであるようにさえ想えて、圭一郎もうら悲しさ、うら寂しさが骨身に沁《し》みた。

「もう寝なさい」と圭一郎は言った。

「ええ」

　と答えて千登世は縫物を片づけ、ピンを抜き髪を解《とか》し、寝巻に着替えようとしたが、圭一郎は彼女の窶《やつ》れた裸姿を見ると今さらのようにぎょっとして急いで眼を瞑《つむ》った。

　圭一郎の月給は当分の間は見習いとして三十五円だった。それでは生活を支えることがむずかしいので不足の分は千登世の針仕事で稼《かせ》ぐことになり「和服御仕立いたします」と書いた長方形の小さなボール紙を階下の路地に面した戸袋に貼りつけた。幸い近所の人たちが縫物を持ってきてくれたのでどうにか月々は凌《しの》げたが、その代り期日ものなどで追い攻められて徹夜しなければならないため、千登世の健康はほとんど台なしだった。

「こんなに髪の毛がぬけるのよ」

　千登世は朝髪を梳《す》く時ぬけ毛を束にして涙含《ぐ》みながら圭一郎に見せた。事実、彼女の髪は痛々しいほど減って、添え毛して七三に撫《な》でつけて毳《むくげ》を引き毟《む》しられた小鳥の肌のような隙間が見えた。圭一郎の心の底から深い憐れさが沁みだしてくるのであったが、彼女の涙もたび重なると、時には自分たちの存在が根柢から覆《くつが》えされるような憤《いきどお》りさえ覚えた。そう言って責めてくれるな！　と哀訴《あいそ》したいような、苦しいのはお互いさまではないか！　とこう彼女の弱音に荒々しい批難と突っ慳貪《けんどん》な叱声を向けないではいられないエゴイスチックな衝動を感じた。

ひどい夏痩せの千登世は秋風が立ってからもなかなか肉づきが元に復《もと》らなかった。顔はそうでもなかったけれど、といっても、二重顎《あご》は一重になり、裸体になった時など肋骨が蒼白《あおじろ》い皮膚の上に層をなして浮んで見えた。腰や腿《もも》のあたりは乾草のようにしなびていた。ひとつは栄養不良のせいもあったが……。

圭一郎はスウスウ小刻みな鼾《いびき》をかきだした細っこい彼女を抱いて睡ろうとしたが、急に頭の中がわくわくと口でも開いて呼吸でもするかのように、そしてそれに伴《ともな》った重苦しい鈍痛が襲ってきた。彼はチカチカ眼を刺す電灯に紫紺色のメリンスの風呂敷を巻きつけてみたがまた起って行って消してしまった。何もかも忘れつくして熟睡に陥ちようと努めれば努めるほどいやが上にも頭が冴えて、容易に寝つけそうもなかった。

立てつけのひどく悪い雨戸の隙間を洩るる月の光を面に浴びて白い括枕《くくりまくら》の上に髪こそ乱しておれ睫毛《まつげ》一本も動かさない寝像《ねぞう》のいい千登世の顔は、さながら病む人のように蒼白かった。故郷に棄ててきた妻や子に対するよりも、より深重な罪悪感を千登世に感じないわけには行かない。そう思うとどこからともなく込み上げてくる強い憐愍《れんびん》がひとしきり続く。かと思うとポカンと放心した気持にもさせられた。

ぜんたいこれからどうすればいいのか？　またどうなることだろうか？　圭一郎は幾度も幾度も寝返りを打った。

——

# 足相撲

嘉村礒多

S社の入口の扉を押して私は往来へ出た。狭い路地に入るとちょっと佇《たたず》んで、蝦蟇口《がまぐち》の緩んだ口金を歯で締め合せた。心まちにしていた三宿のZ・K氏の口述になる小説『狂酔者の遺言』の筆記料を私は貰ったのだ。本来ならただちに本郷の崖下の家に帰って、前々からの約束である私の女にセルを買ってやるのが人情であったがしかし最近ある事件で女の仕草《しぐさ》をひどく腹に据《す》えかねていた私は、どう考えなおしても気乗りがしなくて、ただ漫然と夕暮の神楽坂《かぐらざか》の方へ歩いて行った。もう都会には秋が訪れていて、白いものを着ている自分の姿が際立った寂しい感じである。ふと坂上の眼鏡屋《めがねや》の飾窓を覗くと、気にいったのがあってよほど心が動いたが、でも、おあしをくずす前に、いちおうZ・K氏にお礼を言う筋合のものだと気がついて、私はその足で見附《みつけ》から省線に乗った。

私がZ・K氏を知ったのは、私がF雑誌の編輯《へんしゅう》に入った前年の二月、談話原稿を貰うために三宿を訪ねた日に始まった。

その日は紀元節で、みすぼらしい新開街の家々にも国旗が翻《ひるがえ》って見えた。そうした商家の軒先に立って私は番地を訪ねなどした。二軒長屋の西側の、壁は落ち障子は破れた二間きりの家の、四畳半の茶呑台の前に坐って、髪の伸びたロイド眼鏡のZ・K氏は、綿の食《は》みでた褞袍《どてら》を着て前跼《かが》みにごほんごほん咳《しわぶ》きながら、私の用談を聞いた。玄関の二畳には、小説で読まされて旧知の感のある、近所の酒屋の爺さんの好意からだという、銘酒山盛りの菰冠《こもかぶ》りが一本据《す》えてあって、赤ちゃんをねんねこに負ぶった夫人が、栓《せん》をぬいた筒口から酒をじかに受けた燗徳利《かんどくり》を鉄瓶《てつびん》につけ、小蕪《こかぶ》の漬物《つけもの》、焼海苔など酒の肴《さかな》になった。

やがて日が暮れ体じゅうに酒の沁《し》みるのを待って、いよいよこれから談話を始めようとする前、腹こしらえにと言って蕎麦《そば》を出されたが、私は半分ほど食べ残した。するとZ・K氏は真赤に怒って、そんな礼儀を知らん人間に談話はできんと言って叱りだした。私はすぐさま丼《どんぶり》の蓋《ふた》を取っておつゆ一滴余さずかっこんで謝《あやま》ったが、Z・K氏の機嫌は直りそうもなく、明日出なおしてこいと私を突き返した。

翌日も酒で夜を更かし、いざこれから始めようとするところでZ・K氏は、まだ昨夜の君の無礼に対する癇癪玉《かんしゃくだま》のとばしりが頭に残っておってやれないから、も一度来てみろと言った。しかたなくまた次の日に行くと、今度は文句なしに喋舌《しゃべ》ってくれた。よもやまの話のすえZ・K氏は私の、小説家になれればなりたいという志望を聞いて、断じてなれませんなと、古い銀煙管《ぎんぎせる》の雁首《がんくび》をポンと火鉢の縁に叩きつけて、吐きだすように言った。昔ひとりの小僧さんが烏の落した熟柿《じゆくし》を拾ってきてそれを水で洗って己が師僧《しそう》さんに与えた。すると師僧さんはそれを二分して小僧さんにくれて、二人はおいしいおいしいと言って食べた――という咄《はなし》をして、それとこれとはおよそ意味が違うけれど、他人の振舞う蕎麦を喰い残すような不謙遜の人間に、どうしてどうして、芸術などできるものですか、断じてできっこありませんね、と嶮《けわ》しい目をして底力のある声で言った。さんざ油を取られたが、そんなことが縁になってか、それからは毎日毎日談話をしてくれた。するうち酒屋の借金が嵩《かさ》んで長い小説の必要に迫られ、S社にいくらかの前借をして取りかかったのが『狂酔者の遺言』というわけである。

私は自分の雑誌の用事を早目に片づけて午さがりの郊外電車にゆられて毎日通った。口述が渋ってくると逆上して夫人を打つ蹴るはほとんど毎夜のことで、二枚も稿を継げるとすっかり有頂天になって、狭い室内を真っ裸の四つん這いでワンワン吠えながら駈けずり廻り、こうして片脚を上げて小便するのはおとこ犬、こうしてお尻を地につけて小便するのはおんな犬、と犬の小便の真似《まね》をするかと思うと畳の上に長く垂らした褌《ふんどし》の端をようやく歯の生え始めた、ユウ子さんにつかまらしてお山上りを踊りながら、K君K君と私を見て、……君は聞いたか、寒山子《かんざし》、拾得《じつとく》つれて二人づれ、ホイホイ、君が責めりゃ、おいらこうやってユウ子と二人で五老峰に逃げて行くべえ。とそんなでたらめのばかふざけばかしやった。ある日私はたまりかねて催促《さいそく》がましい口を利くと、明日はS社で二百両借りてこいと命じたので、断じてできませんと答えるとZ・K氏はしばらく私をじっと見据えたが、くそたれ！　手前などと酒など飲む男かよ、Z・Kともあろう男が！　と毒吐《どくつ》きだして、おりから夫人が怫然と色をなした私に吃驚《びつくり》して、仲裁を頼みに酒屋の爺さんを呼びに行って、小腰をかがめてチョコチョコ遣ってきた爺さんが玄関を上るなり、Z・K氏は、爺さん爺さん、僕この小僧っ子にばかにされたよと言った。私はお叩頭《じぎ》ひとつして黙って退いた。C雑誌の若い記者が、この角を曲るとめそめそ泣けてくると言ったその杉籬《すぎまがき》に添った曲り角まで来ると、私も思わず不覚の涙を零《こぼ》した。が私はここで、一簣《いつき》にして止めてはならぬ。

肚《はら》の虫を殺して翌日は午前に出向くと、Z・K氏はたいそう喜んで、君昨夜は失敬、僕酔払《よつぱら》っていたもので、それにしてもよく来てくれましたと丁寧に詫びて、夫人に向って、これこれ、酒屋の爺さんにKさんが来てくれたことを伝えてこい、爺さんひどく気遣っていたから、と言《こと》づけた。夫人があたふたと出て行くとZ・K氏は褌を緊めなおして真っ裸のまま一閑張《いつかんばり》の机に向い、神妙に膝頭《ひざがしら》に手を置いて苦吟しだした面貌に接すると、やはり、羸鶴《るいかく》寒木に翹《つまだ》ち、狂猿古台に嘯《うそぶ》く——といった風格、貧苦病苦と闘いながら、朝夕に芸道をいそしむ、このいみじき芸術家に対する尊敬と畏怖《いふ》との念が、一枚一円の筆記料の欲しさもさることながら、まア七十日を、大雨の日も欠かさず通い詰めさせたというものだろう……

あれこれと筆記中、肺を煩《わずら》うZ・K氏に対して思い遣りなく息巻いた自分の態度が省《かえり》みられたりしているうち、いつか三宿に着いた。

「そうでしたか、それで安心しました。じつはS社のほうからお礼が出ないとすると、僕どこかで借りてもあなたにお礼しようと思ったところなんでした。……あ、あ、そうそう、主幹の方《かた》が行き届いた方だから……そうでしたか、僕も安心しました。長々御苦労さん。これからはあなたの勉強が大事。まあ一杯」

独酌の盃を置いてZ・K氏はこう優しく言ってから、私に盃をくれた。

「発表は新年号？　そうですか、どうでしょう、失敗だったかな、僕はあれでいいとは思うけれど……君はどう思います？」

世評を気にしてそう言うZ・K氏も、言われる私も、しばし憮然《ぶぜん》として言葉がなかった。

が、だんだん酔いが廻ってきた時、

「K君、君を渋谷まで送って行くべえ、二十円ほど飲もうや……。玉川にしようか」

「また、そんなことを言う、Kさんだって、お帰んなすって奥さんにお見せなさらなければなりませんよ。いつも人さまの懐中を狙《ねら》う、悪い癖だ！」

と、夫人が血相変えて台所から飛んできた。

「何んだ、八十円はちと多すぎらあ、二十円パ飲んだかっていいとも、さあ、着物を出せ」

「お父さん、そんなひどいことどの口で言えますか。Kさんだって、七十日間の電車賃、お小遣、そりゃ少々じゃありませんよ。玉川へでも行ったら八十円は全部お父さん飲んじまいますよ。そんなことをされてKさんどう奥さんに申訳がありますか！」

夫人は起ちかけたZ・K氏を力いっぱい抑えにかかった。

夫人に言われるまでもなく、石垣からの照り返しの強い崖下の荒屋で、筆記のための特別の入費を内職で稼《かせ》ぎだした私の女にも、私は不憫《ふびん》と義理とを忘れてはならない。アーン、アンアンと顔に手を当ててじだんだを踏んで泣き喚《わめ》いても足りない思いをしてる時、とたん、ガラッと格子戸が開いて、羽織袴《はおりはかま》の、S社の出版部のAさんが、玄関に見えた。

私はほっとして、この難場の救主に、どうぞどうぞと言って、自分の座蒲団の裏を返してすすめた。

「先生、突然で恐縮ですが、来年の文章日記へ、ひとつご揮毫《きごう》をお願いしたいんですが、どうか枉《ま》げてひとつ……」

　二こと三こと久闊《きゅうかつ》の挨拶が取交わされた後、Aさんは手を揉みながら物馴れた如才ない口調でこう切りだした。

「我輩、書くべえか……K君、どうしよう、書いてもいいか？」

　それはぜひお書きになったらいいでしょうと、私はAさんに応援する風を装って話をいっさいそっちに移すよう上手にZ・K氏に焚《た》きつけた。机辺《きへん》に戯れるユウ子さんを見て、「われと遊ぶ子」と書こうかとか、いや、「互に憐恤《れんじゅつ》あるべし」に決めようとZ・K氏の言っている、そのバイブルの章句に苦笑を覚えながらも、やれやれ助かったわと安堵《あんど》の太息《といき》を吐き吐き、私は墨をすったり筆を洗ったりした。

　感興の機勢ですぐ筆を揮《ふる》ったZ・K氏は、縦長い鳥子紙《とりのこがみ》のみごとな出来栄えにちょっと視入っていたが、くるくる器用に巻いて、では、これを、とAさんの前にさしだしたかと思うと、瞬間、手を引っこめて、

「A君、これタダかね？」と、唇を尖らした。

「いやいや、のちほど、どっさり荷物自動車でお届けいたしますから」

「そうですか。たんもり持ってきてください。ハハハハハ」

　Z・K氏は愉快でたまらなかった。とうとう私を酒屋の爺さんとこへ誘った。


　酒屋へは、有本老人、畳屋の吉さん、表具屋の主人、などコップ酒の常連が詰《つめ》かけて、足相撲をやっていた。溜《たま》った酒代の貸前が入って上機嫌の爺さんが盆に載せて出したコップの冷酒を一気に呷《あお》ったZ・K氏は、「さあ、片っ端から、おれにかかってこい」と、尻をまくって痩脛《やせずね》を出した。有本老人はじめ「あッ、痛い、先生にはかなわん」と、後につづく二三人もぼたぼた負けて脹脛《こむら》をさすっているのを、私とAさんとは上框《あがりがまち》に腰掛けて見ていた。最後にZ・K氏は、恰幅《かっぷく》のいいAさんにしきりに勝負を挑《いど》んだが、温厚で上品なAさんは笑って相手にならなかった。その時、どうした誘惑からか、足相撲などに一度の経験のない私は、

「先生、私とやりましょう」と、座敷へ飛び上った。

「ヘン、君がか、笑わせらあ、老ライオンの巨口に二十日《はつか》鼠《ねずみ》一匹――と言いたいところですなあ。口直しにも何んにもなりゃせん。へへへへだ」

　二人は相尻居《しりい》して足と足を組み当てた。

「君、しっかり……」

「先生から……」

　Z・K氏は、小ばかにしてつんだしていた頤《あご》をいつの間にか引いて、唇を結んでいきみだした。

　痩せ細ったZ・K氏の脛の剃刀《かみそり》のような骨が自分の肉に切れこんできて、コリコリといった骨を削《けず》り取られる音が聞えるような気がしたが私は両手で膝坊主《ひざぼうず》を抱いて、火で

も噴《ふ》きそうな眼を閉じて、歯を喰いしばった。

「……おいら、負けた、もう一遍。もう一遍やりなおそう……何に、やらん？　卑怯《ひきよう》だよ卑怯だよ……待て待て、こら、待たんか……」

その声を聞き棄てて、私は時を移さずAさんといっしょに屋外へ出た。世田ケ谷中学前の暗い石ころ道を、ピリッピリッと火傷《やけど》のように痛む足を引きずりながらAさんの後について夜更の停留場へ急いだが、きたない薄縁《うすべり》の上にぺちゃんこに捩伏《ねじふ》せた時の、Z・K氏の強い負け惜しみを苦笑にまぎらそうとした顔を思うと、この何年にもない痛快な笑いが哄然《こうぜん》と込みあげたが、同時に、そう長くはこの世に生を恵まれないであろうZ・K氏――いや、私がいろいろの意味で弱りがちの場合、あの苛烈な高ぶった心魂をば、ひとえに生涯の宗と願うべきである我が狸洲《りしゆう》先生（かれは狸洲と号した）に、ずいぶん御無礼だったことがやがて後悔として残るような気がした。

# 蜜柑

芥川龍之介

ある曇った冬の日暮である。私《わたくし》は横須賀《よこすか》発上り二等客車の隅《すみ》に腰を下して、ぼんやり発車の笛を待っていた。とうに電燈のついた客車の中には、珍しく私の外《ほか》に一人も乗客はいなかった。外を覗《のぞ》くと、うす暗いプラットフォオムにも、今日は珍しく見送りの人影さえ跡を絶って、ただ、檻《おり》に入れられた小犬が一匹、ときどき悲しそうに、吠え立てていた。これらはその時の私の心もちと、不思議なくらい似つかわしい景色だった。私の頭の中には言いようのない疲労と倦怠《けんたい》とが、まるで雪曇りの空のようなどんよりした影を落していた。私は外套《がいとう》のポケットへじっと両手をつっこんだまま、そこにはいっている夕刊を出して見ようという元気さえ起らなかった。

が、やがて発車の笛が鳴った。私はかすかな心の寛《くつろ》ぎを感じながら、後《うしろ》の窓枠《まどわく》へ頭をもたせて、眼の前の停車場がずるずると後《あと》ずさりを始めるのを待つともなく待ちかまえていた。ところがそれよりも先にけたたましい日和下駄《ひよりげた》の音が、改札口のほうから聞えだしたと思うと、間もなく車掌《しゃしょう》が何か言い罵《ののし》る声とともに、私の乗っている二等室の戸ががらりと開いて、十三四の小娘が一人《ひとり》、慌《あわただ》しく中へはいって来た、と同時に一つずしりと揺れて、おもむろに汽車は動きだした。一本ずつ眼をくぎって行くプラットフォオムの柱、置き忘れたような運水車、それから車内の誰かに祝儀の礼を言っている赤帽――そういうすべては、窓へ吹きつける煤煙《ばいえん》の中に、未練がましく後《うしろ》へ倒れて行った。私はようやくほっとした心もちになって、巻煙草に火をつけながら、始めて懶《ものう》い睚《まぶた》をあげて、前の席に腰を下ろしていた小娘の顔を一瞥《いちべつ》した。

それは油気のない髪をひっつめの銀杏返《いちょうがえ》しに結って、横なでの痕《あと》の有る皸《ひび》だらけの両頬を気持の悪いほど赤く火照《ほて》らせた、いかにも田舎者《いなかもの》らしい娘だった。しかも垢《あか》じみた萌黄色《もえぎいろ》の毛糸の襟巻《えりまき》がだらりと垂《た》れ下った膝《ひざ》の上には、大きな風呂敷包みがあった。そのまた包みを抱《だ》いた霜焼けの手の中には、三等の赤切符がだいじそうにしっかり握られていた。私はこの小娘の下品な顔だちを好まなかった。それから彼女の服装が不潔なのもやはり不快だった。最後にその二等と三等との区別さえも弁《わきま》えない愚鈍《ぐどん》な心が腹立たしかった。だから巻煙草に火をつけた私は、一つにはこの小娘の存在を忘れたいという心もちもあって、今度はポッケットの夕刊を漫然と膝の上へひろげて見た。するとその時夕刊の紙面に落ちていた外光が、突然電灯の光に変って、刷の悪い何欄《なにらん》かの活字が意外なくらい鮮《あざやか》に私の眼の前へ浮んで来た。言うまでもなく汽車は今、横須賀線に多い隧道《トンネル》の最初のそれへはいったのである。

しかしその電燈の光に照らされた夕刊の紙面を見渡しても、やはり私の憂鬱《ゆううつ》を慰むべく、世間はあまりに平凡な出来事ばかりで持ち切っていた。講和問題、新婦新郎、瀆職《とくしょく》事件《じけん》、死亡広告——私は隧道へはいった一瞬間、汽車の走っている方向が逆になったような錯覚を感じながら、それらの索漠《さくばく》とした記事から記事へほとんど機械的に眼を通した。が、その間《あいだ》ももちろんあの小娘が、あたかも卑俗《ひぞく》な現実を人間にしたような面持《おもも》ちで、私の前に坐っていることを絶えず意識せずにはいられなかった。この隧道の中の汽車と、この田舎者《いなかもの》の小娘と、そうしてまたこの平凡な記事に埋《うずま》っている夕刊と、——これが象徴でなくて何であろう。不可解な、下等な、退屈な人生の象徴でなくて何であろう。私はいっさいがくだらなくなって、読みかけた夕刊を抛《ほう》り出すと、また窓枠《まどわく》に頭を靠《もた》せながら、死んだように眼をつぶって、うつらうつらし始めた。

それから幾分《いくふん》か過ぎた後であった。ふと何かに脅《おびやか》されたような心もちがして、思わずあたりを見まわすと、いつの間にか例の小娘が、向う側から席を私の隣へ移して、しきりに、窓を開《あ》けようとしている。が、重い硝子《ガラス》戸はなかなか思うようにあがらないらしい。あの皸《ひび》だらけの頬はいよいよ赤くなって、ときどき鼻洟《はな》をすすりこむ音が、小さな息の切れる声といっしょに、せわしなく耳へはいって来る。これはもちろん私にも、いくぶんながら同情を惹《ひ》くに足るものには相違なかった。しかし汽車が今まさに隧道の口へさしかかろうとしていることは、暮色の中に枯草ばかり明《あかる》い両側《りょうがわ》の山腹が、間近く窓側《まどぎわ》に迫って来たのでも、すぐに合点《がてん》の行くことであった。にもかかわらずこの小娘は、わざわざしめてある窓の戸を下そうとする、——その理由が私には呑みこめなかった。いや、それが私には、単にこの小娘の気まぐれだとしか考えられなかった。だから私は腹の底に依然として険《けわ》しい感情を蓄えながら、あの霜焼けの手が硝子戸を擡《もた》げようとして悪戦苦闘する容子《ようす》を、まるでそれが永久に成功しないことでも祈るような冷酷な眼で眺めていた。すると間もなく凄《すさま》じい音をはためかせて、汽車が隧道へなだれこむと同時に、小娘の開けようとした硝子戸は、とうとうばたりと下へ落ちた。そうしてその四角な穴の中から、煤《すす》を溶したようなどす黒い空気が、にわかに息苦しい煙になって、濛々《もうもう》と車内へ漲《みなぎ》りだした。元来咽喉《のど》を害していた私は、手巾《ハンケチ》を顔に当てる暇《ひま》さえなく、この煙を満面に浴びせられたおかげで、ほとんど息もつけないほど咳《せ》きこまなければならなかった。が、小娘は私に頓着《とんちゃく》する気色《けしき》も見えず、窓から外へ首をのばして、闇《やみ》を吹く風に銀杏返《いちょうがえ》しの鬢《びん》の毛を戦《そよ》がせながら、じっと汽車の進む方向を見やっている。その姿を煤煙と電燈の光との中に眺めた時、もう窓の外がみるみる明《あかる》くなって、そこから土の匂《いおい》や枯草の匂や水の匂が冷かに流れこんで来なかったなら、ようやく咳きやんだ私は、この見知らない小娘を頭ごなしに叱りつけてでも、また元の通り窓の戸をしめさせたのに相違なかったのである。

しかし汽車はその時分には、もうやすやすと隧道《トンネル》を辷《すべ》りぬけて、枯草の山と山との間に挾まれた、ある貧しい町はずれの踏切に通りかかっていた。踏切の近くには、いずれも見すぼらしい藁屋根《わらやね》や瓦屋根《かわら》がごみごみと狭苦しく建てこんで、踏切り番が振るのであろう、ただ一旒《いちりゆう》のうす白い旗が懶《ものう》げに暮色を揺《ゆす》っていた。やっと隧道を出たと思う――その時その蕭索《しょうさく》とした踏切りの柵《さく》の向うに、私は頬の赤い三人の男の子が、目白押しに並んで立っているのを見た。彼らは皆、この曇天に押しすくめられたかと思うほど、揃《そろ》って背が低かった。そうしてまたこの町はずれの陰惨たる風物と同じような色の着物を着ていた。それが汽車の通るのを仰ぎ見ながら、いっせいに手を挙げるが早いか、いたいけな喉《のど》を高く反《そ》らせて、何とも意味の分からない喊声《かんせい》を一生懸命に迸《ほとばし》らせた。するとその瞬間である。窓から半身を乗り出していた例の娘が、あの霜焼けの手をつとのばして、勢《いきおい》よく左右に振ったと思うと、たちまち心を躍《おど》らすばかり暖な日の色に染まっている蜜柑《みかん》がおよそ五つ六つ、汽車を見送った子供たちの上へばらばらと空から降って来た。私は思わず息を呑んだ。そうして刹那《せつな》にいっさいを了解《りょうかい》した。小娘は、おそらくはこれから奉公先へ赴《おもむ》こうとしている小娘は、その懐《ふところ》に蔵していた幾顆《いくか》の蜜柑を窓から投げて、わざわざ踏切りまで見送りに来た弟たちの労《ろう》に報いたのである。

暮色を帯びた町はずれの踏切りと、小鳥のように声を挙げた三人の子供たちと、そうしてその上に乱落する鮮な蜜柑の色と――すべては汽車の窓の外に、瞬く暇《またた》もなく通り過ぎた。が、私の心の上には、切ないほどはっきりと、この光景が焼きつけられた。そうしてそこから、ある得体の知れない朗《ほがらか》な心もちが湧《わ》き上って来るのを意識した。私は昂然《こうぜん》と頭を挙げて、まるで別人を見るようにあの小娘を注視した。小娘はいつかもう私の前の席に返って、相不変《あいかわらず》皸《ひび》だらけの頬を萌黄色《もえぎいろ》の毛糸の襟巻に埋《うず》めながら、大きな風呂敷包みを抱《かか》えた手に、しっかりと三等切符を握っている。

……………

私はこの時始めて、言いようのない疲労と倦怠とを、そうしてまた不可解な、下等な、退屈な人生をわずかに忘れることができたのである。

# 玄鶴山房

芥川龍之介

一

……それは小《こ》ぢんまりとでき上った、奥床《おくゆか》しい門構《もんがま》えの家だった。もっともこの界隈《かいわい》にはこういう家も珍しくはなかった。が、「玄鶴山房《げんかくさんぼう》」の額《がく》や塀越《へいご》しに見える庭木などはどの家よりも数奇《すき》を凝《こ》らしていた。

この家の主人、堀越玄鶴《ほりこしげんかく》は画家としても多少は知られていた。しかし資産を作ったのはゴム印の特許を受けたためだった。あるいはゴム印の特許を受けてから地所《じしょ》の売買をしたためだった。現に彼が持っていた郊外のある地面《じめん》などは生姜《しょうが》さえろくにできないらしかった。けれども今はもう赤瓦《あかがわら》の家や青瓦の家の立ち並んだいわゆる「文化村《ぶんかむら》」に変わっていた。……

しかし「玄鶴山房」はとにかく小ぢんまりとでき上った、奥床しい門構えの家だった。ことに近ごろは見越《みこ》しの松に雪よけの縄《なわ》がかかったり、玄関の前に敷いた枯れ松葉に藪柑子《やぶこうじ》の実《み》が赤らんだり、いっそう風流に見えるのだった。のみならずこの家のある横町《よこちょう》もほとんど人通りというものはなかった。豆腐屋《とうふや》さえそこを過る時には荷を大通りへおろしたなり、喇叭《らっぱ》を吹いて通るだけだった。

「玄鶴山房――玄鶴というのは何《なん》だろう？」

たまたまこの家の前を通りかかった、髪の毛の長い画学生は細長い絵の具箱を小脇にしたまま、同じ金釦《きんボタン》の制服を着たもう一人《ひとり》の画学生にこう言ったりした。

「何だかな、まさか厳格《げんかく》という洒落《しゃれ》でもあるまい」

彼らは二人とも笑いながら、気軽にこの家の前を通って行った。そのあとにはただ凍て切った道に彼らのどちらかが捨てて行った「ゴルデン・バット」の吸《す》い殻《がら》が一本、かすかに青い一すじの煙を細ぼそと立てているばかりだった。

……

二

重吉《じゅうきち》は玄鶴の婿《むこ》になる前からある銀行へ勤めていた。したがって家に帰って来るのはいつも電燈のともるころだった。彼はこの数日以来、門の内へはいるが早いか、たちまち妙な臭気を感じた。それは老人には珍しい肺結核《はいけっかく》の床《とこ》に就《つ》いている玄鶴《げんかく》の息の匂《におい》だった。が、もちろん家の外にはそんな匂の出るはずはなかった。冬の外套《がいとう》の腋《わき》の下に折鞄《おりかばん》を抱えた重吉は玄関前の踏み石を歩きながら、こういう彼の神経を怪《あやし》まない訣《わけ》にはゆかなかった。

玄鶴は「離れ」に床《とこ》をとり、横になっていない時には夜着《よぎ》の山によりかかっていた。重吉は外套や帽子《ぼうし》をとると、必ずこの「離れ」へ顔を出し、「ただ今」とか「きょうはいかがですか」とか言葉をかけるのを常としていた。しかし「離れ」の閾《しきい》の内へはめったに足も入れたことはなかった。それは舅《しゅうと》の肺結核に感染《かんせん》するのを怖れるためでもあり、また一つには息の匂を不快に思うためでもあった。玄鶴は彼の顔を見るたびにいつもただ「ああ」とか「お帰り」とか答えた。その声はまた力の無い、声よりも息に近いものだった。重吉は舅にこう言われると、ときどき彼の不人情に後ろめたい思いもしない訣《わけ》ではなかった。けれども「離れ」へはいることはどうも彼には無気味《ぶきみ》だった。

それから重吉は茶の間《ま》の鄰《とな》りにやはり床に就いている姑《しゅうとめ》のお鳥《とり》を見舞うのだった。お鳥は玄鶴の寝こまない前《まえ》から、——七八年前から腰抜けになり、便所へも通えない体《からだ》になっていた。玄鶴が彼女を貰《もら》ったのは彼女がある大藩《たいはん》の家老《かろう》の娘という外《ほか》にも器量望《きりょうのぞ》みからだということだった。彼女はそれだけに年をとっても、どこか目などは美しかった。しかしこれも床の上に坐《すわ》り、丹念《たんねん》に白足袋《しろたび》などを繕《つくろ》っているのはあまりミイラと変らなかった。重吉はやはり彼女にも「お母さん、きょうはどうですか？」という、手短《てみじか》な一語を残したまま、六畳の茶の間へはいるのだった。

妻のお鈴《すず》は茶の間《ま》にいなければ、信州生《しんしゅう》まれの女中のお松《まつ》と狭い台所に働いていた。小綺麗《こぎれい》に片づいた茶の間はもちろん、文化竈《ぶんかかまど》を据《す》えた台所さえ舅や姑の居間《いま》よりも遥かに重吉には親しかった。彼は一時は知事などにもなったある政治家の次男だった。が、豪傑肌《ごうけつはだ》の父親よりも昔の女流歌人だった母親に近い秀才だった。それはまた彼の人懐《ひとなつ》こい目や細《ほ》っそりした顎《あご》にも明らかだった。重吉はこの茶の間へはいると、洋服を和服に着換えた上、楽々と長火鉢《ながひばち》の前に坐り、安い葉巻を吹かしたり、今年《ことし》やっと小学校にはいった一人息子《ひとりむすこ》の武夫《たけお》にからかったりした。

重吉はいつも、お鈴や武夫とチャブ台を囲んで食事をした。彼らの食事は賑《にぎや》かだった。が、近ごろは「賑か」といっても、どこかまた窮屈《きゅうくつ》にも違いなかった。それはただ玄鶴につき添う甲野《こうの》という看護婦の来ているためだった。もっとも武夫は「甲野さん」がいても、ふざけるのに少しも変らなかった。いや、あるいは「甲野さん」がいるためによけいふざけるくらいだった。お鈴はときどき眉《まゆ》をひそめ、こういう武夫を睨《にら》んだりした。しかし武夫はきょとんとしたまま、わざと大仰《おおぎょう》に茶碗《ちゃわん》の飯を掻《か》きこんで見せたりするだけだった。重吉は小説などを読んでいるだけに武夫のはしゃぐのにも「男」を感じ、不快になることもないではなかった。が、たいていは微笑したぎり、黙って飯を食っているのだった。

「玄鶴山房《げんかくさんぼう》」の夜は静かだった。朝早く家を出る武夫はもちろん、重吉夫婦もたいていは十時には床《とこ》に就くことにしていた。その後《あと》でもまだ起きているのは九時前後から夜伽《よとぎ》をする看護婦の甲野ばかりだった。甲野は玄鶴の枕《まくら》もとに赤あかと火の起った火鉢《ひばち》を抱《かか》え、居睡《いねむ》りもせずに坐っていた。玄鶴は、――玄鶴もときどきは目を醒《さ》ましていた。が、湯たんぽが冷えたとか、湿布《しっぷ》が乾《かわ》いたとかいう以外にほとんど口を利《き》いたことはなかった。こういう「離れ」に聞えて来るものは植え込みの竹の戦《そよ》ぎだけだった。甲野は薄ら寒い静かさの中にじっと玄鶴を見守ったまま、いろいろのことを考えていた。この一家の人々の心もちや彼女自身の行く末などを。……

## 三

ある雪の晴れ上《あが》った午後、二十四五の女が一人、か細い男の子の手を引いたまま、引き窓越しに青空の見える堀越《ほりこし》家の台所へ顔を出した。重吉はもちろん家《うち》にいなかった。ちょうどミシンをかけていたお鈴は多少予期はしていたものの、ちょっと当惑《とうわく》に近いものを感じた。しかしとにかくこの客を迎えに長火鉢の前を立って行った。客は台所へ上った後《のち》、彼女自身の履《は》き物や男の子の靴を揃《そろ》え直した。（男の子は白いスウェエタアを着ていた）彼女がひけ目を感じていることはこういう所作《しょさ》だけにも明らかだった。が、それも無理はなかった。彼女はこの五六年以来、東京のある近在に玄鶴が公然と囲っておいた女中上りのお芳《よし》だった。

お鈴はお芳か顔を見た時、存外彼女が老《ふ》けたことを感じた。しかもそれは顔ばかりではなかった。お芳は四五年以前には円《まる》まると肥《ふと》った手をしていた。が、年は彼女の手さえ静脈《じょうみゃく》の見えるほど細らせていた。それから彼女が身につけたものも、――お鈴は彼女の安ものの指環《ゆびわ》に何か世帯《しょたい》じみた寂しさを感じた。

「これは兄が檀那《だんな》さまに差し上げてくれと申しましたから」

お芳《よし》はいよいよ気後《きおく》れのしたように古い新聞紙の包みを一つ、茶の間へ膝《ひざ》を入れる前にそっと台所の隅へ出した。折から洗いものをしていたお松はせっせと手を動かしながら、水々し銀杏返《いちょうがえ》しに結《ゆ》ったお芳をときどき尻目《しりめ》に窺《うかが》ったりしていた。が、この新聞紙の包みを見ると、さらに悪意のある表情をした。それはまた実際文化竈《ぶんかかまど》や華奢《きゃしゃ》な皿小鉢と調和しない悪臭を放っているのに違いなかった。お芳はお松を見なかったものの、少くともお鈴の顔色《かおいろ》に妙なけはいを感じたと見え「これは、あの、大蒜《にんにく》でございます」と説明した。それから指を噛《か》んでいた子供に「さあ、坊《ぼっ》ちゃん、お時宜《じぎ》なさい」と声をかけた。男の子はもちろん玄鶴がお芳に生ませた文太郎《ぶんたろう》だった。この子供をお芳が「坊ちゃん」と呼ぶのはお鈴にはいかにも気の毒だった。けれども彼女の常識はすぐにそれもこういう女には仕かたがないことと思い返した。お鈴はさりげない顔をしたまま、茶の間の隅に坐った親子に有り合せの菓子や茶などをすすめ、玄鶴の容態《ようだい》を話したり、文太郎の機嫌をとったりしだした。

……

玄鶴はお芳を囲いだした後《のち》、省線電車の乗り換えも苦にせず、一週間に一二度ずつは必ず妾宅《しょうたく》へ通《かよ》って行った。お鈴はこういう父の気もちに始めのうちは嫌悪《けんお》を感じていた。「ちっとはお母さんの手前も考えれば善《い》いのに、」――そんなこともたびたび考えたりした。もっともお鳥は何ごとも諦《あきら》め切っているらしかった。しかしお鈴はそれだけいっそう母を気の毒に思い、父が妾宅へ出かけた後《あと》でも母には「きょうは詩の会ですって」などと白々《しらじら》しい譃《うそ》をついたりしていた。その譃が役に立たないことは彼女自身も知らないのではなかった。が、ときどき母の顔に冷笑に近い表情を見ると、譃をついたことを後悔《こうかい》する、――というよりもむしろ彼女の心も汲み分けてくれない腰ぬけの母に何か情《なさけ》なさを感じがちだった。

お鈴は父を送り出した後《のち》、一家のことを考えるためにミシンの手をやめるのもたびたびだった。玄鶴はお芳を囲いださない前にも彼女には「立派《りっぱ》なお父さん」ではなかった。しかしもちろんそんなことは気の優《やさ》しい彼女にはどちらでも善かった。ただ彼女が気がかりだったのは父が書画骨董《しょがこっとう》までもずんずん妾宅へ運ぶことだった。お鈴はお芳が女中だった時から、彼女を悪人と思ったことはなかった。いや、むしろ人並《ひとな》みよりも内気《うちき》な女と思っていた。が、東京のある場末《ばすえ》に肴屋《さかなや》をしているお芳の兄は何をたくらんでいるかわからなかつた。実際また彼は彼女の目には妙に悪賢《わるがしこ》い男らしかった。お鈴はときどき重吉をつかまえ、彼女の心配を打ち明けたりした。けれども彼は取り合わなかった。「僕からお父さんに言う訣《わけ》にはゆかない」――お鈴は彼にこう言われてみると、黙ってしまうより外《ほか》はなかった。

「まさかお父さんも羅両峯《らりょうほう》の画《え》がお芳にわかるとも思っていないんでしょうが」

重吉もときたまお鳥にはそれとなしにこんなことも話したりしていた。が、お鳥は重吉を見上げ、いつもただ苦笑してこう言うのだった。

「あれがお父さんの性分《しょうぶん》なのさ。何しろお父さんはあたしにさえ『この硯《すずり》はどうだ?』などと言う人なんだからね」

しかしそんなことも今になってみれば、誰にもばかばかしい心配だった。玄鶴《げんかく》は今年の冬以来、どっと病《やまい》の重《おも》ったために妾宅通《しょうたくがよ》いもできなくなると、重吉が持ち出した手切れ話に(もっともその話の条件などは事実上彼よりもお鳥やお鈴が拵《こしら》えたというのに近いものだった)存外素直《すなお》に承諾《しょうだく》した。それはまたお鈴が恐れていたお芳の兄も同じことだった。お芳は千円の手切《てぎ》れ金《きん》を貰《もら》い、上総《かずさ》のある海岸にある両親の家へ帰った上、月々文太郎《ぶんたろう》の養育料として若干《じゃっかん》の金を送ってもらう、——彼はこういう条件に少しも異存を唱えなかった。のみならず妾宅に置いてあった玄鶴の秘蔵の煎茶道具《せんちゃどうぐ》なども催促《さいそく》されぬうちに運んで来た。お鈴は前に疑《うたぐ》っていただけにいっそう彼に好意を感じた。

「つきましては妹のやつがもしお手でも足りませんようなら、ご看病《かんびょう》に上りたいと申しておりますんですが」

お鈴はこの頼みに応じる前に腰ぬけの母に相談した。それは彼女の失策《しっさく》と言っても差《さ》し支《つか》えないものに違いなかった。お鳥は彼女の相談を受けると、あしたにもお芳に文太郎をつれて来てもらうように勧めだした。お鈴は母の気もちの外《ほか》にも一家の空気の擾《みだ》されるのを惧《おそ》れ、何度も母に考え直させようとした。(その癖また一面には父の玄鶴とお芳の兄との中間に立っている関係上、いつか素気《すげ》なく先方の頼みを断《ことわ》れない気もちにも落ちこんでいた)が、お鳥は彼女の言葉をどうしても素直には取り上げなかった。

「これがまだあたしの耳へはいらない前ならば格別だけれども——お芳の手前も羞《はずか》しいやね」

お鈴はやむを得ずお芳の兄にお芳の来ることを承諾した。それもまたあるいは世間を知らない彼女の失策だったかもしれなかった。現に重吉は銀行から帰り、お鈴にこの話を聞いた時、女のように優しい眉《まゆ》の間《あいだ》にちょっと不快らしい表情を示した。「そりゃ人手が殖《ふ》えることはありがたいにも違いないがね。……お父さんにもいちおう話してみれば善《い》いのに。お父さんから断るのならばお前にも責任のない訣《わけ》なんだから」——そんなことも口に出して言ったりした。お鈴はいつになく鬱《ふさ》ぎこんだまま、「そうだったわね」などと返事をしていた。しかし玄鶴に相談することは、——お芳《よし》にもちろん未練のある瀕死《ひんし》の父に相談することは彼女には今になってみてもできない相談に違いなかった。

……お鈴はお芳親子を相手にしながら、こういう曲折を思い出したりした。お芳は長火鉢に手もかざさず、途絶《とだ》えがちに彼女の兄のことや文太郎《ぶんたろう》のことを話していた。彼女の言葉は四五年前のように「それは」をS-ryaと発音する田舎訛《いなかなま》りを改めなかった。お鈴はこの田舎訛りにいつか彼女の心もちもある気安さを持ちだしたのを感じた。同時にまた襖一重《ふすまひとえ》向うに咳《せき》一つしずにいる母のお鳥に何か漠然とした不安も感じた。

「じゃ一週間ぐらいはいてくれられるの?」

「はい、こちらさまさえお差支《さしつか》えございませんければ」

「でも着換えくらいなくちゃいけなかないの?」

「それは兄が夜分《やぶん》にでも届けると申しておりましたから」

お芳はこう答えながら、退屈らしい文太郎に懐《ふところ》のキャラメルを出してやったりした。

「じゃお父さんにそう言って来ましょう。お父さんもすっかり弱ってしまってね。障子のほうへ向っている耳だけ霜焼けができたりしているのよ」

お鈴は長火鉢の前を離れる前に何となしに鉄瓶《てつびん》をかけ直した。

「お母さん」

お鳥は何か返事をした。それはやっと彼女の声に目を醒《さ》ましたらしい粘《ねば》り声《ごえ》だった。

「お母さん。お芳さんが見えましたよ」

お鈴はほっとした気もちになり、お芳の顔を見ないように早速《さっそく》長火鉢の前を立ち上った。それから次の間《ま》を通りしなにもう一度「お芳さんが」と声をかけた。お鳥は横になったまま、夜着《よぎ》の襟《えり》に口もとを埋《うず》めていた。が、彼女を見上げると、目だけに微笑に近いものを浮かべ、「おや、まあ、よく早く」と返事をした。お鈴ははっきりと彼女の背中にお芳の来ることを感じながら、雪のある庭に向った廊下をそわそわ「離れ」へ急いで行った。

「離れ」は明るい廊下から突然はいって来たお鈴の目には実際以上に薄暗かった。玄鶴《げんかく》はちょうど起き直ったまま、甲野に新聞を読ませていた。が、お鈴の顔を見ると、いきなり「お芳か?」と声をかけた。それは妙に切迫《せっぱく》した、詰問《きつもん》に近い嗄《しゃが》れ声《ごえ》だった。お鈴は襖側《ふすまぎわ》に佇《たたず》んだなり、反射的に「ええ」と返事をした。それから、――誰も口を利《き》かなかった。

「すぐにここへよこしますから」

「うん。……お芳一人《よしひとり》かい?」

「いいえ。……」

玄鶴《げんかく》は黙って頷《うなず》いていた。

「じゃ甲野さん、ちょっとこちらへ」

お鈴は甲野よりも一足先《ひとあしさき》に小走りに廊下を急いで行った。ちょうど雪の残った棕櫚《しゅろ》の葉の上には鶺鴒《げんれい》が一羽尾を振っていた。しかし彼女はそんなことよりも病人臭い「離れ」の中から何か気味の悪いものがついて来るように感じてならなかった。

四

お芳が泊りこむようになってから、一家の空気は目に見えて険悪《けんあく》になるばかりだった。それはまず武夫が文太郎《ぶんたろう》をいじめることから始まっていた。文太郎は父の玄鶴よりも母のお芳に似た子供だった。しかも気の弱いところまで母のお芳に似た子供だった。お鈴はもちろんこういう子供に同情しない訣《わけ》ではないらしかった。がときどきは文太郎を意気地《いくじ》なしと思うこともあるらしかった。

看護婦の甲野は職業がら、冷《ひや》やかにこのありふれた家庭的悲劇を眺めていた、――と言うよりもむしろ享楽《きょうらく》していた。彼女の過去は暗いものだった。彼女は病家《びょうか》の主人の病院の医者だのとの関係上、何度一塊《いっかい》の青酸加里《せいさんかり》を嚥《の》もうとしたことだかしれなかった。この過去はいつか彼女の心に他人の苦痛を享楽する病的な興味を植えつけていた。彼女は堀越家《ほりこしけ》へはいって来た時、腰ぬけのお鳥が便をするたびに手を洗わないのを発見した。「この家《うち》のお嫁《よめ》さんは気が利《き》いている。あたしたちにも気づかないように水を持って行ってやるようだから」——そんなことも一時《いちじ》は疑深い彼女の心に影を落した。が、四五日いるうちにそれは全然お嬢さま育ちのお鈴の手落ちだったのを発見した。彼女はこの発見に何か満足に近いものを感じ、お鳥の便をするたびに洗面器の水を運んでやった。

「甲野さん、あなたのおかげさまで人間並《な》みに手が洗えます」

お鳥は手を合せて涙をこぼした。甲野はお鳥の喜びには少しも心を動かさなかった。しかしそれ以来三度に一度は水を持ってゆかなければならぬお鈴を見ることは愉快だった。したがってこういう彼女には子供たちの喧嘩《けんか》も不快ではなかった。彼女は玄鶴にはお芳親子に同情のあるらしい素振《そぶ》りを示した。同時にまたお鳥にはお芳親子に悪意のあるらしい素振りを示した。それはたといおもむろにもせよ、確実に効果を与えるものだった。

お芳が泊《とま》ってから一週間ほどの後《のち》、武夫はまた文太郎《ぶんたろう》と喧嘩《けんか》をした。喧嘩はただ豚《ぶた》の尻っ尾《しっぽ》は牛の尻尾よりも太いとか細いとかいうことから始まっていた。武夫は彼の勉強部屋の隅に、——玄関の隣《となり》の四畳半の隅にか細い文太郎を押しつけた上、さんざん打ったり蹴《け》ったりした。そこへちょうど来合せたお芳は泣き声も出ない文太郎を抱《だ》き上げ、こう武夫をたしなめにかかった。

「坊《ぼっ》ちゃん、弱いものいじめをなすってはいけません」

それは内気《うちき》な彼女には珍らしい棘《とげ》のある言葉だった。武夫はお芳の権幕《けんまく》に驚き、今度は彼自身泣きながら、お鈴のいる茶の間《ま》へ逃げこもった。するとお鈴もかっとしたとみえ、手ミシンの仕事をやりかけたまま、お芳親子のいる所へむりやりに武夫を引きずって行った。

「お前がいったい我儘《わがまま》なんです。さあ、お芳さんにおあやまりなさい、ちゃんと手をついておあやまりなさい」

お芳はこう言うお鈴の前に文太郎といっしょに涙を流し、平《ひら》あやまりにあやまる外《ほか》はなかった。そのまた仲裁役《ちゅうさいやく》を勤めるものは必ず看護婦の甲野だった。甲野は顔を赤めたお鈴を一生懸命に押し戻しながら、いつももう一人《ひとり》の人間の、——じっとこの騒ぎを聞いている玄鶴の心もちを想像し、内心には冷笑を浮かべていた。が、もちろんそんな素《そ》ぶりは決して顔色《かおいろ》にも見せたことはなかった。

けれども一家を不安にしたものは必《かならず》しも子供の喧嘩ばかりではなかった。お芳はまたいつの間にか何ごともあきらめ切ったらしいお鳥の嫉妬《しっと》を煽《あお》っていた。もっともお鳥はお芳自身には一度も怨《うら》みなどを言ったことはなかった。(これはまた五六年前《まえ》、お芳がまだ女中部屋に寝起きしていたころも同じだった)が、全然関係のない重吉に何かと当《あた》りがちだった。重吉はもちろんとり合わなかった。お鈴はそれを気の毒に思い、ときどき母の代りに詫《わび》びたりした。しかし彼は苦笑したぎり、「お前までヒステリイになっては困る」と話を反《そ》らせるのを常としていた。

甲野はお鳥の嫉妬にもやはり興味を感じていた。お鳥の嫉妬それ自身はもちろん、彼女が重吉に当る気もちも甲野にははっきりとわかっていた。のみならず彼女はいつの間にか彼女自身も重吉夫婦に嫉妬に近いものを感じていた。お鈴は彼女には「お嬢さま」だった。重吉も――重吉はとにかく世間並みにでき上った男に違いなかった。が、彼女の軽蔑《けいべつ》する一匹《いっぴき》の雄《おす》にも違いなかった。こういう彼らの幸福は彼女にはほとんど不正だった。彼女はこの不正を矯《た》めるために（！）重吉に馴《な》れ馴れしい素振《そぶ》りを示した。それはあるいは重吉には何《なん》ともないものかもしれなかった。けれどもお鳥《とり》を苛立《いらだ》たせるには絶好の機会を与えるものだった。お鳥は膝頭《ひざがしら》も露《あら》わにしたまま、「重吉、お前はあたしの娘では――腰ぬけの娘では不足なのかい？」と毒々しい口をきいたりした。

しかしお鈴だけはそのために重吉を疑《うたぐ》ったりはしないらしかった。いや、実際甲野にも気の毒に思っているらしかった。甲野はそこに不満を持ったばかりか、今さらのように人の善《よ》いお鈴を軽蔑《けいべつ》せずにはいられなかった。が、いつか重吉が彼女を避《さ》けだしたのは愉快だった。のみなもず彼女を避けているうちにかえって彼女に男らしい好奇心を持ちだしたのは愉快だった。彼は前には甲野がいる時でも、台所の側の風呂《ふろ》へはいるために裸になることをかまわなかった。けれども近ごろではそんな姿を一度も甲野に見せないようになった。それは彼が羽根を抜いた雄鶏《おんどり》に近い彼の体《からだ》を羞《は》じているために違いなかった。甲野はこういう彼を見ながら、（彼の顔もまた雀斑《そばかす》だらけだった）いったい彼はお鈴以外の誰に惚《ほ》れられるつもりだろうなどと私《ひそ》かに彼を嘲《あざけ》ったりしていた。

ある霜曇りに曇った朝、甲野は彼女の部屋になった玄関の三畳に鏡を据え、いつも彼女が結びつけたオオル・バックに髪を結びかけていた。それはちょうどいよいよお芳が田舎《いなか》へ帰ろうという前日だった。お芳がこの家を去ることは重吉夫婦には嬉《うれ》しいらしかった。が、かえってお鳥にはいっそう苛立たしさを与えるらしかった。甲野は髪を結びながら、甲高《かんだか》いお鳥の声を聞き、いつか彼女の友だちが話したある女のことを思い出した。彼女はパリに住んでいるうちにだんだん烈《はげ》しい懐郷病《かいきょうびょう》に落ち込み、夫の友だちが帰朝するのを幸い、いっしょに船へ乗りこむことにした。長い航海も彼女には存外《ぞんがい》苦痛ではないらしかった。しかし彼女は紀州沖《きしゅうおき》へかかると、急になぜか興奮しはじめ、とうとう海へ身を投げてしまった。日本へ近づけば近づくほど、懐郷病も逆に昂《たか》ぶって来る、――甲野は静かに油っ手を拭《ふ》き、腰ぬけのお鳥の嫉妬《しっと》はもちろん、彼女自身の嫉妬にもやはりこういう神秘な力が働いていることを考えたりしていた。

「まあ、お母さん、どうしたんです？　こんな所まで這《は》い出して来て。お母さんったら。――甲野さん、ちょっと来てください」

お鈴の声は「離れ」に近い縁側から響いて来るらしかった。甲野はこの声を聞いた時、澄み渡った鏡に向ったまま、始めてにやりと冷笑を洩《も》らした。それからさも驚いたように「はいただ今」と返事をした。

## 五

玄鶴《げんかく》はだんだん衰弱《すいじやく》して行った。彼の永年の病苦はもちろん、彼の背中から腰へかけた床《とこ》ずれの痛みも烈しかった。彼はときどき唸《うな》り声を挙げ、わずかに苦しみを紛《まぎ》らせていた。しかし彼を悩ませたものは必しも肉体的苦痛ばかりではなかった。彼はお芳《よし》の泊っている間は多少の慰めを受けた代りにお鳥の嫉妬《しっと》や子供たちの喧嘩《けんか》にしっきりない苦しみを感じていた。けれどもそれはまだ善《よ》かった。玄鶴はお芳の去った後《のち》は恐ろしい孤独を感じた上、長い彼の一生と向い合わない訣《わけ》にはゆかなかった。

玄鶴の一生はこういう彼にはいかにもあさましい一生だった。なるほどゴム印《いん》の特許《とっきょ》を受けた当座は――花札《はなふだ》や酒に日を暮らした当座は比較的彼の一生でも明るい時代には違いなかった。しかしそこにも儕輩《さいはい》の嫉妬や彼の利益を失うまいとする彼自身の焦燥《しょうそう》の念は絶えず彼を苦しめていた。ましてお芳を囲い出した後《のち》は、――彼は家庭のいざこざの外《ほか》にも彼らの知らない金の工面《くめん》にいつも重荷《おもに》を背負《せお》いつづけだった。しかもさらにあさましいことには年の若いお芳に惹《ひ》かれていたものの、少くともこの一二年は何度内心にお芳親子を死んでしまえと思ったかしれなかった。

「あさましい？――しかしそれも考えてみれば、格別わしだけに限ったことではない」

彼は夜などはこう考え、彼の親戚《しんせき》や知人のことをいちいち細かに思い出したりした。彼の婿《むこ》の父親はただ「憲政を擁護《ようご》するために」彼よりも腕の利《き》かない敵を何人も社会的に殺していた。それから彼に一番親しいある年輩の骨董屋《こっとうや》は先妻の娘に通じていた。それからある弁韓士は供託金《きょうたくきん》を費消していた。それからある篆刻家《てんこくか》は、――しかし彼らの犯した罪は不思議にも彼の苦しみには何《なん》の変化も与えなかった。のみならず逆に生そのものにも暗い影を拡げるばかりだった。

「何、この苦しみも長いことはない。おめでたくなってしまいさえすれば……」

これは玄鶴にも残っていたたった一つの慰《なぐさ》めだった。彼は心身に食いこんで来るいろいろの苦しみを紛らすために楽しい記憶を思い起そうとした。けれども彼の一生は前にも言ったようにあさましかった。もしそこに少しでも赫かしい一面があるとすれば、それはただ何も知らない幼年時代の記憶だけだった。彼はたびたび夢うつつの間《あいだ》に彼の両親の住んでいた信州《しんしゅう》のある山峡《さんきょう》の村を、――ことに石を置いた板葺《いたぶ》き屋根や蚕臭《かいこくさ》い桑《くわ》ボヤを思い出した。が、その記憶もつづかなかった。彼はときどき唸《うね》り声《ごえ》の間《あいだ》に観音経《かんのんきょう》を唱えてみたり、昔のはやり歌をうたってみたりした。しかも「妙音観世音《みょうおんかんぜおん》、梵音海潮音《ぼんおんかいちょうおん》、勝彼世間音《しょうひせけんおん》」を唱えた後《のち》、「かっぽれ、かっぽれ」をうたうことは滑稽《こっけい》にも彼にはもったいない気がした。

「寝るが極楽《ごくらく》。寝るが極楽……」

玄鶴は何もかも忘れるためにただぐっすり眠りたかった。実際また甲野は彼のために催眠薬《さいみんやく》を与える外《ほか》にもヘロインなどを注射していた。けれども彼には眠りさえいつも安らかには限らなかった。彼はときどき夢の中にお芳《よし》や文太郎《ぶんたろう》に出合ったりした。それは彼には、――夢の中の彼には明るい心もちのするものだった。（彼はある夜の夢の中にはまだ新しい花札《はなふだ》の「桜の二十」と話していた。しかもそのまた「桜の二十」は四五年前《まえ》のお芳の顔をしていた）しかしそれだけに目の醒《さ》めた後《あと》はいっそう彼をみじめにした。玄鶴はいつか眠ることにも恐怖に近い不安を感ずるようになった。

大晦日《おおみそか》もそろそろ近づいたある午後、玄鶴は仰向《あおむ》けに横たわったなり、枕もとの甲野へ声をかけた。

「甲野さん、わしはな、久しく褌《ふんどし》をしめたことがないから、晒《さら》し木綿を六尺買わせてください」

晒し木綿《もめん》を手に入れることはわざわざ近所の呉服屋《ごふくや》へお松を買いにやるまでもなかった。

「しめるのはわしが自分でしめます。ここへ畳《たた》んで置いて行ってください」

玄鶴はこの褌を便《たよ》りに、――この褌に縊《くび》れ死ぬことを便りにやっと短い半日を暮した。しかし床《とこ》の上《うえ》に起き直ることさえ人手を借りなければならぬ彼には容易にその機会も得られなかった。のみならず死はいざとなってみると、玄鶴にもやはり恐ろしかった。彼は薄暗い電燈の光に黄檗《おうばく》の一行《いちぎょう》ものを眺めたまま、未《いま》だに生を貪《むさぼ》らずにはいられぬ彼自身を嘲《あざけ》ったりした。

「甲野さん、ちょっと起してください」

それはもう夜《よる》の十時ごろだった。

「わしはな、これからひと眠りします。あなたもご遠慮なくお休みなすってください」

甲野は妙に玄鶴を見つめ、こう素《そ》っ気《け》ない返事をした。

「いえ、わたくしは起きております。これがわたくしの勤めでございますから」

玄鶴は彼の計画も甲野のために看破《みやぶ》られたのを感じた。

が、ちょっと頷《うなず》いたぎり、何も首わずに狸寝入《たぬきねい》りをした。甲野は彼の枕もとに婦人雑誌の新年号をひろげ、何か読み耽《ふ》けっているらしかった。玄鶴はやはり蒲団《ふとん》の側の褌のことを考えながら、薄目に甲野を見守っていた。すると――急におかしさを感じた。

「甲野さん」

甲野も玄鶴《げんかく》の顔を見た時はさすがにぎょっとしたらしかった。玄鶴は夜着《よぎ》によりかかったまま、いつかとめどなしに笑っていた。

「なんでございます？」

「いや、何《なん》でもない。何にもおかしいことはありません。――」

玄鶴はまだ笑いながら、細い右手を振って見せたりした。

「今度は……なぜかこうおかしゅうなってな。……今度はどうか横にしてください」

一時間ばかりたった後《のち》、玄鶴はいつか眠っていた。その晩は夢も恐しかった。彼は樹木の茂った中に立ち、腰の高い障子の隙《すき》から茶室めいた部屋を覗《のぞ》いていた。そこにはまたまる裸《はだか》の子供が一人《ひとり》、こちらへ顔を向けて横になっていた。それは子供とはいうものの、老人のように皺《しわ》くちゃだった。玄鶴は声を挙《あ》げようとし、寝汗《ねあせ》だらけになって目を醒《さ》ました。……

「離れ」には誰も来ていなかった。のみならずまだ薄暗かった。まだ？――しかし玄鶴は置き時計を見、かれこれ正午に近いことを知った。彼の心は一瞬間、ほっとしただけに明るかった。けれどもまたいつものようにたちまち陰鬱《いんうつ》になって行った。彼は仰向《あおむ》けになったまま、彼自身の呼吸を数えていた。それはちょうど何ものかに「今だぞ」とせかれている気もちだった。玄鶴はそっと褌《ふんどし》を引き寄せ、彼の頭に巻きつけると、両手でぐっと引っぱるようにした。

そこへちょうど顔を出したのはまるまると着膨《きぶく》れた武夫だった。

「やあ、お爺《じい》さんがあんなことをしていらあ」

武夫はこう囃《はや》しながら、一散《いっさい》に茶の間《ま》へ走って行った。

六

一週間ばかりたった後《のち》、玄鶴は家族たちに囲まれたまま肺結核《はいけっかく》のためにに絶命した。彼の告別式は盛大（！）だった。（ただ、腰ぬけのお鳥だけはその式にも出る訣《わけ》にゆかなかった）彼の家に集まった人々は重吉夫婦に悔《くや》みを述べた上、白い綸子《りんず》に蔽《おお》われた彼の柩《ひつぎ》の前に焼香《しょうこう》した。が、門を出る時にはたいてい彼のことを忘れていた。もっとも彼の故朋輩《こほうばい》だけは例外だったのに違いなかった。

「あの爺さんも本望《ほんもう》だったろう。若い妾《めかけ》も持っていれば、小金《こがね》もためていたんだから」――彼らは誰も同じようにこんなことばかり話し合っていた。

彼の柩《ひつぎ》をのせた葬用馬車《そうごうばしゃ》は一輛《いちりよう》の馬車を従えたまま、日の光も落ちない師走《しわす》の町をある火葬場《かそうば》へ走って行った。薄《うす》汚《ぎたな》い後《あと》の馬車に乗っているのは重吉や彼の従弟《いとこ》だった。彼の従弟の大学生は馬車の動揺を気にしながら、重吉とあまり話もせずに小型の本に読み耽《ふけ》っていた。それはLiebknecht の「追憶録」の英訳本だった。が、重吉は通《つ》夜疲《やつか》れのためにうとうと居眠《いねむ》りをしていなければ、窓の外の新開町《しんかいまち》を眺め、「この辺《へん》もすっかり変ったな」などと気のない独《ひと》り語《ごと》を洩《も》らしていた。

二輛の馬車は霜どけの道をやっと火葬場へ辿《たど》り着いた。しかしあらかじめ電話をかけて打ち合せておいたのにもかかわらず、一等の竈《かまど》は満員になり、二等だけ残っているということだった。それは彼らにはどちらでも善《よ》かった。が、重吉は舅《しゅうと》よりもむしろお鈴《すず》の思惑《おもわく》を考え、半月形《はんげつけい》の窓越しに熱心に事務員と交渉した。「実は手遅れになった病人だしするから、せめて火葬にする時だけは一等にしたいと思うんですがね」——そんな嘘《うそ》もついてみたりした。それは彼の予期したよりも効果の多い嘘らしかった。

「ではこうしましょう。一等はもう満員ですから、特別に一等の料金で特等で焼いて上げることにしましょう」

重吉はいくぶんか間の悪さを感じ、何度も事務員に礼を言った。事務員は真鍮《しんちゆう》の眼鏡《めがね》をかけた好人物らし老人だった。

「いえ、何、お礼には及びません」

彼らは竈に封印《ふういん》した後《のち》、薄汚い馬車に乗って火葬場の門を出ようとした。すると意外にもお芳《よし》が一人、煉瓦塀《れんがべい》の前に佇《たたず》んだまま、彼らの馬車に目礼していた。重吉はちょっと狼狽《ろうばい》し、彼の帽を上げようとした。しかし彼らを乗せた馬車はその時には傾きながら、ポプラアの枯れた道を走っていた。

「あれですね？」

「うん、……俺《おれ》たちの来た時もあすこにいたかしら」

「さあ、乞食《こじき》ばかりいたように思いますがね。……あの女はこの先どうするでしょう？」

重吉は一本の敷島《しきしま》に火をつけ、できるだけ冷淡に返事をした。

「さあ、どういうことになるか。……」

彼の従弟は黙っていた。が、彼の想像は上総《かずさ》のある海岸の漁師町《りょうしまち》を描《えが》いていた。それからその漁師町に住まなければならぬお芳親子も。——彼は急に険《けわ》しい顔をし、いつかさしはじめた日の光にもう一度リイプクネヒトを読みはじめた。

# 身投げ救助業

菊池　寛

物の本によると京都にも昔から、自殺者はかなり多かった。

都はいつの時代でも田舎《いなか》よりも生存競争が烈《はげ》しい。生活に堪《た》えきれぬ不幸が襲《おそ》ってくると、思いきって死ぬ者が多かった。洛中洛外《らくちゅうらくがい》に烈しい飢饉《ききん》などあって、親兄弟に離れ、可愛い妻子を失うた者は世をはかなんで自殺をした。除目《じもく》に洩《も》れた腹立まぎれや、義理に迫っての死や、恋の叶《かな》わぬ絶望からの死、数えてみれば際限がない。まして徳川時代には相対死《あいたいじに》などいうて、一時に二人ずつ死ぬことさえあった。

自殺をするに最も簡便な方法はまず身を投げることであるらしい。これは統計学者の自殺者表などを見ないでも、少し自殺ということをまじめに考えた者には気のつくことである。ところが京都にはよい身投げ場所がなかつた。むろん鴨川では死ねない、深い所でも三尺くらいしかない。だからおしゅん伝兵衛は鳥辺山《とりべやま》で死んでいる。たいていは縊《くび》れて死ぬ。汽車に轢《ひ》かれるなどということもむろんなかった。

しかしどうしても身を投げたい者は、清水《きよみず》の舞台から身を投げた『清水の舞台から飛んだ気分で』という文句があるのだから、この事実に誤《あやま》りはない。しかし下の谷間の岩に当って砕けている死体を見たりまたその噂《うわさ》を聞くと、模《も》倣《ほう》好きな人間も二の足を踏む。どうしても水死をしたいものは、お半長右衛門のように桂川まで辿《たど》って行くか、逢《おお》坂山《さかやま》を越え琵琶湖へ出るか、嵯峨《さが》の広沢の池へ行くよりほかにしかたがなかった。しかし死ぬ前のしばらくを、十分に享楽《きょうらく》しようという心中者などには、この長い道程もあまり苦にはならなかっただろうが、一時も早く世の中を逃《のが》れたい人たちには二里も三里も、歩く余裕はなかった。それでたいていは首を縊《くく》った。聖護院《しょうごいん》の森だとか、糺《ただす》の森などには椎《しい》の実を拾う子供が、宙にぶらさがっている屍体を見て、驚くことが多かった。

それでも京の人間はたくさん自殺をしてきた。すべての自由を奪われたものにも、自殺の自由だけは残されている。牢屋にいる人間でも自殺だけはできる。両手両足を縛られていても極度の克己《こっき》をもって息をしないことによって、自殺だけはできる。

ともかく、京都によき身投げ場所のなかったことは事実である。しかし京都の人々はこの不便を忍んで自殺をしてきたのである。適当な身投げ場所のないために、自殺者の比例が江戸や大阪などに比べて小であったとは思われない。

明治になって、槇村《まきむら》京都府知事が疏水《そすい》工事を起して、琵琶湖の水を京に引いてきた。この工事は京都の市民によき水運を具《そな》え、よき水道を具えるとともに、またよき身投げ場所を与えることであった。

疏水は幅十間くらいではあるが、自殺の場所としてはかなりよい所である。どんな人間でも、深い海の底などでフワフワして、魚などにつつかれている自分の死体のことを考えてみると、あまりいい心持はしない。たとえ死んでも、適当な時間に見つけだされて、葬《とむらい》をしてもらいたい心がある。それには疏水は絶好な場所である。蹴上《けあげ》げから二条を通って鴨川の縁《へり》を伝い、伏見《ふしみ》へ流れ落ちるのであるが、どこでも一丈くらい深さがあり、水が綺麗《きれい》である。それに両岸に柳が植えられて、夜は蒼《あお》いガスの光が烟《けむ》っている。後先斗町《ぽんとちょう》あたりの絃歌《げんか》の声が鴨川を渡って聞こえてくる。には東山が静かに横わっている。雨の降った晩などは両岸の青や紅《あか》の灯が水に映る。自殺者の心にこの美しい夜の掘割の景色が聖一種のRomanceを惹《ひ》き起して、死ぬのがあまり恐ろしいと思われぬようになり、フラフラと飛びこんでしまうことが多かった。

しかし、身体の重さを自分で引き受けて水面に飛び降りる刹那《せつな》には、どんなに覚悟をした自殺者でも悲鳴を挙《あ》げる。これは本能的に生を慕《した》いて死を怖れるうめきである。しかしもうどうすることもできない。水烟《みずけむり》を立てて沈んでから皆一度は浮き上る、その時には助かろうとする本能の心よりほか何もない。手当り次第に水を摑《つか》む、水を打つ、あえぐ、うめく、もがく。そのうちに弱って意識を失うて死んで行くが、もしこの時救助者が縄《なわ》でも投げこむとたいていはそれを摑む。これを摑む時には投身する前の覚悟も助けられた後の後悔も心には浮ばない。ただ生きようとする強き本能があるだけである。自殺者が救助を求めたり、縄を摑んだりする矛盾《むじゅん》を笑うてはいけない。

ともかく、京都はいい身投げ場所ができてから、自殺するものはたいてい疏水に身を投げた。

疏水の一年の変死の数は、多い時には首名を超したことさえある。疏水の流域の中で、最もよき死場所は、武徳殿のつい近くにある淋しい木造の橋である。インクラインのそばを走り下った水勢は、なお余勢を保《たも》って岡崎公園を廻って流れる。そして公園と分れようとする所に、この橋がある。右手には平安神官の森に淋しくガスが揮いている。左手には淋しい戸を閉めた家が並んでいる。したがって人通りがあまりない。それでこの橋の欄杆《らんかん》から飛びこむ投身者が多い。岸から飛びこむよりも橋からの方が投身者の心に潜在《せんざい》している芝居気を、満足せしるものとみえる。

ところが、この橋から四五間くらいの下流に、疏水に沿うて一軒の小屋がある。そして橋から誰かが身を投げると、かならずこの家から極《き》まって背《せい》の低い老婆が飛びだしてくる。橋からの投身が、十二時より前の場合はたいてい変りがない。老婆はかならず長い竿《さお》を持っている。そしてその竿をうめき声を目当に突きだすのである。多くは手答えがある。もしない場合には水音とうめき声を追いかけながら、幾度も幾度も突きだすのである。それでもついに手答えなしに流れ下ってしまうこともあるが、たいていは竿に手答えがある。それを手繰《たぐ》り寄せるころには、三町ばかりの交番へ使いに行くくらいの厚意のある男が、きっと弥次馬《やじうま》の中に交っている。冬であれば火をたくが夏は割合に手軽で、水を吐かせて身体を拭いてやると、たいていは元気を恢復《かいふく》し警察へ行く場合が多い。巡査が二言三言《ふたことみこと》不心得を悟《さと》すと、口籠《くちごも》りながら、詫言《わびごと》を言うのを常とした。

こうして人命を助けた場合には、一月くらい経《た》って政府から褒状《ほうじょう》に添えて一円五十銭くらいの賞金が下った。老婆はこれを受け取ると、まず神棚に供えて手を二、三度たたいた後郵便局へ預けに行く。

老婆は第四回内国博覧会が岡崎公園に開かれた時今の場所に小さい茶店を開いた。駄菓子やみかんを売るささやかな店であったが、相当に実入《みい》りもあったので、博覧会の建物がだんだん取り払われた後もそのままで商売を続けた。これが第四回博覧会の唯一の記念物だと言えば言える。老婆は死んだ夫の残した娘と、二人で暮してきた。小金がたまるにしたがって、小屋が今のような小綺麗な住居に進んでいる。

最初に橋から投身者があった時、老婆はどうすることもできなかった。大声を挙げて呼んでも、めったに来る人がなかった。運よく人の来る時には、投身者は疏水のかなり烈しい水に捲きこまれて、行衛不明《ゆくえふめい》になっていた。こんな場合には老婆は暗い水面を見つめながら、微《かす》かに念仏を唱えた。しかし、こうして老婆の見聞きする自殺者は、一人や二人ではなかった。二月に一度、多い時には一月に二度も老婆は自殺者の悲鳴を聞いた。それが地獄にいる亡者のうめきのようで、気の弱い老婆にはどうしても堪《た》えられなかった。とうとう老婆は自分で助けてみる気になった。よほどの勇気と工夫とで、老婆が物干の竿を使って助けたのは、二十三になる男であった。主家の金を五十円ばかり費《つか》いこんだ申訳なさに死のうとした、小心者であった。巡査に不心得を悟されると、この男は改心をして働くと言った。それから一月ばかり経《た》って、彼女は府庁から呼びだされて、褒美《ほうび》の金を貰ったのである。その時の一円五十銭は老婆には大金であった。彼女はよくよく考えた末、そのころやや盛んになりかけた郵便貯金に預《あず》け入れた。

それから後というものは、老婆は懸命に人を救った。そして救い方がだんだんうまくなった。水音と悲鳴とを聞くと老婆はきゅうに身を起して裏へかけだした。そこに立てかけてある竿を取り上げて、漁夫《ぎょふ》が鉾《ほこ》で鯉《こい》でも突くような構《かま》えで、水面を睨《にら》んで立って踠《あが》いている自殺者の前に竿を巧みにさしだした。竿が目の前に来た時に取りつかない投身者は一人もないといってよかった。それを老婆は懸命に引き上げた。通りがかりの男が手伝ったりする時には、老婆は不興であった。自分の特権を侵害されたような心持がしたからである。老婆はこのようにして、四十三の年から五十八の今までに、五十いくつかの人命を救うている。だから褒賞《ほうしょう》の場合の手続きもすこぶる簡単になって、一週で金が下るようになった。府庁の役人は「お婆さんまたやったなあ」と笑いながら、金を渡した。老婆も初めのように感激もしないで、茶店の客から大福《だいふく》の代を、貰うように「おおきに」と言いながら受け取った。世間の景気がよくて二月も、三月も、投身者のない時には、老婆は何だか物足らなかった。娘に浴衣地《ゆかたじ》をせびられた時などにも、老婆は今度一円五十銭貰うたらと言うていた。その時は六月の末で例年《いつも》ならば投身者の多い季《とき》であるのに、どうしたのか飛びこむ人がなかった。老婆は毎晩娘と枕を並べながら聴耳《ききみみ》をたてていた。それで十二時ごろになって、いよいよだめだと思うと「今夜もあかん」と言うて目を閉じることなどもあった。

老婆は投身者を助けることを非常にいいことだと思っている。だから、よく店の客などと話している時にも「私でもこれで、人さんの命をよっぽど助けているさかえ、極楽へ行かれますわ」と言うていた。むろんそのことを誰も打ち消しはしなかった。

しかし老婆が不満に思うことが、ただ一つあった。それは助けてやった人たちがあまり老婆に礼を言わないことである。巡査の前では頭を下げているが、老婆にあらためて礼を言うものはほとんどなかった。まして後日あらためて礼を言いに来る者などは一人もない。「せっかく命を助けてやったのに薄情な人だなあ」と老婆は腹のうちで思っていた。ある夜、老婆は十八になる娘を救うたことがある。娘は正気がついて自分が救われたことを知ると身も世もないように、泣きしきった。やっと巡査にすかされて警察へ同行しようとして橋を渡ろうとした時、娘は巡査の隙《すき》を見てふたたび水中に身を躍らせた。しかし娘は不思議にもまた、老婆のさしだす竿に取りすがって救われた。

老婆は再度巡査に、連れられて行く娘の後姿を、見ながら、「何遍飛びこんでもやっぱり助かりたいものやなあ」と言うた。

老婆は六十に近くなっても、水音と悲鳴とを聞くとかならず竿をさしだした。そしてまたその竿に取りすがることを拒《こば》んだ自殺者は一人もなかった。助かりたいから取りつくのだと老婆は思っていた。助かりたいものを助けるのだから、これほどいいことはないと老婆は思っていた。

今年の春になって、老婆の十数年来の平静な生活を、一つの危機が襲った。それは二十一になる娘の身の上からである。娘はやや下品な顔立ではあったが、色白で愛嬌があった。

老婆は遠縁の親類の二男が、徴兵《ちょうへい》から帰ったら、養子に貰って貯金の三百幾円を資本《もとで》として店を大きくするはずであった。これが老婆の望みであり楽しみであった。

ところが、娘は母の望みをみごとに裏切ってしまった。彼女は熊野通り二条下《さが》るにある熊野座という小さい劇場《こや》に、今年の二月から打ち続けている嵐扇太郎という旅役者とありふれた関係に陥《お》ちていた。扇太郎は巧み娘を唆《そその》かし、母の貯金の通帳《かよいちょう》を持ちださせて、郵便局から金を引きだし、娘を連れたままいずこともなく逃げてしまったのである。

老婆には驚愕《きょうがく》と絶望とのほか、何も残っていなかった。ただ店にある五円にも足《た》りない商品と、少しの衣類としかなかった。それでも今までの茶店を続けて行けば、生きて行かれないことはなかった。しかし彼女には何の望もなかった。

二月もの間、娘の消息を待ったが徒労《とろう》であった。彼女にはもう生きて行く力がなくなっていた。彼女は死を考えた。幾晩も幾晩も考えた末に、身を投げようと決心した。そして堪《た》えがたい絶望の思を逃れ、一には娘へのみせしめにしようと思った。身投の場所は住み馴れた家の近くの橋を選んだ。あそこから投身すれば、もう誰も邪魔《じゃま》する人はなかろうと、老婆は考えたのである。

老婆はある晩、例の橋の上に立った。自分が救った自殺者の顔がそれからそれと頭に浮んでしかもすべてが一種妙な、皮肉な笑を湛《たた》えているように思われた。しかし多くの自殺者を見ていたおかげには、自殺することが家常茶飯《かじょうさはん》のように思われて、たいした恐怖をも感じなかった。老婆はフラフラとしたまま欄杆《らんかん》から、ずり落ちるように身を投げた。

彼女がふと、正気づいた時には、彼女の周囲には巡査と弥次馬《やじうま》とが立っている。これはいつも彼女が作る集団と同じであるが、ただ彼女の取る位置が変っているだけである。野次馬の中には巡査のそばにいつもの老婆がいないのを不思議に思うものさえあった。

老婆は恥しいような憤《いきどお》ろしいような、名状《めいじょう》しがたき不愉快さをもって周囲を見た。ところが巡査のそばのいつも自分が立つべき位置に、色の黒い四十男がいた。老婆は、その男が自分を助けたのだと気のついた時、彼女は摑《つか》みつきたいほど、その男を恨《うら》んだ。いい心持に寝入ろうとするのを、叩き起されたようなむしゃくしゃした、烈しい怒が、老婆の胸のうちに充ちていた。

男はそんなことを少しも気づかないように「もう一足遅

かったら、死なしてしまうところでした」と巡査に話している。それは老婆が幾度も、巡査に言うた覚えのある言葉であった。その内には人の命を救った自慢が、ありありと溢れていた。

老婆は老いた肌が見物にあらわに、見えていたのに気がつくと、あわてて前をかき合わせたが、胸のうちは怒と恥とで燃えているようであった。見知り越しの巡査は「助ける側のお前が自分でやったら困るなあ」と言うた。老婆はそれを聞き流して逃げるように自分の家へ駈けこんだ。巡査は後から入ってきて、老婆の不心得を悟したが、それはもう幾十遍も聞き飽きた言葉であった。その時ふと気がつくと、あけたままの表戸から例の四十男を初め、多くの野次馬が物めずらしくのぞいていた。老婆は狂気のように駈けよって烈しい勢で戸を閉めた。

老婆はそれ以来淋しく、力なく暮している。彼女には自殺する力さえなくなってしまった。娘は帰りそうにもない。泥のように重苦しい日が続いて行く。

老婆の家の背戸《せど》には、まだあの長い物干竿が立てかけてある。しかしあの橋から飛びこむ自殺者が助かった噂はもう聞かなくなった。

# 忠直卿行状記

菊池　寛

一

家康《いえやす》の本陣へ呼びつけられた忠直卿《ただなおきょう》の家老たちは、家康からひとたまりもなく叱り飛ばされてさんざんの首尾《しゅび》であった。

「今日井伊《いい》藤堂《とうどう》の勢《ぜい》が苦戦したを、越前《えちぜん》の家中の者は昼寝でもして、知らざったか、両陣の後《あと》を詰めて城に迫らば大阪の落城は目前であったに、大将は若年なり、汝《なんじ》らは日本一の臆病人ゆえ、あたら戦《いくさ》を仕損じてしもうたわ」と苦《にが》りきって罵《ののし》ったまま、家康はつと座を立ってしまった。

国老の本多富正《とみまさ》は、今日の合戦の手に合わなかったことについては、多少の言い訳は持ち合わして行ったのだが、こう家康から高飛車《たかびしゃ》に出られては、口を出す機会さえなかった。

で、しかたがないというよりも、這々《ほうほう》の体《てい》で本陣を退《さが》って、越前勢の陣所へ帰ってきたものの、主君の忠直卿に復《ふく》命《めい》するのに、どう切りだしてよいか、ことごとく当惑《とうわく》した。

越前少将忠直卿は、二十一になったばかりの大将であった。父の秀康卿《ひでやすきょう》が慶長十二年閏《うるう》四月に薨《こう》ぜられた時、わずか十三歳で、六十七万石の大封を継《つ》がれて以来、今までこの世の中に、自分の意志よりも、もっと強力な意志が存在していることを、まったく知らない大将であった。

生れたままの、自分の意志——というよりも我意を、高山の頂に生いたった杉の樹のように矗々《ちくちく》と沖《ひい》らしている大将であった。今度の出陣の布令《ふれ》が越前家に達した時も、家老たちは腫《は》れ物に触るように恐る恐る御前《ごぜん》にまかり出でて、「御所様《ごしょさま》から、大坂表へ御出陣あるよう御懇篤《ごこんとく》な御依頼の書状が到着いたしました」と、言上《ごんじょう》した。家老たちは、今までにその幼主の意志を、絶対のものにする癖がついていた。

それが、今日は家康の叱責《しっせき》をぜひとも忠直卿の耳に入れねばならない。生れて以来叱られるなどという感情を、ゆめにも経験したことのない主君に対して、大御所の烈しい叱責がどんな効果を及ぼすかを、彼らは恟々《きょうきょう》として考えねばならなかった。

彼らが帰ってきたと聞くと、忠直卿はすぐ彼らをよびだした。

「お祖父様《じいさま》は何と仰《おお》せられた。さだめし、所労のお言葉をでも賜《たま》ったであろう」と、忠直卿は機嫌よく微笑をさえ含《ふく》んで訊《き》いた。そう訊かれると、家老たちは今さらのごとく

狼狽《ろうばい》した。が、ようやく覚悟の臍《ほぞ》を決めたとみえて、その中の一人は恐る恐る、

「いかいお思召違《おぼしめし》いにござります。大御所様には、今日越前勢が合戦の手に合わざったを、お怒にござります」と、言ったまま、色を易《か》えて平伏《ひれふ》した。

人から非難され叱責《しっせき》されるという感情を、少しも経験したことのない忠直卿は、その感情に対して何らの抵抗力も、節制力も持っていなかった。

「えい！　何という仰《おお》せだ。この忠直が御先を所望してあったを、お許されもせいで、さような無体《むたい》を仰せらるる。しょせんは、忠直に死ね！　というお祖父様の謎《なぞ》じゃ。その方たちも死ね！　我も死ぬ！　明日の戦《たたかい》には、主従挙《こぞ》って鋒鏑《ほこさき》に血を注ぎ、城下に尸《かばね》を晒《さら》すばかりじゃ。軍兵にも、そう伝えて覚悟いたさせよ」よ叫んだ忠直卿は膝《ひざ》に置いていた両手をぶるぶると顫《ふる》わせたかと思うと、どうにもたまらないように、小姓の持っていた長光《ながみつ》の佩刀《はいとう》を抜き放って、家老たちの面前へ突きつけながら、

「見い！　この長光で秀頼公のお首をいただいて、お祖父様の顔に突きつけてみせるぞ」と、言うかと思うと、その太刀を二三度、坐りながら打ち振った。まだ二十を出たばかりの忠直卿は、時々こうした狂的に近い発作に囚《とら》われるのであった。

家老たちも、御父君秀康卿以来の癇癪《かんしゃく》を知っているために、ただ疾風《はやて》の過ぎるのを待つように耳を塞《ふさ》いで俯伏《つっぷ》しているばかりであった。

元和元年五月七日の朝は、数日来の陰天名残《いんてんなごり》なく晴れて、天色ことのほか和清《わせい》であった。

大阪の落城は、もう時間の問題であった。後藤又兵衛、木村長門《ながと》、薄田隼人正《すすきだはやとのしょう》ら、名ある大将は、六日の戦《たたかい》に多くは覚悟の討死を遂《と》げてしまって、ただ真田左衛門《さなださえもん》や長曾我部盛親《べもりちか》や、毛利豊前守《もうりぶぜんのかみ》などが、最後の一戦を待っているばかりであった。

将軍秀忠は、この日寅《とら》の刻に出馬した。松平筑前守利常《ちくぜんのかみとしつね》、加藤左馬助嘉明《さまのすけよしあき》、黒田甲斐長政《かいのかみながまさ》を第一の先手《せんて》として旗を岡山の方へ進めた。

家康は卯《う》の刻、輿《こし》にて進発した。藤堂高虎が来合わせて、

「今日は御具足《おぐそく》を召さるべきに」と、言うと家康は例の狡《わるがしこ》そうな微笑を洩《もら》しながら、

「大阪の小倅《こせがれ》を討つに、具足は不用じゃわ」と言って、白《しろ》袷《あわせ》に茶色の羽織を着、下結《しもくく》りの袴《はかま》を穿《は》いて手には払子《ほっす》を持って絶えず群がってくる飛蠅《とびはえ》を払っていた。内藤掃部頭正成《かもんのかみまさなり》、植村出羽守家政《でわのかみいえまさ》、板倉内膳正重正《ないでんのしょうしげまさ》ら近臣三十人ばかり輿《こし》に従って進んだ。

本多佐渡守正純は、家康と寸も違《たが》わぬ服装で、山輿に乗って家康の後に、すぐ引き添《そ》うた。

見ると、岡山口から天王寺口《てんのうじぐち》にかけて、十五万に余る惣《そう》軍《ぐん》は、旗差物《はたさしもの》を初夏の風に翻《ひるがえ》し、兜《かぶと》の前立物《まえだてもの》を日に輝し、隊伍《たいご》を整え陣を堅めて、攻撃の令の下るのを今や遅しと待っていた。

　が、攻撃の令は容易に下らないのみか、御所の使番《つかいばん》が三騎、白馬を飛ばして、諸陣の間を駆《か》け廻りながら、

「義直頼宣《よしなおよりのぶ》の両卿を、とりかわせ給うにより、先手《さきて》軍を始めることしばらく延引し、馬をば一二町も退け、人々馬より下り、鑓を手にし重ねての命を待つべし」と、布令《ふれ》わたった。

　家康も、今日を最後の手合せと見て、愛子の義直頼宣の二卿に兜首《かぶとくび》の一つでも取らせてやりたいという心があったのだろう。が、この布令を聞いた気早の水野勝成は、使番を尻目にかけながら、

「はや巳《み》の刻に及び候《そうろう》、茶臼山《ちやうすやま》の敵陣しだいにかさみ見えて候《そうろう》、速《すみやか》に戦を取結びてしかるべしと大御所に伝えよ」と怒鳴った。が、この二人の使番が引取ったかと思うと、ふたたび四騎の使番が惣軍の間を縦横に飛び違って、

「方々、合戦をとりかくべからず、閑《しずか》に重ねての令を待つべし」と、ふれわたった。

　しかし、昨夜の昂奮《こうふん》を持ち続けて、ほとんど不眠のありさまで、今日の手合せを待っていたわが越前少将忠直卿は、かかる布令を聞かばこそ、家老吉田修理《しゅり》に真先かけさせ、国老の両本多を初、三万に近い大軍を、十六段に分け、加賀勢《ぜい》の備えたる真中を駈け抜け、加賀勢の怒り止むるに答えず、無二無三に天王寺の方、茶臼山の前までおし詰《つ》め、ここの先手《さきて》本多出雲守忠朝《いずものかみただとも》の備《そなえ》より少し左に、鶴翼《かくよく》に陣を張った。

　この時初めて、将軍から、

「城兵は寄手《よせて》を引き寄せて、夜を待つように見え候、早く戦いを令すべし」と、いう軍令が諸陣の間にふれわたされた。

　が、忠直卿は軍令の出ずるのを、待ってはいなかった。本多忠朝の先手《せんて》が、二三発敵にさぐりの鉄砲を放つと等しく越前勢たちまち七八百挺の鉄砲を一度に打ちかけ、立ち籠《こ》めた烟《けむり》りの中を潜《くぐ》って、十六段の軍勢林の動くがごとく一同茶臼山に打ってかかった。

　青屋口《あおやぐち》から茶臼山にかけての軍勢は、真田左衛門尉幸村《さなださえもんのじょうゆきむら》父子、少し南に伊木七郎右衛門遠雄《とおお》、渡辺内蔵助糺《くらのすけただす》、大谷大学吉胤《よしたね》らが堅めて、惣勢六千をわずかに出ているにすぎなかった。

　ことに越前勢は目にあまる大軍なり、大将忠直卿は今日を必死の覚悟とみえて、馬上に軍配を捨て大身《おおみ》の槍を扱《しご》きながら、家臣の止むるを開かず、先へ先へと馬を進められた。

　大将が、このありさまであるから、軍兵ことごとく奮《ふる》い

たって火水になれと戦ったから、越前勢の向う所、敵勢草木のごとく靡《なび》き伏して、本多伊予守忠昌《いよのかみただまさ》は、城中にて撃剣の名を得たる、念流左太夫《さだゆう》を討ち取ったを初とし、青木新兵衛、乙部《おとべ》九郎兵衛、萩田主馬《しゅめ》、豊島主膳《しゅぜん》ら功名《こうみょう》する者あまたにて、茶臼山より庚申堂《こうしんどう》に備えたる真田勢を一気に斬《き》り崩《くず》し、左衛門尉幸村をば西尾仁左衛門《にざえもん》討ち取り、御宿越《みしゅくえち》前《ぜん》をば野本右近《うこん》討ち取り、逃ぐる城兵の後を慕《しと》うて、仙波《せんば》口《ぐち》より黒門へ押入り旗を立て、城内所々に火を放った。

敵の首を取る三千六百五十二級、この日の功名忠直卿の右に出ずるはなかった。

忠直卿は茶臼山に駒を立てていたが、越前勢の旗差物が潮《うしお》のように濠《ほり》を塞《ふさ》ぎ、曲輪《くるわ》に溢《あふ》れ、寄手の軍勢からひときわ鋭角を作って、大阪城の中へ楔《くさび》のごとく喰い入って行くのを見ると、たわいもない児童《こども》のように鞍壺《くらつぼ》に躍り上って欣《よろこ》んだ。

先手《さきて》の者が馳《は》せ帰って、

「青木新兵衛大阪城の一番乗仕《つかまつ》って候《そうそう》」と、注進《ちゅうしん》に及ぶと、忠直卿は相好《そうごう》を崩されながら、

「新兵衛の武功第一じゃ——五千石の加増じゃと早々伝えよ」と、勇みたとうとする乗馬を乗り静めながら狂気のごとくに叫んだ。

武将として何という光栄であろう。寄せ手をあれほどに駈け悩《なや》ました左衛門尉の首を揚《あ》ぐるさえあるに、緒家の軍勢に先だって一番乗りの大功を我軍中に収むるとは、何という光栄であろうと、忠直卿は思った。

忠直卿は家臣らの奇蹟《きせき》のような働きを思うと、それがすべて自分の力、自分の意志の反映であるように思われた。昨日祖父の家康によって彼の自尊心に蒙《こうむ》らされた傷が、拭《ぬぐ》い去られたごとく消失したばかりでなく、忠直卿の自尊心は前よりも、数倍の強さと烈しさを加えた。

大阪城の寄手に加っている百に近い大名のうち、功名自分に及ぶ者は一人もないと思うと、忠直卿は自分の身体が輝くかと思うばかりに、豊満な心持になっていた。が、それもけっしてむりではない、驍勇無双《ぎょうゆうむそう》の秀康卿の子と生れ、徳川の家には嫡々《ちゃくちゃく》の自分であると思うと、今日の武勲《ぶくん》のごときは当然すぎるほど、当然のように思われて、忠直卿は得々たる感情が心のうちに洶湧《きょうゆう》するのを制《せい》しかねた。

「お祖父様はこの忠直を見損《みそこの》うて、おわしたのじゃ。御本陣に見参《けんざん》して何と仰せられるか聴こう」と、思いつくと、忠直卿は岡山口へ本陣を進めていた家康の膝下《しっか》に急いだのである。

家康は牀几《しょうぎ》に倚《よ》って、諸大名の祝儀を受けていたが、忠直卿が着到《ちゃくとう》すると、わざわざ牀几を離れ、手を取って引き寄せながら、

「あっぱれしでかした。今日の一番功ありてこそ誠にわが孫じゃぞ。御身の武勇唐《もろこし》の樊噲《はんかい》にも右《みぎ》わ勝りに見ゆるぞ、

まことに日本樊噲とは御身の事じゃ」と、向う様《ざま》に賞《ほ》めたてた。

一本気な忠直卿は、こう賞められると、涙が出るほど嬉《うれ》しかった。彼は同じ人から、昨日叱責された恨《うら》むなどは、もう微塵《みじん》も残っていなかった。

彼はその夜、自分の陣所へ帰ってくると、家臣を蒐《あつ》めて大酒宴を催《もよお》した。自分が何者よりも強く、誰人《だれびと》よりも勝って、祖父家康の賞め言葉の『日本樊噲』という言葉が、まだ物足りぬようにさえ思われだした。

彼は、大阪城がまったく暮れてしまった空に、まだところどころ真紅《しんく》に燃え盛っているのを見ながら、それを今日の自分の大功の表章として享楽《きょうらく》しながら、しきりに大杯を重ねるのであった。

得意な上ずった感情のほかには、忠直卿の心には何物も残っていなかった。

超えて翌月の五日に城攻めに加わった諸侯が、京の二条城に群参《ぐんさん》した時に家康は忠直卿の手を取りながら、「御身が父秀康世にありしほどは、よく我に忠孝を尽《つ》してくれたるわ、汝《なんじ》はまたこのたび諸軍に優《すぐ》れし軍忠を現したること、満足の至《いた》りじゃ。これによって感状を授《さず》けんと思えど、家門の中なればそれにも及ぶまい。わが本統のあらん限り越前の家また磐石《ばんじゃく》のごとく安泰《あんたい》じゃ」と言いながら、秘蔵の初花《はつはな》の茶入《ちゃいれ》を忠直卿に与えた。忠直卿はこの上なき面目《めんぼく》を施《ほどこ》して、諸大名の列座の中に自分の身の燦《さん》として光を放つごとく覚えた。彼は天下に欠くる物もないような足り充ちた感情が、胸のうちにムズムズと溢《あふ》れてくるのを覚えた。

もとより彼の意志が何らの制限を蒙《こうむ》らず、彼の感情がつねに豊満していることは、けっして今に始まったことではなかった。幼年時代からも彼の意志と感情とは、外部からは何らの抑制《よくせい》も被《こうむ》らず、思うままに伸び思うままに溢れていたのであった。彼は今までいかなることに与《たずさ》わっても人に劣《おと》り、人に負けたという記憶を持っていなかった。幼年時代に破魔弓《はまゆみ》の的を競《きそ》えば勝利者はかならず彼であった。福井の城下へも京の公卿《くげ》が蹴鞠《けまり》の戯《たわむ》れを伝えて、それが城中にもしばしば行われた時、最も巧みに蹴る者は彼であった。囲碁《いご》将棋双六《すごろく》というもてあそびものにおいても、彼はたいていの場合勝者であった。もとより弓馬槍剣といったような、武士に必須《ひっす》な技術においては彼の技倆《ぎりょう》はたちまちに上達して、最初同格であった近習《きんじゅう》たちをグングンい越して、家中においてその道に名誉の若武士《わかむしゃ》たちにもたちまちに打ち勝つほどの上達を示すのを常とした。

こうして、周囲の者に対する彼の優越感情は年にともに培《つちか》われてきた。そして、自分は家臣どもからはまったく質《たち》の違った優良な人格者であるという確信を、心の奥深く養ってしまったのである。

が、忠直卿の心には、家中の人間の誰よりも立ち勝《まさ》っているという確信はあるものの、今度大阪に出陣して以来は、功名を競う相手は、自分と同格な諸大名であるので、もしや自分が彼らの何人《なんぴと》かに劣ってはいはしまいか、ことに武将としては最も本質的な職務たる戦争において、思わざる不覚を取りはしまいかと、少しく憂慮《ゆうりょ》を懐《いだ》かぬわけには行かなかった。はたして五月六日の手合せには、ついに出陣の時刻を遅らせたために、思わぬ不覚を取って、今まで懐いておった強い自信を危く揺がせようとしたのであったが、同じ七日の城攻めの功名によって傷ついた自信は名残《なご》りなく償《つぐの》われたばかりでなく、一番乗りの功を収めて、越前勢の武名惣軍《そうぐん》を圧するに至ったのであるから、自分が家臣の誰人よりも秀れているという忠直卿の自信が、今ではもっと拡大して、自分は城攻めに備わった六十諸侯の何人よりも秀れているという自信に移りかけていた。大阪陣を通じて三千七百五十級の首級を挙げ、しかも城将左右衛門尉幸村の首級を挙げたものは、忠直卿の軍勢に相違なかったのだ。

忠直卿は初花の茶入と、日本樊噲《はんかい》という美称《びしょう》とを、自分が何よりも秀れた人間であるという、証券として心のうちに銘《めい》じた。

晴々とした心持であった。そこに並んでいる大名小名百二十名は、ことごとく忠直卿に賛美の眩《ひとみ》を向けているように思われた。

彼は、今まで自分の臣下の何人よりも、自分が優秀な人間であることを誇りとしていた。が、比べている相手はことどとく自分の臣下であることが物足らなかった。しかるに、今は天下の諸侯の何人よりも真先に、大御所から手を取って歓待《かんたい》を受けている。

自分には伯父《おじ》に当る義直卿も頼宣卿も、何の功名をも挙げていない。まして同じく伯父に当る、越後侍従忠輝《えちごじじゅうただてる》卿は七日の合戦の手に合わずさんざんの不首尾である。伊達、前田、黒田という聞えた大藩《たいはん》の勲功《くんこう》も越前家の功名の前には、月の前の螢火《ほたるび》よりもまだ弱い。

こう考えると、忠直卿は家康の過ぐる日の叱責によって、いったん傷つけられようとした他人に対する優越感が、みごとに恢復《かいふく》されたばかりでなく、いったん傷つけられただけにその反動として、恢復されたそれは以前のものよりも、もっと輝かしい力強いものであった。

こうして越前少将忠直卿は、天下第一人といったような誇《ほこ》を持《じ》しながら、その年八月都を辞して揚々《ようよう》とした心持で、居城越前の福井へ下った。

## 二

越前北の庄の城の大広間に、今銀燭は眩《まばゆ》いばかりに数限りなく燃え旺《さか》っている。その白蠟《はくろう》が解けて流れて、蠟受けの上にうず高く溜っているのを見れば、よほど酒宴の刻《とき》が移っているのであろう。

忠直卿は国につかれて以来、昼間は家中の若武士《わかざむらい》を蒐《あつ》めて弓馬槍剣といったような武術の大仕合を催《もよお》し、夜は彼らをそのままに引き止めて、一大礼無講《いちだいぶれいこう》の酒宴を開くのを常とした。

忠直卿は、祖父の家康から日本樊噲《はんかい》と媚《こ》びられた名が、心を溶《とろ》かすように嬉しくてたまらなかった。彼は家中《かちゅう》の若武士と槍を合わし、剣を交じえ、彼らをさんざんに打ち負かすことによって、自分の誇を養う日々の糧《かて》としていたのであった。

今も、忠直卿を上座として、一段下った広間に大きい円形を描いている若武士、数多い家中の若者の中から選ばれた武芸の達者であった。まだ前髪のある少年も打ち交じっていたが、いずれも筋骨逞《たく》ましく潑剌《はつらつ》たる眸《ひとみ》を持っている。が、城主の忠直卿の風貌《ふうぼう》は、彼らよりも一段秀《すぐ》れて颯爽《さっそう》たるものであった。やや肉落ちて瀟洒《しょうしゃ》たる姿ではあるが、その烱々《けいけい》たる眸はほとんど怪しきまでに鋭い力を放って、精悍《せいかん》の気眉宇の間に溢《あふ》れて見えた。

忠直卿は、今微酔《びすい》の廻りかけている眼を開《あ》いて、一座をズーッと見廻わされた。

そこに居並んでいる百にあまる青年は、皆自分の意志によっては、水火をも辞さない人々であることを思うと、彼は心の内から、こみ上げてくる権力者に特有な誇を、感ぜずにはいなかった。

が、彼の今宵《こよい》の誇はそれだけには止まっていなかった。彼は武士としての実力においても、ここに蒐《あつま》っているすべての青年に打ち勝ったということが、彼の誇を二重のものにしてしまった。

彼は今日もまた、家臣を集めて槍術の大仕合を催《もよお》した。それは家中から槍術に秀れた青年を蒐《あつ》めて、それを二組に別けた紅白の大仕合であった。

そして、彼みずから紅軍に大将として出場したのである。仕合の形勢は始終紅軍の方が不利であった。出る者も、出る者も、敵のためにバタバタと倒されて、紅軍の副将が倒れた時には、白軍にはなお五人の不戦者があった。

その時に、紅軍の大将たる忠直卿は、みずから三間柄の大身の槍をリュウリュウと扱《しご》いて勇気凛然《ゆうきりんぜん》と出場した。まことに山の動くがごとき勢であった。白軍の戦士はみるみるうちに威圧された。最初に出た小姓頭《がしら》の男はかねがね忠直卿の猛勇を怖れているだけに、槍を合わすか合わさぬかに、早くも持っていた槍を捲《ま》き落されて、脾腹《ひはら》のあたりを突かれると、悶絶《もんぜつ》せんばかりに平《へ》たばってしまった。続く馬廻りの男と、お納戸役《なんどやく》の男もひとたまりもなく突き伏せられてしまった。が、白軍の副将の大島左太夫という男は、指南番大島左膳の嫡子《ちゃくし》であって、槍を取っては家中無双の名誉を持っていた。

「殿のお勢も、左太夫にはちと難しかろう」と、いう囁《ささや》きがいずこともなく起った。が、烈しく七八合槍を合わせたかとみると、左太夫は、したたかに腰のあたりを一突き突かれて、よろめくところをつけ入った忠直卿のために、ふたたび真正面から胸の急所を突かれていた。見物席にいた家中一統は、思う存分に喝采《かっさい》した。忠直卿は、やや息のはずまれるのを、制しながら静かに、相手の大将の出るのを待った。心のうちはいつものように、得意の絶頂であった。

白軍の大将は小野田右近といった。十二の年から京における槍術の名人権藤《ごんどう》左門の門に入って、二十の年には、師の左門にさえ突き勝つほどの修練を得ていた。が、忠直卿は何物をも怖れない。

「えい！」と鋭く声を掛けられると、猛裁として突きかかった。ただ技術の力というよりも、そこには六十七万石の国主の勢さえ加わるごとく見えた。二十合にも近い烈しい戦《いくさ》が続いたかと思うと、右近は右の肩先に忠直卿の烈しい一突きを受けて、一間ばかり退くと、

「まいりました」と、平伏してしまった。

見物席の人々は、北の庄の城の崩るるばかりに喝采した。忠直卿は得意の絶頂にあった。上席に帰ると、彼は声を揚げて、

「皆の者大儀じゃ、いでこれから慰労《いろう》の酒宴を開くといたそうぞ」と、叫んだのであった。

彼は近ごろにない上機嫌であった。酒宴の進むにつれ、籠臣《ちょうしん》はかわるがわる彼の前に進んだ。

「殿！　大阪陣で矢石《しせき》の間を往来せられまして以来は、また一段と御上達遊ばされましたな。我らごときはもはや殿のお相手は仕《つかまつ》りかねます」と申しあげた。大阪陣の話をさえすれば、忠直卿はたわいもなく機嫌がよかった。

が、忠直卿もいたく酔ってしまった。一座を見ると、正体もなく酔い潰《つぶ》れている者が、だいぶ多くなっている。管《くだ》を捲く者もある、小声で隆達節《りゅうたつ》を唄っている者もある。酒宴の興はほとんど、尽きかけている。

忠直卿はふと奥殿《おくどの》に漲っている異性の事を思いだすと、男ばかりの酒宴が殺風景に思われてきた。彼はつと立って、「皆の者許せ！」と言い捨てたまま座を立った。さすがに酔い潰《つぶ》れた者も、居住いを正して平伏した。今まで眠りかけていた小姓たちは、ハッと目を覚して主君の後を追った。

忠直卿が、奥殿へ続く長廊下へ出ると、冷い初秋の風が頬に快かった。見ると、外は十日ばかりの薄月夜で、萩の花がほの白く咲きこぼれているあたりから、虫の声さえ聞えてくる。

忠直卿は、庭へ下りてみたくなった。奥殿からの迎いの侍女たちを帰して、小姓を一人連れたまま、庭に下りたった。庭の面《も》には、夜露がしっとりと降りている。微《かす》かな月光が城下の街を、玲瓏《れいろう》と澄みわたる夜の大気のうちに、墨

絵のごとく浮ばせている。

忠直卿は久しぶりに、こうした静寂の境《さかい》に身を置くことを欣《よろこ》んだ。天地は寂然《せきぜん》として静である。ただ彼が見捨ててきた城中の大広間からは、雑然たる饗宴《きょうえん》の叫びが洩《も》れてくる。それも彼が座を立ってからは、一段と酒席が擾《みだ》れたとみえ、吾妻拳《あづまけん》を打つ掛声までが交って聞える。が、それもよほどの間隔があるので、そううるさくは耳に響いてこない。

忠直卿は萩の中の小径を伝い、泉水の縁を廻《めぐ》って小高い丘にある四阿《あずまや》へと、はいった。そこからは信越の山々が、微かな月の光を含んでいる空気の中に、朧《おぼろ》に浮いてみえる。忠直卿は、今までの大名生活において、いまだ経験したことのないような、感傷的な心持に囚《とら》われて、思わずそこに小半刻《こはんとき》を過した。

すると、ふと人声が聞こえる。今まで寂然として、虫の声のみが淋《さび》しかったところに、人声が聞えだした。声の様子でみると、二人の人間が話しながら、四阿の方へ近よってくるらしい。

忠直卿は、今自分が享受している静寂な心持が、不意の侵入者によってかき擾《みだ》されるのが、厭《いや》であった。

しかし、小姓をして、近寄ってくる人間を追わしむるほど、今宵の彼の心は荒《すさ》んではいなかった。二人は話しながら、だんだん近づいてくる。四阿のうちへは月の光が射さぬので、そこに彼らの主君がいようとは、夢にも気づいていないらしい。

忠直卿は、その二人が誰であるか、見極めようとは思っていなかった。が、二人の声がだんだん近づいてくると、それが誰と誰とであるかが自然と判ってきた。やや潰《つぶ》れたような声の方は、今日の大仕合に白軍の大将を勤めた小野田右近である。疳高《かんだか》い上ずった声の方は、今日忠直卿に一気に突き伏せられた白軍の副大将大島左太夫である。二人はさっきから、何でも今日の紅白仕合について話しているらしい。

忠直卿は、大名として生れて初めて、立聞きをするという不思議な興味を覚えて、思わず注意を、その方へ集注させた。

二人は、四阿からは三間とは離れない泉水の汀《みぎわ》で、立ち止まっているらしい。左太夫は、心持声を潜《ひそ》めたらしく、

「時に殿の御腕前をどう思う?」と、訊《き》いた。

右近が、苦笑をしたらしい気勢《けはい》がした。

「殿のお噂か！　聞えたら切腹物じゃのう」

「蔭では公方《くぼう》のお噂もする。どうじゃ、殿の御腕前？　真実《ほん》《とう》の御力量は？」と、左太夫は、かなり真剣に訊《き》いて、じっと息を凝《こら》して、右近の評価を待っているようであった。

「さればじゃのう！　いかい御上達じゃ」と、言ったまま右近は、言葉を切った。忠直卿は、初めて臣下の偽らざる

賞讃《しょうさん》を聞いたように覚えた。が、右近はもっと言葉を続けた。

「以前ほど、勝をお譲りいたすのに、骨が折れなくなったわ」

二人の若武士《わかざむらい》は、そこで顔を見合わせて会心の苦笑をしたらしい気勢がした。

右近の言葉を聞いた忠直卿の心の中に、そこに突如《とつじょ》として感情の大渦巻が声を立てて流れ始めたはむろんである。

忠直卿は、生れて初めて、土足をもって、頭上から蹂《ふ》み躙《に》じられたような心持がした。彼の唇はブルブルと顫《ふる》え、惣身《そうみ》の血潮が煮えくり返って、グングン頭へ逆上するように思った。

右近の一言によって、彼は今まで自分が立っておった人間として最高の脚台から、引きずり下ろされて地上へ投げだされたような、名状《みょうじょう》しがたい衝動《ショック》を受けた。

それは、たしかに激怒に近い感情であった。しかし、心の中でありあまった力が、外にハミだしたような激怒とは、まったく違ったものであった。その激怒は外面は、旺《さか》んに燃え狂っているものの、中核のところには癒《いや》しがたい淋しさの空虚《くうきょ》が、忽然《こつぜん》と作られている激怒であった。彼は世の中が、きゅうに頼りなくなったような、今までのすべての生活、自分の持っていたすべての誇が、ことごとく偽《いつわ》りの土台の上に立っていたことに気がついたような淋しさに、ひしひしと襲《おそ》われていた。

彼は小姓の持っている、佩刀《はいとう》を取って、即座に両人を切って捨てようかと、息込んだが、そうした烈しい意志を遂《と》げる強い力は、この時の彼の心のうちには少しも残ってはいなかった。

その上、主君として臣下から偽りの勝利を媚《こ》びられて得意になっていた自分があさましいと同時に、今両人を手刃《しゅじん》して、そのあさましい事実を、自分が知っているということを、家中の者に知らせるのも彼にとってはかなりの苦痛であった。忠直卿は、胸の内に湧き返る感情をじっと抑《おさ》えて、いかなる行動に出ずるのが、一番適当であるかを考えた。あまりに不用意にこうした経験に出会《でつくわ》したため、たださえ昂奮しやすい忠直卿の感情は収拾のつかぬほど混乱した。

忠直卿の傍に、さっきから置物のようにじっとして、蹲《うずく》まっていた聰明《そうめい》な小姓は、さすがにこの危機を十分に知っていた。二人の男に、ここに彼らの主君がいることを教えねば、どんな大事が起るかもしれぬと思った。彼は、主君の凄まじい顔色を窺《うかが》いながら、二三度小きい咳《せき》をした。

小姓の小さい咳は、この場合ははなはだ有効であった。右近と左太夫とは、附近に人がいるのを知ると、ハッとしてその冒瀆《ぼうとく》な口を緘《つぐ》んだ。

二人は言い合わしたように足早く大広間の方へと去って

しまった。

忠直卿の眸《ひとみ》は、怒に燃えていた。が、その頰は凄じいまでに蒼ざめている。

彼の少年時代からの感情生活は、右近の一言によって、物のみごとに破産してしまっていた。彼が幼にして、遊戯をすれば近習《きんじゅう》の誰よりも巧みであったことや、破魔弓《はまゆみ》の的《まと》を競えば近習の何人よりも多く命中矢《あたりや》を出したことや、習字の稽古《けいこ》の筆を取れば、祐筆《ゆうひつ》の老人が膝頭《ひざがしら》を叩いて、彼の手蹟《しゅせき》を賞讃したことなどが、皆不快な記憶として彼の頭に一時に蘇《よみがえ》ってきた。

武術の方面においても、そうであった。剣を取っても、槍を取っても、たちまち相手をする若武士に打ち勝つほどの胸に瞬《またた》く間に上達した。彼は今まで自分を信じてきた。自分の実力をあくまで信じてきた。今右近らの冒瀆《ぼうとく》な蔭口を耳にしても、それが彼らの負け惜しみであるとさえ、ともすれば思うほどである。

しかし、今日の右近の言葉は、その言葉が発せられた時と場合とを考えれば、けっして冗談でもなければ嘘でもなかった。

自信に充《み》ち満《み》ちていた忠直卿の耳にも正真《しょうしん》の事実として、聞こえぬわけには行かなかった。

右近の言葉は、彼の耳朶《じだ》のうちに彫《え》りつけられたように、残っている。

考えてみると、忠直卿は今日の華々《はなばな》しい勝利の中でも、どこまでが本当で、どこからが嘘だか判らなくなった。否《いな》今日のみではない、生れて以来幾度も試みた遊戯や仕合で、自分が占めた数限りのない勝利や、優越の中で、どれだけが本物でどれだけが嘘のものだか、判らなくなった。そう考えると、彼は心の中をかきむしられるような、烈しい焦躁《しょうそう》を感じた。彼とても、臣下のすべてから偽《にせ》の勝利を奪っているのではない。否その中の多くの者には、正当に勝っているのだ。それだのに右近や左太夫などの不埒者《ふらちもの》のいるために、自分の勝利が、すべて不純の色彩を帯《お》びるに至ったのだと思うと、彼は今右近と左太夫とに対し、旺然《おうぜん》たる憎悪を感じ始めたのである。

が、それればかりではなかった。こうなると、つい三月ばかり前に、大阪の戦場に立てた偉勲さえ、何んだか怪《あや》しげな正体の判らぬもののように、忠直卿の心の中に思われた。彼が、今まで誇としていた日本樊噲《はんかい》という称呼《しょうこ》さえ、何だか人をばかにしたような、誇張を伴うているようにさえ思われだした。家臣どもから、いい加減に扱われていた自分は、お祖父様からも手軽に、操《あやつ》られているのではないかと思うと、忠直卿の眸には、初めて不覚の涙が滲み始めた。

## 三

無礼講の酒宴に、グタグタに酔ってしまった若武士たちは、九つのお土圭《とけい》が鳴るのを合図に総立になって退出しようとすると、きゅうにお傍《そば》用人が奥殿から駈けつけてきた。

「おのおの方《がた》、静まられい！　殿の仰《おお》せらるるには、明日は犬追物《いぬおうもの》のお催《もよお》しがあるべきはずのところ、きゅうに御変改があって、明日も、今日同様、槍術の大仕合いを催せらるる、時刻と番組とはすべて今日に変らぬとの仰《おお》せじゃ」と、双手《もろて》を挙げて大声に布令《ふれ》廻った。

若武士の中には「やれやれ明日もか」と思う者もあった。今日の勝利を、もう一度繰返《くりかえ》すのかと、北叟笑《ほくそえ》む者もあった。が、多くの者は、酒を呑んだ後の勇ましい元気で、

「毎日焼こうともけっこうじゃ。明日もまたお振舞酒に思いきり酔うことができる」と、勇みたった。

その翌日は、昨日と等しく城中の兵法座敷は、美しく掃《は》き浄《きよ》められて、紅白の幔幕《まんまく》が張りわたされ、上座には忠直卿が昨日と同様に座を占めたが、始終下唇を噛むばかりでなく、眸が爛々《らんらん》として燃えていた。

勝負は、昨日とほとんど同様な情勢で進展した。が、昨日の勝負が皆の心にマザマザと残っているので取合せの多くは一方にとって雪辱《せつじょく》戦であったから、掛け声は昨日にまして烈しかった。

紅軍は、昨日よりもさらに旗色が悪かった。大将の忠直卿が出られた時には、白軍には大将副将初め、六人の不戦者があった。

見物の家中の者どもが、不思議に思うほど、忠直卿は興奮していた。タンポのついた大身《おおみ》の槍を、熱に浮かされた男のように妄《みだり》に打ち振った。最初の二人は腫《は》れ物にでも触るように、恟々《きょうきょう》として立ち向った。が、主君の烈しい槍先にたちまちに突き竦《すく》られて平伏してしまう。次の二人も、主君の凄じい気勢に怖じ恐れて、ただ型《かた》ばかりに槍を振っただけであった。

五人目に現われたのは、大島左太夫であった。彼は今日の忠直卿の常軌《じょうき》を逸《いっ》したとも、思われる振舞について、微《かす》かながら杞憂《きゆう》を懐く一人であった。むろん、彼は自分の主君が、自分たちの昨夜の立話を立聞きした当の本人であろうとは、夢にも思っていなかった。が、昨夜夜更《よふ》けの庭に耳にした咳払《せきばら》いの主が、主君に目分たちを讒《ざん》したのではあるまいかと、いう微かな懸念は持っていた。彼はつねよりもさらに粛然《しゅくぜん》として、主君の前に頭を下げた。

「左太夫か！」と、忠直卿はある落着きを、示そうと努めたらしいが、その声は妙に上ずっていた。

「左太夫！　槍といい剣といい、正真の腕前は真槍真剣でなければ判らない！　タンポのついた稽古槍の仕合は、しょせんは偽《にせ》の仕合じゃ、負けても傷がつかぬとなれば、仕宜《しぎ》によっては、負けても差支《さしつか》えがないわけとなる！　忠直は偽の仕合にはもう飽《あ》いておる。大阪表において手馴《てな》れ真槍をもって立ち向うほどにそちも真槍をもってこい！

主と思うに及ばぬ。隙《すき》があらば遠慮いたさずに突け！」

忠直卿の眼は上ずって、言葉の末が顫《ふる》えた。左太夫は色を変えた。左太夫の後に控《ひか》えいる小野田右近も、左太夫と同じく色を変えた。

が、見物席にいる家中の者は、忠直卿の心のうちを解するに苦しんだ。殿御狂気と怖気《おじけ》を顫《ふる》うものが多かった。

忠直卿は、これまで癇癖《かんぺき》にこそあったが、平常《へいぜい》しごく濶《かつ》達《たつ》であり、やや粗暴《そぼう》の嫌《きらい》こそあったが、非道無残な振舞は寸毫《すんごう》もなかったので、今日の忠直卿の振舞いを見て家中の者が、色を変じたのもむりではなかった。

が、忠直卿が今日真槍を手にしたのは、左太夫右近に対する消しがたい憎しみから出たとはいえ、一つには自分の正真の腕前を知りたいと、いう希望もあった。真槍で立ち向うならば、彼らも無下《むげ》に負けはしまい、秘術を尽くして立ち向うに違いない、さすれば自分の真の力量も判る。もしそのために、自分が手を負うことがあっても、偽りの勝利に狂喜しているよりも、どれほど気持がよいかしれぬと、心のうちで思った。

「それ！　真槍の用意いたせ」と、忠直卿が命ずると、かねて用意がしてあったのだろう、小姓が二人おのおの一本の大身の槍を、重たそうにもたげて、忠直卿主従の間に持ちだした。

「それ！　左太夫用意せい！」と、言いながら、忠直卿は手馴《てな》れた三間柄の長槍の穂鞘《ほざや》を払った。

槍鍛冶《やりかじ》の名手備後貞包《びんごさだかね》の鍛えた七寸に近い鋒先《ほさき》から迸《ほとばし》る殺気が、一座の人々の心を冷めたく圧した。

今まで、じっとして主君忠直の振舞を看過していた国老の本多土佐は、主君が鋒先を払われるやいなや突如として忠直卿の御前に出でた。

「殿！　お気が狂わせられたか、大切の御身をもって、妄《みだり》に剣戟《けんげき》を弄《もてあそ》ばれ家臣の者を傷つけられては、公儀に聞えても容易ならぬ儀《ぎ》でござる。平《ひら》にお止《とど》まりくだされい」と、老眼をしばたたきながら、必死になって申しあげた。

「爺か！　止めだて無用じゃ。今日の真槍の仕合は、忠直六十七万石の家国に易《か》えてもと、思いたった一儀じゃ。止めだていっさい無用じゃ」と、忠直卿は凛然《りつぜん》と言い放った。そこには秋霜《しゅうそう》のごとく犯しがたき威厳《いげん》が伴《ともな》った。こうした場合、これまでも忠直卿の意志は絶対のものであった。土佐は口を緘《つぐ》んだまま、悄然《しょうぜん》として引き退いた。

左太夫は、もう先刻から十分に覚悟をしていた。昨夜の立話が、殿のお耳に入ったための御成敗《ごせいばい》かと思えば、彼には何とも文句の言いようはなかった。それは家来として当然は当然受くべき成敗であった。それをかかる真槍仕合に、仮託《かこつ》けての成敗かと思えば、彼はそこに忠直卿の好意をさえ感ずるように思った。彼は主君の真槍に貫《つらぬ》かれて潔《いさぎよ》く死にたいと思った。

「左太夫、いかにも真槍をもって、お相手をいたしまする」と、思いきって言った。見物席に左太夫の不遜《ふそん》に対する叱責《しっせき》の声が洩《も》れた。忠直卿は苦笑をした。

「それでこそ忠直の家臣じゃ。主と思うな、隙があれば、遠慮いたさず突け！」

こう言いながら、忠直卿は槍を扱《しご》いて二三間後へ退《さが》りながら、位を取られた。

左太夫も、真槍の鞘《さや》を払い、

「ごめん！」と、叫びながら主君に立ち向った。

一座の者は、凄じい殺気に閉じられて、身の気をよだち、息を詰《つ》めて、ただ茫然《ぼうぜん》と、主従の決闘《けっとう》を見守るばかりであった。

忠直卿は、自分の本当の力量を、如実《にょじつ》にさえ知ることができれば、思い残すことはないとさえ、思いこんでいた。したがって国主という自覚もなく、対手《あいて》が臣下であるという考もなく、ただ勇気凛然《りつぜん》として立向われた。

が、左太夫は、最初から覚悟を極めていた。三合ばかり槍を合すと、彼は忠直卿の槍を左の高股《たかもも》に受けて、どうと地響打たせて、のけぎまに倒れた。

見物席の人々はいっせいに深い溜息《ためいき》を洩《もら》した。左太夫の傷ついた身体は同僚の誰彼によって、たちまち運び去られた。

が、忠直卿の心には、勝利の快感は少しもなかった。左太夫の負が、昨日と同じく意識しての負であることが、マザマザと判ったので、忠直卿の心は昨夜《ゆうべ》にもまして淋しかった。左太夫めは、命を賭してまで、偽《いつわ》りの勝利を主君に喫《くら》わせているのだと思うと、忠直卿の心の焦躁《しょうそう》と淋しさと頼りなさは、さらに底深く植えつけられた。忠直卿は、自分の身を危険に置いても、臣下の身体を犠牲にしても、なお本当の事が知りがたい自分の身を恨《うら》んだ。

左太夫が倒れると、右近は少しも怯《わるび》れた様子もなく、蒼白な顔に覚悟の眸《ひとみ》を輝しながら、左太夫の取り落した槍を携《ひっさ》げてそこに立った。

忠直卿は、右近め、昨夜あのように、思いきった言葉を吐いた男であるから、必死の手向いをするに相違ないと、消えかかろうとする勇気を鼓《こ》して立ち向った。

が、この男も左太夫と同じく、自分の罪を深く心のうちに感じていた。そして、潔《いさぎよ》く主君の長槍に貫《つらぬ》かれて、自分の罪を謝そうとしていた。

忠直卿は、五六合立ち合っているうちに、相手の右近が、急所というべき胸のあたりへ、幾度も隙間を作るを見た。この男も、自分の命を捨ててまで主君を欺《あざむ》き終ろうとしているのだと思うと、忠直卿は不快な淋しさに襲《おそ》われてきた。そして、相手にうまうまと乗せられて、勝利を得るのが、ばかばかしくなってきた。

が、右近は一刻も早く、主君の槍先に貫かれたいと思ったらしく、忠直卿が突きだす槍先に故意に身を当てるようにして、右の肩口をグザと貫かれてしまった。

忠直卿は、みごとに昨夜の鬱憤《うつぷん》を晴した。が、それは彼の心に、新しい淋しさを、植えつけたにすぎなかった。左太夫も右近も、自分の命を賭《と》してまで、彼らの嘘を守ってしまったことである。

忠直卿は、その夜遅く、傷のまま自分の屋敷に運ばれた右近と左太夫との二人が、時刻を前後して腹を割《さ》いて死んだという報知《しらせ》を聴いて、黯然《あんぜん》たる心持にならずにはいられなかった。

忠直卿は、つくづく考えた。自分と彼らとの間には、虚《きょ》偽《ぎ》の膜《まく》が、かかっている。その膜を、その偽の膜を彼らは必死になって支えているのだ。その偽は、浮《う》ついた偽でなく、必死の懸命の偽である。忠直卿は、今日真槍をもって、その偽の膜を必死になって、突き破ろうとしたのだが、その破れは彼らの血によってたちまち修繕《しゅうぜん》されてしまった。自分と家来との間には、依然《いぜん》としてその膜がかかっている。その膜の向うでは、人間が人間らしく本当に交際《つきあっ》ている。が、彼らがいったん自分に向うとなると、皆その膜を頭から被《か》ぶっている。忠直卿は自分一人、膜のこっちに、取残されていることを思いだすといらいらした淋しさが、猛然として自分の心身を襲ってくるのを覚えた。

四

真槍の仕合があって以来、殿の御癇癖《ごかんぺき》が募《つの》ったという警報が、一城の人心をして、忠直卿に対して恟々《きょうきょう》たらしめた。殿の御前だというと、小姓たちは眸を据え息を凝《こら》らして微動さえ、おろそかにはしなかった。近習の者も一足進み一足退くにも、儀礼を正しゅうして微瑕《びか》だに犯さぬことを念とした。君臣の間に、多少は存在していた心易さが跡を滅《めつ》して、君前には蕭殺《しょうさつ》たる気が漂《ただ》うた。家臣たちは君前から退くと、今までにない心身の疲労を覚えた。

しかし、君臣の間がこうして荒《すさ》み始めようとするのに気がついたのは、けっして家来の方ばかりではなかった。忠直卿は、ある日近習の一人が、自分に家老たちからの書状を捧げるとて、四五段のかなたからいざり寄ろうとするのを見て、

「ずっと遠慮いたさず前へ出よ！　さような礼儀には及ばぬぞ！」と、言った。が、それは好意から出た注意というよりも、焦操《しょうそう》から出た叱責に近かった。侍臣は、主君の言葉によって、元の心易さに帰ろうとした。が、そうした意織を伴《ともな》った心易さの奥には、ゴツゴツとした骨があった。

真槍の仕合以来、忠直卿は忘れたかのように、武術の稽《けい》古《こ》から身を遠ざけた。毎日日課のように、続けていた武術仕合を中止したばかりでなく、木刀を取り、稽古槍を手に

することさえなくなった。

武張《ぶば》ってはいたが寛闊《かんかつ》で、乱暴ではあったが、無邪気な青年君主であった忠直卿は、ふっつりと木刀や半弓を手にしなくなった代りに、酒杯を手にする日が多くなった。少年時代から、豪酒の素質を持ってはいたが、酒に淫《いん》することなどは、けっしてなかったのが、今では大盃をしきりに傾けて、乱酒の萌《きざし》がようやく現われた。

ある夜の酒宴の席であった。忠直卿の機嫌が、いつになく晴々しかった。すると、彼にとっては、第一の寵臣《ちようしん》である増田勘之介という小姓が、彼の大杯になみなみと酌《しやく》をしながら、

「殿には、なぜこのごろ兵法座敷には渡らされませぬか。先ごろのお手柄に、ちと御慢心遊ばしての御怠慢《ごたいまん》と、お見受け申しまする」と、言った。彼は、こういうことによって、主君に対する親しみを、十分見せたつもりであった。

すると、思いがけもなく、忠直卿の顔は、きゅうに色を変じた。つと、傍にあった杯盤を、取るよりも早く、勘之介の面上を目がけて、発矢《はつし》とばかりに投げつけた。主君から、予期せざる暴行を受けて、勘之介はハッと色を変じたが、忠義一途《いちず》の彼は、けっして身体をかわさなかった。彼はその杯盤を、真向に受けて、白い面《おもて》から血を流しながら、その場に平伏した。

忠直卿は、物をも言わず、立ち上ると、そのまま奥殿《おくど》へ、はいってしまった。同僚の誰彼が、駈《か》け寄って慰《なぐさ》めながら、勘之介を引き起した。

勘之介は、その日病と称して、宿へ下ったが、その夜の明くるを待たず切腹した。

忠直卿は、それを聞くと、ただ淋しく苦笑したばかりであった。

そのことがあってから、十日ばかりも経ったころだった。忠直卿は、老家老の小山丹後《たんご》と碁《ご》を囲んでいた。老人と忠直卿とは、相碁《あいご》であった。が、二三年来老人はだんだん負越すことが多かった。その日も、丹後は忠直卿のために、三回ばかり続けざまに敗られた。すると、老人は人のよさそうな微笑を示しながら、

「殿は近ごろ、いかい御上達じゃ、老人ではとてもお相手がなり申さぬわ」と、言った。

と、今まで晴やかに続けざまの快勝を享楽していたらしい忠直卿の面を、暗鬱《あんうつ》の陰影が掠《かす》めたかと思うと、彼はいきなり立ち上って、二人の間に置かれている碁盤を足蹴《あしげ》にした。盤上に並んでいた黒白の石は跳《と》び散って、その二三は丹後の頭を打った。

丹後は、勝負に勝ちながら、怒りだした主君の心を解するに苦しんだ。彼は、咄嗟《とつさ》に立ち去ろうとする忠直卿の袴《はかま》の裾《すそ》を捕えながら、

「いかが遊ばされた！　殿には御乱心か、どのようの御趣《ごつしゆ》

意あって、丹後めにかような恥辱《ちじょく》を与えらるる？」

と、狂気のごとくに叫んだ。一徹《いってつ》な老人の心には、忠直卿の不当な仕打に対する怒が、炎のごとく燃えた。

が、忠直卿は、老人の怒りを、少しも介意《かいい》せず、「えい！」と、袴を捕えた手を振り放ちながら、つつと奥へ去ってしまった。

老人は、幼年時代から手塩《てしお》にかけて守り育てた主君から、理不尽《りふじん》な恥しめを受け、老の眼に涙を流しながら、口惜《くや》しがった。彼は故中納言秀康卿が、在《あ》りし世の寛仁大度《かんじんたいど》な行蹟《ぎょうせき》を想い起しながら、永らえて恥を得た身を悔いた。正直な丹後は、盤面に向って追従負《ついしょうま》けをするような卑劣《ひれつ》な心は、もうとう持っていなかった。

が、もう忠直卿の心には、家臣の一挙一動《いっきいちどう》は、すべて一《いっ》色《しき》にしか映らなくなっていた。

老人は、その日家へ帰ると、式服を着て、礼を正し、皺《しわ》腹《はら》をかき切って、惜しからぬ身を捨ててしまった。

忠直卿御乱行という噂が、ようやく封境《ほうきょう》の内外に伝わるようになった。

勝気の忠直卿は、これまでは、他人に対する優越感を享受するために、よく勝負事を試みたが、このことがあって以来は、その方面にも、ふっつりと手を出さなくなった。

こうなると、忠直卿の生活がだんだん荒《すさ》んで行くのもむりはなかった。城中にあっては、なすことのないままに酒食に耽《ふけ》り、色を漁《あさ》った。そして、城外に出ては、狩猟にのみ日を暮らした。野に鳥を追い、山に獣を狩りたてた。さすがに鳥獣は国主の出猟であるがために、忠直卿の矢面に好んで飛びだすものはなかった。人間の世界から離れ、こうした自然界に対する時、忠直卿は自分を囲う偽《いつわり》の膜から、身を脱出しえたように、すがすがしい心持がした。

五

これまでの忠直卿は、国老たちの言うことは、何かにつけてよく聴かれた。まだ長吉丸といっていた十三歳の昔、父秀康卿の臨終《りんじゅう》の床に呼ばれて『父の亡《な》からん後は、国老どもの申すことを父が申すことと心得てよく聴かれよ』と、諭《さと》されたことを大事に守っていた。

が、このごろの彼は、国政を聴く時にも、すべてを僻んで解釈した。家老たちが、ある男を推薦《すいせん》して賞《ほ》めたてると、彼はその男が喰わせ者のように思われて、その男を用うることを、意地にかかって拒《こば》んだ。国老たちが、ある男の行蹟の非難を申しあげて、閉門《へいもん》の至当であることを主張すると、忠直卿は、その男が硬直《こうちょく》な士であるように思われて、いっかな閉門を命ずることを許さなかった。

越前領一帯、その年は近年稀《まれ》な凶作《きょうさく》で、百姓の困苦ひとかたではなかった。家老たちは、袖《そで》を連《つら》ねて忠直卿の御前に出で、年貢米《ねんぐまい》の一部免除を願い出でた。が、忠直卿は、家老たちが、口を酸《す》くして説けば説くほど、家老たちの建言《けんげん》を採用《さいよう》するのが、厭《いや》になった。彼自身心のうちでは、百姓に相当な同情を懐《いだ》きながら、家老たちの言うままになるのが不快であった。そして、家老たちが、くどくどと説けば聴くのを聞き流しながら、

「ならぬ！　ならぬと申せば、しかと相《あい》ならぬぞ」と、怒鳴りつけた。何のために拒《こば》んだのか、彼自身にさえ分らなかった。

こうした感情の喰違いが、主従の間に深くなるにつれ、国政日に荒《すさ》んで、越前侯乱行の噂は、江戸の柳営《りゅうえい》にさえ達した。

が、忠直卿のかかる心持は、彼のもっと根本的な生活の方へも、だんだん喰い入って行った。

ある夜の事であった。彼は宵から、奥殿にたて籠《こも》って、愛妾《あいしょう》たちを前にしながら、しきりに大杯を重ねていた。

京からはるばると、召《め》しくだした絹野《きぬの》という美女が、このごろの忠直卿の寵幸《ちょうこう》を身一つに蒐《あつ》めていた。

忠直卿は、その夜は暮れて間もない六つ半刻《はんどき》から九つに近い深更《しんこう》まで、酒を飲み続けている。が、酒を飲まぬ愛妾たちは、彼の盃に酒を注《つ》ぐという単調な仕事を、幾回となく繰返《くりかえ》しているだけである。

忠直卿は、ふと酔眼を刳《みひら》いて、彼に侍坐《じざ》している愛妾の絹野を見た。ところが、その女は連夜の酒宴に疲れはてたのだろう。主君の御前ということも、つい失念してしまったとみえ、その二重瞼《ふたえまぶた》の美しい眼《まなこ》を半眼に閉じながら、うつらうつらと仮眠《かすい》に落ちようとしている。

じっと、その面を見ていると、忠直卿はまたさらに、新らしい疑惑《ぎわく》に囚《とら》われてしまった。ただ、主君という絶大な権力者のために、身を委《まか》して朝暮《あけくれ》自分の意志を、少しも働かさず、ただ傀儡《かいらい》のように扱われている女の淋しさが、その不覚な仮睡のうちにまざまざと現われているように思われた。

忠直卿は思った。この女も自分に愛があるというわけでは、少しもないのだ。この女の嫣然《えんぜん》たる姿態《したい》や、妖艶《ようえん》な媚《こび》は皆上部《うわべ》ばかりの技巧なのだ。ただ、大金で退引《のっぴき》ならず身を購《あがな》われ、国主という大権力者の前に引き据《す》えられて是非《ぜひ》もなく、できるだけその権力者の歓心《かんしん》を得ようという、切《せっ》破《ぱ》詰まった最後の逃げ路にすぎないのだ。

が、この女が自分を愛していないばかりでなく、今まで自分を心から愛した女が一人でもあっただろうかと、忠直卿は考えた。

彼は今まで、人間同士の人情を少しも味わずにきたことに、このごろようやく気がつき始めた。

彼は、友人同士の情を、味ったことさえなかった。幼年時代から、同年輩の小姓を、自分の周囲に幾人となく見出

した。が、彼らは忠直卿と友人として、交わったのではない。ただ服従をしただけである。忠直卿は、彼らを愛した。が、彼らはけっしてその主君を愛し返しはしなかった。ただ義務感情から服従しただけである。

友情は、ともかく、異性との愛は、どうであっただろう。彼は、少年時代から美しい女性を、幾人となく自分の周囲に支配した。忠直卿は、彼らを愛した。が、彼らの中の何人が、彼を愛し返しただろう。忠直卿が愛しても、彼らは愛し返さなかった。ただ、唯々《いい》として服従を提供しただけである。彼は今も自分の周囲に多くの人間を支配している。が、彼らは忠直卿に対して、人間としての人情の代りに、服従を、提供しているだけである。

考えてみると、忠直卿は恋愛の代用としても、服従を受け、友情の代りにも服従を受け、親切の代りにも服従を受けていた。むろん、その中には人情から動いている本当の恋愛もあり、友情もあり、純な親切もあったかもしれなかった。が、忠直卿の今の心持から見れば、それが混沌《こんとん》としていちように、服従の二字によって掩《おお》われて見える。

人情の世界から一段高いところに、放り上げられ、大勢の臣下の中央にありながら、索莫《さくばく》たる孤独を感じているのが、わが忠直卿であった。

こうした意識が嵩《こう》ずるにつれ、彼の奥殿における生活は、砂を噛むように落莫《らくばく》たるものになってきた。

彼は、今まで自分の愛した女の愛が、不純であったことが、もう見え透《す》くように思われた。

自分が、心を掛けるとどの女も、唯々諾々《いいだくだく》として自分の心のままに従った。が、それは自分を愛しているのではない、ただ臣下として君主の前に義務を尽《つ》くしているのにすぎなかった。彼は、恋愛の代りに、兼務や服従を喫《きっ》するのに、飽《あ》きはててしまっていた。

彼の生活が荒《すさ》むにしたがって、彼はたんなる傀儡《かいらい》であるような異性の代りに、もっと弾力のある女性を愛したいと思った。彼を、心から愛し返さなくてもいいから、せめては人間らしく反抗を示すような異性を愛したいと思った。

そのために、彼は家中の高禄《こうろく》の士の娘を、後房《こうぼう》へ連れてこさせた。が、彼らも忠直卿の言うことを、殿の仰《おお》せとばかり、ただ不可抗力の命令のように、何の反抗を示さずに忍従《にんじゅう》した。彼らは霊験《れいげん》あらたかな神の前に捧げられた人身御供《ひとみごくう》のように、純な犠牲的な感情をもって忠直卿に対していた。忠直卿は、その女たちと相対していても、少しも淫蕩《いんとう》な心持にはなれなかった。

彼の物足りなさは、なお続いた。彼は夫《おっと》の定まっている女なら、少しは反抗もするだろうと思った。彼は、命じて許婚《いいなずけ》の夫ある娘を物色した。が、そうした女も、忠直卿の予期とは反して、主君の意志を絶対のものにして、忠直卿を人間以上のものに祭り上げてしまった。

もうこのころから、忠直卿の放埓《ほうらつ》を非難する声が、家中の士の間にさえ起った。

が、忠直卿の乱行は、なお止まなかった。許婚の夫ある娘を得て、少しも慰《なぐさ》まなかった彼は、さらに非道な所業《しよぎよう》を犯《おか》した。それは、家中の女房で艶名《えんめい》のあるものを、ひそかに探らしめて、その中の三名を、不時に城中に召し寄せたまま、帰さなかったことである。

主君の御乱行ここに極《きわ》まるとさえ、歎《なげ》くものがあった。夫《おっと》からの数度の歎願《たんがん》にかかわらず、女房は返されなかった。重臣は、人倫《じんりん》の道に悖《もと》る所業《しよぎよう》として忠直卿を強諫《きようかん》した。が、忠直卿は重臣が諫《いさ》むれば諫むるほど、自分の所業に興味を覚ゆるに至った。

女房を奪われた三人の家臣のうち、二人まで忠直卿の非道な企《くわだて》の真相を知ると、君臣の義もこれまでと思ったとみえ、言い合せたごとく、相続いて割腹《かつぷく》した。

横目附《よこめつけ》から、その届出があると、忠直卿は手にしていた杯を、グッと飲み干されてから、微《かす》かな苦笑を洩《もら》されたまま、何とも言葉はなかった。家中一同の同情は、翕然《きゆうぜん》として死んだ二人の武士の上に注がれた。「さすがは武士じゃ、みごとな最期《さいご》じゃ」と、賞めそや者さえあった。が、人々はこの二人を死せしめた原因を、ただ不可抗力《ふかこうりよく》な天災だと考えていた。一種の避くべからざる運命のように思っていた。

二人が前後して死んでみると、家中の人々の興味は、妻を奪われながら、ただ一人生き残っている浅水与四郎の身に蒐《あつま》っていた。

そして、妻を奪われながら、腹を得《え》切らぬその男を、臆《おく》病者《びようもの》として非難するものさえあった。

が、四五日してから、その男は飄然《ひようぜん》として登城した、そして、忠直卿にお目通を願いたいと目附まで申し出《い》でた。が、目附は浅水与四郎をいろいろに宥《なだ》め賺《すか》そうとした。

「何と申しても、相手は主君じゃ。お身が今、お目通に出たら必定《ひつじよう》お手打じゃ、殿の御非道は、我人《われひと》ともによく判っている、が何と申しても相手は主君じゃ」

が、与四郎は断然として言い放った。

「たとえいかがなろうとも、お目通を願うのじゃ。たとえ身は八劈《やつぎ》きにされようとも、念ないことじゃ。ぜひお取次ぎくだされい」と、必死の色を示した。

目附は、しかたなく白書院《しろしよいん》に詰めている家老の一人へ、その歎願を伝えた。それを聞いた老年の家老は、

「与四郎めは、血迷うたとみえるな。主君のごむりは判っていることじゃが、この場合腹《はら》をかっ切って死諫を進めるのが、臣下としての本分じゃ。他の二人は、よう心得ているに与四郎めは、女房を取られたので血迷うたとみえる。かほどの不覚人とは思わなかったに」と囁《ささや》いた。

家老は、なおブツブツと口小言を言いながら、小姓を呼

んでそのことをしぶしぶながら、忠直卿の耳に伝えしめた。すると、忠直卿は、思のほかに機嫌斜めならずであった。

「ハハハ与四郎めが、参ったか。よくぞ参りおった。すぐ通せ！　目通り許すぞ」と、叫ばれたが、このごろ絶えて見えなかった晴がましい微笑が、頬のあたりに漂うた。

しばらくすると、忠直卿の目の前に、病犬のように呆《ほお》けた与四郎の姿が現われた。数日来の心労に疲れたとみえ、色が蒼ざめて、顔じゅうにどことなく殺気が漂っている。そして、その眸《ひとみ》の中には、二筋も三筋も血を引いている。

忠直卿は生来《せいらい》初めて、自分の目の前に、自分の家臣が本当の感情を隠さず、顔に現わしているのを見た。

「与四郎か！　近う進め！」と、忠直卿は温顔をもってこう言われた。何だか、自分が人間として他の人間に対しているように思って、与四郎に対して、一種の懐《なつか》しさをさえ覚えた。主従の境を隔《へだ》つる膜が除《と》れて、ただ人間同士として、向い合っているように思われた。

与四郎は、畳の上を三尺ばかり滑《すべ》り寄ると、地獄《じごく》の底からでも、洩《も》れるような呻《うめ》き声を出した。

「殿！　主従の道も人倫《じんりん》の大道よりは、小事でござるぞ。妻を奪われましたお恨《うら》み、かくのごとく申しあげまするぞ」と、言うかと思うと、与四郎は飛燕《ひえん》のごとく身を躍《おど》らせて、忠直卿に飛びかかった。その右の手には、早くも匕《あい》首《くち》が光っていた。が、与四郎は軽捷《けいしょう》な忠直卿に、わけもなく利腕《ききうで》を取られて、そこに捻《ね》じ伏せられてしまった。近習の一人は、気を利かしたつもりで、小姓の持っていた忠直卿の佩刀《はいとう》を彼に手渡そうとした。が、忠直卿はかえってその男を斥《しりぞ》けた。

「与四郎！　さすがにそちは武士じゃのう」と、言いながら、忠直卿は取っていた与四郎の手を放した。与四郎は、匕首《あいくち》を待ったまま、面も揚《あ》げず、そこに平伏した。

「そちの女房も、さすがに命を召さるるとも、余が言葉に従わぬと申しおった。余の家来には珍しい者どもじゃ」と、言ったまま、忠直卿は心から快げに哄笑《こうしょう》した。

忠直卿は、与四郎の反抗によって、二重の歓《よろこ》びを得ていた。一つは、一個の人間として、他人から恨《うら》まれ殺されんとすることによって、初めて自分も人間の世界へ一足踏《ふ》み入れることが、許されたように覚えたことである。もう一つは、家中において打物《うちもの》取っては、俊捷《しゅんそう》第一の噂ある与四郎が、必死の匕首を物のみごとに、取押えたことであった。この勝負に、嘘や佯《いつわり》があろうとは思えなかった。彼は、久しぶりに勝利の快感を、何らの疑惑なしに、楽しむことができた。忠直卿は、このころから胸のうちに腐りついている鬱懐《うっかい》の一端が解《と》け始めて、朗かな光明を見たように思われた。「ただこのままにお手打を」と、歎願する与四郎は何のお咎《とが》めもなく下げられたばかりでなく、与四郎の妻も、即刻お暇《いとま》を賜《たまわ》った。

が、忠直卿のこの歓《よろこ》びも、けっして長くは続かなかった。与四郎夫妻は、城中から下げられると、その夜、枕を並べて覚悟の自殺を遂《と》げてしまった。何のために死んだのか、たしかには分らなかったが、おそらく相伝《そうでん》の主君に刃《やいば》を向けたのを、恥じたのと、かつは彼らの命を救った忠直卿の寛仁大度《かんじんたいど》に、感激したためであろう。

が、二人の死を聴いた忠直卿は、少しも歓ばなかった。与四郎が覚悟の自殺をしたところから考えると、彼が匕首《あいくち》をもって忠直卿に迫ったのも、どうやら怪しくなってきた。忠直卿に潔《いさぎよ》く、手刃《しゆじん》されんための手段にすぎなかったようにも思われた。もしそうだとすると、忠直卿がみごとにその利腕《ききうで》を取って捻《ね》じ倒したのも、紅白仕合に敵の大将をみごとに敗っていたのと、あまり違ったわけのものではなかった。そう考えると、忠直卿はふたたび暗澹《あんたん》たる絶望的な気特に、陥ってしまった。

忠直卿の乱行が、その後ますます進んだことは、歴史にあるとおりである。最後には、家臣を擅《ほしいまま》に手刃するばかりでなく、無辜《むこ》の良民を捕えて、これに兇刃《きようじん》を加えるに至った。ことに口碑《こうひ》に残る『石の俎《まないた》』の言い伝は百世の後なお人に面《おもて》を背《そむ》けさせるものである。が、忠直卿が、かかる残《ざん》虐《ぎやく》をあえてしたのは、たぶん臣下が忠直卿を人間扱いにしないので、忠直卿の方でも、おしまいには臣下を人間扱いにしなくなったのかもしれない。

六

しかし、忠直卿の乱行も無限には続かなかった。放埓《ほうらつ》がたび重るにつれて、幕府の執政《しつせい》たる土居大炊頭利勝《どいおおいのかみとしかつ》、本多上野守正純《こうずけのかみまさずみ》は、ひそかに越前侯廃絶《はいぜつ》の策を廻《めぐ》らした。が、剛強無双《ごうきようむそう》の上に、徳川家には嫡々《ちやくちやく》たる忠直卿に正面から事を計《はか》っては、いかなる大変を、惹《ひ》き起すかも分らぬので、ついには忠直卿の御生母なる清涼尼《せいりように》を、越前へ送って将軍家の意をそれとなく忠直卿に伝えることにした。

忠直卿は、母君との絶えて久しき対面を欣《よろこ》ばれたが、改《かい》易《えき》の沙汰を思いのほかに容易《たやす》く聴き入れられ、六十七万石の封城を、弊履《へいり》のごとく捨てられ、配所たる豊後国府内《ぶんごのくにふない》に赴《おもむ》かれた。途中敦賀《つるが》にて入道され法名を一伯《いつぱく》とつけられた。時に元和《げんな》九年五月の事で、忠直卿は三十の年を越したばかりであった。後に豊後府内から同国津守《つのかみ》に移されて台所料として、幕府から一万石を給され、晩年を事もなく過し、慶安三年九月十日薨じた。享年《きようねん》五十六歳であった。

忠直卿の晩年の生活については、何らの史実も伝わっていない。ただ、忠直卿警護の任に当っていた府内の城主竹中采女正重次《うねめのしようしげつぐ》が、その家臣をして忠直卿の行状を録せしめて、幕府の執政《しつせい》たる土居大炊頭利勝に送った『忠直卿行状記』の一冊があるばかりである。その一節に、『忠直卿当国津守に移らせ給うて後は、いささかの荒々しきお振舞もなく安《やすら》けく暮され申候《もうしそうろう》。かねがね仰せられ候には六十七万石の家国を失いつるおりは、悪夢より覚めたらんがごとく、ただすがすがしゅうこそ思い候え。生々世々《しょうじょうよよ》国主大名などにふたたびとは生れまじきぞ。多勢の中に交じりながら、孤独地獄《こどくじごく》にも陥《お》ちたらんがごとき苦艱《くげん》を受くることしばしばなりなど仰せられ、御改易《ごかいえき》の事については、いささかの御後悔だに見えさせられず候。……徒然《つれづれ》のおりには、村年寄《むらどしより》僧侶などさえお手近く召し寄せられ、囲棋《いご》のお遊びなどあり、打ち興ぜさせ給うありさま、殷《いん》の紂王《ちゅうおう》にも勝《まさ》る暴君よなど、噂せられ給いし面影さらに見え給わず、ことに津守の浄建寺の洸山老衲《こうざんろうのう》とは、いと入懇《じっこん》に渡らせられ、老衲が、「六十七万石も持たせ給えば、誰も紂王の真似などいたしたくなるものぞ。殿の悪しきにあらず」など、聞えあげけるに、お怒りの様もなく笑わせ給う。末には百姓町人の賤《いや》しきをさえお目通に引き給い、無礼《なめげ》に飾《かざり》なく申しあぐることを、いと興がらせ給えり。御身はよろず、お慎《つつ》しみ深く、近侍《きんじ》の者を憫《あわれ》み、領民を愛撫《あいぶ》し給うありさま、六十七万石の家国を失いたる無法人とも見えずと人々不審《いぶか》しく思うこと今に止まず候』と、あった。

# 淫売婦

この作は、名古屋刑務所長、佐藤乙二氏の、好意によって産れえたことを附記す。

——一九二三、七、六——

葉山嘉樹

## 一

もし私が、次に書きつけて行くようなことを、誰かから、「それは事実かい、それとも幻想かい、いったいどっちなんだい?」と訊《たず》ねられるとしても、私はその中のどちらだとも言いきるわけに行かない。私は自分でもこの問題、この事件を、十年の間というもの、ある時はフト「俺も怖ろしいことの体験者だなあ」と思ったり、またある時は「だが、このことはほんの俺の幻想にすぎないんじゃないか、ただそんな風な気がするというだけのことじゃないか、でなけりゃ……」とこんな風に、私にもそれがどっちだか分らずに、この妙な思い出はますます濃厚に精細に、私の一部に彫りつけられる。しかしだ、私は言い訳をするんじゃないが、世の中にはとても筆では書けないような不思議なことが、筆で書けることよりも、よっぽど多いもんだ。たとえば、人間の一人一人が、誰にも言わず、書かずに、どのくらい多くの秘密な奇怪な出来事を、胸に抱いたまま、あるいは忘れたまま、今までにどのくらい死んだことだろう。現に私だって今ここに書こうとすることよりも百倍も不思議な、ありうべからざる「事」に数多く出会っている。そしてそのことなどの方がはるかにおもしろくもあるし、また「何か」を含んでいるんだが、どうも、いくら踏ん張ってもそれが書けないんだ。検閲が通らないだろうなどということは、てんで問題にしないでいても自分で秘密にさえ書けないんだからしかたがない。

だがくだらない前置を長ったらしくやったものだ。

私はまだ極道《ごくどう》な青年だった。船員が極りきって着ている、続きの菜《な》っ葉《ぱ》服が、やっぱり私の唯一の衣類であった。

私は半月あまり前、フランテンの欧洲航路を終えて帰ったばかりのところだった。船は、ドックに入っていた。

私はだいぶ飲んでいた。時は蒸し暑くて、埃っぽい七月下旬の夕方、そうだ一九一二年ごろだったと覚えている。

読者よ！　予審調書じゃないんだから、あまり突っこまないでください。

そのムンムンする蒸し暑い、プラタナスの散歩道を、私は歩いていた。何しろ横浜のメリケン波止場の事だから、いささか格好の異った人間たちが、たくさん、気取ってブラついていた。私はその時、私がどんな階級に属しているか、民平――これは私の仇名《あだな》なんだが――それは失礼じゃないか、などということはすっかり忘れて歩いていた。

さすがは外国人だ、見るのも気持ちのいいようなスッキリした服を着て、たくさん歩いたり、どうしても、どんなに私が自惚《うぬぼ》れてみても、勇気を振い起してみても、寄りつけるわけのものじゃないところの日本の娘さんたちの、みごとな――一口に言えば、ショウウィンドウの内部のような散歩道を、私はいっしょになって、悠然《ゆうぜん》と、続きの菜っ葉服を見てもらいたいためででもあるように、頭を上げて、手をポケットで、いや、お恥しい話だ、私はブラブラ歩いて行った。

ところで、この時私が、自分というものをハッキリ意識していたらば、ワザワザ私は道化役者になりゃしない。私はたしかに「何か」考えてはいたらしいが、その考の題目となっていたものは、よし、その時私がハッと気がついて「俺はたった今まで、いったい何を考えていたんだ」と考えてみても、もう思いだせなかったほどの、つまりは飛行中のプロペラのような「速い思い」だったのだろう。だが、私はその時「ハッ」とも思わなかったらしい。

客観的には憎ったらしいほどずうずうしく、しっかりとした足どりで、歩いたらしい。しかも一つ処を幾度も幾度も、サロンデッキを逍遥《しょうよう》する一等船客のように、往復したらしい。

電灯がついた。そしてやや暗くなった。

一方が公園で、一方が南京町になっている単線電車通りの丁字路の処まで私は来た。もし、ここで私をひどく驚かした者がなかったなら、私はそこが丁字路の角だったことなどには、もちろん気がつかなかっただろう。ところが、私の、今の今まで「この世の中で俺の相手になんぞなりそうな奴は、一人だっていやしないや」という私の観念を打ち破って、私を出し抜けに相手にする奴があった。「オイ、若けえの」と、一人の男がいったいどこから飛びだしたのか、危く打《ぶ》つかりそうになるほどの近くに突っ立って、押し殺すような小さな声で呻《うめ》くように言った。

「*ピー、カンカンか」

私はポカンとそこへつっ立っていた。私はあまり出し抜けなので、その男の顔を穴のあくほど見つめていた。その男は小さな、蛞蝓《なめくじ》のような顔をしていた。私はその男が何を私にしようとしているのか分らなかった。どう見たってそいつは女じゃないんだから。

「何だい」と私はきゅうに怒鳴った。すると、私の声と同時に、給仕でも飛んで出てくるように、二人の男が飛んで出てきて私の両手をしっかりと摑んだ。「相手は三人だな」

と、何ということなしに私は考えた。——こいつあ少々面倒だわい。どいつから先に蹴っ飛ばすか、うまく立ち廻んと、この勝負は俺の負けになるぞ、作戦計画を立ってからやれ、いいか民平！——私は据えられたように立って考えていた。

「オイ、若えの、お前は若え者がするだけの楽しみを、二分《ぶ》で買う気はねえかい」

蛞蝓《なめくじ》は一足下りながら、そう言った。

「いったい何だってんだ、お前たちは。第一何が何だかさっぱり話が分らねえじゃねえか、人に話をもちかける時にゃ、相手が返事のできるような物の言い方をするもんだ。喧嘩なら喧嘩、泥坊なら泥坊とな」

「そりゃ分らねえ、分らねえはずだ、まだ事が持ち上らねえからな、だが二分は持ってるだろうな」

私はポケットからありったけの金を攫《つか》みだしてみせた。もうこれ以上飲めないと思って、バーを切り上げてきたんだから、銀銅貨取り混ぜて七八十銭もあっただろう。

「うん、余るくらいだ。ホラ電車賃だ」

そこで私は、十銭銀貨一つだけ残して、すっかり捲き上げられた。

「どうだい、行くかい」蛞蝓は訊いた。

「見料《けんりょう》を払ったじゃねえか」と私は答えた。私の右腕を摑んでた男が、「こっちだ」と言いながら先へ立った。

私は充分警戒した。こいつら三人で、五十銭やそこらの見料でいったい何を私に見せようとするんだろう。しかも奴らは前払いで取っているんだ、もし私がおめでたく、ほんとに何かが見られるなどと思うんなら、目と目とから火花を見るかもしれない。私は蛞蝓に会う前から、私の知らない間から、——こいつらは俺をつけてきたんじゃないかな——

だが、私は、用心するしないにかかわらず、当然、支払っただけの金額に値するだけのものは見うることになった。私の目から火も出なかった。二人は南京街の方へと入って行った。日本が外国と貿易を始めるとすぐ建てられたらしい、古い煉瓦建の家が並んでいた。ホンコンやカルカッタ辺の支那人街と同じ空気がここにも溢れていた。いったいに、それは住居だか倉庫だか分らないような建て方であった。二人はいくつかの角を曲ったあげく、十字路から一軒置いて——この一軒も人が住んでるんだか住んでいないんだか分らない家——の隣へ入った。方角や歩数などから考えると、私が、汚れた孔雀のような格好で散歩していた、さっきの海岸通りの裏あたりに当るように思えた。

私たちの入った門は半分だけは錆びついてしまって、半分だけが、ちょうど一人だけ通れるように開いていた。門を入るとすぐそこには塵埃が山のように積んであった。門の外から持ちこんだものだか、門内のどこからか持ってきたものだか分らなかった。塵の下には、塵箱が壊れたまま、へしゃげて置かれてあった。が上の方は裸の埃であった。それに私は門を入るとたんにフト感じたんだが、この門には、この門がその家の門であるという、大切な相手の家がなかった。塵の積んである二坪ばかりの空地から、三本の坑道のような路地が走っていた。

一本は真正面に、今一本は真左へ、どちらも表通りと裏通りとの関係の、裏路の役目を勤めているのであったが、今一つの道は、真右へ五間ばかり走って、それから四十五度の角度で、どこの表通りにも関りのない、金庫のような感じのする建物へ、こっそりと壁にくっついた蝙蝠《こうもり》のように、斜に密着していた。これが昼間見たのだったら何の不思議もなくて倉庫につけられた非常階段だと思えるだろうし、またそれほどにまで気を止めないんだろうが、何しろ、私は胸へピッタリ、メスの腹でも当てられたような戦慄《せんりつ》を感じた。

私は予感があった。この歪んだ階段を昇ると、倉庫の中へ入る。入ったが最後どうしても出られないような装置になっていて、そして、そこは、支那を本場とする六神丸の製造工場になっている。てっきり私は六神丸の原料としてそこで生き胆《ぎも》を取られるんだ。

私はどこからか、その建物へ動力線が引きこまれてはいないかと、上を眺めた、たぶん死なない程度の電流をかけておいて、ピクピクしてる生き胆を取るんだろう。でないとできあがった六神丸の効き目がすくないだろうから、だが、――私はその階段を昇りながら考えつづけた――起死回生の霊薬なる六神丸が、その製造の当初において、その存在の最大にしてかつ、唯一の理由なる生命の回復、あるいは持続を、平然と裏切って、かえってこれを殺戮《さつりく》することによってのみなりたちうる。とするならば、「六神丸それ自体はいったい何に似てるんだ」そして「何のためにそれが必要なんだ」それはあたかも今の社会組織そっくりじゃないか。ブルジョアの生きるために、プロレタリアの生命の奪われることが必要なのとすっかり同じじゃないか。

だが、私たちは舞台へ登場した。

二

そこは妙な部屋であった。鰯《いわし》の罐詰の内部のような感じのする部屋であった。低い天井と床板と、四方の壁とよりほかには何にもないようなガランとした、湿っぽくて、黴《かび》臭《くさ》い部屋であった。室の真中からたった一つの電灯が、落葉が蜘蛛《くも》の網にでもひっかかったようにボンヤリ下って、灯《とも》っていた。リノリュームが膏薬《こうやく》のように床板の上へところどころへ貼《は》りついていた。テーブルも椅子もなかった。恐ろしく蒸し暑くて体じゅうが悪い腫物でもあるかのように、ジクジクと汗が泌《し》みだしたが、何となくどこか寒いような気持があった。それに黴の臭いのほかに、胸の悪くなる特殊の臭気が、間歇的《かんけつてき》に鼻を衝いた。その臭気には靄のように影があるように思われた。

畳にしたら百枚も敷けるだろう室は、五燭らしいランプの光では、監房の中よりも暗かった。私は入口に佇んでいたが、やがて眼が闇に馴れてきた。何にもないようにおもっていた室の一隅に、何かの一固りがあった。それが、ビール箱の蓋《ふた》か何かに支えられて、立っているように見えた。その蓋から一方へ向けてそれで蔽いきれない部分が二三尺はみだしているようであった。だが、どうもハッキリ分らなかった。何しろかなり距離はあるんだし、暗くはあるし、けれども私は体じゅうの神経を目に集めて、その一固りを見詰めた。

私は、ブルブル震《ふる》い始めた、とても立っていられなくなった。私は後ろの壁に凭《もた》れてしまった。そして坐りたくてならないのをしいて、ガタガタ震える足で突っ張った。眼がますます闇に馴れてきたので、蔽いからはみだしているのが、むきだしの人間の下半身だということが分ったんだ。そしてそれは六神丸の原料を控除した不用な部分なんだ！

私は、そこで自暴自棄な力が湧いてきた。私を連れてきた男をやっつける義務を感じてきた。それが義務であるより以上に必要止むべからざることになってきた。私は上着のポケットの中で、ソーッとシーナイフを握って、傍に突っ立ってるならず者の様子を窺《うかが》った。奴はやっぱり私を見ていたが突然口を切った。

「あそこへ行ってみな。そしてお前の好きなようにしたがいいや、俺はな、ここらで見張っているからな」このならず者はこう言い捨てて、階段を下りて行った。

私はひどく酔っ払ったような気持だった。私の心臓は私よりも慌《あわ》てていた。ひどく殴りつけられた後のように、頭や、手足の関節が痛かった。

私はそろそろ近づいた。一歩一歩臭気がはなはだしく鼻を打った。やっぱりそれは屍体だった。そしてきわめて微《かす》かに吐息が聞えるように思われた。だが、そんなばかなこたあない。屍体が息を吐くなんて――だがどうも息らしかった。フー、フーときわめて微かに、私は幾度も耳のせいか、神経のせいにしてみたが、「屍骸が溜息をついてる」と、そのとおりの言葉で私は感じたものだ。と同時に腹ん中のいっさいの道具が咽喉《のど》へ向って逆流するような感じに捕われた。しかし、

しかし今はもうすべてが目の前にあるのだ。

そこにはまったく惨酷な画が描かれてあった。

ビール箱の蓋の蔭には、二十二三くらいの若い婦人が、全身を全裸のまま仰向きに横たわっていた。彼女は腐った一枚の畳の上にいた。そして吐息は彼女の肩からおのおのが最後の一滴であるように、搾《しぼ》りだされるのであった。

彼女の肩の辺から、枕の方へかけて、まだ彼女がいくらか、物を食べられる時に嘔吐《おうと》したらしい汚物が、黒い血痕とともにグチャグチャに散らばっていた。髪毛がそれで固められていた。それに彼女の（十二字不明）がねばりついていた。そして、頭部の方からは酸敗した悪臭を放っていたし、肢部からは、癌腫《がんしゆ》の持つ特有の悪臭が放散されていた。こんな異様な臭気の中で人間の肺が耐えうるかどうか、と危ぶまれるほどであった。彼女は眼をパッチリと見開いていた。そして、その瞳は私を見ているようだった。が、それはたぶん何物をも見てはいなかっただろう。もちろん、彼女は、私が、彼女の全裸の前に突っ立っていることも知らなかったらしい。私は婦人の足下《あしもと》の方に立って、この場の情景に見惚《みと》れていた。私は立ちつくしたまま、いつまでも交ることのない、併行した考えで頭の中がいっぱいになっていた。

哀れな人間がここにいる。

哀れな女がそこにいる。

私の眼は据《す》えつけられた二つのプロジェクターのように、その屍体に投げつけられて、動かなかった。それは屍体と言った方が相応しいのだ。

私は白状する。じつに苦しいことだが白状する。――もしこの横われるものが、全裸の女でなくて、全裸の男だったら、私はそんなにも長くここに留っていたかどうか、そんなにも心の激動を感じたかどうか――

私は何ともかとも言いようのない心持ちで昂奮のてっぺんにあった。私はこのありさまを、「若い者が楽しむこと」として「二分《ぶ》」出して買って見ているのだ。そして「お前の好きなようにしたがいいや」と、あの男は席を外したんだ。

むろん、この女に抵抗力があるはずがない。娼妓は法律的に抵抗力を奪われているが、この場合は生理的に奪われているのだ。それにこの女だって性慾の満足のためには、屍姦よりはいいのだ。何といってもまだ体温を保っているんだからな。それに一番困ったことには、私が船員で、若いと来てるもんだから、いつでもグーグー喉を鳴らしてるってことだ。だから私は「好きなように」することができるんだ。それにまた、今まで私と同じようにここに連れてこられた（若い男）は、一人や二人じゃなかっただろう。それがいちいち（四字不明）どうかは分らないが、皆が皆辟易《へきえき》したとも言いきれまい。いやとかくこの道ではブレーキが利きにくいものだ。

だが、私は同時に、これと併行したほかの考え方もしていた。

彼女は熱い鉄板の上に転がった蠟燭《ろうそく》のように瘠《や》せていた。まだ年にすればたくさんあるはずの黒髪は汚物や血で固められて、捨てられた棕櫚箒《しゆろぼうき》のようだった。字義どおりに彼女は瘠せ衰えて、棒のように見えた。

幼い時から、あらゆる人世の惨苦と戦ってきた一人の女性が、労働力の最後の残渣《ざんさ》まで売りつくして、いよいよ最後に売るべからざる貞操まで売って食いつないできたのだろう。

彼女は、人を生かすために、人を殺さねばできない六神丸のように、また一人も残らずのプロレタリアがそうであるように、自分の胃の腑を膨らすために、腕や生殖器や神経までも嚙み取ったのだ。生きるために自滅してしまったんだ。ほかに方法がないんだ。

彼女もきっとこんなことを考えたことがあるだろう。

「アア私は働きたい。けれども私を使ってくれる人はない。私は工場であまり乾いた空気と、高い温度と綿屑とを吸いこんだから肺病になったんだ。肺病になって働けなくなったから追いだされたんだ。だけど使ってくれる所はない。私が働かなけりゃ年とったお母さんも私といっしょに生きては行けないんだのに」そこで彼女は数日間仕事を求めて、街を、工場から工場へと彷徨《さまよ》うたのだろう。それでも彼女は仕事がなかったんだろう。「私は操を売ろう」そこで彼女は、生命力の最後の一滴を涸《か》らしてしまったんではあるまいか。そしてそこでもいよいよ働けなくなったんだ。で、とうとうここへこんな風にしてもう生きる希望さえも捨てて、死を待ってるんだろう。

私は彼女がまだ口が利けるだろうか、どうだろうかが知りたくなった。恥しい話だが、私は、「お前さんはまだ生きていたいかい」と聞いてみる慾望をどうにも抑えきれなくなった。言いかえれば人間はこんな状態になった時、いったいどんな考を持つもんだろう、ということが知りたかったんだ。

三

私は思いきって、女の方へズッと近寄ってその足下の方へしゃがんだ。その間も絶えず彼女の目と体とから私は目を離さなかった。と、彼女の眼もやっぱり私の動くのに連れて動いた。私は驚いた。そしてばかばかしいことだが真赤になった。私はいちおう考えた上、彼女の眼が私の動作に連れて動いたのは、ただ私がそう感じただけなんだろう、と思って、よく医師が臨終の人にするように、彼女の眼の上で私は手を振ってみた。

彼女は瞬《まばたき》をした。彼女は見ていたのだ。そして呼吸もかなり整っているのだった。

私は彼女の足下近くへ、きゅうに体から力が抜けだしたように感じたので、しゃがんだ。

「あまりひどいことをしないでね」と、女はものを言った。その声は力なく、途切れ途切れではあったが、臨終の声というほどでもなかった。彼女の眼は「何でもいいからそうっとしといてちょうだいね」と言ってるようだった。

私は義憤《ぎふん》を感じた。こんな状態の女を搾取材料にしている三人の蛞蝓《なめくじ》どもを、「叩き壊してやろう」と決心した。

「誰かがひどくしたのかね。誰かに苛《いじ》められたの」私は入口の方をチョッと見やりながら訊いた。

もう戸外はすっかり真っ暗になってしまった。このだだっ広い押しつぶしたような室は、いぶったフンプのホヤのようだった。

「いつごろから君はここで、こんな風にしているの」私は努めて、平然としようと骨折りながら訊いた。彼女は今、私が足下の方に踞《うずくま》ったので、私の方を見ることを止めて、上の方に眼を向けていた。

私は、私の眼の行方《ゆくえ》を彼女に見られることを非常に怖れた。私は実際、正直のところその時、英雄的な、人道的な、一人の禁慾的な青年であった。まったく身も心もそれに相違なかった。だから、私は彼女に、私がまるで焼けつくような眼で彼女の○○を見ているということを、知られたくなかったのだ。眼だけをなぜ私は征服することができなかっただろうか。

もし彼女が私の眼を見ようものなら、「この人もやっぱりほかの男と同じだわ」と思うに違いないだろう。そうすれば、今の私のヒロイックな、人道的な行為と理性とは、一度に脆《もろ》く切って落されるだろう、私は恐れた。恥じた。

――俺はこの女に対して性慾的などんな些細《ささい》な昂奮だって惹き起されていないんだ。そんなことを考えるだけでも間違ってるんだ。それは見てる。見てるには見てるが、それが何だ。――私は自分で自分に言い訳をしていた。

彼女が女性である以上、私が衝動を受けることはもちろんありうる。だが、それはこんな場合であってはならない。この女は骨と皮だけになっている。そして永久に休息しようとしている。この哀れな私の同胞に対して、今までこの室に入ってきた者どもが、どんな惨忍なことをしたか、どんな陋劣《ろうれつ》な恥ずべき行をしたか、それを聞こうとした。そしてそれらの振舞が呪《のろ》わるべきであることを語って、私は自分の善良なる性質を示して彼女に誇りたかった。

彼女はやがて小さな声で答えた。

「私から何かいろいろの事が聞きたいの？　私は今話すのが苦しいんだけれど、もしあんたがほかの事をしないのなら、少しくらい話してあげてもいいわ」

私は真赤になった。畜生《ちくしょう》！　奴は根こそぎ俺を見抜いてしまやがった。ふたたび私の体じゅうを熱い戦慄《せんりつ》が駆け抜けた。

彼女に話させて私はいったいどんなことを知りたかったんだろう。もう分りきってるじゃないか、それによし分らないことがあったにしたところで、苦しく喘《あえ》ぐ彼女の声を聞いて、それでどうなるというんだ。

だが、私は彼女を救いだそうと決心した。

しかし救うということが、できるだろうか？　人を救うためには（四字不明）が唯一の手段じゃないか、自分の力で捧げきれない重い物を持ち上げて、ふたたび落した時はそれがいよいよ壊れることになるのではないか。

だが、何でもかでも、私はとうとう女から、十言ばかり聞くような運命になった。

四

さっき私を案内してきた男が入口の処へ静に、影のように現れた。そして手真似で、もう時間だぜ、と言った。

私は慌《あわ》てた。男が私の話を聞くことのできる距離へ近づいたら、もう私は彼女の運命に少しでも役に立つような働ができなくなるであろう。

「僕は君の頼みはどんなことでもしよう。君の今一番して欲しいことは何だい」と私は訊いた。

「私の頼みたいことはね。このままそうっとしといてくれることだけよ。その他のことは何にもして欲しくはないの」

悲劇の主人公は、私の予感を裏切った。

私はたとえば、彼女が三人のごろつきの手から遁《に》げられるように、であるとか、またはすぐ警察へ、とでも言うだろうと期待していた。そしてそれが彼女の望み少い生命にとっての最後の試みであるだろうと思っていた。一筋の藁《わら》だと思っていた。

可哀想にこの女は不幸の重荷でへしつぶされてしまったんだ。もう希望を持つことさえも怖ろしくなったんだろう。と私は思った。

世の中のすべてを呪ってるんだ。皆で寄ってたかって彼女を今日の深淵《しんえん》に追いこんでしまったんだ。だから僕にも信頼しないんだ。こんな絶望があるだろうか。

「だけど、このまま、そんなことをしていれば、君の命はありゃしないよ。だから医者へ行くとか、お前の家へ連れて行くとか、そんな風な大切なことを訊いてるんだよ」

女はそれに対してこう答えた。

「そりゃ病院の特等室か、どこかの海岸の別荘の方がいいに決ってるわ」

「だからさ。それがここを抜けだせないから……」

「オイ！　この女は全裸《まつぱだか》だぜ。え、オイ、そして肺病がもうとても悪いんだぜ。わずか二分《ぶ》やそこらの金でそういつまでも楽しむってわけにゃ行かねえぜ」

いつの間にか蛞蝓《なめくじ》の仲間は、私のそばへ来て蔭のように立っていて、こう私の耳へ囁いた。

「貴様だちが丸裸にしたんだろう。この犬野郎！」

私は叫びながら飛びついた。

「待て」とその男は呻《うめ》くように言って、私の両手を握った。だが私はその手を振りきって、奴の横っ面を殴った。だが私の手が奴の横っ面へ届かない先に私の耳がガーンと鳴った、私はヨロヨロした。

「ヨシ、ごろつきめ、死ぬまでやってやる』私はこう怒鳴るとともに、今度は固めた拳骨で体ごと奴の鼻っ柱を下から上へ向って、小突き上げた。私は同時に頭をやられたが、しかし今度は私の襲撃が成功した。相手は鼻血をダラダラ垂らしてそこへうずくまってしまった。

私は洗ったように汗まみれになった。そして息切れがした。けれども事件がここまで進展してきた以上、後の二人の来ない中に女を抱いてでも逃れるよりほかにしようがなかった。

「サア、早く遁げよう！　そして病院へ行かなけりゃ」

私は彼女に言った。

「小僧さん、お前はばかだね。その人を殺したんじゃあるまいね。その人はほかの二三人の人といっしょに私を今まで養ってくれたんだよ、困ったわね」

彼女は二人の闘争に昂奮《こうふん》して、眼に涙さえ泛《うか》べていた。

私は何が何だか分らなかった。

「何殺すもんか、だが何だって？　この男がお前を今まで養ったんだって」

「そうだよ。長いこと私を養ってくれたんだよ」

「お前の肉の代償にか、ばかな！」

「小僧さん。この人たちは私を汚しはしなかったよ。お前さんも、も少し年をとると分ってくるんだよ」

私はヒーローから、一度に道化役者に落ちぶれてしまった。この哀れむべき婦人を最後の一滴まで搾取《さくしゅ》した、三人のごろつきどもは、女とともにすっかり謎《なぞ》になってしまった。

いったいこいつらはどんな星の下に生れて、どんな廻《めぐ》り合せになっているのだ。だが、私はこの事実を一人で自分の好きなように勝手に作り上げてしまっていたのだろうか。

倒れていた男はのろのろと起き上った。

「青二才め！　よくもやりやがったな。サア今度は覚悟を決めてこい」

「オイ、兄弟俺はお前と喧嘩する気はないよ。俺は思い違いをしていたんだ。悪かったよ」

「何だ！　思い違いだと。くそおもしろくもねえ。何を思い違えたんだい」

「お前ら三人は俺を威かしてここへ連れてきただろう。そしてこんな女を俺に見せただろう。お前たちはこの女を玩《おも》具《ちゃ》にしたあげく、まだこの女から搾《しぼ》ろうとしてるんだと思ったんだ。死ぬが死ぬまで搾る太い奴らだと思ったんだ」

「まあいいや。それは思い違いというもんだ」と、その男は風船玉の萎《しぼ》む時のように、張りを弛《ゆる》めた。

「だが、何だってお前たちは、この女を素裸でこんな所に転がしとくんだい。それにまた何だって見世物になんぞするんだい」と言いたかった。奴らは女の言うところによれば、悪いんじゃないんだが、それにしてもこんなことは明《あきらか》に必要以上のことだ。

——こいつらはいったいいつまでこんなことを続けるんだろう——と私は思った。

私はいくらか自省する余裕ができてきた。すると非常に熱さを感じ始めた。吐く息が、そのまま固まりになってすぐ次の息に吸いこまれるような、胸の悪い蒸し暑さであった。嘔吐物の臭気と、癌腫らしい分泌物との臭気は相変らず鼻を衝いた。体がいやにだるくて堪えられなかった。私は今までの異常な出来事に心を使いすぎたのだろう。何だか口をきくのも、この上何やかを見聞きするのも億劫《おっくう》になってきた。どこにでも横になってグッスリ眠りたくなった。

「どれ、とにかく、帰ることにしようか、オイ、俺はもう帰るぜ」

私は、いつの間にか女の足下の方へ腰を、下していたことを忌々《いまいま》しく感じながら、立ち上った。

「おめえたちゃ、皆、ここにいっしょに棲《す》んでるのかい」

私は半分扉の外に出ながら振りかえって訊いた。

「そうよ。ここがおいらの根城《ねじろ》なんだからな」男が、ブッキラ棒に答えた。

私はそのまま階段を降って街へ出た。門の所で今出てきた所を振りかえってみた。階段はそこからは見えなかった。そこには、監獄の高い煉瓦塀のような感じのする、倉庫が背を向けてるだけであった。そんな所へ人の出入りがあろうなどということは考えられないほど、寂れはて、頽廃《たいはい》しきって、見ただけで、人は黴《かび》の臭を感じさせられるくらいだった。

私は通りへ出ると、口笛を吹きながら、傍目も振らずに歩きだした。

私はボーレンへ向いて歩きながら、一人で青くなったり赤くなったりした。

五

私はボーレンで金を借りた。そしてまた外人相手のバーで——外人より入れない淫売屋で——また飲んだ。

夜の十二時過ぎ、私は公園を横切って歩いていた。アークライトが緑の茂みを打ち抜いて、複雑な模様を地上に織《ぶ》っていた。ビールの汗で、私は湿ったオブラートに包まれたようにベトベトしていた。

私はとりとめもないことを旋風器のように考え飛ばしていた。

——俺は飢えていたじゃないか。そして昂奮したじゃないか、だが俺は打克った。フン、立派なもんだ。民平、だが、俺は危くキャピタリストみたよな考え方をしようとしていたよ。俺が何もこの女をこんな風にしたわけじゃないんだ。だからとな。だが俺は強かったんだ。だが弱かったんだ。ヘン、どっちだっていいや。とにかく俺は成功しないぜ。鼻の先にブラ下った餌を食わないようじゃな。俺は紳士じゃないじゃないか。紳士だってやるのに、俺が遠慮するって法はねえぜ。待て、だが俺は遠慮深いので紳士になれねえのかもしれねえぜ。まあいいや。——

私はまた、例の場所へ吸いつけられた。それは同じ夜の真夜中であった。

鉄のボートでできた門は閉っていた。それはしかし押せばすぐ開いた。私は階段を昇った。扉へ手をかけた。そして引いた。が開かなかった。畜生！　慌てちゃった。こっちへ開いたら、俺は下の敷石へ突き落されちまうじゃないか。私は押した。少し開きかけたので力を緩めると、また元のように閉ってしまった。

「オヤッ」と私は思った。誰か張番してるんだな。

「オイ、俺だ。開けてくれ」私は扉へ口をつけて小さい声で囁《ささや》いた。けれども扉は開かれなかった。今度は力いっぱい押してみたが、ビクともしなかった。

「畜生！　かけがねを入れやがった」私は唾を吐いて、そのまま階段を下りて門を出た。

私の足が一足門の外へ出て、一足が内側に残っている時に、私の肩を叩いたものがあった。私は飛び上った。

「ビックリしなくてもいいよ。俺だよ。どうだったい。おもしろかったかい。楽しめたかい」そこには蚯蚓が立っていた。

「あの女がお前のために、ああなったんだったら、手前らは半死になるんだったんだ」

私は熱くなってこう答えた。

「じゃあ何かい。あの女が誰のためにあんな目にあったのか知りたいのかい。知りたきゃ教えてやってもいいよ。そりゃ金持ちという奴さ。分ったかい」

蚯蚓はそう言って憐れむような眼で私を見た。

「どうだい。も一度行かないか」

「今行ったが開かなかったのさ」

「そうだろう、俺が閂《かんぬき》を下したからな」

「お前が！　そしてお前はどこから出てきたんだ」

私は驚いた。あの室には出入口はほかにはないはずだった。

「驚くことはないさ。お前の下りた階段をお前の一つ後から一足ずつ降りてきたまでの話さ」

この蚯蚓野郎、また何か計画してやがるわい。と私は考えた。幽霊じゃあるまいし、私の一足後ろを、いくらそっと下りたにしたところで、音のしないわけがないからだ。

私はもう一度彼女を訪問する「必要」はなかった。私は一円だけまだ残して持っていたが、その一円でふたたび彼女を「買う」ということは、私にはできないことであった。

だが、私は「たった五分間」彼女の見舞に行くのはいいだろうと考えた。なぜだかも一度私は彼女に会いたかった。

私は階段を昇った。蛞蝓はついてきた。

私は扉を押した。なるほど今度は訳なく開いた。一足室の中に踏みこむと、同時に、悪臭と、暑い重たい空気とが以前どおりに立ちこめていた。

どういうわけだか分らないが、今度はこの部屋の様子がまるで変ってるであろうと、私は一人で固く決めこんでいたのだが、私の感じは当っていなかった。

何もかも元のとおりだった。ビール箱の蔭には女が寝ていたし、そのほかには私と、蛞蝓と二人っきりであった。

「さっきのお前の相棒はどこへ行ったい」

「皆家へ帰ったよ」

「何だ！　皆ここに棲んでるってのは嘘なのかい」

「そうすることもあるだろう」

「それじゃ、あの女とお前たちはどんな関係だ」とうとう私は切りだした。

「あの女は俺たちの友だちだ」

「じゃあ何だって、友だちを素っ裸にして、病人に薬もやらないで、おまけにまだその上見ず知らずの男にあの女を玩具にさすんだ」

「俺たちはそうしたいわけじゃないんだ、だがそうしなけりゃあの女は薬も飲めないし、卵も食えなくなるんだ」

「ええ、それじゃ女は薬を飲んでるのか、しかし、おい、ごまかしちゃいけねえぜ。薬を飲ませて裸にしといちゃ差引零《ゼロ》じゃないか、卵を食べさせて男に蹂躪《じゅうりん》されりゃ、差引欠損になるじゃないか。そんな理窟に合わん法があるもんかい」

「それがどうにもならないんだ。病気なのはあの女ばかりじゃないんだ。皆が病気なんだ。そして皆が搾《しぼ》られた渣なんだ。俺たちあみんな働きすぎたんだ。俺たちぁ食うために働いたんだが、その働きは大急ぎで自分の命を磨り減しちゃったんだ。あの女は肺結核の子宮癌で、俺はごらんのとおりのヨロケさ」

「だからこの女に淫売をさせて、お前たちが食ってるっていうのか」

「この女に淫売をさせはしないよ。そんなことをする奴もあるが、俺の方ではチャンと見張りしていて、そんな奴ぁ放りだしてしまうんだ。それにそうむやみに連れてくるってわけでもないんだ。俺は、お前が菜っ葉を着て、ブルたちの間をまるで大臣のような顔をして、恥しがりもしないで歩いていたから、つけて行ったのさ、誰にでも打っつかったら、それこそ一度で取っ捕まっちまわあな」

「お前はどう思う。俺たちがなぜ死んじまわないんだろうと不思議に思うだろうな、穴倉の中で蛆虫《うじむし》みたいに生きているのはつまらないと思うだろう。まったくつまらない骨頂さ、だがね、生きてると何か役に立てないこともあるまい。いつか何かのおりがあるだろう、という空頼みが俺たちを引っ張っているんだよ」

私はまるっきり誤解していたんだ。そして私は何という恥知らずだったろう。

私はビール箱の衝立《ついた》ての向うへ行った。そこに彼女は以前のようにして臥《ね》ていた。

今は彼女の体の上には浴衣がかけてあった。彼女は眠ってるのだろう。眼を閉じていた。

私は淫売婦の代りに殉教者を見た。

彼女は、被搾取階級のいっさいの運命を象徴しているように見えた。

私は眼に涙がいっぱい溜った。私は音のしないようにソーッと歩いて、扉の所に立っていた蛞蝓へ一円渡した。渡す時に私は蛞蝓の萎びた手を力いっぱい握りしめた。

そして表へ出た。階段の第一段を下るとき、溜っていた涙が私の眼から、ポトリとこぼれた。


――一九二三、七、一〇、千種監獄にて――

（大正十四年十一月）

# セメント樽の中の手紙

葉山嘉樹

松戸与三はセメントあけをやっていた。ほかの部分はたいして目立たなかったけれど、頭の毛と、鼻の下は、セメントで灰色に蔽われていた。彼は鼻の穴に指を突っこんで、鉄筋コンクリートのように、鼻毛をしゃちこばらせている、コンクリートを除りたかったのだが、一分間に十才《サイ》ずつ吐《は》きだす、コンクリートミキサーに、間に合わせるためには、とても指を鼻の穴に持って行く間はなかった。

彼は鼻の穴を気にしながらとうとう十一時間、――その間に昼飯と三時休みと二度だけ休みがあったんだが、昼の時は腹の空いてるために、も一つはミキサーを掃除していて暇がなかったため、とうとう鼻にまで手が届かなかった――の間、鼻を掃除《そうじ》しなかった。彼の鼻は石膏《せっこう》細工の鼻のように硬化したようだった。

彼がしまい時分に、ヘトヘトになった手で移した、セメントの樽から小さな木の箱が出た。

「何だろう?」と彼はちょっと不審に思ったが、そんなものにかまっておられなかった。彼はシャヴルで、セメン桝《ます》にセメントを量りこんだ。そして桝から舟へセメントを空けるとまたすぐその樽を空けにかかった。

「だが待てよ。セメント樽から箱が出るって法はねえぞ」

彼は小箱を拾って、腹かけの丼《どんぶり》の中へ投りこんだ。箱は軽かった。

「軽いところをみると、金も入っていねえようだな」

彼は、考える間もなく次の樽を空け、次の桝を量らねばならなかった。

ミキサーはやがて空廻りを始めた。コンクリがすんで終業時間になった。

彼は、ミキサーに引いてあるゴムホースの水で、ひとまず顔や手を洗った。そして弁当箱を首に巻きつけて、一杯飲んで食うことを専門に考えながら、彼の長屋へ帰って行った。発電所は八分どおりできあがっていた。夕暗に聳《そび》える恵那山は真っ白に雪を被っていた。汗ばんだ体は、きゅうに凍えるように冷たさを感じ始めた。彼の通る足下では木曾川の水が白く泡を噛んで、吠《ほ》えていた。

「チェッ! やりきれねえなあ、嬶《かかあ》はまた腹を膨らかしやがったし、……」彼はウヨウヨしてる子供のことや、またこの寒さを目がけて産れる子供のことや、めちゃくちゃに産む嬶の事を考えると、まったくがっかりしてしまった。

「一円九十銭の日当の中から、日に、五十銭の米を二升食われて、九十銭で着たり、住んだり、べらぼうめ! どうして飲めるんだい！」

が、フト彼は丼の中にある小箱の事を思いだした。彼は箱についてるセメントを、ズボンの尻でこすった。

箱には何にも書いてなかった。そのくせ、頑丈に釘づけしてあった。

「思わせぶりしやがらあ、釘づけなんぞにしやがって」

彼は石の上へ箱を打っ衝けた。が、壊れなかったので、この世の中でも踏みつぶす気になって、自棄《やけ》に踏みつけた。

彼が拾った小箱の中からは、ポロに包んだ紙切れが出た。それにはこう書いてあった。


――私はNセメント会社の、セメント袋を縫う女工です。私の恋人は破砕器《クラッシャー》へ石を入れることを仕事にしていました。そして十月の七日の朝、大きな石を入れる時に、その石といっしょに、クラッシャーの中へ嵌《はま》りました。

仲間の人たちは、助けだそうとしましたけれど、水の中へ溺れるように、石の下へ私の恋人は沈んで行きました。そして、石と恋人の体とは砕け合って、赤い細い石になって、ベルトの上へ落ちました。ベルトは粉砕筒へ入って行きました。そこで鋼鉄の弾丸といっしょになって、細《こまか》く細く、はげしい音に呪《のろい》の声を叫びながら、砕かれました。そうして焼かれて、立派にセメントとなりました。

骨も、肉も、魂も、粉々になりました。私の恋人のいっさいはセメントになってしまいました。残ったものはこの仕事着のポロばかりです。私は恋人を入れる袋を縫っています。

私の恋人はセメントになりました。私はその次の日、この手紙を書いてこの樽の中へ、そうっとしまいこみました。

あなたは労働者ですか、あなたが労働者だったら、私を可哀想だと思って、お返事ください。

この樽の中のセメントは何に使われましたでしょうか、私はそれが知りとうございます。

私の恋人は幾樽のセメントになったでしょうか、そしてどんなに方々へ使われるのでしょうか。あなたは左官屋さんですか、それとも建築屋さんですか。

私は私の恋人が、劇場の廊下になったり、大きな邸宅の塀になったりするのを見るに忍びません。ですけれど、それをどうして私に止めることができましょう！　あなたが、もし労働者だったら、このセメントを、そんな処に使わないでください。

いいえ、ようございます、どんな処にでも使ってください。私の恋人は、どんな処に埋められても、そのところどころによってきっといいことをします。かまいませんわ、あの人は気性《きしょう》のしっかりした人ですから、きっとそれ相当な働きをしますわ。

あの人は優しい、いい人でしたわ。そしてしっかりした男らしい人でしたわ。まだ若うございました。二十六になったばかりでした。あの人はどんなに私を可愛がってくれたかしれませんでした。それだのに、私はあの人に経帷布《きょうかたびら》を着せる代りに、セメント袋を着せているのですわ！　あの人は棺に入らないで回転窯《がま》の中へ入ってしまいましたわ。

　私はどうして、あの人を送って行きましょう。あの人は西へも東へも、遠くにも近くにも葬られているのですもの。

　あなたが、もし労働者だったら、私にお返事をくださいね。その代り、私の恋人の着ていた仕事着の裂《きれ》を、あなたに上げます。この手紙を包んであるのがそうなのですよ。この裂には石の粉と、あの人の汗とが浸みこんでいるのですよ。あの人が、この裂の仕事着で、どんなに固く私を抱いてくれたことでしょう。

　お願いですからね。このセメントを使った月日と、それから委しい処書《ところがき》と、どんな場所へ使ったかと、それにあなたのお名前も、御迷惑でなかったら、ぜひぜひお知らせくださいね。あなたも御用心なさいませ。さようなら。


　松戸与三は、湧きかえるような、子供たちの騒ぎを身の廻りに覚えた。

　彼は手紙の終りにある住所と名前を見ながら、茶碗に注いであった酒をぐっと一息に呷《あお》った。

「へべれけに酔っ払いてえなあ。そうして何もかも打《ぶ》ち壊してみてえなあ」と怒鳴った。

「へべれけになって暴れられてたまるもんですか、子供たちをどうします」

　細君がそう言った。

　彼は、細君の大きな腹の中に七人目の子供を見た。

# 電報

黒島傳治

一

源作の息子が市《まち》の中学校の入学試験を受けに行っているという噂が、村中にひろまった。源作は、村の貧しい、等級割一戸前も持っていない自作農だった。地主や、醤油屋の坊っちゃん達なら、東京の大学へ入っても、当然で、何も珍らしいことはない。噂の種にもならないのだが、ドン百姓の源作が、息子を、市の学校へやると云うことが、村の人々の好奇心をそゝった。

源作の嚊《かゝあ》の、おきのは、隣家へ風呂を貰いに行ったり、念仏に参ったりすると、

「お前とこの、子供は、まあ、中学校へやるんじゃないかいな。銭《ぜに》が仰山《ぎょうさん》あるせになんぼでも入れたらえいわいな。ひゝゝゝ」と、他の内儀《おかみ》達に皮肉られた。

二

おきのは、自分から、子供を受験にやったとは、一と言も喋《しゃべ》らなかった。併し、息子の出発した翌日、既に、道辻で出会った村の人々はみなそれを知っていた。

最初、

「まあ、えら者にしようと思うて学校へやるんじゃぁろう。」と、他人から云われると、おきのは、肩身が広いような気がした。嬉しくもあった。

「あんた、あれが行《い》たんを他人《ひと》に云うたん？」と、彼女は、昼飯の時に、源作に訊ねた。

「いゝや。俺は何も云いやせんぜ。」と源作はむし〳〵した調子で答えた。

「そう。……けど、早や皆な知って了うとら。」

「ふむ。」と、源作は考えこんだ。

源作は、十六歳で父親に死なれ、それ以後一本立ちで働きこみ、四段歩ばかりの畠と、二千円ほどの金とを作り出していた。彼は、五十歳になっていた。若い時分には、二三万円の金をためる意気込みで、喰い物も、ろくに食わずに働き通した。併し、彼は最善を尽して、よう〳〵二千円たまったが、それ以上はどうしても積りそうになかった。そしてもう彼は人生の下り坂をよほどすぎて、精力も衰え働けなくなって来たのを自ら感じていた。十六からこちらへの経験によると、彼が困難な労働をして僅かずつ金を積んで来ているのに、醤油屋や地主は、別に骨の折れる仕事もせず、沢山の金を儲けて立派な暮しを立てていた。また

彼と同年だった、地主の三男は、別に学問の出来る男ではなかったが、金のお蔭で学校へ行って今では、金比羅《こんぴら》さんの神主になり、うまく〳〵と他人から金をまき上げている。彼と同年輩、または、彼より若い年頃の者で、学校へ行っていた時分には、彼よりよほど出来が悪るかった者が、少しよけい勉強をして、読み書きが達者になった為めに、今では、醤油会社の支配人になり、醤油屋の番頭になり、または小学校の校長になって、村でえらばっている。そして、彼はそういう人々に対して、頭を下げねばならなかった。彼はそういう人々の支配を受けねばならなかった。そういう人々が村会議員になり勝手に戸数割をきめているのだ。

百姓達は、今では、一年中働きながら、饉えなければならないようになった。畠の収穫物の売上げは安く、税金や、生活費はかさばって、差引き、切れこむばかりだった。そうかといって、醤油屋の労働者になっても、仕事がえらくて、賃銀は少なかった。が今更、百姓をやめて商売人に早変りをすることも出来なければ、醤油屋の番頭になる訳にも行かない。しかし息子を、自分がたどって来たような不利な立場に陥入れるのは、彼れには忍びないことだった。

二人の子供の中で、姉は、去年隣村へ嫁《かた》づけた。あとには弟が一人残っているだけだ。幸い、中学へやるくらいの金はあるから、市《まち》で傘屋をしている徒弟に世話をして貰って、安くで通学させるつもりだった。

「具合よく通ってくれりゃえいがなあ。」と彼は茶碗を置いて云った。

「そりゃ、通るわ。一年からずっと一番ばかりでぬけて来たんじゃもの。」と、おきのは源作の横広い頭を見て云った。胡麻塩《ごましお》の頭髪は一ヵ月以上も手入れをしないので長く伸び乱れていた。

「いゝや、それでも市に行きゃえらい者が多いせにどうなるやら分らんて。」

「毎朝、私、観音様にお願を掛けよるんじゃものきっと通るわ。」

源作は、それには答えなかった。彼は、息子が中学を卒業して、高等工業へ入って、出ると、工業試験場の技師になり、百二十円の月給を取るのを想像していた。

三

市の従弟から葉書が来た。息子は丈夫で元気が好いと書いてあった。県立中学は、志願者が非常に多いと云って来た。市内の小学校を出た子供は、先生が六ヵ月も前から、肝煎《きもい》って受験準備を整えている上に、試験場でもあわてずに落ちついて知って居るだけを書いて出すが、田舎から出て来た者は、そういう点で二三割損をする。もっとも、この子はよく出来るということだから、通ることは通るだろうが、と書いてあった。

「通ったらえらいものじゃがなあ。」源作は、葉書を嚊《かゝぁ》に読んできかせた後、こう云った。

「もっと熱心にお願をするわ。」

　こういうことを、神仏に願っても、効くものでない、と常々から思っている源作も、今は、妻の言葉を退ける気になれなかった。

　源作が野良仕事に出ている留守に、おきのの叔父が来た。

「そちな、子供を中学校へやったと云うじゃないかいや。一体、何にする積りどいや」と叔父は、磨りちびてつるつるした縁側に腰を下して、おきのに訊ねた。

「あれを今、学校をやめさして、働きに出しても、そんなに銭はとれず、そうすりゃ、あれの代になっても、また一生頭が上がらずに、貧乏たれで暮さにゃならんせに、今、ちいと物入れて学校へでもやっといてやったら、また何ぞになろうと思うていない。」と、おきのは答えた。

「ふむ。そりゃ、まあえいが、中学校を上ったって、えらい者になれやせんぜ。」

「うちの源さん、まだ上へやる云いよらあの。」

「ふむ。」と、叔父は、暫らく頭を傾けていた。

「庄屋の旦那が、貧乏人が子供を市《まち》の学校へやるんをどえらい嫌うとるんじゃせにやっても内所《ないしょ》にしとかにゃならんぜ。」と、彼は、声を低めて、しかも力を入れて云った。

「そうかいな。」

「誰《だ》ぞに問われたら、市へ奉公にやったと云うとくがえいぜ。」

「はあ。」

「ようく、気をつけにゃならんぜ……」と叔父は念をおした。そして、立って豚小屋を見に行った。

「この牝《めす》はずか〳〵肥えるじゃないかいや。」

　親豚は、一ヵ月程前に売って、仔豚のつがいだけ飼っている。その牝の方を指して叔父はそう云った。

「はあ。」と、おきのは云って、彼女も豚小屋の方へ行った。

「豚を十匹ほど飼うたら、子供の学資くらい取られんこともないんじゃがな、……何にせ、ここじゃ、貧乏人は上の学校へやれんことにしとるせに、奉公にやったと云うとかにゃいかんて。」と、叔父は繰り返した。

　おきのは、叔父の注意に従って、息子のことを訊ねられると、傘屋へ奉公に出したと云った。併し、村の人々は、彼女の言葉を本当にしなかった。でも、頑固に、「いいえいな、家《うち》に、市の学校へやったりするかいしょうがあるもんかいな。食うや食わずじゃのに、奉公に出したんにきまっとら。」と、彼女は云い張った。

　が、人々は却って皮肉に、

「お前んとこにゃ、なんぼかこれが（と拇指《おやゆび》と示指《さしゆび》とで円《ま》るものをこしらえて、）あるやら分らんのに、何で、一人息子を奉公やかいに出したりすらあ！　学校へやったんじゃが、うまいこと嘘をつかあ、……まあ、お前んとこの子供はえらいせに、旦那さんにでもなるわいの、ひひひ……。」

おきのは、出会《でくわ》した人々から、嫌味を浴せかけられるのがつらさに、

「もういっそ、やめさして、奉公にでも出すかいの。」と源作に云ったりした。

「奉公やかい。」と、源作は、一寸冷笑を浮べて、むしむしした調子で、「己等《おれら》一代はもうすんだようなもんじゃが、あれは、まだこれからじゃ。少々の銭を残してやるよりゃ、教育をつけてやっとく方が、どんだけ為めになるやら分らせん。村の奴等が、どう云おうがかもうたこっちゃない。庄屋の旦那に銭を出して貰うんじゃなし、俺が、銭を出して、俺の子供を学校へやるのに、誰に気兼ねすることがあるかい。」

おきのは、叔父の話をきいたり、村の人々の皮肉をきいたりすると、息子を学校へやるのが良くないような気がするのだったが、源作の云うことをきくと、源作に十二分の理由があって、簡単、明瞭で、他《ほか》から文句を云う余地はないように思われた。

四

試験がすんで、帰るべき筈の日に、おきのは、停車場《ていしゃば》へ迎えに行った。彼女は、それぞれ試験がすんで帰ってくる坊っちゃん達を迎えに行っている庄屋の下婢《げじょ》や、醤油屋の奥さんや、呉服屋の若旦那やの眼につかぬように、停車場の外に立って息子を待っていた。彼女は、自分の家《うち》の地位が低いために、そういう金持の間に伍することが出来ないように、自から、卑下していた。そして、また、実際に、穢いドン百姓の嬶と見下げられていた。

やがて、汽車が着くと、庄屋や、醤油屋や、呉服屋などの坊っちゃん達が降りて来た。

「お母あさん。」と、醤油屋の坊っちゃんは、プラットホームに降りると、すぐ母を見つけて、こう叫びながら、奥さんのいる方へ走りよった。片隅からそれを見ていたおきのは、息子から、こうなれなれしく、呼びかけられたら、どんなに嬉しいだろうと思った。

「坊っちゃんお帰り。」と庄屋の下婢は、いつもぽかんと口を開けている、少し馬鹿な庄屋の息子に、叮嚀《ていねい》にお辞儀をして、信玄袋を受け取った。

おきのは、改札口を出て来る下車客を、一人一人注意してみたが、彼女の息子はいなかった。確かに、今、下車した坊っちゃん達と一緒に、試験がすんで帰って来る筈だった。村をたって行った日は異《ちが》っていたが、学校は同じだった。彼女は、乗り越したのではあるまいかと心配しながら、なお立って、停車場の構内をじろ〳〵見廻した。

「僕、算術が二題出来なんだ。国語は満点じゃ。」醤油屋の坊っちゃんは、あどけない声で奥さんにこんなことを云いながら、村へ通じている県道を一番先に歩いた。それにつづいて、下車客はそれぞれ自分の家へ帰りかけた。

「谷元は、皆な出来た云いよった。……」こういう坊っちゃんの声も聞えた。谷元というのは源作の姓である。

おきのは、走りよって、息子のことを、訊ねてみたかったが、醤油屋へ、良人《おっと》の源作が労働に行っていたのを思い出して、なお卑下して、思い止まった。

停車場には、駅員の外、誰れもいなくなった。おきのは、悄々《しおしお》と、帰りかけた。彼女は、一番あとから、ぼつ〳〵行っている呉服屋の坊っちゃんに、息子のことを訊ねようと考えた。坊っちゃんは、兄の若旦那と、何事か――多分試験のことだろう――話しあって笑っていた。あの話がすんだら、近づいて訊ねよう、とおきのは心で考えた。うっかりして乗り越すようなあれじゃないが、……彼女は一方でこんなことも思った。

若旦那の方に向いて、しきりに話している坊っちゃんの顔に、彼女は注意を怠らなかった。そして、話が一寸中断したのを見計らって、急に近づいて、息子のことをきいた。

「谷元はまだ残っとると云いよった。」と、坊っちゃんは、彼女に答えた。

「試験はもうすんだんでござんしょうな。」

「はあ、僕等と一緒にすんだんじゃが、谷元はまだほかを受ける云いよった。」

「そうでござんすか。どうも有りがとうさん。」と、おきのは頭を下げた。彼女は若旦那に顔を見られるのが妙に苦るしかった。

翌日の午後、従弟から葉書が来た。県立中学に多分合格しているだろうが、若し駄目だったら、私立中学の入学試験を受けるために、成績が分るまで子供は帰らせずに、引きとめている。ということだった。

「もう通らなんだら、私立を受けさしてまで中学へやらいでもえいわやの。家のような貧乏たれに市《まち》の学校へやって、また上から目角《めかど》に取られて等級でもあげられたら困らやの。」と、おきのは源作に云った。

源作は黙っていた。彼も、私立中学へやるのだったら、あまり気がすすまなかった。

## 五

村役場から、税金の取り立てが来ていたが、丁度二十八日が日曜だったので、二十九日に、源作は、銀行から預金を出して役場へ持って行った。もう昨日か、一昨日かに村の大部分が納めてしまったらしく、他に誰れも行っていなかった。収入役は、金高を読み上げて、二人の書記に算盤《そろばん》をおかしていた。源作は、算盤が一と仕切りすむまで待っていた。

「おい、源作！」

ふと、嗄《しわが》れた、太い、力のある声がした。聞き覚えのある声だった。それは、助役の傍に来て腰掛けている小川という村会議員が云ったのだ。

「はあ。」と、源作は、小川に気がつくと答えた。小川は、自分が村で押しが利く地位にいるのを利用して、貧乏人や、自分の気に食わぬ者を困らして喜んでいる男であった。源作は、頼母子講《たのもしこう》を取った。抵当に、一段二畝《せ》の畑を書き込んで、其の監査を頼みに、小川のところへ行った時、小川に、抵当が不十分だと云って頑固にはねつけられたことがあった。それ以来、彼は小川を恐れていた。

「源作、一寸、こっちへ来んか。」

源作は、呼ばれるまゝに、恐る〳〵小川の方へ行った。

「源作、お前は今度息子を中学へやったと云うな。」肥った、眼に角のある、村会議員は太い声で云った。

「はあ、やってみました。」

「わしは、お前に、たってやんなとは云わんが、労働者《はたらきど》が、息子を中学へやるんは良くないぞ。人間は中学やかいへ行っちゃ生意気になるだけで、働かずに、理屈ばっかしこねて、却って村のために悪い。何んせ、働かずにぶら〳〵して理屈をこねる人間が一番いかん。それに、お前、お前はまだこの村で一戸前も持っとらず、一人前の税金も納めとらんのじゃぞ。子供を学校へやって生意気にするよりや、税金を一人前納めるのが肝心じゃ。その方が国の為めじゃ。」と小川は、ゆっくり言葉を切って、じろりと源作を見た。

源作は、ぴく〳〵唇を顫わした。何か云おうとしたが、小川にこう云われると、彼が前々から考えていた、自分の金で自分の子供を学校へやるのに、他に容喙《ようかい》されることはないという理由などは全く根拠がないように思われた。

「税金を持って来たんか。」

「はあ、さようで……。」

「それそうじゃ。税金を期日までに納めんような者が、お前、息子を中学校へやるとは以ての外じゃ。子供を中学やかいへやるのは国の務めも、村の務めもちゃんと、一人前にすましてからやるもんじゃ。――まあ、そりゃ、お前の勝手じゃが、兎に角今年から、お前に一戸前持たすせに、そのつもりで居れ。」

小川は、なお、一と時、いかつい眼つきで源作を見つめ、それから怒っているようにぷいと助役の方へ向き直った。収入役や書記は、算盤《そろばん》をやめて源作の方を見ていた。源作は感覚を失ったような気がした。

彼は、税金を渡すと、すごすご役場から出て帰った。

昼飯の時、

「今日は頭でも痛いんかいの。」と、おきのは彼の憂鬱に硬ばっている顔色を見て訊ねた。彼は黙って何とも答えなかった。

　飯がすんで、二人づれで畠へ行ってから、おきのは、

「家のような貧乏たれに、市の学校やかいへやるせに、村中大評判じゃ。始めっからやらなんだらよかったのに。」

と源作に云った。

　源作は何事か考えていた。

「もう県立へ通らなんだら、私立へはやるまいな。早よ呼び戻したらえいわ。」

「うむ。」

「分《ぶん》に過ぎるせに、通っとっても、やらん方がえいじゃけれど……」とおきのは独言った。

　暫らくして、

「そんなら、呼び戻そうか。」と源作は云った。

「そうすりゃえいわ。」おきのはすぐ同意した。

　源作は畠仕事を途中でやめて、郵便局へ電報を打ちに行った。

「チチビヨウキスグカエレ」

　いきなりこう書いて出した。

　帰りには、彼は、何か重荷を下したようで胸がすっとした。

　息子は、びっくりして十一時の夜汽車であわて、帰って来た。

　三日たって、県立中学に合格したという通知が来たが、入学させなかった。

　息子は、今、醤油屋の小僧にやられている。

（大正十二年三月）

# 渦巻ける鳥の群

黒島傳治

## 一

「アナタア、ザンパン、頂《ちょう》だい。」

子供達は青い眼を持っていた。そして、毛のすり切れてしまった破れ外套《がいとう》にくるまって、頭を襟《えり》の中に埋めるようにすくんでいた。娘もいた。少年もいた。靴が破れていた。そこへ、針のような雪がはみこんでいる。

松木は、防寒靴をはき、ズボンのポケットに両手を突きこんで、炊事場の入口に立っていた。

風に吹きつけられた雪が、窓硝子《まどガラス》を押し破りそうに積りかかっていた。谷間の泉から湧《わ》き出る水は、その周囲に凍《い》てついて、氷の岩が出来ていた。それが、丁度、地下から突き出て来るように、一昨日よりは昨日、昨日よりは今日の方がより高くもれ上って来た。彼は、やはり西伯利亜《シベリア》だと思った。氷が次第に地上にもれ上って来ることなどは、内地では見られない現象だ。

子供達は、言葉がうまく通じないなりに、松木に憐れみを求め、こびるような顔つきと態度とを五人が五人までしてみせた。

彼等が口にする「アナタア」には、露骨にこびたアクセントがあった。

「ザンパンない？」子供達は繰《くり》かえした。「……アナタア！　頂だい、頂だい！」

「あるよ。持って行け。」

松木は、残飯桶のふちを操《と》って、それを入口の方へころばし出した。

そこには、中隊で食い残した麦飯が入っていた。パンの切れが放りこまれてあった。その上から、味噌汁の残りをぶちかけてあった。

子供達は、喜び、うめき声を出したりしながら、互いに手をかきむしり合って、携えて来た琺瑯引《ほうろうび》きの洗面器へ残飯をかきこんだ。

炊事場は、古い腐った漬物《つけもの》の臭《にお》いがした。それにバターと、南京袋《なんきんぶくろ》の臭いがまざった。

調理台で、牛蒡《ごぼう》を切っていた吉永が、南京袋の前掛けをかけたまま入口へやって来た。

武石は、ペーチカに白樺《しらかば》の薪《まき》を放り込んでいた。ペーチカの中で、白樺の皮が、火にパチパチはぜった。彼も入口へやって来た。

「コーリャ。」

松木が云った。

「何?」

コーリャは眼が鈴のように丸くって大きく、常にくるくる動めいている、そして顔にどっか尖《とが》ったところのある少年だった。

「ガーリャはいるかね?」

「いるよ。」

「どうしてるんだ。」

「用をしてる。」

コーリャは、その場で、汁につかったパン切れをむしゃむしゃ頬張っていた。

ほかの子供達も、或はパンを、或は汁づけの飯を手に摑《つか》んでむしゃむしゃ食っていた。

「うまいかい?」

「うむ。」

「つめたいだろう。」

彼等は、残飯桶の最後の一粒まで洗面器に拾いこむと、それを脇にかかえて、家の方へ雪の丘を馳《は》せ登った。

「有がとう。」

「有がとう。」

「有がとう。」

子供達の外套や、袴の裾《すそ》が風にひらひらひるがえった。

三人は、炊事場の入口からそれを見送っていた。


彼等の細くって長い脚は、強いバネのように、勢いよくぴんぴん雪を蹴って、丘を登っていた。

「ナーシャ!」

「リーザ!」

武石と吉永とが呼んだ。

「なアに?」

丘の上から答えた。

子供達は、皆な、一時に立止まって、谷間の炊事場を見下した。

「飯をこぼすぞ。」

吉永が日本語で云った。

「なアに?」

吉永は、少女にこちらへ来るように手まねきをした。

丘の上では、彼等が、きゃあきゃあ笑ったり叫んだりした。

そして、少し行くと、それから自分の家へ分れ分れに散らばってしまった。

二

山が、低くなだらかに傾斜して、二つの丘に分れ、やがて、草原に連って、広く、遠くへ展開している。

兵営は、その二つの丘の峡間《はざま》にあった。

丘のそこかしこ、それから、丘のふもとの草原が延びて行こうとしているあたり、そこらへんに、露西亜《ロシア》人の家が点々として散在していた。革命を恐れて、本国から逃げて来た者もあった。前々から、西伯利亜に土着している者もあった。

彼等はいずれも食うに困っていた。彼等の畑は荒され、家畜は掠奪《りゃくだつ》された。彼等は安心して仕事をすることが出来なかった。彼等は生活に窮するより外、道がなかった。

板壁の釘が腐って落ちかけた木造の家に彼等は住んでいた。屋根は低かった。家の周囲には、藁《わら》やごみを散らかしてあった。

処々に、うず高く積上げられた乾草《ほしくさ》があった。

荷車は、軒場に乗りつけたまま放ってあった。

室内には、古いテーブルや、サモヴァールがあった。刺繍《ししゅう》を施したカーテンがつるしてあった。でも、そこからは、動物の棲家のように、異様な毛皮と、獣油の臭いが発散して来た。

それが、日本の兵卒達に、如何《いか》にも、毛唐の臭いだと思わせた。

子供達は、そこから、琺瑯引きの洗面器を抱えて毎日やって来た。ある時は、老人や婆さんがやって来た。ある時は娘がやって来た。

吉永は、一中隊から来ていた。松木と武石とは二中隊の兵卒だった。

三人は、パン屑のまじった白砂糖を捨てずに皿に取っておくようになった。食い残したパンに味噌汁をかけないようにした。そして、露西亜人が来ると、それを皆に分けてやった。

「お前ンとこへ遊びに行ってもいいかい？」

「どうぞ。」

「何か、いいことでもあるかい？」

「何ンにもない。……でもいらっしゃい、どうぞ。」

その言葉が、朗らかに、快活に、心から、歓迎しているように、兵卒達には感じられた。

兵卒は、殆《ほと》んど露西亜語が分らなかった。けれども、そのひびきで、自分達を歓迎していることを、捷《すばや》く見てとった。

晩に、炊事場の仕事がすむと、上官に気づかれないように、一人ずつ、別々に、息を切らしながら、雪の丘を攀《よ》じ登った。吐き出す呼気が凍《こご》って、防寒帽の房々した毛に、それが霜のようにかたまりついた。

彼等は、家庭の温かさと、情味とに飢え渇していた。西伯利亜へ来てから何年になるだろう。まだ二年ばかりだ。しかし、もう十年も家を離れ、内地を離れているような気がした。海上生活者が港にあこがれ、陸を恋しがるように、彼等は、内地にあこがれ、家庭を恋しがった。

彼等の周囲にあるものは、はてしない雪の曠野と、四角ばった煉瓦の兵営と、撃ち合いばかりだ。

誰のために彼等はこういうところで雪に埋れていなければならないだろう。それは自分のためでもなければ親のためでもないのだ。懐手《ふところで》をして、彼等を酷使していた者どものためだ。それは、×××なのだ。

敵のために、彼等は、只働《ただばたら》きをしてやっているばかりだ。

吉永は、胸が腐りそうな気がした。息づまりそうだった。極刑に処せられることなしに兵営から逃出し得るならば、彼は、一分間と雖《いえど》も我慢していたくはなかった。――僅《わず》かの間でもいい、兵営の外に出たい、情味のある家庭をのぞきたい。そういう慾求を持って、彼は、雪の坂道を攀じ登った。

丘の上には、リーザの家があった。彼はそこの玄関に立った。

扉には、隙間風《すきまかぜ》が吹きこまないように、目貼《めば》りがしてあった。彼は、ポケットから手を出して、その扉をコツコツ叩いた。

「今晩《ズラシテ》は。」

屋内ではペーチカを焚《た》き、暖気が充ちている。その気はいが、扉の外から既に感じられた。

「今晩は。」

「どうぞ、いらっしゃい。」

朗らかで張りのある女の声が扉を通してひびいて来た。

「まあ、ヨシナガサン！　いらっしゃい。」

娘は嬉しそうに、にこにこしながら、手を出した。

彼は、始め、握手することを知らなかった。それまで、握手をしたことがなかったのだ。何か悪いことをするように、胸がおどおどした。

が、まもなく、平気になってしまった。

のみならず、相手がこちらの手を強く握りかえした時には、それは、何を意味しているか、握手と同時に、眼をどう使うと、それはこう云っているのだ。気がすすまぬように、だらりと手を出せば、それは見込がない。等々……。握手と同時に現われる、相手の心を読むことを、彼は心得てしまった。

吉永がテーブルと椅子と、サモヴァールとがある部屋に通されている時、武石は、鼻から蒸気を吐きながら、他の扉を叩いていた。それから、稲垣、大野、川本、坂田、みなそれぞれ二三分間おくれて、別の扉を叩くのであった。

「今晩《ズラシテ》は。」

そして、相手がこちらの手を握りかえす、そのかえしようと、眼に注意を集中しているのであった。

彼等のうちのある者は、相手が自分の要求するあるものを与えてくれる、とその眼つきから読んだ。そして胸を湧き立たせた。

「よし、今日は、ひとつ手にキスしてやろう。」

一人の女に、二人がぶつかることがあった。三人がぶつかることもあった。そんな時、彼等は、帰りに、丘を下りながら、ひょいと立止まって、顔を見合わせ、からから笑った。

「ソペールニクかな。」

「ソペールニクって何だい？」

「ソペールニク……競争者だよ。つまり、恋を争う者なんだ。ははは。」

三

松木も丘をよじ登って行く一人だった。

彼は笑ってすませるような競争者がなかった。

彼は、朗らかな、張りのある声で、「いらっしゃい、どうぞ！」と女から呼びかけられたこともなかった。

若《も》しそれが恋とよばれるならば、彼の恋は不如意な恋だった。彼は、丘を登りしなに、必ず、パンか、乾麺麭《かんめんぽう》か、砂糖かを新聞紙に包んで持っていた。それは兵卒に配給すべきものの一部をこっそり取っておいたものだった。彼は、それを持って丘を登り、そして丘を向うへ下った。

三十分ほどたつと、彼は手ぶらで、悄然《しょうぜん》と反対の方から丘を登り、それから、兵営へ丘を下って帰って来た。ほかの者たちは、まだ、ペーチカを焚いている暖かい部屋で、胸をときめかしている時分だった。

「ああ、もうこれでやめよう！」彼は、ぐったり雪の上にへたばりそうだった。「あほらしい。」

丘のふもとに、雪に埋れた広い街道がある。雪は橇《そり》や靴に踏みつけられて、固く凍っている。そこへ行くまでに、聯隊の鉄条網が張りめぐらされてあった。彼は、毎晩、その下をくぐりぬけ、氷で辷《すべ》りそうな道を横切って、ある窓の下に立ったのであった。

「ガーリヤ！」

彼は、指先で、窓硝子をコツコツ叩いた。肺臓まで凍りつきそうな寒い風が吹きぬけて行った。彼は、その軒の下で暫《しば》らく佇《たたず》んでいた。

「ガーリヤ！」

そして、また、硝子を叩いた。

「何？」

女が硝子窓の向うから顔を見せた。唇の間に白い歯がのぞいている。それがひどく愛嬌を持っている。

「這入《はい》ってもいい？」

「それ何？」

「パンだ。あげるよ。」

女は、新聞紙に包んだものを窓から受取ると、すぐ硝子戸を閉めた。

「おい、もっと開けといてくれんか。」

「……室が冷えるからだめ。――一度開けると薪三本分損するの。」

彼女は、桜色の皮膚を持っていた。笑いかけると、左右の頬に、子供のような笑窪《えくぼ》が出来た。彼女は悪い女ではなかった。だが、自分に出来ることをして金を取らねばならなかった。親も、弟も食うことに困っているのだ。子供を持っている姉は、夫に吸わせる煙草を貰《もら》いに来た。

松木は、パンを持って来た。砂糖を持って来た。それから、五円六十銭の俸給で何かを買って持って来た。

でも、彼女の一家の生活を支《ささ》えるには、あまりに金を持っていなすぎる。もっとよけいに俸給を取っている者が望ましい。

肉に饉《う》えているのは兵卒ばかりではなかった。

松木の八十五倍以上の俸給を取っているえらい人もやはり貪慾《どんよく》に肉を求めているのであった。

「私、用があるの。すみません、明日来てくださらない。」

ガーリヤは云った。

「いつでも明日来いだ。で、明日来りゃ、明後日だ。」

「いえ、ほんとに明日、――明日待ってます。」

四

雪は深くなって来た。

炊事場へザンパンを貰いに来る者たちが踏み固めた道は、新しい雪に蔽《おお》われて、あと方《かた》も分らなくなった。すると、子供達は、それを踏みつけ、もとの通りの道をこしらえた。

雪は、その上へまた降り積った。

丘の家々は、石のように雪の下に埋れていた。

彼方《かなた》の山からは、始終、パルチザンがこちらの村を覗《うかが》っていた。のみならず、夜になると、歩哨が、たびたび狼に襲われた。四肢が没してもまだ足りない程、深い雪の中を、狼は素早く馳せて来た。

狼は山で食うべきものが得られなかった。そこで、すきに乗じて、村落を襲い、鶏や仔犬や、豚をさらって行くのであった。彼等は群をなして、わめきながら、行くさきにあるものは何でも喰い殺さずにはおかないような勢いでやって来た。歩哨は、それに会うと、ふるえ上らずにはいられなかった。こちらは銃を持っているとは云え、二人だけしかいないのだ。剽悍《ひょうかん》な動物は、弾丸をくぐって直ちに、人に迫って来る。それは全く凄いものだった。衛兵は総がかりで狼と戦わねばならなかった。悪くすると、腋《わき》の下や、のどに喰いつかれるのだ。

薄ら曇りの日がつづいた。昼は短く、夜は長かった。太陽は、一度もにこにこした顔を見せなかった。松木は、これで二度目の冬を西伯利亜で過しているのであった。彼は疲れて憂欝になっていた。太陽が、地球を見棄ててどっかへとんで行っているような気がした。こんな状態がいつまでもつづけばきっと病気にかかるだろう。――それは、松木ばかりではなかった。同年兵が悉《ことごと》く、ふさぎこみ、疲憊《ひはい》していた。そして、女のところへ行く。そのことだけにしか興味を持っていなかった。

ガーリヤは、人眼をしのぶようにして炊事場へやって来た。古いが、もとは相当にものが良かったらしい外套の下から、白く洗い晒《さら》された彼女のスカートがちらちら見えていた。

「お前は、人をよせつけないから、ザンパンが有ったってやらないよ。」

「あら、そう。」

彼女は響きのいい、すき通るような声を出した。

「そうだとも、あたりまえだ。」

「じゃいい。」

黒く磨かれた、踵《かがと》の高い靴で、彼女はきりっと、プン廻しのように一とまわりして、丘の方へ行きかけた。

「いや、うそだうそだ。今さっきほかの者が来てすっかり持って行っちゃったんだ。」

松木はうしろから叫んだ。

「いいえ、いらないわ。」

彼女の細長い二本の脚は、強いばねのように勢いよくはねながら、丘を登った。

「ガーリヤ！　待て！　待て！」

彼は乾麺麭を一袋握って、あとから追っかけた。

炊事場の入口へ同年兵が出てきて、それを見て笑っていた。

松木は息を切らし切らし女に追いつくと、空の洗面器の中へ乾麺麭の袋を放り込んだ。

「さあ、これをやるよ。」

ガーリヤは立止まって彼を見た。そして真白い歯を露《わら》わして、何か云った。彼は、何ということか意味が汲みとれなかった。しかし女が、自分に好感をよせていることだけは、円《まる》みのあるおだやかな調子ですぐ分った。彼は追っかけて来ていいことをしたと思った。

帰りかけて、うしろへ振り向くと、ガーリヤは、雪の道を辿りながら、丘を登っていた。

「おい、いいかげんにしろ。」炊事場の入口から、武石が叫んだ。「あんまりじゃれつきよると競争に行くぞ！」

## 五

吉永の中隊は、大隊から分れて、イイシへ守備に行くことになった。

HとSとの間に、かなり広汎《こうはん》な区域に亘《わた》って、森林地帯があった。そこには山があり、大きな谷があった。森林の中を貫いて、河が流《なが》れていた。そのあたりの地理は詳細には分らなかった。

だが、そこの鉄橋は始終破壊された。枕木はいつの間にか引きぬかれていた。不意に軍用列車が襲撃された。

電線は切断されづめだった。

HとSとの連絡は始終断たれていた。

そこにパルチザンの巣窟があることは、それで、ほぼ想像がついた。

イイシへ守備中隊を出すのは、そこの連絡を十分にするがためであった。

吉永は、松木の寝台の上で私物を纏《まと》めていた。炊事場を引き上げて、中隊へ帰るのだ。

彼は、これまでに、しばしば危険に身を曝《さら》したことを思った。

弾丸に倒れ、眼を失い、腕を落した者が、三人や四人ではなかった。

彼と、一緒に歩哨に立っていて、夕方、不意に、胸から血潮を迸《ほと》ばしらして、倒れた男もあった。坂本という姓だった。

彼は、その時の情景をいつまでもまざまざと覚えていた。どこからともなく、誰れかに射撃されたのだ。

二人が立っていたのは山際《やまぎわ》だった。

交代の歩哨は衛兵所から列を組んで出ているところだった。もう十五分すれば、二人は衛兵所へ帰って休めるのだった。

夕日が、あかあかと彼方の地平線に落ちようとしていた。

牛や馬の群が、背に夕日をあびて、草原をのろのろ歩いていた。十月半ばのことだ。

坂本は、

「腹がへったなあ。」と云ってあくびをした。

「内地に居りゃ、今頃、野良から鍬《くわ》をかついで帰りよる時分だぜ。」

「あ、そうだ。もう芋を掘る時分かな。」

「うむ。」

「ああ、芋が食いたいなあ！」

そして坂本はまたあくびをした。そのあくびが終るか終らないうちに、彼は、ぱたりと丸太を倒すように芝生の上に倒れてしまった。

吉永は、とび上った。

も一発、弾丸が、彼の頭をかすめて、ヒウと唸《うな》り去った。

「おい、坂本！　おい！」

彼は呼んでみた。

軍服が、どす黒い血に染った。

坂本はただ、「うう」と唸るばかりだった。

内地を出発して、ウラジオストックへ着き、上陸した。その時から、既に危険は皆の身に迫っていたのであった。

機関車は薪を焚いていた。

彼等は四百里ほど奥へ乗りこんで行った。時々列車からおりて、鉄砲で打ち合いをやった。そして、また列車にかえって、飯を焚いた。薪が燻《くすぶ》った。冬だった。機関車は薪がつきて、しょっちゅう動かなくなった。彼は二カ月間顔を洗わなかった。向うへ着いた時には、まるで黒ン坊だった。息が出来ぬくらいの寒さだった。そして流行感冒がはやっていた。兵営の上には、向うの飛行機が飛んでいた。街には到るところ、赤旗が流れていた。

そこでどうしたか。結局、こっちの条件が悪く、負けそうだったので、持って帰れぬ什器《じゅうき》を焼いて退却した。赤旗が退路を遮《さえぎ》った。で、戦争をした。そして、また退却をつづけた。赤旗は流行感冒のように、到るところに伝播《でんぱ》していた。また戦争だ。それからどうしたか？……

雪解《ゆきどけ》の沼のような泥濘《でいねい》の中に寝て、戦争をしたこともあった。頭の上から、機関銃をあびせかけられたこともあった。

吉永は、自分がよくもこれまで生きてこられたものだと思った。一尺か二尺、自分の立っていた場所が横へそれていたら、死んでいるかもしれないのだ。

これからだって、どうなることか、分るものか！　分るものか！　俺が一人死ぬことは、誰れも屁《へ》とも思っていないのだ。ただ、自分のことを心配してくれるのは、村で薪出しをしているお母だけだ。

彼は、お母がこしらえてくれた守り袋《ふくろ》を肌につけていた。新しい白木綿で縫った、かなり大きい袋だった。それが、垢《あか》や汗にしみて黒く臭くなっていた。彼は、それを開けて、新しい袋に入れかえようと思った。彼は、袋を鋏《はさみ》で切り開けた。お守りが沢山慾張って入れてある。金刀比羅宮《ことひらぐう》、男山八幡宮、天照皇大神宮、不動明王、妙法蓮華経、水天宮。――母は、多ければ多いほど、御利益《ごりやく》があると思ったのだろう！　それ等が、殆んど紙の正体が失われるくらいにすり切れていた。――まだある。別に、紙に包んだ奴が。彼はそれを開けてみた。そこには紙幣が入っていた。五円札と、五十銭札と、一円札とが合せて十円ぐらい入っている。母が、薪出しをしてためた金を内所で入れといてくれたのだろう。

「おい、おい。お守りの中から金が出てきたが。」

吉永は嬉しそうに云った。

「何だ。」

「お守りの中から金が出てきたんだ。」

「ほんとかい。」

「嘘を云ったりするもんか。」

「ほう、そいつぁ、儲《もう》けたな。」

松木と武石とが調理台の方から走《は》せ込んで来た。札も、汗と垢とで黒くなっていた。

「どれどれ、内地の札だな。」松木と武石とはなつかしそうに、それを手に取って見た。「内地の札を見るんは久しぶりだぞ。」

「お母《ふくろ》が多分内所で入れてくれたんだ。」

「それをまた今まで知らなかったとは間がぬけとるな。……全く儲けもんだ。」

「うむ、儲けた。……半分わけてやろう。」

吉永は、自分が少くとも、明後日は、イイシへ行かなければならないことを思った。雪の谷や、山を通らなければならない。そこにはパルチザンがいる。また撃ち合いだ。生命がどうなるか。誰れが知るもんか！　誰れが知るもんか！

六

松木は、酒保から、餡パン、砂糖、パインアップル、煙草などを買って来た。

晩におそくなって、彼は、それを新聞紙に包んで丘を登った。石のように固く凍《い》てついている雪は、靴にかちかち鳴った。空気は鼻を切りそうだ。彼は丘を登りきると、今度は向うへ下った。丘の下のあの窓には、灯《ひ》がともっていた。人かげが、硝子戸の中で、ちらちら動いていた。

彼は歩きながら云ってみた。

「ガーリヤ。」

「ガーリヤ。」

「ガーリヤ。」

「あんたは、なんて生々しているんだろう。」

さて、それを、ロシア語ではどう云ったらいいかな。

丘の下でどっか人声がするようだった。三十すぎの婦人の声だ。それに一人は日本人らしい。何を云っているのかな。彼はちょいと立止まった。なんでも声が、ガーリヤの母親に似ているような気がした。が、声は、もうぷっつり聞えなかった。すると、まもなくすぐそこの、今まで開いていた窓に青いカーテンがさっと引っぱられた。

「おや、早や、寝る筈《はず》はないんだが……」彼はそう思った。そして、鉄条網をくぐりぬけ、窓の下へしのびよった。

「今晩は、――ガーリヤ！」

――彼が窓に届くように持って来ておいた踏石がとりのけられている。

「ガーリヤ。」

砕かれた雪の破片が、彼の方へとんで来た。彼の防寒外套の裾のあたりへぱらぱらと落ちた。雪はまたとんできた。その背にあたった。でも彼は、それに気づかなかった。そして、じいっと、窓を見上げていた。

「ガーリヤ！」

彼は、上に向いて云った。星が切れるように冴《さ》えかえっていた。

「おい、こらッ！」

さきから、雪を投げていた男が、うしろの白樺のかげから靴をならしてとび出て来た。武石だった。

松木は、ぎょっとした。そして、新聞紙に包んだものを雪の上へ落しそうだった。

彼は、若し将校か、或は知らない者であった場合には、何もかも投げすてて逃げ出そうと瞬間に心かまえたくらいだった。

「また、やって来たな。」武石は笑った。

「君かい。おどかすなよ。」

松木は、暫らく胸がどきどきするのが止まらなかった。彼は、武石だと知ると同時に、吉永から貰った金で、すぐさま、女の喜びそうなものを買って来たことをきまり悪く思った。「砂糖とパイナップルは置いて来ればよかった。」

「誰れかさきに、ここへ来た者があるんだ。」と武石が声を落して窓の中を指した。「俺れや、君が這入ったんかと思うて、ここで様子を伺うとったんだ。」

「誰れだ？」

「分らん。」

「下士か、将校か？」

「ぼっとしとって、それが分らないんだ。」

「誰奴《どいつ》かな。」

「――中に這入って見てやろう。」

「よせ、よせ、……帰ろう。」

松木は、若し将校にでも見つかると困る、――そんなことを思った。

「このまま帰るのは意気地がないじゃないか。」

武石は反撥した。彼は、ガンガン硝子戸を叩いた。

「ガーリヤ、ガーリヤ、今晩は《ズラシテ》！」

次の部屋から面倒くさそうな男の声がひびいた。

「ガーリヤ！」

「何だい。」

ウラジオストックの幼年学校を、今はやめている弟のコーリヤが、白い肩章のついた軍服を着てカーテンのかげから顔を出した。

「ガーリヤは？」

「用をしてる。」

「一寸来いって。」

「何です？　それ。」

コーリヤは、松木の新聞包を見てたずねた。

「こら酒だ。」松木が答えないさきに、武石が脚もとから正宗《まさむね》の四合罎《びん》を出して来た。「沢山いいものを持って来とるよ。」

武石は、包みの新聞紙を引きはぎ、硝子戸の外から、罎をコーリヤの眼のさきへつき出した。松木は、その手つきがものなれているなと思った。

「呉れ《ダワイ》。」コーリヤは手を動かした。

でも、その手つきにいつものような力がなく、途中で腰を折られたように挫《くじ》けた。いつも無遠慮なコーリヤに珍らしいことだった。

武石も、物を持って来て、やっているんだな、と松木は思った。じゃ、自分もやることは恥かしくない訳だ。彼はコーリヤが遠慮するとなおやりたくなった。

「さ、これもやるよ。」彼は、パイナップルの罐詰《かんづめ》を取出した。

コーリヤはもじもじしていた。

「さ、やるよ。」

「有がとう。」

顔にどっか剣のある、それで一寸沈んだ少年が、武石には、面白そうな奴だと思われた。

「もっとやろうか。」

少年は呉れるものは欲しいのだが、貰っては悪いというように、遠慮していた。

「煙草と砂糖。」松木は、窓口へさし上げた。

「有がとう。」

コーリヤが、窓口から、やったものを受取って向うへ行くと、

「きっと、そこに誰れか来とるんだ。」と、武石は、小声で、松木にささやいた。

「誰れだな、俺れゃどうも見当がつかん。」

「這入りこんで現場を見届けてやろう。」

二人は耳をすました。二つくらい次の部屋で、何か気配がして、開けたてに扉が軋《きし》る音が聞えてきた。サーベルの鞘《さや》が鳴る。武石は窓枠に手をかけて、よじ上り、中をのぞきこんだ。

「分るか。」

「いや、サモヴァールがじゅんじゅんたぎっとるばかりだ。――ここはまさか、娘を売物にしとる家じゃないんだろうな。」

コーリヤが扉《ドア》のかげから現れて来た。窓から屋内へ這入ろうとするかのように、よじ上っている武石を見ると、彼は急に態度をかえて、「いけない！　いけない！」叱《しか》るように、かすれた幅のある声を出した。

武石は、突然、その懸命な声に、自分が悪いことをしているような感じを抱かせられ、窓から辷り落ちた。

コーリヤは、窓の方へ来かけて、途中、ふとあとかえりをして、扉をぴしゃっと閉めた。暫らく二人は窓の下に佇んでいた。丘の上の、雪に蔽われた家々には、灯がきらきら光っていた。武石は、そこにも女がいることを思った。吉永が、温かい茶をのみながら、リーザと名残《のごり》を惜んでいるかも知れない。やせぎすな、小柄なリーザに、イイシまで一緒に行くことをすすめているだろう。多分、彼も、何かリーザが喜びそうなものを買って持って行っているのに違いない。武石は、小皺《こじわ》のよった、人のよさそうな、吉永の顔を思い浮べた。そして、自《おのず》から、ほほ笑ましくなった。

——吉永は、危険なイイシ守備に行ってしまうのだ。丘の上のそこかしこの灯が、カーテンにさえぎられ、ぼつぼつ消えて行った。

「お休み。」

一番手近の、グドコーフの家から、三四人同年兵が出て行った。歩きながら交《かわ》す、その話声が、丘の下までひびいて来た。兵営へ帰っているのだ。

不意に頭の上で、響きのいい朗らかなガーリヤの声がした。二人は、急に、それでよみがえったような気がした。

「ばあ！」彼女は、硝子戸の中から、二人に笑って見せた。

「いらっしゃい、どうぞ。」

玄関から這入ると、松木は、食堂や、寝室や、それから、も一つの仕事部屋をのぞきこんだ。

「少佐《マイヨール》。」

「誰れが来ていたんです？」

「何？」二人とも言葉を知らなかった。

「マイヨールです。」

「何だろう。マイヨールって。」松木と武石とは顔を見合わした。「振《ま》い寄ると解釈すりゃ、ダンスでもする奴かな。」

七

少佐は、松木にとって、笑ってすませる競争者ではなかった。

二人が玄関から這入って行った、丁度その時、少佐は勝手口から出て来た。彼は不機嫌に怒って、ぷりぷりしていた。十八貫もある、でっぷり肥《ふと》った、髭《ひげ》のある男だ。彼の靴は、固い雪を蹴散らした。いっぱいに拡がった鼻の孔《あな》は、凍った空気をかみ殺すように吸いこみ、それから、その代りに、もうもうと蒸気を吐き出した。

彼は、屈辱（！）と憤怒に背が焦げそうだった。それを、やっと我慢して押しこらえていた。そして、本部の方へ大《おお》股《また》に歩いて行った。……途中で、ふと、彼は、踵《きびす》をかえした。

つい、今さっきまで、松木と武石とが立っていた窓の下へ少佐は歩みよった。彼は、がん丈で、せいが高かった。つまさきで立ち上らずに、カーテンの隙間から部屋の中が見えた。

そこには、二人の一等卒が、正宗の四合壜を立てらして、テーブルに向い合っていた。ガーリヤは、少し上気したような顔をして喋っている。白い歯がちらちらした。薄荷《はっか》のようにひりひりする唇が微笑している。

彼は、嫉妬《しっと》と憤怒が胸に爆発した。大隊を指揮する、取っておきのどら声で怒なりつけようとした。その声は、のどの最上部にまで、ぐうぐう押し上げて来た。

が、彼は、必死の努力で、やっとそれを押しこらえた。そして、前よりも二倍位い大股に、聯隊へとんで帰った。

「女のところで酒をのむなんて、全くけしからん奴だ！」

営門で捧《ささ》げ銃《つつ》をした歩哨は何か怒声をあびせかけられた。

衛兵司令は、大隊長が鞭で殴りに来やしないか、そのひどい見幕を見て、こんなことを心配した位いだった。

「副官！」

彼は、部屋に這入るといきなり怒鳴った。

「副官！」

副官が這入って来ると、彼は、刀もはずさず、椅子に腰を落して、荒い鼻息をしながら、

「速刻不時点呼。すぐだ、すぐやってくれ！」

「はい。」

「それから、炊事場へ露西亜人をよせつけることはならん。残飯は一粒と雖《いえど》も、やることは絶対にならん。厳禁してくれ。」

「はい。」

「よし、それだけだ。」

副官が、命令を達するために、次の部屋へ引き下ると、彼はまた叫んだ。

「副官！」

「はい。」

「この点呼に、もしもおくれる者があったら、その中隊を、第一中隊の代りに、イイシ守備に行かせること、そうしてくれ。罰としてここには置かない。そうするんだ。――すぐだ、速刻やってくれ！」

八

一隊の兵士が雪の中を黙々として歩いて行った。疲れて元気がなかった。雪に落ちこむ大きな防寒靴が、如何にも重く、邪魔物のように感じられた。

雪は、時々、彼等の脛《すね》にまで達した。すべての者が憂欝と不安に襲われていた。中隊長の顔には、焦慮の色が表われている。

草原も、道も、河も悉く雪に蔽われていた。

枝に雪をいただいて、それが丁度、枝に雪がなっているように見える枯木が、五六本ずつ所々に散見する外、あたりには何物も見えなかった。どこもかしこも、すべて、まぶしく光っている白い雪ばかりだった。そして、何等の音も、何等の叫びも聞えなかった。ばりばり雪を踏み砕いて歩く兵士の靴音は、空に吞《の》まれるように消えて行った。

彼等は、早朝から雪の曠野を歩いているのであった。彼等は、昼に、パンと乾麺麭をかじり、雪を食ってのどを湿した。

どちらへ行けばイイシに達しられるか！

右手向うの小高い丘の上から、銃を片手に提げ、片手に剣鞘を握って、斥候《せっこう》が馳せ下りて来た。彼は、銃が重くって、手が伸びているようだった。そして、雪の上にそれを

引きずりながら、馳せていた。松木だった。

彼は、息を切らし、中隊長の傍まで来ると、引きずっていた銃を如何にも重そうに持ち上げて、「捧げ銃」をした。彼の手は凍って、思う通りに利《き》かなかった。銃は、真直に、形正しく、鼻のさきへ持ち上げることが出来なかった。

中隊長は、不満げに、彼を睨《にら》んだ。「も一度。そんな捧げ銃があるか！」その眼は、そう云っているようだった。

松木は、息切れがして、暫らくものを云うことが出来なかった。鼻孔から、喉頭が、マラソン競走をしたあとのように、乾燥し、硬《こわ》ばりついている。彼は唾液《つばき》を出して、のどを湿そうとしたが、その唾液が出てきなかった。雪の上に倒れて休みたかった。

「どうしたんだ？」

中隊長は腹立たしげに眼に角《かど》立てた。

「道が、どうしても、」松木は息切れがして、つづけてものを云うことが出来なかった。「どうしても、分らないんであります。」

「露助《ろすけ》は、どうしてるんだ。」

「はい。スメターニンは、」また息切れがした。「雪で見当がつかんというのであります。」

「仕様がない奴だ。大きな河があって、河の向うに、樅《もみ》の林がある。そういうところは見つからんか、そこへ出りゃ、すぐイイシへ行けるんだ。」

「はい。」

「露助にやかましく云って案内さして見ろ！」

中隊長は歩きながら、腹立たしげに、がみがみ云った。「場合によっては銃剣をさしつけてもかまわん。あいつが、パルチザンと策応して、わざと道を迷わしとるのかもしれん。それをよく監視せにゃいかんぞ！」

「はい。」

松木は、若《も》し交代さして貰えるかと、ひそかにそんなことをあてにして、暫らく中隊長の傍を並んで歩いていた。彼は蒼《あお》くなって居た。身体中の筋肉が、ぶちのめされるように疲れている。頭がぼんやりして耳が鳴る。

だが、中隊長は、彼を休ませようとはしなかった。

「おい行くんだ。もっとよく探して見ろ！」

ふらふら歩いていた松木は、疲れた老馬が鞭のために、最後の力を搾《しぼ》るように、また、銃を引きずって、向うへ馳せ出した。

「おい、松木！」中隊長は呼び止めた。「道を探すだけでなしに、パルチザンがいやしないか、家があるか、鉄道が見えるか、よく気をつけてやるんだぞ。」

「はい。」

斥候は、やがて、丘を登って、それから向うの谷かげに消えてしまった。そこには武石と、道案内のスメターニンとが彼を待っていた。

松木と武石とは、朝、本隊を出発して以来つづけて斥候に出されているのであった。

中隊長は、不機嫌に、二人に怒声をあびせかけた。

「中隊がイイシ守備に行かなけりゃならんのは誰れのためだと思うんだ！　お前等、二人が脱柵して女のところで遊びよったせいじゃないか！」彼は、心から怒っているような眼で二人をにらみつけた。「中隊長は、皆んなを危険なところへは曝《さら》しとうない。中隊が可愛いいんだ。それを、危険なところへ行かなけりゃならんようにしたのは、貴様等二人だぞ！　軍人にあるまじきことだ！」

そして二人は骨の折れる、危険な勤務につかせられた。

松木と武石とは、雪の深い道を中隊から十町ばかりさきに出て歩いた。そして見た状勢を、馳け足で、うしろへ引っかえして報告した。報告がすむと、また前に出て行くことを命じられた。雪は深く、そしてまぶしかった。二人は常に、前方と左右とに眼を配って行かなければならなかった。報告に、息せき息せき引っかえすたびに、中隊長は、不満げに、腹立たしそうな声で何か欠点を見つけてどなりつけた。

雪の上に腰を落して休んでいた武石は、

「まだ交代さしてくれんのか。」ときいた。

「ああ。」松木の声にも元気がなかった。

「弱ったなア――俺れゃ、もうそこで凍え死んでしまう方がましだ！」

武石は泣き出しそうに吐息をついた。

二人は、スメターニンと共に、また歩きだした。丘を下ると、浅い谷があった。それから、緩慢な登りになっていた。それを行くと、左手には、けわしい山があった。右には、雪の曠野が遙か遠くへ展開している。

山へ登ってみよう、とスメターニンが云いだした。山から見下せば地理がはっきり分るかもしれなかった。それには、しかし、中隊が麓《ふもと》へ到着するまでに登って、様子を見て、おりてきなければならなかった。そうしなければ、また中隊長がやかましく云うのだ。

山のひだは、一層、雪が深かった。松木と武石とは、銃を杖にしてよじ登った。そこには熊の趾跡《あしあと》があった。それから、小さい、何か分らぬ野獣の趾跡が到るところに印されていた。蓬《よもぎ》が雪に蔽われていた。灌木の株に靴が引っかかった。二人は、熱病のように頭がふらふらした。何もかも取りはずして、雪の上に倒れて休みたかった。

山は頂上で、次の山に連っていた。そしてそれから、また次の山が、丁度、珠数《じゆず》のように遠くへ続いていた。

遠く彼方の地平線まで白い雪ばかりだ。スメターニンはやはり見当がつかなかった。

中隊は、丘の上を蟻のように遅々としてやって来ていた。それは、広い、はてしのない雪の曠野で、実に、二三匹の蟻にも比すべき微々たるものであった。

「どっちへでもいい、ええかげんで連れてって呉れよ。」

二人は、やけになった。

「あんまり追いたてるから、なお分らなくなっちまったんだ。」

スメターニンは、毛皮の帽子をぬいで額の汗を拭いた。

## 九

薄く、そして白い夕暮が、曠野全体を蔽い迫ってきた。

どちらへ行けばいいのか！

疲れて、雪の中に倒れ、そのまま凍死してしまう者があるのを松木はたびたび聞いていた。

疲労と空腹は、寒さに対する抵抗力を奪い去ってしまうものだ。

一個中隊すべての者が雪の中で凍死する、そんなことがあるものだろうか？　あってもいいものだろうか？

少佐の性慾の××になったのだ。兵卒達はそういうことすら知らなかった。

何故、シベリアへ来なければならなかったか。それは、だれによこされたのか？　そういうことは、勿論、雲の上にかくれて、彼等には分らなかった。

われわれは、シベリアへ来たくなかったのだ。むりやりに来させられたのだ。――それすら、彼等は、今、殆んど忘れかけていた。

彼等の思っていることは、死にたくない。どうにかして雪の中から逃《の》がれて、生きていたい。ただそればかりであった。

雪の中へ来なければならなくせしめたものは、松木と武石とだ。

そして、道を踏み迷わせたのも松木と武石とだ。――彼等は、そんな風に思っていた。それより上に、彼等に魔の手が強く働いていることは、兵士達には分らなかった。

彼等が、いくらあせっても、行くさきにあるものは雪ばかりだった。彼等の四肢は麻痺してきだした。意識が遠くなりかけた。破れ小屋でもいい、それを見つけて一夜を明かしたい！

だが、どこまで行っても雪ばかりだ。……

最初に倒れたのは、松木だった。それから武石だった。

松木は、意識がぼっとして来たのは、まだ知っていた。

だが、まもなく頭がくらくらして前後が分らなくなった。

そして眠るように、意識は失われてしまった。

彼の四肢は凍った。そして、やがて、身体全体が固く棒のように硬《こわ》ばって動かなくなった。

……雪が降った。

白い曠野に、散り散りに横たわっている黄色の肉体は、埋められて行った。雪は降った上に降り積った。倒れた兵士は、雪に蔽われ、暫らくするうちに、背嚢《はいのう》も、靴も、軍帽も、すべて雪の下にかくれて、彼等が横たわっている痕《こん》跡《せき》は、すっかり分らなくなってしまった。

雪は、なお、降りつづいた。……

## 一〇

春が来た。

太陽は雲間からにこにこかがやきだした。枯木にかかっていた雪はいつのまにか落ちてしまった。雀の群が灌木の間をにぎやかに囀《さえず》り、嬉々としてとびまわった。

鉄橋を渡って行く軍用列車の轟《とどろ》きまでが、のびのびとしてきたようだ。

積っていた雪は解け、雨垂れが、絶えず、快い音をたてて樋《とい》を流れる。

吉永の中隊は、イイシに分遣されていた。丘の上の木造の建物を占領して、そこにいる。兵舎の樋から落ちた水は、枯れた芝生の間をくぐって、谷間へ小さな急流をなして流れていた。

松木と武石との中隊が、行衛《ゆくえ》不明になった時、大隊長は、他の中隊を出して探索さした。大隊長は、心配そうな顔もしてみせた。遺族に対して申訳がない、そんなことも云った。――しかし、内心では、何等の心配をも感じてはいない。ばかりでなく、むしろ清々していた。気にかかるのは、師団長にどういう報告書を出すか、その事の方が大事であった。

一週間探した。しかし、行衛は依然として分らなかった。

少佐は、もうそのことは、全然忘れてしまっているようだった。彼は、本部の二階からガーリヤの家の方を眺めて、口笛で、「赤い夕日」を吹いたりした。

春が来た。だが、あの一個中隊が、どこでどうして消えてしまったのか、今だにあとかたも分らなかった。

吉永は、丘の上の兵営から、まだ、すっかり雪の解けきらない広漠たる曠野を見渡しながら、自分がよくも今まで生きてこられたものだ、とひそかに考えていた。あの時、自分達の中隊が、さきに分遣されることになっていたのだ。それがどうしたのか、出発の前日に変更されてしまった。彼の中隊が、橇でなく徒歩でやって来ていたならば、彼も、今頃、どこで自分の骨を見も知らぬ犬にしゃぶられているか分らないのだ。

徒歩で深い雪の中へ行けば、それは、死に行くようなものだ。

彼等をシベリアへよこした者は、彼等が、×××餌食《えじき》になろうが、狼に食い×××ようが、屁とも思っていやしないのだ。二人や三人が死ぬことは勿論である。二百人死のうが何でもない。兵士の死ぬ事を、チンコロが一匹死んだ程にも考えやしない。代りはいくらでもあるのだ。それは、令状一枚でかり出して来られるのだ。……

丘の左側には汽車が通っていた。河があった。そこには、まだ氷が張っていた。牛が、ほがほがその上を歩いていた。

右側には、はてしない曠野があった。

枯木が立っていた。解けかけた雪があった。黒い烏の群が、空中に渦巻いていた。陰欝に唖々《ああ》と鳴き交すその声は、丘の兵舎にまで、やかましく聞えてきた。それは、地平線の隅々からすべての烏が集って来たかと思われる程、無数に群がり、夕立雲のように空を蔽わぬばかりだった。

烏はやがて、空から地平をめがけて、騒々しくとびおりて行った。そして、雪の中を執念《しゅうね》くかきさがしていた。

その群は、昨日も集っていた。

そして、今日もいる。

三日たった。しかし、烏は、数と、騒々しさと、陰欝さとを増して来るばかりだった。

或る日、村の警衛に出ていた兵士は、露西亜の百姓が、銃のさきに背嚢を引っかけて、肩にかついで帰って来るのに出会《でくわ》した。銃も背嚢も日本のものだ。

「おい、待て！　それゃ、どっから、かっぱらって来たんだ？」

「あっちだよ。」髭もじゃの百姓は、大きな手をあげて、烏が群がっている曠野を指さした。

「あっちに落ちとったんだ。」

「うそ云え！」

「あっちだ。あっちの雪の中に沢山落ちとるんだ。……兵タイも沢山死んどるだ。」

「うそ云え！」兵士は、百姓の頬をぴしゃりとやった。「一寸来い。中隊まで来い！」

日本の兵士が雪に埋れていることが明かになった。背嚢の中についていた記号は、それが、松木と武石の中隊のものであることを物語った。

翌日中隊は、早朝から、烏が渦巻いている空の下へ出かけて行った。烏は、既に、浅猿《あさま》しくも、雪の上に群がって、貪慾な嘴《くちばし》で、そこをかきさがしつついていた。

兵士達が行くと、烏は、かあかあ鳴き叫び、雲のように空へまい上った。

そこには、半ば貪《むさぼ》り啄《つつ》かれた兵士達の屍《しかばね》が散り散りに横たわっていた。顔面はさんざんに傷《そこな》われて見るかげもなくなっていた。

雪は半ば解けかけていた。水が靴にしみ通ってきた。

やかましく鳴き叫びながら、空に群がっている烏は、やがて、一町ほど向うの雪の上へおりて行った。

兵士は、烏が雪をかきさがし、つついているのを見つけては、それを追っかけた。

烏は、また、鳴き叫びながら、空に廻《ま》い上って、二三町さきへおりた。そこにも屍があった。兵士はそれを追っかけた。

烏は、次第に遠く、一里も、二里も向うの方まで、雪の上におりながら逃げて行った。

（昭和三年二月）

# 人を殺す犬

小林多喜二

　右手に十勝岳《とかちだけ》が安すッぽいペンキ画の富士山のように、青空にクッキリ見えた。そこは高地だったので、反対の左手一帯はちょうど大きな風呂敷を皺にして広げたように、その起伏がズウと遠くまで見られた。その一つの皺《しわ》の底を線が縫って、こっちに向ってだんだん上ってきている。釧路《くしろ》の方へ続いている鉄道だった。十勝川も見える。子供が玩具にしたあとの針金のようだった、がところどころだけまぶゆくギラギラと光っていた。――「真夏」の「真昼」だった。遠慮のない大陸的なヤケに熱い太陽で、その辺から今にもポッポッと火が出そうに思われた。それで、その高地を崩していた土方《どかた》は、まるで熱いお湯から飛びだしてきたように汗まみれになり、フラフラになっていた。皆の眼はのぼせて、トロンとして、腐った鰊《にしん》の眼のように赤く、よどんでいた。

　棒頭《ぼうがしら》が一人走っていった。

　もう一人がその後から走っていった。

百人近くの土方がきゅうにどよめいた。「逃げたなあ！」

「何してる！　ばか野郎、馬の骨！」

　棒頭は殺気《さっき》だった。誰かが向うでなぐられた。ボクン！直接《じか》に肉が打たれる音がした。

　この時親分が馬でやってきた。二、三人の棒頭にピストルを渡すと、すぐ逃亡者を追いかけるように言った。

「ばかなことをしたもんだ」

　誰だろう？　すぐつかまる。そしたらまた犬が喜ぶ！

　眼下《ました》の線路を玩具のような客車が上りになっているこっちへ上ってくるのが見えた。疲れきったようなバシュバシュという音がきこえる。時々寒い朝の呼吸《いき》のような白い煙を円《まる》くはきながら。

＊　＊

　その暮れ方、土工夫らはいつものように、棒頭に守られながら現場から帰ってきた。背から受ける夕日に、鶴尖《つるはし》やスコップをかついでいる姿が前の方に長く影をひいた。ちょうど飯場《はんば》へつく山を一つ廻りかけた時、後から馬の蹄《ひづめ》の音が聞えた。捕かまった、皆そう思い立ち止まって、振り返ってみた。源吉だった。

　源吉はズブ濡れの身体《からだ》をすっかりロープで縛られていた。そしてその綱の端が棒頭の乗っている馬につながれていた。馬が少し早くなると（早くするのだ）逃亡者はでんぐり返って、そのまま石ころだらけの山途《やまみち》を引きずられた。半纏《はんてん》が破れて、額や頬《ほお》から血が出ていた。その血が土にまみれて、どす黒くなっている。

皆は何んにも言わないで、また歩きだした。

（体を悪くしていた源吉は死ぬ前にどうしても、青森に残してきた母親に一度会いたいとよくそう言っていた。二十三だった。源吉が、二日前の雨ですっかり濁って、渦を巻いて流れていた十勝川に、板一枚もって飛びこんだということはあとで皆んなに分った）

＊　＊

飯がすむと、棒頭が皆を空地に呼んだ。

まただ！

「俺ァ行きたくねえや……」皆んなそう言った。

空地へ行くと、親分や棒頭たちがいた。源吉は縛られたまま、空地の中央に打ちぶせになっていた。親分は犬の背をなでながら、何か大声で話していた。

「集まったか？」大将がきいた。

「全部だなあ？」そう棒頭が皆に言うと、

「全部です」と、大将に答えた。

「よオし、初めるぞ。さあ皆んな見てろ、どんなことになるか！」

親分は浴衣《ゆかた》の裾《すそ》をまくり上げると源吉を蹴《け》った。「立て！」

逃亡者はヨロヨロに立ち上った。

「立てるか、ウム？」そう言って、いきなり横ッ面を拳固《げんこ》でなぐりつけた。逃亡者はまるで芝居の型そっくりにフラフラッとした。頭がガックリ前にさがった。そして唾《つば》をはいた。血が口から流れてきた。彼は二、三度血の唾をはいた。

「ばか、見ろいッ！」

親分の胸がハダけて、胸毛がでた。それから棒頭に
「やるんだぜ！」と合図《あいず》をした。

一人が逃亡者のロープを解いてやった。すると棒頭がその大人の背ほどもある土佐犬を源吉の方へむけた。犬はグウグウと腹の方でうなっていたが、四肢《しし》が見ているうちに、力がこもってゆくのが分った。

「そらッ！」と言った。

棒頭が土佐犬を離した。

犬は歯をむきだして、前足をのばすと、尻の方を高くあげて……源吉は身体をふるわしていたが、ハッとして立ちすくんでしまった。瞬間シーンとなった。誰の息づかいも聞えない。

土佐犬はウオッと叫ぶと飛びあがった。源吉は何やら叫ぶと手を振った。盲目《めくら》が前に手を出してまさぐるような恰《かっ》好《こう》をした。犬は一と飛びに源吉に食いついた。源吉と犬はもつれあって、二、三回土の上をのたうった。犬が離れた。口のまわりに血がついていた。そして犬は親分のまわりを、身体をはねらしながら二、三回まわった。源吉は倒れたま

まちょっとの間ピクッピクッと動いていた。がフラフラと立ち上った。と土佐犬は吠《ほ》えもせず飛びかかった。源吉はひとたまりもなくはね飛ばされて、空地を区切っている塀に投げつけられた。犬はまたせまった！　源吉は犬の方に向きなおった。そして塀《へい》に背をもたせ、背中でずって立ち上った。皆んな思わずその方を見た。こっちに向けた顔はすっかり血だらけで分らなかった。その血が顎《あご》から咽喉《のど》を伝って、すっかりムキだしにされて、せわしくあえいでいる胸を流れるのが分った。立ち上ると源吉は腕で顔をぬぐった、犬の方を見定めようとするようだった。犬は勝ち誇ったように一吠え吠えると、瞬間、源吉は分けの分らないことを口早に言ったか、と思うと、

「怖《おっ》かない！　オッ母ッ！」と叫んだ。

　そしてグルッと身体を廻すと、猫《ねこ》がするように塀をもがいて上るような恰好をした。犬がその後から喰らいついた。

＊　＊

その晩棒頭が一人つき添って土方二人が源吉の死骸《しがい》をかついで山へ行った。穴をほってうずめた。月夜で十勝岳が昼よりもハッキリ見えた。穴の中にスコップで土をなげ入れると、下で箱にあたる音が不気味に聞えた。

　帰りに一人が、ちょうど棒頭の小便をしていた時、仲間に「だが、俺ァなあキットいつかあの犬を殺してやるよ……」と言った。

# 滝子其他

小林多喜二

## 一

毎日の掃除を終えて、酌婦《しゃくふ》の初恵《はつえ》と光代が屋根裏になっている室へ上ってきた。光代は襷《たすき》を外《はず》してその辺に投げだすと、両手で着物の腰をちょっとつまみ上げた。桃色の腰巻の端と白い太い脛《はぎ》の腹が出た。そして「汗ですっかり着物がねばる」と言った。

　初恵は鏡台の向きを直して、首だけを鏡のすぐ前につきだして、パタパタと鼻頭《はなさき》に白粉の袋をたたきつけた。終ると、鏡にフランス刺繍《ししゅう》のしてある覆《おお》いを下して、隅の方へズラしてやった。

「チイタカ、チイタカ、チッチッチ」と、光代が足拍子をとって、室の中をちょっと行きもどりして、窓ぎわに坐った。初恵も並んで坐ると、光代の肩に手をかけた。屋根のトタン板が熱しているので、屋根裏の室の中はムーンとしていた。蝿《はえ》が時々ブーンと羽音をさして飛んでいた。

「眠い眠い」滝子が膚ぬぎになって入ってきた。大柄《おおがら》な、白い肌《はだ》の女だった。

「あれ」

　窓から外を見ていた光代が、通りを指さした。初恵もその指の方を見た。「まあ！」

「チョット、滝ちゃん」

　光代が振りかえって滝子を呼んだ。滝子は腕を袖《そで》に通しながら「何よ？」と言って、二人の間に割りこむように坐った。

「ねえ、あれさ」

　二人が見ていたのは、たぶん三、四日前くらいに結婚したような夫婦連れだった。

「へん！」

　滝子はつまんなそうに身体《からだ》を起すと、くるっと向きをかえて、室の中を、ワザと足に力を入れて、笑談《しょうだん》をしているように歩きだした。二人は吸いつけられたように見ていた。

「妬《や》いたねえ、さては」

　光代が振り返らないで、そう言った。

「何がさ、そんなもの……」

　舌打ちをした。が、窓の方へ来ると、滝子は顔を出してもう一度外を見た。が、すぐ顔をひっこめて、手をブランブランさせながら、身体をそのたびにくねらして、室の中を歩いた。「あれァ、あれさ」独言《ひとりごと》のようにそう言った。

　二人の姿が向う角に見えなくなったとき、初恵と光代は

同時に、

「うらやましい！」と言った。

滝子は「あれァ、あれさ……あんなもの」思いだしたように時々言った。

下で光代を呼ぶ声がした。光代が立つと、初恵もついて下りていった。二人がいなくなると、滝子は急いで窓から首を出してみた。さっきの二人連れはもう見えなかった。何かがっかりしたようにうなだれて、眼尻《まなじり》がチカチカしてきた。

「何アに、あれァあれさ……」

ひくく独言をした。

＊

滝子は今見たその男がこの家に来たことのあるのを、記憶のどこからか探《さが》しだした。臆病気《おくびょうげ》にオズオズしていたことがある。それが最初だった。酔って友だちと来たことがある。すっかりもの慣れて、大胆な、淫猥《いんわい》なことを女に平気でしたことがある。がそんなことは、別に際立《きわだ》ってはっきり分らなかった。しかし、「お前たちをみると、俺はいつでも心が暗くなるんだ。これは世の中のどこかが間違っているからだ」と言ったことが、前と後の聯絡《れんらく》なしに、その男と結びついてハッキリ今でも思いだせた……滝子は、自分たちのところへ来て、それからしばらくして来なくなったたくさんの男を思い浮かべてみた。そういういろいろなたくさんの男が、しかしそれぞれにちァんとした家庭《うち》を持って暮しているのだ、と思った。そして自分たちはといえば！　滝子は自分の身体のまわりを見廻してみた。

二

階段をギシギシいわせて、光代が上ってきた。

「どうしたの？　ハイ、手紙」

そう言って、滝子の前に手紙を投げだした。滝子はさっきのまま身体を動かさずに、眼で投げだされた手紙の送り人《て》を見た。

「ばかにしてる」そして、ものうく「ちょっと封《ふう》を切って読んでみてちょうだい」と言った。

「何言うのさ、コレからの手紙を……」

「読んでくれなくたって、本当は中に書いてあることは分ってるの……僕はあなたを愛していますさ。それでぜひ僕はあなたといっしょになりたい。あなたのような方をそんな泥《どろ》の中にふみにじっておくことは……なんて」

「ハイ、ハイ……ありがとうございますだ」

「何十回も同じ文句ばかり読ませられたら、たいがい頭が悪い奴《やつ》でも暗誦《あんしょう》できるようになるだろうさ。男って綺麗《きれい》な女を見ると、スグ、僕はあなたを、とくるんだよ。助平《すけべい》な奴さ」

滝子はそう言って、大儀《たいぎ》そうに封を切った。「何んでも手紙が来ないようにするには、手紙を便所で使う紙にしてしまえばいいってねえ」

「うん」

「でも、まあ、よッく皆がみんな、書く文句が一字一句も異《ちが》わないんだねえ、感心してしまう」

「そして口先《くちさき》ばかりでさ……」

「男はねえ、綺麗な女を見ると、すぐ××したいと思うんの。それが素人《しろうと》の娘とか、よその奥さんとかとなると、まさか、ねえ。ところが、弐、参円もあれば、××できる女がいるときているからもってこいさ。男はねえ、実際……」

滝子は立ち上って、帯をしめなおした。「こんなに股《もも》の肉がなくなってしまった」

光代はごろりと寝ころぶと、側に投げ捨ててあった雑誌をとりあげて、あっちをめくったり、こっちをかえしたりした。そして独言のように、

「なんだか今度の検査は……だめらしい」と言った。

「気をつけないと、ばかみるよ」

「身体も悪くなるし、……もう最後ねえ」そう下から滝子を見上げて、うつろな笑い方をした。

「私なら助平男の、××を、病気でくさらしてやるよ。そして嬶《かかあ》も子供にもうつさしてやりたい。お蔭様《かげさま》で嬶が始終腰をまげて、＊＊＊がったり、子供だ眼くされで、つんぼで身体じゅう腐《くさ》れて生れてきたら、どんなにすウとするか」

「まあ、いっのまにそうなったの」

「ふん、だ」

「来たころは毎日××した後では、この室へ夢中にかけ上ってきては、あすこの夜具布団《やぐぶとん》の上に身体をなげだして、お母《か》あさん、私、私なんて泣いていたのにさ。それに……」

「何んだって、昔のことなんか引《ひ》ッ張《ぱ》りだしてくるのさ！」

滝子は強く言って、しかしどこかオドオドした眼差《まなざし》を窓の外へそらした。

「それに、初めて検査がある時なんか、行かない行かないッて……」

「いいッて！」

「まあ、いいさねえ。誰でもそうなんだから。××や×××のことなんても、平気で言えるようになるし……だんだんこれァ普通の人間様から遠ざかってゆくんだろう」

「いやだいやだ……なぐるよ！」

滝子は立ったまま、足で光代の腰のあたりを押した。そして階段を下りていった。

「滝ちゃん、あとで××を見てくれない。×××たかってるらしい」

光代は後からそう言った。

茶の間へ入ると、初恵は女将《おかみ》の用事で、外から包みをも

って帰ってきた。台所で女将と何か話していたが、茶の間に入ってきた。

「姐《ねえ》さん、今ねえ、昔の小学校の友だちに街《まち》で会ったの」

そう言って、黒瞳《くろめ》の多い、つぶらな眼で滝子を見上げた。パチパチとしばたいてきたように思って、滝子はその眼を避けて、炉辺に横なりに坐った。そして新聞をとり上げた。

「そう？」

「前から分ってたんで、反対の側の家の下を通って見られないようにしたんだけど……こんなふうになったのを見られるのが恥かしかったの。だけれど……」

「そんなこと……」

「だけれど、あのお友だちが、自分たちの仲間からこんなものが出たと思って、かえって、あの人が恥かしく思わないか、と思って……ねえ」

滝子はちょっと新聞から眼をそらして、初恵を見た。それからまた新聞を見た。が、読んでいなかった。一所《ひとところ》ばかりを見ていた。光代がいつか「初ちゃんはまるでもとの滝ちゃんを見る気がする」と彼女に言ったことを思いだした。

「変な日だよ、本当に……」

滝子はあくび交《まじ》りに立ち上りながら、独言のように言った。そしてまた階段を上った。初恵も後から上ってきた。

「初ちゃんはいくつだっけ？」

「まあ……十七よ。忘れたの？」

「十七、ねえ。十八になると、初ちゃんでもやっぱり十八のようになるだろうねえ」

「何を言ッてるの。おかしいよ」

「十七、十八、十九……と」語調をかえて、「何んだか、今日息苦しくて、お酒でもウンと飲みたい気がするの」

室の中から、

「また暴《あば》れてもらったりすると、迷惑するから、もう大酒だけはごめんしてくれ」

光代が言うのが聞えた。

三

「チョットチョット」

闇をすかして、光代が声をひくく呼んだ。そしてチュウチュウと鼠鳴きをした。

「ニャンゴニャンゴ」男が猫の真似《まね》をした。「ハハハハハハ」

「ばかにしているよ、チェッ！」

光代はクルリと後向きになって、足で後へ砂を蹴る恰好をした。その時懐手をした男が近寄ってきた。

「どうだい、景気は」

そう言って光代といっしょに立っていた初恵の手を握った。彼女は何も言わないで男の顔を見つめた。

「ばかに無愛想《ぶあいそう》だなあ――眼がいいぞ、うるわしの瞳よ、か」

「オイオイ品物じゃないんだよ」

滝子が側から、男のような声を出して言った。

「凄《すご》いなあ！　品物でなくても、弐円で……ねえ。へへんだ」

「ソラ、後から巡査が来た！」

滝子がそう言うと、息をつまらして、クックッと笑った。

「親にも言えないことや、国定教科書にも書いてないことなんか、しない方がいいよ。みっともない」

「ヘエー」男は友だちに「オイ、退却《たいきゃく》だ」と言って、握っていた初恵の手を、「キュッ、キュッ、キュッ、サンキュッ」と振って、離した。

「ばかにしてら」と光代は後でしゃがんでいたが、そう言った。

男たちは二軒おいた隣りの「即席御料理」の方へひやかしに寄った。

この時三人連れの男が来た。そして、この越後屋《えちごや》の中に入った。女たちはこれで女将にも工合《ぐあい》がいい、そう思って、家へ、男の後から入った。皆入ってしまうと、光代は外の方をちょっとうかがってみて、それから男の下駄《げた》三足を、菰《こも》をかぶった酒樽《さかだる》のわきに隠した。

三人のうち二人は二、三回来たことがあった、が他の一人は十八、九の初めての男だった。

「急ぐんだ」

一人がそう言って初恵を側に引き寄せて頬へチュッとキッスをした。酒にすっかり酔っていた。

「汚《きたな》いねえ」

そこを手で何度もふきながら、真赤になった。

「さあ、行こう」

男は初恵をつれて立ち上った。「あばよ」出口でチャップリンのような恰好をして、戸をぴしゃりと閉《し》めた。

「俺《おれ》もだ。N、お前はこの女とだぞ、いいか」

一人は光代を連れて出た。

「学生さん、しっかり！」光代が男の腋《わき》の下から首だけを出して、出しなに言った。

若い男は何も言わなかった。皆が出てゆくと、モジモジしだした。

「君、いくつ？」男は乾《かわ》いた声で言った。

「十四」

舌の先へじいと酒をしばらく置いて、飲み下した時言った。

「嘘？」

「いくつに見えて？」

「二十か二十一……」

「じゃそうしておこう。いいでしょう、別に……」

ちょっと黙った。

「……どうしてこんな所にいるの」

男はまんとの襟《えり》のあたりをいじりながら、きいた。滝子はちらっと男を見た。

「ここはねえ、越後屋っていうソバ屋でしょう。分る？……あなたの商売は何？　……裁判所の方？　……市役所の方――戸籍係？」

男は独言のように口の中で何か言った。そしてソワソワして立ち上った。滝子は見向きもしないで、

「どうするの？」ときいた。

「君……こんな商売いやだとも思っていないのか……本当の、いい生活をしたいというふうな……」男は顔を真赤にして、早口にいった。

「もう、連れの方は終るよ。ここに弐円出してるんだもの、早くしたらどう？」

「そんなことどうでもいいよ」

「困ったわねえ。分りきってることとさ。なんならあなたの妹さんに訊《き》いてみればいいよ」

「妹？　……」

「お母さんでもいいし、あなたの恋人《いいひと》でもいいし……妹さんが弐円で……お前さん、少し頭が悪いねえ」

滝子は、こういう男はちょうどはぐれた鳥のように、時々迷いこんでくることを知っていた。が、その友だちがまたそういう男をそのままにしておかないことも知っていた。

「まあ、お飲み、さあ……」

そして、男の耳元に口をあてて「何んにもならない他人《ひと》ごとは心配するもんでない」と言った。

「俺はねえ、友だちのようにそうのんきになれないんだ。――君らの苦しみがそのまま自分の苦しみのようなんだ」

「じゃ、どうするというの。たとえば私をあなたの奥さんにでもしてくれるというの。裁縫を習わしてくれたり、夜学校へ通わしてくれたりして」

男は熱心に女を見た。

「ところが、この小樽《おたる》だけで何人こんな女がいると思っているの、そして毎日何人平均こんな女がどんどん製造されていると思うの？　とてもだめだめ。追いつきッこないさ。それに第一、あなたがこんな所の女が好きになれるもんでないよ」

男は何か言いだしそうになった。

「ウソ、ウソ！　何か熱に浮かされてるんだよ。そんなとこのごろ流行《はや》ってるんでしょう。私これで、二、三十回も、今あなたが言ったのと同じことを聞かされてきているんだもの。そしてそれはいつもそれッきりだったの。だからそういう人をみると……」

滝子は眼をキラキラ光らせて、妙に笑いながら言った。

「皆ちょっとした若い人はそう言うんだもの……笑談なんか言いッこなし」

滝子はそう言って、男を廊下に連れだした。「静かに歩くんだよ」

そして一つの室の前に立ち止った。障子の隙間《すきま》を自分でのぞいてから、男を代りに押してやった。男はそうされるままに覗《のぞ》いた。二人は一言も言わないで、元の室に帰ってきた。——男の顔には血の気《け》が少しもなかった。咽喉《のど》が乾いて、唇《くちぶる》のあたりがピクピクとけいれんしていた。滝子の顔も凄味《すごみ》をもっていた。彼女はだまって、酒を飲んだ。男はじいと別な一方だけを見ていた。二人は何んにも言わなかった。

四

滝子が室へ上ってゆくと、初恵が窓から外を見ていた。足音で、ちらっとこっちを見た。眼が光っていた。

滝子はちょっと鏡に顔を写して、髪を直した。それから何か言おうとして、初恵の方を見たが、顔をそむけた。光代も上ってきた。が、すぐ下で手がなったので「ヘエ——エ」とキーンとした返事をして下りていった。

途中まで下りていったと思うと、また上ってきて、階段の降り口に顔だけ出して、

「すまないが、滝ちゃん、鏡台の引き出しから商売道具を投げてよこして」と言った。

滝子は無表清に、チリ紙を出して、なげてやった。

「チイタカ、チイタカ、チッチッチッ」そして下りていった。滝子は、イライラしたように、その辺を二、三回歩いていたが、下から呼ばれて下りていった。

下の入口でガタガタと乱れた足音が初恵に聞えてきた。「またか」と思った。男が何かどなっている。廊下をギシギシいわせて、室へ行くのが分った。酒に酔ってるらしかった。

外では、まだ子供が鬼遊びなどをして騒いでいた。初恵には自分もそんなことをして遊んだ記憶が返ってきた。——彼女はぐったり窓に身体をもたれさしていた。

「もう帰る、糞《くそ》ッ！」

「勝手に！」滝子の声。

足音。キャッキャッとはしゃいでいる光代の声も聞えてきた。

と、トントンと光代が上ってきた。

「野郎、いけすかない奴。こんな乱暴しやがって！」と、着物の前を合わせながら、息を切らしていた。髪のタボがすっかりこわれていた。

「初ちゃん、またかい」

そう言って、どっこいしょ、と側に坐った。酒臭い匂《にお》いが初恵に来た。

「お母さんの事かい、また。——お前さんが考えてるように、お母さんの方じゃ考えていないさ」

初恵は光代の方を見た。

「まあ、今のうちはそうするさ、しかたない。滝ちゃんだって、この私だって——おかしいでしょう——初めは皆んな初ちゃんとそっくりそのままだったのさ」それから早口に「が、いつのまにか、こうのんきになってしまったのさ。それにねえ、本当のところ、そうなった方が気楽でいいんだ。うまくいってるもんだよ！」

「私、そんな……とても……」

光代はそれをきくと、ぐでんと室に仰向けに寝ころんで、「こんな、こんないい商売なんてあるもんか」と自分に言うように言った。

「すき放題に、どんな男と×××できる……一晩に、もっとも、五人もあっちゃちょっと困るけどさ……」

初恵は窓の外へ眼をそらした。

「チイタカ、チイタカ、チッチッチッ」光代は足をばたばたさせた。

「好きなお客と寝た夜さは、
烏《からす》も鳴くな、
夜も明けな。

嫌なお客と寝た夜さは、か、
烏も鳴くな、か、
夜も明けな、か」

「うまくいってる」光代は仰向けに寝たまま足で軽く拍子《ひょうし》をとって唄《うた》った。

下で、手が、鳴った。

「また！ チェッ」

光代が立ち上った。

「さあ、行こう。気なんか腐らさないで。忙しいと、そんなこと考えないよ」

初恵をせきたてて、二人階段を下りた。

## 五

階段の下り口に女将が立っていた。

「何をベラベラ長話してるんだよ」と、どなった。

「ヘエ、ヘエ」

光代が言って、てれたように自分の尻《しり》をたたいた。

室に入ってゆくと、二人のお客の間で、滝子がすっかり酔って何か言っていた。光代が一人の男の側に身体をくっつけて坐ると、片手を男の膝《ひざ》の上につきながら、

「ちょいと、景気がいいんだねえ。煙草を私にものましてよ」

そう言って、男の咬《くわ》えていた巻煙草をとって自分でのんだ。

「驚いたなあ」

「酒をのみ、煙草をのむ女となったのであります」

どこかできいてきた活動写真の弁士《べんし》の真似をした。

男の一人が「うまいうまい」と言った。それから前からの話の続きをした。

「じゃ、君はこういうのか——淫売婦がいなくなったら、世の中がそのはけ口がなくなって、一般の善良な男女の風俗が乱れてくるって——」

「そうさ。そうだよ。地球がなくならない間——男に性慾というものがなくならない間、絶対になくならないよ」

「じゃ君は女が肉の切り売りしなければならないことを認めるんだねえ」

「しかたがなく——Necessary evil ってやつだ」

「と、君はそのNecessary evil は、男の性慾からきているんだねえ」

「うん、孔子《こうし》様の教えだって、性慾にはかなわないさ」

「ところが、君の、その男の性慾のNecessary evilというのが、じつのところ、この今の社会制度のもとではNecessary evil であるということを知らないんだ。皆んな現代の社会制度の根本をなしている経済的の欠陥《けっかん》からきているんだ。君はどういう女がここに来ているかを知っているか。そしてまたどういう男がここに来なければならないかも知っているか。この事はいろいろ具体的な例で説明できる。現代の経済組織が不道徳な行為の酵母《こうぼ》なんだ。争われない証明が五万何千ってあるよ」

「だが、君、どの本にだって、淫売《いんばい》がギリシャの昔から今まで何千年も続き、またこれからもなくならないだろう、と書いてあるよ」

「が、そこだよ。それはそれらの社会の、そういうのを生まなければならなかった根拠を見ないからさ。——今までの搾取《さくしゅ》と貧窮《ひんきゅう》を土台として立っているこの社会制度が撤廃《てっぱい》されたら、その時こそ、歴史のいわゆる全前史はその幕を閉じることになるんだ。そして本当の自然な、自由な社会がくる。あらゆる旧来のものはでんぐり返りをやる。今の世の中でNecessary evil でも、そうではなくなる。だから俺たちはこの惨《みじ》めな存在にだけ眼を奪われて、涙をポロポロ出したって、ドン・キホーテの後を追うばかりだ。土台だ。土台をかえなかったら、糞《くそ》にもならないんだ」

「どうだか。君の話はいつものように相変らず大きい」

　女たちはだまって聞いていた。

「あなたたち、ここまでワザワザそんな面倒な議論をするんに来たの——さ、お酒！」

　光代がそう言って、お銚子《ちょうし》を男の眼の前で振ってみせた。

六

　滝子はその夜とうとうべろべろに酔払《よっぱら》った。そして、十一時過ごろに上ったお客と喧嘩《けんか》をしてしまった。ちょっとした言葉尻《ことばじり》をつかむと、滝子は夢中になって喰ってかかった。

初め男が、

「皆んなこの生活にちょうど豚《ぶた》のように満足しているんだ。泥亀《どろがめ》のように酔払って、極楽のような顔をしている」と言った。男も酔っていた。

「豚⁉」

滝子が向きなおった。

「そうさ。無智《むち》で、無反省で、恥知らずで、酒飲みで……一人だって自分で自分を責《せ》めてる奴なんかいるか。半襟《はんえり》一本で、平気で××する！」

「じゃ訊《き》くがねえ、お前さんの言うように、私たちが責められなけァならないような悪いことでもしていると言うの、自分たちが一体全体下品なことをしたくなって飛びこんでくるくせに、女が下品だとか、恥知らずだとか、どこを押せばそんなこといえるのさ」

ギリギリ歯をかんで言った。酔払って眼がすわっていた。

「だから、大酒をのむなって言ったのに！」と光代が言った。

「ええ、お前さんたちこそ考えてみろ。私たちをいったい誰がそう下品にしたり、なんだその泥——亀にしたり、その酒飲みにしたりしたんだ。お前たちこそ、女の尻の肉を見て、胸をワクワクさせて、見っともない××××、弐円か参円出して、××××まるで、道ばたの犬みたいに××××。それで何が言えた柄《がら》かいッて言いたいよ」

男は真赤になった。

「まあ、姐《ねえ》さん！」

初恵はその露骨な文句に吃驚《びっくり》して言った。

「この人はそんな悪いつもりでいったんでないのよ」

「糞、糞！　糞ッ！　糞、糞、糞、糞ッ！　糞々！」

滝子は狂ったように、身体をむしってわめいた。そう言ったかと思うと、胸をきゅうにしゃッくり上げるようにして、ゲエッ、ゲエッと言った。

「あッ、まあ—」

滝子の身体を抑えていた光代が、突き飛ばすようにして後ずさりした。吐瀉《へど》が光代の胸から膝にかかっていた。

滝子は投げだされたままの形で、ぐったり畳の上にうつぶせになった。初恵があわてて台所へ走った。

七

日中照らされていたトタン屋根の余熱《ほとぼり》で、室の中が不《び》気《き》味《み》に熱苦しく、滝子も光代も裸のまま、あっちこっちに転《ころ》んだ。滝子はときどき歯をギリギリかんだ。

「ちょっと、よせよ。寝れもしない」

光代が滝子を押してやった。

「ねえ、光ちゃん」

「オヤ、初ちゃんまだ寝ないのかい」

「眠れないわ」

「困るねえ。だめだよ、それじゃ……」

「私なんだか、滝ちゃんという人……」

「どうしたの、なぐるとでも言ったのかい、うん?」

「さっきの事なんて、ねえ。どんなことを考えてるかと思って……」

「滝ちゃん苦しんできたからさ、この人初めよッく讃美歌だとか、なんとか始終歌っていたものさ。わけの分らない歌さ。そうだね、初ちゃんよりもまだおとなしい、内気な女だったよ」

もう一度滝子の方を見て、「まあ、苦しいんだよ。初ちゃん、下へ行って水をもってきてやって」

初恵は立ち上った。

「それが一度ここを出たことがあるの」

「ええ‼」

それが初恵を吃驚《びっくり》さした。それから初恵は何かを考えこむようにして、狭い、暗い階段をギシギシいわせて下りていった。光代はちょっと滝子の額に手をやってみた。初恵が上ってきた。

「どうして出たの、うけだされたの、それとも……」そう昇口《のぼりぐち》に顔が出たとき言った。

「身受さ。ここへ一年くらいも遊びに来て、一度も××なんかしなかった男にねえ」

「そういう人にねえ……」

「ところが、一年くらい経つと、滝ちゃんがまあひょッこりまた帰ってきたの。——それからすっかり人がちがっていたの」

「まあ、何んだってこんな処へ。どこか……」

「いいや、初ちゃんには分らない。今はねえ」

突然そう滝子が口を入れた。

「まあ、この人起きていたの?」

「寝れるもんか……ああ、胸が悪い」

が、すぐ前のように歯をギリギリさせて寝がえりをうった。

「その時滝ちゃん何んにも言わないの。嫌われたの、と言えば、とても可愛がられた、と言うし、滝ちゃんの方で嫌ったのかッて言えば、イヤ死んでも別れたくないほど好きだって……」

そう光代が言って、滝子の方を見た。

「そうさ、そのとおりさ」

「それで?」初恵が訊いた。

「人間でなくなったものが、人間様の仲間に……分ってら!」ギリギリ歯をいっそうひどくならした。

「初ちゃんたちには分らないの」

そう言うと、頭から蒲団《ふとん》をかぶった。——三人ともだまった。

蚊がプーンと音をさして窓から入ってきた。下の茶の間で、ねじのゆるんだ時計が三つ間をおいて打つのが聞えた。窓の外がどこか、ぼんやり、青白くなってきたようだった。隣りで誰か戸をあけて外へ出た。ジャジャと用を達《た》す音がきこえた。

八

次の朝九時ごろ光代が眼をさました。滝子がすっかり裸になって、×××××床から外《はず》れて寝ていた。初恵は起きていなかった。室にすっかり陽が入っていた。それで室はまるで塵芥箱《ごみばこ》のようにウジョウジョに見えた。——光代は階段を下りて、便所へ行った。茶の間の前を通ると、女将もまだ寝ていた。光代は帰ってくると、またウトウトして眠ってしまった。

しばらく経《た》って、「初恵が逃げた！」そう女将のどなる声で光代が眼をさました。光代はあわてて下へおりていった。

ちょっとして、上ってきた光代の足音で、滝子が眼をさました。滝子は起き上りもしないで、光代を見上げながら、

「昨夜なんかめちゃくちゃに騒がなかった？」

と、口に唾《つば》をためたまま言った。

「冗談じゃないよ！」

光代はそれどころか、というふうに、「まあまあ初ちゃんにも驚いた」と口早に言った。

滝子はちょっと眉のあたりを暗くした。

「嫌だ……嫌になる」独言《ひとりごと》のように言うと、だらしのない恰好で立ち上った。そして窓枠《まどわく》に手をついて、外へ首を出した。明るい外光がきゅうにパッと来て、宿酔《ふつかよい》の頭がフラフラと眼まいのような気持になった。口の中にたまっていたニヤニヤした唾とタンを続けざまにカッカッと往来に向ってはいた。

「この窓からだねえ……」と光代を振り返って言った。

「そうかしら。思いきったものだ。一生懸命だったろうさ。……でもばかだよ。女将の奴、今警察へ飛んでいったもの」

光代は興奮していた。

「世の中が初ちゃん一人を引《ひ》ッ倒《たお》すなんて朝飯前さ。なにもかもうまくできてるもんだもの。警察なんて臨検《りんけん》だ、なんだッて大きなことを言って、××やるのを取締るかと思うと、××させられるのが苦しくて逃げだしたものを今度は逆にとッ捕《つかま》えて、結局××やらせるようにする……」

そう言って、滝子は乾いた笑い方をした。そして窓枠に腰を下した。

「皆んなうまくできてるんだ。女将も女将だ。私たちをすりこぎか十能《じゅうのう》のように使って、使いへらしていいところだけを、たんまり搾り取る。そしてこんな酌婦《しゃくふ》からも税金さえ取っているんだ。それを、ところがいったい誰が払っているの！　誰も彼も皆んな敵だよ」

「そうねえ……」

光代はそんなことを別に聞いていなかった。

「それに月二回の検査ねえ。××をこの品物はまだいいとか、少し壊れたとか――まるで何んのことはない、雑穀《ざっこく》か鰊粕《にしんかす》の検査とどこが違っているかい、金持に搾られる、搾られると言っている労働者でさえ、私たちを弐円か参円で××××するんでないか。一番上が天皇陛下なら、これより下がないというドンづまりが私たちさ！……これでさ、こうまでされてさ、それで正気でいられるかッてよ！」

滝子はそう言いながら、身内がだんだん興奮してくるのを覚えた。

「そうねえ……初ちゃん、今ごろどうしてるだろう……」

光代は窓から首を出した。

滝子はフッと言葉を切って、眼をつぶった。それからちょっと間をおいて、「光ちゃんは一番だ」と言った。

「ええ？」

「のんきだから……」

「住めば都さ」

「だから一番よ」

滝子は妙に淋《さび》しくなって、何か言おうとしたのをやめた。

光代はグルグルと伊達巻《だてまき》をしめると、下へおりていった。

滝子はいつまでもそうしていた。が、蒲団の上へ行くと、また寝た。

九

三日目の昼ごろ、初恵が連れ戻されてきた。変に上ずった、うつろな顔つきをしていた。初恵は茶の間を出ると、自分たちの室へ階段を上ってきた。滝子は出迎えるように、階段の口に立って下を見ていた。初恵は身体を引きずって上ってきた。腕のあたりに二つも三つも蚯蚓《みみず》ばれのあとがあるのを滝子が見た。

光代と滝子の顔を見ると、初恵は何も言わないで、畳の上にうつぶせになった。そしてきゅうに泣きだした。光代は窓の外へ眼をやった。そして、

「ここがいいんだよ、じっとしていれば。別にねえ……」

と言った。

滝子は壁に背をもたせて坐っていた。そしてしゃっくるたびに波打つ肩をじいっと見ていた。滝子には何んにも言えない気がした。

間。

「どんなものだか、だんだん分ってくるよ。ここでは当り前の理窟なんか通らないんだから、それに、一人でいくらじたばたもがいたってだめ。とてもだめさ」

滝子はそれだけ言って、ちょっと言葉を切ってから、

「第一土台を直してかからなけアねえ、何んだってだめさ。根本が間違ってるんだもの……」

それから、しんみり、「だが、初ちゃん、捨鉢《すてばち》になんかならないッこねえ。お互強くならなけァ。いいでしょう！」

十

次の朝の四時ごろ「越後屋」から火事が出た。そしてその通り一帯の淫売屋が二、三十軒もペロペロと焼けてしまった。火元である「越後屋」の女将や、光代、初恵などが警察に呼びだされた。滝子は焼け死んだのか、どこへ行ったのか見当らなかった。

# 蠅

横光利一

一

真夏の宿場は空虚《くうきょ》であった。ただ眼の大きな一疋《ぴき》の蠅《はえ》だけは、薄暗い厩《うまや》の隅の蜘蛛《くも》の網《あみ》にひっかかると、後肢《あとあし》で網を跳《は》ねつつしばらくぶらぶらと揺れていた。と、豆のようにぽたりと落《おっこ》った。そうして、馬糞の重みに斜《なな》めに突き立っている藁《わら》の端から、裸体にされた馬の背中まで這《は》い上った。

二

馬は一条の枯草を奥歯にひっ掛けたまま、猫背《ねこぜ》の老いた馭者《ぎょしゃ》の姿を捜《さが》している。

馭者は宿場の横の饅頭屋《まんじゅうや》の店頭で、将棋《しょうぎ》を三番さして負け通した。

「なに。文句《もんく》を言うな。もう一番じゃ」

すると、廂《ひさし》を脱《はず》れた日の光は、彼の腰から、円《まる》い荷物のような猫背の上へ乗りかかって来た。

三

宿場の空虚な場庭へ一人の農婦が駈《か》けつけた。彼女はこの朝早く、街に務めている息子《むすこ》から危篤《きとく》の電報を受けとった。それから露に湿《しめ》った三里の山路を駈け続けた。

「馬車はまだかのう？」

彼女は馭者部屋を覗《のぞ》いて呼んだが返事がない。

「馬車はまだかのう？」

歪《ゆが》んだ畳《たたみ》の上には湯呑《ゆのみ》が一つ転《ころが》っていて、中から酒色の番茶がひとり静《しずか》に流れていた。農婦はうろうろと場庭を廻ると、饅頭屋の横からまた呼んだ。

「馬車はまだかのう？」

「先刻出ましたぞ」

答えたのはその家の主婦である。

「出たかのう。馬車はもう出ましたかのう。いつ出ましたな。もうちと早く来ると良かったのじゃが、もう出ぬじゃろか？」

農婦は性急な泣き声でそういう中《うち》に、早や泣きだした。が、涙も拭《ふ》かず、往還《おうかん》の中央に突き立っていてから、街のほうへすたすたと歩き始めた。

「二番が出るぞ」

猫背の馭者《ぎょしゃ》は将棋盤《しょうぎばん》を見詰めたまま農婦に言った。農婦は歩みを停めると、くるりと向返ってその淡い眉毛《まゆげ》を吊り上げた。

「出るかの。すぐ出るかの。悴《せがれ》が死にかけておるのじゃが、間に合せておくれかの？」

「桂馬《けいま》と来たな」

「まアまア嬉しや。街までどれほどかかるじゃろ。いつ出しておくれるのう」

「二番が出るわい」と馭者はぽんと歩を打った。

「出ますかな、街まで三時間もかかりますかいな。三時間はたっぷりかかりますやろ。悴が死にかけていますのじゃが、間に合せておくれかのう？」

四

野末《のずえ》の陽炎《かげろう》の中から、種蓮華《たねれんげ》を叩《たた》く音が聞えて来る。若者と娘は宿場のほうへ急いで行った。娘は若者の肩の荷物へ手をかけた。

「持とう」

「なアに」

「重たかろうが」

若者ほ黙っていかにも軽そうな容子《ようす》を見せた。が、額から流れる汗は塩辛《から》かった。

「馬車はもう出たかしら」娘は呟《つぶや》いた。

若者は荷物の下から、眼を細めて太陽を眺《なが》めると、

「ちょっと暑うなったな、まだじゃろう」

「誰ぞもう追いかけて来ているね」

若者は黙っていた。

「お母《かあ》が泣いてるわ。きっと」

「馬車屋はもうすぐそこじゃ」

二人は黙ってしまった。牛の鳴き声がした。

「知れたらどうしよう」と娘は言うとちょっと泣きそうな顔をした。

種蓮華を叩く音だけが、幽《かすか》に足音のように迫って来る。娘は後ろを向いて見て、それから若者の肩の荷物にまた手をかけた。

「私が持とう。もう肩が直ったえ」

若者はやはり黙ってどしどし歩き続けた。が、突然、「知れたらまた逃げるだけじゃ」と呟《つぶや》いた。

五

宿場の場庭へ、母親に手を曳《ひ》かれた男の子が指を銜《くわ》えてはいって来た。

「お母《か》ア、馬々」

「ああ、馬々」男の子は母親から手を振り切ると、厩《うまや》のほうへ馳《か》けて来た。そうして二間ほど離れた場庭の中から馬を見ながら、「こりゃッ、こりゃッ」と叫んで片足で地を打った。

馬は首を擡《もた》げて耳を立てた。男の子は馬の真似《まね》をして首

を上げたが、耳が動かなかった。で、ただやたらに馬の前で顔を顰《しか》めると、再び「こりゃッ、こりゃッ」と叫んで地を打った。

馬は槽《おけ》の手蔓《てづる》に口をひっ掛けながら、またその中へ顔を隠して馬草《まぐさ》を食った。

「お母ア、馬々」

「ああ、馬々」

六

「あっと、待てよ。これは忰《せがれ》の下駄《げた》を買うのを忘れたぞ。あいつは西瓜《すいか》が好きじゃ。西瓜を買うと、俺《あれ》もあいつも好きじゃで両得《りようとく》じゃ」

田舎紳士《いなかしんし》は宿場へ着いた。彼は四十三になる。三十三年貧困と戦い続けた効《かい》あって、昨夜ようやく春蚕《はるご》の仲買《なかがい》で八百円を手に入れた。今彼の胸は未来の画策《かくさく》のために詰っている。けれども、昨夜銭湯へ行ったとき、八百円の札束を鞄《かばん》に入れて洗い場まで持ってはいって、笑われた記憶については忘れていた。

農婦は場庭の床几《しようぎ》から立ち上ると、彼の傍へよって来た。

「馬車はいつ出るのでござんしょうな。忰が死にかかっていますので、早く行かんと死に目に逢《あ》えまいと思いましてな」

「そりゃいかん」

「もう出るのでござんしょな。もう出るって、さっき言わしゃったがの」

「さアて、何しておるやろな」

若者と娘は場庭の中へ入って来た。農婦はまた二人の傍へ近寄った。

「馬車に乗りなさるのかな。馬車は出ませんぞな」

「出ませんか？」と若者は訊《き》き返した。

「出ませんの？」と娘は言った。

「もう二時間も待ってますのやが、出ませんぞな。街まで三時間かかりますやろ、もう何時になっていますかな。街へ着くと正午になりますやろか」

「そりゃ正午や」と田舎紳士は横から言った。農婦はくるりと彼のほうをまた向いて、

「正午になりますかいな。それまでにゃ死にますやろな。正午になりますかいな」

と言う中《うち》にまた泣きだした。が、すぐ饅頭屋《まんじゆうや》の店頭へ馳けて行った。

「まだかのう。馬車はまだなかなか出ぬじゃろか？」

猫背の駁者《ぎよしや》は将棋盤《しようぎばん》を枕にして仰向《あおむ》きになったまま、簀の子を洗っている饅頭屋の主婦のほうへ頭を向けた。

「饅頭はまだ蒸《む》さらんかいの？」

七

馬車は何時になったら出るのであろう。宿場に集った人

々の汗は乾いた。しかし、馬車は何時になったら出るのであろう。これは誰も知らない。だが、もし知り得ることのできるものがあったとすれば、それは饅頭屋の竈《かまど》の中で、ようやく脹《ふく》れ始めた饅頭であった。なぜかと言えば、この宿場の猫背の馭者は、まだその日、誰も手をつけない蒸し立ての饅頭に初手をつけるということが、それほど潔癖《けっぺき》から長い月日の間独身で暮らさねばならなかったという、その日その日の、最高の慰《なぐさ》めとなっていたのであったから。

八

宿場の時計が十時を打った。饅頭屋の竈は湯気《ゆげ》を立てて鳴りだした。

ザク、ザク、ザク。猫背の馭者は馬草《まぐさ》を切った。馬は猫背の横で、水を十分飲み溜《た》めた。

九

馬は馬車の車体に結ぼれた。農婦は真先に車体の中へ乗り込むと、街のほうを見続けた。

「乗っとくれやア」と猫背は言った。

五人の乗客は、傾く踏み段に気をつけて農婦の傍へ乗り始めた。

猫背の馭者は、饅頭屋の簀の子の上で、綿《わた》のように脹らんでいる饅頭を腹掛けの中へ押し込むと、馭者台の上にその背を曲げた。喇叭《らっぱ》が鳴った。鞭《むち》が鳴った。

眼の大きなかの一匹《ぴき》の蠅《はえ》は馬の腰の余肉《あまじし》の匂いの中から飛び立った。そうして車体の屋根の上にとまり直ると、今さきに、ようやく蜘蛛《くも》の網《あみ》からその生命をとり戻した身体を休めて、馬車といっしょに揺れて行った。

馬車は炎天の下を走り通した。そうして並木をぬけ、長く続いた小豆畑《あずきばたけ》の横を通り、亜麻畑《あまばたけ》と桑畑《くわばたけ》の間を揺れつつ森の中へ割り込むと、緑色の森は、ようやく溜《たま》った馬の額の汗に映《うつ》って逆《さか》さまに揺らめいた。

十

馬車の中では、田舎紳士の饒舌《じょうぜつ》が、早くも人々を五年以来の知己《ちき》にした。しかし、男の子はひとり車体の柱を握って、その生々《いきいき》とした眼で野の中を見続けた。

「お母《か》ア、梨《なし》々」

「ああ、梨々」

馭者台《ぎしゃだい》では鞭《むち》が動き停った。農婦は田舎紳士の帯の鎖《くさり》に眼をつけた。

「もう幾時ですかいな。十二時は過ぎましたかいな。街へ着くと正午過ぎになりますやろな」

馭者台で喇叭《らっぱ》が鳴らなくなった。そうして、腹掛けの饅《まん》頭《じゅう》を、今やことごとく胃の腑《ふ》の中へ落し込んでしまった馭者は、いっそう猫背を張らせて居眠りだした。その居眠りは、馬車の上から、かの眼の大きい蝿《はえ》が押し黙った数段の梨畑を眺め、真夏の太陽の光を受けて真赤に栄《は》えた赤土の断崖《だんがい》を仰《あお》ぎ、突然に現れた激流を見下して、そうして、馬車が高い崖路《がけみち》の高低でかたかたときしみだす音を聞いてまだ続いた。しかし、乗客の中で、その馭者の居眠りを知っていた者は、わずかにただ蝿一疋《いっぴき》であるらしかった。蝿は車体の屋根の上から、馭者の垂れ下った半白《はんぱく》の頭に飛び移り、それから、濡れた馬の背中に留って汗を舐《な》めた。

　馬車は崖の頂上へさしかかった。馬は前方に現れた眼匿《めかく》し中の路に従って柔順に曲り始めた。しかし、そのとき、彼は自分の胴と、車体の幅とを考えることができなかった。一つの車輪が路から外《はず》れた。突然、馬は車体に引かれて突き立った。瞬間、蝿は飛び上った。と、車体といっしょに崖の下へ墜落《ついらく》して行く放埓《ほうらつ》な馬の腹が眼についた。そうして、人馬の悲鳴が高く発せられると、河原の上では、圧《お》し重《かさな》った人と馬と板片との塊《かたま》りが、沈黙したまま動かなかった。が、眼の大きな蝿は、今や完全に休まったその羽根に力を籠《こ》めて、ただひとり、ゆうゆうと青空の中を飛んでいった。

# 頭ならびに腹

横光利一

真昼である。特別急行列車は満員のまま全速力で馳けていた。沿線の小駅は石のように黙殺された。

とにかく、こう云う現象の中で、その詰み込まれた列車の乗客中に一人の横着そうな子僧が混っていた。彼はいかにも一人前の顔をして一席を占めると、手拭で鉢巻をし始めた。それから、両手で叩きながら大声で唄い出した。

「うちの嚊ア
　福じゃア
ヨイヨイ、
福は福じゃが、
お多福じゃ
ヨイヨイ。」

人々は笑い出した。しかし、彼の歌う様子には周囲の人々の顔色には少しも頓着せぬ熱心さが大胆不敵に籠っていた。

「寒い寒いと
　云たとて寒い。
　何が寒かろ。
　やれ寒い。
　ヨイヨイ。」

彼は頭を振り出した。声はだんだんと大きくなった。彼のその意気込みから察すると、恐らく目的地まで到着するその間に、自分の知っている限りの唄を唄い尽そうとしているかのようであった。歌は次ぎ次ぎにと彼の口から休みなく変えられていった。やがて、周囲の人々は今は早やその傍若無人な子僧の歌を相手にしなくなって来た。そうして、車内は再びどこも退屈と眠気のために疲れていった。

そのとき、突然列車は停車した。暫く車内の人々は黙っていた。と、俄に彼等は騒ぎ立った。

「どうした！」
「何んだ！」
「何処だ！」
「衝突か！」

人々の手から新聞紙が滑り落ちた。無数の頭が位置を乱して動揺めき出した。

「どこだ！」
「何んだ！」
「どこだ！」

動かぬ列車の横腹には、野の中に名も知れぬ寒駅がぼんやりと横たわっていた。勿論、其処は止るべからざる所である。暫くすると一人の車掌が各車の口に現れた。

「皆さん、此の列車はもうここより進みません。」

人々は息を抜かれたように黙っていた。

「H、K間の線路に故障が起りました。」

「車掌！」

「どうしたッ。」

「皆さん、この列車はもうここより進みません。」

「金を返せッ。」

「H、K間の線路に故障が起りました。」

「通過はいつだ？」

「皆さん、此の列車はもうここより進みません。」

車掌は人形のように各室を平然として通り抜けた。人々は車掌を送ってプラットホームへ溢れ出た。彼等は駅員の姿と見ると、忽ちそれを巻き包んで押し襲せた。数箇の集団が声をあげてあちらこちらに渦巻いた。しかし、駅員らの誰もが、彼らの続出する質問に一人として答え得るものがなかった。ただ彼らの答えはこうであった。

「電線さえ不通です。」

一切が不明であった。そこで、彼ら集団の最後の不平はいかに一切が不明であるとは云え、故障線の恢復する可き時間の予測さえ推断し得ぬと云う道断さは不埒である、と迫り出した、けれども一切は不明であった。いかんともすることが出来なかった。従って、一切の者は不運であった。そうして、この運命観が宙に迷った人々の頭の中を流れ出すと、彼等集団は初めて波のように崩れ出した。喧騒は眩《つぶや》きとなった。苦笑となった。間もなく彼らは呆然となって了った。しかし、彼らの賃銀の返済されるのは定っていた。畢竟彼らの一様に受ける損失は半日の空費であった。尚ほ引き返す半日を合せて一日の空費となった。そこで、此の方針を失った集団の各自とる可き方法は、時間と金銭との目算の上自然三つに分かれねばならなかった。一つはその当地で宿泊するか、一つはその車内で開通の時間を待つか、他は出発点へ引き返すべきかのいずれであるか。やがて、荷物は各車の入口から降ろされ出した。人波はプラットから野の中へ拡り出した。動かぬ者は酒を飲んだ。菓子を食べた。女達はただ人々の顔色をぼんやりと眺めていた。

所がかの子僧の歌は、空虚になった列車の中からまた勢い好く聞え出した。

「何んじや
此の野郎
柳の毛虫
払い落せば
またたかる、
チョイチョイ。」

彼はその眼前の椿事《ちんじ》は物ともせず、恰も窓から覗いた空の雲の塊りに噛みつくように、口をぱくぱくやりながら。その時である。崩れ出した人波の中へ大きな一つの卓子が運ばれた。そこで三人の駅員は次のような報告をし始めた。

「皆さん。お急ぎの方はここへ切符をお出し下さい。S駅まで引き返す列車が参ります。お急ぎのお方はその列車でS駅からT線を迂回《うかい》して下さい。」

さて、切符を出すものは？　群衆は鳴りをひそめて互に人々の顔を窺《うかが》い出した。何ぜなら、故障線の列車はいつ動き出すか分らなかった。従って迂回線の列車とどちらが早く目的地に到着するか分らなかった。

さて？

さて？

さて？

一人の乗客は切符を持って卓子の前へ動き出した。駅員はその男の切符に検印を済ますと更に群衆の顔を見た。が、卓子を巻き包んでそれを見守っている群衆の頭は動かなかった。

さて？

さて？

さて？

暫くすると、また一人じくじくと動き出した。だが、群衆の頭は依然として動かなかった。そのとき、彼らの中に全身の感覚を張り詰めさせて今迄の様子を眺めていた肥大な一人の紳士が混っていた。彼の腹は巨万の富と一世の自信とを抱蔵しているかのごとく素晴らしく大きく前に突き出ていて、一条の金の鎖が腹の下から祭壇の幢幡《とうはん》のように光っていた。

彼はその不可思議な魅力を持った腹を揺り動かしながら群衆の前へ出た。そうして彼は切符を卓子の上へ差し出しながらにやにや無気味な薄笑いを洩して云った。

「これゃ、こっちの方が人気があるわい。」

すると、今迄静まっていた群衆の頭は、俄に卓子をめがけて旋風のように揺らぎ出した。卓子が傾いた。「押すな！　押すな！」無数の腕が曲った林のように。尽くの頭は太った腹に巻き込まれて盛り上った。

軈《やが》て、迂回線へ戻る列車の到着したのはそれから間もなくのことであった。群衆はその新しい列車の中へ殺到した。満載された人の頭が太った腹を包んで発車した。跡には、踏み躙じられた果実の皮が。風は野の中から寒駅の柱をそよそよとかすめていた。

すると、空虚になって停っている急行列車の窓からひょっこりと鉢巻頭が現れた。それは一人取り残されたかの子僧であった。彼はいつの間にか静まり返って閑々としているプラットを見ると、

「おッ。」と云った。

しかし、彼は直ぐまた頭を振り出した。

「汽車は、
　出るでん出るえ、
　煙は、のん残るえ、
　残る煙は
　しゃん癪《しゃく》の種
　癪の種。」
歌は飄々《ひょうひょう》として続いて行った。振られる鉢巻の下では、白と黒との眼玉が振り子のように。
　それから暫くしたときであった。一人の駅員が線路を飛び越えて最初の確実な報告を齎した。
「皆さん、H、K間の土砂崩壊の故障線は開通いたしました。皆さん、H、K間の……」
　しかし、乗客の頭はただ一つ鉢巻の頭であつた。しかし、急行列車は烏合の乗合馬車のように停車していることは出来なかった。車掌の笛は鳴り響いた。列車は目的地へ向って空虚のまま全速力で馳け出した。
　子僧は？　意気揚々と窓枠を叩きながら。一人白と黒との眼玉を振り子のように振りながら。
「ア――
　梅よ、
　桜よ、
　牡丹よ、
　桃よ、
　そうは
　一人で
　持ち切れぬ
　ヨイヨイ。」

# 檸檬

梶井基次郎

えたいの知れない不吉な塊《かたまり》が私の心を始終圧《しじゅうおさ》えつけていた。焦燥《しょうそう》と言おうか、嫌悪《けんお》と言おうか――酒を飲んだあとに宿酔《ふつかよい》があるように、酒を毎日飲んでいると宿酔に相当した時期がやってくる。それが来たのだ。これはちょっといけなかった。結果した肺尖《はいせん》カタルや神経衰弱がいけないのではない。また脊を焼くような借金などがいけないのではない。いけないのはその不吉な塊だ。以前私を喜ばせたどんな美しい音楽も、どんな美しい詩の一節も辛抱《しんぼう》がならなくなった。蓄音器を聴かせてもらいにわざわざ出かけて行っても、最初の二、三小節で不意に立ち上ってしまいたくなる。何かが私を居たたまらずさせるのだ。それで始終私は街から街を浮浪《ふろう》し続けていた。

なぜだかそのころ私はみすぼらしくて美しいものに強くひきつけられたのを覚えている。風景にしても壊れかかった街だとか、その街にしてもよそよそしい表通りよりもどこか親しみのある、汚《きたな》い洗濯物が干してあったりがらくたが転《ころ》がしてあったりむさくるしい部屋が覗《のぞ》いていたりする裏通りが好きであった。雨や風が蝕《むしば》んでやがて土に帰ってしまう、といったような趣《おもむ》きのある街で、土塀が崩れていたり家並が傾きかかっていたり――勢いのいいのは植物だけで、時とすると吃驚《びっくり》させるような向日葵《ひまわり》があったりカンナが咲いていたりする。

時どき私はそんな路を歩きながら、ふと、そこが京都ではなくて京都から何百里も離れた仙台とか長崎とか――そのような市へ今自分が来ているのだ――という錯覚《さっかく》を起そうと努める。私は、できることなら京都から逃げだして誰一人知らないような市へ行ってしまいたかった。第一に安静。がらんとした旅館の一室。清浄《せいじょう》な蒲団《ふとん》。匂いのいい蚊《か》帳《や》と糊《のり》のよくきいた浴衣《ゆかた》。そこで一月ほど何も思わず横になりたい。希わくはここがいつの間にかその市になっているのだったら。――錯覚がようやく成功しはじめると私はそれからそれへ想像の絵具を塗りつけてゆく。何のことはない、私の錯覚と壊れかかった街との二重写しである。そして私はその中に現実の私自身を見失うのを楽しんだ。

私はまたあの花火という奴が好きになった。花火そのものは第二段として、あの安っぽい絵具で赤や紫や黄や青や、さまざまの縞模様《しまもよう》を持った花火の束、中山寺の星下り、花合戦、枯れすすき。それから鼠花火というのは一つずつ輪になっていて箱に詰めてある。そんなものが変に私の心を唆《そそ》った。

それからまた、びいどろという色硝子《ガラス》で鯛《たい》や花を打ちだしてあるおはじきが好きになったし、南京玉《ナンキンだま》が好きになった。またそれを嘗《な》めてみるのが私にとって何ともいえない享楽《きようらく》だったのだ。あのびいどろの味ほど幽《かす》かな涼しい味があるものか。私は幼い時よくそれを口に入れては父母に叱《しか》られたものだが、その幼時のあまい記憶が大きくなって落《おち》魄《ぶ》れた私に蘇《よみがえ》ってくるゆえだろうか、まったくあの味には幽《かす》かな爽《さわ》やかな何となく詩美といったような味覚が漂ってくる。

察しはつくだろうが私にはまるで金がなかった。とはいえそんなものを見て少しでも心の動きかけた時の私自身を慰《なぐさ》めるためには贅沢《ぜいたく》ということが必要であった。二銭や三銭のもの――といって贅沢なもの。美しいもの――といって無気力な私の触角にむしろ媚《こ》びてくるもの。――そういったものが自然私を慰めるのだ。

生活がまだ蝕《むしば》まれていなかった以前私の好きであった所は、たとえば丸善であった。赤や黄のオードコロンやオードキニン。洒落《しやれ》た切子《きりこ》細工や典雅なロココ趣味の浮模様を持った琥珀《こはく》色や翡翠《ひすい》色の香水壜《びん》。煙管《きせる》、小刀、石鹸、煙草。私はそんなものを見るのに小一時間も費《つい》やすことがあった。そして結局一等いい鉛筆を一本買うぐらいの贅沢をするのだった。しかしここもうそのころの私にとっては重くるしい場所にすぎなかった。書籍、学生、勘定台、これらはみな借金取の亡霊のように私には見えるのだった。

ある朝――そのころ私は甲の友だちから乙の友だちへという風に友だちの下宿を転々として暮していたのだが――友だちが学校へ出てしまったあとの空虚な空気のなかにぽつねんと一人取残された。私はまたそこから彷徨《さまよ》いでなければならなかった。何かが私を追いたてる。そして街から街へ、先に言ったような裏通りを歩いたり、駄菓子屋の前で立留ったり、乾物屋の乾蝦《ほしえび》や棒鱈《ぼうだら》や湯葉《ゆば》を眺めたり、とうとう私は二条の方へ寺町を下《さが》り、そこの果物屋で足を留めた。ここでちょっとその果物屋を紹介したいのだが、その果物屋は私の知っていた範囲で最も好きな店であった。そこはけっして立派な店ではなかったのだが、果物屋固有の美しさが最も露骨《ろこつ》に感ぜられた。果物はかなり勾配《こうばい》の急な台の上に並べてあって、その台というのも古びた黒い漆塗《うぬしぬ》りの板だったように思える。何か華やかな美しい音楽の快速調《アッレグロ》の流れが、見る人を石に化したというゴルゴンの鬼面――的なものを差しつけられて、あんな色彩やあんなヴォリウムに凝《こ》り固まったという風に果物は並んでいる。青物もやはり奥へゆけばゆくほど堆高《うずたか》く積まれている。――実際あそこの人参葉《にんじんば》の美しさなどはすばらしかった。それから水に漬けてある豆だとか慈姑《くわい》だとか。

またそこの家の美しいのは夜だった。寺町通はいったいに賑《にぎや》かな通りで――といって感じは東京や大阪よりはずっと澄んでいるが――飾窓《かざりまど》の光がおびただしく街路へ流れでている。それがどうしたわけかその店頭の周囲だけが妙に暗いのだ。もともと片方は暗い二条通に接している街角になっているので、暗いのは当然であったが、その隣家が寺町通にある家にもかかわらず暗かったのが瞭然《はっきり》しない。しかしその家が暗くなかったら、あんなにも私を誘惑するには至らなかったと思う。もう一つはその家の打ちだした廂《ひさし》なのだが、その廂が眼深に冠《かぶ》った帽子の廂のように――これは形容というよりも、「おや、あそこの店は帽子の廂をやけに下げているぞ」と思わせるほどなので、廂の上はこれも真暗なのだ。そう周囲が真暗なため、店頭に点《つ》けられたいくつもの電灯が驟雨《しゅうう》のように浴《あび》せかける絢爛《けんらん》は、周囲の何者にも奪われることなく、肆にも美しい眺めが照しだされているのだ。裸の電灯が細長い螺旋棒《らせんぼう》をきりきり眼の中へ刺しこんでくる往来に立って、また近所にある鎰屋《かぎや》の二階の硝子窓をすかして眺めたこの果物店の眺めほど、その時どきの私を興がらせたものは寺町の中でも稀だった。

その日私はいつになくその店で買物をした。というのはその店には珍らしい檸檬《レモン》が出ていたのだ。檸檬などごくありふれている。がその店というのもみすぼらしくはないまでもただあたりまえの八百屋にすぎなかったので、それまであまり見かけたことはなかった。いったい私はあの檸檬が好きだ。レモンヱロウの絵具をチューブから搾《しぼ》りだして固めたようなあの単純な色も、それからあの丈の詰った紡錘形《ぼうすいけい》の恰好も。――結局私はそれを一つだけ買うことにした。それからの私はどこへどう歩いたのだろう。私は長い間街を歩いていた。始終私の心を圧えつけていた不吉な塊がそれを握った瞬間からいくらか弛《ゆる》んできたとみえて、私は街の上で非常に幸福であった。あんなに執拗《しつこ》かった憂鬱《ゆううつ》が、そんなものの一顆《いっか》でまぎらされる――あるいは不審なことが、逆説的な本当であった。それにしても心という奴は何という不可思議な奴だろう。

その檸檬の冷たさはたとえようもなくよかった。そのころ私は肺尖を悪くしていていつも身体に熱が出た。事実友だちの誰彼に私の熱を見せびらかすために手の握り合いなどをしてみるのだが、私の掌が誰のよりも熱かった。その熱いゆえだったのだろう、握っている掌から身内に浸み透ってゆくようなその冷たさは快いものだった。

私は何度も何度もその果実を鼻に持って行っては嗅いでみた。それの産地だというカリフォルニヤが想像に上ってくる。漢文で習った「売柑者之言」の中に書いてあった「鼻を撲《う》つ」という言葉が断《き》れぎれに浮んでくる。そしてふかぶかと胸いっぱいに匂やかな空気を吸いこめば、ついぞ胸いっぱいに呼吸したことのなかった私の身体や顔には温い血のほとぼりが昇ってきて何だか身内に元気が目覚めてきたのだった。……

実際あんな単純な冷覚や触覚や嗅覚や視覚が、ずっと昔からこればかり探していたのだと言いたくなったほど私にしっくりしたなんて私は不思議に思える――それがあのころのことなんだから。

私はもう往来を軽やかな昂奮に弾《はず》んで、一種誇りかな気持さえ感じながら、美的装束をして街を濶歩《かっぽ》した詩人のことなど思い浮べては歩いていた。汚れた手拭の上へ載せてみたりマントの上へあてがってみたりして色の反映を量《はか》ったり、またこんなことを思ったり、

――つまりはこの重さなんだな。――

その重さこそつねづね私が尋ねあぐんでいたもので、疑いもなくこの重さはすべてのよいものすべての美しいものを重量に換算してきた重さであるとか、思いあがった諧謔心《かいぎゃくしん》からそんなばかげたことを考えてみたり――何がさて私は幸福だったのだ。

どこをどう歩いたのだろう、私が最後に立ったのは丸善の前だった。平常あんなに避けていた丸善がその時の私にはやすやすと入れるように思えた。

「今日はひとつ入ってみてやろう」そして私はずかずか入って行った。

しかしどうしたことだろう、私の心を充していた幸福な感情はだんだん逃げて行った。香水の壜《びん》にも煙管《きせる》にも私の心はのしかかってはゆかなかった。憂鬱《ゆううつ》が立て罩《こ》めてくる、私は歩き廻った疲労が出てきたのだと思った。私は画本の棚の前へ行ってみた。画集の重たいのを取りだすのさえつねに増して力が要《い》るな！　と思った。しかし私は一冊ずつ抜きだしてはみる、そして開けてはみるのだが、克明にはぐってゆく気持はさらに湧いてこない。しかも呪《のろ》われたことにはまた次の一冊を引きだしてくる。それも同じことだ。それでいて一度バラバラとやってみなくては気がすまないのだ。それ以上はたまらなくなってそこへ置いてしまう。以前の位置へ戻すことさえできない。私は幾度もそれを繰返した。とうとうおしまいには日ごろから大好きだったアングルの橙色《だいだいいろ》の重い本までなおいっそうの堪えがたさのために置いてしまった。――何という呪われたことだ。手の筋肉に疲労が残っている。私は憂鬱になってしまって、自分が抜いたまま積み重ねた本の群を眺めていた。

以前にはあんなに私をひきつけた画本がどうしたことだろう。一枚一枚に眼を晒《さら》し終って後、さてあまりに尋常な周囲を見廻すときのあの変にそぐわない気持を、私は以前には好んで味っていたものであった。……

「あ、そうだそうだ」その時私は袂《たもと》の中の檸檬《レモン》を憶いだした。本の色彩をゴチャゴチャに積みあげて、一度この檸檬で試してみたら。「そうだ」

私にまた先ほどの軽やかな昂奮が帰ってきた。私は手当りしだいに積みあげ、また慌《あわただ》しく潰《つぶ》し、また慌しく築きあ

げた。新しく引き抜いてつけ加えたり、取去ったりした。奇怪な幻想的な城が、そのたびに赤くなったり青くなったりした。

やっとそれはでき上った。そして軽く跳《おど》りあがる心を制しながら、その城壁の頂《いただ》きに恐る恐る檸檬を据えつけた。そしてそれは上出来だった。

見わたすと、その檸檬の色彩はガチャガチャした色の諧調《かいちょう》をひっそりと紡錘形の身体の中へ吸収してしまって、カーンと冴《さ》えかえっていた。私は埃《ほこり》っぽい丸善の中の空気が、その檸檬の周囲だけ変に緊張しているような気がした。私はしばらくそれを眺めていた。

不意に第二のアイディアが起った。その奇妙なたくらみはむしろ私をぎょっとさせた。

——それをそのままにしておいて私は、何喰わぬ顔をして外へ出る。——

私は変にくすぐったい気持がした。「出て行こうかなあ。そうだ出て行こう」そして私はすたすた出て行った。

変にくすぐったい気持が街の上の私を微笑ませた。丸善の棚へ黄金色に輝く恐ろしい爆弾を仕掛てきた奇怪な悪漢が私で、もう十分後にはあの丸善が美術の棚を中心として大爆発をするのだったらどんなにおもしろいだろう。

私はこの想像を熱心に追求した。「そうしたらあの気詰りな丸善も粉葉《こっぱ》みじんだろう」

そして私は活動写真の看板画が奇体な趣《おもむ》きで街を彩っている京極を下《さが》って行った。

# 桜の樹の下には

梶井基次郎

桜の樹の下には屍体《したい》が埋《う》まっている！

これは信じていいことなんだよ。なぜって、桜の花があんなにもみごとに咲くなんて信じられないことじゃないか。俺はあの美しさが信じられないので、この二三日不安だった。しかしいま、やっとわかるときが来た。桜の樹の下には屍体が埋まっている。これは信じていいことだ。

どうして俺が毎晩家へ帰ってくる道で、俺の部屋の数ある道具のうちの、選《よ》りに選ってちっぽけな薄っぺらいもの、安全剃刀《かみそり》の刃なんぞが、千里眼のように思い浮んでくるのか――お前はそれがわからないと言ったが――そして俺にもやはりそれがわからないのだが――それもこれもやっぱり同じようなことにちがいない。

いったいどんな樹の花でも、いわゆる真っ盛りという状態に達すると、あたりの空気のなかへ一種神秘な雰囲気を撒《ま》き散らすものだ。それは、よく廻った独楽《こま》が完全な静止に澄むように、また、音楽の上手な演奏がきまってなにかの幻覚を伴うように、灼熱《しゃくねつ》した生殖の幻覚させる後光のようなものだ。それは人の心を撲《う》たずにはおかない、不思議な、生き生きとした、美しさだ。

しかし、昨日、一昨日、俺の心をひどく陰気にしたものもそれなのだ。俺にはその美しさがなにか信じられないもののような気がした。俺は反対に不安になり、憂鬱になり、空虚な気持になった。しかし、俺はいまやっとわかつた。

お前、この爛漫《らんまん》と咲き乱れている桜の樹の下へ、一つ一つ屍体が埋まっていると想像してみるがいい。何が俺をそんなに不安にしていたかがお前には納得が行くだろう。

馬のような屍体、犬猫のような屍体、そして人間のような屍体、屍体はみな腐爛《ふらん》して蛆《うじ》が湧き、たまらなく臭い。それでいて水晶のような液をたらたらとたらしている。桜の根は貪婪《どんらん》な蛸《たこ》のように、それを抱きかかえ、いそぎんちゃくの食糸のような毛根を聚《あつ》めて、その液体を吸っている。

何があんな花弁を作り、何があんな蕋《ずい》を作っているのか、俺は毛根の吸いあげる水晶のような液が、静かな行列を作って、維管束《いかんそく》のなかを夢のようにあがってゆくのが見えるようだ。

――お前は何をそう苦しそうな顔をしているのだ。美しい透視術じゃないか。俺はいまようやく瞳を据えて桜の花が見られるようになつたのだ。昨日、一昨日、俺を不安がらせた神秘から自由になったのだ。

二三日前、俺は、ここの渓《たに》へ下りて、石の上を伝い歩きしていた。水のしぶきのなかからは、あちらからもこちらからも、薄羽かげろうがアフロディットのように生れてきて、渓の空をめがけて舞い上ってゆくのが見えた。お前も知っているとおり、彼らはそこで美しい結婚をするのだ。しばらく歩いていると、俺は変なものに出喰わした。それは渓の水が乾いた磧《かわら》へ、小さい水溜を残している、その水のなかだった。思いがけない石油を流したような光彩が、一面に浮いているのだ。お前はそれを何だったと思う。それは何万匹とも数の知れない、薄羽かげろうの屍体だったのだ。隙間なく水の面を被っている、彼らのかさなりあった翅《はね》が、光にちぢれて油のような光彩を流しているのだ。そこが、産卵を終った彼らの墓場だったのだ。

俺はそれを見たとき、胸が衝《つ》かれるような気がした。墓場を発《あば》いて屍体を嗜《たしな》む変質者のような惨忍なよろこびを俺は味わった。

この渓間ではなにも俺をよろこばすものはない。鶯《うぐいす》や四十雀《しじゅうから》も、白い日光をさ青に煙らせている木の若芽も、ただそれだけでは、もうろうとした心象にすぎない。俺には惨劇《さんげき》が必要なんだ。その平衡《へいこう》があって、はじめて俺の心象は明確になってくる。俺の心は悪鬼《あっき》のように憂鬱に渇《かわ》いている。俺の心に憂鬱が完成するときにばかり、俺の心は和《なご》んでくる。

——お前は腋《わき》の下を拭いているね。冷汗が出るのか。それは俺も同じことだ。何もそれを不愉快がることはない。べたべたとまるで精液のようだと思ってごらん。それで俺たちの憂鬱は完成するのだ。

ああ、桜の樹の下には屍体が埋まっている！

いったいどこから浮んできた空想かさっぱり見当のつかない屍体が、いまはまるで桜の樹と一つになって、どんなに頭を振っても離れてゆこうとはしない。

今こそ俺は、あの桜の樹の下で酒宴をひらいている村人たちと同じ権利で、花見の酒が呑めそうな気がする。

（昭和三年十二月）

# 聖家族

堀　辰雄

死があたかも一つの季節を開いたかのようだった。

死人の家への道には、自動車の混雑がしだいに増加して行った。そしてそれは、その道幅《みちはば》が狭《せま》いために、おのおのの車は動いている間よりも、停止している間のほうが長いくらいにまでなっていた。

それは三月だった。空気はまだ冷たかったが、もうそんなに呼吸しにくくはなかった。いつのまにか、もの好きな群集がそれらの自動車を取り囲んで、そのなかの人たちをよく見ようとしながら、硝子《ガラス》窓に鼻をくっつけた。それが硝子窓を白く曇らせた。そしてそのなかでは、その持主等が不安そうな、しかし舞踏会《ぶとうかい》にでも行くときのような微笑を浮べて、彼らを見かえしていた。

そういう硝子窓の一つのなかに、一人の貴婦人らしいのが、目を閉じたきり、頭を重たそうにクッションに凭《もた》せながら、死人のようになっているのを見ると、

「あれは誰だろう?」

そう人々は囁《ささや》き合った。

それは細木《さいき》という未亡人だった。――それまでのどれより長いように思われた自動車の停止が、その夫人をそういう仮死から蘇《よみがえ》らせたように見えた。するとその夫人は自分の運転手に何か言いながら、ひとりでドアを開けて、車から降りてしまった。ちょうどそのとき前方の車が動きだしたため、彼女の車はそこに自分の持主を置いたまま、再び動きだして行った。

それとほとんど同時に人々は見たのだった。帽子《ぼうし》もかぶらずに毛髪をくしゃくしゃにさせた一人の青年が、群集を押し分けるようにして、そこに漂流物のように浮いたり沈んだりして見えるその夫人に近づいて行きながら、そしていかにも親しげに笑いかけながら、彼女の腕をつかまえたのを――

その二人がやっとのことで群集の外に出たとき、細木夫人は自分が一人の見知らない青年の腕にほとんど靠《もた》れかかっているのに、はじめて気づいたようだった。彼女はその青年から腕を離すと、何か問いたげな眼《まな》ざしを彼の上に投げながら、

「ありがとうございました」

と言った。青年は、相手が自分を覚えていないらしいことに気がつくと、すこし顔を赤らめながら答えた。

「僕、河野《こうの》です」

その名前を聞いても夫人にはどうしても思い出されない

らしいその青年の顔は、しかしその上品な顔立によってい
くらか夫人を安心させたらしかった。
「九鬼《くき》さんのお宅はもう近くでございますか」と夫人がき
いた。
「ええ、すぐそこです」
　そう答えながら青年は驚いたように相手をふりむいた。
突然、彼女がそこに立ち止まってしまったのだ。
「あの、どこかこのへんに休むところはございませんかし
ら。なんだかすこし気分が悪いものですから……」
　青年はすぐその近くに一つの小さなカッフェを見つけた。
――そのなかに彼らがはいってみると、しかしテエブルは
埃《ほこり》のにおいがし、植木鉢は木の葉がすっかり灰色になって
いた。それをいまさらのように青年は夫人のために気にす
るように見えたけれど、夫人のほうではそれをそれほど気
にはしていないらしかった。鉢植《はちうえ》の木の葉の灰色なのは自
分のかなしみのためのように思っているのかもしれぬと青
年は考えた。
　青年は夫人の顔色がいくらかよくなったのを見ると、す
こし吃《ども》りながら言った。
「僕、ちょっとまだ用事がありますので……すぐまた参り
ますから……」
　そうして彼は立ち上った。

　そこに一人ぎりになると、細木夫人はまた目をとじて死
人の真似《まね》をした。
　――まるで舞踏会かなんぞのようなあの騒ぎは何という
ことだろう。私にはとてもあの人たちの中へはいって行け
そうもない。私はこのまま帰ってしまったほうがいい……
それにしても夫人はいまの青年の帰ってくるまで待って
いようと思った。何だかその青年に一度どこかで会ったこ
ともあるような気がしだしたから。そう言えばどこかしら
死んだ九鬼に似ているところがあると彼女は思った。そし
てその類似《るいじ》が彼女に一つの記憶を喚《よ》び起した。
　数年前のことだった。軽井沢のマンペイ・ホテルで偶然、
彼女は九鬼に出会ったことがあった。その時九鬼はひとり
の十五ぐらいの少年を連れていたが、彼はその少年にちが
いないと思い出した。――その快活《かいかつ》そうな少年を見ながら、
彼女がすこし意地わるそうに、「あなたによく似ています
わ。あなたのお子さんじゃありませんの？」そう言うと、
九鬼は何か反撥《はんぱつ》するような微笑をしたきり黙りこんでしま
った。その時くらい九鬼が自分を憎んでいるように思われ
たことはない……
河野扁理《こうのへんり》は事実、その夫人の思い出のなかの少年なのだ。
扁理のほうでは、もちろん、数年前、軽井沢で九鬼とい
っしょに出会ったその夫人のことを忘れているはずはない。

その時、彼は十五であった。

彼はまだ快活で、無邪気《むじゃき》な少年だった。

九鬼が夫人をよほど好きなのではないかしらと思い出したのは、ずっと後のことだ。その当時は、ただ九鬼が夫人を心から尊敬しているらしいのだけが分った。それがいつしか夫人を彼の犯《おか》しがたい偶像にさせていた。ホテルでは、夫人の部屋は二階にあって、向日葵《ひまわり》の咲いている中庭に面していた。そしてその部屋の中に、ほとんど一日中閉じこもっていた。そこへ一度もはいる機会のなかった彼は、向日葵の下から、よくその部屋を見上げた。それは非常に神聖《しんせい》な、美しい、そして何か非現実なもののように思われた。

そのホテルの部屋は、その後、彼の夢の中にしばしば現われた。彼は夢の中では飛ぶことができた。そのおかげで、彼はその部屋の中を窓ガラスごしに見ることができた。それは夢ごとにかならず装飾を変えていた。ある時はイギリス風に、ある時は巴里《パリ》風に。

彼は今年二十になった。同じ夢を抱《いだ》いて、前よりはすこし悲しそうに、すこし痩せて。

そしてさっきも、群集の間から、自動車のなかに死んだようになっている夫人をガラスごしに見たときは、彼は自分が歩きながら夢を見ているのではないかと信じたくらいだった……

告別式《こくべつしき》の混雑によってすっかり死の感情を忘れさせられながら、その式場から帰ってきた扁理は、埃《ほこり》だらけのカッフェのなかに、再びその死の感情を夫人とともに発見した。

彼にはそれらのものが近づきがたいように思われた。そこでそれらに近づくために彼はできるだけ悲しみを装《よそお》うとした。だが、自分で気のついているよりずっと深いものだった、彼自身の悲しみがそれを彼にうまくさせなかった。そして愚《おろ》かそうに、彼はそこに突立っていた。

「どうでしたか？」夫人が彼のほうに顔をあげた。

「え、まだたいへんな混雑です」彼はどぎまぎしながら答えた。

「では、私、もうあちらへお伺《うかが》いしないで、このまま帰りますわ……」

そう言いながら夫人は自分の帯の間から小さな名刺を出してそれを彼に渡した。

「すっかりお見それしておりましたの……こんどお閑《ひま》でしたら、宅へもお遊びにいらしってくださいませ」

扁理は、自分が夫人に思い出されたことを知り、その上そういう夫人からの申し出を聞くと、いっそうどぎまぎしながら、何かしきりに自分もポケットの中を探《さが》しだした。そうしてやっと一枚の名刺を取り出した。それは九鬼の名刺だった。

「自分の名刺がありませんので……」そう言って、もの怖《お》

じた子供のように微笑しながら、彼はその名刺を裏がえし、そこに

　河野扁理

という字を不恰好《ぶかっこう》に書いた。

　それを見ながら、さっきからこの青年と九鬼とはどこがこんなに似ているのだろうと考えていた細木夫人は、やっとその類似点を彼女独特の方法で発見した。

　――まるで九鬼を裏がえしにしたような青年だ。

　このように、彼らが偶然出会い、そして彼ら自身すら思いもよらない速さで相手を互に理解し合ったのは、その見えない媒介者《ばいかいしゃ》があるいは死であったからかもしれないのだ。

*

　河野扁理には、細木《さいき》夫人の発見したように、どこかに九《く》鬼《き》を裏がえしにしたという風《ふう》がある。

　容貌の点から言うと彼にはあまり九鬼に似たところがない。むしろ対蹠的《たいしょてき》と言っていいくらいなものだ。だが、その対蹠がかえってある人々には彼らの精神的類似を目立たせるのだ。

　九鬼はこの少年を非常に好きだったらしい。それがこの少年をして彼の弱点を速《すみや》かに理解させたのであろう。九鬼は自分の気弱さを世間に見せまいとしてそれを独特な皮肉でなければ現《あら》わすまいとした人だった。九鬼はそれになかば成功したと言っていい。だが、彼自身の心の中に隠《かく》すことができればできるほど、その気弱さは彼にはますます堪えがたいものになって行った。扁理はそういう不幸を目の前に見ていた。そして九鬼と同じような気弱さを持っていた扁理は、そこで彼とは反対に、そういう気弱さをできるだけ自分の表面に持ち出そうとしていた。彼がそれにどれだけ成功するかは、これからの問題だが。――

　九鬼の突然の死は、もちろん、この青年の心をめちゃくちゃにさせた。しかし、九鬼の不自然な死をも彼にはきわめて自然に思わせるような残酷《ざんこく》な方法で。

　九鬼の死後、扁理はその遺族のものから頼まれて彼の蔵《ぞう》書《しょ》の整理をしだした。

　毎日、黴臭《かびくさ》い書庫《しょこ》の中にはいったきり、彼は根気よくその仕事をしていた。この仕事は彼の悲しみに気に入っているようだった。

　ある日、彼は一冊の古びた洋書の間に、何か古い手紙の切れっぱしのようなものの挾《はさ》まってあるのを発見した。彼はそれを女の筆跡らしいと思った。そしてそれを何気なく読んだ。もう一度読みかえした。それからそれを注意深く元の場所にはさんで、なるたけ奥のほうにその本を入れておいた。覚えておくためにその表紙を見たら、それはメリメの書簡集だった。

　それからしばらく、彼は口癖のように繰り返していた。

――どちらが相手をより多く苦しますことができるか、私たちは試《ため》してみましょう……

夕方になると、扁理は自分のアパアトメントに帰える。彼の部屋は実によく散らかっている。それは彼が毎日九鬼の書庫を整理するのと同じような根気よさで、散らかしたもののように見える。――ある日、彼がその部屋へはいって行くと、新聞とか雑誌とかネクタイとか薔薇《ばら》とかパイプなどの堆積《たいせき》の上に、ちょうど水たまりの上に浮んだ石油のように、虹《にじ》色になって何かが浮んでいるのを彼は発見した。

それは、よく見ると、一つの美しい封筒だった。裏がえすと細木と書いてあった。そしてその筆跡は彼にすぐこの間のメリメ書簡集のなかに発見した古手紙のそれを思い出させた。

彼は丁寧《ていねい》に封筒を切りながら、ひょいと老人のような微笑を浮べた。何もかも知っているんだといったふうな……

――扁理はそんなふうに二通りの微笑を使い分けるのだ。子供のような微笑と老人のような微笑と。つまり、他人に向ってするのと自分に向ってするのとを区別していたのだ。

そしてそういう微笑のために、彼は自分の心を複雑なのだと信じていた。

扁理にとって、細木夫人との二度目の面会が、その前のときよりもずっと深い心の状態においてなされたのは、そういうエピソオドのためだった。細木夫人の部屋は、彼の夢とは異って、装飾《そうしょく》などもすこぶる質素だった。決してイギリス風でも、巴里風でもなかった。そしてそれは彼に何となく一等船室のサロンを思わせた。

ときどき彼が船暈《ふなよい》を感じている人のような眼《まな》ざしを夫人の上に投げるのに注意するがいい。

だが扁理の心理をそんなに不安にさせているのは、そういう環境のためばかりではなしに、細木夫人とともに故人《こじん》の思い出を語りながら、たえず相手の気持について行こうとして、できるだけ自分の年齢の上に背伸びをしているためでもあったのだ。

――この人もまた九鬼を愛していたのにちがいない、九鬼がこの人を愛していたように。と扁理は考えた。しかしこの人の硬《かた》い心は彼の弱い心を傷つけずにそれに触《ふ》れることができなかったのだ。ちょうどダイアモンドが硝子《ガラス》に触れるとそれを傷つけずにはおかないように。そしてこの人もまた自分で相手につけた傷のために苦しんでいる……

そういう考えがたえず扁理を彼の年齢の達することのできないところに持ち上げようとしていたのだ。

――やがて、ひとりの十七八の少女が客間のなかに入ってくるのを彼は見た。

彼はそれが夫人の娘の絹子であることを知った。その少女は彼女の母にまだあんまり似ていなかった。それが彼に何となくその少女を気に入らなく思わせた。

彼は自分のいまの気持からは十七八の少女はあんまり離れ過ぎているように思った。彼はその少女の顔よりも彼女の母のそれのほうをもっと新鮮に見出した。

絹子のほうでもまた、少女特有の敏感《びんかん》さによって、扁理の気持が彼女から遠くにあることを見抜いたらしかった。彼女は黙ったまま、二人の会話にはいろうとしなかった。

彼女の母はすぐそれに気づいた。そして彼女の微妙な心づかいがそれをそのままにしておくことを許さなかった。彼女は母らしい注意をしながら、その二人をもっと近づけようとした。

彼女はそれとなく扁理に娘の話をしだした。——ある日、絹子は学校友だちに誘われるままに初めて本郷の古本屋というものに入ってみたという。彼女がふとそこにあったラファエロの画集を手にとって見ると、その扉には九鬼という蔵書印《ぞうしょいん》がしてあった。そして彼女はそれを非常に欲しがっていた……

突然、扁理が遮《さえぎ》った。

「それは僕の売ったものかもしれません」

夫人たちは驚いて彼を見上げた。すると彼は例の特有の無邪気《むじゃき》な微笑を見せながらつけ加えた。

「九鬼さんにずっと前に貰《もら》ったのを、あの方の亡《な》くなられる四五日前に、どうにもしようがなくなって売ってしまったんです。今になってたいへん後悔しているんですけれども……」

そういう自分の貧しさをどうしてこういう豊かな夫人たちの前で告白するような気になったのか、扁理自身にもよく分らなかった。だが、この告白は何となく彼の気に入った。彼は自分の思いがけない卒直《そっちょく》な言葉によって、夫人たちがひどく驚いているらしいのを、むしろ満足そうに眺めた。

そうして扁理自身もまた、自分自身の子供らしい卒直さにいつか驚きだした……

＊

それまで彼の夢にしか過ぎなかった細木家というものが、急に一つの現実となって扁理の生活の中にはいってきた。

扁理はそれを九鬼やなんかの思い出といっしょくたに、新聞、雑紙、ネクタイ、薔薇《ばら》、パイプなどの混雑のなかに、無雑作《むぞうさ》に放り込んでおいた。

そういう乱雑さをすこしも彼は気にしなかった。むしろそれに、彼自身に最もふさわしい生活様式を見出していたのだ。

ある晩、彼の夢のなかで、九鬼が大きな画《え》集を彼に渡した。そのなかの一枚の画をさしつけながら、

「この画を知っているか？」

「ラファエロの聖家族でしょう」

と彼は気まり悪そうに答えた。それがどうやら自分の売りとばした画集らしい気がしたのだ。

「もう一度、よく見てみたまえ」と九鬼が言った。

そこで彼はもういっぺんその画を見直した。すると、どうもラファエロの筆に似てはいるが、その画のなかの聖母の顔は細木夫人のようでもあるし、幼児のそれは絹子のようでもあるので、へんな気がしながら、なおよく他の天使たちを見ようとしていると、

「わからないのかい？」と九鬼は皮肉な笑い方をした……

扁理は目をさました。見ると、散らかった自分の枕もとに、見おぼえのある、立派な封筒が一つ落ちているのだ。

おや、まだ夢の続きを見ているのかしら……と思いながら、それでもいそいでその封を切ってみると、手紙の中の文句は明瞭《めいりょう》だった。ラファエロの画集を買い戻しなさいと言うのだ。そしてそれといっしょになって一枚の為替《かわせ》が入っていた。

彼はベッドの中で再び眼をつぶった。自分はまだ夢の続きを見ているのだと自分自身に言ってきかせるかのように。

その日の午後、細木家を訪《おとず》れた扁理は大きなラファエロの画集をかかえていた。


「まあ、わざわざ持っていらっしったんですか。あなたのところに置いておけばおよろしかったのに」

そう言いながらも、夫人はそれをすぐ受取った。そうして籐椅子《とういす》に腰かけながら、しずかにそれを一枚一枚めくっていった……と思うと、突然、それを荒あらしい動作で自分の顔のところに持ち上げた。そしてその本のにおいでも嗅《か》いでいるらしい。

「なんだか莨《たばこ》のにおいがいたしますわ」

扁理は驚いて夫人を見上げた。咄嗟《とっさ》に九鬼が非常に莨好きだったことを思い出しながら。そうして彼は夫人の顔が気味悪いくらいに蒼《あお》ざめているのに気づいた。

「この人の様子にはどこかしら罪人といった風《ふう》があるな」

と扁理は考えた。

その時、庭の中から絹子が彼に声をかけた。

「庭をごらんになりません？」

彼は夫人をそのまま一人きりにさせておくほうが彼女の気に入るだろうと考えながら、ひっそりとした庭のなかへ絹子のあとについて行った。

少女は、扁理を自分のうしろに従えながら、庭の奥のほうへはいって行けば行くほど、へんに歩きにくくなりだした。彼女はそれを自分のうしろにいる扁理のためだとは気づかなかった。そして少女のみが思いつき得るような単純な理由を発見した。彼女は扁理をふりかえりながら言った。

「このへんに野薔薇《のばら》がありますから、踏むと危《あぶ》のうございますわ」

野薔薇に花が咲いているには季節があまり早すぎた。そして扁理には、どれが野薔薇だか、その葉だけでは見わけられないのだ。彼もまた、いつのまにか不器用に歩きだしていた。

絹子は、自分ではすこしも気づかなかったが、扁理に初めて会った時分から、少しずつ心が動揺《どうよう》しだしていた。――扁理に初めて会った時分からではすこし正確ではない。それはむしろ九鬼の死んだ時分からと言い直すべきかもしれない。

それまで絹子はもう十七であるのに、いまだに死んだ父の影響の下に生きることを好んでいた。そして彼女は自分の母のダイアモンド属の美しさを所有しようとはせずに、それを眺め、そしてそれを愛する側にばかりなっていた。

ところが、九鬼の死によって自分の母があんまり悲しそうにしているのを、最初はただ思いがけなく思っていたに過ぎなかったが、いつかその母の女らしい感情が彼女の中にまだ眠っていたある層を目ざめさせた。その時から彼女は一つの秘密を持つようになった。しかし、それが何であるかを知ろうとはせずに。――そして、それからというもの、彼女は知らず識《し》らず自分の母の眼を通して物事を見るような傾向に傾いて行きつつあった。

そして彼女はいつしか自分の母の眼を通して扁理を見つめだした。もっと正確に言うならば、彼の中に、母が見ているように、裏がえしにした九鬼を。

しかし彼女自身は、そういうすべてをほとんど意識していなかったと言っていい。

そのうち一度、扁理が彼女の母の留守《るす》に訪《たず》ねて来たことがある。

扁理はちょっと困ったような顔をしていたが、それでも絹子にすすめられるまま、客間に腰を下してしまった。

あいにく雨が降っていた。それでこの前のように庭へ出ることもできないのだ。

二人は向い合って坐《すわ》っていたが、別に話すこともなかったし、それに二人はお互に、相手が退屈しているだろうと想像することによって、自分自身までも退屈しているかのように感じていた。

そうして二人は長い間、へんに息苦しい沈黙のなかに坐っていた。

しかし二人は室内の暗くなったことにも気のつかないくらいだった。――そんなに暗くなっていることに初めて気がつくと、驚いて扁理は帰って行った。

絹子はそのあとで、何だか頭痛がするような気がした。

彼女はそれを扁理との退屈な時間のせいにした。だが、実は、それは薔薇《ばら》のそばにあんまり長くい過ぎたための頭痛のようなものだったのだ。

＊

そういう愛の最初の徴候《ちょうこう》は、絹子と同じように、扁理にも現われだした。

自分の乱雑な生き方のおかげで、扁理はその徴候をば単なる倦怠《けんたい》のそれと間違えながら、それを女たちの硬い性質と自分の弱い性質との差異のせいにした。そして「ダイアモンドは硝子《ガラス》を傷《きずつ》ける」という原理を思い出して、自分もまた九鬼のように傷つけられないうちに、彼女たちから早く遠ざかってしまったほうがいいと考えた。そして彼は彼独特の言い方で自分に向って言った。——自分を彼女たちに近づけさせたところの九鬼の死そのものが、今度は逆に自分を彼女たちから遠ざけさせるのだと。

そしてそういう驚くほど簡単な考え方で彼女たちから遠ざかりながら、扁理は再び自分の散らかった部屋のなかに閉じこもって、自分一人きりで生きようとした。すると今度は、その閉じ切った部屋の中から、本当の倦怠が生れだした。しかし扁理自身はその本物も贋物《にせもの》もごっちゃにしながら、ただ、そういうものから自分を救い出してくれるような一つの合図《あいず》しか待っていなかった。

一つの合図。それはカジノの踊り子たちに夢中になっている彼の友人たちから来た。

ある晩、扁理は友人たちといっしょにコック場のような臭《にお》いのするカジノの楽屋廊下《がくやろうか》に立ちながら、踊り子たちを待っていた。

彼はすぐ一人の踊り子を知った。

その踊り子は小さくて、そんなに美しくなかった。そして一日十幾回の踊りにすっかり疲れていた。だが、その自棄《や》気味《けぎみ》で、陽気そうなところが、扁理の心をひきつけた。彼はその踊り子に気に入るためにできるだけ自分も陽気になろうとした。

しかし踊り子の陽気そうなのは、彼女の悪い技巧《ぎこう》にすぎなかった。彼女もまた彼と同じくらいに臆病《おくびょう》だった。が、彼女の臆病は、人に欺《あざむ》かれまいとするあまりに人を欺こうとする種類のそれだった。

彼女は扁理の心を奪おうとして、他のすべての男たちとふざけ合った。そして彼を自分から離すまいとして、彼と約束しておきながら、わざと彼を待ち呆《ほう》けさせた。

一度、扁理が踊り子の肩に手をかけようとしたことがある。すると踊り子はすばやくその手から自分の肩を引いてしまった。そして彼女は、扁理が顔を赤らめているのを見ながら、彼の心を奪いつつあると信じた。

こういう二人の気の小さな恋人同志がどうしていつまでもうまくやって行けるだろうか？

ある日、彼は公園の噴水《ふんすい》のほとりで踊り子を待っていた。彼女はなかなかやって来ない。それには慣《な》れているから彼はそれをそれほど苦痛には感じない。が、そのうちふと、踊り子とは別の少女――絹子のことを彼は考えだした。そしてもしいま自分の待っているのがその踊り子ではなくて、あの絹子だったらどんなだろうと空想した。……が、そのばかげた空想にすぐ自分で気がついて、彼はそれを踊り子のための現在の苦痛から回避《かいひ》しようとしている自分自身のせいにした。

扁理の乱稚な生活のなかに埋《う》もれながら、なお絶えず成長しつつあった一つの純潔な愛が、こうしてひょっくりその表面に顔を出したのだ。だが、それは彼に気づかれずに再び引込んで行った……

絹子はといえば、扁理が自分たちから遠ざかって行くのを、最初のうちは何かほっとした気持で見送っていた。が、それがある限度を越えだすと、今度は逆にそれが彼女を苦しめだした。しかし、それが扁理に対する愛からであることを認めるには、少女の心はあまりに硬過《かたす》ぎた。

細木《さいき》夫人のほうは、扁理がこうして遠ざかって行くのを、むしろ、彼に訪問の機会を与えてやらない自分自身の過失《かしつ》のように考えていた。しかし夫人には扁理を見ることは楽しいことよりも、むしろ苦しいことのほうが多かった。そうして月日が九鬼の死を遠ざければ遠ざけるほど、彼女に欲しいのは平静さだけであった。だから、彼女は扁理がだんだん遠ざかって行くのを見ても、それをそのままにしておいたのだ。

ある朝、二人は公園のなかに自動車をドライヴさせていた。

噴水のほとりに、扁理が一人の小さい女と歩いているのを、彼女たちが見つけたのはほとんど同時だった。その小さい女は黄と黒の縞《しま》の外套《がいとう》をきていて、何か快活《かいかつ》そうに笑っていた。それと並んで扁理は考え深そうにうつむきながら歩いていた。

「あら!」と絹子が車の中でかすかに声を立てた。

と同時に彼女は、彼女の母がもしかしたら扁理たちに気づかなかったかもしれないと思った。そうして彼女自身もそれに気づかなかったような風をしようとした。

「なんだか目の中にゴミがはいっちゃったわ……」

夫人は夫人でまた、絹子が扁理たちを見なかったことを、ひそかに欲していた。そうして、ほんとうに目の中にゴミかなんか入って彼らを見なかったのかもしれないと思った。

「びっくりしたじゃないの……」

そういって、夫人は自分の心持蒼《あお》くなっている顔をごまかした。

*

その沈黙はしかし、二人の間にながく尾をひいた。

それからというもの、絹子はよく一人で町へ散歩に出かけた。彼女は心の中のうっとうしさを運動不足のせいにしていたのだ。そうして母からも離れて一人きりになりたい気持や、こうして歩いているうちにまたひょっとしたら扁理に会えるかもしれないという考えなどの彼女にあったことは、少しも自分で認めようとはしなかった。

彼女は扁理とその恋人らしものの姿を、下手《へた》な写真師のように修整《しゅうせい》していた。その写真のなかでは、例の小さい踊り子は彼女と同じような上流社会の立派《りっぱ》な令嬢《れいじょう》に仕上げられていた。

彼女はそういう偏理たちに対して何とも言えないにがさを味った。しかし、それが扁理のための嫉妬《しっと》であることには、もちろん、彼女は気づかなかった。なぜなら、彼女は扁理たちのような年輩《ねんぱい》のどういう二人づれを見てもその同じようなにがさを味ったからだ。そして彼女はそれを世間一般の恋人たちに対するにがさであると信じた。――実は、彼女はどういう二人づれを見ても知らず識《し》らず扁理たちを思い出していたのだが……

彼女は歩きながら、飾窓《シヨウヰンドウ》に映る自分の姿を見つめた。そうして彼女は、いますれちがったばかりの二人づれに自分を比較《ひかく》した。ときどき硝子《ガラス》の中の彼女は妙に顔をゆがめていた。彼女はそれを悪い硝子のせいにした。

ある日、そういう散歩から掃ってくると、絹子は玄関にどこか見おぼえのある男の帽子と靴とを見出した。

そうしてそれが誰のだかはっきり思い出せないことが、彼女をちょっと不安にさせた。

「誰かしら」

と思いながら、彼女が客間に近づいて行ってみると、その中から、こわれたギタアのような声が聞こえてきた。

それは斯波《しば》という男の声であった。

斯波という男は、――「あいつはまるで壁の花みたいな奴ですよ。そら、舞踏会《ぶとうかい》で踊れないもんだから、壁にばかりくっついている奴がよくあるでしょう。そういう奴のことを英語でWall《ウオール》 Flower《フラワー》というんだそうだけれど……斯波の人生における立場なんかまったくそれですね」――そんなことをいつか扁理が言っていたのを思い出しながら、それから彼女はふと扁理のことを考えた……

彼女が客間に入って行くと、斯波は急に話すのを歇《や》めた。が、すぐ、斯波は、例のこわれたギタアのような声で、彼女に向って言いだした。

「いま、扁理の悪口を言っていたところなんですよ。あいつはこのごろまったく手がつけられなくなったんです。くだらない踊り子かなんかに引っかかっていて……」

「あら、そうですの」

絹子はそれを聞くと同時ににっこりと笑った。いかにも朗《ほが》らかそうに。そして自分でも笑いながら、こんなふうに笑ったのは実にひさしぶりであるような気がした。

このながく眠っていた薔薇《ばら》を開かせるためには、たった一つの言葉で充分だったのだ。それは踊り子の一語だ。——扁理といっしょにいた人はそんな人だったのか、と彼女は考えだした。私はそれを私と同じような身分の人とばかり考えていたのに。そしてそういう人だけしか扁理の相手にはなれないと思っていたのに。……そうだわ、きっと扁理はそんな人なんか愛していないのかもしれない。もしかすると、あの人の愛しているのはやっぱし私なのかもしれない。それだのに私があの人を愛していないと思っているので、私から遠ざかろうとしているのではないかしら。そうして自分をごまかすためにきっとそんな踊り子などといっしょに暮らしているのだ。そんな人なんかあの人には似合わないのに……

それは少女らしい驕慢《きょうまん》な論理だった。しかし、たいていの場合、少女は自分自身の感情はその計算の中に入れないものだ。そして絹子の場合もそうだった。

ときどき鳴りもしないのにベルの音を聞いたような気がして自分で玄関に出て行ったり、器械がこわれていてベルが鳴らないのかしらと始終《しじゅう》思ったりしながら、絹子はたえず何かを待っていた。

「扁理を待っているのかしら?」ふと彼女はそんなことを考えることもあったが、そんな考えはすぐ彼女の不浸透性《ふしんとうせい》の心の表面を滑《すべ》って行った。

ある晩、ベルが鳴った。——その訪問者が扁理であることを知っても、絹子は容易に自分の部屋から出て行こうとしなかった。

やっと彼女が客間にはいって行くと、扁理は、帽子もかぶらずに歩いていたらしく、毛髪をくしゃくしゃにさせながら、青い顔をして、ちらりと彼女のほうをにらんだ。それきり彼は彼女のほうをふりむきもしなかった。

細木夫人は、そういう扁理を前にしながら、手にしている葡萄《ぶどう》の皿から、その小さい実を丹念《たんねん》に口の中へ滑り込ましていた。夫人は目の前の扁理のだらしのない様子から、ふと、九鬼《くき》の告別式の日に途中で彼に出会った時のことを思い出し、それからそれへとさまざまなことが考えられてならないのだが、彼女はそれからできるだけ心をそらそうとして、いっそう丹念に自分の指を動かしていた。

突然、扁理が言った——

「僕、しばらく旅行して来ようと思います」

「どちらへ?」夫人は葡萄の皿から眼を上げた。

「まだはっきり決めてないんですが……」

「ながくですの？」

「ええ、一年ぐらい……」

夫人はふと、扁理が、例の踊り子といっしょにそんなところへ行くのではないかと疑いながら、

「淋《さび》しくはありませんか？」と訊《き》いた。

「さあ……」

扁理はいかにも気のない返事をしたきりだった。

絹子はといえば、その間黙《だま》ったまま、彼の肖像《しょうぞう》でも描こうとするかのように、熱心に彼を見つめていた。

そうして彼女の母が、扁理の、梳《くしけず》らない毛髪や不恰好《ぶかっこう》に結んだネクタイや悪い顔色などのなかに、踊り子の感化を見出している間、絹子はその同じものの中に彼女自身のために苦しんでいる青年の痛々しさだけしか見出さなかった。


扁理が帰った後、絹子は自分の部屋にはいるなり、思わず眼をつぶった。さっきあんまり扁理の赤い縞のあるネクタイを見つめ過ぎたので、眼が痛むのだ。するとその閉じた眼の中には、いつまでも赤い縞のようなものがチラチラしていた……

＊

扁理は出発した。

都会が遠ざかり、そしてそれが小さくなるのを見れば見るほど、彼には出発前に見てきた一つの顔だけがしだいに大きくなって行くように思われた。

一つの少女の顔。ラファエロの措いた天使のように聖《きよ》らかな顔。実物よりも十倍くらいの大きさの一つの神秘的な顔。——そしていま、それだけがあらゆるものから孤立し、膨大《ぼうだい》し、そしてその他のすべてのものを彼の目から覆《おお》い隠そうとしている……

「おれのほんとうに愛しているのはこの人かしら？」

扁理は目をつぶった。

「……だが、もうどうでもいいんだ……」

そんなにまで彼は疲れ、傷つき、絶望していた。

扁理。——この乱雑の犠牲者《ぎせいしゃ》には今まで自分の本当の心が少しも見分けられなかったのだ。そして何の考えもなしに自分のほんとうに愛しているものから遠ざかるために、別の女と生きようとし、しかもその女のために、もうどうしていいか分らないくらい、疲れさせられてしまっているのだ。

そうして彼はいまどこへ到着しようとしているのか？

どこへ？……

彼は突然、汽車が一つの停車場に停《と》まると同時に、慌《あわ》てそこへ飛び降りてしまった。

それは何かの薬品の名を思い出させるような名前の、小さな海辺《うみべ》の町であっだ。

そしてこの一個のトランクすら持たぬ悲しげな旅行者は、

停車場を出ると、すぐその見知らない町の中へ何の目的もなしに足を運んで行った。

彼はしかし歩いてゆくうちに、ふと変な気がしだした。……通行人の顔、風が気味わるく持ち上げている何かのビラ、何とも言えず不快な感じのする壁の上の落書、電線にひっかかっている紙屑《かみくず》のようなもの、——そういうものが彼になにかしら不吉な思い出を強請《きようせい》するのだ。扁理はある小さなホテルにはいり、それから見知らない一つの部屋にはいった。あらゆるホテルの部屋に似ている一つの部屋。しかし、それすら彼に何かを思い出させようとし、彼を苦しめだすのだ。彼は疲れていて非常に眠かった。そして彼はそのすべてを自分の疲れと眠たさのせいにしようとした。彼はすこし眠った。……目をさますと、もう暗くなっていた。窓から入ってくる、湿《しめ》っぽい風が扁理に、自分が見知らない町に来ていることを知らせた。彼は起き上り、それから再びホテルを出た。

そうしてまた、さっき一度歩いたことのある道を歩きながら、あの時から少しも失われていない自分のなかの不可《ふか》解《かい》な感じを、犬のように追いかけて行った。

突然、ある考えが扁理にすべてを理解させだしたように見える。さっきから自分をこうして苦しめているもの、それは死の暗号ではないのか。通行人の顔、ビラ、落書、紙屑《かみくず》のようなもの、それらは死が彼のために記して行った暗号ではないのか。どこへ行ってもこの町にこびりついている死の印《しるし》。——それは彼には同時に九鬼《くき》の影であった。そうして彼にはどうしてだか、九鬼が数年前に一度この町へやってきて、今の自分と同じように誰にも知られずに歩きながら、やはり今の自分と同じような苦痛を感じていたような気がされてならないのだ……

そうして扁理はようやく理解しだした、死んだ九鬼が自分の裏側にたえず生きていて、いまだに自分を力強く支配していることを、そしてそれに気づかなかったことが自分の生の乱雑さの原因であったことを。

そうしてこんなふうに、すべてのものから遠ざかりながら、そしてただ一つの死を自分の生の裏側にいきいきと、非常に近くしかも非常に遠く感じながら、この見知らない町の中を何の目的もなしに歩いていることが、扁理にはいつか何とも言えず快《こころよ》い休息のように思われだした。

——そのうちに扁理は、強い香《かお》りのする、おびただしい漂流物に取りかこまれながら、うす暗い海岸に愚《おろ》かそうに突立っている自分自身を発見した。そうして自分の足もとに散らばっている貝殻《かいがら》や海草や死んだ魚などが、彼に、彼自身の生の乱雑さを思い出させていた。——その漂流物のなかには、一ぴきの小さな犬の死骸《しがい》が混《まじ》っていた。そうしてそれが意地のわるい波にときどき白い歯で嚙《か》まれたり、裏がえしにされたりするのを、扁理はじっと見入りながら、しだいにいきいきと自分の心臓の鼓動するのを感じだしていた……

＊

扁理の出発後、絹子は病気になった。

そうしてある日、彼女はとうとう始めて扁理への愛を自《じ》白《はく》した。彼女は寝台の上で、シイツのように青ざめた顔をしながら、こんなことを繰り返えし繰り返えし考えていた。

――なぜ私はああだったのかしら。なぜ私はあの人の前で意地のわるい顔ばかりしていたのかしら。それがきっとあの人を苦しめていたのだわ。そうしてこんなふうに私たちから遠ざからせてしまったのにちがいない。それに、あの人は始終《しじゅう》自分の貧乏なことを気にしていたようだけれど……（そんな考えがさっと少女の頬《ほお》を赤らめた）……それで、あの人は私のお母さんに誘惑者のように思われたくなかったのかもしれない。あの人が私のお母さんを怖《おそ》れていたことはそれは本当だわ。こんなふうにあの人を遠ざからせてしまったのはお母さんだって悪いんだ。私のせいばかりではない。ひょっとしたら何もかもお母さんのせいかもしれない……

そんなふうにこんぐらかった独語《ひとりごと》が、娘の顔の上にいつのまにか、十七の少女に似つかわしくないような、にがにがしげな表情を雕《ほ》りつけていた。それは実は彼女自身への意地であったのだけれども、彼女には、それを彼女の母への意地であるかのように誤《あやま》って信じさせながら……

「はいってもよくって？」

そのとき部屋の外で母の声がした。

「いいわ」

絹子は、彼女の母がはいって来るのを見ると、いきなり自分の狂暴な顔を壁のほうにねじむけた。細木《さいき》夫人はそれを彼女が涙をかくすためにしたのだとしか思わなかった。

「河野《こうの》さんから絵はがきが来たのよ」と夫人はおどおどしながら言った。

その言葉が絹子の顔を夫人のほうにねじむけさせた。今度は夫人がそれから自分の顔をそむかせる番だった。

――このごろ、細木夫人はすっかり若さを失っていた。そして彼女には、自分の娘が何んだか自分から遠くに離れてしまったように思われてならないのだった。彼女はときどき自分の娘を、まるで見知らない少女のようにさえ思うことがあった。そして今も、そうだった……

絹子は、海の絵はがきの裏に、鉛筆で書かれた扁理の神経質な字を読んだ。彼は、その海岸が気に入ったからしばらく滞在《たいざい》するつもりだ、と書いて寄こしたきりだった。

絹子はその絵はがきから、彼女の狂暴な顔をいきなり夫人のほうにむけながら、

「河野さんは死ぬんじゃなくって？」と出しぬけに質問した。

細木夫人はその瞬間、自分のほうを睨らんでいる一人の見知らぬ少女のそんなにも恐い眼つきに驚いたようだった。が、その少女のそんな眼つきは突然、夫人に、彼女がその少女と同じくらいの年齢であった時分、彼女の愛していた人に見せつけずにはいられなかった自分の恐い眼つきを思い出させた。そうして夫人は、その見知らない少女がそのころの自分にひどく肖ていることに、そして、その少女が実は自分の娘であることに、なんだか始めて気づいたかのように見えた。夫人は溜息をしずかに洩らした。——娘は誰かを愛している。自分が、昔、あの人を愛していたように愛している。そしてそれはきっと扁理にちがいない……

細木夫人は、しかし次の瞬間、自分のなかに長いこと眠っていた女らしい感情が、再び目ざめだしたように感じた。九鬼の死後、彼女の苦しんでいた様子が、絹子の中にそれまで眠っていた女らしい感情を喚《よ》び起したのとまったく同じの心理作用が、今度は、その反作用ででもあるかのように起ったのだ。そしてそれは、夫人もまた絹子と同じように扁理を愛しているかのように、彼女に信じさせたくらいの新鮮さで。——

二人はそのまましばらく黙っていた。そしてその沈黙が、絹子の今しがた言った恐しい言葉を、そっくりそのまま肯《こう》定《てい》しているかのように思われそうになった時、細木夫人はようやく自分の母としての義務を取り戻した。

そうして夫人はいかにも自信ありげな微笑を浮べながら、答えたのである。

「……そんなことはないことよ……それはあの方には九鬼さんが憑《つ》いていなさるかもしれないわ。けれども、そのためにかえってあの方は救われるのじゃなくって?」

河野扁理にはじめて会った時から、夫人に、彼の生のなかには九鬼の死が緯《よこいと》のように織りまざっていることを、そしてそれが彼をして死に見入ることによって生がようやく分るような不幸な青年にさせていることを見抜かせたところの、一種の鋭い直覚が、いま再び彼女のなかに蘇《よみがえ》って来ながら、そういう偏理の不幸を絹子に理解させるためには、いま言ったようなごく簡単な逆説《パラドックス》だけで充分であることを彼女に知らせたのだ。

「そうかしら……」

絹子はそう答えながら、始めはまだどこかしら苦痛をおびた表情で、彼女の母の顔を見あげていたけれども、そのうちにじっとその母の古びた神々《こうごう》しい顔に見入りだしたその少女の眼《まな》ざしは、だんだんと古画のなかで聖母を見あげている幼児のそれに似てゆくように思われた。

# 所収作品初出・収録本一覧

**あいびき**　二葉亭四迷
『国民之友』明治二一年七～八月／『かた恋』明治二九年一〇月、春陽堂

**外科室**　泉　鏡花
『文芸倶楽部』明治二八年六月／『明治小説文庫第十編』明治三一年九月、博文館

**にごりえ**　樋口　一葉
『文芸倶楽部』明治二八年九月／『一葉全集』明治三〇年一月、博文館

**十三夜**　樋口　一葉
『文芸倶楽部』明治二八年一二月／『一葉全集』明治三〇年一月、博文館

**春の鳥**　国木田独歩
『女学世界』明治三七年三月／『独歩集』明治三八年七月、近事画報社

**竹の木戸**　国木田独歩
『中央公論』明治四一年一月／『独歩集第二』明治四一年七月、彩雲閣

**伸び支度**　島崎　藤村
『新潮』大正一四年一月／『嵐』昭和二年一月、新潮社

**三四郎（抄録）**　夏目　漱石
『朝日新聞』明治四一年九月一日?一二月二九日／『三四郎』明治四二年五月、春陽堂

**普請中**　森　鷗外

**最後の一句**　　　　　森　鷗外
『三田文学』明治四三年六月／『涓滴』明治四三年一〇月、新潮社

**花火**　　　　　永井　荷風
『中央公論』大正四年一〇月／『高瀬舟』大正七年二月、春陽堂

**雪解**　　　　　永井　荷風
『改造』大正八年一二月／『雨瀟々』大正一一年七月、春陽堂

**刺青**　　　　　谷崎潤一郎
『明星』大正一一年三〜四月／『雨瀟々』大正一一年七月、春陽堂

**幇間**　　　　　谷崎潤一郎
『新思潮』明治四三年一一月／『刺青』明治四四年一二月、籾山書店

**正義派**　　　　　志賀　直哉
『スバル』明治四四年九月／『刺青』明治四四年一二月、籾山書店

**清兵衛と瓢箪**　　　　　志賀　直哉
『朱欒』大正元年九月／『留女』大正二年一月、洛陽堂

**An Incident**　　　　　有島　武郎
『読売新聞』大正二年一月一日／『大津順吉』大正六年六月、新潮社

**小さき者へ**　　　　　有島　武郎
『白樺』大正三年四月／『小さきものへ』大正七年一一月、叢文閣

**雪の日**　　　　　近松　秋江
『新潮』大正七年一月／『小さき者へ』大正七年一一月、叢文閣

『趣味』明治四三年三月／『別れたる妻に送る手紙後編』大正二年一一月、南北社

**哀しき父**　　葛西　善蔵

『奇蹟』大正元年九月、『哀しき父』大正一一年九月、改造社

**椎の若葉**　　葛西　善蔵

『改造』大正一三年七月（初出は「椎樹の若葉」）、『椎の若葉』大正一三年一一月、新潮社

**業苦**　　嘉村　礒多

『不同調』昭和三年一月／『崖の下』昭和五年四月、新潮社

**足相撲**　　嘉村　礒多

『文学時代』昭和四年一〇月／『崖の下』昭和五年四月、新潮社

**蜜柑**　　芥川龍之介

『新潮』大正八年五月／『影燈籠』大正九年一月、春陽堂

**玄鶴山房**　　芥川龍之介

『中央公論』大正一六年一月～昭和二年二月／『大導寺信輔の半生』昭和五年一月、岩波書店

**身投げ救助業**　　菊池　寛

『新思潮』大正五年九月／『恩を返す話』大正七年八月、春陽堂

**忠直卿行状記**　　菊池　寛

『中央公論』大正七年九月／『心の王国』大正八年一月、新潮社

**淫売婦**　　葉山　嘉樹

『文芸戦線』大正一四年一一月／『淫売婦』大正一五年一月、春陽堂

**セメント樽の中の手紙**　　葉山　嘉樹

**電報**

『文芸戦線』大正一五年一月／『淫売婦』大正一五年一月、春陽堂

黒島　傳治

**渦巻ける鳥の群**

『潮流』大正一四年七月／『豚群』昭和二年一〇月、春陽堂

黒島　傳治

**人を殺す犬**

『改造』昭和三年二月／『橇』昭和三年八月、改造社

小林多喜二

**瀧子其他**

小樽高商『校友会々誌』昭和二年三月／『小林多喜二日記』昭和一一年四月、ナウカ社

小林多喜二

**蠅**

『創作月刊』昭和三年四月／『東倶知安行』昭和六年三月、改造社

横光　利一

**頭ならびに腹**

『文芸春秋』大正一二年五月／『日輪』大正一三年五月、春陽堂

横光　利一

**檸檬**

『文芸時代』大正一三年一〇月／『無礼な街』大正一四年六月、文芸日本社

梶井基次郎

**桜の樹の下には**

『青空』大正一四年一月／『檸檬』昭和六年五月、武蔵野書院

梶井基次郎

**聖家族**

『詩と詩論』（第二冊）昭和三年一二月

堀　辰雄

『改造』昭和五年一一月／『聖家族』昭和七年二月

**編者紹介**

**須田　久美**（すだ　ひさみ）

1955年東京生まれ
1984年大東文化大学大学院博士課程後期課程単位取得
現在大東文化大学、千葉工業大学等講師
著書　『金子洋文と「種蒔く人」－文学・思想・秋田』（2009年、冬至書房）
編著　『金子洋文短編小説選』（2009年、冬至書房）
共著　『「種蒔く人」の潮流－世界主義・平和の文学』（1999年、文治堂書店）
『論集　室生犀星の世界（下）』（2000年、龍書房）
『室生犀星寸描』（2000年、龍書房）
『フロンティアの文学－雑誌『種蒔く人』の再検討』（2005年、論創社）
『「種蒔く人」の精神　発祥地　秋田からの伝言』（2005年、ＤＴＰ出版）
『「文芸戦線」とプロレタリア文学』（2008年、龍書房）
『小説の処方箋　小説にみる薬と症状』（2011年、鼎書房）
共編著『大正期の文学と都市』（2001年、原田企画）
『児童文学の近代的展開』（2003年、原田企画）
『嘉村礒多と尾崎一雄　「自虐」と「暢気」』（2011年、龍書房）
その他『定本黒島傳治全集　第三巻　小説Ⅲ』（2001年、勉誠出版）に「解説（黒島傳治の文学３）農民文学作家としての黒島傳治」や『新・プロレタリア作家精選集12　金子洋文著「部落と金解禁」』（2004年、ゆまに書房）に「解説　金子洋文『金解禁』」などあり。

読んでおきたい近代日本小説選

定価　2,750円（本体価格2,500円+税）

2012年４月10日　　初版第１刷発行
2023年４月10日　　第２版第１刷発行

編　者　　須田久美
発行人　　川畑　弘
発行所　　龍　書　房
東京都新宿区山吹町352
TEL03-6280-7355・FAX03-3260-9572